源氏物語
煌めくことばの世界 II

原岡文子・河添房江 編

翰林書房

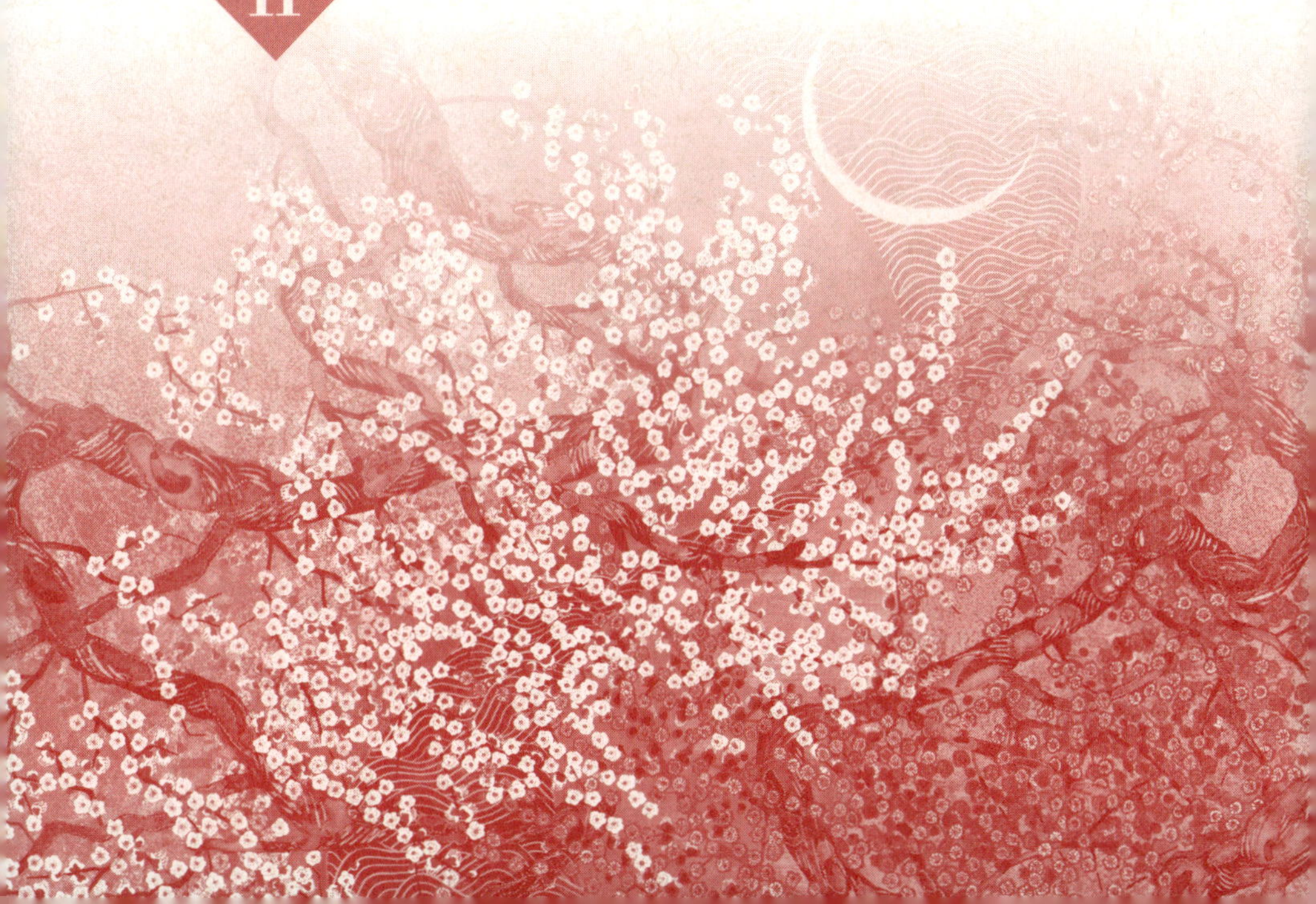

源氏物語　煌めくことばの世界Ⅱ◎目次

Ⅲ　『源氏物語』と平安文学のことば

Ⅳ　源氏享受の諸相

はじめに

原岡文子

『源氏物語　煌めくことばの世界』が翰林書房より刊行されたのは、二〇一四年四月のことでした。それから四年の歳月が流れようとしていますが、お寄せいただいた三〇余名の女性研究者による『源氏物語』、煌めくことばの森への挑戦は、それぞれの問題意識の新鮮な輝きによって好評を得て、この度そのⅡという企画が思いがけず実現する運びとなりました。本書は、女性研究者による『源氏物語』のことばの森への第二回目の挑戦の試みであります。

『源氏物語　煌めくことばの世界Ⅱ』刊行の企画は、前回同様それぞれ自由な切り口から『源氏物語』の煌めくことばの世界を解き明かす斬新な読みをお示しいただけないだろうか、という編者二人の呼びかけから始まりました。ご執筆をお願いしたのは、これも同じく編者に縁の深い女性研究者の方々ですが、前回と重なるメンバーとともに、何人かの若い世代の研究者を中心に、新たなメンバーにも加わっていただきました。

四年の歳月を経て、新たな世代の斬新な研究の成果も周到着実に積み重ねられてきました。ぜひその成果をもここに生き生きと伝えることができたら、という思いに発する成行きでした。前回同様に女性研究者に特化しつつ、今、最も関心の高まるテーマ、ぜひ論究したいそれぞれの問題を、『源氏物語』のことばをめぐってまとめていただきたい、それ故あえて細かいテーマを限定せずに、『源氏物語』のことばに関して今それぞれが最も関心を寄せる問題を論じていただきたい、とそう考えたのです。ぜひこの問題を考えてみたい、という各自の思いを束ねる「場」というものを再度実現できたら、と密かに願うのは編者の思いとしては僭越に過ぎましょうが、「場」の様々な光、煌めきをある高揚感をもって夢想せずにはいられませんでした。

やがて呼びかけに応えて、原稿が次々と寄せられました。総勢三五名（編者二名をのぞく）の研究者の執筆を得られたことは、何という喜びだったことでしょう。『源氏物語』のことば、語の新たな考察の細やかさはもとより、歌との固有の緊密な関わり、『源氏物語』が受容した世界、そして『源氏物語』享受の世界への関心、また歴史、文化、結婚等の命題への新鮮な切り口、作者その人へのまなざしなど、多岐にわたるそれぞれの論はまさにとりどりの煌めきを放つ糸となって力強く静かな世界を編み上げているかのように見えました。

四年前の『源氏物語　煌めくことばの世界』の序章には、「今日『源氏物語』研究は、作品内部の表現に着目する論に止まらず、歴史、文化をはじめとする周辺諸学の視座を踏まえる切り口から極めて豊穣な成果を得ていると言えよう。そうした多様な切り口は、『源氏物語』が、その基底に抱え潜める史実や仏教をはじめとする宗教、あるいは漢詩文等への重厚な関心のもたらす必然にほかならない。さらに後代の物語への影響はもとより、絵画、謡曲など様々な形の享受の相の圧倒的な豊かさこそが、自ずから享受をめぐる研究の着眼を促す力となったことは言うまでもあるまい」とあります。こうした歴史をはじめとする周辺諸学の視座からの考察を、もう一度作品そのものに対峙させることによってはじめて生まれる、大きな読みの更新、成果も今日確かに様々に実感されるところとなりました。その意味で、再度「ことば」「読み」に目を向ける作業は、今最も新鮮な力を湛えていましょう。

とは言え、人文学、そしてもとより日本文学研究も、その現状にかつてない厳しさがあるのも残念ながら無視できない事実です。そうした中で、ふと目に止まった新聞記事がありました。「今こそ文学的聴力を」、との見出しの掲げられた二〇一七年一月一一日朝日新聞夕刊の小野正嗣氏のコラムには、「文学的な態度とは、〈聞く〉ことを学び、人間を取り戻すことなのだ」と書かれています。脈絡もなく『源氏物語』を思い浮かべました。『源氏物語』には、濃やかに交錯する矛盾に充ちた人の心の綾を掬い取ることばが溢れています。人の心の鼓動に耳をすませ、鼓動に共振し、そして抗う『源氏物語』のことばの数々に向き合うことは、もしかすると他者の存在にあえて目を背けようとするかにも見える昨今の世界的動向の中にあって、密かに、けれど確かに生を取り戻す営みに繋がるのかもしれない、と勝手に考えたりいたしました。

少しだけ個人的なことを述べることをお許しください。本書は、そもそも河添房江氏が「古希の記念に何か」と過分にも声をお掛けくださったことに端を発しています。もとより今、七十歳は「古来希なり」という年齢でもなく、面映ゆさは別格ですが、ひょろりと伸びた「もやし」のようだった子どもが、ここまで歳を重ねられたことには、感謝が込み上げるばかりです。二年前に定年退職してからは、そこそこ自分なりの「丁寧なくらし」が実現することともなりました。例えば、かつての雑木林の面影も止めぬ形に整地された、来月開始の迫るマンション建設予定地の片隅に、今年もけなげに咲き揺れる小さな彼岸花の一輪を見出して立ち尽くす、といった埒《らち》も無い「丁寧なくらし」の営みの傍ら、『源氏物語』とのつきあいもほんの少しずつ重ねていけたら、こんなに嬉しいことはありません。一つの節目にそっと素敵なことを考えてくださった河添氏に厚く御礼申し上げます。

お忙しい日常にあって、充実した原稿をお寄せ下さったお一人お一人の研究者、そして厳しい状況の中で本書の刊行を快諾してくださり、周到な支援を惜しまれなかった翰林書房の今井静江氏には感謝のことばもない思いです。本当にありがとうございました。

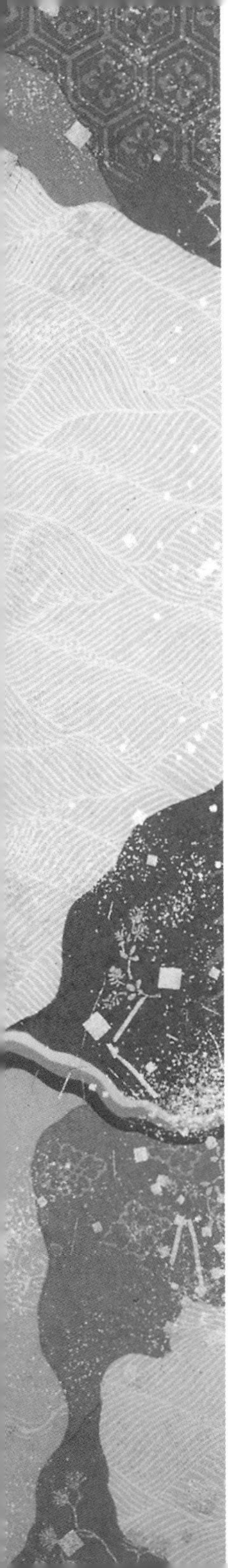

I ことばへの展望

紫式部の表現—源氏物語・紫式部日記・紫式部集—

高木和子

はじめに

『源氏物語』は、平安朝の物語の作者がほぼ判明しない中で、きわめて異例にも作者名が明らかな作である。一般に、『紫式部日記』寛弘五年十一月一日の敦成親王誕生五十日の祝いの叙述に「あなかしこ、このわたりに、わかむらさきやさぶらふ」（一六五頁）と藤原公任が声をかけたのが根拠とされている。そのほか末尾近くで、彰子の御前で「源氏の物語」を目にしながら道長が紫式部に戯れかけ、「すきものと名にし立てれば見る人の折らで過ぐるはあらじとぞ思ふ」と詠みかけたのを、「人にまだ折られぬものをたれかこのすきものぞとは口ならしけむ」（二一四頁）と紫式部が切り返したあたりも、『源氏物語』の書き手とこの日記の書き手が同一人物であることの証といえよう。

しかし、平安朝の物語や和歌が本来抱えている類型的発想や創作事情を念頭に置けば、この物語を純然たる個の産物と考えるのは、やや早計である。とりわけ『源氏物語』の初期の数巻は、ある程度、既存の物語群を吸収しながら成立したと考えられる。たとえば雨夜の品定めの左馬頭らの恋愛譚などは、既存の小話をいくらか手直ししながら、長編物語の一角に組み入れた体だと想像される。(1) 近代的な感覚からすれば剽窃とも呼べる改変や吸収は、古代物語の制作の現場においては、むしろ積極的に推奨されたとおぼしい。

今日残る物語の多くには、制作や享受の過程の振幅の痕跡がある。たとえば『伊勢物語』は諸本により章段数に増減があり、当初業平歌を含む少数の章段だったものが、次第に増益されたと想定される。『狭衣物語』は諸本間の本文の異同が大きく、『住吉物語』は散逸した『古本住吉物語』が想定される一方、現存本にも広本系、流布本系と、長短多様な諸本がある。『とりかへばや』もまた、散逸した古本の存在が『無名草子』や『風葉和歌集』から知られる。「「今とりかへばや」とて、いといたきもの、今の世に出で来たるやうに、「今隠れ蓑」といふものをし出だす人のはべれかし」(『無名草子』二四二頁)など、単に書写の過程での加筆といった次元にとどまらない、一回的な制作で安住させ固定化させず、むしろ積極的に改作物語が期待され、制作された享受の情況がうかがえよう。(2)

多くの物語の抱える本文の振幅、あるいは物語そのものの改作が、読者がすなわち次の作者になるという物語の制作過程を示すのだとすれば、『源氏物語』諸本間の異同の小ささは特筆に値しよう。それは、この物語が比較的早くに正典視され、積極的な加筆が躊躇われたからに他なるまい。『源氏物語』の享受史上の「改作」は、既存の諸巻に加筆する形ではなく、『山路の露』『雲隠六帖』といった「続編」や、『源氏小鏡』『源氏大鏡』といった「梗概書」の形で実現した。これは、『源氏物語』が紫式部の作とされ、個の産物として伝来しているという、古代物語としては特殊な立ち位置にあることと無関係ではあるまい。

『源氏物語』と『紫式部日記』、あるいは『源氏物語』の作中和歌と『紫式部集』の和歌に、同一作者の統一感を読み取り、制作時期の近接等を指摘する研究は少なくない。確かにこれらには、具体的な表現の類似も見られるし、作者の個性とも言い得るような、他者との意識の往還に内向化する精神を見て取ることもできる。しかしその一方で、『源氏物語』は古代物語の伝統の系譜上にあって、『伊勢物語』や『うつほ物語』など先行する物語の型を少なからず吸収しており、一方『紫式部日記』は女房日記としての系譜上にもある。物語・日記・家集の三作品が抱える表現や文体、場面構成、精神性等々いずれの点でも、紫式部という個を超えた、平安中期の普遍的表現や精神と無縁ではないのである。

『紫式部日記』の、中宮と若宮の内裏還啓の準備としての冊子作りの叙述、「御前には、御冊子つくりいとなませたまふとて、明けたてば、まづむかひさぶらひて、いろいろの紙選りととのへて、物語の本どもそへつつ、ところどころにふみ書きくばる。かつは綴ぢあつめしたたむるを役にて、明かし暮らす」（一六七―八頁）は、『源氏物語』の清書を依頼しては取り纏める様子と見るのが通説である。また、「局に、物語の本どもとりにやりて隠しおきたるを、御前にあるほどに、やをらおはしまいて、あさらせたまひて、みな内侍の督の殿に、奉りたまひてけり。よろしう書きかへたりしは、みなひきうしなひて、心もとなき名をぞとりはべりけむかし」（一六八頁）と道長が持って行ったため手許に良質な本文がないことを嘆く叙述は、『源氏物語』が成立当初から異なる複数の本文を抱えていた証左とされる。ただし、ここでの作業が『源氏物語』の新作部分だとは断定しきれず、『源氏物語』以外の古物語であった可能性も否定できない[3]。また近時は道長周辺の物語制作を、女房達の共同制作とみる説も提案されている[4]。現存する中古中世の物語群と、その背後で散逸した膨大な物語群の関係からすれば、古物語の整備すなわち書写や改作が行われると同時に、新作の物語が制作されるという、享受と制作の分離し難い環境を想定するのは自然である。このいわば〈工房〉的営為が、『源氏物語』以前の古物語の発展的解消、すなわち淘汰に繋がった可能性もあろう。

にもかかわらず、『源氏物語』を貫く表現や思想には、ある種の統一感があって、個の産物としての一貫性が全くないとはおよそ言い難い。それが仮に、単独の作者ではなく編者や監修者と呼ぶべき近代的な意味での個とは異なる体であったにせよ、やはり「作者」は〈紫式部〉だと見倣してよいのではあるまいか。その意味では、同時代の制作物が内包する類型性を、共同制作といった実体的な現場の営為に置換しないまま、同時代の通念としての共同性という形で議論してきた従来の通説も、充分穏当な理解といえよう。

以下、『源氏物語』『紫式部日記』『紫式部集』の間に、当時一般の類型性を超克した個の産物としての固有性がいかに見出せるのか、考察したいと思う。

一 「癖」「宿世」――源氏物語、紫式部日記

『源氏物語』と『紫式部日記』の抱える表現の共通性については詳細な指摘があるが[5]、かつて論じたことも含め[6]、ここでは「癖」「宿世」の二語に注目したい。

光源氏はありきたりな好色を好まぬ「御本性」でありながら、まれに「あながちにひき違へ心づくしなることを御心に思しとどむる癖なむあやにくにて」(帚木巻・①五三―四頁)と、如何ともしがたい情動に駆り立てられる「癖」を抱える人物として造型されている[7]。もっとも『落窪物語』、交野少将に准えられた弁少将は「かれは、いとあやしき人の癖にて、文一くだりやりつるが、はづるるやうなければ、人の妻、帝の御妻も持たるぞかし」(巻一・九三頁)とされ、光源氏の「本性」と「癖」による造型ほど複雑ではないにせよ、好色が「癖」と呼ばれ、帝の妻をも我が物とする男主人公の先蹤となっている。

一方『紫式部日記』では「癖」三例、「くせぐせし」一例が集中的に出現するが、それらは女房批評であって、好色の意ではない。紫式部は中宮彰子の女房達に、「いと艶に恥づかしく、人見えにくげに、そばそばしきさまして、物語このみ、よしめき」（二〇五―六頁）と、優美で人に気後れさせ、自尊心の強い人との前評判に比べ、実は「あやしきまでおいらかに、こと人とかとなむおぼゆる」、おっとりした人だったと噂されている。「人にかうおいらけものと見おとされにける」と周囲に見下された屈辱を覚えながらも、「くせぐせしく、やさしだち、恥ぢられたてまつる人にも、そばめたてられではべらまし」と一癖あり、一目置かれている女房達に嫌われぬよう演じようとする。そして、

すべて人はおいらかに、すこし心おきてのどかに、おちゐぬるをもととしてこそ、ゆゑもよしも、をかしく心やすけれ。もしは、色めかしくあだあだしけれど、本性の人がらくせなく、かたはらのため見えにくきさまなせずだになりぬれば、にくうははべるまじ。（中略）目をしとどめつれば、かならずものをいふ言葉の中にも、きてゐるふるまひ、立ちていくうしろでにも、かならず癖は見つけらるるわざにはべり。（中略）人のくせなきかぎりは、いかで、はかなき言の葉をも聞こえじとつつみ、なげの情つくらまほしうはべり。（二〇六―七頁）

と、温厚でおっとりとした性格が、品もよく風情もあるとし、好色でも人柄に偏りがなければ見苦しくない、その一方、何かと目立って自負心の強い人は皆に注目され、言葉や振舞いにも「癖」が出る、「癖」のない人のことは陰口も言わず、親しみも見せたいという。

この「本性」「癖」による批評から、『源氏物語』第二部の紫の上を想像するのは容易い。光源氏は明石の君に「ただまことに心の癖なくよきことは、この対をのみなむ、これをぞおいらかなる人と言ふべかりける」（若菜上巻・④一三〇頁）と、「癖なし」「おいらかなり」と紫の上を賞讃する。紫の上の造型は、紫式部の理想を体現した面も

あったのだろう。ちなみに『蜻蛉日記』の唯一の「癖」の語の用例は、兼家の町の小路の女への寵愛に正気を失って普段と違ってぼんやりし、「そこにうち置きたるものも見えぬくせ」（上巻・天暦十年七月）と物も視界に入らない心境に用いられ、『源氏物語』のような特有の用法ではない。『紫式部日記』の「癖」は好色な男主人公の性格を「本性」「癖」で表現する用法を女性に置換し、理想的な女を「癖なし」と評するという紫式部独自の発想ではなかろうか。

さて、いま一つの「宿世」の語は『源氏物語』に一二〇例と、従来の物語から突出した用例を持つ。「宿世」とは仏教語で、多くは前世からの因縁などと訳されるが、『源氏物語』中では、しばしば血の系譜や異性関係に関わる文脈で、自らの努力では如何ともし難く逃れられぬ宿命を諦念する意で用いられた(8)。

この語は『蜻蛉日記』に五例見られる。(1)兼家の間遠な訪れを恨む長歌の一節、「宿世絶ゆべき　阿武隈の　あひ見てだにと　思ひつつ」（上巻・天徳元年十年～応和二年五月）と、陸奥に赴任した父との再会を疑問視するもの。(2)「たへがたくとも、わが宿世のおこたりにこそあめれ」（上巻・天徳元年十年～応和二年五月）と、兼家との夫婦仲がうまくいかないのは自身の宿命が拙かったのだとするもの。(3)自分から求めての鳴滝籠りは、誰も訪れなくても構わず、「かかる住まひをさへせむとかまへたりける身の宿世ばかりをながむる」（中巻・天禄二年六月）と自らの宿命の拙さを嘆きつつ、子の道綱の憔悴を悲しむもの。(4)「うべなきことにてもありけるかな。宿世やありけむ」（中巻・天禄三年二月）と、道綱母の要請に応じて兼忠女が娘を手放す決心をしたのを受けて、宿命を慨嘆したもの。(5)遠度が道綱母に、「身の宿世の思ひ知られはべりて」（下巻・天延二年五月）と我が身の宿世の拙さを思い知ったと道綱に託して寄越したものである。(1)(4)は親子の縁、(2)(3)(5)は男女の仲に関わる不如意を諦念したもので、『源氏物語』の「宿世」の先蹤といえる。

ところが「宿世」の語は、『紫式部日記』には見受けられない。

女房あつまりて、「おまへはかくおはすれば、御幸ひはすくなきなり。なでふをんなか真名書は読む。むかしは経読むをだに人は制しき」と、しりうごちいふを聞きはべるにも、物忌みける人の、行末いのち長かめるよしども、見えぬためしなりと、いはまほしくはべれど、思ひくまなきやうなり、ことはたさもあり。（二〇四頁）

漢籍など読むから薄幸で、と女房達が陰口を叩くのを聞きながらも反発を口にできない。宿世拙き我が身という『源氏物語』に繰り返される形の内省があってもよさそうな箇所だが、「宿世」の語はない。現在、男との愛憎劇に直面していないからであろうか。既に寡婦の身で、道長の支援を得て中宮彰子に漢籍を講じ、物語の作者もしくは総監督たる紫式部には、道綱母や紫の上ら家妻の哀しみからは程遠い。この日記に一貫する宮仕えの憂愁は、宿世の拙さの自覚とは別種の、花形作家の矜持と韜晦ゆえの孤心ということになろうか。

二　女房の詠歌を促す場面——紫式部日記、源氏物語

『源氏物語』と『紫式部日記』には、類似の場面は少なくない。『紫式部日記』彰子出産前後の儀礼の次第は、紫式部の実見が疑われる部分があるにせよ、漢文日記を補完する重要な記録であり、同時に『源氏物語』第二部の光源氏四十賀の盛儀の叙述等を連想させる。しかし即座に、紫式部固有の叙述形式だと解するわけにもいかない。既に漢文日記における儀礼の叙述、おそらく男子官人の手による『うつほ物語』の詳細な叙述等の先例があるからである。大雑把に言えば、漢文日記から女房日記そして『紫式部日記』へ、漢文日記から男子官人による作り物語そして『源氏物語』へ、といった複数の系譜があり得る。

とはいえ共通する趣向も多い。たとえば舟遊びの情景は、『紫式部日記』には土御門邸行幸の際に「あたらしく造られたる船ども、さし寄せさせて御覧ず。竜頭鷁首の生けるかたち思ひやられて、あざやかにうるはし」(一五三頁)とされ、巻末近く某年某月(寛弘五年五月か六年九月か)にも記述がある(二一三頁)。一方『源氏物語』では紅葉賀巻の朱雀院行幸で「例の楽の船ども漕ぎめぐりて、唐土、高麗と尽くしたる舞ども、くさ多かり」(①三一四頁)とされ、胡蝶巻では六条院の華麗な舟遊びがある、といった具合である。この種の舟遊びの情景はたとえば『うつほ物語』にも「いかめしき釣殿造られて、をかしき舟ども下ろし」(祭の使巻・①四六三頁)などとあるものの、叙述は格段に淡白で「龍頭鷁首」の語もない。

また『源氏物語』ではしばしば、複数の人物を順に批評する。朝顔巻や若菜下巻で、光源氏が紫の上相手に繰り広げる女君評、玉鬘巻末の衣配り、梅枝巻の仮名批評などである。この複数の人物を批評する形式は、『紫式部日記』のいわゆる「消息文」の女房批評を連想させる。「消息文」の成立事情については定説をみないが、人物に対する並列的な批評は、物語と日記双方に共通する。もっとも類聚の一種であって、形式としては新しくはない。一見類似するかに見える両者の場面が、それぞれの異質性を際立たせる場合もある。以下『紫式部日記』冒頭近く、道長が女郎花の枝を差し出す贈答について取り上げたい。

渡殿の戸口の局に見いだせば、ほのうちきりたるあしたの露もまだ落ちぬに、殿ありかせたまひて、御随身召して、遣水はらはせたまふ。橋の南なるをみなへしのいみじうさかりなるを、一枝折らせたまひて、几帳の上よりさしのぞかせたまへる御さまの、いと恥づかしげなるに、わが朝がほの思ひしらるれば、「これ、おそくてはわろからむ」とのたまはするにことつけて、硯のもとによりぬ。

をみなへしさかりの色を見るからに露のわきける身こそ知らるれ

「あな疾」とほほゑみて、硯召しいづ。

白露はわきてもおかじをみなへしこころからにや色の染むらむ（一二五頁）

道長が女郎花の枝を差し出し、紫式部に詠歌を促す場面である。高貴な男が女に枝を差し出すことで女の贈歌を引き出す例としては、『和泉式部日記』冒頭で帥宮の遣わした橘の枝を契機に和泉式部が歌を詠みかける例がある。「のたまはするにことつけて」と恥じらう紫式部と、「なにかは、あだあだしくもまだ聞こえたまはぬを」（一八頁）と自身に言い訳する和泉式部に共通して、自ら歌を詠むことへの軽い抵抗が感受される。いま一つ、賢木巻野宮で光源氏が榊の枝を差し出して、六条御息所の歌を引き出した例が見過ごせまい。

月ごろの積もりを、つきづきしう聞こえたまはむもまばゆきほどになりにければ、榊をいささか折りて持たまへりけるをさし入れて、「変らぬ色をしるべにてこそ、斎垣も越えはべりにけれ。さも心憂く」と聞こえたまへば、

神垣はしるしの杉もなきものをいかにまがへて折れるさかきぞ（②八七頁）

生霊となった女と長い無沙汰を乗り越えて対面するきまり悪さに、枝を差し出して対話を求めたというのが一般的な解釈である。しかし同様の趣向が、道長と紫式部、帥宮と和泉式部のような貴人と女房層との間でなされたことからすれば、光源氏が六条御息所に詠歌を促す態度としては、いかにも失礼であろう。大臣家の娘、亡き東宮妃、年長、いずれの点からも格別に高貴な女性である。感情的な軋みを超えて融和を求めた行為ではあるものの、やはり光源氏の六条御息所への軽視あるいは蔑視を含んでいるとみてよい。

先の道長と紫式部の贈答は、むしろ夕顔巻の光源氏と中将の君の贈答を思わせる。

「咲く花にうつるてふ名はつつめども折らで過ぎうきけさの朝顔

いかがすべき」とて、手をとらへたまへれば、いと馴れて、とく、
朝霧の晴れ間も待たぬけしきにて花に心をとめぬとぞみる
と公事にぞ聞こえなす。をかしげなる侍童の姿好ましう、ことさらめきたる、指貫の裾露けげに、花の中にまじりて朝顔折りてまゐるほどなど、絵に描かまほしげなり。（夕顔巻・①一四八頁）

露に濡れた風景、「朝顔」の語、枝を折る随身や童、即座に歌を返す女房など、諸要素が近似する。ただし中将の君は庭に出ており、光源氏も手を捉えるから、面を見られて恥じらう紫式部の嗜みや立場とは隔たりがある。しかし、中将の君が光源氏の戯れを「いと馴れて、とく」といなし、「公事にぞ聞こえなす」と御息所の代詠を演じる様子は、「おそくてはわろからむ」と女郎花の枝を差し出されて紫式部が即答し、「あな疾」と道長の満足を得たのと、女房としての機転の利き方では近似する。同じ場面は『紫式部集』では、

朝霧のをかしきほどに、御前の花ども色々に乱れたる中に、女郎花いと盛りに見ゆ。をりしも、殿出でて御覧ず。一枝折らせたまひて、几帳のかみより、「これただに返すな」とて、賜はせたり

女郎花さかりの色を見るからに露のわきける身こそしらるれ（六九）

と書きつけたるを、いととく

白露はわきてもおかじ女郎花心からにや色の染むらむ（七〇）

と、「これただに返すな」と枝を差し出されて詠じた紫式部に、道長が「いととく」返歌した点が決定的に異なる。紫式部の謙遜を含んだ贈歌に、道長が敬意を表したと解せよう。

夕顔巻では光源氏に手を握られた中将の君が、「いと馴れて、とく」応じた。『紫式部日記』では道長に枝を差し出された紫式部が、卑下しつつ即応し、道長は「あな疾」と評価した。『紫式部集』では道長の応答こそが「いと

とく」、すなわち道長が紫式部に敬意を表したことを隠さない。『紫式部日記』の叙述はまだ、夕顔巻の女房に対する貴人の余裕に類するが、『紫式部集』はむしろ、主君たる道長の方が気後れを感じるかの有様である。ここには、光源氏を中心とする『源氏物語』と、女房層の紫式部を主体としながらも主家の栄誉を寿ぐ『紫式部日記』、より私的な『紫式部集』という各テクストの差異が見出せよう。

なお「朝顔」については『紫式部集』に「おぼつかなそれかあらぬかあけぐれのそらおぼれする朝顔の花／いづれぞと色わくほどに朝顔のあるかなきかになるぞわびしき」(四・五)の贈答歌がある。朝顔は男の朝帰りの顔の寓意、相手は宣孝と想定されている。方違えと朝顔といえば、帚木巻末尾の紀伊守邸で、「式部卿宮の姫宮に朝顔奉りたまひし歌」(①九五頁)が女房達に噂される。道長と紫式部の贈答、貴人の花の枝に惹起される贈答、野宮の別れ、夕顔巻の中将の君、「朝顔」といった連想は、『源氏物語』初期の物語と紫式部の体験との交錯を暗示しよう。とはいえ、これらの類似から制作時期を推定するのは慎重でありたい。

三　「鏡の神」「水鶏」——紫式部集、紫式部日記、源氏物語

『紫式部集』は、古本で一一四首、定家本中最多数の実践女子大本でも一二六首であり、前半は少女時代から結婚、後半は主に宮仕え以後の作と見るのが通説的である。また贈答歌が多いため、紫式部自身の詠作数は多くない。一方『源氏物語』中の七九五首は、『伊勢集』にみられる空蝉巻巻末歌を唯一の例外として、原則紫式部の創作歌と考えられている。

このように、『源氏物語』の歌数に比して『紫式部集』の歌数は著しく少ないのだが、両者の発想には通底する

ところも少なくない。「亡き人にかごとをかけてわづらふもおのが心の鬼にやはあらぬ／ことわりや君が心の闇なれば鬼の影とはしるく見ゆらむ」（四四・四五）は六条御息所の物語あるいは「心の鬼」の語義との関連、「おほかたの秋のあはれを思ひやれ月に心はあくがれぬとも／垣ほ荒れさびしさまさるとこなつに露おきそはむ秋までは見じ」（八五・八六）は帚木巻雨夜の品定めの頭中将の常夏の女との関連、また「数ならぬ心に身をばまかせねど身にしたがふは心なりけり／心だにいかなる身にかかなふらむ思ひ知れども思ひ知られず」（五五・五六）は『源氏物語』の「身」「心」の相克との関連が指摘できる。また、「霜こほりとぢたるころの水くきはえもかきやらぬここちのみして／ゆかずともなほかきつめよ霜こほり水のそこにて思ひながさむ」（一一・一二）には、朝顔巻末の光源氏と紫の上の贈答歌、「こほりとぢ石間の水はゆきなやみそらすむ月のかげぞながるる／かきつめてむかし恋しき雪もよにあはれを添ふる鴛鴦のうきねか」（②四九四頁）の「こほりとぢ」「水」「ゆき」の歌ことばとの共通性が指摘できる。

では以下は「鏡の神」「水鶏」の語に注目したい。まずは筑紫に下った友人との贈答、

筑紫に肥前といふ所より文おこせたるを、いと遥かなる所にて見けり。その返りごとに

あひみむと思ふ心は松浦なる鏡の神や空に見るらむ　（一八）

返し、またの年もてきたり

行きめぐりあふを松浦の鏡には誰をかけつつ祈るとかしる　（一九）

「鏡の神」にちなんでは、玉鬘巻の大夫監と玉鬘の乳母との贈答、「君にもし心たがはば松浦なる鏡の神をかけて誓はむ／年をへて祈る心のたがひなば鏡の神をつらしとや見む」（③九七—八頁）が連想される。「鏡の神」とは佐賀県唐津市の鏡神社のことで、三代集には近江国の「鏡山」は詠まれても「鏡の神」は見られず、特有の語である。一

八番歌は父の任国の越前の紫式部からの贈歌であり、「鏡の神」の語はそもそもの友人の文にあった可能性が濃厚だが、家集の詞書にはその事情は叙述されず、あたかも紫式部の着想と言わんばかりの体である。

最後に、「水鶏《くひな》」に関して。

内裏に、水鶏の鳴くを、七八日の夕月夜に、小少将の君

天の戸の月の通ひ路ささねどもいかなるかたにたたく水鶏ぞ　（六七）

返し

槇の戸もささでやすらふ月影に何をあかずとたたく水鶏ぞ　（六八）

天界の月の通う道は閉ざしていないのに、この宮中のどこで水鶏の声のように戸を叩くのかと問いかける贈歌に、こちらも戸も閉ざさずにいるのに、何が「開かず」「飽かず」、不満だと言って水鶏は泣くのか、と応じたもの。第五句を「たたく水鶏ぞ」に揃えて紫式部が返歌したものである。「水鶏」の語については『紫式部日記』中の贈答が連想される。

渡殿に寝たる夜、戸をたたく人ありと聞けど、おそろしさに、音もせで明かしたるつとめて、

夜もすがら水鶏よりけになくなくぞまきの戸ぐちにたたきわびつる

かへし、

ただならじとばかりたたく水鶏ゆゑあけてはいかにくやしからまし　（二一四—五頁）

戸を開けなかったことを口惜しがる道長の贈歌に対し、開けたら悔しかったと紫式部が切り返す。事実関係は不明でしかないが、戸を開けなかったと書き残したことの意義は認めたい。実際には紫式部のような立場で道長の寵を得なかったとは考えにくいが、折に触れての道長の懸想を軽くいなして拒むこともあったのか、表向きは無関係を

演じる配慮が求められたのか、先の家集にうかがえたように軽い尊敬を得ていたのか。ともあれ今は、「水鶏」の語が贈り手である道長の選択によることだけを確認しておきたい。

「水鶏」の歌は、『古今集』『後撰集』にはなく、『古今六帖』第六「鳥」に立項するも一首しか配されず、歌ことばとしては地味な存在であった。「水鶏だにたたけばあくる夏の夜を心短き人やかへりし」（『古今六帖』第六・四四九三・よみ人知らず）は、水鶏でさえ叩けば夜が「明ける」のに、戸を「開ける」のを待たずに帰った男を女が恨んだもの。「たたくとて宿の妻戸をあけたれば人もこずゐの水鶏なりけり」（『拾遺集』恋三・八二二・よみ人知らず）は、戸を叩く音に期待して開けたら水鶏だったことを、「人も来ず」「梢」の掛詞で歌う。『蜻蛉日記』中巻にも「くひなはそこと思ふまでたたく」（天禄二年六月）とあり、周辺の叙述に古今六帖歌の引歌が多いことからも、前掲四四九三番歌の引用とおぼしい。「水鶏」「戸」「たたく」「あく」の連想が定型で、紫式部の二組の贈答歌もその延長上にあるのだが、宮中で実際に戸を叩く情況を踏まえた点に現場性がある。

『源氏物語』中では、須磨明石から帰京した光源氏と、花散里の贈答に歌われる。「水鶏だにおどろかさずはいかにしてあれたる宿に月を入れまし／おしなべてたたく水鶏におどろかばうはの空なる月もこそ入れ」（澪標巻・②二九八頁）と、花散里が水鶏の声に託して、荒廃した邸を訪問してくれた光源氏の恩寵に感謝するのに対し、ほかの男の戸を叩く音が心配だと、浮気の懸念を装って花散里を慰めたものである。

このような、「鏡の神」「水鶏」などやや特殊な語が物語と日記に共通することは、紫式部という個としての作り手を感じさせる手掛かりにはなる。とはいえ先にも述べたように、語彙の類似を通して日記と物語との制作時期を軽々に結びつける類いの論法は厳に慎みたい。どちらが先か後か、いずれの説明も容易に成り立つからである。ことに紫式部の個人的な経験との関連が強いと想像される「鏡の神」に比して、「水鶏」の場合は十世紀後半に注目され始めた歌ことばでもあった。この「水鶏」の語が紫式部からの贈歌にではなく、小少将の君や道長からの贈歌に出現している点、和泉式部に「水鶏だにたたく音せば槇の戸を心やりにもあけてみてまし」（『和泉式部集』七九八）がある点も興味深い。十世紀末からの流行とも、小少将の君や道長からの贈歌に触発されて物語に利用したとも、物語歌を契機に流行し始めたとも、説明可能なのである。

以上、『源氏物語』『紫式部日記』『紫式部集』の三作品の共通項への注目、比較対照を通して、個々のテクストの独自性がいくらか浮かび上がったところで、ひとまずは筆を擱く。

注

（1）和辻哲郎「源氏物語について」（初出一九二二年十一月、「日本精神史研究」『和辻哲郎全集　第四巻』岩波書店、一九六二年）は原源氏物語を想定、鈴木日出男「初期物語の成り立ち――和辻論文に即して」（『源氏物語虚構論』東京大学出版会、二〇〇三年）は作者の最初期の習作の再構成と考える。そのほか高木和子「原型からの成長」（『源氏物語再考　長編化の方法と物語の深化』岩波書店、二〇一七年）

（2）三角洋一「改作物語と散逸物語――『住吉物語』『とりかへばや物語』の周辺――」（『住吉物語　とりかへばや物語』小学館新編日本古典文学全集、二〇〇二年）

（3）片岡利博「源氏物語研究への提言」（初出二〇〇九年、『異文の愉悦　狭衣物語本文研究』笠間書院、二〇一三年）

（4）諸井彩子「『赤染衛門集』の物語制作歌群――サロン活動としての物語制作――」（『国語と国文学』二〇一五年三月）

（5）池田節子「紫式部の言葉――『源氏物語』『紫式部日記』『栄花物語』を比較して――」（『源氏物語表現論』風間

書房、二〇〇〇年)、『紫式部日記を読み解く　源氏物語の作者が見た宮廷社会』(臨川書店、二〇一七年)

(6)　高木和子「紫式部の思考形式」(『源氏物語の思考』風間書房、二〇〇二年)

(7)　秋山虔「好色人と生活者——光源氏の「癖」」(初出一九七二年十二月、『王朝の文学空間』東京大学出版会、一九八四年)、高木和子「光源氏の「癖」」(『源氏物語の思考』)

(8)　「宿世」の先行研究としては、井上光貞「藤原時代の浄土教」(『歴史学研究』一三一、一九四八年一月)、「源氏物語の仏教」(『源氏物語講座　下巻』紫乃故郷舎、一九四九年十二月)が先駆的。そのほか日向一雅「宿世の物語の構造——源氏物語への一視点——」(『東京女子大学紀要論集』三〇—一、一九七九年九月)、佐藤勢紀子『宿世の思想　源氏物語の女性たち』(ペリカン社、一九九五年)、高木和子「第二部における出家と宿世」(『源氏物語再考』)など。

＊『紫式部日記』『源氏物語』などの本文は小学館新編日本古典文学全集、『紫式部集』は新潮日本古典集成、その他の和歌は新編国歌大観によるが、一部表記を改めた。

方法としての袍の色──『源氏物語』正編の束帯姿──

吉井美弥子

はじめに

宮中へ参内する光源氏が描き出される場面で、私たちはその都度、何色の袍《ほう》をまとった光源氏の束帯姿を思い浮かべればよいのだろうか。

『源氏物語』において、男性の正装の束帯姿の表衣たる「袍衣《うへのきぬ》」ということばは五例見られるが、もとよりそうしたことばが見られなくても、袍と思しき衣装について語られている例は他にも見られ、また、参内や行事等を描く場面からすれば、登場する男性官人たちが確実に束帯姿で袍をまとっていると考えられる例は多々見出される。光源氏が正装の束帯姿をしているはずの場面もある。しかし、その際、その袍の色をはじめとした具体的表現はほとんどない。少なくとも若き日の光源氏に限っていえば、平常服である直衣姿についてはしばしば具体的に語られている──狩衣姿も直衣姿についで描かれ、袿姿もあらわされている──ものの、束帯姿は、喪服姿の場合を除くと、その色についての具体的表現はないのである。

束帯姿で最も目立つ表衣である袍の、官位に相当した色を示す「当色《とうじき》」は、『養老令』（七一八年頃）の「衣服令」によって、臣下の場合、「一位　深紫、二位　浅紫、三位　浅紫、四位　深緋、五位　浅緋、六位　深緑、七位浅緑、八位　深縹、初位　浅縹」と定められていた。しかし、その後、諸事情から次第に推移し、『延喜式』弾正台の制定を経て、その後、「一条朝頃には位階の上の色に近づけたい心理や染色法の乱れなどのために、一位から四位はそれぞれの色を帯びつつも限りなく黒に近い色に、また七位から初位は叙されることがなくなり、やがて一位から四位は黒、五位は緋、六位は緑の三色の別になっていった（1）」といわれる。

美しい容姿について繰り返し語られている光源氏であるが、少なくとも若き日の束帯姿が描き出される際に、その袍の色についてまったく語られていないことは注目に値する。束帯姿の袍の「当色」とは、まさに「政治的社会的秩序を可視化する役割（2）」の最たる例といえるからである。その意味で、光源氏の束帯姿についての河添房江の次の指摘（3）は、若き日の光源氏についていえば、まさしく正鵠を射ている。

喪服姿という特殊な例をのぞいて、物語は光源氏の正装の細やかな描写を、巧妙に避けるかのようである。なぜなら束帯姿は、光源氏にかぎらず、袍をまとう人物の社会的な序列をあからさまに示してしまうものだからである。束帯姿が明らかにしてしまう身分秩序を不問にしたところで、主人公を形象しようとする物語の配慮をあらわしているのではないか。

説得力に富む河添の指摘の通り、喪服姿以外の袍の色が「巧妙に」表現されないことによって、確かに光源氏は「社会的な序列」を可視化する当色からあくまで自由な、きわめて特異な主人公像を結びえたということができる。物語がことばで織りなされている世界であるからこそ、具体的に表現されていなければ、あとは読者の自由な想像に委ねられることになるからだ。もっとも前述したように、それは少なくとも若き日の光源氏について、といえる。

結論めいたことを先に述べると、『源氏物語』はその後、袍の当色をさらに方法的に表現していったと考えられるのである。

そもそも、『源氏物語』における当色の時代設定はいつなのであろうか。この問題については後述するが、実際のところ、現代の諸注釈書においても――それが同一の注釈書でも――当色をあらわしていると思しき場面について、「衣服令」の当色を示して注を付す場合と、一条朝当時の当色によって解説する場合とが混在している例がしばしば見受けられる。古注釈においても、『源氏物語』の当色の時代設定の問題についてはあいまいなようだ。(4)

こうした『源氏物語』の袍の色の時代設定について、史料や他の作品群、そして先行研究をふまえつつ着目した近年の論考として、川名淳子「日本の官職・位階と服色――平安朝――　――紫の袍から黒の袍へ」(5)が挙げられる。川名論はさまざまな用例を検討しつつ平安朝の袍の色について具体的に考察した力編だが、『源氏物語』の袍の色については、次のように述べて問題を提起するにとどめている。

これらの用例は『源氏物語』があくまで、未だ当色の混乱期に入っていない延喜、天暦期を物語の舞台としているゆえか、または正編執筆の段階では、現実社会における位袍の変容を物語に反映するほどの慣例と見なしてはいなかったのか、はたまた物語においては「衣服令」を遵守するという立場であるというより、むしろその当色の色彩を場面や状況を印象的に盛り立てる表現方法として導入しているゆえの描法なのであろうか、今後、位袍の当色の扱いから物語の生成過程や場面の描き方へと、考察を深めてゆくことも可能なのではないかと思われる。

右の指摘通り、『源氏物語』の袍の色の問題はさらに追究する必要がありそうだ。本稿では、袍の色がどのようにあらわされているかを物語の進行に沿って読み解いていくことによって、光源氏在世時を描く『源氏物語』正編の表現方法についての考察を試みたい。

一　「四位五位こきまぜに」考――若紫巻の袍の色

冒頭から述べてきたように、光源氏が束帯姿をしていると思しき場面は、桐壺巻以降多々あるが、その色は明らかにされないまま物語は進んでいく。実は、その他の登場人物にしても、袍の色についての記述はあまり見られない。そうした中で、若紫巻、光源氏十八歳（中将）(6)の十月頃の次の場面は、袍の当色を示すと見られる表現があることで注目される。

1東の対に渡りたまへるに、たち出でて、庭の木立、池の方などのぞきたまへば、霜枯れの前栽絵にかけるやうにおもしろくて、見も知らぬ四位五位こきまぜに、隙なう出で入りつつ、げにをかしき所かなと思す。（①二五八頁）(7)

光源氏によって二条院に連れてこられたばかりの紫の上が、庭の木立や池の方などを見ると、霜枯れした植え込みが絵に描いたように風情があるところに、見たこともない「四位五位」の人々が「こきまぜに」、ひっきりなしに出入りしている様子なのを見て、美しい邸であること、と思う場面である。この「四位五位」について、たとえば『湖月抄』は「四位の袖は黒、五位は赤き也。入りみだれたるさま也(8)」とし、現代の諸注釈においても、「四位は黒、五位は緋色なので、遠くから見てもすぐ区別できる(9)」とするといったものが一般的である。この部分に詳細な解説を付した玉上琢彌も、「四位は黒色、五位は緋色（赤）の袍を着るのが規定であるから、遠くからもはっきりわかる」とし、素性法師の歌（後掲）を引いて「普通「錦」とは秋の紅葉に言う。それを春に見たのが素性法師の功だが、春も「錦を敷けると見」（中略）える北山から来た若君は、四位五位の袍を見て、自然美ならぬものに錦を見たのである」[10]という。すなわち、「規定である」として、四位を「黒色」、五位を「緋色」としていることから、一条朝頃の当色に沿って説明していることがわかる。

一方、前掲の川名論はこうした先行の指摘に異を唱え、「この場面の「霜枯れ」の晩秋の景色を想定してみると、濃き薄きの紅葉の赤に、四位五位の者の装束が準えられているからこそ、その前後の「絵のような」前栽、「をかしき」屛風絵の趣きと彼らが連動し、二条院に美を添える存在となっているのではなかろうか」と考え、「従ってこれは四位の深緋と五位の浅緋の袍であろう」[11]と述べた。首肯される見解だが、「景色を想定」するにとどめず、1の場面に見える「こきまぜ」ということばに注目することから「四位五位」の色の検証を試みたい。

まず、玉上の右の指摘にあったように、「こきまぜ」ということばは素性法師の次の歌がふまえられているととらえられる。

見渡せば柳桜をこきまぜて都ぞ春の錦なりける　（『古今和歌集』巻第一　春歌上　56　花ざかりに京を見やりてよめる）[12]

新編日本古典文学全集は、「柳桜をこきまぜて」について、「柳と桜がモザイク模様のように美しく並べられた状態をいう。「こき」は、一面にの意の接頭辞」とし、「緑の柳と紅の桜をみごとにまじりあわせて」と解釈する。[13]

「こきまぜ」ということばが『源氏物語』において名詞として用いられているのは、前掲1の場面の一例のみであるが、動詞として用いられている「こきまず」は、『源氏物語』中に三例見られる。そして、次に掲げるように、いずれも「こきまず」ということばが素性歌の表現をふまえて、「色とりどりの色がまじりあったみごとな美しさ」をあらわす際に用いられていることが確認できる。

A九月晦日なれば、紅葉のいろいろこきまぜ、霜枯れの草むらむらをかしう見えわたるに、関屋よりさとはづれ出でたる旅姿どもの、いろいろの襖のつきづきしき縫物、括り染のさまもさる方にをかしう見ゆ。
（関屋巻②三六〇頁）

B九月になれば、紅葉むらむら色づきて、宮の御前えもいはずおもしろし。風うち吹きたる夕暮に、御箱の蓋に、いろいろの花紅葉をこきまぜて、こなたに奉らせたまへり。
（少女巻③八一頁）

Aは晩秋の末の頃の、紅葉が色とりどりにまぜあわさった美しい光景、Bもやはり晩秋、色とりどりの花や紅葉をまぜあわせたものが箱の蓋に載せられたさまが描き出されている。

次に掲げる三例目は、自然美を表現したものではないが、三月下旬頃、若い女房たちの美しさをあらわすのに「花をこきまぜたる錦に劣らず」という表現が用いられている。

C暮れかかるほどに、皇麞といふ楽いとおもしろく聞こゆるに、心にもあらず、釣殿にさし寄せられておりぬ。ここのしつらひ、いと事そぎたるさまに、なまめかしきに、御方々の若き人どもの、我劣らじと尽くしたる装束、容貌、花をこきまぜたる錦に劣らず見えわたる。
（胡蝶巻③一六八頁）

若い女房たちが、「我劣らじ」と華美を尽くした装束や容姿が、まるで花をまぜあわせた錦にも劣らず美しく見渡されるという光景が表現されている。[14]

以上から確認できる通り、素性の歌をふまえた「こきまぜ」「こきまず」の用法から考えても、1の場面の「四位五位こきまぜに」の「四位」の色を「黒」とするのには無理があるといわざるをえない。すなわち1の場面は、初冬の頃、四位五位の人々のまとった袍の色が色とりどりにまぜあわさっているのが、濃淡の紅葉さながらに美しく見えたさまを描いたものと考えられる。とすれば確かに川名の指摘した[15]ように、この場面の「四位五位」は、前述した一条朝時代の「四位　黒」「五位　緋」ではなく、「衣服令」によった「四位　深緋」「五位　浅緋」ととらえられる。

物語はその後しばらくの間、当色について表現しない。ただし、「袍衣」についての言及は次に掲げる場面で見られる。花宴巻、参議中将、正三位の光源氏（二十歳）が、右大臣家の藤花の宴に出向いた折の場面である。

桜の唐の綺の御直衣、葡萄染の下襲、裾いと長く引きて、皆人は袍衣なるに、あざれたるおほきみ姿のなまめきたるにて、いつかれ入りたまへる御さま、げにいとことなり。（①三六四頁）

光源氏の桜襲の直衣姿が、「皆人」のまとっていた「袍衣」とは異なり、その際立った美しさは他の人々を圧倒する。まさに秩序を逸脱した、特異な主人公たる若き光源氏を象徴する場面といえるが[16]、この場面の「皆人」、すなわち集っていたという「上達部、親王たち多く」（①三六三頁）が着ていた袍の色は記されていないため不明である。

二　方法化される当色㈠——澪標巻の住吉参詣

次に登場人物たちの束帯姿の袍の色が明確に表現されている例は、澪標巻の一場面に見られる。須磨・明石の流離を経た後、都に戻った光源氏が、二十九歳の秋、願ほどきのために住吉参詣をした場面である。

2松風の深緑なるに、花紅葉をこき散らしたると見ゆる袍衣の濃き薄き数知らず。六位の中にも蔵人は青色しるく見えて、かの賀茂の瑞垣恨みし右近将監も靫負になりて、ことごとしげなる随身具したる蔵人なり。良清も同じ佐にて、人よりことにもの思ひなき気色にて、おどろおどろしき赤衣姿いときよげなり。（②三〇三頁）

この部分について「松原の深緑を背景に、奉仕の官人の袍、特に四位深緋・五位浅緋が目立ち、まして六位深緑・七位浅緑・八位深縹など無数である」とする指摘[17]があるように、まず、花や紅葉を散らしたように見える袍の、濃い色薄い色とは、「衣服令」による四位の「深緋」、五位の「浅緋」の濃淡とりどりの色と考えられる。そこに、「青色」[18]の袍をまとった六位の蔵人、衛門佐となった良清の「おどろおどろしき赤衣姿」、すなわち、目をみはる「赤色」の袍の姿――衛門佐は従五位上なので、「衣服令」によれば「浅緋」の袍である――などが描き出されている。

注目すべきは、2の場面にいたる物語内容である。光源氏が明石から都に戻った翌年二月に朱雀帝が譲位し、春宮は冷泉帝として即位して、光源氏も内大臣に昇進した。政権が大きく動いたことが語られているのである。同年三月には明石の姫君も誕生、その後、人々の動静にも変化があって、「世の中の事、ただなかばを分けて、太政大臣、この大臣の御ままなり」(②三〇一頁)、すなわち、世の政は太政大臣と光源氏で二分して思うままにできるようになったと語られる。まさに、光源氏が政治的権勢をふるうことのできる時代が到来したことが告げられているのだ。そして次のように語り出されたのが、この住吉参詣の場面であった。

その秋、住吉に詣でたまふ。願どもはたしたまふべければ、いかめしき御歩きにて、世の中ゆすりて、上達部、殿上人、我も我もと仕うまつりたまふ。(②三〇二頁)

光源氏の参詣ということで、世間も大騒ぎし上達部や殿上人が我も我もと供奉するとあるように、この参詣が、光源氏の強大な現実的権力が目に見える形であらわれるものであることが強調されていることは見逃せない。折しも住吉に来合わせていた明石の君の自らの「身のほど」についての悲しみがこの後に語られ、それと対照的に描き出されたのが、2のにぎにぎしい場面なのである。

花や紅葉を散らしたように美しいと語られてはいるが、ここでは、緋色の濃淡をはじめとした袍のとりどりの色は、そのまま身分の序列を可視化させるものであり、そうした人々を従えている光源氏の権勢を象徴するものとなっている。須磨流離時に光源氏とともに苦労することになった右近将監は今や「青色」をまとう蔵人であり、光源氏の腹心の一人、良清も晴れがましい様子で「赤衣」を着ていると語られている。前節で取り上げた、若紫巻における色とりどりの紅葉のように見えた「四位五位」の袍の色という美しさを示した表現とは異なり、2の場面は、袍の色が政治的現実的序列を明確にあらわすために、方法的に表現されたものといえるだろう。すでに指摘されるように、澪標巻は、物語内容から、『源氏物語』第一部における大きな転換点というべき政治的意義が見て取れる巻なのである[19]。右に述べてきた、政治的位置付けを袍の色で示す方法は、まさにそうした物語の政治的世界を表現によって裏打ちしていくものととらえられよう。

その後、薄雲巻で藤壺が亡くなった後、「殿上人などなべて一つ色に黒みわたりて、ものの栄なき春の暮なり」（②四四八頁）と、喪服姿の殿上人たちの姿が一様にあらわされることはある。しかし、述べてきたような政治的序列を可視化する表現として、袍の当色がさらにいっそう方法的に用いられたのが、次節で取り上げる少女巻ではないだろうか。

三　方法化される当色(二)——少女巻の夕霧と光源氏

少女巻では、元服後の夕霧（十二歳）が、四位になるのだろうという世の人々の予想とは異なり、光源氏の方針によって六位になったことが語られている。その夕霧の様子について、「浅葱にて殿上に還りたまふ」（③二一頁）と、六位の袍の色を示すのに「浅葱《あさぎ》」と表現するところから始まり、その後も、次に掲げるように、夕霧が六位であることが「浅葱」あるいは「あさみどり」などの袍の色で表現され、それがいかに屈辱的であるかが繰り返し強調されていく。

……浅葱をいとからしと思はれたるが、心苦しうはべるなり（③二三頁）

くれなゐの涙にふかき袖の色をあさみどりとや言ひしをるべき（③五七頁）

浅葱の心やましければ、内裏へ参ることもせずものうがりたまふを……（③六二頁）[20]

夕霧は、翌年には「秋の司召に、かうぶり得て、侍従にな」（③七六頁）ったことで従五位に叙せられ、「浅葱」の色からは解放されたのだが、その後もなお、「六位であること」の折の思いが袍の色によって繰り返し表現されて、その口惜しさが示されている。

……なほかの緑の袖を見えなほしてしがなと思ふ心のみぞ、やむごとなきふしにはとまりける。（蛍巻③二一七頁）

……あさみどり聞こえごちし御乳母どもに、納言に昇りて見えんの御心深かるべし。（梅枝巻③四二三頁）

夕霧はついには雲居雁と結婚して中納言にもなるのだが、その折にも、かつて自分を「六位宿世」といって侮った大輔の乳母に対して次のような歌を詠んでいる。

あさみどりわか葉の菊をつゆにてもこき紫の色とかけきや（藤裏葉巻③四五五頁）

この歌の「紫の色」については後述するが、以上の通り夕霧については、「六位である（あった）こと」の屈辱が一貫してその袍の色によって表現されるという方法が見て取れる。夕霧はまさに身分的序列が目に見える形で示される袍の当色の機能を最も担って表現された人物といえる。

ところで、夕霧の六位をあらわす袍の色は、これまでと同じく「衣服令」によったものといえるのだろうか。本稿冒頭に掲げたように、「衣服令」によれば、「六位　深緑」「七位　浅緑」とされる。「緑」とされている表現はともかくとして、「浅葱」「あさみどり」については、「衣服令」によっているとはいえないのではないか。そこで、鈴木敬三の次の考察に沿いながら、このことについて改めて考えてみたい。[21]

六位以下のいわゆる地下の料は、平城天皇の大同元年（八〇六）、すでに七位は六位と同様の深緑、初位は八位と同様の深縹として二種としたが、七位以下は名目のみで、実際に叙せられるものは稀となったため、①地下は六位の緑一色となった。したがって六位の袍は緑衫とも呼ばれたが、この緑は藤原時代の末から濃い浅葱となって、縹というのが普通となった。五位以上の堂上については、嵯峨天皇の弘仁元年（八一〇）、二位・三位の浅紫が、濃紫との間色である中紫とされ、同じく浅紫であった諸王の二位以下五位までが中紫となったが、この紫根染は材料・染法とも容易でなかったため、簡易な黒色となり、②紫は名目としてのみ残り、三位以上は同色となった。そして藤原時代に入ると、諸臣の四位も、諸王の五位と同様、黒を着用するようになり、これは後世まで続いた。このように③四位が黒を使用したのはすでに天暦のころからと見られている。したがって緋は五位のみとなったため、五位は四位の深緋を用いることとなった。

傍線①の指摘によれば、九世紀以降にはすでに「深緑」「浅緑」の別なく、六位が「緑」であったことになる。すなわち、夕霧の六位をあらわす「浅葱」「あさみどり」「緑」と表現された袍の色は、「衣服令」の「六位　深緑」によったものではなく、「緑」一色となったという九世紀以降の時代の当色によったものであると考えられるだろう。[22]とすれば、この夕霧の袍の当色、さらに傍線③の指摘、そして前節までに確認できた「四位　深緋」「五位　浅緋」であるといえること、以上すべてを照らし合わせると、『源氏物語』は、少なくともここまで確認してきた限りでは、袍の当色に関しては、九世紀以降かつ天暦（一〇世紀中葉）の頃より前あたりを時代設定としていたと考えられる。傍線②については後で取り上げる。

さて、少女巻に戻ろう。この巻では夕霧が六位であること、そしてその屈辱を袍の色によって表現する方法がとられたことが確認できたが、同じこの少女巻で、ついに初めて――喪服姿を除き――光源氏の束帯の袍の色が示されたのは偶然とはいえないのではないか。

元服した夕霧が六位になった同年の秋、光源氏は太政大臣に昇進した。次に掲げるのは、翌年二月、冷泉帝による朱雀院行幸の場面である。

二月の二十日あまり、朱雀院に行幸あり。花盛りはまだしきほどなれど、三月は故宮の御忌月なり、とくひらけたる桜の色もいとおもしろければ、院にも御用意ことに繕ひみがかせたまひ、行幸に仕うまつりたまふ上達部、親王たちよりはじめ心づかひしたまへり。人々みな青色に、桜襲を着たまふ。帝は赤色の御衣奉れり。召しありて太政大臣参りたまふ。同じ赤色を着たまへれば、いよいよ一つものとかかやきて見えまがはせたまふ。

（③七〇～七一頁）

冷泉帝からのお呼びがあってこの行幸に参加した光源氏（三十四歳）が、帝と同じ「赤色」の袍を着ていると語られる。この「赤色」の袍の意義については、すでに史学の視点から末松剛の一連の論考[23]によって詳細な検討がなされている。それをふまえてさらに考察を深めた吉野誠[24]は、冷泉帝とともに「赤色」の袍をまとう光源氏が語られた右の場面とは、光源氏が、須磨への退去という「窮地から、ついに天皇とともに「赤色」の袍を着しうる「第一人」に比しうる地位にまで昇りつめたこと」、そして、「藤原北家をも凌駕する栄華の達成」をあらわし、さらには「光源氏と冷泉帝の赤色袍は、天皇と第一の臣としての紐帯を空前の（しかし、史上の様式を踏まえつつ上回るという）様式で示して光源氏の臣下としての栄耀を表しつつ、冷泉帝と同一視できる存在でありすなわち光源氏が秘密の王であることをも表して、その両極のあわいを揺曳させてしまう表現である」と論じた。きわめて説得力に富み、首肯すべき見解である。

しかしながら、ここまで確認してきたように、これまで光源氏の束帯姿について、喪服姿を除けば、袍の色が表現されていなかったことの意義を考え合わせつつ着目すると、この場面はまた異なる様相を呈してくる。すなわち、この時点まで当色から自由であり超越的であったはずの光源氏の袍の色が記されたことは、たとえそれが破格の「第一の臣」であったにせよ、光源氏が社会的現実的な秩序の中に位置付けられたことを意味することにほかならないからである。前述したように、少女巻で光源氏は太政大臣となり、文字通り位人臣を極め、ついには六条院も完成する。そうした巻において光源氏の袍の色が初めて語られたことは、光源氏が超越的な存在から、まさに現実的な存在に位置付けられたことを示したものといえるのではないか。すなわち、現実的な栄華の中心にいるという、中年の光源氏像なのであった。これまで袍の色が描かれなかった、すなわち当色にとらわれることのなかった超越的な若き日の光源氏像は、この少女巻――夕霧が六位であることを袍の色への慨嘆をもって表現した巻――において、現実的な権力者として改めて据え直されたのである。そして、この少女巻に続くのが、六条院を舞台にしてまさに現実的な栄華の中に身をおく中年期の光源氏を描く玉鬘十帖である。(25)

玉鬘十帖以降、藤裏葉巻までの袍の色に関して注目される記述としては、先に挙げた夕霧の例以外には次の二例が挙げられる。まず、行幸巻の大原野行幸の場面。「左右大臣、内大臣、納言より下、はた、まして残らず仕うまつりたまへり。青色の袍衣、葡萄染の下襲を、殿上人、五位六位まで着たり」(③二九〇頁)とあるように、晴の特別な儀式ということで、供奉する諸臣すべてが「青色」の袍を着用し、冷泉帝のみが「赤色の御衣」(③二九一頁)をまとっていたとされるが、ここでは光源氏は参加していない。もう一例は、鬚黒大将について、「よき表の御衣、柳の下襲、青鈍の綺の指貫着たまひてひきつくろひたまへる、いとものものし」(真木柱巻③三七七頁)とある箇所。

袍をまとった鬚黒の姿が描かれているのだが、「よき表」とだけ語られて、それが何色かはわからない。新編全集はこの部分について、「大将は三位なので黒色の袍」（同頁頭注）とするが、この場面からは何色であるのか不明である。三位以上の袍の色の問題については次節で取り上げたい。

四　「黒」の袍と柏木——若菜下巻の住吉参詣の場面から

『源氏物語』第二部に入ってから、袍の色が表現されている箇所として注目されるのが、若菜下巻、すでに准太上天皇である光源氏（四十六歳）が願ほどきのための住吉参詣をした次の場面である。この場面に先立ち、「上達部も、大臣二ところをおきたてまつりては、みな仕うまつりたまふ」（④一六九頁）とあり、これが大臣二名以外の上達部全員が供奉する大がかりな参詣であったことが語られている。

山藍に摺れる竹の節は松の緑に見えまがひ、かざしの花のいろいろは秋の草に異なるけぢめ分かれで何ごとにも目のみ紛ひいろふ。求子はつる末に、若やかなる上達部は肩ぬぎておりたまふ。にほひもなく黒き袍衣に、蘇芳襲の、葡萄染の袖をにはかにひき綻ばしたるに、紅深き衵の袂の、うちしぐれたるにけしきばかり濡れたる、松原をば忘れて、紅葉の散るに思ひわたさる。（④一七一～一七二頁）

舞人たちのさまが語られた後、「若やかなる上達部」が、東遊の「求子」が終わる頃に袍の肩を脱いで庭に降りて舞うとき、「にほひもなく黒き袍衣」から「蘇芳襲」や「葡萄染」の袖がさっと引き出されて美しいという様子が表現された場面である。この「黒き袍衣」について、新編全集は「四位以上の袍の色。一条朝の寛弘期（一〇〇四～一〇一二）からそうなったという」（④一七二頁頭注）とするが、すでに確認してきたように、『源氏物語』において、四位は「深緋」として描かれていたので、「黒」を「四位以上の袍の色」というのはあたらない。しかも、この場面の直後に、次の通り袍がいろいろな色に分かれていて、その位の区別がつくということも記されている。

松原に、はるばると立てつづけたる御車どもの、風にうちなびく下簾の隙々も、常磐の蔭に花の錦をひき加へたると見ゆるに、袍衣のいろいろけぢめおきて、をかしき懸盤とりつづきて物まゐりわたすをぞ、下人などは、目につきてめでたしとは思へる。（④一七五頁）

このときの職務――懸盤をとりついで参詣の数々の車へと食事を給仕して奉仕する――からすると、もとより高位の者は携わっていないと考えられるが、少なくともこの記述からも四位の袍が「黒」であるとはもちろん判断できない。

以上のように確認してくると、これまでの記述と矛盾なく考える――矛盾があってもよいと考えるとらえ方もあろうが、本稿では、できる限り矛盾なくとらえるという立場で検討を試みている――とすれば、先の「にほひもなく黒き袍衣」をまとっていた「若やかなる上達部」は三位以上であったと考えてよいのではないか。

それにしても、この「にほひもなく黒き袍衣」の「にほひもなく」という語りにいささか否定的な感が漂っていることは看過できない。明るくはなやかな美しさを示す「にほひ」もない[26]、とされた「黒」の袍はここでは称賛に値するものとして語られてはいないのである。そもそも、染色の材料や技術といった物理的な諸事情もあったにせよ、平安時代において袍の色が次第に――とくに上位の「黒」へと――変化していったことの理由の一つとして、男性貴族たちの「強い上位志向」が見て取れた[27]ということは、『源氏物語』を読み解いていく上でも見逃せないのではないか。政治的序列を可視化させる袍の色、とくに「黒」への執着とは、まさに男性貴族たちの権力欲そのものを可視化させるものであったといえるからだ。「黒き袍衣」について、「にほひもなく」とさらりといってしまうこの語りから、そうした男性貴族の権力欲への違和感を読み取ることもできるかもしれない。

ところで、こうした「黒」をまとう上達部が描き出されたことから、第三節で引用した鈴木敬三説に従いつつ改めて確認できるのは、臣下の袍の当色に関する限り、『源氏物語』の時代設定は、弘仁期以降、天暦になるまでの間においている、ということである。すなわち、三位以上が「黒」の袍をまとう頃ということになる。もっともそうした「黒」というのも、「黒一色」というわけではなく、染色からいえば本来は「紫」であったのが限りなく「黒」に近づいていったという。(28)それゆえ、第三節の鈴木説の傍線②に見られる、「黒」には「紫」の「名目」が残っていたとする指摘は重要である。前掲した夕霧の歌「あさみどりわか葉の菊をつゆにてもこき紫の色とかけきや」(藤裏葉巻③四五五頁)の「こき紫の色」とは、今や中納言になっている夕霧の、まさに名目としての三位の色をあらわしているととらえられるからである。(29)そして四位以下については、これまで見てきたように、「四位　深緋」「五位　浅緋」「六位　緑」である。ただし、本稿は袍の当色から『源氏物語』の時代設定を特定することを目標としているのではなく、あくまでも『源氏物語』の表現方法としての袍の色について考察を試みている。(30)

そこで最後に考察したいのが、柏木の袍の色の問題である。身分のことを、その袍の色によって話題にされていたのは夕霧だけではなかったのだった。柏木も小侍従から次のようにいわれている場面があることに注目したい。

「いと難き御事なりや。御宿世とかいふことはべなるを本にて、かの院の言に出でてねむごろに聞こえたまはんに、立ち並び妨げきこえさせたまふべき御身のおぼえとや思されし。このごろこそ、すこしものものしく、御衣の色も深くなりたまへれ」(④二一九頁)

柏木が女三の宮への手引きを訴えた際の小侍従のことばである。かつての女三の宮の婿選びに際して、「あの光源氏に対抗できるような身分だと思っていたのか、このごろこそ、少しえらくなって、衣の色も深くなったけれど」と、小侍従は柏木に手厳しいことばを浴びせる。「御衣の色も深くなりたまへれ」とは、袍の色によって身分が上がったことを示す表現である。この部分について、四位の「深緋」から三位の「浅紫」に変わったことを示すとするのみの指摘が多い中で、「柏木は参議（正四位下）から中納言（従三位）に昇進した（中略）ので、衣服令の規定では袍の色が深緋から浅紫に変わる。この変化を「深く」の語で表現するのは、やや疑問」とする指摘[31]がなされている通り、「深緋」から「浅紫」を「深く」ということばで表現することは確かに不自然である。しかし、この部分についても、前述したように三位以上が「黒」であるとなれば不自然さは解消する。四位の「深緋」から三位の「黒」になったことを「御衣の色も深くな」ったと表現したととらえられるからである。

柏木が中納言になっていたことは、右の場面から少し前、紫の上発病の挿話の後に、「まことや、衛門督は中納言になりにきかし」（④二一七頁）と思い起こすように語られていた。若菜下巻に入ってからの柏木は、巻頭の、女三の宮への諦められない思いから女三の宮の猫を譲り受ける展開の後、真木柱との縁談にも関心がないことが語られて以来の久々の登場となる[32]。前掲の小侍従のことばに「このごろ」とあることから考えると、柏木が中納言になったのはそれほど前というわけではないことが知られる。この前年、冷泉帝の譲位後、政界の人事異動があった際、鬚黒が右大臣に、夕霧が大納言に昇進したことが語られている（④一六五頁）ので、時期的に考えれば、この時柏木も中納言に昇進していたと想定するのが妥当であろうが、その折には柏木について語られていないので臆断は避けたい。

ただし、前掲の住吉参詣――前年十月に催され、大臣二名を除き上達部全員が供奉していたとあった――に柏木も当然供奉していたことになるわけだが、このとき柏木がまとっていた袍の色は、中納言としての「黒」だったのであろうかということがいささか気にかかる。というのも、もし柏木がこの時すでに中納言に昇進していたとすれば、「にほひもなく黒き袍衣」――前述したように、「強い上位志向」を思わせる「黒」の袍――の肩を脱ぎ、庭に降りて舞った「若やかなる上達部」の一人に柏木がいたかもしれないことになるからだ。もちろん語られていない以上、右の考察はそうした柏木の姿を幻視しているにすぎないが。

しかし、少なくとも、かつて身分の低いことが大きな理由となって、女三の宮の婿候補からはじき出された柏木が、三位の中納言に昇進していたと語られていたこと、そしてそのことが袍の色の変化によって表現されていたことの意義はきわめて重いといわざるをえない。身分が高くなったことがあたかも後押しにでもなったかのように、この後、柏木は小侍従の手引きで女三の宮へ接近し、ついには密通するにいたるのである。

おわりに

述べてきたように、『源氏物語』正編において束帯姿についての具体的描写は少ない[33]。そもそも、袍の色によって社会的序列が明確に見える束帯姿とは、あまりに公的すなわち政治的であり、女の物語世界――周知の通り『源氏物語』で語り手の女房は政治的な世界に口出ししないという立場をとっている――にはなじみにくいものであったといえるかもしれない。しかしながら本稿の検討から、『源氏物語』は、数少ない場面の中にも、確かに束帯姿の袍の色の社会的政治的意義を強く意識しつつ、それを方法として表現していったと考えられるのである。

注

（1）　中嶋朋恵「男性衣装」（小町谷照彦・倉田実編著『王朝文学文化歴史大事典』笠間書院、二〇一一年）。

（2）末松剛「摂関家における服飾故実の成立と展開――赤色袍の検討を通じて――」（『平安宮廷の儀礼文化』吉川弘文館、二〇一〇年）。
（3）河添房江「桜衣の世界」（『性と文化の源氏物語　書く女の誕生』筑摩書房、一九九八年）。
（4）たとえば、第三節で取り上げる藤裏葉巻の夕霧「あさみどり……」の歌について、『河海抄』は、「浅緑は六位袍也紫は四位以上袍こき紫は三位袍とみえたり一位までは同色也古は四位叙三位後着改袍之由旧記に見えたり今世は四位袍も公卿も差別なし」（玉上琢彌編『紫明抄　河海抄』角川書店、一九六八年）とし、『花鳥余情』は、袍の色について「衣服令」による注を施した上で、「今世四位袍三位以上と差異なきは一条院正暦之比より如此みたりになれり」（中野幸一編『源氏物語古註釈叢刊　第二巻　花鳥余情　他』武蔵野書院、一九七八年）とする。
（5）川名淳子「日本の官職・位階と服色――平安朝――　――紫の袍から黒の袍へ」（日向一雅編『王朝文学と官職・位階　平安文学と隣接諸学4』竹林舎、二〇〇八年）。
（6）この場面を、後に紅葉賀巻で語られる朱雀院での紅葉賀の夜の昇進後と考えると、光源氏は正三位になっていることになるが、若紫巻のこの時点では位は不明である。
（7）引用本文は、新編日本古典文学全集『源氏物語』（小学館）により、括弧内に新編日本古典文学全集の巻数と頁数、必要に応じて巻名を記す。私に傍線等を付す。
（8）有川武彦校訂『増註源氏物語湖月抄　上巻』（弘文社、一九二七年）。なお、「袖」は「袍」の誤りか。
（9）新編日本古典文学全集『源氏物語』①二五八頁頭注。
（10）玉上琢彌『源氏物語評釈』第二巻（角川書店、一九六五年）一五二頁。
（11）注（5）論文。なお、川名論は「晩秋」とするが、ここは「初冬」とすべきであろう。
（12）引用本文は新編日本古典文学全集『古今和歌集』（小沢正夫・松田成穂校注・訳　小学館、一九九四年）による。
（13）注（12）の頭注と訳。
（14）なお、Bについて「「こきまず」は、二種以上のものをしごき落すように混ぜ合せる意」とし、素性の歌と「同じ用法」とする指摘（新編日本古典文学全集『源氏物語』③八一頁頭注）もあるが、A・B・Cの三例から、「しごき落すように」の意を含ませずとも、「まぜあわせる」と解釈してよいのではないかと考える。
(15) 注（5）論文。
(16) 注（3）河添論文、また、吉野誠「『源氏物語』第一部の服飾表現――赤色袍・直衣・衣配り、または着る光源氏・着せられる玉鬘――」（河添房江編『王朝文学と服飾・容飾　平安文学と隣接諸学9』竹林舎、二〇一〇年）にすぐれた指摘がある。
(17) 新編日本古典文学全集『源氏物語』②三〇三頁頭注。なお、この注でも「こき散らしたる」について、やはり「こき」は接頭語ではなく、しごく意。桜花や紅葉をしごき散らしたとする見立ての表現による」としているが、注（14）で述べた通り、「しごく」の意までとらえる必要はないのではないか。なお、新編全集の頭注が、前節で取り上げた若紫巻の1の場面とは異なり、この部分については「衣服令」によって説明されていることがわかるが、こうした指摘の混在は新編全集に限らない。
(18) 「青色」は、通常は天皇が着用するが、臣下とくに六位蔵人以上が着用することが許される場合があるといわれる。
(19) 田坂憲二「澪標巻の構造に関する試論」（『源氏物語の人物と構想』和泉書院、一九九三年）をはじめとした諸論考に指摘がある。
(20) この他にも、六位の袍の色そのものが示されているわけではないが、年の暮れに準備された「正月の御装束など」（少女巻③六八頁）――宮中へ参内する束帯姿の装束――が幾揃いも美しく仕立ててあっても、それらを「見るもものうくのみおぼゆれば」（同頁）、見るのもいやだという夕霧の心境も語られている。これも袍の色について概嘆しているものととらえられる。
(21) 鈴木敬三『有識故実図典――服装と故実――』（吉川弘文館、一九九五年）。引用本文の傍線と番号は吉井が付した。

（22）夕霧の袍の色をあらわす「浅葱」「あさみどり」という表現から、鈴木の説く「藤原時代の末から濃い浅葱となって、縹というのが普通となった」とされる「縹」ではないことも知られる。
（23）注（2）論文および末松剛「中世源氏学における赤色袍理解について」（『日本歴史』六三五、二〇〇一年四月）。
（24）注（16）吉野論文。
（25）一方で、拙稿「「老い」の物語創造へ――光源氏は「ねびまさら」ないのか――」（原岡文子・河添房江編『源氏物語　煌めくことばの世界』翰林書房、二〇一四年）で述べたように、玉鬘十帖は「異常不老譚」と称してもよいほど、まるで年齢を重ねることのないように見える非現実的な光源氏が描かれてもいる。しかし、そこには確かに現実的な時間が流れていることも同時に語られており、中年期の光源氏を描く玉鬘十帖は、現実性と非現実性という大きな矛盾を抱え込んでいった物語であるといえる。
（26）たとえば、梅野きみ子・乾澄子・嘉藤久美子・山崎和子『源氏物語注釈　七』（風間書房、二〇〇九年）は、「「にほひもなく」は、明るく華やかな発散性の美質がないこと」（三二八頁）とする。
（27）注（1）解説や注（5）論文に指摘がある。
（28）注（5）論文に詳しく論じられている。
（29）なお、第三節でふれた鬢黒の「よき表の御衣」も、新編全集頭注の指摘通り「黒」と考えてよいだろう。
（30）『源氏物語』の時代設定が大枠として延喜・天暦期に比定されるということは、古注釈の時代から言及されてきた。物語中に見られる音楽や年中行事についての記述をはじめとした多くの点から、確かに『源氏物語』の時代（桐壺・朱雀・冷泉帝の治世）設定は、「聖代」といわれた延喜・天暦期であるとおおよそとらえられる。しかしながら、その後さらに考察が重ねられて、『源氏物語』の時代設定が必ずしも延喜・天暦期のみに限定できないということも指摘されてきた。こうした問題について、加藤洋介が、「『源氏物語』の準拠は一義的にとらえきることはできないし、逆にその多様性の中にこそ、準拠論が物語の歴史意識や虚構性を問うための可能性豊かな一方途たりうることが示されている」と述べた上で、「準拠論の課題は、物語内に導入された史実がいかに『源氏物語』の主題形成に関わり、虚構の表現世界を構築していったのか、そのせめぎあいの具体的様相を明らかにすることにある」と明瞭簡潔に論じた指摘（「準拠」林田孝和・植田恭代・竹内正彦・原岡文子・針本正行・吉井美弥子編『源氏物語事典』二刷、大和書房、二〇一二年）は卓見である。本稿では、述べてきたように、袍の色について、「束帯姿の袍」という同一の事象を対象としているにもかかわらず、先行研究において、場面によってそれぞれ時代設定への言及がその都度異なっているといった例も見られることについての問題を指摘するとともに、私自身も検討を試み、袍の色に関する限りで、とらえられる時代設定について検討した次第である。

（31）しかしながら、この指摘では、続けて「なお一条朝では四位以上の袍の色は黒だったが、『源氏物語』の位袍の色は衣服令に拠っている」とされている（原岡文子「語句解釈」鈴木一雄監修・日向一雅編集『源氏物語の鑑賞と基礎知識　若菜下（後半）』至文堂、二〇〇四年）。

（32）それ以外には、光源氏の会話の中で柏木が「和琴」の名手であることが語られている場面（④一九六頁）があるのみである。

（33）本稿で述べる紙幅はないが、光源氏没後を描く『源氏物語』続編についても同様なことが指摘できる。

『源氏物語』の婿取婚—婚儀における婿と舅の関係性—

青島麻子

一　「婿取婚」とは何か

平安時代の婚姻形態は、いわゆる「婿取婚」であったと説明されることが多い。この理解については高群逸枝氏の一連の研究[1]を嚆矢とするが、高群説についてはその後、主として母系原理強調の点において批判・修正が相次いだ。それゆえか、氏が「純粋な意味において、また起源において、母系婚である[2]」と定義した「招婿婚」の用語は、現在では用いられることが滅多にないようにも思われるのだが、一方で「婿取婚」の用語については、「ムコトリ」の語自体が実際に当時の様々な文学作品に見いだせることもあってか、今なお広く使用されているようである。

高群氏の説明によれば、「婿取婚とは、妻家側から婿えらみをして、婿を自家に住みつかせる形式のもの[3]」という。先述のように、氏の論には既に多くの修正が加えられており、夫が妻家に住みつく（妻方居住）というのはあくまでも婚姻開始時の形態で、後に夫が用意した邸に夫婦が移り住むこと（夫側提供の独立居住）もあり得ることや、夫は結婚後も自己の氏の成員権を保持しており、「婿取り」といえど「妻族化」されたわけではないということなどが明らかにされている。とはいえその起点においては、夫が妻家を訪れ、妻方主催の儀式をもってその結婚が公示されるという、いわゆる「婿取り」と呼ばれる形式をもって開始されることは認められるのであり、その意味で当時の婚姻形態についての「婿取婚」との把握も首肯されよう。

ところで、近年胡潔氏は、婿取婚についての新たな視点を提供している。

婿取・妻方居住婚は、結婚の儀式から、その後の生活、子供の養育、同居同食による人間関係など諸現象から見ても妻方中心的であるが、男性が父親として、夫として、舅として後見をすることによって維持されたという事実を見逃すわけにはいかない。子に対する父の役割の増大は言うまでもなく父権の増強に繋がることにもこの際留意しておくべきであろう。(4)

従来、結婚する男女の視点に立つことで、「妻方」「母系」という側面が強調されてきた婿取婚であるが、妻側の内部に焦点を当てれば、妻の父という男性の後援により成り立つ婚姻形態とも捉えられるということである。なおかつ、当初は父親が娘夫婦を後見する一方で、将来的には今度は婿が、夫として父として、娘とその子どもを後見することが期待されているのであり、その意味でも子に対する父親の役割は重要であると言える。

以上のような婿取婚下における父親の役割に着目した胡潔氏の視点は、非常に有益なものであろう。しかしながら『源氏物語』に目を転じてみると、娘の婿取りに関与する父親の姿はたびたび描き出されてはいるものの、婿と妻家の関わりについては希薄であることが多いように思われる。そこで本稿では、この物語における「婿取り儀式」の語られ方に着目することで、『源氏物語』における「婿取婚」のあり方を考察する手がかりとしたい。その際には、婿と舅の緊密な関係が描出される『うつほ物語』との対照を適宜なすことになろう。なお当時の婚姻儀礼とは、「夫婦の契りが成った翌朝、帰宅した男性が女のもとに後朝《きぬぎぬ》の文《ふみ》を送り、三日間続けて女性のところに通う。

そして結婚の三日目の夜に露顕《ところあらはし》があり、三日夜《みかよ》の餅《もち》を食す慣習がある」[5]というものであったのだが、ここでは「婿取り」の特徴が最もよく看取される露顕の儀を中心に据えることとする。

二　省筆される婚儀

平安朝物語では、『落窪物語』を例外として[6]婚儀の記述は簡略になされることが多いのだが、『源氏物語』もその例に漏れない。これについては既に星山健氏[7]が、

『源氏物語』において通過儀礼としての婚儀は、具体的に語られることが希であるのみならず、たとえ語られたとしてもそのこと自体が目的化されることはない。婚儀をめぐる一連の描写をとおして浮かび上がるものは、結婚を迎える当事者の様よりも、彼らを取り巻く人物が抱える願望や苦悩である。

と述べている通りなのであるが、ここで今一度確認してみよう。

例えば、「作法世にめづらしきまでもてかしづききこえたまへり」（桐壺①四七～四八）と記載されるのみの光源氏と葵の上の婚儀、「儀式いと二なくもてかしづきたまふ」（真木柱③三五〇）との髭黒と玉鬘、「三日がほど、かの院よりも、主の院方よりも、いかめしくめづらしきみやびを尽くしたまふ」（若菜上④六二）との光源氏と女三の宮の例などでは、儀礼そのものの様子は省筆されている。これらについては、むしろ周囲の人物の思惑——桐壺帝と左大臣家との紐帯、突然の事態を受けた光源氏らの対応、妻の座が揺るがされる紫の上の懊悩等——を描くことに主眼があり、婚儀に関しては「盛儀であった」ということを述べれば事足りるということなのであろう。なお後述するように、夕霧と雲居雁の例についても、結婚初夜とその翌朝の様子が詳しく描出される一方で、三日目に行われ

たであろう露顕の儀には触れられないのであるし、薫と女二の宮の例についても、女二の宮の裳着翌日に薫が通い始めたことや、三日夜の儀が行われたことなどが簡潔に述べられるのみであった。

一方で例外的に詳述されるのが、匂宮と夕霧六の君の結婚の様相（宿木⑤四〇一～四一六）である。すなわち、結婚初夜については匂宮の遅い来訪と一夜を共にしての彼の思い、後朝の文などに言及し、二夜目については早めに出かける匂宮の様子を描き、三日目の露顕の儀については、準備に勤しむ夕霧らの様子や、匂宮に供された台盤の様や酒盃、供人への饗応と禄の品などが細かに記されるのであった。ことに露顕の儀は、『李部王記』天暦二年一一月二四日条の重明親王が右大臣師輔に婿取られた際の記事を典拠として記された、この物語唯一の露顕場面としても注目に値する。

ただしこの一連の記述においては、当事者である六の君の存在が希薄であり、むしろ物語の中心は、上記の盛儀をなす有力な妻の登場による中の君の嘆きを追うところにある。さらに露顕の儀についても、当場面を引き受けて描き出されるのは薫の感慨であった。盛大で格式張った儀式を見事にこなした匂宮の姿を「めやすく」（宿木⑤四一七）思い返した薫は、しかしながら、ともするとその匂宮以上に高い自身の評判に思いを致し、「心おごり」（宿木⑤四一七）をする。このような薫の自負心は、女二の宮降嫁に繋がる重要な要素となっていると思うのだが、ともあれ匂宮と六の君の詳細な婚儀も、当事者よりもむしろ周囲の人物の思惑を述べる方に主眼があったことを押さえておきたい。

要するに『源氏物語』の儀式婚においては、婚儀そのものを正面から描く例はほとんどないことが改めて理解できたと思う。先述のように、これは『落窪物語』を例外とする平安朝物語に共通する特徴であり、『うつほ物語』においても同様に、儀式婚の描写は三例のみと少なく、その内容も婿取りの事実と三日目の様子が簡略に記されるばかりであった。しかしながらその三例の婚儀において、舅と婿の対面については欠かさず触れられている点に留意しておきたい。

第一に源正頼と大宮の婚儀では、「三日の夜、御かはらけ取りて」（藤原の君・六七）と、舅である帝が祝意を込めた和歌を詠みかけ、婿である正頼もそれに応じるとの場面が語られる。第二に藤原仲忠と女一の宮、並びに源涼とさま宮の婚儀でも、三夜目に内裏で催された宴において、朱雀帝と仲忠、正頼と涼がそれぞれ盃を交わし和歌を詠み合うとの描写がある（沖つ白波・四四八〜四四九）。第三にあて宮への求婚者たち（平正明・良岑行正・兵部卿の宮・藤原季英）とあて宮の妹たち（一〇〜一三の君）の婚儀については、「八月二十八日に会はせつ。三日の夜、四所ながら対面し給ひて、御前ごとに、被け物、例に劣らず豊かに勢ひたり」（沖つ白波・四五八〜四五九）と記されるのみという、ごく手短な記述ではあるのだが、それでも傍線部のように三日夜における舅正頼と婿たちの対面には言及されているのであった。

これとは対照的に、『源氏物語』では露顕の儀での婿と舅の対面場面が一切描かれない。例えば、あれほど詳密に語られた匂宮と六の君の三日夜においても、夕霧の、華美を尽くさんと念入りな支度をする様や、帳台からなかなか姿を現さない匂宮を宴席に促す姿は描き出されているものの、婿となった匂宮と相まみえる様が描かれることはなかった。また、髭黒と玉鬘の例においては以下のような記述がある。

三日の夜の御消息ども、聞こえかはしたまひける気色を（内大臣ハ）伝へ聞きたまひてなむ、この大臣の君（＝光源氏）の御心を、あはれにかたじけなくありがたしとは思ひきこえたまひける。（真木柱③三五二）

「三日夜の御消息ども」とは、舅である光源氏と婿である髭黒との間で取り交わされたものと思しいが、玉鬘の実父内大臣は、これを聞いて光源氏の厚情に感謝したという。このことからも、婚儀における舅と婿のやりとりの重要性が理解されるのだが、物語はこの場面を直接描出することはなかったのであった。

三　夕霧の結婚と藤花の宴

一方で『源氏物語』では、露顕の場ではなくその前後に催された宴の場において、婿と舅の面会が描き出される例がある。例えば夕霧と雲居雁の結婚では、それに先立ち内大臣邸で行われた藤花の宴において、長らく障害となっていた内大臣との融和がようやく成り、夕霧と内大臣らが和歌を詠み交わす様子が語られる。

（内大臣）「藤の裏葉の」とうち誦じたまへる、御気色を賜りて、頭中将（＝柏木）、花の色濃くことに房長きを折りて、客人《まらうと》の御盃に加ふ。取りてもて悩むに、大臣、

紫にかごとはかけむ藤の花まつよりすぎてうれたけれども

宰相（＝夕霧）盃を持ちながら、気色ばかり拝したてまつりたまへるさま、いとよしあり。

いくかへり露けき春をすぐしきて花のひもとくをりにあふらん
（藤裏葉③四三八～四三九）

これに続けて、幼な恋を実らせた二人の初夜や後朝の文、二夜目に初日以上に着飾って出かける夕霧の姿などが語られるのだが、前述の通り、三日目に行われたであろう露顕の儀については一切触れられないのであった。つまり、夕霧と雲居雁の六年越しの恋愛成就を語る上で、晴れて結婚の承諾を得ることになった内大臣との和解の瞬間こそが枢要なのであり、改めて三日夜に婿と舅の対面を描く必要はなかったということなのであろう。

加えて、この藤花の宴が内大臣の私邸で行われた内輪の催しであった点に着目したい。そもそも内大臣は、両者の仲が発覚した当初から、二人の仲を認めるに際しては格式を整えた婚儀をなすことを望んでいた（少女③四三・五

三）。けれども以来六年間、その結婚は成就しなかった。内大臣が雲居雁の年齢に焦りを感じ出す一方で、かつての屈辱を忘れることができない夕霧は、強いて平静を装い、先方からの申し出を待つ姿勢を取っていた（梅枝③四二三）。他方、夕霧と中務宮女などとの縁談にいよいよ焦慮する内大臣は、「なほや進み出でて気色をとらまし」（梅枝③四二六）などとも思う反面、これまでの自身の頑なさを思うと、一変して夕霧方におもねるのも不面目なことであるなどと悩み、結局、「とかく紛らはして、なほ負けぬべきなめり」（藤裏葉③四三二）と決意するのであった。

ここで、内大臣が「とかく紛らはして」と思考していることは肝要であろう。この直後にも、「ことごとしくもてなさむも人の思はむところをこなり」（藤裏葉③四三二）との内大臣の考えが重ねて記されるのだが、かつては自身を許しを与える立場と認識し、「ゆるすとも、ことさらなるやうにもてなしてこそあらめ」（少女③五三）と思考していたはずの彼が、自ら歩み寄ることへの抵抗感から、夕霧を迎え入れるにあたってさりげなく取り繕おうとしたのである。それゆえ、内大臣からの藤花の宴への招待は当日夕刻になってなされ、夕霧と雲居雁の初夜も、夕霧が宴の酔い冷ましに宿を求める体をとってのものという、予め日取りを定めての婚儀としては挙行されなかったのであった。

一方の夕霧の側も、通常の儀礼からは外れるかのような振舞をする。すなわち、雲居雁との結婚初夜を過ごした翌朝は「明くるも知らず顔」（藤裏葉③四四二）で朝寝をし、「いと馴れ顔なり」（同）と評されるような内容の後朝の文を送るという、「すでに長年の夫婦であったかのような態度」（『新編全集』）[8]をとるのであった。夕霧の乳母が「いづれをも蔭とぞたのむ二葉より根ざしかはせる松のすゑずゑ」（藤裏葉③四五八）と詠歌したように、夕霧と雲居雁の場合はもとより相思相愛の仲であり、今回初めて契りを結んだのではなく、忍ぶ仲であった関係がついに公認されたに過ぎないとの解釈なのであろう。密やかに執り行われたその婚儀は、如上の特異な結婚経緯の反映[9]なのである。

四　薫の結婚と藤花の宴

薫と女二の宮の結婚についても同様に、婚儀に代わり藤花の宴にて婿と舅の対面が語られる。すなわち、薫が女二の宮のもとに通い始めたとの記述（宿木⑤四七四）に続け、三日夜の儀についても言及されはするのだが、「そのほどのことどもは、私事《わたくしごと》のやうにぞありける」（宿木⑤四七六）と簡潔に述べられるのみであった。一方で物語は、女二の宮の内裏退出前日に藤壺で催された藤花の宴の様相を詳密に描き出す。それゆえこの藤花の宴は、「結婚の公的な披露の場」(10)「事実上の結婚披露宴」(11)などとも解されているのだが、夕霧の場合とは異なり、露顕の儀が語られた後に改めて「公事《おほやけわざ》」（宿木⑤四八二）としての藤花の宴が叙述されることに留意しておきたい。帝の婿として披露される薫の姿を描き出すにあたって、婚儀そのものではなく、公的な宴が要請されたのは果たして何故だろうか。ここでは同じく「帝の婿」となった『うつほ物語』藤原仲忠の例との対比によって、その独自性を探ってみたい。

朱雀帝女一の宮と結婚した仲忠は、「帝の二つなく労り給ふ婿」（蔵開下・五九四）と称されるのだが、同時に、女一の宮の外祖父である源正頼の婿という面を有することも見逃せない。正頼自身、女一の宮について「正頼が子にて養ひ奉る」（国譲中・六八六）と述べていたように、そもそも女一の宮は正頼邸で養育されていた。それゆえ、仲忠との結婚を提案する帝に対し、女一の宮の生母仁寿殿女御が「里になど許し申されば」（内侍のかみ・三八〇）と発言するなど、その処遇については正頼の意向も重視され、なおかつその婚儀の采配も全て正頼に拠っていた。つまりこの結婚は、「これは宣旨にて賜ふ」（沖つ白波・四四七）と明記されるように、帝の宣旨によってなされた縁組であり、結婚の日取りも帝が定めたものではあったのだが、一方でそれは「大将殿（＝正頼）の御婿取り」（沖つ白波・四四七）とも明言され、正頼邸にて執り行われたのであった。

この二重性は、変則的な形で挙行された三日夜の儀においても看取される。すなわち、「十五夜の夜、三日にあたるに、その夜、内裏より、大将殿に、「その婿たち率て参れ」とあり」（沖つ白波・四四八）と、結婚三日目が八月十五夜にあたることに託けての帝の要請により、内裏清涼殿で宴が催されることとなる。そこでは、仲忠と涼の弾琴や人々の詠歌、除目などが行われ、その後改めて正頼邸で催された饗宴も昇進の祝いを兼ねるという異例さなのであった。なお、内裏の宴が詳述される一方で、本来ならば露顕にあたるはずの正頼邸での宴については、「藤中納言・源中納言、饗の方にて、物参り始む」（沖つ白波・四五二）と極めて簡略に触れられるのみであり、新婦である女一の宮（並びにさま宮）はその姿を現さないのであった。

片や『源氏物語』今上帝女二の宮の場合は、生母藤壺女御、外祖父左大臣ともに故人であり、その他母方にはかばかしき後見がいないため、父である今上帝ただ一人が彼女を庇護していた。それゆえ、その婚儀も「来し方の例《ためし》なきまで同じくはもてなさん」（宿木⑤四七五）との帝の主導によってなされ、薫は女二の宮が居住する内裏に婿として通うことになったのであった。つまり、母方が排除された女二の宮の降嫁にあたっては、父である今上帝の存在のみが浮かび上がっているのであり、外祖父正頼の存在感が大きい『うつほ物語』に比して、「帝の婿」との面がより煎じ詰められていると思われるのである。

このように、婚儀が省筆される一方で、宮中での宴に筆が費やされる点は両例に共通するものの、母方の関与において差異が見られるのであった。外祖父正頼の邸にて、その采配のもとでの婿取りが行われた仲忠の場合は、舅となる朱雀帝が婚儀に関わるにあたって内裏での宴が必要とされたことは肯けよう。しかしながら、婚儀の采配を帝ただ一人に拠っていた薫と女二の宮との婚儀において、改めて帝主催の藤花の宴が語られる意味はいったいどこにあったのか。

まずこの藤花の宴では、通常の露顕の儀ではなされない管絃の遊びが語られる。そしてその際、「故六条院（＝光源氏）の御手づから書きたまひて、入道の宮（＝女三ノ宮）に奉らせたまひし琴の譜」や「かの夢に伝へし、いにしへ（＝柏木）の形見の」（宿木⑤四八二）笛などが登場することで、女三の宮の降嫁を受けた光源氏、内親王降嫁を切望していた柏木といった正編第二部の人間関係が想起される。もとより宿木巻冒頭から既に、「朱雀院の姫宮を六条院に譲りきこえたまひしをり」（宿木⑤三七六）についてはしばしば引き合いに出されていたのであるが、ここで改めてそれと比すことで在位中の帝の婿となった薫の栄誉がいっそう浮かび上がるのである。

しかしながらこの宴は同時に、貴族社会の序列に位置づけられる薫の、限りある身の程を呈してもいる。

㋐御盃まゐりたまふに、大臣（＝夕霧）しきりては便《びん》なかるべし、宮たちの御中に、はた、さるべきもおはせねば、大将（＝薫）に譲りきこえたまふを、憚り申したまへど、御気色もいかがありけん、御盃ささげて「をし」とのたまへる声づかひもてなしさへ、例の公事なれど、人に似ず見ゆるも、今日はいとど見なしさへそふにやあらむ。さし返し賜りて、下りて舞踏したまへるほどいとたぐひなし。㋑上臈の親王たち大臣などの賜りたまふだにめでたきことなるを、これは、まして、㋒御婿にてもてはやされたてまつりたまへる、御おぼえおろかならずめづらしきに、㋓限りあれば下りたる座に帰り着きたまへるほど、心苦しきまでぞ見えける。

（宿木⑤四八二〜四八三）

右は薫が天盃を賜る場面だが、先に検討した『うつほ物語』の内裏の宴においても同様に、「仲忠の宰相に御かはらけ賜はすとてのたまはす」（沖つ白波・四四八）と、仲忠が天盃を賜り、帝から結婚を言祝ぐ和歌を詠みかけられていた。けれども、すんなりと天盃を賜るに至った仲忠に対して、薫の場合、㋐重ねて天盃を賜ることを憚った夕霧の辞退があり、親王たちの中にも適任者がいない、という状況下で初めてその栄誉に浴しているのであった。つまり『源氏物語』においては、薫への賜天盃に至る経緯がより慎重に導き出されているのであり、その重みがいっそう際立っていると言えよう(12)。

物語は、㋑高貴な親王や大臣が賜るのでさえ素晴らしいことであるのに、㋒ましてや薫が帝の婿として持て囃され、その栄誉に預かったことを称えている。実際、『花鳥余情』の記す「賜天盃例」(宿木⑤四八二の注)によると、『源氏物語』成立期までの例としては、式部卿重明親王・中務卿具平親王・摂政藤原兼家(二例)(13)・左大臣藤原道長(二例)が挙げられるのみであり、天盃を賜るということがいかに名誉なことであったか理解される。加えて、その対象者はいずれも、臣下にあっては御世随一の権力者ばかりであり、未だその上席に幾人か控える権大納言の薫が賜るのは破格のことと言えよう。それゆえ、その破格の栄誉に預かる薫への賛美は、一転して㋓その席次の低さを暴きたてるのであった。

女二の宮降嫁における薫については、「臣下として最高にちかい栄誉」を得たことが称えられると同時に、「臣下ゆえの限界」をも明らかにされていることは、既に論じられている通り(14)である。ここではさらに、このような薫の二面性を提示するにあたって、如上の婚儀の語られ方も大いに寄与している点を併せて指摘しておきたい。すなわち、自身が主客として歓待される露顕ではなく、重臣たちが列席する帝主催の宴として描かれることで、貴族社会の序列における薫の位置づけが露呈しているのであった。

五　避けられる「婿」

以上、『源氏物語』における婿取り儀式の描かれ方について検討を加えてきた。概してその婚儀の記述は簡略であり、婿と舅の対面も語られないこと、また夕霧と雲居雁、並びに薫と女二の宮の例においては、省筆される婚儀の代わりにその前後に催された藤花の宴に筆が費やされており、それが各結婚の特性を照射する物語の方法として機能していたことなどが明らかになったと思う。

ところで『うつほ物語』においては、優れた男性を次々と婿取り自邸に住まわせた正頼の一家を中心に、妻方居住が数多く見いだせるのであるが、対照的に『源氏物語』では、妻方居住はほとんどなされない。髭黒と玉鬘、夕霧と雲居雁、薫と女二の宮などは、結婚後程なくして独立居住に移行しているのであるし、「後見」(桐壺①四六／宿木⑤三八一)として求められた縁組である光源氏と葵の上、匂宮と六の君などにおいても、妻家に住みつくことなく通いの形式に留まっていた。それゆえ『うつほ物語』にて正頼が述べるような、「人の婿といふものは、若き人などをば、本家の労りなどして立つるをこそは、面白きことにはすれ」(内侍のかみ・三八五)との思考は『源氏物語』には馴染まない。この物語において同様の思想は、

(仲人)「…受領の御婿になりたまふかやうの君たちは、ただ私の君のごとく思ひかしづきたてまつり、手に捧げたるごと思ひあつかひ後見たてまつるにかかりてなむ、さるふるまひしたまふ人々ものしたまふめるを、…」(東屋⑥二六)

などと、常陸介の婿となった左近少将などの周辺でなされるばかりなのであった。

そもそも『源氏物語』においては、「婿」の語が用いられること自体稀であった。単純に用例数だけで比較してみても、『うつほ物語』五九例、『栄花物語』三六例、『落窪物語』二八例に対して、これらより作品の分量が多い『源氏物語』では一二例に留まっている。またその内実について検討してみると、主要登場人物が「婿」と称されることはほぼない[15]のであった。ただし、例外的に薫についてはしばしば「婿」と明言されるのだが、敢えて「婿」の語を繰り返し用いることで、ただ人のごとき婿取りをした帝の姿が浮かび上がると同時に、その類稀なる栄誉を受ける薫の限界が示されるという仕組みなのであろう。

その一方で物語は、正編主人公たる光源氏の結婚をめぐって、「婿」とは異なる特殊な関係性を描き出していた。光源氏を左大臣家の「婿」と称した例はなく、彼に関する「婿」の用例全二例は、「（兵部卿宮ハ光源氏ヲ）婿になどは思しよらで」（紅葉賀①三一九）、「（女三ノ宮ト結婚シタ光源氏ガ）婿の大君といはむにも事違ひて」（若菜上④六二）と、いずれも紫の上・女三の宮に関わる文脈にて否定形で用いられていることは象徴的であろう。

紫の上との結婚については、実父兵部卿宮の関知しないものであり、その意味では確かに「婿取り」とは言いがたいものであった。加えて、結婚二日目の昼に、臥せる紫の上の部屋に光源氏がやってきてなだめたり（葵②七一～七二）、本来ならば妻家で準備する三日夜の餅を光源氏の側が手配したりする（葵②七二～七四）という、婚姻儀礼としてはいかにも特異な描写がなされていた。ただしこれらはいずれも、光源氏を「夫」として見れば異例な行為であるものの、「父」として見れば通例のものとも解せよう。

前者に関しては、三日間の婚儀が過ぎる前に、夫が昼間のうちに妻のもとを訪問することは通常の儀礼から逸脱する行為なのだが、父親であれば、初夜翌朝に娘のもとを訪れ、その結婚の首尾を確認することは取り立てて奇異なことではない。後者の三日夜の餅に関しても、『落窪物語』で落窪の君の腹心あこきがその準備に奔走した例に倣えば、紫の上の乳母である少納言らに整えさせることも可能であったろうが、しかしこれも光源氏を父親と見なせば、その手配はむしろ当然の行為とも言える。つまり、光源氏が夫であると同時に父親の役割も兼ねるとの特異な関係性は、この「婚儀」にても看取されるのであった。

また女三の宮との結婚についても、その内実をめぐっては既に多くの議論が積み重ねられており、光源氏が「准太上天皇」という特異な地位にあることにより導き出された、まさしく一回的な性質のものであったことが明らかにされている。そしてその一回性は、「内裏参りにも似ず、婿の大君といはむにも事違ひて」（若菜上④六二）と、一般的な「入内」や「婿取り」の枠組みからは乖離する形でなされた婚儀にも反映されていたのである。

このように、『源氏物語』では婿と妻家との関わりがさほど緊密なものとして描かれない反面、むしろ一般的な「婿取婚」の範疇外とも言えるあり方こそを枢要なものとして描き出しているのであった。物語が婚姻を通じてどのような関係性を紡ぎ出そうとしているか、その一端は「婿取り儀式」の描かれ方にも見て取れるのである。

注

（1）高群逸枝『招婿婚の研究』一・二（大日本雄辯會講談社、一九五三年）、『日本婚姻史』（至文堂、一九六三年）。いずれも後に『高群逸枝全集』（理論社、一九六七年）所収。

（2）高群逸枝氏前掲『招婿婚の研究』、第三章「招婿婚とは何か」。

（3）高群逸枝氏前掲『招婿婚の研究』、第六章「その経過（二）——前婿取婚」。

（4）胡潔「平安時代の婿取婚について」（同『律令制度と日本古代の婚姻・家族に関する研究』風間書房、二〇一六年）。

（5）小町谷照彦・倉田実編『王朝文学文化歴史大事典』（笠間書院、二〇一一年）「婚姻制度」（胡潔執筆）。

（6）『落窪物語』の婚儀については、拙稿「『落窪物語』における婚儀――道頼と落窪の君の結婚を中心に――」（『国語と国文学』九四巻九号、二〇一七年九月）。

（7）星山健「結婚　「宿木」巻、落葉宮の代作歌に着目して」（小嶋菜温子・長谷川範彰編『源氏物語と儀礼』武蔵野書院、二〇一二年）。

（8）同様の解釈は、倉田実「表情の発見――夕霧の「…顔」表現――」（『大妻女子大学紀要（文系）』二八号、一九九六年三月）、徳原茂実「夕霧の意地――『源氏物語』藤裏葉巻における一文字の清濁をめぐって――」（『武庫川国文』七一号、二〇〇八年一二月）。

（9）小町谷照彦「方法としての作中歌――夕霧と雲居雁との結婚譚に即して――」（『和歌文学論集三　和歌と物語』風間書房、一九九三年）。

（10）小町谷照彦「藤花の宴をめぐって」（『むらさき』三六輯、一九九九年一二月）。

（11）吉野瑞恵「物語の変質を証す二つの儀式――『源氏物語』宿木巻の産養と藤花の宴――」（同『王朝文学の生成『源氏物語』の発想・「日記文学」の形態』笠間書院、二〇一一年）。

（12）なお、他の場面にても天盃を賜る仲忠の姿を描く『うつほ物語』（吹上下・二九〇／内侍のかみ・四一二）とは異なり、『源氏物語』内における天盃の例としては他に、光源氏元服の儀の後に催された酒宴の場で、加冠をつとめた左大臣が桐壺帝に「御盃のついでに」（桐壺①四七）和歌を詠みかけられるという例が見いだせるのみである。

（13）『花鳥余情』にて道長の例とする「永延二年三月廿五日摂政六十賀摂政〔御堂殿〕給天盃」「永祚元年二月十六日朝覲行幸御堂殿給天盃」との二例は、当時の摂政である兼家の誤りと判断した。なお、永延二年の兼家六十賀、ならびに永祚元年の一条天皇の円融寺朝覲行幸において兼家が天盃を賜ったことは、いずれも『小右記』同日条に記載がある（ただし後者は『花鳥余情』所引の逸文）。

（14）小嶋菜温子「女一宮物語のかなたへ――王権の残像」（『源氏物語批評』有精堂、一九九五年）。なお本節の考察については、拙稿「女二の宮「降嫁」――今上帝の「婿取り」をめぐって――」（『源氏物語　虚構の婚姻』武蔵野書院、二〇一五年)。

(15)『源氏物語』において、「婿」の語によって舅との関係性が明示される人物は他に、三河守(大弐乳母の婿)、左近中将(髭黒と玉鬘の子息)、左近少将(常陸介の婿)、大内記(薫の家司の婿)、右近大夫(内舎人の婿)、中将(小野尼君の婿)と、後述する薫を除くと、いずれも端役というべき人物である。

*『源氏物語』の引用は『新編日本古典文学全集』(小学館)に、『うつほ物語』の引用は室城秀之校注『うつほ物語全　改訂版』(おうふう、平成一三年)により、いずれも巻数及び頁数を示した。

*本研究はJSPS科研費JP16H07204の助成を受けたものである。

『源氏物語』の琴《きん》——若菜下巻〈琴《きん》論〉における「なまなま」の語と、〈仲哀記〉——

西本香子

はじめに

日本における琴《きん》は、平安および江戸時代の一時期にごく限られた人々の間でのみ弾かれた楽器である。一般にはほとんど知られていない。そうした楽器が物語研究において重視されるのは、これが『源氏物語』で光源氏の得意楽器とされ、彼の理想性と潜在的な王権を象徴していると考えられているためである。『源氏物語』での琴《きん》の奏者はごく一部の皇族に限られており、光源氏は父桐壺帝からの手ほどきを端緒として、さまざまな師に学んだ。師から学ぶべきものがなくなってからは自ら琴《きん》譜を渉猟してさらなる研鑽を積み、ついには余人の及び得ぬ独自の境地に至るほどに熟達した。若菜下巻では、そんな源氏による琴《きん》談義が繰り広げられている。

琴《きん》なむなほわづらはしく、手触れにくきものはありける。この琴《きん》は、まことに跡のままに尋ねとりたる昔の人は、天地をなびかし、鬼神の心をやはらげ、よろづの物の音のうちに従ひて、悲しび深き者も、よろこびに変り、賤しく貧しき者も、高き世にあらたまり、宝にあづかり、世にゆるさるるたぐひ多かりけり。この国に伝ふるはじめつ方まで、深くこのことを心得たる人は、多くの年を知らぬ国に過ぐし、身をなきになして、この琴《きん》をまねびとらむとまどひてだに、し得るは難くなむありける。下に、はた明らかに空の月星を動かし、時ならぬ霜雪を降らせ、雲雷を騒がしたる例、上がりたる世にはありけり。かく限りなきものにて、そのままに習ひとる人のありがたく、世の末なればにや、いづこのその昔の片はしにかはあらむ。されど、なほ、かの鬼神の耳とどめ、かたぶきそめにけるものなればにや、なまなまにまねびて、思ひかなはぬたぐひありける後、これを弾く人よからずとかいふ難をつけて、うるさきままに、今は、をさをさ伝ふる人なしとか。いと口惜しきことにこそあれ。（若菜下④一九八）[1]。

源氏の琴《きん》を伝えられたのはただ一人、彼の正妻となった朱雀院女三宮のみである。源氏は女三宮に伝授した琴《きん》の試演を兼ねて、六条院の女君たちによる女楽を催した。右は、その女楽が終わり、夕霧との会話の中で女君たちそれぞれの演奏を褒めたのちの、いわゆる〈琴《きん》論〉とされる部分である。この直前では源氏は諸芸一般について「今の世では才芸の奥義を究めた者などほとんどいないのだから、無難に学びとることで満足してもよい」と述べているのだが、それが一転、「琴《きん》なむなほわづらはしく、手触れにくきものはありける」と、琴《きん》だけは特別で軽々に手を出してはならないとし、その理由を以下に語っている。大略すれば、真に琴《きん》を習得した者は天変地異をも引き起こし出世して豊かになることができるものの、中途半端に学んだ者にはかえって禍いがもたらされるからだという。

琴《きん》がそうした霊力をもつとする考えは、礼楽思想に根ざしている。琴《きん》の発祥地である古代中国では、礼楽思想が統治理念の枢要として重んじられた。礼楽思想とは、音楽は宇宙の理《ことわり》に呼応するため、天地の摂理を正しく表す音楽を奏することで政治を理想的状態に導きうると考えるものである。また音楽が政治を正す一方で、弾琴時に生じた自然現象はそのときの政治状況を反映しているとも考える。聖王の治世では瑞祥を示す反面、乱れた世における弾琴は破壊的な天変をもたらしてしまうのだ。前者の例としては舜の南風弾琴が、[2] 後者としては師曠に弾琴させて滅んだ晋の平公の例[3]がよく知られているだろう。

ただし中国の故事において弾琴が禍福いずれを招くかの規準は、「徳」である。「君子左琴」の言葉に端的に示されるように、琴《きん》は学識・徳行の備わった士君子こそが携えるべき楽器であった。平公にしても、決して悪逆な王だったわけではない。しかし高徳というわけでもなく、それなのに身の徳にそぐわない琴曲を聴いたために本人も国も滅んでしまったのである。このように、徳の有無による琴《きん》の裁可はたいへん峻厳であるものの、本来は、源氏のいうように「なまなまにまねびて」といった中途半端な技量を断罪するわけではない。すなわち『源氏物語』の〈琴論〉は、必ずしも中国本来の琴理念そのままを語っているのではないということだ。

琴《きん》による幸いを語る部分（傍線部）からして、その内容は漢籍にもとづくものではない。長年を異国に流離して秘琴とその奏法を日本に伝え御前における弾琴で天変を生じた俊蔭、北山の杉のうつほに少年期を過ごしたものの一転して貴族社会で華々しく上昇していった仲忠、さらには秘琴披露の弾琴で悲しみや怒りを慰撫する奇跡を起こした俊蔭女など、この部分のほぼ全ては、日本で創作された琴《きん》の物語である『うつほ物語』を踏まえている。琴《きん》を正しく学んで大きな幸せを手にした例として、『うつほ物語』が提示されているのである。

では他方の禍いの例、すなわち波線部分の「なまなまにまねびて思ひかなわぬたぐひ（なまなかに稽古したために、かえって不如意な身の上となった例）」とは、いったい何に依拠しているのだろうか。

この出典は未詳であると、前稿[4]では述べた。

――琴《きん》を「なまなまに」習得したがゆえに不幸が生じた例があったという源氏の言葉には、典拠を見いだすことができない。したがって、源氏の〈琴論〉は実は物語による作りごとであり、いかにも周知のことであるかのように装いながら、琴《きん》が奏者によって禍福両様を生じる楽器であるという、これまでにはなかった認識を物語内にもちこみ、女三宮が源氏の琴《きん》を継承するに相応しい人物か否かというテーマを隆起させていった。そしてこの後に密通事件という禍いが生じることによって、光源氏の琴《きん》は真の意味では誰にも継承されることなく終わったことを示している——前稿の概略は以上のようなものであった。

しかし実は、琴《きん》でこそないものの、琴《こと》を「なまなまに」弾いたために不幸を招いてしまったという例ならあるのである。『古事記』に記載される、仲哀天皇の弾琴だ。「なまなま」は使用例がひじょうに寡少な語であり、仲哀記と若菜下巻の〈琴論〉がともに弾琴にこの語を用いている以上、両者の関係をいちどは考察する必要があると思われる。

したがって本稿では、まず「なまなま」の語義と用例を手がかりに、光源氏の〈琴論《きん》〉が仲哀記の弾琴を踏まえていることを確認する。次に、〈琴論《きん》〉が仲哀記という琴《こと》にまつわる伝承を琴《きん》に重ねるという奇妙な形をとっていることについて、実は琴《こと》と琴《きん》は古来より理念的な親和性を持っていたこと、〈琴論〉はそうした両楽器の親和性に依拠しつつ、日本の琴《きん》伝承である『うつほ物語』と、同じく日本の琴《こと》にまつわる伝承である仲哀記によって琴《きん》の性質を語ることで、『源氏物語』の琴《きん》を和漢それぞれで最も尊ばれてきた絃楽器の理念を併せ持つより高次の琴《きん》へと昇華させている叙述であることを論じる。

一　「なまなま」の語義と用例

新編日本古典文学全集に収められた平安期以前の文学作品から「なまなま」の語を検索すると、次の五例が抽出

される。(5)

①古事記（①二四四）中巻　仲哀天皇

（仲哀天皇は）梢《やをや》く其の御琴《みこと》を取り依《よ》せて、なまなまに控《ひ》きて坐《いま》しき。故《かれ》、未だ幾久《いくひさ》もあらずして、御琴の音《おと》聞えず。即ち火を挙《かか》げて見れば、既に崩《さ》りまし訖《をは》りぬ。

②源氏物語　箒木巻（①五九）

なまなまの上達部よりも、非参議の四位どもの、世のおぼえ口惜しからず、もとの根ざしいやしからぬ、やすらかに身をもてなしふるまひたる、いとかはらかなりや。

③源氏物語　箒木巻（①八五）

才《ざえ》の際、なまなまの博士恥づかしく、すべて口あかすべくなむはべらざりし。

④源氏物語　若菜下巻（④一九八）

なまなまにまねびて、思ひかなはぬたぐひありける後、これを弾く人よからずとかいふ難をつけて、うるさきままに、今は、をさをさ伝ふる人なしとか。

⑤今昔物語集　駿河前司橘季通構逃語《かまへてにぐること》第十六（③二〇六）

其所ニ有ケル侍共、生々《なまなまの》六位ナドノ有リケルガ、

右に明らかなように、「なまなま」の用例は仲哀記を初出とし、平安時代には『源氏物語』に三例、『今昔物語』に一例みえるのみである。物語文学においては三例いずれもが『源氏物語』の用例であることにはとくに注目すべきだろう。

まずは各用例を確認していきたい。①は、いわゆる神功皇后伝承の一つである。仲哀天皇は熊襲を撃とうと思い

立ち、その可否を問うために神降ろしのまつりを行った。しかし神功皇后に依り憑いた神は、熊襲征討は得るものが少ないので止めよ、かわりに西方の豊かな国（新羅）を与えようと託宣する。ところが仲哀はこの神託を疑い、弾琴を中断してしまう。神は大いに怒り、天下は仲哀が統治すべきではないと言った。審神者《さにわ》であった建内宿禰は神の怒りに恐れをなし、仲哀に弾琴再開を促す。仲哀は再び琴《こと》を手にしたものの「なまなまに控《ひ》きて坐《いま》しき」と、しぶしぶと演奏する。するとほどなく琴《こと》の音が絶え、灯りをかかげて見てみるとすでに仲哀は絶命していた、という話である。

②③④はすべて『源氏物語』の例である。④は先にみた若菜下巻の〈琴論〉部分、②③は箒木巻の雨夜の品定め部分にあたる。②は「なまなまな上達部」すなわち中途はんぱな上達部よりも、中の品の身分に思いがけぬ魅力的な女性がいるという頭中将の言葉である。また③はその中の品の女の例として式部丞が語った博士の娘についてで、彼女は「なまなまの博士」つまり生半可な博士も顔負けの知識を身につけていたという。

また⑤の今昔物語「生々六位《なまなまのろくゐ》」とは、六位になりたての若造を指し、「生々」は未熟なさまをいっている。

次に、「なまなま」の語義を確認しておこう。

小学館『日本国語大辞典』によれば、「なま」の語素は「まだ十分でないさま、熟していないさまを表す」ものである。そこから派生した畳語である「なまなま」は、古い辞書では「なまなまに」と副詞として扱われているが、[6]現行の各辞典では形容動詞とされ、次の二つの語義が示されている。

（1）心からでないさま。勧められてしぶしぶするさま。

（2）未熟なさま。いいかげんなさま。中途はんぱなさま。

（1）の語義は「なまなま」の最古例である仲哀記を用例にもつ。したがって年代的には（1）の意味が先に生じ、

（2）が派生してきたことになるだろう。しかし意味的に考えれば、「まだ十分でないさま、熟していないさま」という「なま」の語素をそのまま受け継ぐ（2）「未熟なさま、いいかげんなさま」がまず先にあり、そこから心情にまで踏み込んだ（1）「心からでないさま、しぶしぶするさま」の意が派生してきたと考える方が納得しやすく、（1）の語義が仲哀記を用例とすることには不審が残る。

先に挙げた五つの「なまなま」用例を各々個別に解釈した上でこの二つの語義に振り分ければ、

Ａ（1）①（古事記）

（2）②③④（源氏物語）、⑤（今昔物語）

とするのが妥当ということになるだろう。ところが、『日本国語大辞典』「なまなま」の項では次に挙げるように、語義（1）の用例として、①（仲哀記）に続けて④（源氏物語〈琴論〉）が併記されている。

なまなま【生生】【二】〔形動〕

（1）心からでないさま。勧められてしぶしぶするさま。

＊古事記・中「爾に稍《やや》に其の御琴を取り依《よ》せて、那麻那摩邇《なまなまに》〈此の五字は音を以ゐよ〉控《ひ》き坐しき」

＊源氏物語・若菜下「琴〈略〉なまなまにまねびて、思ひかなはぬたぐひありける」

（2）未熟なさま。いいかげんなさま。中途はんぱなさま。

＊源氏物語・帚木「なまなまの上達部より非参議の四位どもの世のおぼえ口惜しからず」

＊源氏物語・帚木「才《ざへ》のきは、なまなまの博士はづかしく(7)」

ちなみに先のＡの分類に倣って記せば、『日本国語大辞典』は「なまなま」の用例を次のように分けていることになる。

B（1）①（古事記）、④（源氏物語〈琴論〉）
（2）②③（源氏物語）

しかし若菜下巻〈琴論〉の文脈から「なまなま」の語に（1）の「勧められてしぶしぶするさま」を読み取ることはできるのだろうか。『日本国語大辞典』はなぜ、用例④の語義を（1）としているのだろう。

ここで気になるのが、「なまなま」の用例中でも「なまなまに」の形をとるものを、古い辞書類が副詞と解している点である。その場合、「なまなまに」の形をとる用例は仲哀記と〈琴論〉に限られるため、この二例は同語の用例として併記されることになる。たとえば『大言海』[8]では「なまなまに（副）1未熟ニ。半端ニ。不十分ニ。（若菜下用例（省略））、2ススメラレテ。心ヲ入レズ。（古事記用例（省略））」と記載している。①（仲哀記）と④（琴論）の用例をそれぞれ別の意味をもつと解しながらも、副詞として一括りに扱っているのである。このような、①④を同類として扱う古い辞典類のあり方が、後に全ての用例が形容動詞と解されるようになったときに踏襲され、①と④を同じ語義をもつものとして併記するという『日本国語大辞典』のような形となったのかもしれない。しかしここでは、『大言海』が①（仲哀記）と④（琴論）の「なまなまに」を同じ副詞と見なしながらも、語義は異なるものと解していることに注目したい。先にAで分類したのと同様に『大言海』でも、④（琴論）の用例は、（2）「未熟なさま」の意味にとられているのである。

したがって、『大言海』の解釈を考慮に含めると、「なまなま」の語が（1）「勧められてしぶしぶするさま」の意味で用いられているのは仲哀記のみであり、他四例は「なま」の畳語として（2）の語義に属するということになる。だがそうなってくると、こんどは仲哀記のただ一例に限って「心からでないさま。勧められてしぶしぶするさま」という、弾き手の心の状態を汲み取った特別な語義を立てられていることが奇異に感じられてくる。先述した通り、語義の派生過程から考えても、より発展的である（1）の方が古いというのは不自然なのだ。その一方で、神託に疑念を抱く仲哀天皇が（2）の語義の「いいかげんなさま」で弾琴したと解するのは十分可能である。

以上、『日本国語大辞典』で（1）の語義に属するとされた用例のうち④（琴論）は古くは（2）の語義で解されており、かつて「なまなまに」を副詞とした古い辞典を踏襲して①（仲哀記）と同類とみなされ併記されるに至ったものと推察される。また①（仲哀記）の用例についても、文脈的には他と異なる特別な語義を読み取る必然性はなく、（2）の語義で解することができる。したがって「なまなま」の五つの用例全ては、（2）の語義において理解しうるということになるのである。

二　近世読本『西山物語』の「なまなま」

初出である仲哀記に続く「なまなま」の用例は、『源氏物語』の三例である。しかも平安期の他の用例は『今昔物語』の一例のみで、『源氏物語』前後の物語作品はこの語を全く使用していない。『古事記』と『源氏物語』の間には約三百年の隔たりがあるが、前章の結論で得たように両者における「なまなま」が同じ語義をもち、しかも中継ぎとなる他の用例がない以上、仲哀記と『源氏物語』の「なまなま」は直結しているということになる。ことに〈琴《きん》論〉の用例は、琴《きん》と琴《こと》という違いこそあれ、仲哀記と同じく弾琴に関わって用いられている点でいっそう距離が近いといえるだろう。いやむしろ、〈琴論〉が仲哀記を意識していないことは考えにくい。

　そもそも、仲哀記は天皇家に関わる重要な伝承である。そこで初めて用いられ、しかも後の用例もごく僅かである「なまなま」の語は、おのづから仲哀記との結びつきが強くなるはずだ。

たとえば近世のものではあるが、「なまなま」が仲哀記を喚起する語であることをひじょうに明瞭に示している用例がある。『西山物語』だ。

『西山物語』は明和五（一七六八）年に刊行された建部綾足の筆による読本である。実際の事件に材をとって、武家的倫理観が招いた悲劇的恋愛を描いている。「なまなま」の語は、女主人公の柏《かへ》が恋人である宇須美の家に客として招かれ、その席上で宇須美の父八郎に弾琴を所望される場面で用いられている。柏は長患いしていた母の看病でこのところは琴《こと》に触れる事もなかったと語り、

すこしならひ得たるてわざもみなわすれにけり。おおせにさむらへば、なまなま（古事記すすまざる意）も弾くべけれど、さしあたりてはかき合すばかりも、おぼつかなくてなむ。

（琴の巻　二一六）(9)

とへりくだりながら、慎ましやかに弾琴する。

この作品は内容の悲劇性もさることながら、多くの古典引用を鏤めた文飾への評価が高い。たとえば先に引用した柏の弾琴後には、大伴旅人と藤原房前が日本琴《やまとごと》をめぐって交わした万葉集歌（巻五、八一〇・八一一番歌）がそのまま、若い恋人間の仄かな恋情のやりとりとして利用されている。しかし『西山物語』の異色ともいえる特徴は実はそうした古典引用自体ではなく、それぞれの引用の出典がわざわざ明記されている点にある。作者である建部綾足が本文に分注を付し、作品に取り込まれている古語等について、自らその出処を示しているのである。

右の引用文中にあるように「なまなま」についても直後に分注を設け「古事記　すすまざる意」と記している。この語の出典は『古事記』であり、「すすまざる意」を表す語だと綾足自身が注釈しているのだ。つまりは、『古事記』の仲哀天皇と同様に柏もまた、気がすすまないながらも強く勧められたがゆえに琴《こと》を弾くのだ、そのように理解しろ、と指示していることになる。

しかしすでにみてきたように、平安朝以前の「なまなま」の用例はすべて「未熟なさま。いいかげんなさま。」を意味するものと考えてさしつかえないと思われる。仲哀記の弾琴にも、「勧められてしぶしぶするさま」の意をみる必要性は実はなかったのである。そうだとすればむしろ、「なまなま」について「すすまざる意」とする綾足の注記そのものに疑念が生じてくる。文飾として古典を多用し、自らの博識を誇ろうとする綾足が作中に弾琴場面を設けた第一の目的は、仲哀記や万葉歌を取り込むことにあったのだろう。しかし、「なまなま」については、典拠の語義そのままでは場面とやや齟齬が生じてしまう。そのために意図的に「すすまざる意」と注釈を付し、柏の心情となじませようとしたのではないかと思われる。(10)ひいては、建部綾足によるこの注釈がよりどころとなって、近代以降の辞書が「なまなま」に「勧められてしぶしぶするさま」の語義を立て、その孤立例として仲哀記を挙げるといった状況を招いたのかもしれない。

しかしここではその検証は措き、綾足が仲哀記を作中に取り込むためのキーワードとして「なまなま」を選び取った点を重視したい。建部綾足の時代には国学において古典主義的な文芸運動が生じつつあり、綾足の古典引用もそういった文芸思潮の一端であった。綾足の「なまなま」の引用および出典の注記は、仲哀記の弾琴場面が、十八世紀の文人たちの間で「なまなま」の語とともに記憶されていたことをうかがわせるものと捉えることができるだろう。

三　琴《きん》と琴《こと》の親和性(11)

『源氏物語』中の三例の「なまなま」はいずれも、男たちの会話の中で使用されている。雨夜の品定めの女性談義で二例用いられたのち、若菜下巻では夕霧に〈琴論〉を語る光源氏の言葉として現れるのであり、少なくとも『源氏物語』の中では、「なまなま」は男性社会に流通した表現であったことが察せられる。とすれば、男たちの間には「なまなま」の語を核とする仲哀記、ひいては『古事記』に関する〈知〉が多少でもあったのではないだろうか。とくに弾琴という共通点をもつ若菜下巻の〈琴《きん》論〉は、仲哀記を意識している可能性が高い。文脈的にも、仲哀天皇はいいかげんに琴《こと》を弾いたために熊襲征討の「思ひかなはぬ」どころか神罰による天皇の死という禍いまで招いてしまったのであり、仲哀記と〈琴論〉は重なっているのである。しかし、両者の影響関係を考えるにあたっては、さらに二つの問題点がある。一つは、『源氏物語』が『古事記』を知り得たのかという点、もう一つは、仲哀記で弾かれたのが琴《こと》なのに対し〈琴論〉が問題にしているのは琴《きん》であるという、楽器の違いをどう考えるかという点である。

i　平安時代における『古事記』享受

まず第一点めについて考えてみよう。『古事記』は長く秘蔵されており、平安時代にはほとんど知られていなかったといわれている。しかし完全な秘匿ではなく、あるていどの内容は知られていたようだ。たとえば『琴歌譜』[12]や『令集解』には「古事記曰」との記載が数例残っている。また『万葉集』巻二・九〇番歌にも、『古事記』からの引用がある。[13]これらの例については「古事記という固有名詞ではなく、〝古い記録〟を指している可能性がある」ともいわれるが、平安初期の「弘仁私記」という、より確実な史料も存在する。

「私記」とは「日本紀講筵」（多くの公卿・官人の出席のもと、日本書紀三十巻を数年かけて講究したもの）の講師による、講義のための覚え書きである。そして「弘仁私記」は、その「序」に『古事記』の成立事情を記述しているのである。[14]これにより、少なくとも『日本書紀』を講義する博士は『古事記』を読める立場にあったことがわかるのだ。ひいては、講義の席上で書紀の記述に関連させて『古事記』に触れた可能性も出てくるだろう。そうなれば、日本紀講筵に参加していた公卿や官人らを通じて『古事記』の知識が貴族社会に広がっていくことになる。したがって、断片的知識であったかもしれないものの、平安初期にはすでに『古事記』の内容について学者を中心にあるていど知られていた可能性は否定できない。

「日本紀などはただかたそばぞかし」（蛍巻③二一二）と物語論を展開した『源氏物語』が、歴史に関する相当な知識を有していたことは広く認められている。『古事記』初出の「なまなま」を継承したのが物語では『源氏物語』の三例のみであること、また「なまなま」が近世においても仲哀記を強く想起させるものとして機能する語であったことを考え合わせれば、〈琴論〉の「なまなま」はやはり、その背後に仲哀天皇の弾琴とその死という禍いを示唆するべく使用されたと考えるべきだろう。

ii　琴《こと》への琴《きん》理念の仮託

それでは、第二の問題点、楽器の違いについてはどう考えるべきなのか。六条院における女楽の場面に最も顕著なように、『源氏物語』は楽器の奏者や弾琴状況などを、ひじょうに意図的に描き分けている作品である。また若菜下巻の〈琴論〉のみならず、和琴についても一家言を持っていた。[15]そのような物語が果たして、両者を混用し〈琴《きん》論〉の中に琴《こと》にまつわる典拠を不用意に持ち込んだりするだろうか。

しかし絃楽器の用例を通史的に考察してみると、実は琴《きん》と琴《こと》はもともと、その理念において高い親和性を有していたことがわかる。紙幅の都合により詳述は別稿に譲るが、[16]弥生時代以来、王の祭祀権を荘厳する祭器となった当初より、琴《こと》には琴《きん》の理念が仮託されていた。そもそも木製品に過ぎない琴《こと》が金色に輝く青銅器製の銅鏡や銅鐸とともに王権の威儀具となるためには、理念的な権威づけが不可欠だったはずなのである。小国分立から統一国家成立へ向かった古代日本の国家形成期、各地の有力者はそれぞれに中国の先進文化を受容した。そうした中国文化の中でも、儒教と礼楽思想は国家を秩序立て形成する枢要な思想の一つである。その礼楽思想において、琴《きん》という絃楽器が最も尊ばれ、有徳高潔な男性が弾くものだという考えが伝わったとき、権力者たちは自らを権威づける威信材として、身近な絃楽器である琴《こと》を利用するようになった。すなわち琴《こと》は、まさしく〈日本《やまと》・琴〉すなわち〈日本《やまと》〉の〈琴《きん》〉として尊ばれていたのである。

琴《こと》がはじめから琴《きん》理念の影響を受けていたことは、記紀・万葉といった上代文献の琴《こと》に琴《きん》の理念が仮託されている例から明らかであるとともに、なによりも、弾琴埴輪・上代文献資料に一貫して、琴《こと》の奏者が男性に限られているということによって証立てられる。君子の楽器である以上、中国においても琴《きん》は男性が弾く。しかしそれはあくまでも儒教的な理念上のことであり、実際には中国では女性奏者も少なくなかった[17]。演奏用の楽器としてはそのように性別を問わず愛玩されるのが自然なのであり、奏者が男性に限定されている日本古代の琴《こと》のあり方は逆に、ひじょうに不自然だということになる。琴《きん》理念によるフィルターがかかっていたからこそ生じた現象であったことが推察されるだろう。

以上のように、日本における琴《こと》尊重はその発端から琴《きん》理念をバックボーンとしていたのであった。しかし奈良時代に入り、漢籍を通じて琴《きん》理念への理解が深まるとともに琴《きん》の実物も将来されて、琴《こと》と琴《きん》の分化が進んでいく。そしてその結果、これら二つの絃楽器はそれぞれ、一方は日本古来のまつりに関わる由緒ある楽器、他方は中国由来の徳高き士君子の楽器というように、異なる理念をもつものとしてそれぞれ尊ばれるようになったのである。とくに、演奏できる者がひじょうに少なかった琴《きん》の活躍の場が主に漢詩文の中だったのに対し[18]、神事を中心として古くから演奏されてきた琴《こと》への尊崇と愛着は深く[19]、奈良末から平安初にかけての楽制整備において在来楽が重視されたこととあいまって[20]、琴《こと》は一貫して由緒ある楽器として尊ばれた。諸史料からも、平安時代に入り箏や琵琶といった外来楽器が流行する中でも、和琴は特別なものとして扱われていたことがうかがわれる。平安初期の桓武朝から淳和朝にかけての天皇や親王は主に和琴を習得し[21]、それ以降も宇多天皇が愛用の和琴に自らの諱を用いて「宇多法師」と名付けるなど、格別の愛着を示したのであった[22]。

以上にみてきたように、琴《きん》の実態が不明であったより古い時代には、琴《こと》は日本の琴《きん》として、琴《きん》の理念を基盤とする形で祭具として尊ばれた。しかし奈良時代末期以降には、琴《きん》と琴《こと》は明確に違う楽器として認識され、それぞれに重んじられたのである。

ⅲ　琴《きん》への琴《こと》理念の仮託

このようにいったんは分化された琴《きん》と琴《こと》であったが、発端においてすでに混和的であったという親和性ゆえに、両者は再び理念的混淆を生じる。しかも今度は、琴《きん》に琴《こと》の理念が重ねられるという形であった。

十世紀半ばに創作された『うつほ物語』は、醍醐・村上朝に皇室を中心として琴《きん》が尊ばれたことを受けて誕生したと思われる、琴《きん》の物語である。平安前期の和琴の尊貴性は揺るぎなかったが、この物語中に限っては、琴《きん》が全ての楽器の頂点におかれている。

そうした琴《きん》重視の根底にはもちろん礼楽思想があり、物語の琴《きん》は、おおむね儒教的な思想の発現として活躍する。最も重要な秘琴の一つが「南風[23]」と名付けられていることをはじめとして、仲忠や正頼が弾琴することを契機に忠こそ・季英・涼といった不遇な君子が見いだされ貴族社会に迎えられるなど、琴《きん》は儒教的理想を実現するものとして機能させられているのだ。(24)

しかしそのいっぽうで、物語の進展を通じて琴《きん》に琴《こと》の理念が重ねられていくという、かつてとは逆方向の混淆が生じていく。そしてその契機となっているのは、秘琴の担い手が男性から女性へと移行したことであった。

琴《きん》は君子の楽器であり、本来の弾き手は男性である。うつほ物語でもまた当初は、秘琴を日本にもたらした清原俊蔭をはじめ、その三代目の孫である仲忠など、秘琴を担うのは男性たちであった。それにふさわしく、俊蔭・仲忠ともに人ならぬ前世や後世をもち、(25)琴《きん》の技量も、当初は母である俊蔭女よりも息子の仲忠の方が優れていると設定されていたのである。(26)しかし、物語が終盤にさしかかるにつれ、琴《きん》の一族の担い手は女性たちへと移っていく。まずは琴《きん》の手並みの序列が改められ、(27)俊蔭女が仲忠よりも優れた奏者として四代目いぬ宮への秘琴の伝え手となる。そしていぬ宮への秘琴伝授完了も近い七夕の夜、俊蔭女が南風・波斯風を弾くと、その夜の彼女の夢に俊蔭の霊が現れたのであった。

七月七日は中国乞巧奠《きっこうでん》の習俗が入る以前より、日本でも祖霊迎えのまつりが行われる日であった。さらに、牽牛・織女伝説と日本古来の棚機女《たなばたつめ》（水辺の棚で機を織りながら神の訪れをまつ処女＝巫女）の信仰も習合されているという。(28)すなわち平安朝の七夕は表層的には中国の習俗を受容したものであるが、その古層には巫女によって行われていた祖霊迎えや神迎えのまつりが潜んでいたのである。俊蔭女は父俊蔭の記憶を物語世界に呼び起こす存在であり、いわば俊蔭と物語世界という二つの世界を媒介する巫女的な役割を果たす。(29)そうした巫女的な存在である彼女が琴《きん》を弾いたことで、七夕の古層に沈んでいたまつりが顕在化したのである。彼女はさらに、クライマックスである秘琴披露で細緒風と波斯風を弾き、人々の心身を慰撫するという鎮魂の奇蹟を生じる。(30)鎮魂は日本祭祀の根幹的な思想であり、ここに至って、俊蔭女という巫女的な女性を契機として、琴《きん》に琴《こと》の理念がはっきりと重ねられたのだといえるだろう。

いっぽう、俊蔭一族四代目として秘琴を担っていくはずのいぬ宮も女性である。彼女は、「ゆゆし」ということばでその神異性が保証され、俊蔭女の巫女性を継承する。そして、このいぬ宮がいずれ皇室へ入内し、未来の帝を生む将来を予見させながら物語の幕が下りることで、儒教の宝器であるとともにまつりの祭器としての性質も併せ持つ新たなる〈琴《きん》〉が天皇家にもたらされることが暗示されることになる。

かつての琴《こと》が琴《きん》の理念によって権威を増し王権荘厳の力を強化したのと同様に、『うつほ物語』では琴《こと》の理念を重ねることで、皇室のいわば新たな神器となるであろう琴《きん》のさらなる権威化を図っているのである。このように、琴《こと》と琴《きん》はその親和性ゆえに、時に応じて一方が他方の理念を借り自己の権威をより高めるという、相互補完的な関係をもつ楽器だったのである。

結語

『源氏物語』において光源氏の琴《きん》は、君子の楽器という儒教的理念と、王権の象徴という古代祭祀的な琴《こと》の理念とを併せ持っている。そしてそれは右に述べたような、『うつほ物語』の達成を踏まえてのものであった。しかし、『うつほ物語』では琴《きん》のみが突出して高められていたのに対し、『源氏物語』では琴《きん》に特別な権威を与えつつも、現実の貴族社会でそうであったように、和琴についても高い価値を認めている。

あづまとぞ名も立ち下りたるやうなれど、御前の御遊びにも、まづ書司を召すは、他の国は知らず、ここには

> これを物の親としたるにこそあめれ。その中にも、親としつべき御手より弾きとりたまへらむは、心ことなりなむかし。（常夏巻③二三一）

玉鬘に語る源氏の言葉である。「他の国は知らず、ここにはこれを物の親としたるにこそあめれ」と、異国はともかくとして、日本では和琴が第一の楽器なのであると称揚している。もちろん「他の国は知らず」の言葉には、先進国である中国の文化が意識されている。しかしそれは単純に漢を和の上位に置くというものではない。すでにみたように雅楽寮の構成は日本古来の音楽をより重んじていたのであり、天皇の和琴への愛好も深かった。和琴は日本第一の楽器であり、琴《きん》は中国第一の楽器である。両者は和漢それぞれにおける最高の楽器として肩を並べているのだ。

『源氏物語』は、日本最高の楽器である和琴を頭中将率いる藤原氏の楽器としている。そしてその一方で、琴《きん》は皇室および光源氏の楽器である。しかしこの琴《きん》は、中国の琴《きん》そのものではない。士君子の楽器であるという従来の琴《きん》の理念の上に、古来より琴《こと》が有してきた王権の象徴としての理念を重ねまとった琴《きん》なのである。つまりは、日本の琴《こと》・中国の琴《きん》いずれをも凌駕する新しい権威なのであった。若菜下巻〈琴《きん》論〉は、琴《きん》の性格を語る上で、琴《きん》の故郷である中国の故事ではなく、幸いをもたらした『うつほ物語』の琴《きん》の例と、禍いを呼んだ仲哀記の琴《こと》の例という、我が国における琴《きん》と琴《こと》の伝承を持ち込んだ。それは、〈琴《きん》論〉の述べる琴《きん》が、物語文学の中からあらたに生み出された《日本の琴《きん》》だということを物語っているのである。

注

（1）以下テキストの引用は、とくに注記のない限り、小学館新編日本古典文学全集による。

凡例：④一九八＝『源氏物語』第四巻一九八頁。

（2）（舜ガ）五絃の琴を弾じ、南風の詩を歌ひ、而して天下治まる。詩に曰く「南風の薫ずる、以て吾が民の慍《いか》りを解くべし。南風の時、以て吾が民の財を阜《ゆた》かにすべし」と。時に景星出でて、卿雲興《おこ》る。百工、相ひ和して歌ひて曰く「卿雲、爛たり。糺縵縵《れいまんまん》たり。日月《じつげつ》光華あり、旦、復た旦」と。（『十八史略』）

（3）『韓非子』「十過」には、徳義の薄い晋の平公が、黄帝のような聖帝しか聴いてはならない「清角」という琴《きん》の秘曲を無理に弾かせて聴いたために、国が大禍に見舞われたことが記されている。

師曠《しこう》曰く、……今君の徳義薄し、以て之を聴くに足らず。之を聴かば、将に敗れんとす。平公曰く。寡人老いたり。好む所の者は音なり。願はくは遂に之を聞かんと。師曠已むことを得ず、琴を援りて之を鼓す。一たび之を奏するとき、白雲有り西北より起る。再び之を奏するとき、大風至りて雨之に随ひ、廊瓦を飛ばす。左右皆奔走す。平公恐催し、廊屋之間に伏す。晋の國大いに旱し、赤地三年、聽く者或は吉に或は凶なり。夫れ樂は妄りに興す可からず。

（4）「源氏物語の音楽――光源氏の琴とその相承を中心に――」（原岡文子・河添房江編『源氏物語煌めく言葉の世界』翰林書房　二〇一四年四月

（5）なお中世には室町中期の連歌論集『ひとりごと』（僧心敬著　応仁二年〔一四六八〕四月に著作）の一例のみ。以降は近世作品の六例となる。

（6）『大言海』冨山房　昭和九年、『大辞典』平凡社　昭和一一年など。

（7）以下、近世の用例は省略した。また、引用には便宜的に一部訂正を加えている。

（8）大月文彦著　冨山房　一九三四年

（9）本文は小学館日本古典文学全集『西山物語』（高田衛校注・訳　一九七二年）による。

（10）あるいは当時の古事記研究において「なまなま」にこのような解釈が行われていたのかもしれないが、その確認は他の研究に譲りたい。

(11) この章では便宜上、平安期以降の琴《こと》を和琴と表記している場合がある。

(12) 『琴歌譜』は平安時代、琴《こと》の伴奏で歌われた歌謡の歌譜。現存唯一の伝本（陽明文庫蔵）の奥書には、天元《てんげん》四年（九八一）書写の記載がある。『琴歌譜』には「古事記」の語が四例みられ、たとえば「茲都歌《しづうた》」の説明部分には「右古事記云大長谷若建命坐長谷朝倉宮治天下之時……下略……」（『琴歌譜』古典保存会　一九二七年）とある。

(13) 『万葉集』巻二・九〇番歌の詞書に「古事記に曰く、軽太子《かるのひつぎのみこ》、軽太郎女《かるのおほいらつめ》に奸《たは》けぬ。故《このゆえ》にその太子を伊予の湯に流す……下略……」とある。

(14) 「先是浄御原天皇御宇之日、有舎人姓稗田名阿礼…中略…彼書所謂古事記三巻者也。」（『日本書紀私記　釈日本紀　日本逸史』（新訂増補国史大系　第八巻　吉川弘文館　一九三二年）。

(15) 常夏巻③二三一。後掲。

(16) 西本香子「日本の倭琴にみられる中国七絃琴理念の影響――出土品、埴輪、文献資料からの考察（高麗大学『漢字漢文研究』11号　二〇一六年八月）

(17) たとえば『後漢書』「烈女伝」には、『琴操』の著者である蔡邕《さいよう》（一七七？〜二四九？）の娘である蔡琰《さいえん》が琴《きん》に堪能だったことがみえる。

(18) 漢詩文が学ばれ『懐風藻』をはじめとする漢詩集が編纂されるようになると、琴《きん》はもっぱら君臣和楽あるいは隠逸の君子の表徴として漢詩中で詠まれるようになった。

(19) 『皇太神宮儀式帳』（延暦二三）では、神意を請う際に琴《こと》を弾くことが定められている。

「神嘗祭供奉行事」

……前略……以二同日夜亥時一。御巫内人乎第二門爾令侍弖。御琴給弖。請二天照坐太神乃神教弖一。……後略……

(20) 「養老職員令」の「雅楽寮」の項によれば、雅楽寮の定員は在来楽二六四名、外来楽一四七名であり、在来楽は外来楽の二倍近い定員で構成されていた。

(21) 豊永聡美『天皇の音楽史　古代・中世の帝王学』歴史文化ライブラリー 442　吉川弘文館　二〇一七年二月　一

九頁
(22)『文机談』巻第一後半「天皇御楽事」
(23)注2参照。
(24)西本香子「『うつほ物語』の女性弾琴」(『年刊日本の文学』1　有精堂　一九九二年)
(25)俊蔭は天女の行く末の子であり、仲忠は天女の子の転生である。
(26)「この子(仲忠)変化の者なれば、子の手母にもまさり、母は父の手にもまさりて、物の次々は劣りこそすれ、この族は、伝はるごとにまさること限りなし」(俊蔭巻①八一)
(27)楼の上上巻では、仲忠は自分より母の技量が格段に優れていると語っている。
(28)山中裕『平安朝の年中行事』(塙書房　一九七二年六月)
(29)西本香子「俊蔭女と予言の行方——「楼の上」下巻・波斯風弾琴をめぐって」(中古文学(49)一九九二年六月)
(30)西本香子「物語の庭園と水の聖域——『うつほ物語』桂邸を中心に」(『王朝文学と建築・庭園』平安文学と隣接諸学1、竹林舎　二〇〇七年)

源氏物語のことば―「つつまし」による関係表現―

中川正美

一　時代性と創造性

いわゆる源氏物語の達成をことばからみるとどうなるであろうか。源氏物語は異なり語数も延べ語数も多く、古くから連綿と認められることばもあれば、落窪物語など中期の作品から認められることばも、源氏物語で新たに認められることばもある。とはいえ、新たなことばは派生語などで、先行作品と比較しうるだけの量もなく、物語上さして肝要というわけでもない。源氏物語のことばの特徴はむしろその語用、先行作品とは異なる用法に特化して多用したり、語義用法は変わらないながら人物や事件、場面や状況などを限定するという、固有の用い方にある。(1)それが作品の独自性や創造性に関わってくる。

つぎは右大臣が、瘧病みで里下がりしている娘、朧月夜尚侍の寝所に光源氏を発見するところである。

尚侍の君いとわびしう思されて、やをらゐざり出でたまふに、面のいたう赤みたるを、なほなやましう思さるるにやと見たまひて、「など御気色の例ならぬ。物の怪などのむつかしきを、修法延べさすべかりけり」とのたまふに、薄二藍なる帯の御衣にまつはれて引き出でられたるを見つけたまひてあやしと思すに、また畳紙の手習などしたる、御几帳のもとに落ちたりけり。これはいかなる物どもぞと御心おどろかれて、「かれは誰がぞ。けしき異なる物のさまかな。たまへ。それ取りて誰がぞと見はべらむ」とのたまふにぞ、うち見返りて、我も見つけたまへる。紛らはすべき方もなければいかが答へきこえたまはむ、我にもあらでおはするを、子ながらも恥づかしと思すらむかしとさばかりの人は思し憚るべきぞかし。されどいと急に、のどめたるところおはせぬ大臣の、思しもまはさずなりて、畳紙を取りたまふままに、几帳より見入れたまへるに、いといたうなよびて、つつましからず添ひ臥したる男もあり。今ぞやをら顔ひき隠して、とかう紛らはす。あさましうめざましう心やましけれど、直面《ひたおもて》にはいかでかはあらはしたまはむ。目もくるる心地すれば、この畳紙を取りて、寝殿に渡りたまひぬ。（賢木一四五）[2]

不都合な発見の次第は右大臣の視線に沿って段階的に記されていく。折しも雷雨で源氏は帰れず、尚侍ともども右大臣の気配を村雨の紛れで気づかなかったのだが、その右大臣が最初に目を留めたのは御簾からいざり出てきた娘の上気した顔であった。困惑して源氏を隠そうとしているとは思いもかけず、まだ治癒していないのかと気遣う。と、娘の衣装に絡まった薄二藍の男帯が目に付く。「あやし」と思って御簾内を見回すと、几帳のあたりに手習をした畳紙が落ちている。誰のものかと詰問しながら踏み入って拾い取り、几帳の中を覗くと、「いといたうなよびて、つつましからず添ひ臥したる男」までいる。

右大臣の視線はまず娘の顔、つぎに姿態に移って衣に絡まった男物の帯、さらに室内に及んで手習を書き散らした懐紙、そして最後に几帳の内に絞られて、色めかしい風情で横たわる男を見出す。明らかに密会の現場なのだが、あろうことか、その男は「つつましからず添ひ臥し」ている。右大臣の怒りをいや増したのはその態度であった。

我が邸で密会し、現場に踏みこまれたのだからもう少し「つつましく」するべきなのに、臆面もなく横たわって、今になって顔を隠して取り繕おうとするとは。源氏は意図して「つつましからず」ふるまったのではあるまい。見つかって顔を隠すのは進退窮まっての開き直りでもあったろう。しかし、それが右大臣には反省のかけらもない、生意気で、自分への侮辱のみならず挑戦と映る。あまりの意外さに動転する「あさまし」、自分を大臣とも思わずふるまう無礼さに「めざまし」、あばきたてることもできない不愉快な敗北感の「心やまし」と、目の前が真っ暗になり、畳紙を握りしめて、寝殿の弘徽殿大后の許に駆け込んで愁訴するに至る。右大臣のあわて惑うさまからは衝撃のほどが明らかだが、直接なじることのできない相手であるだけに怒りと動揺は深い。性急な人柄と揶揄される右大臣が、深くも考えず怒りに我を忘れて、後の政変、光源氏の失脚を招いていく。その引き金となった「つつましからず」は右大臣の感情をまことに的確に語っているといえよう。

ただ、「つつましからず臥す」という表現は源氏物語以前の落窪物語にも認められる。

今宵は、袴もいとかうばし、袴も衣も単衣もあれば、例の人心地したまひて、男もつつましからず臥したまひぬ。今宵は、時々御いらへしたまふ。（落窪物語・巻一・五二）

これは道頼が落窪の女君の許に侵入し、契って一夜明けた二日目の夜で、女君の想いを「人心地」で、男君の想いを「つつましからず」で語っている。「今宵は」と取り立てて、女君は袴も衣も単衣も身につけ、焚きしめてもいると語るのは、昨夜は満足な衣装を身につけていなかったので、「誰ならむと思ふよりも、衣どものいとあやしう、袴のいとわろびすぎたるも思ふに、ただ今、死ぬるものにもがなと泣く」（三九）ばかりだったからである。あまつさえ、後朝には男君に単衣を脱ぎすべし置かれる始末で「いとはづかしきこと限りな」く、文が届いても、「はづかしうつつましくわびしくて」（四八）返信もできない状態であった。ところが今夜はあこぎの働きで、衣装も整い、調度もきちんと置かれて、男君を迎えるにふさわしく一変している。「男も」だから、「人心地」ついた女君同様、男君も気兼ねせず横になって共寝したと言う。この「つつましからず」は男君の安堵と満足を語っており、ここに女君と男君の琴瑟相和、幸せに至る第一歩が拓かれていく。

同じ「つつましからず」でも、先行する落窪物語は幸せな男女の姿を描出するが、源氏物語では暗転を誘う。それは密会する男女の想いではなく、密会を見顕した父の想いを語っているからである。そのためまったく別の効果が生じ、ドラマチックな展開に進んでいく。源氏物語の用法はひと味もふた味も違う、巧みな語用といえよう。

しかし、それだけであろうか。思うに、当時「つつましからず臥す」は女の動作ではなく、逢瀬における男の動作だとする共通認識があるからこそ効果的なのではないか。平安仮名作品で男が「つつましからず」臥すという表現はこの二例しか認められない。落窪物語は性愛表現を点描する傾向にあるから「つつましからず」で男君の満足を表出したのだろう。紫式部が落窪物語を読んでいたのかどうか、それはわからない。むしろ性愛表現を避けようとする源氏物語にあって、「つつましからず」は右大臣の感情を描出し、物語を展開させる表現として選び取られた、きわめて特殊で、注意深くなされた創造と考えられよう。その基底にあるのは当時の「つつまし」語彙の含み持つジェンダー性であろう。

文学作品が作品として成り立つには、音楽をとりあげた際にも述べたが、その時代や環境をおのずと映し出す時代性風俗性とともに、そこから新たに呈示する文学性創造性を要しよう。(3) ことばに関してもこの二つの層、同時代に無理なく享受しうる時代性とそれを独自に変容させた創造性が存する。そうした源氏物語の達成を本稿では、感情形容詞で、人と人の関係を浮き彫りにする「つつまし」から見ていきたい。

二　「つつまし」の語誌からみる源氏物語

時代性や創造性に分け入るまえに、平安仮名文の「つつまし」を概観しておこう。

「つつまし」は動詞「慎む」の形容詞形だが、辞書類では「包む」と括って説述することがあるように、もとは同根で、「ツツム」はあるもの全体を他のものですっぽり覆うことを意味する。「囲む」とはちがって、隙間なくぴったりとくるみ込むことを言うから[4]、隠す意にも通じていく。

表　「つつむ」「つつまし」の文種

	和歌	会話	手紙	地の文	計
竹取物語				①	①
伊勢物語				①	①
大和物語				1	1
平中物語				⑥	⑥
蜻蛉日記			2　②	1　②	3　④
落窪物語		4　⑤	3	4　②	11　⑦
うつほ物語	②	6　⑮	2　⑦	6　③	14　㉗
和泉式部日記		3		2　②	5　②
枕草子		②		9　⑤	9　⑦
源氏物語	②	29　㉓	4	106　㊵	139　(65)
紫式部日記				4　⑥	4　⑥
更級日記				2	2

平安仮名文では「包む」は原則として事物で事物を覆うこと、「慎む」は事態行為感情などの人事に関わる事象を覆うことに意義分化していて、そのため「慎む」は気兼ねする意で用いられる。そして、「包む」が「脱ぎ置く衣に包まむとすれば、ある天人包ませず」（竹取物語七四）のようにその動作で完結するのに対して、「慎む」は「人目も今はつつみたまはず泣きたまふ」（六五）のように、その結果どういう行動を取るかに焦点が移るので自己規制の意が生じる。そんな「慎む」は主体の判断で事態や感情を覆うのだから、そうさせる対象が存する。その対象は特定の個人や社会だから、いきおい、主体と相手との関係が浮き彫りになってくる。「つ

つまし」は人と人との関係を自ずと表していくのである。

表は平安仮名文に「つつむ」「つつまし」がどのように認められるかを示したものである。丸数字は「つつむ」で、「ものづつみ」「思ひつつむ」「思しつつむ」を含め、「つつまし」には「つつましさ」「ものつつまし」「つつましげなり」「つつましやかなり」を含めている。知られるように、平安仮名作品ではおおむね「つつむ」の方が多用されているが、源氏物語だけが「つつまし」一三九例、「つつむ」六五例と、「つつまし」が二倍を超えている。韻文も先行作品と同じく「つつむ」がもっぱらで、万葉集一例、八代集二四例、[5]うつほ物語と源氏物語の作中和歌各二例のうち、「つつまし」は後撰集に一例しか認められない。つまり、源氏物語は「つつむ」「つつまし」が二〇四例と群を抜いて多いだけではなく、先行作とちがって「つつまし」の方を多用しているのである。

⑴むかし、いと若き男、若き女をあひ言へりけり。おのおの親ありければ、つつみて言ひさしてやみにけり。（伊勢物語八六段・一八九）

⑵かく行かぬをいかに思ふらむと思ひ出でて、ありし女のがり行きたりけり。久しく行かざりければ、つつましくて立てりける。（大和物語一四九段・三八三）

⑴の伊勢物語では男女が互いに好意を持ったのに、それぞれ反対にあったのか、親に「つつみて」交際を絶ったという。⑵の「つつまし」を用いた大和物語では、男が女の許を訪れたのに、案内も請わず、簀子にも上がらず立ったままでいる。それは夜離れを重ねたからで、「つつましくて」には「立つ」に至る男の罪悪感と期待そして不安の、揺れる想いが描出されている。同話の伊勢物語二三段にはこうした心情が語られない。「つつむ」は行為を語るだけだが、「つつまし」は対処する過程の心情に主意があるので、そこに心の揺れが描出される。[6]源氏物語では事態や状況における人間の心情、心の揺れに焦点を当てようとしたので「つつまし」が多用されたのだろう。

文の種類では、初期物語の竹取物語や歌物語は用例自体が少ないのだからともかく、中期の落窪物語やうつほ物語では会話や手紙の直接話法の方が地の文よりも多い。それに対して源氏物語では直接話法は和歌二例・会話五二例・手紙四例の計五八例なのに、地の文は一四六例にのぼっており、三倍ほど用いられている。枕草子も地の文に多いが、語り手が作中人物にもなるので直接話法として扱った。

そうした直接話法でめだつのがつぎのような表現である。

(3)「この禅師の君に、心細き憂へを聞こえしを、伝へきこえたまひけるに、いとうれしくなむのたまはせしと承れば、喜びながらなむ聞こゆる。けしうつつましきことなれど、尼にと承るには、むつましきかたにても、思ひ放ちたまふやとてなむ」などものしたればまたの日、返り事あり。（蜻蛉日記下・二八三）

(4)「年ごろ、いとおぼつかなく思ひたまへつつ、かくなむと、聞こえまほしながら、つつましきこと多くて。忘れやしたまひたらむ。」（落窪物語・巻三・二五二）

(3)は道綱母が兼忠女に御息女を養女に迎えたいと願い出る手紙で、「けしうつつましきことなれど」、申し上げにくいことでございますが、と願いの筋を言い出している。現代ならば、失礼なことを申し上げるのをお許しくださいというところだろう。(4)は落窪の女君が父と再会を果たした後、腹違いの四君に交際を求める手紙で、「つつましきこと多くて」とこれまでの無沙汰をわびている。これらは日常の社交でよく見受けられる言いまわしで、手紙を出さなかったこと、来訪が後れたこと、夜離れをしてしまったこと等の言い訳、昇進のお礼言上、献上する際の謙遜など、人と人との関係を構築する慣用表現となっており、社会生活を送るうえでの潤滑油の役割も果たしている。これを「言い訳表現」とすれば、蜻蛉日記では五七％、落窪物語二二％、うつほ物語四四％、和泉式部日記では四三％を占めている。ところが、源氏物語では九％でしかない。源氏物語では日常の挨拶よりは個々の出来事に生じる情動を描く方に主点を置いていると考えられよう。

したがって、平安仮名文での「つつまし」の語法はつぎのようになる。

A　自己規制の語法　イ規制しない　ロ規制する　ハ規制しきれず漏れてしまう　ニ規制しても我慢できず表出する

B　言い訳の語法　ホ過去における自己の言動　ヘ現時点での社会的な言動

Aの自己規制の語法ではその結果どうしたかが語られる。イは自己規制をしない場合で、逆にロ〜ニは規制する場合で、ロは無理して諦めることが多い。ハは規制しようとしてもしきれず漏れて他者や世間に知られてしまう場合、ニは規制しようとするがそれに堪えきれず、自ら明らかにする場合で恋の告白が多い。和歌では圧倒的にハニが多く、散文ではロの方が多い。一方、Bは日常生活を円滑に行うための方策で、ホは無沙汰のおわびで肉親友人、恋人夫婦間でも認められる。ヘは対座した際の挨拶や謙遜など社会的なもの言いで、Bは先行作品では用例の半数程度を占めるが、源氏物語では一割に満たない。こうしてみると、源氏物語は先行作品とは違って、「つつむ」よりも「つつまし」を、会話や手紙よりも散文部分に多用しており、日常の表面的な交遊で社会人としての生を語るよりも、私的な関係における心の揺れを語る方に重点があると知られよう。

三　平安貴族の環境と「つつまし」

さて、ことばの時代性は一つの作品だけでは捉えにくい。作品の語彙は閉じた系をなしているが、作品内では希少で不審な用法も同時代や史的展開を含めた全体的な視野に立つと理解できることは少なくはない。

「つつまし」からは源氏物語に先行する平安文学の二つの流れが見て取れる。詳細は別稿に譲るが[7]、どのような状況場面で「つつまし」が用いられているかをみると、和歌や歌物語、蜻蛉日記、和泉式部日記ではもっぱら恋に関して認められるが、落窪物語、うつほ物語、枕草子、そして紫式部日記ではぐっと幅が広がって貴族社会の日常が立ち現れてくる。その日常性のなかの「つつまし」に平安貴族の生きる環境が透けて見える。

「つつむ」「つつまし」と思うのは、ふつうは上位者に対してである。年長者に、両親や祖父母兄姉に、上司に、主人に、そして世間に「つつみ」「つつまし」と思うのは予測されることだが、平安仮名文にはつぎのような事例が認められる。

(1)御遊び始まりて、上、琵琶の御琴、仲忠に和琴、仲頼に箏の琴、源氏に琴の御琴賜ひて遊ばす。つつむことなく、おぼめくことなし（うつほ物語・吹上下・五一六）

(2)名を付けむとすれば、さすがに、おとどの思す心あるべしとつつみたまひて、「落窪の君と言へ」とのたまへば、人々もさ言ふ。（落窪物語・巻一・一七）

(1)は嵯峨院の吹上行幸の御遊で仲忠が和琴、仲頼が箏、涼が琴を賜って合奏するところで、「つつむことなく」技倆を尽くしたと讃えている。仲忠たちは臆することなく楽才を発揮したわけだが、この「つつむ」は公の場で廷臣が緊張に陥りやすいことを示していよう。こうした儀式や行事、職場など公的な場での緊張は落窪物語や枕草子紫式部日記にも記されており、貴族たちにとって社会的な場での見られ方がいかに大切かが伝わってくる。

(2)はさらに興味深い。落窪物語では継母の継子に対するやりたい放題のいじめが印象的だが、その継母が夫に「つつみ」、行動を修正している。継母ですら夫の意向を気にかけているのだが、夫の中納言が妻に気兼ねする例は見あたらない。落窪の女君も父に所在を知らせたくても、夫に遠慮して名告っていない。これだけならば、感情に忠実でどこか憎めない継母の一面とも落窪女君のやさしさとも考えられなくもない。しかし、うつほ物語の俊蔭女は嵯峨院から夫の兼家に「つつむ」ものと考えられ、源氏物語の紫上も源氏に「つつ」んで出家を言い出せない。

(3)ものの心も知らぬ娘一人残りて、もの恐ろしくつつましければ、あるやうにもあらず、隠れ忍びてあれば、人もなきなめりと思ひて、よろづの往還の人は、やどももこぼち取りつれば、ただ寝殿一つのみ、簀子もなくてあり。（うつほ物語・俊蔭・四七）

うつほ物語では父母に死に別れ、一人残された世間知らずの俊蔭女が「もの恐ろしくつつまし」と不如意なまま隠れ住んでいる。源氏物語でも父宮が亡くなった後、残された大君と中君は「ただいつとなくのどかにながめ過ぐし、もの恐ろしくつつましきこともなくて経つるものを」（椎本二〇三）と、父在世中は気兼ねすることもなかったのにと嘆き、風の音にもおびえている。年若い女が保護者もなく一人生きるのはたいへん恐ろしいことだったようだ。

では、つぎのような事例はどうか。

(4)されど、やむごとなき人々さぶらひたまふに、数々なる御後見もなくてやと思しつつみ、（中略）憚り過ぐしたまひしを、（澪標三一九）

六条御息所が朱雀院から娘を所望された時、既に歴とした方々がお仕えなさっているなか、たくさんのお世話役もいないのではどんなものかと気兼ねし、院が病がちなことも不安で、意向は意向としながら諾否を鮮明にせず逃げていたというのだが、母親が娘の婚姻を遠慮するのは御息所だけではない。藤壺宮の母后は桐壺帝に入内を要請されても、弘徽殿女御の桐壺更衣へのしわざもあって、「思しつつみて、すがすがしうも思し立た」（桐壺四二）ず、玉鬘も春宮への大君入内を「なかなかにてまじらはむは、胸痛く人笑へなることもやあらむとつつましければ」（竹河七八）とためらい、中将の君は浮舟が薫の思い者となるのを「つつまし」と困惑している。藤壺宮の母后、六条御息所、玉鬘は未亡人、浮舟は連れ子で、実の父には認知されていない。母親たちはみな、自分の心一つで、娘の婚姻を決めなければならないのだが、帝・院・春宮、そして大将といった高貴な方々から所望された時、四人が四人とも「つつむ」「つつまし」と慮り、肯んじていない。ある事例や一作品だけでなく、こうして仮名文全体を俯瞰してみると、女の生きづらさが現れてこよう。

(5)宮には常にとぶらひきこえたまふ。やうやう御心静まりたまひては、みづから御返りなど聞こえたまふ。つつましう思したれど、御乳母など、「かたじけなし」と、そそのかしきこゆるなりけり。(澪標三一五)

ここでは(4)の六条御息所の娘、前斎宮が母の死後ようやく落ち着いて、源氏の細やかな見舞いに自ら返信している。しかし、前斎宮はなんのこだわりもなく筆を執ったのではない。前斎宮にとって自筆で自作の歌など、たとえ母が信頼して託した源氏であっても見せるべきではないと思っているので「つつましう思したれど」とためらったのだが、乳母たちの勧めを容れたのである。こうした例は数多い。女性は男性のみならず親や女房にも気兼ねし、気配さえも人に悟られないようふるまっている。それが女性のたしなみであった。前斎宮の文を源氏は「つつましげなる書きざま」(澪標三一六)と評しているが、平安仮名文に認められる「つつましげなり」一二例はすべて女性の文やもの言い、しぐさに用いられている。また、源氏物語にだけ認められる「ものづつみ」一四例もすべて女性で、源氏は「すべて女のものづつみせず、心のままに、もののあはれも知り顔つくり、をかしきことをも見知らむなむ、その積もりあぢきなかるべきを」(胡蝶一七八)と積極的にふるまう女性を良しとしていない。平安仮名文の「つつむ」「つつまし」に透けて見えるのは、娘時代は両親にも男性にも世間にも堂々と対さず、一歩引いて狭い環境の内で生きるようしつけられ、母となり社会的な地位を得てもなお、何かの折には生きづらい状況に置かれる女の姿である。男性も人目を気にし、目上を顧慮する点では女性と変わらない。しかし、男性が恋の告白や夜離れの言い訳以外に女性に対して「つつまし」と気兼ねすることはほとんどない。「つつむ」「つつまし」からは、貴族女性の生きづらさ、世間や他者に顧慮して身を処す姿が浮き彫りになってくるのである。

四　源氏物語の方法──時代性から創造性へ

「つつまし」からは、「女ばかり身をもてなすさまも所狭う、あはれなるべきものはなし」（夕霧四五六）と嘆く紫上の述懐に先だって、女の生きづらさが物語の随所に底流していると知られる。しかし、そうした時代性が必ずしも苦難の生を語っているわけではない。末摘花、六条御息所、明石君、秋好中宮、玉鬘、宇治姉妹は言い合わせたように、男君に返歌し、対座し、声を聞かせることを「つつまし」と忌避しようとしている。これは一見するとマンネリのようだが、個々の置かれた状況や「つつまし」と感じてのち選択する行為は異なっている。こうした設定自体先行物語では見当たらないのだから、男女の交渉のパターンを創出し、そのパターンを変化させていく方法と考えられよう。そこには特有の語法も認められる。その一つが「つつましけれど」と自己規制すべきだと思いながら、そうせず異なる言動を繋いでいく逆説の語法で、一五例のうち一〇例が女性である。前章(5)の前斎宮も、臆しつつも、自筆での返信を選び取ることで中宮への道が拓かれるが、その一方で源氏の後見を受けることになってその関心を惹き続けることになる。「つつまし」とためらう状況に置かれることで、女君それぞれが選択し、決意する姿が語られ、異なる生が紡ぎ出されていくのだから、「つつまし」は「女の宿世はいと浮かびたる」（帚木九六）と語られる他律的な「浮く」生ではなく、むしろ自律的な生を語っていくと考えられよう。(8)

今一つ特有の語法は、「つつまし」の周辺に形容語がほとんど認められないなか、類義語「はづかし」が共に認められることである。「はづかし」もまた人と人の関係を浮き彫りにする語で、「はづ」と先行作品の「はづかし」はC社会的な恥辱がもっぱらだが、源氏物語では、D相手に対して引け目を感じたり、E相手のすばらしさに賛嘆する、個人的な用法も加わって多用されている。[9] しかし、「つつむ」と「つつまし」にはそうした用法の棲み分けは認められない。「はづかし」は恋愛関係が半数近くを占め、一組の男女で双方向に認められるか、片方だけか、全くないかで四グループに分類でき、そのなかで個別の愛の様相を辿ることができる。[10] しかし、「つつまし」は社会的用法がめだち、個別の用法では女性が男性に気兼ねするのがもっぱらで、男性は世間に対する顧慮がめだち、女性に対してはさして認められない。源氏物語の恋に関わる「つつまし」は女性主体に偏っているのである。

(1)内に入りてそのかせど、むすめはさらに聞かず。いと①はづかしげなる御文のさまに、さし出でむ手つきも②はづかしうつつましう、人の御ほどわが身のほど思ふにこよなくて、心地あしとて臥しぬ　（明石二四八）

明石君の場合は恋の始発の典型的な型で、「はづかし」が「つつまし」より前の句にあったり、連接したりしている。初めて源氏の懸想文を目にしたとき、明石君はそのあまりの卓越に、我が筆蹟《て》などお見せできたものではないと気後れし、身の程を思って、とてもお返事などできないと臥してしまうのだが、①の「はづかしげなる御文」はEの用法で②とは原因と結果をなしている。さらに、②の「はづかしう」は相手に比して自身を劣ると感じるDの用法で、そのため「つつまし」と感じるのだから②のうちでも因果を構成している。「はづかし」は相手に対する劣等感を核とする感情で、そう意識した時点で完結しうるのだが、「つつまし」は相手に事態や感情を覆い隠したくなり、自己規制しようとしてためらう感情だから、そこからどうするかに文脈の焦点がある。「はづかし」は精神性、「つつまし」は行動性を基礎に持つ語なのである。[11] 連接する場合の「はづかし」はDの用法で、七例すべて女性が主体である。一方、「はづかし」を含む句が呈示され、「つつまし」を含む句が述部となる語法では九例中六例がEの、三例がDの「はづかし」である。

「はづかし」が因となり、「つつまし」が果となる語法でも、人ごと状況ごとにさまざまに物語が展開していく。

(2)宮は、御心の鬼に、見えたてまつらむもはづかしうつつましく思すに、ものなど聞こえたまふ御答へも聞こえたまはねば、日ごろの積もりを、さすがにさりげなくてつらしと思しける、と心苦しければ、（若菜下二四六）

柏木に侵入されてしまった後、女三宮は良心の呵責から源氏に対面するのを「はづかしうつつましく」思って、源氏が話しかけても返事をしない。この「はづかし」はDの自責の念を抱くゆえに「つつまし」と逃げ出したい想いなのだが、対する源氏はそれを夜離れのせいで怨んでいると受け取って、「心苦し」と心底いたわしく思っている。(1)と同じ「はづかしうつつまし」でも、源氏の視線に続けることで、女三宮の負い目とそれゆえの萎縮のみならず、真相を知らないため、脛に疵持つ男として反応してしまう源氏の間抜けさ、自信過剰の哀れさを浮かび上がらせる。ここでは女の「つつまし」を語りながら、対する男の反応に重点を移すことで二人の齟齬をも描出しているといえよう。さらには、

(3)かのこまかなりし返り事は、いとかくしもつつまず、通はしたまふらむかしと思しやるに、いと憎ければ、よろづのあはれも醒めぬべけれど、言葉など教へて書かせたてまつりたまふ。（若菜下二七二）

女三宮の懐胎が柏木の胤と知った源氏は、宮が不始末でもしでかしたかと案じて教戒する朱雀院の文を見て皮肉を言いつつ、無難な返信を書かせようとするが、宮は恐懼して書けない。それを源氏は、私には書き渋る姿を見せるが、柏木の細々とことばを連ねた文には「つつまず」、想いをそのままに書き交わしているのだろうよと類推して、嫉妬している。一で見た、この物語特有の、他者の心情を推測する用法で、匂宮も爪音を聞かせない中君に、薫には遠慮せず演奏を聴かせるのだろうと妬んでおり、男の嫉妬表現である。

「つつまし」は男女間では女から男へがもっぱらで、男から女へはほとんど用いられないと述べたが、つぎはそのまれな例で、源氏が六条御息所に「つつ」んでいる。

(4)まだあらはれてはわざともてなしきこえたまはず。女も、似げなき御年のほどをはづかしう思して心とけたまはぬ気色なれば、それにつつみたるさまにもてなして、院に聞こしめし入れ、世の中の人も知らぬなくなりにたるを、深うしもあらぬ御心のほどを、いみじう思し嘆きけり。(葵一九)

ここでは「はづかし」と「つつむ」の主体が別である。「はづかし」は御息所で、若年の源氏と結ばれたのを年甲斐もないとC世間に対して恥じて「心溶けぬ」態度を取っていた。「つつむ」は源氏で、そんな御息所の意を汲んで遠慮したふりをして、二人の関係を明らかにしないのだと証される。御息所をしかるべく遇さないのは、左大臣家との関わり、父院の感情も含めての思惑、そして源氏が繰り返し語る当人同士の相性もあろうが、その底には若者にありがちの傲慢な甘えが見て取れる。そのため物語では、男が恋情を「つつみ」きれなくなって告白したり、漏れ出てしまうAハ型Aニ型を異化して、実は、御息所の想いを利用して「つつみたるさまにもてな」したのだと明かしたのである。

(5)「院などに参りて、いとうまかでなむ。かやうにて、おぼつかなからず見たてまつらばうれしかるべきを、宮のつとおはするに、心地なくやとつつみて過ぐしつるも苦しきを、なほやうやう心強く思しなして、例の御座所にこそ。」(葵四五)

これは無事出産を終え、回復しつつある葵上に、源氏が参内の挨拶をするところで、「つつみて過ぐしつる」は先行物語によくみられる夜離れの言い訳表現である。しかし、それを「苦しき」と続けて、あなたの母上がぴたっと寄り添って離れないので、私は付き添いたくても遠慮してできなかったのだとの言いようは、あなたは私と母上とどちらが大切なのだという抗議に他ならない。葵上との間で掛け違った釦もやっと掛け直され、愛を育んでいこうとする場でのこの源氏のことばは、言い訳表現の型を用いて、私は側にいたいのに遠慮していたのだ、私に非はないのにと訴える、言い訳表現を情熱の表明に換えた、愛の語りかけなのである。

⑷⑸は源氏の青年期で、⑵⑶の老年期とはまったく違う。青年期の源氏は小君の手引きで空蝉の寝所に向かう際に「いかにぞや、をこがましきこともこそ」とためらうのだが、「いとつつましけれど」と振り切って、帷子を引き上げ侵入していくように、自己の想いに忠実に従う、情熱的な姿で象られていく。「人目をつつみ」想いを閉ざす社会人ではなく、「癖」の女君[12]に突き進む姿は若々しく自信にあふれて輝かしい。しかし、中年を経て成熟した老年期では相手の心を読み切れない迷妄の姿をさらしていく。自身が「つつむ」青年期と、相手を「つつむ」と見る老年期とではかくも違っているのである。女性の読者にはそうした女ゆえに苦しむ源氏の姿はいっそう魅力的に映ったであろう。

ことば、特に文学作品に用いられたことばは、その時代の人々の心理や文化を現していると同時に、作品独自の意味用法をおのずと持っている。「つつまし」は相手への気兼ねで、自己規制や言い訳が必要な事態に立ち至ったときに認められるが、「つつまし」から平安仮名作品を俯瞰してみると、男性に比して生きづらい貴族女性の環境が透けて見える。そんななかで散文部分に「つつまし」を多用して作中人物の心の揺れを描く源氏物語では、男性の働きかけに女性が「つつまし」と気後れする状況を型として創出し、その型を人を換え状況を変えて繰り返し、男性も臆しつつもそれぞれに打開や受容を選択していく、自律的な生が語られていく。男性にも和歌や先行作では恋情を訴えたり夜離れを言い訳したりする際に「つつまし」が認められるが、源氏物語ではそれを異化して男性の生も描いていく。源氏物語は時代性を彷彿とさせる型を用いながら、特有の表現も創出して、個々人の想いや人生を描出していく。その次第を男女の恋の型に絞って考え始めたところで紙幅が尽きた。社会的な表現、作中人物それぞれの物語などについては稿を改めたい。

注

（1）拙論『源氏物語文体攷』（和泉書院、一九九九年一二月）

（2）『新編日本古典文学全集』（小学館）を用いた。他の作品も特に断らない限りは同じ。わたくしに表記を変えているところがある。括弧内に作品名・巻・頁数を記している。

（3）拙論『源氏物語と音楽』（和泉書院、一九九一年一二月）

（4）森田良行氏『基礎日本語辞典』（角川書店、一九八九年六月）。

（5）八代集は『新編国歌大観　勅撰集編』（角川書店、一九八三年二月）を用いた。

（6）拙論「『つつまし』の文学史」（『梅花女子大学文化表現学部紀要第一四号』二〇一八年三月）

（7）注（6）

（8）拙論「ことばに現れた環境――源氏物語の『浮く』『浮かぶ』――」（『源氏物語の環境――古代文学論叢第十九輯』武蔵野書院、二〇一一年一一月）

（9）拙論「平安仮名文の『はづかし』付『やさし』『つつまし』」（『梅花女子大学文化表現学部紀要第四号』二〇〇七年一二月）

（10）拙論「源氏物語の人間関係――『はづかし』に見る種々相――」（『源氏物語の展望第三輯』三弥井書店、二〇〇八年三月）

（11）注（9）

（12）秋山虔氏「好色人と生活者」（『国文学』一九七二年一二月）

源氏物語の日付 ―月の描写との関わりから―

平林優子

はじめに

源氏物語の時節・日付の設定については、長谷川政春氏(1)・池田節子氏(2)・進藤義治氏(3)などによる、詳細な御研究がすでに存在する。長谷川氏は、主に源氏物語の登場人物たちの元服・裳着・誕生・死の時節を検討し、「植物の生命リズムを媒介にした自然の四季のリズムと、人の一生のリズムとの対応」を指摘された。(4)また池田氏は、「他の物語や平安時代の実際」とは異なり、「源氏物語の登場人物達は、多く、春に生まれ秋に死」に、年立の「多くの年の五、六、七月が飛ばされていること」に注目する。そして、その理由を、「人の一生と一年の月日を対応させる」という「礼記等に見られる中国思想」と、「元服・結婚等を行わない、五、六、七月を飛ばす月にするのが順当」であることに見出しておられる。(5)一方、進藤氏は日本語学の立場から、栄花物語・宇津保物語・枕草子の用例と比較し、源氏物語には「「廿日・廿日あまり類」の日付が特に多い」、「つごもり頃の日付があまり出て来ないこと」を明らかにされた。しかし、その理由については、源氏物語の巻別・月別・描かれている内容別のいずれの分析からも「単純に相関を示すような偏りは見出され」ず、「それは源氏物語の作者——紫式部にとっても、特に意図しなかった、無意識的選択であったと考えられる」と結論付けておられる。(6) 長谷川氏は時節（春夏秋冬）、池田氏は月（一月〜十二月）、進藤氏は日付（一日〜三十日）を主に扱うという違いはありながら、源氏物語の時節・日付の設定に著しい偏りが見られる点では一致しているのである。

ところが、偏りの理由を比べると、進藤氏だけが「無意識的選択」とされていることに気付かされる。時節や月は細心の注意を払って設定されながら、日付だけには何の関心も示されてはいないのだろうか。やはり、日付にも相当な偏りが存在している以上、何らかの事柄との相関を想定する方が自然なように思われる。それでは、源氏物語の日付はなぜ、偏る必要があったのか。進藤氏によると「一月《ひと》のうちのほぼいつ頃かを示す類の語句の使用例が多いのは、栄花物語・宇津保物語・枕草子・源氏物語の中では、「源氏物語のみに見られる現象である」という。(7) 何事もはっきりとは記さない源氏物語の表現方法の一種とも考えられようが、またそこには、いつ頃かを示せば十分（日付をはっきりと特定する必要がない）といった事情もあるのではないだろうか。先に結論めいたことを述べてしまうと、二十日ごろを示すあいまいな日付表現が特に多い理由の一つとして、この頃の月の描写との関わりをあげられよう。日没後、現在よりもはるかに暗く光のない闇の世界に生きていた人々にとって、月の明かりは無視出来ないとても重要な存在であり、意識せずにはいられなかったに違いない。

一　あいまいな日付と月の描写

日付の表示には、例えば「十五日」といった、一つの日だけを表す具体的な日付と、「二十日あまり」のように、大体いつ頃かを表すあいまいな日付とが存在する。まず、月初め・十日ごろ・二十日ごろ・月末を表す、あいまいな日付表現について考える。進藤氏が多いとされる二十日近辺の日付から、二十日そのものを具体的に示す七例を除けば、計三十例となる。表記方法は、「二十日あまり」（六例。以下、（　）の中は用例数）・「二十日のほど」（五）・「二十余日のほど」（四）・「二十日あまりのほど」（四）・「二十余日」（三）・「中の十日ばかり」（二）・「二十日ばかり」（一）・「二十余日のころ」（一）・「二十余日ばかり」（一）・「二十日あまりの月」（一）・「廿余日の有明」（一）・「二十日あまりのころほひ」[8]（一）と多岐にわたり、その多彩さからも、これらの日付を注意深く設定していることが窺える。さらにこの中で、月についての描写が存在する日を数え上げたところ、十例も確認出来、[9]二十日ごろのあいまいな日付と月は、約三三・三％も一緒に描かれているのである。周知のように、太陰暦を採用した時代、日付と月の形とは、いつも対応していた。二十日近辺の月は、欠け始めた下弦の月だが、夕方遅くに出て空に残ったまま夜が明ける、有明の月でもある。[10]夜が更けるまで行われる行事・宴会や、男が女の元を訪ねて暁に帰ってゆく折など、物語世界を彩る大切な時間に、ひときわ印象的に光り輝く月と言えよう。

十例の内容を次にあげる（（　）内は、巻名・月・日付の表記）。

Ⅰ源氏と末摘花の逢瀬（末摘花・八月・二十余日）
Ⅱ南殿の花の宴の後、源氏と朧月夜との逢瀬（花宴・二月・二十日あまり）
Ⅲ右大臣家の藤の宴で、源氏と朧月夜との再会（花宴・三月・二十余日）
Ⅳ葵の上の葬送（葵・八月・廿余日の有明）
Ⅴ源氏、女性たちと別れ、須磨へ出発（須磨・三月・二十日あまりのほど）
Ⅵ冷泉帝御前の絵合の後宴（絵合・三月・二十日あまりの月）

Ⅶ冷泉帝の朱雀院行幸（少女・二月・二十日あまり）
Ⅷ六条院での女楽の後、源氏と夕霧が語り合う（若菜下・一月・二十日ばかり）[11]
Ⅸ夕霧、小野にいる落葉の宮の元で一夜を明かす（夕霧・八月・中の十日ばかり）
Ⅹ宇治の大君・中の君に、八の宮逝去の知らせが届く（椎本・八月・二十日のほど）

あいまいな日付が有明の月と一緒に描かれる時を内容ごとに分類すると、複数に該当する例も見られるが、①公的・私的な行事とその後の宴会、②男が女を訪ねる時、③男同士で語らう時、④死・葬送、⑤旅に出る時、となる。物語において、最も重要というほどではないものの、趣深い場面が揃っている。

ところで、他のあいまいな日付では、月の描写はどれくらいの割合で出現するのだろうか。月の初めごろは、「朔日ごろ」（十）・「朔日のほど」（四）・「一日ごろ」（一）・「朔日より」（一）・「朔日過ぎたるころ」（一）・「朔日ごろの夕月夜」（一）の計十八例中二例で約一一・一%。十日ごろは、「十余日」（四）・「十余日のほど」（三）・「十日のほど」（三）・「十余日ばかり」（二）・「十日あまり」（一）・「十余日のほどより」（一）・「十余日の月」（一）の計十五例中四例で約二六・七%。月末ごろは、「晦日」（三）・「つごもり」（二）・「晦日方」（一）・「晦日方より」（一）の計七例中〇例で、〇%という結果になった。月の出現率は高い順に、二十日ごろ→十日ごろ→月の初めごろ→月末ごろとなっているが、次点の十日ごろと比べて、二十日ごろは用例数も多いことを確認出来よう。

なお、月初めの月は、夕方に現れて夜中前には沈んでしまう「夕月夜」となる。二例中の一例は、夕霧と雲居雁が結ばれる内大臣家の藤花の宴が行われた「四月朔日ごろ」（藤裏葉・③四三四頁）のこと。後の「七日の夕月夜」（藤裏葉・④四三九頁）という記述によって、四月七日の出来事と判明する。残る一例でも、薫が宇治にいる浮舟を訪れる時、「朔日ごろの夕月夜」（浮舟・⑥一四四頁）が出ている。そこで、「夕月夜」とはいつ頃の月なのかを調べてみると、源氏物語の全七例中四例で、日付が判明した。前の二例以外は、源氏が六条御息所を野宮に訪ねた「九月七日ばかり」（賢木・②八四頁）の「はなやかにさし出でたる夕月夜」（賢木・②八七頁）、そして源氏と玉鬘が篝火の歌を詠み交わす時の「五六日の夕月夜」（篝火・③二五六頁）である。また、「二月の朔日ごろ」（早蕨・⑤三五二頁）に予定されていた中の君の上京時には、「夕月夜」と明記されないものの、「七日の月」（早蕨・⑤三六三頁）が描かれている。新編全集の頭注では、「「ついたち」は「月立ち」の音便。月の初め、七日ごろまでをいう」（①一九四頁）と説明される。「朔日」「朔日ごろ」などに月が描かれるのは、具体的な日付では七日（七日ごろを含む）が最も多く、他に可能性のあるのは五日と六日だけだとすれば、月の描かれるあいまいな日付の用例が二例だけと少ないのもうなずけよう。月は、新月を除き、二日月から見られるはずだが、夕方の短い時間帯しか出ておらず大きく欠けた上弦の月は、わざわざ日付と共に取り上げるほどのものではないらしい。また、日付表現がなくても、「夕月夜」と記されていれば、それは月初め、それも五日～七日ごろと類推可能で、「有明の月」と同様、あいまいな日付表現に近い役割も果たしているのである。

一方、「「つきごも（月籠）り」の約[12]」の「晦日」（月末ごろ）には、月が全く描かれない。この頃の月は、二十八日か二十九日までは見られるものの、明け方近くにならないと出て来ないので、物語の中に描き込むには月初め以上に困難が伴うことになる。

さて、残る十日ごろの四例は、いずれも満月に近い月を描いている。藤壺が「十二月十余日ばかり」（賢木・②一二九頁）に催した法華八講の最終日には、「隈なき」（賢木・②一三二頁）月が光り輝き、源氏が亡き紫の上を偲び夕霧と語り合ったのは、五月雨の頃の「十余日の月はなやかにさし出でたる」（幻・④五三九頁）をながめながらであった。また夕霧は、一条御息所の葬送後、「九月十余日」（夕霧・④四四七頁）に小野を訪れたが、帰途および自宅の三条殿で「十三日の月」（夕霧・④四五二頁）を眺めている。さらに、「八月十余日のほど」（手習・⑥三一四頁）、恋する中将が小野に浮舟を訪ねて小野の妹尼と和歌を交わす時、月は「山の端に入るまで」（手習・⑥三一八頁）見ていられるので、これも満月に近く明るい月であることの分かる描かれ方をされている。

月が一番長く空に出ていて、その上美しく輝くのは、満月の時である。最も注目される満月へと近付いて行く期間にもかかわらず、月の描かれるあいまいな日付の用例が四例だけとは少な過ぎる気もする。しかし、そのような時期だからこそ、あいまいさを避けていると考えることは出来ないだろうか。つまり、日付と満月に近い月を描く場合、夕霧巻の「十三日の月」のように、原則として何日かをはっきりと記そうとする意識が働くのである。月の出る日が、十二日か十三日か十四日か十五日か十六日かでは、大きな違いが存在する。二十日ごろの月は、有明の月としてひとまとめに扱ってしまえても、満月が近い頃は、何日の月なのかにどうしても注意が向いてしまう。むしろ、用例数の少なさは、満月へと向かう月をあいまいな日付と共に描く方が、例外であることを示していよう。

そこで、例外と思われる四例のうち、具体的な日付が判明する夕霧巻の用例を除く、三例について考える。まず、賢木巻の例では、法華八講は四日間にわたって行われるため、具体的な日付を明示しづらい。また、源氏の紫の上追憶については、決まった日に限られることではなく、幻巻の例ではっきりと日付を示してしまうと違和感が生じるのではないか。満月と紫の上喪失の悲しみとは、分かちがたく結びつく。紫の上の八月十四日の死、そして翌十五日に行われた即日葬送には、かぐや姫昇天の引用が指摘されているが[13]、空を見上げ満月へと向かう月を見つけるたび、源氏は繰り返し紫の上の死を追体験し、寂しさをかみしめるしかないのである。三例目の中将による小野訪問にも、具体的な日付を避けようとする意図が窺える。源氏物語では、光源氏や匂宮関係の重要事項が八月中旬に並んでいる[14]。中将など、いくら色好みらしく振舞ってみたところで、所詮端役に過ぎない。美しい月に触発されて浮舟を訪ねて来てはみたものの、その下で恋物語の主人公になる資格は与えられていないのである。三例とも、具体的な日付を示すより、あいまいな日付表現に止めておく方が相応しい内容と考えられよう。

源氏物語に二十日ごろのあいまいな日付表現が多い理由の一つとして、十例にものぼる有明の月の存在を指摘した。有明の月は、満月へと向かう十日ごろとは異なり、何日の月なのかを意識する必要はあまりない。しかし、夜遅く出る月は、恋愛や宴会の場面には欠かせないので、あいまいな日付と一緒に描かれることになるのである。あいまいな日付の用例数から、月が描かれている場合を差し引くと、月の初めごろ（十六）・十日ごろ（十一）・二十日ごろ（二十）・月末ごろ（七）という結果になる。依然として偏りが存在するとはいえ、二十日ごろのみが特別に多いという印象は薄まるだろう。二十日ごろの日付の多さは、「無意識的選択」の結果ではなく、季節や月の場合と同様、自然との関わりの中で注意深く選び取られていると言える。

二　具体的な日付と月の描写

日付表示の偏りに月が関わることをさらに明らかにするため、源氏物語の具体的な日付ごとの用例数と、その日に月が出ている用例数をあげると、次のようになる（月が出現する日付の数／日付の数）。

一日（〇／六）、五日（〇／三）、五・六日（一／二）[15]、七日（三／六）[16]、九日（〇／三）、十日（一／三）、十二三日（一／一）[17]、十三日（四／五）、十四日（二／三）、十五日（「十五夜」含む。五／五）、十六日（「十六夜」含む。三／七）[18]、十七日（一／一）、二十日（四／七）、二十三日（〇／二）、二十五日（〇／一）、二十八日（〇／二）[19]、晦日の日（〇／二）。[20]

実に月の半分に当たる、二日・三日・四日・六日・八日・十一日・十二日・十八日・十九日・二十一日・二十二日・二十四日・二十六日・二十七日・二十九日という十五個の日付は、全く物語中に現れない[21]。節句や特別な行事などが入っておらず、満月の十五日前後でもなく、月の初めごろ・十日ごろ・二十日ごろ・月末ごろのあいまいな日付表現に含めることが可能な日は、具体的な日付を明記しない傾向にある。しかし、一日・十日・二十日・晦日の日という区切れ目に位置する日になると、いずれも具体的な日付の用例が見られる。なかでも、元日を含む一日(六)と二十日(七)の数が多く、この四日間については、あいまいな日付表現を避けようとする意識が窺えよう。二十日を、わざわざ二十日ごろとは言わないのである。

具体的な日付が記される場合の月の出現率は、計五九例中二五例の約四二・四%。一日・五日・九日・二十三日・二十五日・二十八日・晦日の日には、全く月が描かれていないことを考慮すると、かなり高い確率と言える。ちなみに、あいまいな日付では、計七〇例中十六例の約二二・九%。具体的な日付の方が、あいまいな日付の時より、明らかに月は頻繁に描き出されているのである。次に、あいまいな日付と、その時期に相当する具体的な日付の月の出現率を比較する(月が出現する日付の数/日付の数)。なお、十五日・十六日・十七日については、「十日ごろ」にも「二十日ごろ」にも含まず、別に記した。

あいまいな日付	具体的な日付
「月の初めごろ(朔日)」約一一・一%(二/一八)	「一日~七日」約二三・五%(四/一七)
「十日ごろ」約二六・七%(四/一五)	「九日~十四日」約五三・三%(八/一五)
	「十五日~十七日」約六九・二%(九/一三)

「二十日ごろ」約三三・三%（十／三〇）	「二十日～二十五日」四〇%（四／一〇）
「月末ごろ（晦日）」〇%（〇／七）	「二十八日～晦日の日」〇%（〇／四）

月の用例が全くない月末ごろを除くと、すべての期間で、具体的な日付の方があいまいな日付よりも、月の出現率は高くなっている。特に、満月を挟んだ「九日～十七日」では、用例数が多い上に、出現率もひときわ高く、月が物語で大きな役割を果たしていることが窺える。あいまいな日付表現との出現率の差も、この期間が一番大きい。さらにこの期間を細かく分けて見てみると、満月へと向かう十二三日・十三日・十四日で約七八・九%（七／九）、十五日は一〇〇%（五／五）に月の描写が見られ、印象的に描き出される場面も多くなっている。

「十二三日」は、源氏と明石の君が初めて結ばれる八月十二三日である。満月へと向かう素晴らしく美しい月を口実にして、明石の入道は源氏を娘の元へと導き、源氏は紫の上に気を使って「夜更かして」（明石・②二五五頁）から、気乗りしない感じを装いながらしぶしぶ出かけて行く。その状況を描き切るためには、夕方から空の高いところに「はなやかにさし出でたる」（明石・②二五五頁）十二三日の月が、是非とも必要なのである。なお、「十二三日」には、「十三日」という異文が存在する。一日だけに限定すれば、逢瀬の状況をよりはっきりと浮かび上がらせることが出来、さらに深読みすると、二人の結婚三日目に八月十五日が当たるよう、明石の入道が最初の逢瀬を十三日に設定したという解釈も成り立つようになる。しかし源氏は、後朝の文を贈ることさえ隠しておこうとする始末。とても二人の結婚が成立するような状況ではなく、明石の君は愛人という軽い扱いに甘んじるしかない。

「十三日」は四例。そのうち二例は、八月十五日と並ぶ名月が出る、九月十三日である。ところが、この十三夜の月は、どちらも男女のすれ違いを際立たせてしまう。前にも取り上げた夕霧巻では、夕霧は感慨にふけりながら月を眺めるが、心を閉ざす落葉の宮はもとより、帰り着いた三条殿にいる雲居雁にも呆れられ、一人孤独を噛みしめている。もう一例は、三条の小家で初めて契った翌日、薫が宇治で琴を弾きながら浮舟に語りかける時だが、九月は結婚を忌む月であり、せっかくの名月も二人の不吉な未来を暗示する、破滅への序章にしかなり得ない。[22]

「十四日」の二例は、八月十四日の紫の上の死去と、一月十四日の竹河巻の男踏歌。紫の上の死去については、十五日の葬送の方に明らかに重きが置かれているが、即日葬送を印象付けるためには、必要な日付である。また、竹河巻では、夜通し踊り明かし十五日の未明に終了する男踏歌に相応しく、「十四日の月のはなやかに曇りなきに」（竹河・⑤九六頁）と、満月直前の夕方から朝方にかけて出る大きな明るい月が、人々を照らしている。[23]

ところで、「十五日」の五例は、すべて八月十五日（十五夜）であり、満月と共に描かれる。言うまでもなく、中秋の八月十五日は、人々が一年の中で最も月に注目した日。[24] 源氏物語においても、この月を眺めるのは、例外なく光源氏とその時彼と一緒にいる人だけに限られ、[25] いかに特別な日であったかが窺えよう。

ここまで、十二三日・十三日・十四日・十五日の印象的な場面について見て来た。満月や満月へと向かう月を効果的に描こうとすれば、具体的な日付が是非とも必要になることが分かる。一方、二十日近辺は、月の出現率こそ具体的な日付（四例すべてが二十日の月である）の方が高いものの、月が描かれる用例数についてはあいまいな日付の方が多くなっている。日付全体の総数も、あいまいな日付が三〇例に対し、具体的な日付は一〇例しかない。そもそもこの時期は、他のどの時期よりも、あいまいな日付の用例が多く見られ、月も日付を気にせずともよい有明の月ということもあって、具体的な日付を示す必要があまりない時期なのである。

おわりに

源氏物語には二十日ごろを示すあいまいな日付表現が多い、との指摘を糸口にして、日付と月との関係を考察して来た。その結果、明らかになったことをまとめると、次のようになる。

①「十五日」の五例はすべて八月十五日。月が必ず描き出される特別な日である。

②満月へと向かう時期に日付と月を描く場合、具体的な日付を出来るだけ記そうとする傾向が見られる（「十日ごろ」を示すあいまいな日付は、あまり使用されない）。また、具体的な日付の「十二三日～十五日」は月の出現率が約八五・七％（一二／一四）と非常に高く、この頃は印象的な場面も多い。

③日付と有明の月が描かれる場合については、「二十日ごろ」を示すあいまいな日付の用例数の方が多く（一〇）、具体的な日付は少ない（四）。それは、何日の月なのかを明確にしなくても、物語の進行上、あまり影響がないためと思われる。

④日付と夕月夜が描かれる時には、月の初めごろを示すあいまいな日付（二）と具体的な日付（四）が混在している。しかし、五・六日から七日頃の月しか描かれないため、用例数は少ない。

⑤月末ごろの日付（具体的な日付も含む）を伴った月は、全く描かれていない。

源氏物語において、日付と共に描かれることが多い月の存在は、月の初めごろ・十日ごろ・満月の前後・二十日ごろ・月末ごろという期間ごとによって、具体的な日付とあいまいな日付の比率や、それぞれの用例数に大きな違いを生じる一因になっていると考えられる。

注

（1）長谷川政春「物語・時間・儀礼——源氏物語論として——」（『日本文学』第二十六巻・第十一号、一九七七年十一月）
（2）池田節子「源氏物語の月日設定について」（『国語と国文学』第六十四巻・第十二号、一九八七年十二月）
（3）進藤義治「源氏物語中の日付のかたよりについて」（源氏物語探究会編『源氏物語の探究　第十四號』風間書房、一九八九年）
（4）注（1）に同じ。
（5）注（2）に同じ。
（6）注（3）に同じ。
（7）注（3）に同じ。
（8）以下、本文は、阿部秋生・秋山虔・今井源衛・鈴木日出男校注・訳『新編日本古典文学全集　源氏物語　①〜⑥』（小学館、一九九四年〜一九九八年）による。
（9）ここで取り上げたのは、あいまいな日付だけである。月が描かれる具体的な日付については、後で検討する。なお、源氏物語の月は、全く日付が不明なことも多い。
（10）二十日近辺の月は「宵過ぐるまで待たるる月の心もとなきに」（末摘花・①二七九頁）や「月、心もとなきころなれば」（若菜下・④一九一頁）などから、おそい月の出を待ち望まれていることが窺える。
（11）「臥待の月」（④一九四頁）が出ているので、十九日である。あいまいな日付が使用されていても、そこに「〜日の月」や「〜の月」といった表現が加われば、具体的な日付が判明する。
（12）中田祝夫・和田利政・北原保雄編『古語大辞典』（小学館、一九八三年）。
（13）河添房江「源氏物語の内なる竹取物語——御法・幻を起点として——」（『国語と国文学』、第六十一巻・第七号、一九八四年七月）。

(14) 八月中旬には、具体的な日付を伴って、源氏と明石の君との初めての逢瀬（十二三日）、紫の上の死（十四日）と葬送（十五日）、源氏の夕顔の亡骸との別れ（十七日）、匂宮と六の君の結婚（十六日）などが描かれる。

(15) 二例中一例は「五六日のほど」（橋姫・⑤一五六頁）と、具体的な日付の近辺を示す表現が含まれている。

(16) 六例中一例は「七日ばかり」（賢木・②八四頁）と、具体的な日付の近辺を示す表現が含まれている。

(17) この源氏と明石の君の結婚の日付を示す「十二三日」には、池田亀鑑編『源氏物語大成　校異篇』（中央公論社、一九五三年）によると、「十三日」という異文も存在している。

(18) 「十六夜」の五例中三例は、源氏が末摘花の元を初めて訪れて琴を聞いた、同じ時のことである。

(19) 前出の『源氏物語大成　校異篇』によると、薫が匂宮を中の君の元へ導いた日には、「二十二日」「二十六日」という異文も存在する。

(20) 文中でも触れたが、女楽は「臥待の月」の存在によって「十九日」であることが分かる描かれ方をされている。また、男踏歌が行われる日は一月十四日といったように、日付表示なしに具体的な日付の判明する日もあるが、「十五夜」「十六夜」以外、日付が記されていない場合は含んでいない。

(21) 「十二三日」と「二十八日」の所に注記した通り、「十三日」「二十二日」「二十六日」については、異文が存在する。

(22) 残る二例は、源氏が須磨で暴風雨にあった三月十三日のこと。明石の入道が「去ぬる朔日」に見た夢の中で聞いた、十三日に須磨へ向かうよう指示する海神の言葉（明石・②二三一頁）と、朱雀帝が桐壺院の夢を見た時（明石・②二五一頁）に日付が明らかにされている。月が描かれるのは、光源氏が桐壺院の夢を見る時だけだが、海神の言葉から、その日付が判明するため用例に含めた。

(23) 日付は明示されないものの、一月十四日に行われる男踏歌は、初音巻と真木柱巻でも描かれ、「月の曇りなく澄みまさりて」（初音・③一五八頁）、「月の明き」（真木柱・③三八五頁）というように、いずれも曇りのない鮮やかな月が輝いている。

（24）大曽根章介「八月十五夜」『大曽根章介日本漢文学論集』（汲古書院、一九九八年）。「八月十五夜の月を賞翫することは唐代に始まり、他の行事と同様に我が国に伝来し」、「文徳天皇の頃（八五〇—五七）に始まった」という。

（25）五例とは、源氏が夕顔の五条の家に宿った時（夕顔・①一五五頁）、須磨で和歌を唱和し宮中の月の宴を想う時（須磨・②二〇二頁）、帰京し宮中で朱雀帝と語り合う時（明石・②二七四頁）、女三の宮の元で琴を弾いた後、冷泉院へ参上する時（鈴虫・④三八一頁）、紫の上の葬送の時（御法・④五一一頁）である。

『源氏物語』の「年ごろ」と「月ごろ」

林　悠子

一　問題の所在――浮舟巻の「年ごろ」

浮舟巻終盤近く、匂宮との密通が薫に知られてしまい苦悩を深める浮舟に、乳母子の右近は、常陸国で二人の男を通わせていた姉に起きた悲劇的な出来事の顛末――元々通っていた男が新しい男を殺害した――を語って聞かせる。そして、そのような悲劇を回避するためにも、匂宮の方が愛情がまさっていると感じるのならば、匂宮を選び、薫との関係は断った方が良いと勧めるのである。

右近の進言はそれほど見当違いのものではないだろう。密通の事情を知る浮舟の二人の女房を、侍従が匂宮びいきなのに対して右近は薫寄り、と物語は図式的に書き分けてきたが、浮舟がどうしようもなく匂宮に惹かれているという認識は両者で一致していた。浮舟と匂宮の二回目の逢瀬の後、薫・匂宮双方から手紙を受け取った浮舟が、匂宮の手紙を見ながら物思いに沈んでいるのに対し、「……侍従、右近見あはせて、「なほ移りにけり」など、言はぬやうにて言ふ」（浮舟⑥一五八）とある通り、女房たちの目を通す形で、我々読者も浮舟の心を誰が占めているのかを改めて確認させられているのである。

にもかかわらず、右近と侍従が匂宮を頼りにするよう勧めるのを受けて、浮舟は次の様に思ったのだ、と物語は語る。

［A］……君（＝浮舟）、なほ、我を宮に心寄せたてまつりたると思ひてこの人々の言ふ、いと恥づかしく、心地にはいづれとも思はず、ただ夢のようにあきれて、いみじく焦られたまふをばなどかくしもとばかり思へど、頼みきこえて年ごろになりぬる人を、今はともて離れむと思はぬによりこそ、かくいみじとものも思ひ乱るれ、げによからぬことも出で来たらむ時、とつくづくと思ひゐたり。（浮舟⑥一八一）

引用部、浮舟心中思惟によれば、浮舟は自分が匂宮に惹かれているように右近や侍従が言うのが心外で、どちらをより慕っているというわけでもなく、匂宮が自分に対して「いみじく焦られたまふ」のはどうしてそこまでと思うけれども、お頼り申し上げて「年ごろ」になる薫と、もうこれきりと別れてしまうつもりはないから思い乱れているのだ、と言う。匂宮と浮舟の濃密な恋情を描いてきた浮舟巻が、ここに来て浮舟が薫から去り難い理由として、共に過ごしてきた時間を前面に押し出してきたことに留意したい。

さて、浮舟が薫と最初の逢瀬を持ったのは、東屋巻九月十二日のことであった。浮舟が薫を指して「頼みきこえて年ごろになりぬる人」とした先の引用は、翌三月のことであるから、「年ごろ」の実際は半年ほどのこととなる。当該箇所の「年ごろ」には、諸本間での異同はなく、(1)現行の注釈書では、年をまたいだ数ヶ月を「年ごろ」と表現することがある旨の説明が加えられるのが一般的である。例えば「数えで勘定するので、年を越すと二年になる」とする『新潮日本古典集成』は、当該部分を「わが身を預ける方とお頼り申して、二年も過してきた方を」と訳している。従うべき見解ではあろうが、「数え」で数えた場合の「足かけ二年」と実質的な期間である六ヶ月との差は小さくはない。また、年をまたいだ数ヶ月を「年ごろ」する同様の例は、『源氏物語』作中の「年ごろ」二八〇例[2]の中でもわずかに三例と珍しく、しかもこの三例がいずれも薫と浮舟にかかわる用例であることは注意されて良いだろう。年をまたいだ数ヶ月間を「年ごろ」と表現するもう二例については次節に譲るとして、先に結論めいたことを述べれば、『源氏物語』が通常は「月ごろ」の語を用いて表現する年をまたいだ数ヶ月間を、浮舟巻の引用箇所が「年ごろ」するのは例外的であり、薫が宇治の浮舟のもとに通った時間に特別の重きを置く、物語の意図の反映によるものだと考えている。以下、本稿では『源氏物語』の「年ごろ」と「月ごろ」の用例の内、年をまたいだ数ヶ月間を示すことが明確なものについて分析を行い[3]、引用箇所で例外的に「年ごろ」が用いられた意義について考察したい。

二　年をまたいだ数ヶ月間は「年ごろ」か「月ごろ」か

蜻蛉巻には、先掲した浮舟巻の浮舟心中思惟の他にもう二箇所、浮舟にかかわる「年ごろ」が記される箇所がある。三月末に浮舟が失踪して後、四月に浮舟の母・中将の君のもとに薫は弔問の使者を派遣して、[B]「心のどかによろづを思ひつつ、年ごろにさへなりにけるほど、かならずしも心ざしあるやうには見たまはざりけむ。されど、今より後、何ごとにつけても、かならず忘れきこえじ」（蜻蛉⑥二三九）と伝えさせている。浮舟を宇治に住まわせたまま「年ごろ」になってしまったため、愛情が薄いように思われたかもしれない、と薫が述べるここでの「年ごろ」は薫が浮舟を宇治に据えた期間であるが、先掲[A]の浮舟が薫を「頼みきこえ」た「年ごろ」とほぼ一致すると言えよう。さらに、薫の弔問を受けた中将の君が、前年八月に浮舟が常陸介邸を離れて以来、薫と関係を持ち、浮舟亡き今は薫が浮舟の異父弟たちに支援を約束するに至った「年ごろ」――この「年ごろ」も先掲浮舟巻の「年ごろ」とほぼ一致する――の顛末を、夫であり浮舟の継父である常陸介に聞かせるのが、次の箇所である。

［C］かしこには、常陸守、立ちながら来て、をりしもかくてゐたまへることなむ、と腹立つ。年ごろ、いづくになむおはするなど、ありのままにも知らせざりければ（略）かかれば、今は隠さんもあいなくて、ありしさま泣く泣く語る。（蜻蛉⑥二四二）

以上三例が『源氏物語』作中「年ごろ」二八〇例の内、年をまたいだ数ヶ月を表すことが明確な例である。

一方、年をまたいだ数ヶ月間を「月ごろ」とする例は、用例の総数五八例の内、以下に掲げる十三例が認められることを指摘しておきたい。「月ごろ」が示す期間は、幾通りかに解釈出来る場合もあろうが、最も蓋然性が高いと思う期間をなるべく限定して示す。

［a］【葵の上死去後八月二十余日～翌年九月七日頃】月ごろの積もりを、つきづきしう聞こえたまはむもまばゆきほどになりにければ、（源ハ）榊をいささか折りて持たまへりけるをさし入れて……（賢木②八七）

［b］【三月二十日過ぎ～翌年二月下旬もしくは三月上旬】……月ごろの御物語、泣きみ笑ひみ、「若君（＝夕霧）の何とも世を思さでものしたまふ悲しさを、大臣の明け暮れにつけて思し嘆く」など（宰相中将ハ）語りたまふに、（源ハ）たへがたく思したり。（須磨②二一四）

［c］【三月二十日過ぎ～翌年三月上旬】月ごろの（須磨ノ）御住まひよりは、こよなく明らかになつかし。（明石②二三五）

［d］【八月十三日～翌年七月二十余日】「月ごろは、つゆ人に気色見せず、時々這ひ紛れなどしたまへるつれなさを、このごろあやにくに、なかなかの人の心づくしに」と（源ノ供人タチハ）つきしろふ。（明石②二六三～四）

［e］【八月十三日～翌年八月】これは（明石君ノ琴ハ）、あくまで弾き澄まし、心にくくねたき音ぞまされる。こ

の御心にだに（略）飽かず思さるるにも、月ごろ、など強ひても聞きならさざりつらむと（源ハ）悔しう思さる。（明石②二六六）

［f］【八月～翌年三月下旬もしくは四月】子持ちの君（＝明石君）も、月ごろものをのみ思ひ沈みて、いとど弱れる心地に、生きたらむともおぼえざりつるを、この御おきての、すこしもの思ひ慰めらるるにぞ頭もたげて、御使にも二なきさまの心ざしを尽くす。（澪標②二九〇）

［g］【十月～翌年六月】（源氏→玉鬘）「かやうのこと（和琴ノコト）は御心に入らぬ筋にやと月ごろ思ひおとしきこえけるかな」（常夏③二二九～三〇）

［h］【八月十四日～翌春】人に対はむほどばかりは、さかしく思ひしづめ心をさめむと思ふとも、月ごろにほけにたらむ身のありさまかたくなしきひが事まじりて、末の世の人にもてなやまれむ後の名さへうたてあるべし（略）と思せば、（源ハ）大将の君（夕霧）などにだに、御簾隔ててぞ対面したまひける。（幻④五二七）

［i］【八月二十日過ぎ～翌年八月下旬】月ごろ黒くならはしたまへる御姿、薄鈍にて、いとなまめかしくて、中の宮はげにいと盛りにて、うつくしげなるにほひまさりたまへり（総角⑤二四二～三）

［j］【八月～翌年一月】（匂宮→浮舟）「我は月ごろもの思ひつるにほれはてにければ、人のもどかむも言はむも知られず、ひたぶるに思ひなりにたり」（浮舟⑥一二七）

［k］【三月末～翌年五月】（僧都→薫）「いかなることにかはべりけむ。この月ごろ、うちうちにあやしみ思うたまふる人の御事にや」（夢浮橋⑥三七五）

［l］【三月末～翌年五月】（僧都→薫）「……聞こえありてわづらはしかるべきことにもこそと、この老人どものとかく申して、この月ごろ音なくてはべりつるになん」（夢浮橋⑥三七七～八）

［m］【三月末～翌年五月】（薫→僧都）「……母なる人なんいみじく恋ひ悲しぶなるを、かくなん聞き出でたると告げ知らせまほしくはべれど、月ごろ隠させたまひける本意違ふやうに、もの騒がしくやはべらむ」（夢浮橋⑥三七九）

［a］では、賢木巻、野宮で六条御息所と再会した光源氏が「月ごろ」の無沙汰を弁明する代わりに、榊を差し出すことで会話のきっかけを探る。巻冒頭に手紙のやりとりこそ頻繁だったが「対面したまはんことをば、今さらにあるまじきことと女君も思す」（賢木②八四）とあり、前年八月の葵の上死去以後に源氏と御息所の対面があったとは考えにくいだろう。年をまたいで一年弱、通いが途絶えた期間を「月ごろの積もり」としているのだと思われる。［b］から［f］にかけては源氏の須磨流離に関連する時間が「月ごろ」の語で示された用例である。［b］は、前年三月二十日過ぎの須磨下向から翌年二月下旬または三月上旬の宰相中将の来訪までの期間について、［c］は光源氏が須磨に下向してから翌年三月上旬に明石に移るまでの須磨での住まいについて述べたもの。［d］・［e］は明石の君との関係が始まって以来の期間を指したもので、［d］では前年八月十三日の初会の逢瀬から七月二十余日に召還の宣旨が下り帰京が決まるころまで、光源氏が夜離れがちだった期間について供人たちが述べている。［e］は前年八月に初めて明石の君に逢って以来、明石の君の琴を聴く機会があったのに強いて聴こうとしなかった今までの時間について翌年八月の帰京時に光源氏が後悔したという箇所。［f］は、三月十六日の明石姫君の誕生後、光源氏が派遣した乳母が明石に到着したことで、明石の君の「月ごろ」の物思いが少し慰められたとする記述である。乳母の到着は五月五日の五十日の祝いよりは前、三月下旬か四月のことと思われる。物思いの起点となる時期は必ずしも明瞭ではないが、前年八月の光源氏の帰京以後と解した。［g］は光源氏が玉鬘を引き取って以来の時間で、前年十月の六条院入りから八ヶ月ほどが経過している。［h］は、前年八月十四日に紫の上を喪った

光源氏が翌年春に、紫の上没後の時間を茫然としながら過ごしてきたと述べた箇所。［i］では、大君と中の君が父八の宮のために黒の喪服を着た期間が「月ごろ」と記されている。親のための喪は一年で、[4]喪服を着用するのもおおよそ一年である。[5]［j］は浮舟巻正月に浮舟と密通した匂宮が右近の反対を押し切って宇治に留まると強弁する箇所で、浮舟に対する恋心のため「月ごろもの思ひつるにほれはて」たという言葉を信じるのであれば、前年八月に中の君のもとにいた浮舟に懸想して以来、ということになろうか。［k］・［l］・［m］は、前年三月末の失踪以降、当該場面の五月まで浮舟が小野に匿われた一年強の期間について、横川僧都と薫が言及した用例である。

以上、見てきた通り、年をまたいだ数ヶ月間を表す場合、「年ごろ」よりも「月ごろ」が用いられる場合の方が、用例数の上では圧倒的に多いのである。

三　「年ごろ」と「月ごろ」の境目―光源氏の須磨・明石流離と「年ごろ」「月ごろ」

前節まで、『源氏物語』浮舟巻・蜻蛉巻には、年をまたいだ半年ほどを「年ごろ」とする例が認められること、しかし用例数の上では、年をまたいだ数ヶ月間は「月ごろ」と表す方が一般的と言えることを確認してきた。さらに「月ごろ」の中には前節の用例［b］～［e］、［i］のように一年弱の時間を含むもの、また場合によっては［a］・［k］～［m］のように一年よりも少し長い時間を示す用例があることも確かめることが出来た。

そうすると気になってくるのが、いったい「年ごろ」と「月ごろ」の境目となる期間、「年ごろ」と表現される期間の下限はどのくらいの期間なのだろうかということである。もとより、実際の期間の明示を避け、おおよその期間を示すために用いられるのが「年ごろ」「月ごろ」である。特に「年ごろ」が含む期間に幅があることは、先行研究にも指摘があり[6]、また辞書類でも「幾年かの間。ここ数年の間。また、長年の間。」（日本国語大辞典第二版）、「年月の間。多年。年来。」（岩波古語辞典）と、数年からかなり長い年月までを「年ごろ」に相当する時間として説明している。

とはいえ、『源氏物語』作中で、どれくらいの時間を越えると「年ごろ」が用いられるのかについては、大まかな目安は示せると考えており、以下に私見を述べたい。

手がかりとなりそうなのは、光源氏の須磨・明石時代に関する「年ごろ」「月ごろ」の記述である。第二節に掲げた、年をまたいだ数ヶ月間を表す「月ごろ」の用例のうち、［b］・［c］が光源氏が須磨に滞在した時間に、［d］・［e］が光源氏が明石の君と結ばれた後、明石を去るまでの時間に、ほぼ相当する一年弱ほどの時間であることは既に述べた。

また、光源氏が明石を出発する次の場面の用例に注目したい。

［D］（源ハ）忍びたまへど、ほろほろとこぼれぬ。（明石君ニ対スル源ノ）心知らぬ人々は、なほかかる御住まひなれど、年ごろといふばかり馴れたまへるを、いまはと思すはさもあることぞかしなど見たてまつる。

（明石②二六七～八）

『孟津抄』が「心知らぬ人々」について「京より御迎に参人々は明上事を不知也」と注を付けているが、事情を知らない迎えの人々には、光源氏の涙の理由が明石の君ではなく、「年ごろといふばかり」暮らした明石の地への惜別の情と捉えられている。「年ごろ」と表現するには光源氏の明石滞在の期間はやや短いという意識が働いていよう。

一方、同じく光源氏が明石を出発する直前、明石の君との別れを惜しむ場面では、［E］「男の御容貌ありさまはた、さらにも言はず、年ごろの御行ひにいたく面痩せたまへるしも、言ふ方なくめでたき御ありさまにて……」(明石②二六四)と、光源氏の様子が描かれる。光源氏が須磨の秋に勤行する様子は印象的に描写されるが(須磨②二〇二)、須磨・明石に滞在した期間を通じて勤行を行っていたものと思われる。以後、光源氏が須磨・明石で過ごした期間は、[F]「年ごろ飽かず恋しと思ひきこえたまひし御心の中ども、をりをりの御文の通ひなど思し出づるには、(紫上八)よろづのことすさびにこそあれと思ひ消たれたまふ」(澪標②二九一～二)、[G](女五宮→源氏)「……命長さの恨めしきこと多くはべれど、かくて世にたち返りたまへる御よろこびになむ、ありし年ごろを見たてまつりさしてましかば、口惜しからましとおぼえはべり」(朝顔②四七一)など、須磨・明石滞在を併せて「年ごろ」と表現されるようになることに注目したい。

光源氏の須磨滞在期間、光源氏が明石の君のもとに通い始めてから帰京するまで、それぞれ一年弱の期間が「月ごろ」とされ、須磨・明石通じての滞在期間だと「年ごろ」になるのは、『源氏物語』がどの程度以上の時間を「年ごろ」とするのかを考える上での一つの指標となるのではないだろうか。

試みに、『源氏物語』の「年ごろ」の内、実際の期間が三年以下であることが確実に分かる用例を以下に挙げる(先掲[A]～[C]及び光源氏の須磨・明石滞在の期間を示す「年ごろ」は省略した)。

[H]【三月～翌々年秋】(明石姫君ノ乳母→源氏)「遙かに思ひたまへ絶えたりつる年ごろよりも、今からの御もてなしのおぼつかなうはべらむは心づくしに」など聞こゆ。(松風②四一六)

[I]【三月もしくは四月～翌々年十月もしくは十一月】(明石姫君ノ乳母→明石君)「……おぼえぬさまにて見たてまつりそめて、年ごろの御心ばへの忘れがたう、恋しうおぼえたまふべきを、うち絶えきこゆることはよもはべらじ」(薄雲②四三一)

［J］【十月〜翌々年八月】（夕霧→源氏）「年ごろかくて（源ガ玉鬘ヲ）はぐくみきこえたまひける御心ざしを、ひがざまにこそ人は申すなれ。」（藤袴③三三六）

［K］【四月〜翌々年二月】年ごろ、この母君（明石君）は、かう添ひさぶらひたまへど、昔のことなどまほにしも（明石女御ニ）聞こえ知らせたまはざりけるを、この尼君、よろこびにえたへで参りては、いと涙がちに、古めかしきことどもをわななき出でつつ語りきこゆ。（若菜上④一〇四）

［H］は明石姫君誕生の直後に明石に派遣された乳母が、翌々年秋に上京後、光源氏に述べた言葉。［I］は、明石姫君が紫の上に引き取られるにあたって、同じ乳母が明石に派遣されて以来の明石の君のもとで過ごした期間に言及し、紫の上方に移った後も変わらぬ交誼を約したもの。［J］は玉鬘巻最終年の十月に光源氏が玉鬘を引き取った翌々年の八月に、夕霧が光源氏と玉鬘の関係を問いただした場面。［K］は、藤裏葉巻で入内した明石女御に、入内以来明石の君が付き添っていることを述べたもの。

［H］から［K］の「年ごろ」の実質的な期間は、［H］二年半ほど、［I］二年半から二年八ヶ月ほど、［J］一年十ヶ月、［K］一年十ヶ月とまちまちであるが、共通するのはすべての期間が足かけ三年に及ぶことである。光源氏の須磨・明石流離は、満二年四ヶ月強だが、足かけで数えれば三年であることが、都に光源氏を呼び戻そうとした朱雀帝に弘徽殿大后が述べた「罪に怖ぢて都を去りし人を、三年をだに過ぐさず赦されむことは、世の人もいかが言ひ伝へはべらん」[7]（明石②二五二）との言葉と共によく知られている。

また、玉鬘が六条院に入って三年目の夏となる［J］では、光源氏が玉鬘を養女として以来の時間が「年ごろ」とされているが、遡って初音巻、玉鬘が六条院で迎えた初めての正月には、光源氏が玉鬘に対して［L］「年ごろになりぬる心地して、見たてまつるも心やすく、本意かなひぬるを」（初音③一四八）と述べている。前年十月の六条院入りから年を隔てた正月の段階では「年ごろ」と言いにくいのは、先に挙げた明石巻の用例［D］「年ごろと、いふばかり」（明石②二六八）と同様の理屈だろうと考えられる。

以上のことを踏まえて、いま仮に、薫と浮舟にかかわる、年をまたいだ数ヶ月間を「年ごろ」とする三例を例外とすることが許されるのであれば、『源氏物語』の「年ごろ」は原則として足かけ三年以上の時間が、想定されているのではないか。

繰り返しになるが、「年ごろ」は実際の年数を明示せずにおおよその期間を提示するための表現であり、示す期間が厳密に限定されるとは考えにくい。けれども、少なくとも『源氏物語』の用例を見る限りにおいて「年ごろ」の語は、足かけ三年以上のある程度まとまった年数を指し示す語であり、年をまたいだ数ヶ月間を「年ごろ」とするのは例外的な用いられ方と考えて良いように思われるのである。

四　話者の誇張表現としての「年ごろ」

「年ごろ」が原則として、足かけ三年以上のまとまった時間を示す語であると考えるもう一つの理由は、話者がある期間について、実際の期間よりも誇張して述べる際に用いる、次のような「年ごろ」が『源氏物語』には認められるからである。

［M］（源氏→空蟬）「うちつけに、深からぬ心のほどと見たまふらむ、ことわりなれど、年ごろ思ひわたる心の中も聞こえ知らせむとてなむ」（帚木①九九）

［N］年ごろ思ひわたるさまなど、いとよくのたまひつづくれど、まして近き御答へは絶えてなし。

（末摘花①二八二〜三）

いずれも光源氏が、女君と初会の逢瀬を持つ場面からの引用で、光源氏が女君を「年ごろ思ひわたる」と述べる点、共通している。［M］は光源氏が空蟬のもとに忍び込んだ際にかけた言葉であるが、急な方違え先で故衛門督の娘が受領の後妻におさまっている話を耳にした光源氏が興味を惹かれたに過ぎないという経緯を直前の場面で読者は知らされている。光源氏が口にする「年ごろ」は、突然の逢瀬を持つことになった空蟬を納得させるための方便という可能性が高いだろう。[8]［N］は、末摘花巻一年目の秋に、光源氏が末摘花に初めて逢った際の描写である。光源氏の末摘花に対する興味は、巻の冒頭、春に大輔命婦に末摘花の噂を聞かされたためであり、以後、末摘花の琴の音を目当てに常陸宮邸に赴いたり、文を贈ったりするもはかばかしい反応を得られず、命婦の手引きで末摘花と逢瀬を遂げたのは、同年八月二十余日のことであった。ここでの「年ごろ」も、帚木巻同様、突然押し入った光源氏が女の心を和らげるために言う誇張表現と言って良いだろう。このような誇張表現としての用いられ方は、「年ごろ」の語が、ある程度長い期間を示す語であるという認識があって可能になるものだと思われる。

ところで、本稿ではここまで『源氏物語』で年をまたいだ数ヶ月を「年ごろ」とする例は三例のみとし、匂宮が最初に浮舟のもとに忍び込んだ際の次の用例に言及して来なかった。

［O］はじめよりあらぬ人と知りたらば、いかが言ふかひもあるべきを、夢の心地するに、やうやう、そのをりのつらかりし、年月ごろ思ひわたるさまのたまふに、この宮と知りぬ。

（浮舟⑥一二五）

「年月ごろ」は現行の多くの注釈書が浮舟巻の底本とする東海大学蔵明融本の当該箇所に一例あるのみで、その他の巻々の大島本本文には見られない珍しい表現である。「年月ごろ」を「年ごろ」とする本もあり、[9]「年ごろ」とほぼ同様の意味で用いられていると考えて良いだろう。当該箇所に描かれる、匂宮と浮舟の初度の逢瀬は浮舟巻正月の出来事であるが、「そのをりのつらかりし」とある通り、匂宮は前年東屋巻八月に自邸で浮舟を見かけ、懸想していた。そうすると、この「年月ごろ」も年をまたいだ数ヶ月間を「年ごろ」とする例に準じて考えて良いようにも思われる。しかし、本稿ではむしろ、「年ごろ」の用例［M］や［N］と同様の、話者の誇張表現としての「年月ごろ」である可能性を考えたい。［O］の場面の翌朝、匂宮は［j］「我は月ごろもの思ひつるにほれはてにければ」（浮舟⑥一二七・第二節に前掲）と述べていて、同じ期間を表すのに「月ごろ」の語を用いている。あるいは、後の場面で薫と対面した際、浮舟は匂宮の情熱的な言葉を［P］「我は、年ごろ見る人をもみな思ひかはりぬべき心地なむするとのたまひしを」（浮舟⑥一四二）と思い出している。「年ごろ」一緒に暮らして来た女性たちに対してもあなた故にすっかり心変わりしてしまいそうだ、と言う匂宮の言葉は、出会って以来の時間の短さにもかかわらず浮舟に強く惹かれていることを強調するものであり、匂宮が「年ごろ見る」女君たちと、出会って間もない浮舟との違いが浮き彫りにされているとも言えよう。匂宮の認識としては、浮舟は始まって間もない恋の相手であり、［O］で「年月ごろ」の情熱を訴えるのは、浮舟からすれば突然の逢瀬に理由を与えて納得させようとする匂宮が、誇張して述べているのだと思われる。[10]

留意したいのは［M］［N］の「年ごろ」の例も［O］の「年月ごろ」の例も、いずれも作中人物の会話文または会話の様子を地の文として描写した文であることである。男が予告なく女のもとに忍び込んで関係を結ぼうとする際に、実際の期間よりも誇張して、女に対する「年ごろ」あるいは「年月ごろ」の思慕を訴えることが、物語の中で半ば類型化する形で、繰り返されていることが確認出来たと思う。

五　結語に代えて―再び薫と浮舟の「年ごろ」

最後に前節までの考察を踏まえて、もう一度、薫と浮舟にかかわる「年ごろ」について検討を加えていきたい。「年ごろ」の用例［A］から［C］を再掲する。

［A］君（＝浮舟）、なほ、我を宮に心寄せたてまつりたると思ひてこの人々の言ふ、いと恥づかしく、心地にはいづれとも思はず、ただ夢のようにあきれて、いみじく焦られたまふをばなどかくしもとばかり思へど、頼みきこえて年ごろになりぬる人を、今はともて離れむと思はぬによりこそ、かくいみじとものも思ひ乱るれ、げによからぬことも出で来たらむ時、とつくづくと思ひゐたり。（浮舟⑥一八二）

［B］（薫→中将君）「心のどかによろづを思ひつつ、年ごろにさへなりにけるほど、かならずしも心ざしあるやうには見たまはざりけむ。されど、今より後、何ごとにつけても、かならず忘れきこえじ」（蜻蛉⑥二三九）

［C］かしこには、常陸守、立ちながら来て、をりしもかくてゐたまへることなむ、と腹立つ。年ごろ、いづくになむおはするなど、ありのままにも知らせざりければ（略）かかれば、今は隠さんもあいなくて、ありしさま泣く泣く語る。（蜻蛉⑥二四二）

［A］から［C］は、いずれも九月から翌三月までの半年ほどを「年ごろ」としている。薫が使者に託して中将の君に弔問の意を伝えた［B］は、薫の後ろめたさと憐憫の情が、浮舟を宇治に留めた時間の長さを「年ごろ」と強調させているのだと先ずは解せるだろうが、［A］の浮舟の心中思惟と［C］の地の文も併せた三箇所で、ほぼ同一の時間が「年ごろ」の語で表されるのには、薫と浮舟が関わりあった時間を、半年という実際の期間以上に長

く重要なものとして強調したい、物語による誇張があるのではないか。

浮舟巻おいては、二度の逢瀬の描写を始めとして、匂宮に強く惹かれる浮舟の心情が徹底的に描かれるが、一方で浮舟が薫も匂宮も選べなかった結果としての入水未遂と、手習巻末から夢浮橋巻にかけての薫と浮舟の再会の可能性を描く展開を見据えると、物語には浮舟の匂宮に対する耽溺と両立させる形で、浮舟の薫に対する愛着も書き込まれる必要があった。匂宮の情熱にほとんど溺れている浮舟ではあるが、薫の「行く末長く人の頼みぬべき心ばへ」が匂宮よりはるかに勝っていること（浮舟⑥一四三）、薫が浮舟にとって最初の男性であること（浮舟⑥一五七～八）などから、密通が露見して薫に疎まれることを恐れる様子が描かれている。そして密通発覚後も、薫が「頼み聞こえて年ごろになりぬる人」（浮舟⑥一八二）であること――年明けに初めて関係を持った匂宮とは異なって、薫とは前年九月から関係があること――を理由に、浮舟はあれほど強く惹かれている匂宮方へ引き取られることを良しとせず、薫のもとを離れがたいのだとする。実質的には半年か三ヶ月かの違いに過ぎないのだが「年ごろ」の語が用いられることで、薫と過ごした時間の重要性が増していよう。[11]浮舟巻を通じて、浮舟の匂宮に対する恋情があまりにも強調されているために、右近と侍従の後押しも加わって、浮舟が匂宮方に引き取られる展開に傾いてもおかしくないところを、薫との「年ごろ」の時間の重みが強調されることで、物語は「二人の男と一人の女」の話型に立ち戻ることが可能になったのだと思われる。[12]また、手習巻では、浮舟が蘇生して以降の物語の焦点が、浮舟と薫の再会の可能性に引き絞られていくために、一転して浮舟が薫を慕う心情が繰り返し描かれているのだが、[13]浮舟が薫とかかわった実質半年に過ぎない期間を「年ごろ」と述べて重んじたこと、それに照応するようにほぼ同じ期間を、蜻蛉巻［B］の薫と［C］の地の文が「年ごろ」としたことは、手習巻への布石としての意義も担ったと考える。

注

（1）『源氏物語』作中、時を表す表現は比較的本文の異同が多い。引用箇所の「年ごろ」「月ごろ」については、『源氏物語大成』により異同を確認した。
（2）用例検索には、伊井春樹編『源氏物語　CD-ROM 角川古典大観』（角川書店、一九九九）、上田英代［ほか］編『源氏物語語彙用例総索引』（勉誠出版、一九九四）を用いた。
（3）『源氏物語』以外の平安文学作品の「年ごろ」「月ごろ」についても分析を加えるべきであったが、及ばなかった。また、「年ごろ」の類語に「年月」「年を経《ふ》」「年を隔つ」「年月を経《ふ》」「年月を隔つ」などがあり、これらの語が年をまたいだ数ヶ月間に用いられている例も確認しているが紙幅の都合もあり、言及出来なかった。別稿を用意したい。
（4）「喪葬令」服紀条には、「凡服紀者。為君。父母。及夫。本主。一年。（後略）」とある。「喪葬令」は、井上光貞校訂『日本思想大系3　律令』（岩波書店、一九七六）に拠る。
（5）但し、一周忌法要と除服は、最初の祥月命日より前倒しで行われる場合もある。例えば『蜻蛉日記』では、作者の母の一周忌法要と引き続いての除服が描かれた後、改めて「忌日など果てて」と祥月命日が過ぎたことに言及される（上巻・康保元年秋）。
（6）高橋良久「「年ごろ思ひつること」の解釈」（『解釈』第五一巻第十一・十二号、二〇〇五年十二月）、中山幸子「『源氏物語』における「年ごろ」――「葵」「澪標」の各巻における「年ごろ」の解釈――」（『二松』第二五号、二〇一一年三月）。
（7）『花鳥余情』以来「獄令」の「凡流移人。至配所。六載以後聴仕。即本犯不応流。而特配流者。三載以後聴仕。」に拠ると考えられている。「獄令」の引用は注（4）に同じ。
（8）青表紙本系松浦伯爵家旧蔵本は「年来」。
（9）「年ごろ」とするのは、青表紙系の池田本、榊原家本、肖柏本、三条西家本、別本の麦生本。別本の、高松宮家本・国冬本は「月ごろ」、筆者未詳の桃園文庫蔵本は「年月」。

(10) ちなみに、宿木巻最終年の四月二十余日に浮舟を垣間見て、大君に似ていることに感動した薫は、東屋巻同年九月に浮舟の隠れ家を訪ねた際「心やすき所にて、月ごろの思ひあまることも聞こえさせんとてなむ」(東屋⑥九〇)と伝えさせている。薫の浮舟への興味は宿木巻の垣間見の前年、秋に中の君から浮舟の話を聞いた時まで遡れるかとも思われるが、いずれにせよ薫の抑制的な物言いは、匂宮とは対照的と言えよう。

(11) 夫の新しい女性の出現に苦しむ朝顔巻・若菜上巻の紫の上や夕霧巻の雲居雁が夫との「年ごろ」の夫婦生活に思いを致していること(朝顔②四七八・四七九)(若菜上④六五)(夕霧④四七三)も想起したい。

(12) 拙稿「浮舟物語の時間試論」(『文学』第十六巻第一号、岩波書店、二〇一五・一)

(13) 浮舟巻から夢浮橋巻にかけて描かれる、浮舟の薫に対する好意的な心情については、藤原克己「薫と浮舟の物語――イロニーとロマネスク――」寺田澄江［ほか］編『源氏物語の透明さと不透明さ』(青簡舎、二〇〇九)を参照した。

※『源氏物語』の引用は、阿部秋生［ほか］『新編日本古典文学全集　源氏物語①〜⑥』(小学館、一九九四〜一九九八)に拠り、巻名・分冊数・頁数を括弧内に示した。

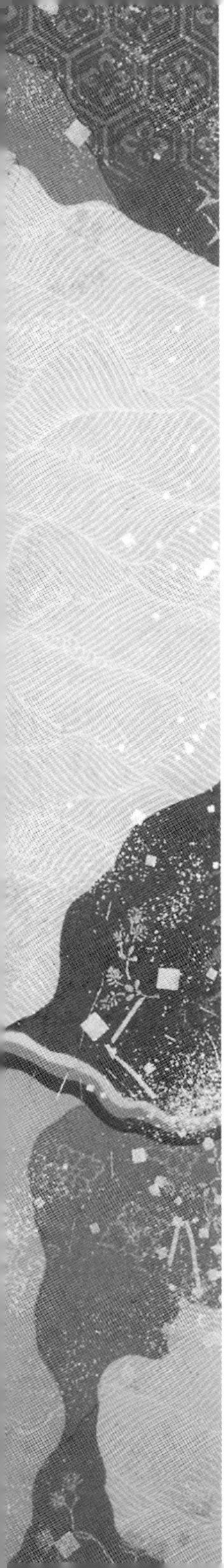

Ⅱ　正編から続編へ

光源氏の好色の叙述法―〈色好み〉〈すき〉の二面から―

今井久代

はじめに―光源氏の愛情生活、〈色好み〉と〈すき〉

『源氏物語』で主人公光源氏があまたの恋愛を繰り広げる多情多恨ぶりは、読者に違和も感じさせるが、だからこそ光源氏の好色は、この物語らしさを読み解く糸口であるだろう。

光源氏が多様な恋愛を展開する意味合いについて〈色好み〉[1]との解がある。恋愛によって人間関係を結ぶことが、秩序の構築と連動しているとよむ解である。特に王権論の文脈での理解、つまり反秩序的な恋愛が既存の秩序の解体と再構築を促し、始原的な王者性を発揮する原動力であるとの解釈である。繰り広げられる恋愛を、社会生活における無能さ（「色男金と力はなかりけり」）ではなく、光源氏の超越性の表れと読む。藤原氏の専横のもと、惟喬親王や源高明など多くの人々が閉塞感を抱いてきた「現実」を超え、有為な人が輝く「聖代」の物語を導く源としての好色。秋山虔は帚木冒頭から、「あだめき目なれたるうちつけのすきずきしさ」を好まぬ本性（帚木①五三）と、「あながちにひき違へ心づくしなることを御心におぼしとどむる」「あやにく」な癖（同五三～四）とを抱える、社会性と秩序を逸脱する超越性とを併せもつ主人公像を読み解いた。[2]「いみじき盛りの御世」（絵合②三九二頁）、「世の中に、才ありはかばかしき人多く…道々の人の才のほどあらはるる世」（少女③三〇頁）など、光源氏が領導する冷泉朝を、人材が輩出し適切に登用される理想の御世として語る物語の基調と相まって、光源氏が繰り広げる多様な恋愛は、藤原氏の専横という現実を覆す〈君子〉の物語を導く原動力として、読み替え得るようになった。

しかしそのように冷泉朝を、父桐壺帝の治世を引き継ぎ、それ以上の理念を体現する「聖代」と称揚すればするほど、それが父帝の信頼を裏切る〈色好み〉の罪深さにより成ることへの違和感が残るのだった。禁忌さえ踏み越える反秩序性は王者性の証[3]であると肯定的に評価するには、あまりにもその裏切りは人間として罪深い。光源氏の人生は、彼を最愛の子と慈しみ惜しむ父桐壺帝の意思に導かれて形をなすが[4]、源氏は父桐壺帝の寵姫である継母と通じて不義の子をもうける。桐壺帝が光源氏を愛し惜しむゆえに、不義の子は立坊登極の道に据えられ、かつまた光源氏が桐壺帝を欺き通した結果、信頼の証としての遺言——不義の子冷泉帝の御世を託され、聖代の領導者となる。本質的に秩序を超越した存在（王者）と読むにしてもあまりにも後暗い、あやにくな人間関係が、なぜ〈色好み〉のなかに描かれるのか。愛情と信頼への裏切りという、多分に心情的な犯し（逸脱）であるのはなぜか。「もののあはれの花を咲かせんがため」に密通の泥水が必要と読むにしても、「もののあはれ」は、要は人間的感情の称揚である以上、信頼への裏切りに対する罪悪感と葛藤も描かれてしかるべきだろう。だがそれらはさほど描かれない。罪障感に捉われていては、冷泉帝は即位できなくなるし、聖代の印象は薄まるからだ。だからここで問うべきは、描出される罪障感の薄さではなくて、罪障に関する思惟があるはずと期待させる形で聖代が形となる筋立てそのものである。〈色好み〉は罪障を超えた英雄性なのだと割り切れぬほどの、葛藤と後ろ暗さを伴う〈色好み〉——いくら藤壺の迷いと源氏の真情が美しいにしても——それが問題なのだ。

秋山虔が〈色好み〉光源氏の恋愛性向を剔抉した帚木三帖は、そもそもは源氏の「忍びたまへる隠ろへごと」（帚木五三）「隠ろへ忍びたまひし」（夕顔①一九五）を語る巻々である。帚木冒頭に源氏の好色の本性と癖が語られ、そこから秋山は〈色好み〉光源氏像を読むのだが、結局この三帖で語られるのは、「例のいづこより取う出たまふ言の葉にかあらむ、あはれ知らるばかり情《なさけ》々しくのたまひつくすべかめれど」（帚木一〇〇～一）と揶揄されるような、「あだ」「うちつけ」な「隠ろへごと」である。受領の後妻や五条の陋屋に住む頭中将の妾妻に真心を尽くすさまは、なるほど「あやにく」「心づくし」でもあるが、「さして聞こえかかれる心の憎からず過ぐしがたきぞ、例のこの方には重からぬ御心なめるかし」（夕顔一四一・出会い）ともあり、遊戯的な恋という基調は鮮やかだ。ある瞬間に惹かれる心ゆえに、ふだんは忘れ軽んじてもいるのに、忘れがたく持続する——こうした源氏の好色のもう一つの面、いわゆる〈すき〉についても考えたい。うつくしいものに共振する（あはれ）、心惹かれる感性の鋭敏さ（情《なさけ》）を有することが〈すき〉の要件であり、この感性に富む光源氏は、〈色好み〉ばかりでなく、〈すき〉の恋も多く重ねる。秩序に関わる存在である前に、「あはれ」「情《なさけ》」を感ずる〈個〉であるゆえに、源氏は〈すき〉に生きる。

六条御息所や朧月夜との恋にも〈すき〉を抉る叙述は登場する。「男は、さしもおぼさぬことをだに、情《なさけ》のためにはよく言ひ続けたまふべかめれば、まして（以下六条御息所との仲）」（賢木②九〇）や、「かうやう（注：前段は朧月夜の歌）に驚かしきこゆるたぐひ多かめれど、情《なさけ》なからずうち返りごちたまひて、御心には深うしまざるべし」（賢木②一二八）などである。御息所は「つひに心もとけずむすぼほれてやみぬること、二つなむはべる」（薄雲②四六〇）と藤壺と共に源氏に追想される。また朧月夜は「あふ瀬なき涙の川に沈みしや流るるみをのはじめなりけむ……罪のがれがたうはべりける」（須磨②一七七・朧月夜への源氏の歌）「かく思ひかけぬ罪にあたりはべるも、思うたまへ合はすることのひとふしになむ、空も恐ろしうはべる」（須磨②一七九・藤壺への源氏の言）と、藤壺と須磨行きの理由（罪）の表と裏を分け合う。これら、〈色好み〉の根幹である藤壺と関連深い二人との恋にも、〈すき〉の微温性は描かれる。それは源氏の好色の根幹に〈すき〉を据えようとするこの物語の姿勢の表れに他ならない。

光源氏の恋愛について、〈色好み〉〈すき〉の二つの側面から、以下素描を試みたい。

一　〈色好み〉の罪と贖罪――藤壺物語の描き方

〈色好み〉の代表である藤壺との関係は、平安中期の倫理観――皇統の犯しという相対的な（時代と共に変わる人の世の）倫理、あるいは仏教という絶対的な（本質的に人間存在そのものに懐疑的な）倫理――に照らし「罪」であるのは論をまたないが、加えて情と信頼への裏切りという、人間性そのものへの〈罪〉を抱えている。にも関わらず、たとえば「罪」という語から光源氏の罪障意識を十分に読むことはできず、[5]「恐ろし（危害を被りそうで不安）」[6]「おほけなし（大それた）」[7]「心の鬼（他者に見えぬものが見える心理状態）」[8]などの周辺的な語を探っても同様である。そもそも「（冷泉帝が出生の秘密を）知ろしめさぬに罪重くて、天眼恐ろしく思ひたまへらるる」（薄雲②四五〇）と罪意識や恐れが語られそうになりながら、秘密を知った冷泉帝は「故院の御ためもうしろめたく、大臣の、かくただ人にて世につかへたまふもあはれにかたじけなかりけること」（薄雲②四五三）と、不義密通を源氏に共感的に受け止めてしまう。光源氏の栄達を描く以上、その流れに逆らうような、罪障感や贖罪の物語が展開するわけにはいかないわけである。[9]では一方で「故院の御ためもうしろめたく」と罪障感をほのめかしながら、結局は源氏を天皇にとの思考に向かう展開には、どのような論理が隠されているのか。

もとより「うしろめたし」――「行く末や未来を懸念する」（日本国語大辞典）は、父と尊敬していた故院が父でなかった、故院を裏切り続けた大罪の結果としての帝位という状況を受けての感慨としては、軽々しい。そもそも故人である桐壺院にどう行く末があり得るのか。[10] 河内本と別本の本文では、「こ院の御ためもいとかたし○けなくおと、のかくた丶人にておほやけにつかへ給ふもいとあはれにかたしけなく」（例　尾州家河内本）などとあるが、故院への思いを光源氏へのそれと同じ「かたじけなし」とするのも、「あはれに」を伴わない分なおざりに感ずる（ゆえに稿者は青表紙本系の本文の優位をみる）が、せめて「自分の醜悪・卑小の念が根本にある…おそれ多い」（日本国語大辞典）ぐらいの感情を故院に抱くべきとの読者心理は理解できる。ここで想起されるのが、同じく故院への思いにどこか軽々しい形で言及し、かつまた本文の異同を抱える、出家を決意する藤壺の心中思惟である。

ｉいささかもけしきを御覧じ知らずなりにしを思ふだにいと恐ろしきに、いまさらにまたさることの聞こえありて、わが身はさるものにて、春宮の御ためにかならずよからぬこと出で来なむと思すに、いと恐ろしければ、（賢木②一〇七）

桐壺院を死ぬまで騙した「いと恐ろし」と、今さらに世間に噂になり「春宮の御ため」に不都合なことが起こる「いと恐ろし」とが比べられ、後者がより恐ろしいとする。この箇所、河内本や別本（保坂本・陽明本）では、前半は同じで「だに…（まして）」構文だが、後半が「春宮の御ためかならすよからぬ事いてきなむとおほすにいとなけかしけれは」（例　尾州家河内本）となる。構文としては青表紙本の形がよい。つまり同じものを比較し後者（廃太子への感情）をより重いと結論づける形であるべきだが、河内本などではあえて構文に逆らうように、廃太子への思いを、異質で「恐ろし」より軽い感情、「嘆かし」と語る。

構文的には正しいが納得しがたい思考――院の騙しより廃太子に大きな恐怖を感ずる――を描く青表紙本であるが、廃太子がただに不義の子（冷泉帝）の退場に留まらず、故桐壺院の不名誉であることを考えると腑に落ちよう。

すなわち桐壺院は終生光源氏を鍾愛し、藤壺を寵愛し、光源氏の未来のために世人に逆らって、藤壺立后と冷泉帝の立太子を敢行した。にも関わらず、今になって源氏と藤壺の関係が噂になり、廃太子になった場合の桐壺院の不名誉は計り知れない。桐壺院の記憶は嘲笑または憐憫の的となり、桐壺院の抗った右大臣家の栄華とともに、後世まで愚昧な帝として語り継がれるだろう。換言すれば、光源氏が偽りを続けた結果、桐壺院の名誉は守られたのであり、一貫して光源氏を鍾愛し国政に深く関わらせ続けた桐壺院の姿勢は、聖の帝の英断として人々の讃嘆の的となった。この象徴的な事績が、紅葉賀巻の朱雀院行幸と花宴巻の桜の宴である。桜の宴では、光源氏を筆頭に、源氏の英才に刺激され競うように、漢籍と楽に通暁する有職が輩出したという（花宴①三五三〜四）。また朱雀院行幸では、源氏自身の青海波はむろん、源氏が適材適所に推奨した人々が才を発揮して栄誉に預かり、源氏のおかげで皆が出世したという（紅葉賀①三一五）。

そもそも朱雀院行幸について議す定《さだめ》に、中将に過ぎない光源氏が参加している。前夜末摘花のもとに忍び、宮中を下がった（夜明け前に二条院に戻った）源氏のもとへ、本日朱雀院行幸について議すのを左大臣に伝えるべく退出してきた、と頭中将が訪れる。その後二人は一緒に粥など食し、連れだって参内する（末摘花①二八五）。宮中を出た足で二条院へ来た風の頭中将の言であるので、新編全集の頭注は、先に左大臣邸に寄った帰り道かと推測するが、左大臣邸へは使者による伝言ですませての帰参とも考えられよう。もっと言えば、父へは伝言で良かろうが、帝鍾愛の一世源氏の参内を促すには、頭中将が直々に赴く以外、礼を失するだろう。頭中将の退出は、むしろ光源氏への知らせが主たる目的だったのではないか。公卿でもない光源氏の定への出席が当然視されているのだ。

滑稽な恋愛譚の合間に官人光源氏の破格の扱いが描かれる。異例にも中将である光源氏も同席して定められた朱雀院行幸が、近年にない盛儀として絶讃され、桐壺院の没後も聖代の証として繰り返し回想される。桐壺帝の聖代とは、帝王相を持つ光源氏を「大小のことを隔てず何ごとも御後見…齢のほどよりは、世をまつりごたむにも、をさをさ憚りあるまじう」（賢木九五～六）と積極的に重用し、「七つになりたまひしこのかた、帝の御前に夜昼さぶらひたまひて、奏したまふことのならぬはなかりしかば、この御いたはりにかからぬ人なく、御徳を喜ばぬやはありし」（須磨②一八四）とした御世に他ならない。よって桐壺院が聖の帝と讃仰され続けるには、院の信頼した通りに、変わらずに源氏が「朝廷《おほやけ》の御後見」であり続け、院が望んだ冷泉帝の御世——桐壺聖代を受け継ぐ理想の御世を導く以外ない。そこにのみ桐壺帝の名誉が守られ、貶められぬ道がある。物語の因縁の起点は、常識を逸脱した偏愛——桐壺更衣と源氏への「私もの」の執愛にあったし、その後の光源氏の重用も、寵用と難ぜられてもおかしくない、秩序を逸した行為であった。それがそうと非難されないためには、院の判断の正しさの証として、聖代を導く光源氏であり続けねばならない。桐壺院が源氏に裏切られ、密通されたと世に知られてはならない。

摂関体制下、外戚の弱さゆえに超越的資質を有しつつ排除され、臣籍降下を余儀なくされた一世源氏によって、秩序が組み替えられ、理想の御世が領導されるという物語を描ききるには、なるほど出家や遁世に繋がりかねない罪障意識の追求は不要であり、不可である。加えて、桐壺院の執愛と信頼への、手ひどい裏切りとしての〈色好み〉を原動力とするゆえに、出家に逃げず欺きを生き続けることでのみ果たされる、贖罪としての聖代を源氏は負わねばならない。翻って冷泉帝の思考であるが、「故院の御ためもうしろめたく」は「故院のためも（自分の御世の行く末が）心配で」であろう。冷泉帝は母后藤壺と光源氏と共に、桐壺院から直接「よろづのことを聞こえ知らせたまへど…大将にも、朝廷《おほやけ》につかうまつりたまふべき御心づかひ、この宮の御後見したまふべきことを、かへすがへすのたまはす」（賢木②九七）と遺言を授けられた。幼かったあの時と違い、成人した今は、冷泉帝も遺言の場の意味、特に三人に託された重さがわかる。桐壺院が歴史に残る賢帝とされるか否かは、確定した桐壺帝の御世以上に、遺言を託された冷泉帝の御世により、決定する。ゆえに冷泉帝の御世は「故院の御ためも」一点の曇りもあってはならぬのだった。故桐壺院との間の、愛と信頼にまつわるあやにくな宿縁を理解する冷泉帝は、失政を指弾するかの如く天変地異が続く現在《いま》、「故院の御ためもうしろめたし」（青表紙本系本文）、我が御世のこの先を故桐壺院のためにも深く危惧し、桐壺院が最も信頼した源氏への譲位に思い至る。結局源氏自身が、天変地異は失政の指弾とは限らぬこと、自分を臣下に降して登極から遠ざけた桐壺院の「もとの御おきてのままに、朝廷《おほやけ》につかうまつ」（薄雲②四五六）ることが本意と主張し固辞したことにより、譲位は果たされないのであるが。

ii かねておぼし捨ててし世なれど、宮人どももよりどころなげに、悲しと思へるけしきどもにつけてぞ、御心動くをりをりあれど、わが身をなきになしても、春宮の御世をたひらかにおはしまさばとのみおぼしつつ、御行ひたゆみなく勤めさせたまふ。人知れずあやふくゆゆしう思ひきこえさせたまふことしあれば、われにその罪を軽めて許したまへ、と仏を念じきこえたまふに、よろづを慰めたまふ。（賢木②一三八）

iii 春宮の御ことを、いみじううしろめたきものに思ひきこえたまふ。かたみに心深きどちの御もの語りは、よろづあはれまさりけむかし。なつかしうめでたき御けはひの昔に変はらぬに、つらかりし御心ばへもかすめきこえさせまほしけれど、いまさらにうたてとおぼさるべし。わが御心にも、なかなか今ひときは乱れまさりぬべければ、念じかへして、ただ、「かく思ひかけぬ罪にあたりはべるも、思うたまへ合はすることのひとふしになむ、空も恐ろしうはべる。惜しげなき身はなきになしても、宮の御世にだにことなくおはしまさば」とのみ聞こえたまふぞことわりなるや。（須磨②一七九）

ii 藤壺の心中思惟、iii 光源氏の藤壺への言、ともに同じ贖罪の理屈である。「罪」や恐怖（波線部）に言及するなど、罪障感に連なる語を伴いつつ、出家や流離の目的は、不義の子の即位と御世の安寧（囲み部分）の確保であり、i

の藤壺や先の冷泉帝と同じく、贖罪としての冷泉聖代実現の意思が語られている。ここで興味深いのはiiの傍線直前の叙述である。出家後の藤壺方は右大臣側に侮られ、仕える者は蔑ろにされ、屈辱に藤壺は心をかき乱されるのだが、その怒りと無念に耐えることが、「身をなきになす」の具体的内実というのである。藤壺の卑小な人間的感情の点綴にも驚かされるが、その感情の深さと苦しさが、「春宮の御世をたひらかに」を栄耀の歓びとさせない、贖罪の内実を引き寄せている。iiiも同様である。源氏は無実であるのに自ら須磨で謹慎する、その無念と屈辱の深さが「身はなきになす」の内実だという。父桐壺院の愛と信頼を裏切って藤壺と通じ、騙し通した結果不義の子が東宮となった現在、廃太子をもくろむ右大臣側の指弾を「思ひかけぬ罪」と恨み、無位無官の無念に身を焦がす源氏がいて、その深い屈辱が、須磨行きの内実を保証する。身勝手にも思える人間的な感情に耐えることが、贖罪の内実であるという展開は、次も同様である。

iv六条の院は、おりゐたまひぬる冷泉院の御嗣おはしまさぬを、飽かず御心のうちにおぼす。同じ筋なれど、思ひなやましき御ことなくて過ぐしたまへるばかりに、罪は隠れて、末の世まではえ伝ふまじかりける御宿世、口惜しくさうざうしくおぼせど、人にのたまひあはせぬことなれば、いぶせくなむ。（若菜下④一六五）

冷泉帝の御世は悩ましい「御ことなく」過ぎ、おかげで「罪」は「隠れ」た。源氏が藤壺との縁を確かに「罪」と考えてきたことを点綴しつつ、だが表れずに終わったと安堵する。その意味では守られた源氏は、代わりに冷泉帝の皇統の断絶という「飽かず」「口惜しくさうざうし」の宿世を自覚させられる。娘を通じてわが血筋が長く皇統に流れる（臣下としてはむしろ安泰な形だ）有り難さもわかっていながら、それでも不義の血の皇統の断絶を「飽かず」「口惜し」と感じてしまう、源氏の浅ましくも深い欲望ゆえの苦悩のなかに、まぎれもない「罪」が隠れ、冷泉帝の御世の安寧と差し替えられている。密通を知った場面も同じ理屈が展開する。

v故院の上も、かく御心には知ろしめしてや、知らず顔をつくらせたまひけむ、思へば、その世のことこそは、いと恐ろしくあるまじきあやまちなりけれ、と近き例をおぼすにぞ、恋の山路はえもどくまじき御心まじりける。（若菜下④二五五）

「かく」の前には、長々と柏木と女三宮への指弾が展開する。読者としては、よくまあ藤壺とのことを棚に上げてと思えるのだが、浅ましいほどの激しい怒りと屈辱だからこそ、この同じ屈辱を父桐壺院に抱かせていたのか、とふと気づいたときの、源氏の罪障感の深さが保証されている。故桐壺院が知っていたかは定かではないし、そこを語る叙述ではない。「近き例」に思い至るまでに展開する、長く怒りに満ちた心中思惟によって、冷泉帝の御世が終わって一年、桐壺院の崩御から二十四年のなかで己の不義を忘れていた源氏の勝手さが浮き彫りとなっている。また一方で、「外から見て穏やかだったがご存知だったのだ」とふと確信するほどに、奥底では父桐壺院を負い続けてきた重さもが象られている。そして、うかつで身勝手な人間でもあるからこその怒りの激しさと深さが、そのままにおのれの罪深さの自覚の深さに連動してゆくのである。

罪障感の内実として語られる、源氏や藤壺のあまりに人間的な（密通の罪を背負う身らしからぬ）高い矜持などの描出も興味深い。贖罪としての聖代は、身勝手の痛みの深さに保証される仕組みなのである。そして聖代の領導という贖罪を果たした（その差しかえとしての断絶の「飽かず」「かなし」）と思った果てに、耐えがたい屈辱と怒りに到り、しかもこの苦悩を確かに父に与えた確信に、裏切りの意味が計り直される妙がある。

viさてもあやしや、わが世とともに恐ろしと思ひし事の報いなめり、この世にて、かく思ひかけぬことにむかはりぬれば、後の世の罪も少し軽みなんや（柏木④二九九）

ここで『河海抄』が引く「有智ノ人ハ知恵ノ力ヲ以テ能ク地獄極重ノ業ヲシテ現世ニ軽ク受ケシムルモ、愚癡ノ人ハ現世ノ軽業ヲ地獄ニ重ク受ク」（『往生要集』）は、智慧深い者は現在の自分の罪深さを自覚し、来世にむけ仏徳を積むからこそ、来世の罪が軽くなるという論理[11]であって、叙述されない読経や法会の功徳が予期されている。そして重要なのは、罪の子を抱き、これを実子としてふるまう外ない屈辱と苦悩の深さが、そのまま罪業の自覚の深さだと語られることである。智慧でなく屈辱の痛みの深さによって、光源氏は自らの罪の深さを知る。

紅葉賀の場面など、しばしば主人公光源氏は、超越的な資質の持ち主として称揚される。藤壺などとの〈色好み〉の恋は、こうした光源氏の超越性と関わる恋であり、ゆえにその罪深さを、物語はさほど描かない。だが逆に、贖罪意識の叙述を期待させるほどの、罪深くあやにくな人間関係を〈色好み〉の周辺に巡らす意味を考えるとき、いかにこの物語が光源氏の超越性、理想性に、当初から相対的な目を仕組んでいたか、考えざるを得ない。特に身勝手な人間的感情による苦悩が贖いの内実を支える、独特な贖罪意識の仕組みを考えるとき、この物語が若菜巻に入るよりずっと以前から、光源氏という人物像を相対化する目を孕んでいたことに気づかされるのである。

二　〈すき〉の情――「筑紫の五節」と花散里

〈すき〉には「情《なさけ》」が必須であるが、「情《なさけ》」は「あはれ」と密接な関係にあり[12]、その意味では「ものの心知る」とも通底する。「つれなながら、さるべきをりをりのあはれを過ぐしたまはぬ、これこそかたみに情《なさけ》も見はつべきわざなれ」（葵②五八・朝顔への源氏の讃嘆）、また逆の境地が「げに人のほどの、をかしきにも、あはれにもおぼし知らぬにはあらねど、もの思ひ知るさまに見えたてまつるとて、おしなべての世の人の、めできこゆらむつらにや思ひなされむ」（朝顔②四八七・源氏を思う朝顔）と叙されるゆえんである。「情《なさけ》ある」「あはれ思ひ知る」「もの思ひ知る」

は王朝貴族に必須の教養であり、桐壺巻ではそうした「ものの心知りたまふ人」のみが「かかる人も世にいでおはするものなりけり」と、源氏の美質を讃嘆した（桐壺①二二）。あるいは「もの思ひ知りたまふ」のみが、権勢家になびく秩序（常識）に囚われずに、更衣の姿や容貌の美しさ、人柄の好ましさ、「あはれに情《なさけ》ありし御心」を懐かしむ（同二五）。秩序（常識）が独占的に権勢を継承する論理に過ぎないのに気づく。そうした「情《なさけ》」ある理想的王朝貴族の、特権であり宿命でもあるのが〈すき〉の恋であるが、『源氏物語』はそこに複雑なまなざしを注ぐ。

光源氏の妻妾のうち紫の上は紫のゆかり、明石の君は住吉神の支え、そして花散里は〈すき〉が、光源氏との間を結ぶ絆となっている。これらの絆は、各々が始めて登場する巻に、挿話《エピソード》として詳述されている。

Ⅰ　御妹《おとうと》の三の君、内裏《うち》わたりにてはかなうほのめきたまひしなごりの、例の御心なれば、さすがに忘れもはてたまはず、わざともてなしたまはぬに、人の御心をのみつくしはてたまふべかめるをも、このころ残ることなく思し乱るる世のあはれのくさはひには思ひ出でたまふには、忍びがたくて　（花散里②一五三～四）

花散里巻冒頭、三の君（花散里）を訪れようと考える場面である。「内裏わたり…べかめる」は「御妹の三の君」についての挿入句で、「（三の君）をも…思ひ出でたまふ」の構文をなす。傍線部分は源氏の三の君への態度である。以前内裏で「ほのめ」いた程度の「なごり」の情ながら、忘れきることも特別に扱うこともなかった女《ひと》。「例の御心なれば」は、遠く「おほかた、なごりなきもの忘れをぞえしたまはざりける」（末摘花①二六六）を承けての表現だろう。末摘花巻では、「かう情《なさけ》なきを、すさまじく」（同二七五）「とるべき方なし」（同二九五）とも思いつつ、「いとあはれに…ものあはれなる…我ならぬ人はまして見忍びてむや」（同二九五）、「世の常なるほどの異《こと》なることなさならば思ひ捨ててもやみぬべきを、さだかに見たまひて後はなかなかあはれにいみじくて」（同二九七）、末摘花との末長い関わりを決意する機微が語られていた。「例の御心なれば」、末摘花の周辺にも「あはれ」を感ずるほどの源氏ゆえ、世情緊迫の折から特に感じやすい「世のあはれ」の「くさはひ」には、三の君をも思い出す。以後刹那的かつ薄情なゆらめきとしての〈すき〉が語られることになる。

花散里巻は三の君との〈すき〉の関わりを描くが如く始まるが、実際は中川の女及び麗景殿女御との交流が詳述されている。三の君当人でなくその周辺で終わる点も、「ほのめき」「なごり」の叙情と薄情のなかに〈すき〉を描こうとの姿勢の表れであろう。麗景殿女御と源氏は「いとあはれ」（花散里一五五）の橘香る里で、「昔の御物語」「昔のこと」「いにしへの忘れがたき」「昔語《むかしがたり》」（同一五六）を「いとあはれに」「多くあはれぞ添ひ」（同一五七）語り合った。その後の三の君との交情が描写されないのは、三の君との仲がこの延長上にあって、特別なものではないからだ。また中川の女は、源氏を見限って去る女の代表として、変わらず「昔語《むかしがたり》」を語り得る三の君（麗景殿女御）とは対照的な、心劣る女という位置づけだが、源氏を拒みながらも「人知れぬ心にはねたうもあはれにも思ひけり。…年月を経ても、なほかやうに見しあたり情《なさけ》過ぐしたまはぬにしも、なかなかあまたの人のもの思ひぐさなり」（同一五五）と割り切れぬ女心が点綴されており、ただの浅慮な心変わりではない含みが与えられている。こうした中川の女の心情は、冒頭にいう「人の御心のみつくしはてたまふ」の一例とも評せよう。

Ⅱ　（源氏ノ相手ハ）おし並べての際《きは》にはあらず、さまざまにつけて、言ふかひなしと思さるるはなければにや、憎げなく、我も人も情《なさけ》をかはしつつ過ぐしたまふなりけり。それをあいなしと思ふ人は、とにかくに変るもことわりの世の性《さが》と思ひなしたまふ。ありつる垣根も、さやうにてありさま変りにたるあたりなりけり。

（花散里一五八）

花散里巻末では、情《なさけ》を解し合う者同士として〈すき〉の相手であり続ける三の君（花散里）が称揚されるが、「例の御心」と末摘花との仲にも重ねられていること、さらには点綴された中川の女の胸奥を思うに、どこか苦さが漂う。そう読ませる脈絡として、花散里は「筑紫の五節」と重なりながら造型されてもいる。「かやう（注　中川の女）の際に、筑紫の五節がらうたげなりしはや」（花散里一五五）と回想された五節は、次の須磨巻で、任果てて上京する太宰権帥一家の一員として登場する。兄の筑前守は「この殿の蔵人になしかへりみたまひし人」（須磨②二〇四）ながら勅勘を蒙った源氏との交流を憚り、書簡を携え挨拶に立ち寄るに留めた。だが五節は伝手を頼り「琴の音にひきとめらるる綱手縄たゆたふ心君しるらめや」と、世情も憚らず、一途に源氏に向かう心を寄せた。源氏も五節を愛し、二条東院造営にあたり「花散里などやうの心苦しき人々住ませむ」（澪標②二八五）と思うのと同様に、

Ⅲ　かやう（前段は花散里訪問）のついでにも、かの五節を思し忘れず、また見てしがなと心にかけたまへれど、いと難きことにて、え紛れたまはず。女、もの思ひ絶えぬを、親はよろづに思ひ言ふこともあれど、世に経んことを思ひ絶えたり。心やすき殿造りしては、かやうの人集へても…さる人の後見にもと思す。（澪標二九九）

と五節も迎えようとする。結局五節は中川の女と同様に源氏から遠ざかり、二条東院には入らない。一方花散里は予定通り入居し（松風巻頭②三九七）、「御暇《いとま》のひま」に「ふと這ひ渡り」はしても、夜泊まるべく「わざと」訪れることはない源氏を、「おいらかにこめきて、かばかりの宿世なりける身にこそあらめと思ひなしつつ」受け容れ、その穏やかな仕向けを源氏も信頼して重んずるので、「めやすき」暮らしぶりに落ち着いた（薄雲②四三八）。紫の上に預けられない嫡男夕霧の世話を頼まれる信頼ぶり（少女③六七）だが、当の夕霧から「殿の、さやうなる（注　まほならぬ）御容貌、（注　やはらかな）御心と見たまうて、浜木綿ばかりの隔てさし隠しつつ、何くれともてなし紛らはしたまふめるもむべなりけり」（同六七〜八）と源氏の愛の薄さを見透かされており、花散里に任せて側に寄せないのは父性愛の薄さゆえと歎かれる（同六九・大宮への言）始末である。花散里巻に語られた〈すき〉の微妙さそのままの、二条東院に住む花散里との絆、情愛が描かれる中に、五節の最後の登場がある。

Ⅳ　昔御目とまりたまひし少女の姿思し出づ。辰の日の暮つ方つかはす。御文の中思ひやるべし。
をとめごも神さびぬらし天つ袖ふるき世の友よはひ経ぬれば
年月の積もりを数へて、うち思しけるままのあはれをえ忍びたまはぬばかりのをかしうおぼゆるもはかなしや。
かけていへば今日のこととぞ思ほゆる日かげの霜の袖にとけしも
青摺の紙よくとりあへて、紛らはし書いたる濃墨、薄墨、草がちにうちまぜ乱れたるも、人のほどにつけてはをかしと御覧ず。（少女六二）

Ⅲの傍線部、物思いに沈み、心配する親の言を他所に「世に経んこと」、縁談を断っていた五節は、なぜ源氏から遠ざかったのか。太宰大弐の惟光が、わが娘の五節に夕霧が恋歌を贈ったと知ると「すこし人数に思しぬべからましかば、宮仕よりは奉りてまし」（同六六）と歓迎したのだから、五節の二条東院入りを、少なくとも父や兄弟が拒むことはなかったろう。ここで明石巻末に点綴された、「かの帥のむすめの五節、あいなく人知れぬもの思ひさめぬる心地して」（明石②二七五）が想起されよう。五節は「人知れぬもの思ひさめぬる心地して」須磨の浦で心寄せたまま涙で朽ちた袖を見せたいと、そっと歌を贈り、それを見た源氏は「手などこよなくまさりにけり」と心惹かれ歌を返した。だが「飽かずをかしと思ししなごりなれば、おどろかされたまひていとど思し出づれど、このごろはさやうの御ふるまひさらにつつみたまふめり。花散里などにも、ただ御消息などばかりにておぼつかなく、なかなか恨めしげなり」（同二七六）と、忙しさのままに源氏は逢いに行けずに終わってしまう。

Ｉ花散里巻頭「はかなうほのめきたまひしなごり」に比べれば、源氏の五節に寄せる「なごり」は深い。だが花散里巻の政情逼迫の折とは異なり、都に召喚され権勢の中心にある明石巻末の時点では、思っても忍び歩きはままならず、心惹かれても会いに行けない。それゆえに二条東院を造営して女性たちを迎えようとしたのだし（Ⅲ）、なかでも入居した花散里は前述のようにそれなりの安定を得た。だが逆に言えば、源氏の〈すき〉の真心はそこまでのものなのだった。Ⅳの筑紫の五節の手蹟を愛でる「をかし」と、明石巻末の「手などこよなくまさりにけり」は、何とよく似ていることか。須磨から二年（明石巻末）、七年（少女巻）、おそらくは豊明節会の出会いから、変らず折に触れて「うち思しけるままのあはれ」の湧き起こるのが源氏の〈すき〉のうつくしさであり、また女にとっての残酷さである。「あいなく人知れぬもの思ひさめぬる心地」は、流竄の地では誰よりも近くに思えた（だから親兄弟の思惑も意に介さずに歌を贈り得た）源氏が都では遠く、「もの思ひ」は「人知れぬ」でしかなく（中川の女［花散里一五五］に同じ）[13]、源氏にとっては「おしなべての世の人のめできこゆらむつら」（朝顔②四八七）に過ぎぬのがわかった、だから「さめぬる心地」なのである。もとより羽振りの良い受領の娘程度が特別を望むのは傲慢だ。「あいなく」と語り手に揶揄されるゆえんだろう。とはいえ遠ざかったからこそ、源氏の「うち思しけるままのあはれ」を「をかし」と思う心を「はかなしや」と知りつつも、日差しに溶けた霜のように一瞬で恋に墜ちたあの日を、その後溶けた霜に袖をぬらす——涙にくれたのだが、それでもあの日を「今日のこととぞ思ほゆる」と忘れられずにいる自分を、歌に明かし得たのではないか。それは「かばかりの宿世なりける身」と「思ひな」して（薄雲四三八）源氏の側にあり続けた花散里からは、ついぞ明かされなかった「人知れぬ心」ではある。変らぬ〈すき〉の、「人の御心のみつくすべかめる」姿は、二番手の妻として「我も人も情《なさけ》をかはしつつ過ぐ」す（花散里一五八）女の「思ひなす」心と、去った女たちの「人知れぬ」心の両様から描き出されている。

まとめ

光源氏の「好色」を、社会と深く絡む〈色好み〉、個の情の刹那性あるいは薄情さと繊細さを抉る〈すき〉、二つの側面から考察を試みた。〈色好み〉は罪障感と結びつくべき罪深い関係の中にありつつ、宗教的な罪障意識に帰結することなく、むしろ業の深い（時に身勝手な）人間的苦しみと結ぶ描き方に深い作意が認められよう。また〈すき〉は王朝人の理想である「情《なさけ》」「あはれ知る」感性から生まれる恋情であるが、『源氏物語』では苦さを含む称揚に描く。特に光源氏の主要な妻三人の一である花散里との間の〈すき〉について、末摘花・中川の女・筑紫の五節などと重ねつつ描くさまを見てきた。少女巻に到って夕霧の眼から醜貌が保証された花散里は、末摘花に代わる岩長姫になったとも言えよう。醜女の美質にも感じて、刹那の「あはれ」を不断に更新し愛し続ける源氏の〈すき〉は、瓊瓊杵尊に足りなかった王者の資質ともいえる。ただしそれは、近くに居ながら「人知れぬ」心を抱き続ける悲しみを宿命と「思ひな」し受容する女があって成り立つものなのだった。物語の終局、紫の上の死に苦しむ源氏に、花散里は「夏衣たちかへてける今日ばかり古き思ひもすすみやはせぬ」と歌いかける（幻④五三七）。「進み」とも「涼み」とも取れる言は、「古き思ひ」を抱いて今日を生きる源氏の悲痛へのいたわりに満ちて、源氏から遠ざかった少女巻の五節の歌とも照応しながら、〈すき〉の苦さを受け容れての情《なさけ》の、それでもうつくしさを語りかけるように思うのだ。

注

（1）もとは折口信夫にはじまる用語。鈴木日出男「いろごのみと和歌」（『和歌と物語』風間書房、一九九三年）が行き届いた定義を示す。なお、鈴木は、「女の心を深く捉える」点を重視するが、本稿では特に源氏の側のあり方にしぼり、次の〈すき〉と二つの側面から捉えたい。女側からいえば、私にいう〈色好み〉〈すき〉いずれも源氏に深く心を捉えられてしまうという点で同様といえる。

（2）秋山虔「好色人と生活者」（『王朝の文学空間』東京大学出版会、一九八四年）

（3）深沢三千男「光源氏像の形成　序説」（『源氏物語の形成』桜楓社、一九七二年）等。

（4）藤井貞和「宿世遠かりけり考」（『源氏物語の表現と構造　論集中古文学1』笠間書院、一九七五年）

（5）野村精一「藤壺の『つみ』について」（『源氏物語の創造』桜楓社、一九六九年）

（6）関根慶子「藤壺物語はいかに扱はれてゐるか」（『国語（東京教育大学国語国文学会編）』一九五二年九月）

（7）今西祐一郎「罪意識のかたち」（『源氏物語覚書』岩波書店、一九九八年）

（8）井内健太「『源氏物語』藤壺の密通における「心の鬼」について」（『国語と国文学』二〇一六年八月）

（9）今井上「光源氏の罪を問う――秘匿の意図――」（『源氏物語を考える――越境の時空』武蔵野書院、二〇一一年）

（10）新編全集は「往生を妨げているのではないかと気がかり」と注するが、『源氏物語』の「うしろめたし」「うしろめたげ」全一四六例に、死者の来世を言うものはない。「五つの何がしもうしろめたきを」（匂宮⑤二四）も女三宮の出家生活への懸念をいう。

（11）今西祐一郎「懺悔なき人々」注7の書所収。

（12）犬塚旦『王朝美的語詞の研究』（笠間書院、一九七三年）

（13）「人知れぬ心」は男性側の忍ぶ恋をいう例も多いが、先の二例（中川の女の花散里巻、筑紫五節の明石巻）の間に、花散里の話に続き「なほざりにてもほのかに見たてまつり通ひたまひし所どころ、人知れぬ心をくだきたまふ人ぞ多かりける」（須磨一六二～三）の用例がある。この辺り集中的に、源氏に伝え得ぬ思いを抱く女たちが描かれている。

＊本文及び頁数は新編日本古典文学全集によるが、一部私に表記を改めたところがある。

空蝉巻の垣間見場面について――「奥の人」の表現から――

川名淳子

空蝉巻の垣間見場面における「奥の人」という表現について考えてみたい。「奥の人」とは、源氏に覗き見られていることを知らずに、碁に興ずる空蝉その人を指す表現であるが、従来疑義が唱えられている。碁盤を挟んで軒端荻と向き合う空蝉を「奥の人」と言うのはなぜか。「奥」とは建物空間の中でどこを指すのか、また空蝉は誰を、または何を基準として「奥の人」と言われるかが問われてきた。本稿は、垣間見場面の特質を物語絵との相関から考えた前稿(1)に続くもので、この不明瞭な「奥の人」という表現を、当時、享受されていた物語絵に通じるビジュアルイメージを物語内の文脈に架構させる鍵語として捉える。以下、先ずは当該場面を辿りながら、このことばについての考察点を整理しておきたい。

一　垣間見場面の多元的視点

抗う空蝉に対し、源氏はなかば意地になって再度の逢瀬を画策した。当垣間見は、紀伊守邸を源氏が訪れること三たび目の出来事であった。折からの暑さに空蝉の居室の屏風は端の方がたたまれ、几帳の帷子も横木に打ちかけられている。源氏は寝殿東の妻戸から、小君が先に入った格子の側の簾のもとにそっと佇む。この時点で源氏の居場所は簀子か東廂か確定し難いが、寝殿の東南付近から西方向を向いて、母屋内部の空蟬の姿に目を凝らすという状態であった。

灯近うともしたり。母屋の中柱に側める人やわが心かくるとまづ目とどめたまへば、濃き綾の単襲なめり、何にかあらむを上に着て、頭つき細やかに小さき人のものげなき姿ぞしたる、顔などは、さし向かひたらむ人などにもわざと見ゆまじうもてなしたり。手つき痩せ痩せにて、いたうひき隠しためり。いま一人は東向きにて、残るところなく見ゆ。白き羅の単襲、二藍の小袿だつものないがしろに着なして、紅の腰ひき結へる際まで胸あらはにばうぞくなるもてなしなり。いと白うをかしげにつぶつぶと肥えてそぞろかなる人の、頭つき額つきものあざやかに、まみ、口つきいと愛敬づき、はなやかなる容貌なり。髪はいとふさやかにて、長くはあらねど、下り端、肩のほどきよげに、すべていとねぢけたるところなく、をかしげなる人と見えたり。

（引用は『新編日本古典文学全集』に拠る。以下同じ）

派手で肉感的な軒端荻に対し、華奢というよりむしろ貧相な印象を与える空蟬の様子であった。この折の源氏の目と心は一途に空蟬に向いているが、物語の叙述は、胸もあらわにしどけない風体の軒端荻を、源氏の位置から「残るところなく見」える人として設定した。源氏の視線は、軒端荻の頭つき、額、まみ、口もと、髪、肩と順次辿り、彼はその「はなやか」で「をかしげなる」容貌を認識した。一方空蟬は、寝殿母屋の南廂に近い場所で、西側を向いて軒端荻と相対している。『花鳥余情』(2) 以下古注、諸注釈が指摘するように、彼女は、源氏の居所からは後ろ姿ばかりで、実はよく見えない人なのであった。にもかかわらず、軒端荻の描写が細部に及ぶにしたがい、空蟬の姿態はその対極にあるものとして読者にも印象づけられ、小柄な空蟬のその「痩せ痩せ」の手つきも、継娘にも顔をあからさまに向けないいしぐさも、源氏の目には確かにそうはっきり見えたのだろうと思わせる物語空間が築かれてゆく。

現実には見えないはずの位置、角度、距離から、源氏が空蝉を「見ている」ことを明示する最たる表現が傍線部の「母屋の中柱に側める人」であった。母屋の南側（であろうところ）の柱を左手にして坐し「そばむ」―横を向いている空蝉を、源氏は「わが心かくるとまづ目とどめ」た。なぜ源氏は即座に南廂側にまわったかのような位置から、空蝉の横顔を凝視することができたのか。そもそもこの「中柱」は母屋のどこにある柱なのだろうか。紀伊守邸の寝殿の見取り図をもとに検証し得る諸々の疑問や矛盾点は、すでに前稿で詳述したので省略するが、この垣間見場面は、その始まりから「妻戸」「南の隅の間」「格子」「簾のはさま（狭間）」「中柱」「格子の際の屏風」「几帳」などの語が集中して叙述されるがゆえに、読み手はその一つ一つのモノの位置を現実の建物構造の中で思い浮べようとする。が、それらの建具や調度はこの折の人物相互の居所を相対化するものにはなっていないのである。だが、一方で、そういった文章上の齟齬を凌駕する、まさに読み手もこの垣間見シーンに立ち会っているかのような臨場感がこの場面には確かにある。従って当場面における問題は、そのような感覚を起こさせる仕組みが、この場面の叙述のいずこに、どのように仕掛けられているかを分析することにあった。

以下の小論の展開上、前稿で述べた事柄にも触れながらすすめていきたい。先ずは空蝉を「母屋の中柱に側める人」と表現したその「中柱」であるが、実はこれは垣間見場面特有の情況をデフォルメし、垣間見る男と見られる女の双方の指標なるべく設定された事物だったと考えられる。見られる側の無防備な情況と思いがけず見ることができた男側の接近や隔絶の感覚を象徴することにその意味があった。『源氏物語』中の他の垣間見場面でも、たとえば若紫巻では（若紫に重なる）尼君は「中の柱に寄りゐて」と描かれ、野分巻で夕霧が衝撃を受けた源氏と戯れる玉鬘の姿も、「柱がくれにすこし側みたまへりつる」と建物内部における位置関係に不自然さをおかして柱と共に描かれていた。そして橋姫巻の垣間見も「内なる人、一人柱にすこしゐ隠れて、琵琶を前に置きて、撥を手まさぐりにしつつゐたるに…」とあり、薫の視線は柱に隠れて坐す中の君を捉えた後、大君へと移行していったのである。

なぜ垣間見られる女たちは「柱」越しに描出されるのか。それは「柱」の記述が、見られる女が不用意にも端近くにいて、男の居る空間近くにその身を晒していたことを決定づける記号となっているからであった。と同時に、外側から内部を見ようとする男にとっては「柱」は、密かに女を「見た」ことを明示する男の視線が及ぶ到達点でもあり、またそれ以上は超えられない視界の限界をも示す。そのことは単に両者の物理的距離感だけでなく、男と女の認知範囲の「ずれ」も顕在化した。「柱」は家屋の内側の人物には自明の建具として無意識下のものである一方、覗き見する男にとっては、というより男側によってのみ、殊更視野に入り意識させられるものなのである。同一の「物《モノ》」がその内と外にいる者から同質、同等に把握し得ないということは、双方の視野の不均衡な関係を浮き彫りにする。垣間見る男から見られる女への視線は存在するが、その逆はない。廂と簀子、または廂と母屋の境界の「柱」のあたりには、内側のくつろいだ雰囲気と、外側からその柱もとに視線を及ぼす男の興奮と緊張感が近接する、いわば日常と非日常がせめぎ合う微妙な空間が現出されているわけである。

右のような事柄の延長線に、当時の物語絵において垣間見場面は数多く描かれる題材であり、(3)「垣間見」の典型的な構図が定着していたことを想定してみると、この「柱」という言葉は、垣間見特有の視覚的な世界を、物語の読み手に喚起させる作用があったのではないかと考えられる。十～十一世紀の物語絵の遺品はないため、『源氏物語』の生成に影響を与えた絵の実像を用いての分析は不可能だが、『源氏物語』から約百年余後の徳川・五島本「源氏物語絵巻」はやはり参考になるだろう。薫が宇治の姫君を垣間見る「橋姫」図は、当「絵巻」の中でも古態の様相をみせ、素人の画戯を思わせるプリミティブな面があることも考慮すると[4]、おそらく当時、繰り返し描かれていた垣間見の定型画面は、このようなものであったろうと想像させる。すなわち画面端に「見る」〈男〉、その対角線上に「見られる」〈女〉。〈男〉の傍らには身を隠す〈物陰〉が描かれ、〈女〉は〈端近〉を思わせる建具や調度と共に描かれる。それらが垣間見場面を決定づける物語絵の基本構成要素である。そこに状況に応じて楽器や遊具、庭の草木や侍女などが描き込まれ、そのストーリーごとの定番の構図が作り出されてゆく。

　本稿で必要な垣間見図からの要点を端的に言えば、絵には垣間見る主体と見られる対象が、共に同一画面に収められていることに尽きる。自明のこととはいえ、絵を見る者はその双方を一つの視界のもとに同時に把握することができるという点が重要なのである。絵に描かれた垣間見は、文字で叙述された垣間見と較べ、より明らかに、垣間見とは「見る側」に主体がある、という固定観念から鑑賞者を解放させる力がある。垣間見を、古代小説構成上の重要な「手法」と明言した今井源衛氏は、垣間見は「一方には「見る者」の目を借りて「見られる者」の容姿を眺めつつ、直接「見る者」の動きと心理とを知り得る」ものであり、その興味は、「「見る者」を見る興味と、「見られる」者を見る興味の二面から為ってゐる[5]」ことを強調した。まさにそのような「見る者」と「見られる」者の双方を同時に見ているという感覚は、物語絵の鑑賞者の、目の動きを考えると明確に理解できる。さらに言えば、叙述された垣間見の本質的な構造は、それをビジュアルなものとしてフレーム化する媒体を介在させると、その特別な感興がより増幅される。すなわち絵画的な把握と不可分の関係の享受が要請されるものであったのではないかと考えられる。

　徳川・五島本「源氏物語絵巻」の画面の特性として多元的視点の構造が見て取れるが、当「絵巻」の諸図を鑑賞する者は、心理的に画面の内に入り込んで人物に寄り添い同化した視点で画中世界を眺める一方で、画面の外から、描かれた人物たちや彼らが織り成す情況の全体像を俯瞰する。その同化と異化の視点、そして全知の視点こそが、今井氏が物語の方法として指摘した垣間見のあり方を表象する。「橋姫」図を見る者は透垣のもとにいる薫に密着すれば、その胸の高まりに共感するし、姫君たちに目を据えれば、見られていることを知らない姉妹の無邪気さとこの月夜の彼女たちの華やぎを感受する。そして絵の全体を眺め渡す時、垣間見る者の非日常的な興奮と、見られる側の極めて日常的な平穏さが共存する独特の雰囲気の中、やがて展開する恋の予感を覚え、双方を秘密裡に見る目の歓びとスリルを味わうわけである。

垣間見を描いた絵がそのような複数の視点を有していることを「柱」の描写に関して捉え直してみると、「橋姫」図の中央に描かれた「柱」は、それは絵の内側と外側に存在するその視点ごとに異なる認知範囲の差異を明らかにしている。認知範囲の「範囲」は「空間」と換言してもよいであろう。物語絵画の画面構成要素の一つである建造物の「柱」は、二次元の絵の画面に奥行きや広がりを感じさせ、三次元空間を仮構するものであると共に、それは〈男〉と〈女〉のそれぞれ異なる情況や心理状態の明らかなる〈境界〉を作り出す意図のある描写物なのであった。

物語の類型的な場面表現である垣間見について、高橋亨氏はこれは「伊勢物語をはじめとする物語の恋の発端、そして物語絵やより広いやまと絵の代表的な構図であり、絵と物語に共通する〈文法〉の典型のひとつ」であることを述べると共に、物語絵を見る、物語を読むということは、享受者が作中の世界や作中の人物たちに同化したり、そこから離れる異化をくりかえすことであり、「物語絵の心的遠近法は、こうした享受の過程を導くための〈文法〉を示している」とも説く。[6] 同化や異化、全知の視点が物語と絵の双方に共通する垣間見の〈文法〉の本義だと捉えてみると、空蝉巻の垣間見も、複数の視点が顕在化する物語絵との相補的な読み取りが可能なのではなかろうか。疑問視された「中柱に側める人」という表現には、物語絵画の享受の過程で物語の読み手が会得している多元的視点に通ずる感覚を、この源氏と空蝉の情況にも発動させるべく読み手を仕向ける作用がある、物語絵を意識した、物語の作り手側の作為が見て取れるのではないかと思うのである。

それと同じ論理で本稿で取り上げる「奥の人」という表現も解釈し得るのではないかともくろむ。「奥」は「柱」と異なりモノではないし、絵に描き込まれる〈かたち〉ある素材でもない。が、ある空間を表示する「奥」が、「奥の」と連体修飾語となり特定の「人」と連結するこのすわりの悪い、『源氏物語』内では一例のみのこのことばは、次章で触れるような諸注釈における疑義とはまた異なる意味あいで、当時の読み手によってもするりと読み飛ばすわけにはいかないものだったのではなかろうか。つまりこれは平安時代の生活者が実際の暮らしの中で身につけている体験的視覚や住居感覚によって導き出されたことばなのではなく、物語絵を眺め渡すような空間把握の中で当該する人物を焦点化する機能を持つことばとして読み手の注意を喚起したのではなかろうか。場面全体を意識した上で、人物相互の認識範囲の〈ずれ〉や、垣間見る者が決して踏み込めない垣間見られる者との〈境界〉をも想定させる重層的な構造がそこには見て取れるのではないかと考えられる。以下、そういった見地から「奥の人」を考えてゆく。

二　全知の視点が導くもの

碁も終盤になり源氏の耳に空蝉と軒端荻の声が聞こえてくる。勝敗の行方を早計に騒ぎ立てる軒端荻に対して、落ち着いて対応する空蝉の様がここでも「おのづから側目に見ゆ」と源氏からよく見えたと記される。空蝉は目が腫れ、目鼻立ちもすっきりしない容貌で、色香にも欠ける女であった。

碁打ちはてて結《けち》さすわたり、心とげに見えてきはぎはとさうどけば、奥の人はいと静かにのどめて、「待ちたまへや。そこは持にこそあらめ、このわたりの劫《こふ》をこそ」など言へど、「いで、この度は負けにけり。隅の所どころ、いでいで」と指をかがめて、「十、二十、三十、四十」など数ふるさま、伊予の湯桁もたどたどしかるまじう見ゆ。すこし品おくれたり。たとしへなく口おほひてさやかにも見せねど、目をしつとつけたまへれば、おのづから側目に見ゆ。目すこしはれたる心地して、鼻などもあざやかなるところなうねびれて、にほはしきところも見えず。言ひ立つればわろきによれる容貌を、いといたうもてつけて、このまされる人よりは心あらむと目とどめつべきさましたり。

この「奥の人」の整合に苦心した『花鳥余情』は「奥の方にむかへる人」と捉え直し、「奥の方」を軒端荻とし、その軒端荻に向き合う人と解釈した。『岷江入楚』も『花鳥余情』に従い「東よりみれは母屋の柱かくれにゐたるは西へむきたれはうしろてはかりみゆへし　西は奥のかたなれはむかふかたをとりておくの人とはいへる也[7]」と述べた。『湖月抄』は諸説を整理し、「おくの人　細空蟬也　座敷のおくなるべし。花鳥の義有不審、奥の方にむかへる人といふ義如何。南向の家にて、すこしすぢかひて東の北よりにゐたるにや[8]」とする。

「奥」がいずこか、誰か、比定できないことは現代の諸注釈にもうかがわれる。当場面について詳述した『源氏物語講話』は、女二人が碁をうつ所を北部（母屋の北側）と解釈し、「源氏の位置から見て、空蟬の方が軒端荻よりも稍斜奥に位置してゐるから、さう言ったに過ぎない」としている。『全集』は訳文はそのまま「奥の人は」とし、頭注で「空蟬。東南寄りから見ている源氏の目には、奥の方となる」と記す。『完訳日本の古典』は「源氏からは軒端荻よりも奥にいると見える」と解説する。『古典集成』は特に注記がなく、『新大系』は、なぜ「奥の人」というのか「ややわかりにくい」と注をつける。そしてこの不明瞭さに最も拘泥したのが『源氏物語評釈』であった。玉上琢彌氏は、「『奥の人』はどうもわからない。源氏から見てむこう側にいるのは西の御方だ。それを奥の人というならよいがそうでないことは明らかである」と述べ、萩原広道の「母屋に住む人」説、また先の島津久基氏の『講話』説を退けた上で、「(女たちは南面にいて)軒端荻は端近で東むき、空蝉は引っ込んで「奥」の方にいると考えることができる」と挿図を作成した。が、本稿において最も注目したいのは、玉上氏が「この隙見の段は、二人の女を交互に語ってゆき、うっかりするとどこまでがどちらか、どこから変わったのか、わかりかねるほどである。源氏の目が、二人の女の上を動きまわっている気持ちを出そうとしたのであろう。物語り〔ママ〕絵を見ながら、読ませて聞く、当時の鑑賞法であれば、別に不自然ではなかったのであろう(9)」と述べた点にある。玉上氏が不自然さを感じさせないと言うところの「物語り絵」とは、母屋の中の空蝉と軒端荻も、外に佇む源氏も双方をすべて見渡せるように描いた画面であることが前提であろう。

　しかし、物語絵を介在させると不自然ではないということは、特定の絵の画面を想定すれば、俄に人物たちの位置関係がクリアになるという単純なことではないはずである。また「不自然でない」という利点を感ずるのは、物語の鑑賞者ばかりではなく、実は作り手側にも言えるのことなのではなかろうか。玉上氏の物語音読論を基盤とする議論はここでは一旦置き、「読ませて聞く」物語絵の「当時の鑑賞法」について、本稿の趣旨において留意しておきたいことは次のようになる。つまり、物語の叙述に従って絵の鑑賞者が目を動かしていくにしても、その物語絵に描かれた画中の人物を見るという行為そのものは、あくまで絵の鑑賞者のものであり、物語が当該場面をカメラアイよろしくあちらこちらと、または登場人物たちを生々しくいくら視覚的に描出しようとも、物語絵を見る者は、またそれとは別に自らの欲する、自らが理解する視線の方向性、動き、ペースによって描かれた人物の〈かたち〉を注視する。その上で叙述されたその〈かたち〉に結びつく容貌やしぐさ、声などの描写を自らのものとして体感する。そういった絵を見る者の身体的加減によって、物語で語られる場面は把握され、理解し得るのだということ、それが物語と不可分の関係で取り上げられる物語絵なのであり、その鑑賞法であると受け取っておきたいと思うのである。そしてそういった物語絵が受け持つ多元的視点の領分を重ね合わせ、絵画的把握をした時、文章上の表現の矛盾は矛盾ではなくなる、と見越した、物語の作り手側の策略的描出方法というものも同時にこの場面の文脈の分析において意識にのぼってくるのである。

唐突に「奥の人」と言い、さまざまな解釈を生んでしまうこのことばには、そういった物語絵のあり方を内在化した叙述として、そこにある重層的な意味を段階を踏んで問うてみる必要がある。「奥の人」がいわばスイッチのような役割を果たして、この場面に物語絵を鑑賞する時の目の動かし方と同様の、第三の目の発動が読み手に促されてゆく。つまりこれは、建物空間のどこを指すか、源氏から奥なのか、軒端荻から奥なのか等、というひと所の場所や一つのまなざしの起点を追究することばなのではなく、むしろ垣間見る者の単一視点から読み手を解放することばなのだと考えられる。高橋氏は物語絵の鑑賞者の多元的視点を「物のけ」に喩えたが(10)、まさに憑依するがごとく、彼女たちの息遣いや声、身のこなしまでも感ずることができる読み手の心的遠近が可能になることが重要であったのである。具体的に言えば、この折読者は、源氏の背後に密着し彼と共に覗き見る一方、軒端荻に憑依し、彼女と重なり合って向かい側に坐す空蟬を見つめることもできよう。さらに自身が碁盤をも超えたような感覚で、空蟬の内側へとあたかも潜り込んでいくかのように彼女と一体化し合うこともあり得るわけである。そこまでいくと源氏のことは室外に完全に置いてきぼりにしてしまう感覚にもなるだろう。

しかしながら問題は、「奥の人」がそのような物語絵的視線の動かし方をこの場面に導入させる契機となる、喚起力のあることばだと言うその根拠は、あいまいに為らざるを得ない面が在ることにある。それは先述した「柱」

の件のように、物語に書かれ、物語絵にも描かれた双方に一致する明確な〈かたち〉のある遮蔽物の機能を分析するようにはいかないからである。

そこで先に挙げた今井源衛氏の論が、清水好子氏論を引きながら「かいま見」の「技法の確立には、当時の絵画における吹抜屋台の構図の影響がある」という推定を是としたことをここで思い起こしておきたい[11]。清水氏は「源氏物語の作風」の論考で物語絵と物語の叙述の相関を述べた際、「この（吹抜屋台＝川名注）構図が流行したのは、室内と室外を同時に描くため、つまり、室外にあって女を訪ねる男だけでなしに、部屋の奥深くある女の姿を描くため、つまり物語絵を描くために発達したのではないか」「源氏物語以前、すでに物語絵の流行が顕著であったこと（絵合の巻＝清水氏注）を考えるなら、場面を組み立てる文章が、いかに絵画的な把握の仕方に影響され、浸透していたか、を思うのである[12]」と述べた。今井氏や清水氏の論考から数十年もの歳月が経っているが、その間も、やはり証左となる平安中期の世俗画の遺品が乏しいため、『源氏物語』成立時に影響を与えた物語絵の吹抜屋台の構図の発生やその具体相は依然として判明しない。だが、清水氏が夕霧と雲居雁が障子を隔てて嘆き合うところを具体例として挙げ「私たちにとって、中障子は、夕霧を隔てると同時に、私たち読者をも遮るものであった。もちろん、作者たるものは、雲居の雁の側にも立ちうるけれども、それはこんなに同時にではない。私は、ここで、作者が、吹き抜き屋台の構図の視点に立っていることを感じる。天井のない、鴨居だけが走り、部屋のなかは次々と見通しの家屋の描き方がある。現存のものでは国宝源氏物語絵巻の竹河や東屋のような、薫が玉鬘の持仏堂をたずねる図や、浮舟を訪れる家屋の描き方がそれである。こんな大胆な構図は、今の私たちの持たぬもので、全く当時に固有な空間意識の産物であろう」と述べていることを反芻すれば、物語の叙述法の分析において吹抜屋台の構図の物語絵とは、物語の場面を作る側と読む側の視点の問題として想起されるものなのであった。室内の建具や調度などの遮蔽物を隔ててその外側と内側でお互いが見えなくとも、絵の鑑賞者は全知の視点をもってその双方を見ることができ、逢えない男女の思慕の情や、すれ違いの情況をはっきりとしたビジュアルイメージを伴って認識することが可能なのであった。それは密室の内外を微視的に俯瞰するという物語の独特の場面性を、二次元の平面画面でありながら吹抜屋台という特徴的な描法を持つ物語絵が表象し得るからこそ成立する視覚的体験の実感であった。

この垣間見場面で、「奥の人」はその吹抜屋台の構図を思い浮かばせるシグナルであり、その俯瞰の目の位置から「奥」と言うことばは導き出されている。物語を読む者が空蝉の居室内を斜め上空から覗き込むような感覚で読み取るべく、彼女を「奥の人」と表現したのではないかと捉えてみたいのである。「奥の人」が物語絵のあり方とどう結びつくかを考えた場合、それは吹抜屋台の構図に通ずる越境、飛翔、接近といった伸縮自在の心理的な視点を読者の中に触発させる表現だと考えることは可能なのではないかと思う。なぜなら「奥」という語が、あたかも屋根や天井のない舞台のセットをカメラが動きまわって撮影するがごとく、即座に読み手の視点を切り替えさせる特殊な使われ方をしている場面例を、すでに読者はこの空蝉物語で読み解き、記憶にとどめているからである。その折、感受した俯瞰の眼の位置からの「奥」の用いられ方とこの空蝉巻の垣間見場面は無縁ではないと思われる。それは最初で、結局は最後となった源氏が空蝉を抱く一度きりのシーンの中にあった。

三　場面のフレームから飛翔する感覚

帚木巻で、空蝉はまどろみの中で突然源氏に闖入され、「消えまどへる気色」のまま抱きかかえられて源氏の寝室へと運び出された。そこに空蝉の侍女の中将の君が来合わせた。

いと小さやかなれば、かき抱きて障子のもとに出でたまふにぞ、求めつる中将だつ人来あひたる。「やや」とのたまふにあやしくて、探り寄りたるにぞ、いみじく匂ひ満ちて、顔にもくゆりかかる心地するに思ひよりぬ。あさましう、こはいかなることぞと、思ひまどはるれど、聞こえん方なし。並々の人ならばこそ荒らかにも引きかなぐらめ、それだに人のあまた知らむはいかがあらむ、心も騒ぎて、慕ひ来たれど、動もなくて、奥なる御座に入りたまひぬ。障子を引き立てて、「暁に御迎へにものせよ」とのたまへば、女は、この人の思ふらむことさへ死ぬばかりわりなきに、流るるまで汗なりて、いとなやましげなる…

この「奥なる御座」の場所も、寝殿母屋の南半分部分かいずこか疑義が唱えられているところだが、『全集』の註はこの「奥」を「中将の君の視点に立った表現」と「視点」を問題にしている。狼狽し廂に棒立ちになる中将の目前で源氏は「暁に迎えに参れ」という声を残して障子を引き立てた。その瞬間、読者も中将と同様、ぴしゃりと視界が閉ざされた感覚を覚えるものの、次の瞬間には固く閉じられた障子を飛び越えて向こう側の寝室に入り込んでいる。源氏に抱かれ「死ぬばかりわりなき」に汗もしとどになっている惑乱状態の空蟬を間近に見つめ、「源氏と自分がしめし合わせてのことと中将は思うだろう」と嘆く「女」の心中までも知り尽くすのである。

「奥」は「或る限られた場所のうち、入口・外部などから距離のある部分」（『古語大鑑』）を指すことを基本語義としてさまざまな用法へと派生していくが、諸例をみてもこの語を用いた叙述の概ねの意は、その「限られた場所」への起点にあるのではなく、「奥」と称される、本来は見えない、見にくい場所や情況に意識を向ける当該者のまなざしの方向性にある。そして、奥にある対象との空間的な距離を感じつつも、その空間を埋める（心理的）着地点のその先にこそ、――用例によって事の軽重はあるものの――この語にかかわる人物の（読者を含め）知りたい事実があり、語られるべき舞台や秘密があることが匂わされている。拒む女を男が執拗に追い求める空蟬物語には、紀伊守邸という限られた家屋空間内で、空蝉に接近してゆく源氏の行動経路のリアルさを追求することと、その迫り来る源氏が決して踏み込めない空蝉の本心に迫ること、の双方を読者につぶさに知らせる場面つくりが必要であった。この障子に隔てられた「奥」の「御座」は、行き着き難いところだが心理的に行き着くべき特別な場所であることを読み手に強く意識させる。読み手は物語の文章を読めばなんなく空蝉と共に、源氏の寝所に入って行けるのではない。また読者の特権として当然のごとく彼らと一体化できるのでもない。性急に事を運び立ち去る源氏の後ろ姿を映像として脳裏にとどめ、かつ中将の君同様取り残され、目の前には閉じられた障子ばかりがあり呆然とする感じも体感しつつ、一方で、室内の奥深くへとすべてを飛び越え、源氏に抱かれる空蝉を見つめる眼も獲得しているのだという感覚を催すことこそが、この場面の臨場感というものの内実であったのだと考えられるのである。

話を空蝉巻の垣間見場面に戻すと、物語の読み手は、この碁のシーンにおいても空蝉の内面にまで肉薄する視点を獲得する必要があった。垣間見現場の母屋の内と外という段階から、室内へ、より密室へ、そして究極的には、見られる者の身体自身を〈境界〉として、垣間見る者が捉えた見られる者の外見と、読み手のみが知りうる、見られる者の内面の奥深くという、これ以上ない程突き詰めた〈内側〉と〈外側〉が問われてゆくのである。全知の視点を持ち得る読み手に、そのような微視的なまなざしを発動させ得た時、登場人物たち相互認知内容の相違やずれが自ずと浮上してくる、という緊迫したところにまでこの垣間見の展開は来ていたのである。

垣間見る男は「読者よりも劣った立場」であるという垣間見論を受けて、藤原克己氏はこの折の源氏にもそれが言えるという。(14) 源氏は、「わろきによれるかたち」ながら空蝉は軒端荻よりも心が深そうだ思うものの、この折の空蝉の外見を彼女の心の内と結びつけて推し量るよしもない。碁が終わり、人々が寝静まると源氏はついに空蝉の寝所に忍び込んだ。その衣擦れの音や薫きしめた香に空蝉は、いち早く寝床を抜け出す。いざとく源氏の闖入に気がついたのは、彼女が眠れずにいたからであった。

女は、さこそ忘れたまふをうれしきに思ひなせど、あやしく夢のやうなることを、心に離るるをりなきころにて、心とけたる寝だに寝られずなむ、昼はながめ、夜は寝覚めがちなれば、春ならぬ木《こ》のめもいとなく嘆かしきに…

帚木巻以来、源氏からの文も途絶え、空蝉はこれでよかったのだと思う一方、思いがけない逢瀬が心から離れない。「夜はさめ昼はながめに暮らされて春はこのめもいとなかりける」(『一条摂政御集』)を踏まえる当場面について藤原氏は、「彼女の目が腫れていたのは、実は彼女がずっと源氏を思い続けて、涙がちに眠れぬ夜を重ねていたせいだったことが、ここでは全知の視点の語りによって明かされている。だが源氏には、『目すこしはれたるここちして、鼻などもあざやかなるところなうねびれて』と、空蝉の不透明な外観しか見えていない」「空蝉の垣間見には、全知視点の透明性と、垣間見の限定視点の不透明さとが、心憎いばかりに織りなされている」と述べる。この場合の「全知の視点」とは物語の語りの構造を言ったものであるが、本稿においては次なる展開に向けてこの垣間見場面は、空間的にも視覚的にも読み手の視点は、空蝉の「目の腫れ」の内実にまで迫るような接近の仕方を登場人物の誰よりも先取りする必要があったことを強調しておきたい。室内の「奥」深くでさまざまな感情を抱え持ち、生き続ける女である空蝉に、読み手が自立的に目を向けなければならない。この折「見えた」情報が「共感する」心情へと変化していくのは、空蝉と読み手の特別な関係性があっての上のことである。そのような空蝉と読み手を結ぶまなざしの方向性を定めさせるものとして、この「奥の人」という特殊な表現はあったと言えよう。

そして紙幅の都合上詳述はできないが、物語絵の構造を援用する物語の叙述のあり方についてにさらに押さえておきたいことは、物語絵の一画面を見つめる鑑賞者が把握する情報量は、物語の当該一場面に限らず、その前後の文脈を呼び込み、出来事や心情の記憶と再生を繰り返すという点にある。筋の先取りもあり得る。物語と絵画の語りの構造を分析した佐野みどり氏は、「筋の外、記憶の先望性」[15]を説く。本稿に即して捉えてみると始まりと終わりが特に明らかな垣間見という独立性の強い場面は、その枠取りが明確なゆえにいっそう、その場面のフレームの外側にある物語の筋を意識させることとなる。物語絵を幻視させる垣間見場面の全知視点は、〈それまで〉と〈それから〉を鑑賞者に意識させる性質を持つのである。帚木巻の逢瀬の後、空蟬は品定まる境遇でなかったならと嘆き、親が生きいればと涙し、さらにたまの源氏の訪れを待つ娘時代であったならと夢想する。頑なな言動の下にある空蟬の心の内を語る文脈を、読み手はこの垣間見場面にも取り込んでいかなければならない。

空蟬巻の垣間見場面は、「寄りて西ざまに見通し給へば」「まづ目とどめたまへば」「おかしげなる人と見えたり」「をかしく見たまふ」「目をしつとつけたまへれば、おのずから側目に見ゆ」「にほはしきところも見えず」というように、源氏その人にのみ限定するとあまりにもせわしない目の動きと、現実の建物空間を踏まえれば生じてくる諸々の齟齬によって振り回される感があるが、読み手が物語絵の鑑賞と同様の手順で、垣間見る者の単一視点から解放され、多元的視点を獲得した時、あたかも場面内を闊歩するがごとくそこに参与している感覚を催す。それは当時あまた作られ楽しまれていた物語絵享受の過程で、物語の読者たちが体験的に培ったものなのである。そういった物語絵特有の視点を喚起させることばが「中柱に側める人」であり、「奥の人」という表現であったのではないかと考えてみたいのである。

物語に内在する絵画的コンテクストや絵画的叙述といった絵画的要素総体を表すことばとして「絵画的領域」なる言い方を用いてこれまでも考察してきたが、それはいわば概念の領域にある括弧つきの〈絵〉である。[16]それは、作品内の情況を動的に展開させる表現体としてその機能が読み取れた時、はじめて文脈の中に可視化し得るものとして感受するものなのである。ここで最後に触れておきたいことは、そういった〈絵〉→物語の文脈、という議論はあり得るが、物語の文脈→絵、すなわちこの空蟬巻の叙述から実際の絵画が立ち上がってくるとは言えないという点にある。当垣間見場面の後世の源氏絵の作品例は、あまたあることが確認できる。物陰に立つ男、二人の女、碁盤、絵のよってはは小君を示す少年像と、その組み合わせによって空蟬巻の垣間見の絵の構図は定番になっているかのように思える。が、美術史研究から田口榮一氏は、「むしろその個々の絵は異なり図様の定型が見いだせない源氏絵としては特異な場面[17]」であると指摘する。それは本稿でも繰り返し述べたように建物空間内での人物の位置関係の不明確さが直截的な原因になるわけだが、田口氏がこの空蟬巻の垣間見を「文学的記述と絵画的描写の違いを考察するには最も興味深い場面」と述べていることが物語と絵画の関係を考える上で重要な課題を示していると思うのである。

室町時代の源氏絵の図様指定を著した『源氏綱目』は、当巻の項に「此女よりうつせみのかたはひきくかくべしせいひきくちいさく手つきやせ〳〵也是を源氏ひかしのかたよりのぞき給ふゆへにうつせみのせなかのかた見給ふそはかおみゆるうつせみはこきあやのひとへかさね也…[18]」と記述する。「うつせみのかた」を「低く描くべし」「背低く小さく」描くことの指定は、軒端荻に較べて空蟬の小柄であることに拠るばかりではないのではなかろうか。源氏から見えないはずの空蟬の「側顔《そばがほ》」（横顔）の件も取り上げているところに、この「奥の人」のような表現も含め、これはこの場面の一筋縄ではいかない叙述に向き合った結果、絵の制作者なりに導き出した空蟬を差異化する描法なのではなかろうか。「かくべし」には試行錯誤の上の結果であることを感じさせる。源氏絵という絵画を創り出す人々においても、文脈の向こうに揺曳する〈絵〉云々をすくい取る作業以前に、物語の本文は、確かに彼らの前に絶対的なものとして立ちはだかっていたことを思わせる。したがって物語に内在化する〈絵〉のあり方はさまざまなのだと言えよう。先に挙げた「橋姫」図は、物語の文章をそのまま追えば、そこに描かれた道具立て、人物の位置関係で現存する「橋姫」図はほぼ出来上がる。物語の叙述は、この場面の後、薫が「昔物語などに語り伝へて、若き女房などの読むをも聞くに、かならずかやうのことを言ひたる」と思っていると殊更記すところに、この垣間見場面が恋の始まりを描いた絵物語と響き合っていることを作者自身が種明かしをしている。それに対し空蟬巻の垣間見は、すでにあった生々しい逢瀬の後、男女双方がそれぞれ相手への熟れた思いを抱えた果ての、初めての垣間見の設定という複雑なものであった。この空蟬物語の特異さの中で、この「奥の人」は、物語絵の構図を援用するにしても、これは作り手の思惑の方が勝ちすぎたきらいがある「文学的記述」になってしまった側面もあるとも言えるのかもしれない。

注

（1）川名「垣間見の時空——男の視線・女の視線」「垣間見と物語絵の構図——「柱」が描く認知範囲の境界」（『物語世界における絵画的領域——平安文学の表現方法』ブリュッケ二〇〇五年）

（2）『花鳥余情』「この時源氏の君のかいまみは東の妻戸よりにしさまに見やり給へり　母屋のはしらそはめる人はうつせみの君也　いまひとりは東へむきたるゆへにのこりなくみゆ　にしの御かたをいへり　東よりみれば母屋のはしらかくれにゐたるはにしへむきたれはうしろてはかりみゆへし」（中野幸一編『源氏物語古注釈叢刊　第二巻』（武蔵野書院一九八七年）

（3）田口榮一「源氏物語帖別場面一覧」（『豪華〔源氏絵〕の世界 源氏物語』学習研究社一九八八年）、秋山光和「『源氏物語絵詞』所収場面と作品例の対照表」（『日本の美術「源氏絵」』至文堂一九七六年）、鷲尾遍隆監修・中野幸一編集『石山寺蔵四百画面源氏物語画帖』（勉誠出版二〇〇五年）、佐野みどり監修・編著『源氏絵集成〔図版篇〕』

（藝華書院二〇一一年）に近世のものが主だが垣間見の絵画化例が多く確認できる。また作品例はないが絵画化の可能性を示す「絵詞」も見出される（片桐洋一・大阪女子大学物語研究会編著『源氏物語絵詞』大学堂書店一九八三年）。遡って垣間見は物語絵の伝統的な題材として定着していたことを思わせる。

（4）秋山光和「橋姫」解説（『王朝絵画の誕生――源氏物語絵巻をめぐって』中公新書一九六八年）・池田忍「源氏物語絵巻図版解説、第十九図（橋姫）」（『日本美術全集8　王朝絵巻と装飾経』講談社一九九〇年）

（5）今井源衛「古代小説創作上の一手法――垣間見について」（『国語と国文学』一九四八年三月・改題後『王朝文学の研究』角川書店一九七〇年所収）

（6）高橋亨「文芸と絵巻物――表現法の共通性と差異」「心的遠近法」（若杉準治編『絵巻物の鑑賞基礎知識』至文堂一九九五年）

（7）『岷江入楚』（中野幸一編『源氏物語古注釈叢刊　第六巻』武蔵野書院一九八四年）

（8）『源氏物語湖月抄』（有川武彦校訂『源氏物語湖月抄（上）増注』講談社学術文庫一九八二年）

（9）玉上琢彌「空蝉と軒端荻」「二女《ふたり》の間を動く目」（『源氏物語評釈』空蝉巻「鑑賞」欄　角川書店一九六四年）

（10）高橋亨注（6）及び「物語文学のまなざしと空間――源氏物語の〈かいま見〉」（『物語と絵の遠近法』ぺりかん社一九九一年）

（11）今井源衛「源氏物語概説」の中の「場面性」の項（『改訂源氏物語の研究』未来者一九八一年初版一九六二年）

（12）清水好子「源氏物語の作風」（『国語・国文』一九五三年一月・『源氏物語の文体と方法』東京大学出版会一九八〇年所収）

（13）「奥」を使用した例は多いが「奥の人」という表現は、『竹取物語』『伊勢物語』『落窪物語』にも見当たらない。以下は特に「奥」の用法が視線の方向性や当該者の心理的な側面を反映していると思われる例としてあげる。「あばらなる蔵に、女をば奥にをしいれて、男、弓やなぐひを置いて」（伊勢物語）「つゐに御車どもたてつゞけつれば、人だまひの奥にをしやられて」（源氏・葵）、「例の近きかたにゐ給へるに、御几帳などを風のあらはに吹きなせば、中の宮、奥に入り給ふ」(源氏・総角)、「几帳どもあまたみゆれど、をしやられなどして、奥まで見とほされたり」(狭衣巻四)。

(14) ダニエル・ストリューヴ「垣間見――文学の常套とその変奏」・藤原克己「二〇〇八年パリ・シンポジウム総括」(寺田澄江他編『源氏物語の透明さと不透明さ』青簡社二〇〇九年)

(15) 佐野みどり「記憶のかたち、かたちの記憶」注14と同書。また佐野氏は「物語の語り・絵画の語り」(後藤祥子他編『論集平安文学6 平安文学と絵画』勉誠出版二〇〇二年)で〈筋の外〉と〈読者の全知視点〉を「源氏物語絵巻」を巡って論じている。

(16) 川名「物語絵の女――〈絵を見る心〉の発動と物語の表現」「絵画から文学へ――絵画的イメージと物語の叙述」注1と同書

(17) 田口榮一「空蝉巻場面を読む」(田口榮一監修『源氏物語の絵画』東京美術一九九九年)

(18)『源氏鋼目』(伊井春樹編『源氏物語古注集成10 源氏鋼目付源氏絵詞』(桜楓社一九八四年)。『源氏鋼目』にはそれまでの図様指定をただす姿勢がうかがわれる。(同書「解題」)

光源氏と葵の上との結婚――「問はぬはつらきものにやあらん」という言葉の意味するもの――

大津直子

はじめに

葵の上は、『源氏物語』の主要な作中人物の中でも突出して情報の少ない人物である。時に彼女は「大殿」とも呼ばれ、左大臣家と弁別されずに登場する。政略結婚によって結ばれた初婚相手、凄然とした美女、うち解け難い年嵩の正妻、歌詠まぬ女君――大方、以上のような観点から論じられてきた。また、光源氏との結婚生活について具体的に語られることもまれである。次に掲げるのは、そんな夫婦の、日常の会話が描かれる場面として注目される。

女君、例の、這ひ隠れてとみにも出でたまはぬを、大臣切に聞こえたまひて、からうじて渡りたまへり。ただ、絵に描きたるものの姫君のやうにしすゑられて、うちみじろきたまふこともかたく、うるはしうてものしたまへば、思ふこともうちかすめ、山路の物語をも聞こえむ、言ふかひありてをかしうち答へたまはばこそあはれならめ、世には心もとけず、うとく恥づかしきものに思して、年の重なるに添へて、御心の隔てもまさるを、いと苦しく思はずに、「時々は世の常なる御気色を見ばや。たへがたうわづらひはべりしをも、いかがとだに問ひたまはぬこそ、めづらしからぬことなれど、なほ恨めしう」と聞こえたまふ。からうじて、「問はぬはつらきものにやあらん」と、後目に見おこせたまへるまみ、いと恥づかしげに、気高ううつくしげなる御容貌なり。「まれまれはあさましの御言や。問はぬなどいふ際は異にこそはべるなれ。心憂くものたまひなすかな。世とともにはしたなき御もてなしを、もし思しなほるをりもやと、とざまかうざまにこころみきこゆるほど、いとど思しうとむなめりかし。よしや。命だに」とて、夜の御座に入りたまひぬ。(「若紫」一―二二六～二二七頁)

瘧病から回復し北山を下山した光源氏は、宮中にて待ち構えた舅左大臣に出くわす。やむなく左大臣邸に退出したにもかかわらず、葵の上はいつもの通りいささかも打ち解けてくれない。つい、光源氏の口からは、「いかがとだに問ひたまはぬこそ、めづらしからぬことなれど、なほ恨めしう」――病み上がりの体調について尋ねてもくれない、という恨み言がこぼれる。すると葵の上は、一言、「問はぬはつらきものにやあらん」と答えるのである。

葵の上がようやく口にした一言には、古註釈以来、複数の引き歌が指摘され、葵の上が物語上で一首も和歌を詠まない人物であることから注目されてきた。詳しくは次節で述べるが、文脈のみをなぞれば、葵の上の返答は、「尋ねる」意味と「訪れる」意味とをかけて光源氏の不実を嘆く気の利いたものであったと言えよう。光源氏へと注ぐまなざしも、地の文において「いと恥づかしげに、気高ううつくしげなる御容貌なり」と魅力をたたえられている。これはまさに、『無名草子』も賞賛する「心もちゐ」を体現した姿であった。[1] ところが、光源氏はなぜか「まれまれはあさましの御言や。」と不快感をにじませるのである。

さて、果たしてこのやりとりの本質を、単に言葉尻をとらえた言い争い、ひいては相性の悪さに収斂させてしまってよいのだろうか。「問う」という表現が女性の許に通うことを第一義とする以上、このやりとりからは、表面上ははっきりと描かれない夫婦間のせめぎあいが読み取れる。小稿では、寡黙な女君葵の上の象徴的発言を端緒に、今一つとらえがたい二人の結婚の内実に迫ってみたい。

一　光源氏の反駁

伊井春樹編『源氏物語引歌索引』（笠間書院、一九七七年）によれば、葵の上の発言に関して引き歌の可能性が指摘されているのは以下の五首である。

朝頼の朝臣、年頃消息通はし侍ける女のもとより、「用なし、今は思《おもひ》忘れね」とばかり申て、久しうなりにければ、異女に言ひつきて、消息もせずなりにければ　本院のくら

①忘れねと言ひしにかなふ君なれどとはぬはつらき物にぞ有ける（『後撰和歌集』恋五・『古今和歌六帖』第四、うらみ）

②恨むべきほどはなけれどおほかたもとはぬはつらき物にぞありける（『古今和歌六帖』第五、おどろかす）

③こともつき程はなけれど片時もとはぬはつらき物にぞありける（右と同じ）

④我が宿にきゐる鶯羽を弱み訪はぬはつらき物にぞありける（『古今和歌六帖』第六、鶯）

⑤君をいかで思はむ人に忘らせて問はぬはつらきものと知らせむ（『源氏釈』）

①は「本院のくら（異本に『本院の左近』）」の歌である。「本院」は本院左大臣藤原時平と推測され、「くら」はそこに仕える女房であったと思しい。その「くら」が「朝頼の朝臣（藤原朝頼）」に愛想をつかして、「用なし。今は思忘れね」とだけ言い送った。ところが朝頼に新しい女性が出来て手紙も来なくなると、寂しさを覚えて詠んだ歌であるという。今問題とする「若紫」巻に当てはめた場合、光源氏と葵の上との関係が「用なし、今は思忘れ

ね」などといった一言で断絶するとは考えにくい。通行の注釈書が光源氏の「問はぬなどいふ際は異にこそはべるなれ」という言葉に「「問はぬはつらき」などという言葉は、忍んで通う程度の関係ならともかく、世間公認の夫婦である源氏と葵の上との仲で言うべきことではない、といなした」（新編日本古典文学全集頭注）という注を付すのは、①の歌を前提としているためであろう。また、①〜④の三首は、いずれも『古今和歌六帖』の採録歌であり（①は『後撰』重出）、「問はぬはつらき」というフレーズが人口に膾炙した類型句であったことを窺わせる。類型句はいずれも、多くの人々が長い時間をかけて築き上げた共感の産物であり、それだけに言い古された表現に他ならない。しかし、夙に指摘されるように、古代和歌においては、共有されてきた類型句を上の句、下の句いずれかに配し、今一方の句に個性ある事物を詠み込む手法が散見される。こうした手法は、微妙な心理の襞を目に見える形で比喩的に表現することを可能にする。[2] 右の①〜⑤も「問はぬはつらきもの」という誰もが抱きうる心象を下の句に、それを比喩的に彩る表現を上の句に配しており、そうした伝統に依って立つ詠草の一つである。その意味で、①〜⑤のいずれかを殊更に引き歌として当てはめようとせずとも、葵の上、光源氏両者の言葉の言わんとするところは十分に理解ができる。

ただ一点、腑に落ちないのは、「まれまれはあさましの御言や」以下続く、光源氏の激しい反駁である。これまで、彼は葵の上が自分にうちとけた本音を明かしてくれないこと恨めしく、物足りなく感じていたではないか。ここでようやっと、葵の上は世に言いならされた物言いをもじって、日ごろから自分を「と（訪）は」ぬ夫を難じ、見事にやり込めてみせたのである。光源氏の「問ひたまはぬこそ」という言葉の意味する「尋ねる」を、「訪ねる」意味にずらして切り返すことで、訪れを待つ気持ちをほのめかして見せたのである。もし光源氏がさらに機知をひねり応酬を重ねれば、申し分のない円満な展開になったに違いない。ところが、光源氏は感情を高ぶらせ、葵の上を非難しだすのである。これまで、そしてこれ以降の物語を通覧しても、光源氏という人物はあからさまに他人のことを批判したり、他人に怒りの感情をぶつけたりすることをしない[3]。それこそが彼の纏う貴人らしさであり、言うなれば他者に対して常に優越する人物造型上の特性ともなっていた。であるならば、なぜ「若紫」巻では殊更に冷静さを欠く異例の態度をとるのか。この点は、現在のところ十分に説かれていないものと思われる。仮にこれが十八歳の光源氏の、若さゆえの余裕のなさであると断じてしまえば、それまでである。しかしながら、「問はぬはつらき」という葵の上の言葉にその深層を求めることが出来ないだろうか。既述の通り、文脈を理解する上で、引き歌の認定は必要でない。今問いたいのは、光源氏自身が心の中で、特定の一首をとっさに意識した可能性である。右五首の中で最も興味深いのは、⑤である。なぜならば、歌の詠者と、「君」という二者に加えて、「思はむ人」という第三者が登場してくるからだ。『源氏釈』の挙げる出典未詳歌であるから、本来であれば引き歌としての認定は慎重になるべきところであるが、「若紫」巻に当てはめてみた場合、この点は非常に魅力的である。鈴木日出男『源氏物語引歌綜覧』（風間書房、二〇一三年）は、

あなたをどうにかして、あなたを思う人から忘れさせて、訪ねてもらえぬ身がどんなに恨めしいものか思い知らせてやりたい。

と訳出している。しかし、仮に詠者の思う相手、すなわち「君」が、好かれている相手から忘れられたとしても、訪ねてもらえぬ詠者の身の恨めしさを思い知るはずはない。「思はむ人」は、「君」が恋い慕う相手と解さねばならないのである。

この点において、右に先行する玉上琢彌『源氏物語評釈』（角川書店、一九六五年）の訳出は傾聴される。

私を愛さず、来ても下さらぬあなたを、何とかして、あなたのお好きな方に忘れさせて、あなたを訪わさずに

し、愛する相手が訪わぬのはつらいものだと、（私の今のつらさを）思い知らさせたい

ただし、玉上氏の解釈は、「来ても下さらぬあなた」が「君」をさすにも関わらず、「あなたを訪わさずにし」の部分の主語がその思い人ということになり、主語がややわかりにくい。詠者が恨めしく思うべき相手は、あくまで自分を愛してくれない「君」であるはずであり、その人物が骨身に染みて苦しみを味わうことを願う趣旨だと見なくてはこの歌の意図するところが伝わらないのではないか。すなわち両氏の解釈は一長一短である。私訳を示すと、「あなたをどうにかして、あなたが慕う相手に忘れさせて、気にかけてもらえぬ身がどんなに恨めしいものか思い知らせてやりたい」となる。

このような理解に立って、葵の上の「問はぬはつらきものにやあらん」に、光源氏がこの歌を重ねたと仮定したら、どうなるか。「あなたの大好きな藤壺さまに嫌われてみたら、あなたに顧みられないこの寂しい妻の気持ちが分かってもらえるでしょう」と葵の上から詰め寄られたら、さすがの光源氏も平静ではいられないのではないか。彼は、北山で藤壺に似た少女を見かけただけで、「さるは、限りなう心を尽くしきこゆる人にいとよう似たてまつれるがまもらるるなりけり」と動揺していた（「若紫」巻一―二〇七頁）。今問題とする本稿冒頭の場面は、下山直後なのである。こうした展開の中で「思はむ人」は藤壺以外の人物ではありえない。

むろん、葵の上が光源氏の藤壺への思いを知っているとは考えられないから、彼女にとってこの一言は、いかにも上流の女性らしくおおらかに口にした、妻としての本音であったかもしれない。しかし、⑤の『源氏釈』未詳歌を踏まえると、いつになく大人げない光源氏の狼狽ぶりも了解されるだろう。現に、「帚木」巻で紀伊守邸の女たちの話を立ち聞きした際、自分こそが話題の中心となっていると気づいた光源氏の姿は、「思すことのみ心にかかりたまへれば、まづ胸つぶれて、かやうのついでにも、人の言ひ漏らさむを聞きつけたらむ時、などおぼえたま

ふ」と描かれていた（一―九五頁）。光源氏は隠していた藤壺への思いを言い当てられたような気がして、慌てたのである。

二　宮腹の姫君の結婚

その一方で、珍しくも攻撃的な光源氏の反応を、引き歌の問題だけに還元して考えるわけにはいかない。仮に「問はぬはつらきものにやあらん」という言葉を、六条の御息所や二条院に引き取られた後の若紫が口にしたとしても、光源氏はあそこまで動揺することはなかっただろう。

次に考えたいのは、光源氏の「問はぬなどいふ際は異にこそはべるなれ」という言葉である。(4) この言葉は、二人の結婚が社会的にいかに揺るがないものであったかを逆説的に浮かび上がらせる。光源氏と葵の上との夫婦関係は、個と個の問題にはとどまらない。「問はぬ」ことによる関係の断絶という危機感は、葵の上が抱くはずもないものであり、それゆえに光源氏は感情をむき出しに反論したのではなかったか。

両者の結婚は、桐壺帝と左大臣との申し合わせによって成立した。左大臣は、東宮の所望を袖にしてまで、葵の上を光源氏の添臥として捧げたのである。

その夜、大臣の御里に源氏の君まかでさせたまふ。作法世にめづらしきまでもてかしづききこえたまへり。いときびはにておはしたるを、ゆゆしううつくしと思ひきこえたまへり。女君は、すこし過ぐしたまへるほどに、いと若うおはすれば、似げなく恥づかしと思いたり。（「桐壺」一―四七～四八頁）

歴史上、添臥の実例が東宮以外に殆ど見られないことは、予てより指摘されるところであり、右の場面からはしばしば光源氏の優越性、固有性が読み取られてきた。[5] ただし、小稿では光源氏が左大臣家に「まかで」る形で結婚が成立している点に注目したい。なぜなら、添臥は本来東宮の許に「まゐらす」ものであったからだ。

三條院の、東宮にて御元服せさ給よの御そひぶしにまゐらせ給て、三條院も、にくからぬものにおぼしめしたりき。

（日本古典文学大系　一七〇頁）

右は、『大鏡』兼家伝の三条院の添臥藤原綏子の事例である。『大鏡』の説明によると、綏子は添臥となったことがきっかけで東宮であった三条院の寵を得たという。資料的な制約があるため検証はできないが、本来添臥とは、一人の男性に子どもと大人との境界を越えさせる際の導き役という成年式における一回的な役目に過ぎず、そのまま東宮の後宮に入るとすればそれは慣行であったとみるべきではないか。とみに葵の上の場合は、添臥となることと正妻となることとが一連のことであるかのように論じられがちであった。確かに、後の巻では、弘徽殿大后が葵の上に関して東宮への入内と光源氏の添臥という立場とを並べて批判してもいる（「賢木」二―一四八頁）。しかしながら、東宮たちは、加冠から夜の添臥姫との添寝までを一連の儀礼として宮中で行う。一方、光源氏は申の刻に清涼殿で加冠を行った後に、添臥姫葵の上の暮らす左大臣邸に移動している。左大臣家を訪れたということは完全なる婿入り婚であり、明らかに東宮の添臥の事例とは質が異なっている。

さて、結婚当初から夫婦の関係性はもう一つなじまなかった。物語はまず、その原因を婚儀の夜に葵の上が「似げなくはづかし」と感じた年齢差にあると説明する（前掲・「桐壺」一―四八頁）。一方、同じく「桐壺」巻では、光源氏の心には藤壺という理想の人が住み着いていて、新妻になじめないという違和感も語られている（「桐壺」一―四九頁）。ただし、時間の経過とともに、不仲の原因は変容してゆく。なぜなら「紅葉賀」巻に至ると、葵の上が後ろめたく感じている年齢差こそが、光源氏のまなざしを通して、彼女の完璧さを築くものとして認識されるようになっているからだ。

四年ばかりがこのかみにおはすれば、うちすぐし恥づかしげに、盛りにととのほりて見えたまふ。何ごとかはこの人の飽かぬところはものしたまふ、わが心のあまりけしからぬすさびにかく恨みられたてまつるぞかし、と思し知らる。同じ大臣と聞こゆる中にも、おぼえやむごとなくおはするが、宮腹にひとりいつきかしづきたまふ御心おごりいとこよなくて、すこしもおろかなるをばめざましと思ひきこえたまへるを、男君は、などかいとさしもと馴らはいたまふ、御心の隔てどもなるべし。

（「紅葉賀」一―三二三頁）

右は光源氏の心理描写から、語り手の論評へと移ってゆく文脈である。傍線部（A）の光源氏の自己分析の中に藤壺という存在が出て来ず、「わが心のあまりけしからぬすさび」に不仲の原因がある、という反省が見えていることは重要である。そして、続く傍線部（B）草子地がクローズアップするのは、左大臣家の娘であり、しかも宮腹であるという葵の上の自負心であった。東宮から所望されたこともあった「いとこよな」き「御心おごり」からすれば、彼女は、更衣腹の源氏である夫を、むしろ自分の格下であると認識していた可能性がある。[6]傍線部（C）によれば、光源氏はそうした自負心を尊重できないでいるという。

重要なのは葵の上とほぼ同様の認識が、同腹の兄弟である頭中将の矜持にも見えることである。

やむごとなき御腹々の御子たちだに、上の御もてなしのこよなきにわづらはしがりて、いとことに避りきこえたまへるを、この中将は、さらにおし消たれきこえじと、はかなきことにつけても、思ひいどみきこえたまふ。この君ひとりぞ、姫君の御ひとつ腹なりける。帝の皇子といふばかりにこそあれ、我も、同じ大臣と聞こゆれど御おぼえことなるが、皇女腹にて、またなくかしづかれたるは、何ばかり劣るべき際とおぼえたまはぬなるべし。

（「紅葉賀」一―三四六～三四七頁）

右で頭中将は、単に帝の息子であるにすぎない光源氏と比べて、格別に桐壺帝の信任の厚い大臣と皇女との間に生まれた自分が劣る余地はないと考えている。『源氏物語』内の論理に照らせば、彼らの認識は妥当である。例えば、明石の入道が尼君と娘の縁談について相談する場面などを見ると、光源氏は「桐壺更衣の御腹の源氏の光る君」と呼ばれている（「須磨」二―二一〇頁）。つまり、面識のない人間から見た光源氏の第一の属性は、更衣腹の源氏であることであった。さらに後の巻で、尼君が明石の君に姫君の譲渡を勧める場面においても、母親の出自が子の栄達にいかに重要かという文脈で光源氏の事例は引き合いに出されている（「薄雲」二―四二九～四三〇頁）。更衣腹であり、母方の縁者を持たない光源氏の脆弱さを、葵の上の宮腹の尊貴さは補い得る。だからこそ、桐壺帝は葵の上との結婚を左大臣に要請したのである。(7)

なお、夫婦間に血筋上の尊卑、貧富などの格差がある結婚の場合は、当初から同居が前提とされるのが普通だったらしい。「若菜下」巻の一条御息所の発言は、その点の傍証になるだろう。

母御息所も、いといみじく嘆きたまひて、「世の事として、親をばなほさるものにおきたてまつりて、かかる御仲らひは、とあるをりもかかるをりも、離れたまはぬこそ例のことなれ、かくひき別れて、たひらかにものしたまふまでも過ぐしたまはむが心づくしなるべきことを。しばしここにてかくて試みたまへ」と、御かたはらに御几帳ばかりを隔てて見たてまつりたまふ。（四―二八一～二八二頁）

皇女女二の宮を妻として以来、柏木は妻方の邸で同居していた。しかしながら病床に臥せってしまったことを心配した実家の両親は最愛の息子を引き取ろうと申し出た。右はその直後の場面である。一条御息所は柏木に「かかる御仲らひ」ではどんなことがあっても別居しないのが常例である、と訴えている。

したがって、いかに夫婦仲が芳しくないとしても光源氏と葵の上の結婚生活は異常であった。結婚直後の夫婦の様子が描かれる次の傍線部では、光源氏が宮中にばかり滞在し、左大臣家には時折顔を出すだけである、と描かれている。

大人になりたまひて後は、ありしやうに、御簾の内にも入れたまはず、御遊びのをりをり、琴笛の音に聞こえ通ひ、ほのかなる御声を慰めにて、内裏住みのみ好ましうおぼえたまふ。五六日さぶらひたまひて、大殿に二三日など、絶え絶えにまかでたまへど、ただ今は、幼き御ほどに、罪なく思しなして、いとなみかしづききこえたまふ。（「桐壺」一—四九頁）

重要なのは、左大臣家がそうした状況をまだ幼い年齢だからと許容している、と描かれていることである。「ただ今は、幼き御ほどに、罪なく思し」なすという表現は、本来であれば左大臣家こそが生活空間であるはずだという前提に立ったものに他ならない。

今一度小稿冒頭に掲げた「若紫」巻に戻ると、光源氏は葵の上に「問はぬなどいふ際は異にこそはべるなれ」と反駁している。自分たちが歴とした夫婦なのだから、そこらの恋人のような言いぶりはやめてくれ、と解釈されてきた（前掲新編日本古典文学全集頭注）。しかし、光源氏の言わんとするところは、私たちの結婚は当初から同居婚という前提に立ったものなのだから、あなたはそんな危機感を抱きようもないはずだ、ということではなかったか。加えて、葵の上の発言は「問はぬはつらきものにやあらん」という疑問形である。古歌が言うところの女の苦しみを未だ知らない——というニュアンスにも受け取ったとしたら、光源氏は自分を突き放す居丈高な発言という印象を持ったであろう。

ただし、唯一、和歌を伴う葵の上の返答が、奇しくも物語上で盤石に思える夫婦に一抹の危機が訪れた瞬間と軌を一にしていることは重要である。光源氏はこの時、北山で藤壺に瓜二つの少女若紫を見出して帰ってきた。北山の僧都に若紫を所望する次の場面で、光源氏は、ことさらに「独り住み」であることを強調していたのである。

「あやしきことなれど、幼き御後見に思すべく聞こえたまひてんや。思ふ心ありて、行きかかづらふ方もはべりながら、世に心のしまぬにやあらん、独り住みにてのみなむ。まだ似げなきほどと、常の人に思しなずらへて、はしたなくや」などのたまへば、…　（「若紫」一—二一四頁）

確かに、「独り住み」であることを訴えることは、求婚者の真剣さを示す常套表現である。(8) しかし、光源氏の発言は侍女たちなどに語らっている軽口ではない。僧都という官を得ている年長の男性への申し開きである。光源氏は僧都に「行きかかづらふ方」が既にある、と認めつつ、「世に心のしまぬ」と、結婚生活に満足がいっていないことを明かす。たしかに、左大臣家が光源氏の後盾として存在する以上、葵の上の妻の地位が揺るがないとする見方は根強い。そのことは、先述の「帚木」巻の段階で、紀伊守邸の女性たちが葵の上を光源氏の「やむごとなきよすが」と呼んでいることによっても裏付けられよう（一—九四～九五頁）。よすがとは、拠り所、頼りになるところという意味から転じて、信頼できる妻や夫を意味する。彼女たちが「されど、さるべき隈にはよくこそ隠れ歩きたまふなれ」、と愛人になるチャンスを模索していることから、葵の上の存在は、既に受領階級の人々にまで認知されていたと知られる。そんな葵の上の存在を、取るに足らない者のように述べる右の申し開きが成立するのは、なぜか。

三　実態のない同居婚に生じたひずみ—若紫の登場

「帚木」巻冒頭で、左大臣家は光源氏の宮中への長居を危惧している。

長雨晴れ間なきころ、内裏の御物忌さしつづきて、いとど長居さぶらひたまふを、大殿にはおぼつかなく恨めしく思したれど、よろづの御よそひ何くれとめづらしきさまに調じ出でたまひつつ、御むすこの君たち、ただこの御宿直所の宮仕をつとめたまふ。（一―五四頁）

ただし、現代の感覚で捉えると、女性の許にいるわけではないのだから、右の行動は別段問題がないようにも思われる。しかしながら、十二歳で結婚をしてから、このとき光源氏はすでに十七歳になっている。五年たっても光源氏の同居の実態が伴わないということに、左大臣家は焦りを感じているのである(9)。左大臣家の抜き差しならぬ緊張感は、例えば光源氏が宮中以外で夜を明かす次の場面からもうかがえる。

「御供に人もさぶらはざりけり。不便なるわざかな」とて、睦ましき下家司にて殿にも仕うまつる者なりければ、参り寄りて、「さるべき人召すべきにや」など申さすれど、「ことさらに人来まじき隠れ処求めたるなり。さらに心より外に漏らすな」と口がためさせたまふ。（「夕顔」一―一六〇頁）

「夕顔」巻、光源氏は、夕顔の女を某の廃院に伴う。右では、「睦ましき下家司にて殿にも仕うまつる者」が手助けをしている。この男は二条院の下家司であると同時に、左大臣家にも出入りしている者だという(10)。光源氏は「ことさらに人来まじき隠れ処求めたるなり」と固く口止めをしている。つまりこれは、左大臣家が二条院と自邸とを行き来できる家来を置くことで、恒常的に光源氏の日常を把握していたことを意味している。思えば、「帚木」巻で光源氏が方違えをする紀伊守邸もまた、左大臣家に親しく出入りする受領の家であった（一―九二頁）。廃院の一夜は、言うなれば〝婿殿の冒険〟に他ならなかったのである。

こうした状況における若紫の登場は、思いの外甚大な危機であったのではないか。確かに彼女は、自然に考えれば葵の上を脅かす存在とはなりえない。しかしながら一方で、光源氏は、葵の上に若紫引き取りを釈明する際、

「立ちかへり参り来なむ」、つまりすぐに左大臣家に帰ってくると確約し（「若紫」一―二五二～二五三頁）、引き取り後も、殊更にその正体を秘匿した。これは、女性との同居の実態を作らないための配慮であったと考えられるのである。

現実の社会における正妻の決定の要件やその時期を確定することについては、予てより様々な議論がある。いずれの立場からも物語の結婚の虚構性は指摘されており[11]、物語を歴史上の結婚の実態とを同次元で論じることはできないだろう。むしろ、物語の結婚を考える上で重要なのは、フィクションという前提のもとで共有される、現実離れした展開である。

若紫の場合に関して注目すべきは、きちんとした婚儀を踏まず、社会的認知も伴わない女性が正妻になれた先例が作り物語の中に存在していることである。

少将の君の母北の方、Ⓐ「二条殿に人据ゑたりと聞くはまことか。さらば、中納言には、『よかなり』とはのたまふか」、少将、「御消息聞こえてと思うたまへしかど、人も住みたまはぬうちに、〈ただしばし〉と思うたまへてなむ。問はせたまへ、中納言は、なかにも、〈さ言ふ〉と聞きはべりしかば。男は、一人にてや侍る。うち語らひてはべれかし」と笑ひたまへば、北の方、「いであなにく。人あまた持たるは、嘆き負ふなり。身も苦しげなり。なものしたまひそ。Ⓑその据ゑたまひつらむに思しつかば、さてやみたまひね。今とぶらひきこえむ」とて、後は、をかしき物奉りたまひて、Ⓒ聞こえかはしたまふ。「この人よげにものしたまふめり。御文書き、手つき、いとをかしかめり。誰が女ぞ。これにて定まりたまひね。女子持たれば、人の思さむことも、いとほしう、心苦しうなむおぼゆる」と少将に申したまへば、ほほゑみたまひて、「これも、よも忘れはべらじ。またもゆかしうはべり」と申したまへば、「いかでか。けしからず。さらに思ひきこゆまじき御心なめり」と笑ひたまふ。

（新編日本古典文学全集「巻之二」一四八～一四九頁）

右は、『落窪物語』で、少将が落窪の姫君を引き取り、自身の母北の方の所有する邸宅を新婚生活の場として選んだ場面である。傍線部（A）では北の方がそのことを聞きつけ、事の真偽を確かめている。少将は、報復のために、落窪の姫君の実家の婿になるかのように見せかけているため、北の方は傍線部（B）で新妻を迎えたばかりならば婿入りはやめるように説得しようとしている。続く傍線部（C）、文のやり取りを通して姫君の素養を確かめた上で、「これにて定まりたまひね」、つまりただ一人の妻として待遇せよと述べているのである。儀式婚でもなく、女性側の実家の庇護もない結婚で右のような展開が生ずることは現実的に考えにくい。ただし、いわゆる継子いじめ、継子譚という話型の中では、継子の幸福という現実には起こりにくい展開がしばしば生じる。若紫の物語もまた、母が居らず、もし父方に引き取られた場合には冷遇される恐れがあったことから継子いじめの系譜上にある。(12)『落窪物語』というモデルケースが存在する以上、若紫が盤石な夫婦を揺るがす存在となる展開は大いに示唆されていたと考えられる。

その証拠に、「紅葉賀」巻では、若紫を二条院に据えたことを聞き知った後の葵の上の心境が明かされる。

内裏より、大殿にまかでたまへれば、例の、うるはしうよそほしき御さまにて、心うつくしき御気色もなく苦しければ、「今年よりだに、すこし世づきてあらためたまふ御心見えば、いかにうれしからむ」など聞こえたまへど、わざと人すゑてかしづきたまふと聞きたまひしよりは、やむごとなく思し定めたることにこそはと心のみおかれて、いとど疎く恥づかしく思さるべし、しひて見知らぬやうにもてなして、乱れたる御けはひにはえしも心強からず、御答へなどうち聞こえたまへるは、なほ人よりはいとことなり。

（「紅葉賀」一―三二二～三二三頁）

右で葵の上は、若紫を光源氏の「やむごとなく思し定」める女性と捉えている。従来は「源氏はその愛人を大事なお方として、の意。しかし、帝と左大臣の間で取り決められた源氏と葵の上の結婚は社会的に承認されており、この愛人ができたからとて、たやすく解消されることはない。」と指摘されている（新編日本古典文学全集頭注）。しかし、「やむごとなく思し定」むとは、先の『落窪物語』で母北の方の用いた「定まる」という表現同様、男性が同居に踏み切ることを意味していよう。葵の上のもとを訪れることなく、光源氏が恒常的に二条院に宿っているという、「紅葉賀」巻に至っては、若紫はもはや愛人の分を越えた存在になりつつある。社会的には盤石な妻と見られておりながら、同居の実態を満たすことが叶わなかった現実を、葵の上は「いとど疎く恥づかし」と感じているのである。

予てより指摘される通り、物語上こうした関係が打開される契機となったのは葵の上の懐妊である。光源氏が、「もの心細げ」な葵の上の様子を目の当たりにしたことによって行動を一変させるのである（「葵」二―一九～二〇頁）。最も大きな変化は、二条院への途絶えであった。以降、二条院は左大臣家から見て「御通ひ所」の一つとして数えられるようになる（「同」二―三一～三二頁）。愛人の一人である六条の御息所が「ひとつ方に思ししづまりたまひなむ」と落胆していることをふまえても（「同」二―三四頁）、この段階でようやく、左大臣家念願の、同居の実態が備わったといえよう。

おわりに

古注釈以来指摘されるように、『源氏物語』の描写にはしばしば「桐壺」巻における保明親王の無服の殤の事例など、巧妙な准拠が認められる。歴史的実在性との整合性を強く意識した仕掛けによって、『源氏物語』は男性知識人層を読者に惹き込むことに成功した。先例や故実などの歴史的実在性に拘る読者は、「すこぶる官人的な発想」で『源氏物語』を味わったに違いない[13]。その対極にあるのが女性読者の関心の中心である結婚にまつわる物語展開ではなかったか。

思えば『蜻蛉日記』は、その冒頭で「世の中に多かる古物語」が描く結婚を「そらごと」と一蹴し、この日記を高貴な人との結婚の「ためし」、乃ち先例としてほしいと述べていた。

…世の中に多かる古物語の端などを見れば、世に多かるそらごとだにあり、人にもあらぬ身の上まで書き日記して、めづらしきさまにもありなむ、天下の人の品高きや、と問はむためしにもせよかし、…

（角川ソフィア文庫『新版蜻蛉日記Ⅰ（上巻）』平成一五年　一五頁）

右のくだりは、物語の描く結婚が現実には起こりえない展開を期待する従来の物語読者、すなわち女性側の志向性を反映させたものであることを証だてるものである。『蜻蛉日記』が言い当てているように、女性読者は物語展開に現実との整合性、リアリティを求めない。むしろ作中人物の女性たちに自己の人生を投影し、現実離れしたあり難き展開を期待したのであろう。この物語は懐深く、女性読者から男性読者まで様々な読者のあることを見越して、現実世界との距離間、後世の我々から見たら歴史的実在性の濃淡を、実に巧妙に描き分けているのではなかったか。

「若紫」巻の一場面において描かれる、葵の上の初めてにして唯一の和歌的表現を伴った発言は、奇しくも自身の妻としての立場が脅かされる可能性が生じた瞬間に発せられたものであった。これに対して光源氏は、藤壺以外の女君に対しては見せないほど感情をあらわにしている。本心を射抜かれた光源氏は、反感を抱くと同時に動揺し、敗北を期して床につくしかないのである。

注

（1）「あふひのうへのわれから心もちゐ」（『無名草子　注釈と資料』和泉書院、二〇〇四年）。
（2）鈴木日出男「和歌の表現における心物対応構造」（『古代和歌試論』東京大学出版会、一九九〇年）。
（3）「常夏」巻にも、めずらしく光源氏が内大臣をあからさまに批判する場面がある。内大臣は「をさをさ人の上もどきたまはぬ大臣の、このわたりのことは耳とどめてぞおとしめたまふや。これぞおぼえある心地しける」（三―二三六頁）と発言している（拙稿「六条院の〈釣殿〉」『源氏物語の淵源』おうふう、二〇一三年）。
（4）なお、『伊勢物語』十三段「武蔵鐙」には、武蔵に住む男が京に住む女に恋人の存在をほのめかす話がある。この時女が「武蔵鐙さすがにかけて頼むには問はぬもつらし問ふもうるさし」という歌を送っている。この歌をふまえた場合、光源氏の発言は『伊勢物語』の男のように鄙びた地に暮らす身分の者と一緒にしないでほしいという意味になろう。
（5）青島麻子氏「「添臥」葵の上――初妻重視の思考をめぐって――」（『源氏物語　虚構の婚姻』武蔵野書院　二〇一五年）、浅尾広良氏「光源氏の元服――「十二歳」元服を基点とした物語の視界――」（『源氏物語の皇統と論理』翰林書房、二〇一六年）など。なお、浅尾氏は、添臥が「記録上は為平親王を除いて天皇や皇太子のみにしか用例を見ないかなり特殊な婚姻形態である」と指摘している。
（6）松岡智之氏は、「葵の上の美しさの基には、権門の大臣の父と皇女の母を持って大切に育てられていることに由来する気品があるが、しかし、その気高さが男の行動を厳しく処断する優越者のまなざしとなって表れてくる」と指摘している（「葵の上――皇女腹の姫君」『國文學　解釈と鑑賞』六九―八号、二〇〇四年八月）。
（7）吉井美弥子氏は、光源氏と葵の上との不仲が、敢えて左大臣家に居を定めないことで後見を得ながらも左大臣家に組み込まれることを拒絶する、光源氏の意識に根ざしていると指摘する（「葵の上の「政治性」とその意義」『読む源氏物語　読まれる源氏物語』森話社、二〇〇八年）。

（8）『竹取物語』では、かぐや姫に求婚する帝が同様の行動をしている（新編日本古典文学全集　六三頁）。

（9）左大臣家は、『枕草子』の言う「婿取りして、四、五年まで産屋のさわぎせぬ所」、まさに、「いとすさまじ」き家に他ならなった（新編日本古典文学全集　六三頁）。

（10）なお、二条院をどのように位置づけるかについては稿を改めたい。

（11）注（5）の青島氏が示した「虚構の婚姻」という視座に代表される。

（12）拙稿「『源氏物語』と〈母恋〉――光源氏と藤壺、若紫――」（『國學院大學大学院平安文学研究』第五・六号、二〇一五年九月）。

（13）秋澤亙「読解の演出としての准拠――『源氏物語』桐壺巻から――」（日向一雅『源氏物語の礎』青簡社、二〇一二年）。

藤壺中宮の筆跡―「ほのかに書きさしたるやうなる」をめぐって―

太田敦子

一　藤壺中宮の筆跡

「紅葉賀」巻、若宮と対面を果たした光源氏は、心をかき乱しそのまま二条院の東の対へと退出する。

わが御方に臥したまひて、胸のやる方なきほど過ぐして、大殿へと思す。御前の前栽の何となく青みわたれる中に、常夏のはなやかに咲き出でたるを折らせたまひて、命婦の君のもとに書きたまふこと多かるべし。

（源氏）「よそへつつ見るに心は慰まで露けさまさるなでしこの花
花に咲かなんと思ひたまへしも、かひなき世にはべりければ」とあり。さりぬべき隙にやありけむ、御覧ぜさせて、（命婦）「ただ塵ばかり、この花びらに」と聞こゆるを、わが御心にも、ものいとあはれに思し知らるるほどにて、

（藤壺）袖ぬるる露のゆかりと思ふにもなほうとまれぬやまとなでしこ
とばかり、ほのかに書きさしたるやうなるを、喜びながら奉れる、例のことなれば、しるしあらじかしとくづ

ほれてながめ臥したまへるに、胸うちさわぎていみじくうれしきにも涙落ちぬ。

（新編日本古典文学全集『源氏物語一』「紅葉賀」三三〇～三三一頁）[1]

邸で心をしずめる光源氏の目には「御前の前栽」の中の「常夏」が映り、折らせ王命婦のもとへ文とともに贈った。光源氏は「常夏」を「なでしこ」と言いかえながら、若宮から藤壺中宮へと思いをめぐらす。王命婦から文を見せられた藤壺中宮も「ものいとあはれに」思い、「袖ぬるる」の和歌だけを「ほのかに書きさしたるやうなる」様で送り返してくるのだった。

ここで問題としたいのは、藤壺中宮の和歌が「ほのかに書きさしたるやうなる」と描写される点である。「袖ぬるる」の和歌は古来解釈が難解とされ、「袖」とは誰のもので「うとまれぬ」の「ぬ」は完了・打消いずれであるかが問題とされてきた。[2]「若宮が疎ましく思われてしまう」「若宮を疎ましくなど思われない」のいずれであるとしても「袖ぬるる」の和歌とは、藤壺中宮の心に深く関わるといえる。その和歌が「ほのか」な筆跡であること、また「ほのか」な筆跡が「書きさしたるやうなる」であると表現されることはどのように理解すべきなのか。

この「ほのか」をめぐっては、徳岡涼が藤壺中宮の「万全の「用心」が施されていることが看取できる」[3]と「用心」を読み取り、山崎和子が「わが子への愛情を抑制し、葛藤し逡巡しつつもわずかに語られ出た藤壺の本心であったことを示唆[4]」するとし、吉見健夫も「秘事に関わる危険な贈歌にかろうじて応じたさま[5]」と指摘するように、藤壺中宮の心情が表出していることが説かれてきた。また、『源氏物語』における筆跡の問題、特に「ほのか」な墨つきについては朴英美に一連の論考[6][7]がある。朴は「和歌の言葉が「なでしこ」＝若宮への愛情の肯定だとすると、「ほのか」な墨色には、それと相反する女君の心情が込められている」とし、「「若宮を手放していとおしむことはできない」という「ことば」として解せ」ること、「源氏との間に距離を置くために薄い墨で書いた[8]」と解釈する。

つまり、藤壺中宮の「ほのか」な筆跡とは心を示す表現として解釈されてきたわけだが、秘事にまつわる贈答に応じる藤壺中宮の心とはいなるものであったか[9]。皇子誕生により藤壺中宮はその造型に変化[10]をみせていくことからも本場面の理解は欠かせない。本稿では姫君の筆跡を端緒とし、藤壺中宮の筆跡がいかなる意味をもち、その造型の何を描き出しているのかを明らかにする。

二　姫君の「墨つき」

「ほのかに書きさしたるやうなる」とは、文字の書き様のことを指していることから「墨つき」を表現していると考えられよう[11]。「ほのか」である「墨つき」とは、はたしてどのようなものなのか。『源氏物語』における「墨つき」の例は十四例[12]見られるが試みにそれらの用例を確認していきたい。

「墨つき[13]」でまず挙げられるのは宸筆である。

①おもしろき春秋の作り絵などよりも、この御屏風の墨つきの輝くさまは目も及ばず、思ひなしさへめでたくなむありける。（「若菜上」四―一〇〇）

冷泉帝勅命による夕霧主催の光源氏四十賀宴において誂えられた屏風は「墨つき」が彩色画と比較されながら「輝くさまは目も及ばず」と賞賛され、御宸筆によりすばらしさが増すと描かれる。『源氏物語』における「墨つき」とは、帝が最上位に位置すること、書き手によって価値が定まることが提示される。男性貴族の「墨つき」も評価の対象となっている。

②紙の色、墨つき、しめたる匂ひもさまざまなるを、人々もみな、「思し絶えぬべかめるこそ、さうざうしけれ」

など言ふ。　（「藤袴」三―三四五）

「藤袴」巻、玉鬘のもとに集まる恋文の趣きは「紙の色」「匂ひ」と並び「墨つき」も挙げられ、各書き手を映しだす要素のひとつとなっている。また写経の「墨つき」も評価の対象とされる。

③罫かけたる金の筋よりも、墨つきの上に輝くさまなども、いとなむめづらかなりける。

（「鈴虫」四―三七四〜三七五）

「鈴虫」巻、女三の宮持仏開眼供養のために揃えた経、なかでも光源氏が筆写した阿弥陀経の格別さは「墨つき」が「輝く」の語をもって評され格別だと位置づけられる。恋文と「墨つき」は分かちがたく、「橋姫」巻、宇治から帰京した後の薫の文は「懸想文ならざる懸想の文という趣き」[14]を「筆」「墨つき」が表している。

④懸想だちてもあらず、白き色紙の厚肥えたるに、筆はひきつくろひ選りて、墨つき見どころありて書きたまふ。　（「橋姫」五―一五一）

「墨つき」は書き手の心と分かちがたいため、読み手は心を感じ取る。「総角」巻、匂宮の後朝の文も「墨つき」が批評される。

⑤書き馴れたまへる墨つきなどのことさらに艶なるも、おほかたにつけて見たまひしはをかしうおぼえしを、うしろめたうもの思はしくて、　（「総角」五―二七〇）

妹中の君と婿という関係でなければ「墨つき」はみごとなものと思われていたが、今となっては「墨つき」のさまがそのまま人柄と重なり中の君を慮る大君を一層不安にさせている。ここでも「墨つき」と心が同一視されている。

「墨つき」は姫君の教養の中にも見える。

⑥やがて本にと思すにや、手習、絵などさまざまにかきつつ見せたてまつりたまふ。いみじうをかしげにかき集

めたまへり。「武蔵野といへばかこたれぬ」と紫の紙に書いたまへる、墨つきのいとことなるを取りて見ゐたまへり。
（「若紫」一―二五八）

手習をするなか、光源氏の「墨つき」は格別だと位置づけられ、若紫はその価値を理解している。これが手本の一つとなり、若紫の「手」を形成することとなる。その「墨つき」の見事さは、死後光源氏によって言及されている。

⑦ただ今のやうなる墨つきなど、げに千年の形見にしつべかりけるを、
（「幻」四―五四七）

須磨退去の折に交わした文の「墨つき」が「ただ今のやうなる」ものと描かれる。

女君の「墨つき」は、光源氏とのやりとりの中で多く評価が描かれる。

⑧ものをあはれと思しけるままに、うち置きうち置き書きたまへる、白き唐の紙四五枚ばかりを巻きつづけて、墨つきなど見どころあり。
（「須磨」二―一九四）

伊勢から須磨の光源氏のもとへと届く六条御息所の文は「墨つき」なども「見どころあり」といった風情であったが、書かれた背景は心のままにしみじみとしたためたとある。[15]心のままに書く「墨つき」が、読み手に「見どころあり」と伝わるさまが確認できる。

「明石」巻、明石の君の「墨つき」も評価の対象となっている。

⑨せめて言はれて、浅からずしめたる紫の紙に、墨つき濃く薄く紛らはして、
（明石）思ふらん心のほどややよいかにまだ見ぬ人の聞きかなやまむ
手のさま書きたるさまなど、やむごとなき人にいたう劣るまじう上衆めきたり。
（「明石」二―二五〇）

父明石の入道に強いて勧められしたためる文は「浅からずしめたる紫の紙」に「墨つき」は「濃く薄く紛らは」すものであった。「源氏の真意を測りかねて悩んでいる意の返歌にふさわしく、その筆跡も濃淡の変化をつけて自ら

の心情の不安と動揺を暗示した」(16)という指摘からも、「墨つき」とは書き手である明石の君の心を推量できるものとして機能し、総じて上の品に劣らぬ様を保証している。秋好中宮の筆跡も「墨つき」について言及される。

⑩鈍色の紙のいとかうばしう艶なるに、墨つきなど紛らはして、

（前斎宮）消えがてにふるぞ悲しきかきくらしわが身それとも思ほえぬ世に

つつましげなる書きざま、いとおほどかに、御手すぐれてはあらねど、らうたげにあてはかなる筋に見ゆ。

（「澪標」二―三二五～三二六）

母六条御息所の死去後、光源氏への文を周囲の者に「責めきこゆれば」という形でしたためる。「墨つき」も含めた「書きざま」は「らうたげにあてはかなる筋」と評価されており、「墨つき」と品位との関わりを示唆する。服喪中に光源氏と文を交わす朝顔の姫君も「墨つき」について言及される。

⑪青鈍の紙のなよびかなる墨つきはしもをかしく見ゆめり。

（「朝顔」二―四七七）

朝顔の姫君の筆跡は、喪中に使用する青鈍の紙に「なよびかなる墨つき」がかえって趣きあるように見えると鑑賞されている。出家後の朧月夜の君の文も「墨つき」について言及される。

⑫御返り、今はかくしも通ふまじき御文のとぢめと思せば、あはれにて、心とどめて書きたまふ。墨つきなどいとをかし。

（「若菜下」四―二六二）

朧月夜の君は、尼姿での文ではあるものの光源氏とのやりとりもこれが「とぢめ」と思い、「心とどめ」た文のさまは「墨つきなど」がみごとであったという。ここまで心と関わる「墨つき」の様態を確認したが、同時に「墨つき」とは⑥若紫の用例とも呼応しながら品位に連なるたしなみとも関わるものであった。

「少女」巻、五節の日に光源氏は五節の君を思い歌を贈る。

青摺の紙よくとりあへて、紛らはし書いたる濃墨、薄墨、草がちにうちまぜ乱れたるも、人のほどにつけてはをかしと御覧ず。（「少女」三―六三）

返事の評価は紙に始まり、墨つきの濃淡、平仮名と草仮名の釣り合いへと至り、「人のほどにつけてはをかし」と大弐の娘という身分にしては興をそそられると、書きざまに身分が持ち出されている。「墨つき」とは書き手の心と関わる。ただし、心をそのまま映すといったものではなく、教養に支えられた才と位置づけられる。したがって姫君の場合、多く光源氏とのやりとりの中で確認され評価が下されることには、上の品の教養の程と無関係ではないと思われる。それは、「墨つき」の価値観とは、宸筆を筆頭とし、光源氏、貴公子の筆跡が描き出される一方で、光源氏の「墨つき」を手本にする紫上の用例からは子女教育のさまが確認できたからである。状況に適した文をしたためることができ、男性貴族と高度なやりとりを維持することとは、高い教養に裏打ちされていることを意味する。それでは、そうした「墨つき」が「ほのか」とされるものにはどのようなものがあるのだろうか。「墨つき」が心情やたしなみと関わることをふまえ、「墨つき」が「ほのか」[17]であるという用例を以下見ていきたい。

「帚木」巻には、左馬頭が理想の妻の少なさを語るくだりで、難がない女性のありようの一側面として、書く文は「墨つきほのかに」することが提示される。

⑬容貌きたなげなく若やかなるほどの、おのがしじは塵もつかじと身をもてなし、文を書けど、おほどかに言選りをし、墨つきほのかに心もとなく思はせつつ、またさやかにも見てしがなとすべなく待たせ、わづかなる声聞くばかり言ひ寄れど、息の下にひき入れ言少ななるが、いとよくもて隠すなりけり。（「帚木」一―六三）

ほのかな「墨つき」とは相手の男性を「心もとなく思はせ」る技巧としてここでは位置づけられる。葵の上死去後、朝顔の姫君が光源氏へ宛てた文は「ほのかなる墨つき」であった。

⑭（朝顔）秋霧に立ちおくれぬと聞きしよりしぐるる空もいかがとぞ思ふ
とのみ、ほのかなる墨つきにて思ひなし心にくし。（「葵」二―五八）

いつもより風情ある光源氏の文に対し、周囲の者の勧め、自身もまた見過ごす気持ちにはなれずにしたためた文は、必要最小限のことばが「ほのかなる墨つき」で書かれてあった。その「墨つき」は受け手の光源氏に「思ひなし心にくし」という感慨を催させている。「心にくし」は「物事が心を素通りしないさま。あるいは、そのように人の心にかかって関心をひく物事の様子をいう」(18)とされる。「墨つき」は書き手の心や教養を表すものであったが、それが「ほのか」に書かれることによって、むしろ見るものの関心を引くものになっていくのであった。

「墨つき」の語はないものの「墨つき」が「ほのか」であると解釈できる用例も見ていきたい。「玉鬘」巻、光源氏からの文に対し、玉鬘は乳母にせき立てられ返事を書く。

Aまづ御返りをとせめて書かせたてまつる。いとこよなく田舎びたらむものをと恥づかしく思いたり。唐の紙のいとかうばしきを取り出でて書かせたてまつる。

（玉鬘）数ならぬみくりやなにのすぢなればうきにしもかく根をとどめけむ
とのみほのかなり。手は、はかなだちて、よろぼはしけれど、あてはかにて口惜しからねば、御心おちゐにけり。（「玉鬘」三―一二四～一二五）

「いとこよなく田舎びたらむものを」ときまりわるく思うなかでしたためていることからは、「ほのか」な墨つきには玉鬘の恥じ入る気持ち、心を砕くさまが読み取れる。心ひいては人格までをも映すものであるから、墨つき「手」と総じて「はかなだちて、よろぼはしけれど」と判断され、総じて「あてはかにて口惜しからねば」という評価が光源氏によってくだされているのであろう。玉鬘の「墨つき」は蛍宮との贈答においても言及される。

B（源氏）「今日の御返り」などそそのかしおきて出でたまひぬ。これかれも、「なほ」と聞こゆれば、御心にもいかが思しけむ、

（玉鬘）「あらはれていとど浅くも見ゆるかなあやめもわかずなかれけるねの

若々しく」とばかりほのかにぞあめる。（「蛍」三—二〇四〜二〇五）

これまでは蛍宮への返事に消極的であったため「御心にもいかが思しけむ」と、語り手に意外であると評されている。つまり、ここでの文とは玉鬘の意志が見られる返事だということである。「藤袴」巻の蛍宮への返事も同様である。

C宮の御返りをぞ、いかが思すらむ、ただいささかにて、

（玉鬘）心もて光にむかふあふひだに朝おく霜をおのれやは消つ

とほのかなるを、いとめづらしと見たまふに、みづからはあはれを知りぬべき御気色にかけたまへれば、露ばかりなれどいとうれしかりけり。（「藤袴」三—三四五）

多くの恋文のなか蛍宮にだけは返事をすることを語り手にやはり「いかが思すらむ」と意外さが語られ、意志ある返事の筆跡は「ほのかなる」と描かれる。ただし、その意志とは強い積極性に支えられたものではなく、心が仄見えるといったものである。「ほのか」な筆跡というものが書き手の意志と関わるものだと考えれば、朝顔の姫君の文が蛍宮の目にとまるのも理解しやすい。

D（蛍宮）「艶なるもののさまかな」とて、御目とどめたまへるに、

（朝顔）花の香は散りにし枝にとまらねどうつらむ袖にあさくしまめや

ほのかなるを御覧じつけて、宮はことごとしう誦じたまふ。（「梅枝」三—四〇六）

「蛍宮は、源氏の執心している姫君の歌なので、ことさらの感銘ぶりをみせたか[19]」と指摘されるが、むしろ朝顔の姫君の心が仄見える様を墨つきの「ほのか」さが保証しているため、「宮はことごとしう誦じたまふ」ということなのではないか。

朴英美は、⑭の朝顔の筆跡を「源氏との適度な距離を作り出した[20]」と解し、A、B、Cの玉鬘のあり方も田舎育ちの玉鬘が自信のない筆跡の欠点を埋めるという意図[21]を読み取る。その一方で駒井鵞静は、⑭の朝顔の筆跡を「控えめな」「心に融け入るような」と解釈する。[22]「ほのか」な筆跡が「控えめな」態度を示していることは確かであろう。しかし、それが「ほのか」であることによって見る者たちは逆にひきつけられていく。先に確認したように「墨つき」はその人物の教養が示されるものであったが、「ほのか」な「墨つき」であることはより一層それが問われることになるのであった。藤壺中宮の「ほのか」な筆跡にも光源氏をひきつけてやまない「墨つき」という教養の程[23]が描きこまれているといえる。ただしそれは「書きさしたるやう」なものでもあった。この時、藤壺中宮が「書きさしたるやう」に書いた意味とは何か。そして、「ほのか」な筆跡は藤壺中宮のどのようなあり方を示しているのだろうか。

三　書きさす文

藤壺中宮の「ほのか」な筆跡は「書きさしたるやうなる」ものであった。『源氏物語』中、「書きさす」の語は全四例[24]で、柏木二例、一条御息所一例、藤壺中宮一例となる。以下確認していきたい。

「柏木」巻、女三の宮への恋情の果て、衰弱し死の近づく柏木は小侍従を介し女三の宮へひそかに文を送る。

いみじうわななければ、思ふこともみな書きさして、

（柏木）「いまはとて燃えむ煙もむすぼほれ絶えぬ思ひのなほや残らむ

あはれとだにのたまはせよ。心のどめて、人やりならぬ闇にまどろはむ道の光にもしはべらむ」と聞こえたまふ。

（「柏木」四―二九一）

柏木はもはや死は避けがたいことを述べ、まだ伝えるべきことばはあるものの「いみじうわななけば」という震える手で「思ふこともみな書きさして」和歌を書いた。つまりここでの「書きさす」とは、多くを書き続けることができないなか、もっとも伝えるべき事柄が選びとられている状況を示す。柏木の文は、死後の形見としても描かれ、やはり「書きさす」の語が見える。

書きさしたるやうにいと乱りがはしくて、「侍従の君に」と上には書きつけたり。

（「橋姫」五―一六五）

柏木の文は、(25)「書きさしたるやう」と藤壺中宮と同様第三者の目を通しても「書きさし」たものであることが捉えられる。

一条御息所の夕霧への文もまた、「書きさし」たものであった。

なほ、いかがのたまふと気色をだに見むと、心地のかき乱りくるるやうにしたまふ目押ししぼりて、あやしき鳥の跡のやうに書きたまふ。（御息所）「頼もしげなくなりにてはべる、とぶらひに渡りたまへるをりにて、そそのかしきこゆれど、いと晴れ晴れしからぬさまにものしたまふめれば、見たまへわづらひてなむ、

女郎花しをるる野辺をいづことてひと夜ばかりの宿をかりけむ」

とただ書きさして、おしひねりて出だしたまひて、臥したまひぬるままに、いといたく苦しがりたまふ。

（「夕霧」四―四二五～四二六）

落葉の宮と夕霧との仲を案じる一条御息所は、病の身をおし夕霧へと返事を書く。心許ない病身と代筆で失礼する内容の筆跡は「あやしき鳥の跡のやう」であり、和歌までをかろうじて「ただ書きさして」終えている。つまり、筆跡が震えるほどに衰弱したさまは柏木にも通じながら、しかしその身を押してでも伝えなければならない選び取られたことばであることを「書きさす」は示している。言い換えれば、「書きさす」状況とは書き手が書きおおせないほど衰弱した様を示し、そのような中にありながらも伝えるべきことばを述べている極限の状態といえそうである。

しかしながら、藤壺中宮が「書きさし」たのは衰弱によるものではない。全てを書き表すことができなかったのは、その和歌が密事に触れていたからにほかならない。若宮のことを「なでしこ」（撫でし子）と詠う光源氏に対して、同じ「なでしこ」の語をもって返歌すること自体、本来なら避けるべきことであろう。「なほうとまれぬ」の解釈がゆれる言辞であることも、藤壺中宮が方法的に用いているとも解することができる。そのような状況下、藤壺中宮が返歌するのは「ものいとあはれに」思い知るためなのであった。ぎりぎりまでことばを削ぎ落とし「ほのかに書きさし」て光源氏に返歌する。光源氏はそれを「ほのかに書きさしたるやうなる」と見る。光源氏は藤壺中宮の「ほのかに書きさしたるやうなる」筆跡にその心の奥底まで読み取っていくといえる。

四　「ほのか」なる藤壺中宮

「ほのか」ということばは藤壺中宮と光源氏の物語にたびたび用いられる。(26) 以下、確認していきたい。

「桐壺」巻、光源氏は元服を境に藤壺中宮との対面方法が大きく変わる。

大人になりたまひて後は、ありしやうに、御簾の内にも入れたまはず、御遊びのをりをり、琴笛の音に聞こえ通ひ、ほのかなる御声を慰めにて、内裏住みのみ好ましうおぼえたまふ。

（「桐壺」一―四九）

元服以前は御簾の内に入ることを許されていたが、以後は御簾を隔てての対面しか叶わなくなる。光源氏にとって藤壺中宮の存在とは、「琴笛の音に聞こえ通ひ」や「ほのかなる御声」を慰めとするしかなくなる。こうした懸隔は「賢木」巻にも描き出される。

雲林院から二条院に戻った光源氏は、まず朱雀帝のもとへ参内し、それから藤壺中宮方へと参上する。

（藤壺）ここのへに霧やへだつる雲の上の月をはるかに思ひやるかなと命婦して聞こえ伝へたまふ。ほどなければ、御けはひもほのかなれど、なつかしう聞こゆるに、つらさも忘られて、まづ涙ぞ落つる。

（「賢木」二―一二六）

この対面は藤壺中宮との距離が近く、光源氏には「御けはひ」が「ほのか」ながらもなつかしく感じ取られ、日ごろの「つらさも忘られて、まづ涙ぞ落つる」ほどであった。藤壺中宮との取り決められた距離のなか相対する光源氏にとって、その「けはひ」を感じることは、「ほのか」ではあっても「涙ぞ落つる」尊い感覚であった。

「賢木」巻には、藤壺中宮の出家後に光源氏が御前に参内する場面もある。

風はげしう吹きふぶきて、御簾の内の匂ひ、いともの深き黒方にしみて、名香の煙もほのかなり。大将の御匂ひさへ薫りあひ、めでたく、極楽思ひやらるる夜のさまなり。

（「賢木」二―一三二）

邸内の女房たちが悲しみをこらえかねる様子が伝わるなか、激しく吹き荒れる風によって漂う御簾の内の香りが捉えられる。邸内は黒方の香り、その中に仏前の「名香の煙」までもが「ほのか」に感じ取られ、光源氏の御衣の匂いも香り合い極楽が思いやられている。「ほのか」の語をもって藤壺中宮の香りは光源氏との距離を描き出している。

藤壺中宮が「ほのかに」仰せになるさまが「薄雲」巻には描かれる。

（藤壺）「院の御遺言にかなひて、内裏の御後見仕うまつりたまふこと、年ごろ思ひ知りはべること多かれど、何につけてかはその心寄せことなるさまをも漏らしきこえむとのみ、のどかに思ひはべりけるを、いまはなむあはれに口惜しく」とほのかにのたまはするもほのぼの聞こゆるに、御答へも聞こえやりたまはず泣きたまふさまいといみじ。（「薄雲」二―四四六）

死の近い藤壺中宮は、見舞いに訪れた光源氏へのことばを取次の女房に語りかける。故桐壺院の遺言に触れながら冷泉帝の後見を感謝することばは「ほのか」であり、「ほのぼの聞こゆる」ものであった。熊仁芳は「表面では桐壺院の遺言を守ったことへの感謝を言いつつも、冷泉帝への心遣いに触れることによって、源氏への愛をこめたものとなっている。（略）「かすか」は対象が寂しく心細い状態にある場合に使用されるのに対して、「ほのか」は隔てられた対象に対する主体の思慕、関心を背景にして用いられているのである」と指摘する。藤壺中宮が光源氏へ愛をこめたかどうかについては措くとしても、光源氏が「ほのか」と感じ取る藤壺中宮のありようが描き出されているといえる。宮武利江は「ほのか」について、「この語は本来オノマトペであった（「ほのぼの」など）と考えられるが、その「ほの」が示すのは、ある発散性を持つ対象が、何らかのものにさえぎられることによって潜在的性質が抑えられている状態ではないだろうか。しかし発散性を持つゆえに全く外に出ないのではなく、多少なりとも表出され、それがまるで陽炎のように、あるいは芳香が漂うように、輪郭はぼやけているものの観察者の感覚に訴えるものとなってあらわれるとき、「ほのか」という語で捉えられている」[27]とし、「観察者の感覚に訴える」ことを指摘する。「ほのか」が、受け手の一方的に感じ取る感覚ではなく、発信者が醸す気配に左右されるということは確かである。しかし光源氏は藤壺中宮と相対するとき、その「声」「けはひ」「香」を「ほのか」に感じ取り、それ以上決して縮めることはできない懸隔をつきつけられながらも、その「ほのか」な感覚を「慰め」や「なつかし」と拠り所にしていることは重く見なければならない。光源氏にとっては、「ほのか」こそが藤壺中宮を感じ取る表現世界であったといえる。それが「ほのか」であることにより、光源氏は藤壺中宮に引きつけられるともいえる。この光源氏に感じ取られる藤壺中宮の「ほのか」なあり方とは、中宮たる高い教養に裏打ちされた藤壺中宮が湛える慈愛にも似た心が反映されたものだと考える。[28]

「朝顔」巻、光源氏は夢に藤壺中宮を見る。

入りたまひても、宮の御事を思ひつつ大殿籠れるに、夢ともなくほのかに見たてまつるを、いみじく恨みたまへる御気色にて、（藤壺）「漏らさじとのたまひしかど、うき名の隠れなかりければ、恥づかしう。苦しき目を見るにつけても、つらくなむ」とのたまふ。

（「朝顔」二―四九四〜四九五）

松井健児はこの場面を藤壺中宮の公的な死を語る「薄雲」巻に対すると位置づけ、「この物語における、人物の死というものへの尊厳や畏敬の表れ」を読み、「生きている藤壺を幻影や夢として思うのではなく、藤壺は夢そのものになった」ことを指摘する。[29]「漏らさじとのたまひしかど」という私的な恨み言を述べる夢の中の藤壺中宮は、光源氏に「ほのか」に感じ取られている。これまで述べてきたことと照らせば、藤壺中宮は死後、魂が中有をさまよう中、恨み言を述べる状況にありながらも藤壺中宮らしさを失ってはいないことを示していることになる。同時に光源氏との変わらぬ懸隔もまた「ほのか」の語は描き出しているのである。

「ほのかに書きさしたるやうなる」筆跡とは、藤壺中宮の教養を示しながら、光源氏との関係性においては一回かぎりの表現ではないことが見て取れた。両者の関係性において「ほのか」と描かれることとは、藤壺中宮の慈愛が前提としてあり、同時に光源氏との確たる懸隔を指し示すことであった。「書きさす」ほどの苦衷を抱えつつも

「ほのか」という慈しみを感じさせる「墨つき」とはそのまま藤壺中宮像を象るものなのであった。

注

(1)『源氏物語』の引用は新編日本古典文学全集『源氏物語』(小学館)に拠り、私に傍線等を付した箇所がある。

(2)鈴木宏子「藤壺の流儀――「袖ぬるる露のゆかりと思ふにも」――」(『王朝和歌の想像力　古今集と源氏物語』笠間書院、二〇一二)は諸説を明解に整理され、藤壺中宮の和歌に『古今集』「時鳥汝が鳴く里のあまたあればなほうとまれぬ思ふものから」(巻三、一四七)との響き合いを注視し完了説を展開される。

(3)徳岡涼「紅葉賀巻の藤壺詠について」(『国語国文学研究』三八、二〇〇三、三)

(4)山崎和子「〈露〉の縁《えにし》の〈なでしこ〉の花――源氏と藤壺の贈答歌解釈――」(『法政大学大学院紀要』六〇、二〇〇八、三、三一)

(5)吉見健夫「紅葉賀巻の藤壺の歌「袖ぬるる～」の解釈をめぐって――源氏物語の和歌の表現と場面形成――」(『国文学研究』一七三、二〇一四、六)

(6)朴英美「薄く書く和歌――『源氏物語』における「ことば」としての筆跡――」(『日本文学』六四―六、二〇一五、六)

(7)朴英美「薄く書く和歌(続)――『源氏物語』朝顔・藤壺の「ほのか」、「墨つきまぎらはす」――」(『人間文化創成科学論叢』一八、二〇一六、三)

(8)注7

(9)原岡文子「『源氏物語』の「人笑へ」をめぐって」『源氏物語の人物と表現　その両義的展開』(翰林書房、二〇〇三、五)は、藤壺中宮が極めて主体的に自らの生を切り拓く造型を読み解き、植田恭代「藤壺の心とことば――『源氏物語』紅葉賀巻の出産場面から――」(原岡文子・河添房江編『源氏物語　煌めくことばの世界』翰林書房、二〇一四、四）は藤壺中宮の強く生きる方へ向かう心のありようを読み説く。
（10）針本正行「紅葉賀巻の藤壺像――「藤壺は、おほけなき心のなからましかば、ましてめでたく見えまし、と思すに、夢の心地なむしたまひける。」を中心として――」（『平安女流文学の研究』桜楓社、一九九二、十二）は、「紅葉賀」巻で藤壺中宮が皇子の生に奉仕する精神性を確保する物語の論理を説く。
（11）新編日本古典文学全集『源氏物語一』「紅葉賀」三三〇頁、現代語訳に「墨つきもかすかに、終いまで書きおおせなかったような」とある。ただし、「帚木」巻に見える「墨つき」の頭注には「墨のつきぐあいの意であろう。「墨つぎ」とよみ、微妙に断続連綿する筆跡ととる説もある」（「帚木」一―六三、頭注一五）とある。「若紫」巻に見える「墨つき」の頭注は「「墨つぎ」（墨のつぎ方）と読む説もあるが、ほぼ同意」（「若紫」一―二五八、頭注一〇）とある。
（12）「墨つぎ」一例（新日本古典文学大系「墨つき」）
（大君）涙のみ霧りふたがれる山里はまがきにしかぞもろ声になく
黒き紙に、夜の墨つぎもたどたどしければ、ひきつくろふところもなく、筆にまかせて、押し包みて出だしたまひつ。（「椎本」五―一九四）
（13）「筆跡の墨の付きぐあい。筆のあと。筆跡。」（『日本国語大辞典』小学館）
（14）新編日本古典文学全集『源氏物語五』「橋姫」巻、一五一頁、頭注一三
（15）小菅あすか「『源氏物語』六条御息所の最後の手紙――「白き唐の紙四五枚」と〈連作〉が示すもの――」（『國學院雑誌』一一八―九、二〇一七、九）は、六条御息所の手紙が遺書の形式をもつとし、切実な心情を読み解く。踏まえると、「墨つき」にもまた六条御息所の心が反映されていると理解できる。
（16）新編日本古典文学全集『源氏物語二』「明石」巻、二五〇頁、頭注一
（17）新編日本古典文学全集『源氏物語』中、「ほのか」の用例は一八三例（『源氏物語大成巻五　索引篇』中央公論社・新日本古典文学大系『源氏物語索引』岩波書店に拠る）

(18) 筒井ゆみ子「こころにく・し」(大野晋編『古典基礎語辞典』角川学芸出版、二〇一一)
(19) 新編日本古典文学全集『源氏物語三』「梅枝」巻、四〇六頁、頭注九
(20) 注7
(21) 注6
(22) 駒井鵞静「源氏物語のかな書道」(『源氏物語講座7』勉誠社、一九九二)
(23) 太田敦子「藤壺中宮と漢籍教養――『源氏物語』「紅葉賀」巻の「后言葉」をめぐって――」(『湘南工科大学紀要』五〇―一、二〇一六、三)
(24) 『源氏物語大成巻五　索引篇』中央公論社・新日本古典文学大系『源氏物語索引』岩波書店に依る。
(25) 柏木の文の固有性については竹内正彦「〈もののけ〉の幻影――柏木の絶筆をめぐって――」(『王朝文学史稿』十六、一九九〇、十二)、「柏木の文袋――封じ込められた最後の手紙をめぐって――」(『文学』十六―一、二〇一五、一)、高田祐彦「身のはての想像力――柏木の魂と死――」(『源氏物語の文学史』東京大学出版会、二〇〇三)など。
(26) 『源氏物語』の「ほのか」の分類は、宮武利江「〈ほのか〉とその〈類義語〉――源氏物語における用例を中心に――」(『森野宗明教授退官記念論集　言語・文学・国語教育』三省堂、一九九四)、熊仁芳「源氏物語における「ほのか」と「かすか」について」(『日本語の語義と文法』風間書房、二〇〇七)ですでになされている。
(27) 注26宮武論文
(28) 藤壺中宮が光源氏に対して愛情があったかどうかについては答えを持ち合わせないが、藤壺中宮の造型とは死後に讃えられる「かしこき御身のほどと聞こゆる中にも、御心ばへなどの、世のためにもあまねくあはれにおはしまして」(「薄雲」二―四四七)に見える、中宮たる慈愛深さがその主軸にあると考えている。
(29) 松井健児「藤壺を夢に見る――『源氏物語』「朝顔」巻の叙述――」(『駒澤國文』五三、二〇一六、二)

花散る里の女御 —麗景殿のイメージをめぐって—

栗本賀世子

一　『源氏物語』の麗景殿の使用者たち

『源氏物語』の中には、多くの天皇・東宮の皇妃が登場し、それぞれ住居とする後宮殿舎の名で呼ばれているが、用いられる建物については偏りが見られる。七殿五舎——十二ある後宮殿舎の中で、この物語で皇妃の居所となったことが記されるのは、弘徽殿・承香殿・麗景殿・藤壺・桐壺・梅壺のみである。その内、実は最も使用頻度の高かったのは、主要登場人物の「弘徽殿女御」や「藤壺中宮」によって読者に馴染み深い弘徽殿でも藤壺でもなく、麗景殿という殿舎であった。(1) 麗景殿は、四代の帝の治世を描く『源氏物語』において、どの御代でも必ず使用されている。居住者は、桐壺帝の麗景殿女御、朱雀帝の麗景殿女御（藤大納言女、弘徽殿大后姪）、冷泉朝東宮妃の麗景殿（左大臣女、後の今上帝藤壺女御）、今上の東宮妃の麗景殿（紅梅大納言女）の四人である。使用回数が多い割に、そこに住まう皇妃たちは登場場面の少ない脇役が多く、かなり地味な印象を受けよう。(2) 中でも、朱雀帝の麗景殿女御、今上の東宮妃の麗景殿の二人については、それぞれ賢木巻、紅梅巻のわずかな箇所にしか登場せず、具体的な言動も描かれず、物語に大きな影響を与えるわけではない[3]。冷泉朝東宮妃の麗景殿にしても、後に物語続篇で「藤壺女御」と呼ばれ[4]、女二宮の母として存在感を示すものの、麗景殿に居住していた東宮妃時代については、ただ明石姫君の対抗馬として東宮に最初に入内したことが簡潔に記されるのみである[5]。

ただし、四人の麗景殿の中で、桐壺帝の麗景殿女御だけは、主人公との関わりを持ち、性格や発言などについても比較的描かれている。この女御は源氏の恋人である妹の三の君（花散里[6]）と共に花散里巻に初めて登場するが、そこでは三の君よりも女御の描写の方に比重が置かれており、巻名の「花散里」も女御と源氏との贈答歌の中からとられたものである。澪標巻辺りまでは姉妹が常にセットで描かれ、当初「花散里」と言えば、姉妹の住む荒れ果てた邸、転じて（妹だけでなく）姉妹を合わせて指す語であったことが指摘されている[7]。麗景殿女御は、源氏にとって、三の君と共に心にかけている庇護対象であり、亡き父桐壺院の思い出を語り合うことのできるかけがえのない人であった。作者は、彼女についてその場限りの人物程度には考えておらず、ある程度綿密に設定を施した上で描いたのではないだろうか。本稿では、この桐壺帝の麗景殿女御を取り上げ、その居所がなぜ麗景殿に設定されたのか、彼女の人物造型及び初登場する花散里巻の構造に関して「麗景殿」の呼称が重要な役割を果たすことに触れながら、考察していきたい。

二　花散里巻の麗景殿女御

1　物語内部の設定理由

まず、物語内部から、三の君の姉女御の居所が麗景殿に設定された理由について推測してみる。第一に桐壺帝の後宮事情、第二に麗景殿の内裏における位置が関係してこよう。

桐壺朝では、弘徽殿（弘徽殿女御曹司）、藤壺（藤壺中宮曹司）、承香殿（承香殿女御曹司）、桐壺（桐壺更衣・光源氏曹司）が既に埋まっており、残った殿舎の中から麗景殿が選び出されたと考えられる。また、麗景殿の他の殿舎との位置関係も重要である。坂本舁（共展）氏は、麗景殿が源氏の住む桐壺の斜向かいにあることに触れ、麗景殿女御姉妹と源氏の親密さが、後宮で近くの建物に住む麗景殿女御が源氏の母代であったことに由来するのではないかと想定した(8)。そうした二人の関係については、物語内に根拠はないことから従いがたいが、氏の麗景殿・桐壺の距離の近さへの着目は示唆に富む。妹三の君と源氏の出会いは、物語には描かれないものの、「内裏《うち》わたりにてはかなうほのめきたまひし」（②花散里・一五三頁）と記されることから、その場所が宮中だったことが判明する。三の君の姉女御の居所を麗景殿とすることは、姉の住む麗景殿に滞在した三の君とその近隣の桐壺に居住する源氏との出会いを自然なものとするための設定であったと考えられるのである。

2　史上の麗景殿の皇妃たち

続いて、物語外部——史上の麗景殿のイメージが物語に影響を及ぼしているかを見るため、『源氏物語』が成立した一条朝までの麗景殿を用いた皇妃たちについて確認していく。

Ⅰ醍醐天皇女御源和子〈光孝天皇皇女、常明・式明・有明親王及び慶子・韶子・斉子内親王母〉

ア　時子一剋自二滝口一至二東宮息所曹司一踏舞〈弘徽殿〉次尚侍曹司〈飛香舎〉次承香殿息所曹司〈麗景殿〉次克明親王直廬〈昭陽舎〉……　（『河海抄』初音所引『醍醐天皇御記』延喜十三年正月十四日条）

光孝天皇皇女で異母兄宇多上皇の支援を受けていたらしい有力な女御の和子は、承香殿を居所としていたが(9)、延喜十三年正月の男踏歌が行われた際は、麗景殿に移っている（ア）。増田繁夫氏は、これについて、「（引用者注：和子は）このころ麗景殿に移つてゐたのであらうと考へられる」と述べるが、[10]麗景殿に住まいを変更したのにも関わらずなおも「承香殿息所」と呼ばれていることが解せない。本稿では、この頃の和子の居所は承香殿のままであり、男踏歌の際は何らかの事情で一時的に麗景殿から見物していたと見ておく。[11]

Ⅱ村上天皇女御荘子女王〈代明親王女、具平親王・楽子内親王母〉

イ（重明親王ト）同じ御はらからの代明《よあきら》の中務宮の御女、麗景殿女御とて（村上天皇ニ）さぶらひたまふ。

（『栄花物語』①月の宴・二二～二三頁）

ウ　麗景殿の御方の七の宮（＝具平親王）ぞ、をかしう、御心掟など、小さながらおはしますを、母女御の御心ばへ推しはかられけり。

（同・月の宴・四一頁）

エ　六条の中務宮と聞えさするは、故村上の先帝の御七の宮におはします、麗景殿女御の御腹の宮なり……中務宮の御心用ゐなど、世の常になべてにおはしまさず、いみじう御賢うおはするあまりに、陰陽道も医師《くすし》の方も、よろづにあさましきまで足らはせたまへり、作文《さくもん》、和歌などの方、世にすぐれめでたうおはします、心にくく恥づかしきことかぎりなくおはします……

（同・はつはな・四三四～四三五頁）

オ　麗景殿の女御、中宮にたてまつれたまふあふぎに、[12]あしでにて
しらなみにそひてぞ秋はたちくらしみぎはのあしもそよといふなり

（『中務集』・一一五）

カ　天暦御時、麗景殿女御と中将更衣と歌合し侍りけるに
清原元輔
春霞立ちなへだてそ花ざかりみてだにあかぬ山のさくらを

（『拾遺集』・春・四二）

キ　伊勢のみやす所うみたてまつりたりけるみこのなくなりにけるがかきおきたりけるゐを、ふぢつぼよりれいけいでんの女御の方につかはしたりければ、[13]このゐかへすとて
麗景殿みやのきみ

なき人のかたみと思ふにあやしきはゑみても袖のぬるるなりけり
（『拾遺集』・雑下・五四二）

ク　今日。先帝女御庄子〈故代明親王女。〉為レ尼。非二先帝遺愛一也。
（『本朝世紀』康保四年七月十五日条）

荘子（庄子）女王は、母方祖父藤原定方・父代明親王没後、はかばかしい後見なき状態で村上天皇に入内、天暦四年（九五〇）に女御宣下を受けた（『一代要記』）。[14] 麗景殿に住み、その名で呼ばれている（イ・ウ・エ）。村上後宮では、中宮藤原安子や中将更衣藤原脩子と交流があり（オ・カ・キ）、他にも女御徽子女王と親しくしていたことが推測されている。[15] 萩谷朴氏の『平安朝歌合大成』（同朋舎、一九七九年）によると、『麗景殿女御荘子女王歌合』・『麗景殿女御・中将御息所歌合』（カの歌合）・『宰相中将君達春秋歌合』などの歌合の主催や参加が知られ、和歌の教養を備えた女性だったようだが、彼女の息子である具平親王も、様々な方面に優れた人物であった（ウ・エ）。クは、荘子が夫の死後に出家を果たしたという記事であるが、そこからは「非先帝遺愛也」と、先帝村上天皇の寵愛が薄かったことが窺え、興味深い。

Ⅲ円融天皇中宮媓子〈藤原兼通女〉

ケ　先帝女十親王参入、内大臣同〈女〉《脱カ》輦車参入、候麗景殿
（『平記』天延元年二月二十日条）

コ　ほりかはの中宮にて、ゆきのふりたるつとめて、れいけい殿のほそどのの、かれたるすすきにゆきふりかかりたるを、とのもつかさしてさしいれて、弁の少将のきみたてまつれたまふとて、それにむすびつく
（『義孝集』・二九番歌詞書）

サ　かくてその年（＝天禄四年）の七月一日、摂政殿（＝藤原兼通）の女御、后にゐさせたまひぬ。中宮と聞えさす。……中宮の御有様いみじうめでたう、世はかうぞあらまほしきと見えさせたまふ。
（『栄花物語』①花山たづぬる中納言・八九～九〇頁）

シ　東三条の大臣（＝藤原兼家）、中宮に怖ぢたてまつりたまはず、中姫君（＝詮子）参らせたてまつりたまふ。……参らせたまへるかひありて、ただ今はいと時におはします。（兼家ガ）中宮をかくつつましからず、ないがしろにもてなしきこえたまふも、（兼通ノ）昔の御情なさを思ひたまふにこそはと、ことわりに思さる。

（同・花山たづぬる中納言・九九頁）

関白藤原兼通女の媓子は、天延元年（九七三）二月に円融天皇に入内し、麗景殿を用いた（ケ・コ）。当初は執政である父の後見を受け、円融天皇の中宮、唯一の皇妃として時めいていたが（サ波線部）、貞元二年（九七七）に父を亡くした後、立場は急変し、藤原兼家女の詮子や藤原頼忠女の遵子が次々と入内し、媓子は圧倒されてしまう[16]。特に兼通と仲の悪かった兼家には「ないがしろにもてなしきこえたまふ」と露骨な態度をとられたという（シ波線部）。失意の媓子は、父の死の二年後、天元二年（九七九）に崩御した。

Ⅳ円融天皇皇妃尊子内親王[17]〈冷泉上皇皇女〉

ス　斎院尊子内親王始参二-侯麗景殿一。〈冷泉院皇女也。〉

（『日本紀略』天元三年十月二十日条）

セ　二品宮被参入、以承香殿為直廬、初被候麗景殿

（『小右記』天元五年正月十九日条）

媓子の死後に麗景殿を用いたのが尊子内親王である。尊子の父冷泉上皇は狂気持ちで、母方祖父藤原伊尹は既に没していた。後見役の叔父藤原義懐は参議にもなっておらず、そのような状況下では、他の后妃たち（中宮遵子、女御詮子）に比べて劣った立場だったようである。尊子は、天元三年に麗景殿に入内するも（ス）、わずか一年余りで承香殿に移っている（セ）[18]。なお、尊子は、「承香殿女御」の名で呼ばれたが（『小右記』天元五年四月九日条）、「麗景殿」と称された事例については見出せなかった。彼女については麗景殿のイメージは弱いかもしれない。

Ⅴ花山天皇女御姫子〈藤原朝光女〉

ソ　将軍　如女（久世本）　着裳之後今夜入内、以麗景殿為曹局
（『小右記』永観二年十二月五日条）

タ　（朝光ノ）女君のかかやくごとくなるおはせし、花山院の御時まゐらせたまひて、一月ばかりいみじうときめかせたまひしを、いかにしけることにかありけむ、まう上りたまふこともとどまり、帝もわたらせたまふこと絶えて、御文だに見え聞こえずなりにしかば、一二月さぶらひわびてこそは、出でさせたまひにしか。また、さあさましかりしことやはありし。
（『大鏡』兼通伝・二一四～二一五頁）

姫子は、永観二年（九八四）十二月に入内し、麗景殿を曹司とした（ソ）。花山後宮には藤原為光女で天皇叔父義懐の支持を得ていた女御忯子(19)、関白藤原頼忠女の女御諟子がおり、姫子は彼女たちに次ぐ序列にあったようだが、入内の甲斐あって、当初は非常に時めいていた。しかし、わずか一月で寵愛は衰え、寝所に召されるどころか天皇からの文すらも絶えてしまった。それを恥じて退出し、里邸に籠りがちになったという（タ）。

Ⅵ居貞親王（三条天皇）尚侍綏子〈藤原兼家女〉

チ　かやうにて過ぎもていきて、十二月のついたちごろに、東宮御元服ありて、やがて尚侍参りたまひ、麗景殿に住ませたまふ。宮いと若うおはします。督の殿は十五ばかりにぞなりたまふ。大殿（＝兼家）の御女におはしませば、やがて御輦車にて、女御やなど、あべきかぎりいとものものしう思しかしづきたてまつりたまふも、対の御方の幸ひめでたく見えたり。
（『栄花物語』①さまざまのよろこび・一四八頁）

ツ　麗景殿は里にのみおはしまして、けしからぬ名をのみ取りたまふ。東宮ただ今は、人知れずまめやかにやんごとなき方には宣耀殿（＝藤原済時女娍子）を思したり。いたはしうわづらはしき方には淑景舎《しげいさ》（＝藤原道隆女原子）を思ひきこえさせたまへれば、わざとも麗景殿まではさしも思したらず。
（同・みはてぬゆめ・二〇一～二〇二頁）

テ　かくて麗景殿の尚侍は東宮へ参りたまふことありがたくて、式部卿宮の源中将（＝源頼定）忍びて通ひたまふといふこと聞えて、宮もかき絶えたまへりしほどになくならせたまひにしかば、宮さすがにあはれに聞しめしけり。
（同・とりべ野・三三三頁）

摂政藤原兼家の劣り腹の娘（母は藤原国章女の対の御方）であった綏子は、永延元年（九八七）に尚侍に任じられ（『大鏡裏書』）、永祚元年（九八九）東宮居貞親王に入内、[20]東宮の住む梨壺に近い麗景殿に入り、「麗景殿」「麗景殿の尚侍」と呼ばれた（チ・ツ・テ）。初めは父兼家の力によって大変な威勢であったが（チ波線部）、入内翌年に父を亡くし、さらには長徳年間（九九五〜九九九）には源頼定との密通が発覚し（『大鏡裏書』）、東宮に顧みられなくなったという（ツ・テ）。綏子は、居貞親王即位前の寛弘元年（一〇〇四）にひっそりと没した（テ）。

以上のⅠ〜Ⅵの麗景殿の皇妃たちの中から、一時的居住と思われるⅠの源和子、承香殿のイメージの方が強いⅣの尊子内親王を除けば、次のような特徴を指摘することができる。

一、天皇の皇妃については、下位の女御が使用することが多い。
二、東宮妃については、東宮が梨壺を御所とする場合は有力な皇妃が使用した。
三、後見を失ったり、寵愛が衰えたりなどして、境遇の変化を体験している。

一については、Ⅱ荘子女王・Ⅴ姫子があてはまる。荘子は後見が弱かったし、姫子についてはより強力な後盾を持つ女御（弘徽殿女御忯子・承香殿女御諟子）が後宮に存在したということもある。増田繁夫氏は承香殿・麗景殿が弘徽殿に次ぐ地位の皇妃たちの居所であったとし、私見でも天皇の皇妃の曹司として弘徽殿が第一位、承香殿が第二位、麗景殿が第三位の皇妃の居所という格付けであったと考えていたが、[21]こうした見解を裏付けることになろう。中宮や上位の女御が弘徽殿・承香殿を使用することが多かったのに対し、下位の女御が麗景殿を用いたのである。Ⅲの中宮媓子の事例のみが気にかかるが、あるいは、入内当初に後宮を独占していた媓子は、格の高い弘徽殿などと共に隣接する麗景殿を併用していたのかもしれない[22]。

二は、Ⅰ～Ⅵの中の唯一の東宮妃の例――摂政藤原兼家の娘として華々しく入内したⅥ綏子について言えることである。平安朝の東宮は最初内裏外の雅院を、やがて醍醐朝の東宮寛明親王から内裏内の梅壺を居所としたが、村上・冷泉朝頃から梨壺も東宮御所として用いられるようになった[23]。梨壺に東宮がいた場合、隣接していて条件の良い麗景殿が有力な東宮妃の居所とされることはごく自然なことであっただろう[24]。一とは逆に上位の皇妃が麗景殿を用いることになる。『源氏物語』でも、このようなことを踏まえた上で、東宮に入内する左大臣女・紅梅大納言女の二人をここに入れたのである。

最後の三についてだが、Ⅱ荘子女王は入内前に、Ⅲ媓子・Ⅵ綏子は入内後に後見を失ったことにより頼りない立場となった皇妃であり、Ⅴ姫子はにわかに寵愛を失い、不幸な身の上へと転落した皇妃である。彼女たちは、皆境遇の変化を経験し、人の世の無常を痛感した皇妃たちばかりだった。麗景殿という殿舎には、さまざまな事情で頼りない境遇に陥った皇妃たちのイメージがどことなくまとわりつくのである。

右で述べた史上の麗景殿の特徴の中で、東宮妃に関する二を除き、一と三が桐壺帝の麗景殿女御に関わってくるのではないかと思われる。以降は、こうした史上のイメージが花散里巻の女御にいかに投影されているかについて、詳しく述べていきたい。

3　花散里巻の主題と響き合う「麗景殿」

前節では、麗景殿居住者が天皇の下位の女御であったこと、負の境遇に陥る人生を歩んだことを明らかにしたが、これらの特徴はまさに花散里巻の麗景殿女御と一致する。この女御についての叙述を見てみよう。

A麗景殿と聞こえしは、宮たちもおはせず、院（＝桐壺院）崩《かく》れさせたまひて後、いよいよあはれなる御ありさまを、ただこの大将殿（＝源氏）の御心にもて隠されて過ぐしたまふなるべし。（②花散里・一五三頁）

B女御の御けはひ、ねびにたれど、飽くまで用意あり、あてにらうたげなり。すぐれてはなやかなる御おぼえこそなかりしかど、睦ましうなつかしき方には思したりしものを、など（源氏ハ）思ひ出できこえたまふにつけても、昔のことかき連ね思されてうち泣きたまふ。（同・一五五〜一五六頁）

Cものをいとあはれに思しつづけたる（麗景殿女御ノ）御気色の浅からぬも、人の御さまからにや、多くあはれぞ添ひにける。

人目なく荒れたる宿は橘の花こそ軒のつまとなりけれ

とばかり（女御ガ）のたまへる、さはいへど人にはいとことなりけり、と思しくらべらる。（同・一五七頁）

Aは女御の人物紹介がされる箇所、B・Cは、女御が妹に会いに邸を訪れた光源氏と対面し、しみじみと亡き桐壺帝の世を偲んで語り合う箇所である。A—①では、所生子がおらず、夫の桐壺帝の死後「いよいよあはれなる御ありさま」となり、義理の息子で妹三の君の恋人である光源氏だけを頼りに、その援助を受けて暮らしていることが記される。このことから、親兄弟などが死去していることが推察されよう。B—③では「すぐれてはなやかなる御おぼえこそなかりしかど」とあり、桐壺帝の皇妃の中では格別目立った存在ではなかったことが明らかになる。この記述とも併せて考えるならば、麗景殿女御はかなり早い段階——恐らくは入内してすぐに後見を失っていたのではないだろうか。それ故に、桐壺後宮では帝の寵妃藤壺中宮と右大臣を後盾に持つ弘徽殿女御とに圧倒され、時めくこともなかったのであろう。(25) 親を亡くし、さらには夫にも先立たれ、次々と庇護者を失って頼りない立場に陥った女御、後宮では帝の寵愛薄く子もいない格下の女御——こうした設定は、史上の麗景殿のイメージと重なるものである。

ちなみに、この花散里巻の麗景殿女御は、前節で触れた村上朝の麗景殿女御、荘子女王と特によく似てはいないだろうか。物語の女御同様、父はおらず後見の弱かった荘子女王は、後宮の中で、権勢があったわけでも帝の寵愛厚いわけでもなかった。さらに、村上天皇に先立たれ、菩提を弔うために出家を果たしているが、そこには、故桐壺院を慕う麗景殿女御のように、亡き夫を慕う后妃の姿を読み取ることができるだろう。境遇のみならず、人柄や教養の程についても両者は類似している。花散里巻の女御について、源氏は「用意あり」「あてにらうたげなり」（B—②）「御気色の浅からぬも、人の御さまからにや」（C—④）とその応対の様から思慮深さや品の良さを感じ取り、女御の詠歌を聞いて「人にはいとことなりけり」（C—⑤）と称賛している。一方、荘子女王については、歌合を度々行っていたこと、所生の具平親王を見事に育て上げたことなどから、優れた人柄や教養を備えていたことが推測される。また、中宮安子や女御徽子女王、更衣脩子らとの交流から、穏やかな気性で他の皇妃たちと争うことなくうまく身を処していたことが分かる。[26] このような荘子女王の在り方は、子を儲けていることを除けば、桐壺帝の麗景殿女御そのものである。子の有無という差異が生じた理由については、源氏一人を頼みとさせるにあたり、皇子女を産んでいない方が都合が良かったということが考えられる。『源氏物語』作者の紫式部は父の代から具平親王家と親しくしていたらしいから、具平親王母の荘子女王を物語の准拠として取り入れたことも十分故あることであろう。[27]

さて、花散里巻という巻は、変転する世の中での人の心の頼みがたさを主題としている。直前の賢木巻では、父桐壺院死後の右大臣家の隆盛とそれに伴う光源氏・左大臣家の不遇が描かれていた。公的世界での変化と軌を同じくして、私の世界を扱うこの巻でも、それまで源氏に心寄せていた人々が心変わりする様子が「かくおほかたの世につけてさへわづらはしう思し乱るることのみまされば」（②花散里・一五三頁）、「おほかたの世に従ふものなれば、昔語もかきくづすべき人少なうなりゆく」（同・一五六〜一五七頁）、「それ（＝源氏ノ途絶エガチノ態度）をあいなしと思ふ人は、とにかくに変るもことわりの世の性《さが》と（源氏ハ）思ひなしたまふ」[28]（同・一五八頁）など繰り返し語られる。この巻では、前半に源氏の訪問を拒む心変わりした恋人（中川の女）、後半に光源氏をいつまでも待ち続ける誠実な人々（麗景殿女御姉妹）が対比的に配置され[29]、最終的には「心長さ」という美質を持った姉妹を賞賛する筋書きとなっている。ここであえて「心長き人々」麗景殿女御姉妹を登場させたことは、後の源氏の庇護を受ける人々が住む二条東院の構想へとつなげる布石なのであろうが、それはさておき、このような巻で故桐壺院の御代を偲ぶ寄る辺なき身の上の皇妃を登場させる必要があった時、やはりその住処としてふさわしかったのは麗景殿だったのではないか。この殿舎で暮らした史上の皇妃たちは、境遇の大きな変化を経験し、人の心の移ろいやすさを何よりも身にしみて感じていた人々だったのである。

結び

花散里巻において苦境にある源氏を温かく迎え入れてくれる姉妹――その内、姉の麗景殿女御に注目し、彼女の居所、麗景殿がいかにして設定されたかについて考察してきた。桐壺に近い麗景殿は、麗景殿の姉のもとに身を寄せる妹三の君と桐壺に住む光源氏の（かつてあったはずの）出会いを読者に自ずと想像させる。また、史上の麗景殿は、天皇の下位の女御に用いられることが多く、さらに、後見をなくしたり夫の寵愛が衰えたりして、境遇が一変した皇妃たちが住まう殿舎であった。そのようなイメージを持つ建物であったからこそ、源氏の周囲から彼を見限った人々が次々と去っていく時期を描く花散里巻で、父も夫も亡くし源氏の世話を受けてかろうじて暮らしている頼りない、しかし心変わりせず一途に源氏を待ち続ける女御の居所として麗景殿が選び取られたと考えられる。本稿では、これまであまり触れられることのなかった「麗景殿」の殿舎が『源氏物語』で果たす役割について明らかにした。

注

（1）各殿舎を使用した皇妃の数は、麗景殿4人、弘徽殿・藤壺・承香殿3人、桐壺2人、梅壺1人である。なお、拙稿「宇津保・源氏の承香殿――悲願を果たしえぬ皇妃たち――」（『平安朝物語の後宮空間――宇津保物語から源氏物語へ――』、武蔵野書院、二〇一四年）では、『源氏物語』の承香殿について、「弘徽殿・藤壺と並んで最もよく登場する後宮殿舎」と述べたが、「最もよく登場する」は誤りであり、ここに訂正させていただく。

（2）同様に『源氏物語』で目立たない殿舎である承香殿については、かつて注1拙稿で、史上の時めかぬ皇妃たちのイメージを反映していたことを明らかにした。

（3）二人の居所が麗景殿と示される箇所について掲げておく。

大宮（＝弘徽殿大后）の御兄弟《せうと》の藤大納言の子の頭弁といふが、世にあひはなやかなる若人にて、思ふことなきなるべし、姉妹《いもうと》の麗景殿の御方に行くに、大将（＝源氏）の御前駆《さき》を忍びやかに追へば、しばし立ちとまりて、「白虹《はくこう》日を貫けり。太子畏《お》ぢたり」と、いとゆるるかにうち誦《ず》じたるを……（②賢木・一二五頁）

（紅梅大納言ノ）若君、内裏《うち》へ参らむと宿直姿にて参りたまへる……（紅梅大納言ハ娘ノ居所ノ）麗景殿に御ことつけ聞こえたまふ。（⑤紅梅・四七頁）

（4）この女御は夫即位後に藤壺に移ったようである。その事情については、拙稿「宿木巻の藤壺女御――繰り返される藤壺――」（注1書所収）参照。

（5）（明石姫君ノ東宮ヘノ）御参り延びぬ。次々にもとしづめたまひけるを、かかるよし所どころに聞きたまひて、左大臣殿の三の君参りたまひぬ。麗景殿と聞こゆ。（③梅枝・四一四頁）

（6）本稿では、読者に「花散里」の名で親しまれるこの女性を、姉女御との混同を防ぐために、以後一貫して「三の君」と呼ぶことにする。

（7）藤村潔「花散里の場合」（『源氏物語の構造』、桜楓社、一九六六年）が、本来「花散里」が姉女御だけを指す語であったことを指摘し、これを修正する形で、坂本昇（共展）「花散里と聞えし御方」（『源氏物語構想論』、明治書院、一九八一年）が、松風巻以前は女御と三の君を含めた形で意味する語であったことを論じた。

（8）坂本注7論文。

（9）『二代要記』は、醍醐天皇皇子常明親王について「母女御和子、光孝源氏、號二承香殿女御一」と注する。和子については、拙稿注1論文参照。

（10）「弘徽殿と藤壺——源氏物語の後宮——」（『国語と国文学』一九八四年十一月）。

（11）ただし、和子は醍醐朝後半には承香殿以外のどこかに移ったようであり、女御藤原能子が代わってここを用いている。拙稿注1論文参照。

（12）引用したのは西本願寺本『中務集』。書陵部蔵御所本『三十六人集』の『中務集』では、同歌が異なる詞書（「又、れいけいでんの女御、中宮にたてまつり給ふ、ひひいなのもにあしでにて」）をもって記されるが、そちらでは、直前の歌の詞書（「村上御時、中宮のひひいなあはせに、七月七日かはらに女房くるまあり、すはまなどして」）から、村上朝の麗景殿女御荘子女王側から中宮安子に贈られた歌であることが明らかである。

（13）藤壺と麗景殿が指す人物については、村上朝の中宮藤原安子（藤壺）と女御荘子女王（麗景殿）、円融朝の資子内親王（藤壺）と皇妃尊子内親王（麗景殿）、花山朝の宗子内親王（藤壺）と女御藤原姫子（麗景殿）などが考えられる。『拾遺集』の他の「藤壺」は醍醐朝の某「藤壺女御」（誰を指すか不明）か村上朝の安子、「麗景殿」は荘子女王のみを指すので、ここでも安子と荘子女王と解しておく。

(14) 荘子の身内には、母方伯父の藤原朝忠・朝成、兄弟の源重光・保光・延光らがいるが、入内当時は皆公卿に列しておらず、身分が低かった。荘子女王については、西丸妙子「斎宮女御徽子の周辺――後宮時代考察の手がかりとして――」・「斎宮女御徽子の入内後の後宮の状況」(『斎宮女御集と源氏物語』、青簡社、二〇一五年、初出はそれぞれ『福岡女子短大紀要』一九七六年三月・十二月)、高橋由記「和歌からみた村上朝の後宮」(倉田実編『王朝人の婚姻と信仰』、森話社、二〇一〇年)が詳しい。

(15) 西丸注14「斎宮女御徽子の入内後の後宮の状況」。

(16) 『栄花物語』は兼通死後に兼家女の詮子が最初に入内したとするが、史実では頼忠女の遵子の入内の方が先である。

(17) 尊子内親王の身位については令制の「妃」とする説があるが、本稿では、「妃」にも「女御」にも任じられていないが強いて言えば「女御」に近いと説く増田繁夫「源氏物語の藤壺は令制の〈妃〉か」(『源氏物語と貴族社会』、吉川弘文館、二〇〇二年)に従う。

(18) 承香殿に住んでいた遵子が弘徽殿に移ったため、空いた承香殿に尊子内親王が入った。円融朝後宮で下位の皇妃であったらしい尊子が上席の女御詮子(居所は梅壺)を差し置いて格上の承香殿を使用した事情については、拙稿注1論文参照。

(19) 為光の妻の一人が義懐の姉妹であり、また為光女が義懐妻であったため、為光・義懐は親しい間柄にあり、忯子入内も義懐の働きかけによるものであった(『栄花物語』花山たづぬる中納言巻)。

(20) 『栄花物語』は居貞の元服と綏子の入内を共に寛和二年(九八六)十二月のこととするが、史実では元服は寛和二年七月十六日、入内は永祚元年(九八九)十二月九日のことであった(『小右記』)。

(21) 増田注10論文、拙稿注1論文。女御の定員については三人であったという指摘があり(松野彩「女御宣下と牛車宣旨――「国譲」巻の立坊争いをめぐって――」(『うつほ物語と平安貴族生活――史実と虚構の織りなす世界――』、新典社、二〇一五年))、これによれば序列が第三位であっても下位の女御ということになる。麗景殿は、弘徽殿・

承香殿に比して格下なのであり、女御以上の皇妃の中で相対的に立場の弱い者が使用したようである。そう考えると、物語の朱雀朝で右大臣孫、弘徽殿大后姪として有力なはずの麗景殿女御について違和感を覚えるが、彼女の居所設定については別の論理が働いていると思われる。藤壺中宮の迎えに東宮御所（梨壺か）に向かう源氏が女御の兄弟の頭弁に偶然出会うという設定（注3参照）から、梨壺に程近い殿舎、麗景殿がこの女御の居所として求められたのではないだろうか。

(22) 例えば承平四年（九三四）、朱雀朝母后穏子の常寧殿での五十賀の際、弘徽殿・麗景殿も共に会場として用いられていたのは（『西宮記』臨時八「皇后御賀事」）、この頃の穏子が隣接する三殿舎（常寧殿・弘徽殿・麗景殿）を使用していたことによると思われる。

(23) 山下克明「平安時代初期における『東宮』とその所在地について」（『古代文化』一九八一年十二月）。

(24) 歴代東宮妃の居所については、拙稿「宿木巻の藤壺女御――繰り返される藤壺――」（注1書所収）参照。綏子以降も麗景殿は度々有力な東宮妃の居所となっている。

(25) 桐壺帝の女御として他に第四皇子の母の承香殿女御、八の宮の母女御が知られるが、両者共に皇子を儲けており、麗景殿女御より有力な女御であったと思われる。

(26) この点は、光源氏の他の妻と良好な関係を築き上げた三の君（花散里）に通じる。

(27) 斎藤正昭「朝顔斎院――代明親王の系譜を手掛かりとして――」（『源氏物語の誕生』、笠間書院、二〇一三年）・『源氏物語のモデルたち』（笠間書院、二〇一四年）Ⅷ章も、花散里巻の麗景殿女御のモデルを親王母の荘子女王に求めている。

(28) これは、源氏のことを拒んだ中川の女に対する感懐である。中川の女の心変わりの背後には、自分に冷淡な源氏への恨みのみならず、現在不遇な状況にある源氏との関係は断ち切った方が良いとの打算的な考えがあったのであろう。

(29) 三谷邦明「花散里巻の方法――〈色好み〉の挫折あるいは伊勢物語六十段の引用――」（『物語文学の方法Ⅱ』、

有精堂、一九八九年）。

＊引用本文は、和歌の引用は『新編国歌大観』（角川書店）、『河海抄』は『紫明抄・河海抄』（角川書店）、『日本紀略』・『本朝世紀』は『国史大系』（吉川弘文館）、『一代要記』は『続神道大系』（神道大系編纂会）、『小右記』は『大日本古記録』（岩波書店）、『平記』は『陽明叢書』（思文閣出版）、その他の作品は『新編日本古典文学全集』（小学館）によった。引用文には私に傍線や注記を施した。

＊本稿は、JSPS 科研費 16H06694 による研究成果の一部である。

「明石」という呼称―一族の物語を内包する呼称―

鵜飼祐江

一　明石君の呼称用例の整理と「明石」呼称の問題点

明石君は、光源氏と明石の地で結ばれ、やがて一女（後の明石中宮）を生む人物で、「明石」「明石の人」「明石の御方」「明石のおもと」「明石の君」など「明石」系の呼称を持つ。

この「明石」呼称は、呼称分類において「居所・出身地」[1]や「地方」[2]の項に分類され、土地に因む呼称と解されてきた。しかし玉上琢彌は、「明石の入道」を「居住地」に分類する一方で、「明石の御方」は「例外」に分類した[3]。明石君の「明石」呼称の大半が上京後に使用されるため、居住地由来とは言い難く、源氏と明石君が出逢った地、明石君の初登場の巻による命名と見るのである。「明石」を単なる土地に因む呼称とするのには疑問が残る。

明石君が物語場面に登場するのは明石巻を待つが、その存在は早く若紫巻において源氏の家人良清のする噂話の中で次のように語られる（二〇二）。

・父親は「かの国の前の守、新発意」。

・容貌、気立ては悪くない。
・父入道が縁談を次々に断り、受け付けない。
・父入道は沈んだ身である。
・父入道が「思う通りの縁がなく、父が先に死ぬことがあれば、海に入って死になさい」と遺言している（存命中であるが）。
・母親は由緒ある出自である。
・両親に大切にかしづかれている。

明石君は、「かの国の前の守、新発意のむすめ」（若紫二〇二）と、父入道に付随して呼び出され、父の無謀な望みを託された娘であると語られる。源氏の供人たちは「海竜王の后になるべきいつきむすめななり」「心高さ苦しや」「田舎びたらむ。幼くよりさる所に生ひ出でて、古めいたる親にのみ従ひたらむは」（同二〇四）などと言う。源氏は心中に「をかし」（同）と聞き、「ただならず思」（同二〇五）うが、家人の想い人、しかも遠い明石の地の話など、己には無縁のことと聞いていたに違いない。しかし、後に源氏の栄達の鍵となる娘を生む明石君の設定は、紫の上登場の時点において詳細かつ具体的に構想されていたことになる。

明石君の呼称用例は約一三〇例。若紫巻の噂話、また須磨・明石巻では「むすめ」「若き妻子」「女童」など入道の娘として呼び表されている。「明石」呼称の初出は澪標巻（二八五）において女児出産が語られる場面である。以後、入道の娘としての呼称は減り、「明石」系呼称と「御方」の使用が増え、その後、六条院移転を機に「北の殿」など町の呼称が、女御との母子の名乗り以降は「母君」「おもと」などの母の呼称が散見するようになる。若紫巻から明石の地の人として語られていたにも関わらず、源氏の帰京を受けて初めて用いられるあたり、「明石」が単なる地名を指すのではなく、光源氏の流離と再起の物語の果てにある呼称であることを示唆していよう。

『源氏物語』には、「明石」の他にも「空蝉」「末摘花」など物語内容と極めて密接する呼称がいくつか見られる。こうした物語内容に因んで創作される呼称（以下、「エピソード型呼称」と呼ぶ）には、[4]

①エピソード（長短あり）が語られる。

②和歌によってエピソードが一語に集約される（巻名になることも多い）。

③人物が巻を隔てて登場する際、「かの○○」とその一語で呼び出されると、エピソードを一気に喚起する。

などの一定の型があり、「明石」にも同様の型が確認できる。一見、地名に因む「明石」呼称は実は、物語内容を豊かに内包した呼称の一つなのではあるまいか。

先の玉上分類では「明石の御方」と「明石の入道」の「明石」は異なるものとなるわけだが、この親子（一族）の繋がりは極めて緊密であり、光源氏との縁に父入道の宿願と介入が不可欠であったことを思えば、父娘の「明石」が異なる位相にあるとは考え難い。物語内容に因む呼称として注目するときにはむしろ、「明石」は明石君一人の呼称ではなく、入道を核とする明石一族の物語を内包する呼称である可能性が見えてくる。ただし、注意すべき変則的な点もある。エピソード型呼称は、先の物語内容を集約的に喚起させるため、登場が断続的となる脇役に多く使用されるのだが、継続的に登場する主要人物である明石君に用いられる効果は何か。また、和歌の中の鍵語として際立つ他のエピソード型呼称と違い、地名と分かち難い語「明石」を呼称に選ぶ意味はどこにあるのだろうか。

本稿では、「明石」呼称の創作課程を追うと共に、「明石」呼称が喚起する物語内容と意義を探り、父入道の「明石の入道」呼称との関連及び明石一族の物語との繋がりを考察する。

二　歌語「明石」と語の変容

そもそも「明石」はどのようなイメージを持つ語であろうか。『源氏物語』の明石巻は須磨巻に続く巻で、「明石」と聞けば、須磨巻の物語も自ずと思い起こされるため、「明石」「須磨」の両語に注目する。二語共に歌枕であるので、まずは歌語のイメージから確認する。(5)

「明石」は播磨国の歌枕で「ほのぼのとあかしの浦の朝霧に島隠れゆく舟をしぞ思ふ」（古今集・羇旅）と、明るく穏やかな景が詠まれる。「思ひ明かす」「嘆き明かす」と掛詞にしたり、「暗し」に対する「明かし」と詠まれたりなど、「あかし」の響きを生かして歌われることが多い。一方「須磨」は摂津国の歌枕で、在原行平の「わくらばに問ふ人あらば須磨の浦に藻塩たれつつわぶと答へよ」（古今集・雑下）から、流された者の不遇と結びつく地でもある。『拾遺集』に「白浪は立てど衣に重ならず明石も須磨もおのが浦々」（雑上）と並べて詠まれる隣接した浦ながら、「明石」と「須磨」は異なるイメージを持つようである。

両地共に交通の要衝であったと言い、特に「明石」は、人麻呂が「天離る鄙の長道ゆ恋ひ来れば明石の門より大和島見ゆ」（万葉集・巻三）と詠んだように、「西国に旅する人にとってはいよいよ畿内から出て遠国へ行く覚悟を、帰ってきた人には故郷近くまで来たことを実感させる地点」であるという。(6)『源氏物語』においても、須磨と明石に横たわる、この畿内と畿外という違いが大きな意味を持つことが指摘されている。(7)

須磨巻と明石巻は書きぶりも異なっている。須磨巻では、京の人々と別れを惜しむ源氏の無念が際立ち、須磨での暮らしは「行平の中納言の、関吹き超ゆると言ひけん浦波、夜々はげにいと近く聞こえて、またなくあはれなるものは、かかる所の秋なりけり」（須磨一九八）と、行平に重ねられて、「いと人少な」の夜「独り目をさまし」「涙落つともおぼえぬに枕浮くばかり」（同一九九）と心細い。訪ねてくれた宰相中将には「都のさかひをまた見んとなむ思ひはべらぬ」（同二一六）と嘆くばかりで帰京の目途も立たない。巻末の激しい嵐には、古注以来道真や周公旦の故事との関連が指摘され、嵐の中に不気味な夢を見て怯えた源氏は、「この住まひたへがたく」（同二一九）と須磨の地を厭うに至っている。

対して明石巻では、源氏の流離の不当さが示される。京でも吹き荒れていた嵐は、朱雀帝の御代の乱れの表れだとされ、住吉神に祈った源氏の夢には故桐壺院が現れて須磨の地を離れるように告げた。入道に迎えられた明石の地は「浜のさま、げにいと心ことなり。人しげう見ゆる」（明石二三三）と風情があり賑やか過ぎるほどで、源氏は入道の館に「心やすく」身を落ち着ける（同二三四）。結ばれた明石君には懐妊の兆しもあり、年が改まると源氏には帰京が許される。逼迫していた源氏の状況は明石に転地したのを機に好転してゆく。

激しい嵐が止んだ際、源氏を迎えに来たのが入道である。入道は「去ぬる朔日の夢」に「さまことなる物」から、十三日に「しるし」を見せるから舟を準備し、雨風が止んだら発てと告げられ、「このいましめの日」に暴風雨の中舟を出すと、順風に助けられ須磨の入り江に着いたと言う（明石二三二）。奇しくも源氏は「弥生の朔日に出で来たる巳の日」（須磨二一七）に祓えを行い、その夜の夢に「その様とも見えぬ人」（同二一九）が自分を探して「など、宮より召しあるには参りたまはぬ」（同）と言うのを見、十三日の嵐の夜には故父院に夢で「この浦を去りね」（明石二二九）と言われている。二人が同じ人外の力（住吉神）に導かれていることを端的に表す叙述である。

入道は一人娘の将来に期待し、年に二度、住吉の神に祈り続けてきた。娘の誕生前夜に見た瑞夢について明かされるのは若菜巻を待つが、入道はその夢を信じ、自ら播磨国の受領となって、任果てた後も明石の地に留まってきた。住吉神を強く信奉してきた入道は、上巳の夢を住吉神の導きと確信したからこそ、嵐のときに危険を恐れず船出できたのである。明石君が「海竜王の后になるべきいつきむすめ」（若紫二〇四）と呼ばれた意味が、源氏復活の契機と重なってゆく。(8) 明石の地は、一族再興の機を待つ入道と、人生に絶望しながら再起を望む源氏、宿願を背負った二人の男の運命を転換させるために住吉神が用意した聖地として描かれている。

「須磨」は流された者が辿り着く地、「明石」は帰る者に京が近づいたと感じさせる地だという。二つの歌枕のイメージを『源氏物語』は上手く繋ぎ合わせ、「須磨」の流離のイメージを引き受けて、「流離からの帰京」の地として「明石」を据え直した。明石への転地は、京から距離的には遠のきつつも、逆接的に源氏の帰還を近づける。もとの「明石」は旅人の帰京を詠む歌語で、神の加護や霊的な含み、流離との関係は持たないが、物語を通過することで『源氏物語』が独自に「流離からの帰還の地」へと変容させ、源氏の再起を後押しする地として描かれた。

三　「明石」呼称の創作課程――入道の介入と三首の「明石」歌

では、「明石」呼称の創作過程を確認してゆく。「明石」呼称が内包する物語には父入道の介入が著しい。まず須磨巻で、若紫巻の噂話が呼び起こされる。

明石の浦は、ただ這ひ渡るほどなれば、良清朝臣、かの入道のむすめを思ひ出でて文などやりけれど、返り事もせず。（須磨二〇九）

明石君は「かの明石のむすめ」ではなく「かの入道のむすめ」と呼ばれ、これが文末の「返り事もせず」と響き合い、入道が今なお無謀な望みに固執していることを読み取らせる。このとき、源氏が須磨に流れて来たと知り対面を働きかけた入道を、良清が黙殺したため、娘を源氏にという入道の思惑は、源氏の関知せぬまま読者にのみ明かされて、明石巻へと引き継がれる。良清に寄り添っての叙述は、畿内畿外に横たわる大きな隔たりを「這ひ渡るほど」と、一続きの地と錯覚させ、次巻の源氏の明石転地へ緩やかに繋がってゆく。

明石に移った源氏は入道のもとに身を寄せるが、以後も明石君はなかなか姿を現さない。代わりに源氏との関係を築くのはやはり入道である。

明石の入道、行ひ勤めたるさまいみじう思ひすましたるを、ただこのむすめ一人をもてわづらひたるけしき、いとかたはらいたきまで、時々もらし愁へ聞こゆ。(明石二三七)

入道の呼称用例は五四例。ほとんどは「入道」で「明石の入道」はわずか二例(明石二三七、少女六六)。右が初出である。当該場面は源氏の明石移転後、入道とその娘を一連のものとして言及する最初の場面であり、「明石の入道」呼称によって、いよいよ明石物語が本格的に始動する呼吸が生まれている。明石君の「明石」呼称に先んじて父に「明石の入道」が用いられているわけだが、入道の「明石」は、一族の再興を願う入道の宿願に密接に繋がっており、娘の「明石」呼称は、この父入道の宿願を抱え込んでゆく。

「明石の入道」の「むすめ」を源氏は「御心地にもをかしと聞きおきたまひし人」(明石二三七)と呼ぶ。若紫巻でも源氏は娘の噂を「をかし」(二〇四)と思っていたが、入道の高望みに対する供人の嘲笑に紛れ、源氏の「をかし」の意は「滑稽」か「心惹かれる」か、を判じ難かった。あの日噂に聞いた大願を抱く一族に、夢告げと神の助けで辿り着いた地で対面している不思議な符合を、源氏は「さるべき契りあるにや」(明石二三七)と意識してゆく。入道が待ち望んだ相手は己だったわけである。

「明石」物語への入道の介入が最も顕著なのが、「明石」を詠み込む和歌のやりとりである。源氏と明石君の物語は三首の和歌を通じて「明石」の語に集約されてゆく。その最初の二首が入道と源氏の贈答歌である。

明石浦の月夜に興を誘われた源氏が琴《きん》を弾くと入道も琵琶や箏を奏でた。源氏も感心する腕前は「延喜の御手より弾き伝へたること三代」（明石二四二）であるという。箏は女が弾く方が良い（同二四一）との源氏の言葉を潮に、入道は娘のことを口にする。源氏が流れてきた理由は己の願いゆえ（同二四四）と、住吉神への篤い信仰と娘への期待について入道が語るのを聞いた源氏は、「前の世の契り」（同二四六）としてこの縁を受け入れる。

「ひとり寝の慰めにも」と娘を乞われた入道は歌を詠み、源氏が返歌する（同二四七）。

(1)ひとり寝は君も知りぬやつれづれと思ひあかしのうらさびしさを

(2)旅衣うらがなしさにあかしかね草の枕は夢もむすばず

入道の(1)「思ひあかしのうらさびし」は地名と「思い明かす」の掛詞で、娘の独り寝の心細さを代弁するかたちで詠んでいる。これを受けて(2)源氏歌は「明石」と「(夜を)明かしかねる」を掛詞にして返歌し、娘を貰い受ける意思を示した。入道の問わず語りを聞いた後には「あかしのうらさびし」に、入道の忍耐の日々も滲む。入道にとって娘の婚姻は一族の再興に繋がるものであり、娘の心細さの解消だけが目的ではない。源氏もまた入道の積年の思いを知り「旅」の「かなしさ」を詠むのである。大臣の家柄、「延喜の御手より弾き伝へたる」血筋でありながら、身を落として明石の地に留まる入道もまた旅人の一人である。

このやりとりに明石君本人は関与していない。エピソード型呼称は、和歌を通過しながらエピソードを一語に集約してゆくが、「空蝉」「帚木」「夕顔」「常夏」「有明」など多くは、男君（概ね光源氏）と女君の当人同士の贈答歌を軸とする。ところが「明石」の贈答歌の場合、明石君は関わらず、翌日源氏から明石君に贈られた文の和歌（をちこちも知らぬ雲居にながめわびかすめし宿の梢をぞとふ（明石二四八））にも「明石」はない。入道と源氏の

「明石」贈答歌は、「明石」のエピソードがまずは恋とは無縁な物語として、何かを背負わされた男たちの運命的な邂逅の物語を内包するかたちで始まり、その根底に二人の宿願の重なり合いがあることを窺わせる。

明石君への(3)「明石」歌が詠まれるのは、明石巻末である。源氏からの最初の文に明石君は返事をしなかった。「とかく紛らはして、こち参らせよ」(明石二五三)という命にも「正身はたさらに思ひ立つべくもあらず」(同)と応じなかった。源氏は正式な婚姻のかたちを避けたかったが、明石君のこの頑なとも言える態度に折れ、自分から通うこととなる。「正身」呼称は、物語の主体をぐっと明石君に振り戻す。それだけ入道主導で事が進行してきたことを看取させもするわけだが、入道は娘を源氏の所へ参らせることも否まなかったため、源氏の方から通わせた首尾は明石君の裁量によるところが大きい。

正身は、おしなべての人だにめやすきは見えぬ世界に、世にはかかる人もおはしけりと見たてまつりしにつけて、身のほど知られて、いとはるかにぞ思ひきこえける。(明石二三八)

ともある。宿願を盲信するのは父であり、宿願の内容を知らされない娘は現実的に「身の程」を意識し「慰め」で終わることを恐れるのである。

「女」呼称によっても「明石」物語が男たちの物語から明石君主体の恋物語の側面を持ち始める様子が窺える。明石巻での明石君の「女」呼称は四例(二五一、二六〇、二六二、二六六)。源氏が明石君を「女」と呼ぶ二五一には、通って来いという源氏の侮りも覗くが、明石君本人との直接的な関係が築かれ始める場面でもある。二六〇、二六三、二六六は明石君の主語として、源氏との恋に悩む明石君の姿を捉えている。入道の不遇に対する源氏の共感や同情から始まった明石君との関係は、紫の上への源氏の遠慮を孕みながらも、「女」の恋物語として着実に深まり、明石君の懐妊へと繋がってゆく。

こうした恋物語の外側で、源氏の帰京が許される。三首目の「明石」歌は、「まことや、かの明石には、返る波につけて御文遣はす」（明石二七五）と、源氏が都から明石君に宛てた文に記された。源氏には明石はもはや遠い「かの」地である。この「かの明石」は、「返る波」と続いて歌枕の響きが強く、呼称とは言えないが、源氏が「違ひ目」としてその地に赴き、それが今は過去の地となったことをよく表している。一方で、明石にいる間だけかと思われた明石君との関係は、帰京後にも継続された。それは、明石君の魅力にもよろうが、最大の理由は、明石君が源氏の子を宿したことにあるだろう。

(3)嘆きつつあかしのうらに朝霧のたつやと人を思ひやるかな（明石二七五）

源氏の(3)「明石」歌は、我が子を宿した女君を思いやる歌である。源氏の流離は、この子を授かるためのものであった。入道の宿願も、貴人と縁づいた娘が子を得て初めて現実味を帯びる。源氏が帰京した後には仲が絶えてしまうのではないか、という明石君の憂いもまた、宿した子ゆえに解決した。願いの中身は違えながらも、明石君は源氏と入道の宿願成就に与してゆく。

明石巻末の(3)「明石」歌は、宿願を抱えた入道との邂逅に始まる、明石で結ばれ明石に残してきた女君との恋物語を内包し、それは源氏の栄達と明石一族の再興の鍵となる一女を授かる物語となって、「明石」を歌枕から、源氏の再起と入道の宿願に結びつく豊かな一語へと変容させている。

この(3)歌への明石君の返歌はなく、明石君の「明石」詠歌は若菜巻（一〇六）まで見られないように、明石巻の明石君に宿願意識はまだ芽生えていない。その意味では、「明石」呼称のエピソードは彼女自身にはまだ内面化されていないのだが、徐々に彼女自身の呼称となってゆく過程を、彼女が「明石」と呼ばれる場面の分析から追ってゆきたい。

四　「明石」呼称が喚起するもの

「明石」系呼称の用例は以下に確認できる。澪標二八五（「明石」姫君誕生）、三〇二（「明石の人」住吉参詣）、三〇六（「明石」同）、絵合三七八（「明石」明石の旅日記）、松風三九七（「明石の御方」二条東院構想）、少女七八（「明石の御方」六条院完成）、玉鬘八七（「明石の御方」右近、六条院造営に絡み夕顔と比較）、一二六（「明石」夕顔と比較する紫の上の発言、直後姫君のかわいさから明石君をも認める）、一三六（「明石の御方」衣配り）、初音一四九（「明石の御方」正月、源氏宿泊）、蛍二一〇（「明石の御方」物語選び）、常夏二三七（「明石のおもと」内大臣が明石姫君に言及）、若菜上八七（「明石の御方」姫君の後見）、八七、（「明石の君」紫の上、姫君との対面時、明石君を意識）、九四（「明石の御方」紫の上の薬師供養）、一〇三（「明石」女御出産）、若菜下一七〇（「明石の御方」住吉参詣）、一七〇（「明石」同）、一八六（「明石の御方」女楽）、一八七（「明石の御方」同）、一八七（「明石の君」同）、一九三（「明石」同）、二〇〇（「明石の君」同）御法四九六（「明石」紫の上の法華千部供養）、四九七（「明石の御方」紫の上と歌の贈答）、五〇一（「明石の御方」紫の上の見舞）、幻五三二（「明石の御方」紫の上死後の源氏の訪問）、匂兵部卿二〇（「明石の御方」六条院が明石一族の子孫のためにあるかの如き繁栄）。多くが明石姫君に関連づいた場面であるが、傍線五例は紫の上に関わる場面である。これら紫の上の場面で使われる「明石」は、明石君を侮りつつも姫君の実母として強く意識している紫の上の内面と連動しているようである。

「明石」呼称はその根底に、源氏と入道、二人の男の物語を抱えていた。

まことや、かの明石に心苦しげなりしことはいかにと思し忘るる時なければ、公私いそがしき紛れにえ思すままにもとぶらひたまはざりけるを、三月朔日のほど、このころやと思しやるに人知れずあはれにて、御使あり

けり。（澪標二八五）

明石君を「明石」と呼ぶ初出は、姫君誕生の話に見られる。「かの明石」は、地名の響きも持つが、「心苦しげなりしこと（懐妊によるいたわしい様子）」と続いて女君を語ることから呼称らしくある。「かの明石」は、二人が授かった子の誕生に光を当てる叙述と共に明石巻を喚起し、明石での日々の意味が、特に光源氏の栄達の鍵を握る姫君の誕生にあったことを鮮明にする。

澪標巻では、冷泉帝の即位が成り（二八二）、明石君の子が女児であったことを受け、姫君が源氏の栄達の鍵となることが決定づけられる。

宿曜に「御子三人、帝、后かならず並びて生まれたまふべし。中の劣りは太政大臣にて位を極むべし」と勘へ申したりしこと、さしてかなふなめり。（同二八五）

以後、「明石」呼称は明石姫君に関わる場面で用いられ、宿願の物語を揺曳させるが、六条院移転以前の「明石」呼称は、住吉参詣・二条東院構想・六条院移転などの場面に確認でき、男たちの物語でなくむしろ明石君自身の転機を語る場面を導くための呼称となっている。

澪標巻では復権した源氏により、先の嵐の最中に祈った住吉神への願ほどきの参詣が行われる。このとき、年二回の恒例の参詣に来ていた明石君は源氏の一行に遭遇する。この場面で「かの明石の人」(9)（澪標三〇二）「かの明石」（同三〇六）と呼び表される明石君は、煌びやかな源氏の威勢に萎縮し、源氏の息子夕霧の華々しい様子に、我が姫君との違いを目の当たりにした。

源氏の参詣は、下衆の者にまで知れ渡っていたのに、明石君は知らずにいた。住吉神の導きで出逢い、子までなしたが、源氏との繋がりは実に心許ないものであることが、恒例の住吉詣によって思い知らされる。遠く「明石」

にいる限り、夕霧と同じ源氏の子である娘は、世に知られずに埋もれてしまう。明石君は、この参詣を機に、源氏との恋の苦悩よりも、母として姫君の将来をどう切り開くかという責任を負うようになる。娘を一人前にという願いは、皇統と深く関わる源氏や入道の願いと実は呼応している。

住吉参詣の後、松風巻では二条東院が造営される。「東の対は、明石の御方」（三九七）と予定され「明石には御消息絶えず」（同）と源氏は上京を促す。明石の地は一族にとって、住吉神の庇護篤い聖地であったが、源氏にとって明石は「違ひ目」の一時的な滞在地であり永住の地ではない。源氏の帰京が叶った今、明石君が源氏の運命に交わり続けるには、今度は明石君の方から源氏のもとへ赴く必要がある。明石君は、源氏の言うなりに二条東院に住むことは拒んだが、姫君の将来を思って明石を離れ、大堰に転居する。やがて姫君を紫の上へ預け渡すことをも受け入れてゆく。子別れが描かれるのは薄雲巻だが、京への移転を受け入れた時点でそれは避けられないことであり、松風巻の時点で既に明石君が選択した姫君のための未来であった。「明石」呼称は、松風巻冒頭において、過去の物語を喚起しながら姫君と共に明石君を場面に呼び込み、二条東院の話題を契機にして、明石君に上京、子別れを選択させる場面を導いているのである。

少女巻では六条院移転の話題に伴い「戌亥の町は、明石の御方と思しおきてさせたまへり」（七八）とある。明石の地を離れてなお明石君は「明石」と呼ばれている。このとき明石君は大堰から六条院に移るのであり、実際の家移りの場面では「大堰の御方」（少女八三）が使われ、転地の様を表している。では、六条院に迎えられる話が出たとき、大堰でなく「明石の御方」と呼ぶのはなぜか。「明石」物語の核は源氏の姫君誕生にあった。姫君の生母であることは、地方の受領階級の女が源氏の邸に一町を与えられる異数な展開を、自然のことと受け止める証しとなってゆく。六条院は、娘たち（秋好中宮、明石姫君）と妻たち（紫の上、花散里、明石君）のために整えられた。

大堰に留まる明石君を今度こそ領内に迎えたいという源氏の思惑も働いたはずである。多くの妾たちの世話を目的に企図された二条東院への居住を明石君が拒んだ選択が、姫君の生母としての六条院移転を導いている。

「明石」呼称は、夕霧と姫君の差を知る住吉参詣、上京を示唆する二条東院構想、源氏の妻としての六条院移転など、明石君の人生の分岐点を語るにあたり使用された。「明石」が喚起するものは須磨・明石巻に同じだが、節目の度に「明石」呼称によって原点の物語が呼び込まれ、そのときどきの明石君の人生が照り返されて、明石君によって進むべき道が選ばれる。その結果「明石」呼称は明石君自身に寄り添う呼称となってゆくのである。

五　「明石」系呼称と六条院系呼称

六条院移転後、明石君には冬・北の町に因む六条院系の呼称も用いられ、「明石」系呼称とは異なるものを喚起する。すなわち「明石」呼称は、二度の住吉参詣や東宮出産を始め明石姫君に繋がる場面で使用され、明石君の幸運の女君としての一面に光を当てる。一方六条院系呼称は、町の位置に関わる場面（初音の鬚子が冬の町から届く）、他の女君と比較する場面（紫の上との比較や香合せ）で登場し、六条院内で他の女君より一段劣る存在としての明石君を意識させる。明石君の町は、対の屋のみの造りで、家移りも他の女君に遠慮して最後に行われた。六条院は、四町を各女主が差配する仕組みであるものの、純然たる差が存在し、町名呼称はその差を印象づけるのである。

例えば野分巻では、夕霧が「北の殿」と呼んで明石君を侮る様子が描かれる。明石姫君のもとで夕霧が紙や筆を所望すると、姫君の道具が用意された。

「いな、これはかたはらいたし」とのたまへど、北の殿のおぼえを思ふに、すこしなのめなる心地して、文書

きたまふ。（野分二八三）

夕霧は一度は恐縮したものの、母「北の殿」の格を考え、恐れ入ることもないかと思い直している。

明石母子は六条院内で居所を異にしている。その居所に因む「北の殿」と呼ぶことで、姫君を侮るのではなく、母の位相に照らして評価する夕霧の心理が滲み出る。姫君の呼称は、幼い間は「若君」「姫君」、入内後は「女御」「中宮」「后」「大宮」が占め、作中「明石〜」と呼ばれることはない。[10] しかし「明石」は、祖父入道、母明石君に使われる一族の呼称であるため、「なのめなる」と続くこの場面で「明石」が使われると、姫君をもこの一員に強く貶めてしまう。当該場面の町名呼称は姫君から少し距離を持った明石君を呼び込んでいる。

一方、常夏巻で内大臣の会話には「劣り腹なれど、明石のおもとの産み出でたるは……」（常夏二三七）とあり、「劣り腹」と「明石のおもと」が「なれど」で繋がれ、姫君の母として侮れない様子が描かれる。六条院の外の者が内部の町名呼称の使用を避けたという事情もあろうが、源氏や入道の宿願を知り得ない内大臣が使う「明石」呼称には、田舎者なのに望外の幸運を得た人物というニュアンスも揺曳し、物語内での第三者的評価を窺わせる。

「明石」呼称は、姫君の成長と共に読み手に与える印象を少しずつ違えてゆく。最初は源氏の子を宿した者の名、次には后がねをなした者の名、更には女御、中宮、国母の母の名として。源氏の栄達と明石一族の再興は姫君が成長するに連れ成就へ近づき、「明石」と呼ばれる女君に喚起される幸運の度合いも増してゆく。それは「明石」一族の影響力に共鳴する現象であるかもしれない。明石君は、六条院に一町を得て（少女）、入内を機に娘の側に仕え（藤裏葉）、東宮女御となり出産間近の娘と母子の名乗りを果たした（若菜上）。女御の男子出産後、父入道から宿願の全貌が明かされると（同）、明石一族が存在感を強め、光源氏の栄達までが明石一族の再興のためにあったかのような印象に絡め取られてゆく。畿外「明石」への侮りも、入道の宿願の真相が明かされた後には、覆って霊験あらたかな聖地の印象を強める。その結果、「明石」呼称も卑しいイメージから脱却してゆくのである。

入道の告白は、明石女御、尼君、明石君にとって衝撃であった。

「老の波かひある浦に立ちいでてしほたるるあまを誰かとがめむ

昔の世にも、かやうなる古人は、罪ゆるされてなむはべりける」と聞こゆ。御硯なる紙に、

しほたるるあまを波路のしるべにてたづねも見ばや浜のとまやを

御方もえ忍びたまはで、うち泣きたまひぬ。

(4)世をすてて明石の浦にすむ人も心の闇ははるけしもせじ

など聞こえ紛らはしたまふ。別れけむ暁のことも夢の中に思し出でられぬを、口惜しくもありけるかなと思す。

(若菜上一〇七)

明石君自身がようやく詠んだ(4)「明石」歌は、しかし源氏への歌ではなく、父入道を思う詠である。明石君は父の宿願の内実と堅忍不抜の日々を知り、我が子を手放す悲しみに耐え、また妻としてより母として生きて来た己の選択は正しかったのだと得心したに違いない。入道を偲ぶ同じ心で詠まれた右の三首は、明石一族の結束感を強め、若紫巻から貫かれる長い物語を収束してゆく。(11)

明石一族の繁栄は、尼君の「明石」呼称によって物語内外に示される。若菜下巻、冷泉帝から今上帝に御代が移り、明石女御腹の第一皇子が東宮に立つと、源氏によって願ほどきの住吉参詣が企画され、明石君と尼君の同行が許された。かつて夕霧との差を見せられた住吉参詣が、今娘のために盛大に行われるのは、明石君の選択と忍従の結実である。この住吉参詣後、人々は「明石の尼君」(若菜下一七六)を「幸ひ人」(同)と言い、近江君は双六の良い目を出そうと「明石の尼君」(同)と唱える。尼君の呼称は「母」「親」「尼君」が占め、「明石尼君」は当該場面

で初めて使われる。尼君にとって、宮家の血筋が再び皇統に連なることは悲願であったはずである。入道の「明石の入道」に始まり、明石君に受け継がれた「明石」呼称が、宿願が叶ったのを受けて尼君に「明石の尼君」と用いられてゆく流れは、「明石」呼称が宿願成就によって完成する、一族の呼称であることを窺わせる。

「明石」の隆盛は女楽に顕著である。「明石」呼称（若菜下一八六、一八七②、一九三、二〇〇）は、「延喜の御手より弾き伝へたる」（明石二四二）を呼び込み、女御との血脈を響かせ、琵琶の名手として同席を許された明石君の存在を高らかに誇示する。叙述では、他の女君に対する明石君の遠慮が描かれるが、繁栄する「明石」の存在感は隠せまい。華やかな宴に他の女君と居並ぶ場面で、むしろ積極的に「明石」と呼んで、「明石」で生まれた異数の宿運を負う女が今を盛りの栄華に輝く様を描き出す。

脇役に見られるエピソード型呼称は、人物を過去の物語と共に一気に場面に呼び起こすが、明石君に継続的に使用された「明石」は、原点のエピソードを繰り返し喚起しつつ、物語の展開に呼応して、読み手の印象を更新していた。六条院に住む源氏の妻、紫の上、花散里、明石君は、皆エピソード型呼称を持つ。三人の場合、呼称となる一語は、まずは源氏によって選び取られるが、それが時間をかけて女君たち自身の呼称となってゆく。彼女たちは源氏の妻となることで社会的地位を持つように見えるが、エピソード型呼称のあり方を見ると、実は、自身の物語（起源）を持ち、自身の物語を紡ぎながら源氏の人生に関わってゆく存在として造型されているのではないか[12]。

「明石」はエピソード型呼称で唯一の歌枕である。「空蝉」や「末摘花」は一人の女君との物語以上の広がりは持てないが、地名であれば一族の結びつきを絡め取り得る。その上で、「明石」に込められた一族の悲願は、明石君の子別れと忍従という犠牲の上に成り立って、明石君自身の呼称となっていった。明石君は源氏の愛情を他の女君と競う妻としての道を捨て、母として娘の将来のために忍ぶ生き方を選んだ。男たちの宿願に呼応する宿命の証しのように、「違ひ目」の地の女の呼称として選び取られた「明石」は、明石一族の宿願を内包する呼称として完成し、若紫巻から若菜巻を貫く光源氏の栄達の物語の鍵を握る女君を、物語の進行と共に重層的に描き出すのである。

注

（1）小山敦子『源氏物語の研究――創作過程の研究――』（武蔵野書院、一九七五年）。

（2）長谷川成樹「源氏物語の人物呼称――分類の試みと不変的呼称について――」（『日本文学論集』5、一九八一年三月）。

（3）玉上琢弥「源氏物語作中人物呼び名の論」（『女子大文学（国文篇）』15、一九六三年一二月）。

（4）拙稿(1)「玉鬘の「撫子」「対の姫君」呼称について――「夕顔」「常夏」と絡めながら」（『東京女子大学論集』61―2、二〇一一年三月）。
(2)「「空蝉」「帚木」という呼称――エピソード型呼称の一つとして」（『日本文学』60―4、二〇一一年四月）。
(3)「「紫の上」という呼称――「紫」に込められたもの――」（『むらさき』48、二〇一一年一二月）。
(4)「「末摘花」という呼称」（原岡文子・河添房江編『源氏物語　煌めくことばの世界』翰林書房、二〇一四年）。

（5）歌語については、久保田淳・馬場あき子編『歌ことば歌枕大辞典』（角川書店、一九九九年）、片桐洋一『歌枕歌ことば辞典　増訂版』（笠間書院、一九九九年）を参照し、和歌の表記は適宜私に改めた。なお、本稿では歌語の変容に注目したが、語の響きから、「すま（隅）・澄ま・済ま」や「燈火（あかし）」（南波浩「巻名としての地名「須磨・明石」の機能」、南波浩編『源氏物語　地名と方法』桜楓社、一九九〇年）、「懲りずま」に対する「思ひあかす」（高橋亨「喩としての地名」、同書）などのイメージも指摘される。

（6）前掲注5『歌ことば歌枕大辞典』、「明石」の項。

（7）藤井貞和「うたの挫折――明石の君の一面――」（『源氏物語の鑑賞と基礎知識　明石』至文堂、二〇〇〇年、

「うたの挫折――明石の君試論――」（『古代文学論叢　第七輯　源氏物語及び以後の物語 研究と資料』武蔵野書院、一九七九年より再構成）。

（8）若紫巻の供人の軽口による呼称が、明石巻で明石一族の住吉神や竜神信仰と呼応する。この呼称から、明石君を娶る源氏を海竜王と読む（石川徹）説や明石君を竜女とする（東原伸明）説などが展開されたが、明石君が若紫巻から詳細に設定されていたことに鑑みると、「海竜王の后になるべきいつきむすめ」を光源氏が（海竜王から与えられて）妻とする、と呼称の表現をそのまま受け取って読む側面も重要ではないかと考える。思う通りの縁がなかった時は海に入り「海竜王の后になる」のであり、源氏に出逢えた時点でそれは回避されている。

（9）倉田実氏は、明石君の「…人」表現について、多くが貶辞であるが、少女巻あたりからはその人柄を推奨するものへと変化していると指摘し、澪標巻の「明石の人」については都との距離や落差を象徴する表現とする（「明石の君をめぐる『…人』表現」『大妻女子大学紀要』二三、一九九一年）。ただし、「明石」が畿外の地名として負の側面を抱えることは宿命であったが、物語の進行と共に、聖地としての印象を強める点も注目される。なお、地名を呼称とする女房名や近江君との比較については機を改めて考察したい。

（10）源氏の娘としては「女御」「中宮」であることが重要で、そう呼ばれることに意味がある。また養母紫の上の存在を意識したときには、生母に繋がる「明石」は避けたい呼称でもある。

（11）『源氏物語』中の「明石」歌は全五首、四首は源氏と明石一族の詠、残る一首は出家した朧月夜によって詠まれ（「あま舟にいかがは思ひおくれけむ明石の浦にいさりせし君」若菜下二六二）、この朧月夜の歌により、他者からも源氏の流謫の意味が明石一族との関係に帰着される。

（12）「花散里」呼称について、また、源氏の主要な妻三人にエピソード型呼称が用いられる意図の考察については、別稿を準備している。

＊『源氏物語』本文の引用は『新編日本古典文学全集』（小学館）による。

唐物派の女君と和漢意識 ―明石の君を起点として―

河添房江

一　明石の君にまつわる唐物

『源氏物語』の女君と唐物の関係を見てみると、おもしろいことに物語を華麗にいろどる女性たちは、唐物がまつわる人物とまつわらない人物、いってみれば唐物派と非唐物派に分けられることに気づかされる。唐物派の代表は末摘花・明石の君・女三の宮であり、非唐物派の代表が紫の上である。その中にあって、末摘花は零落したとはいえ親王家の娘、いわゆる女王であり、女三の宮も内親王であるので、海外からの稀少品でありステイタス・シンボルであった唐物を所有していてもおかしくはない。しかるに明石の君はどうであろうか。明石という畿外の地に生い育った明石の君は、なぜ紫の上よりはるかに唐物とよばれる舶載品がまとわりつくのだろうか。

本稿では唐物派の女君の中から、まずは明石の君に注目し、さらに末摘花や女三の宮と比較して、その特徴、共通性や差異をあぶり出していきたい。さらにそれぞれの唐物の形容語に留意することで、平安文学の中での『源氏物語』の唐物の諸相、ひいては作品に取り込まれた〈漢〉のイメージや、〈和〉の文化との相関についても明らかにしていきたい。

明石の君にかかわる唐物関係の用例を具体的に見ていくと、二つのケースに分かれることに気づかされる。一つは光源氏が明石の君に唐物や唐物めいた品を贈ったり、あてがったりした場合であり、もう一つは、明石の君が唐物を使った例である。前者の例で典型的なのは、光源氏が明石の君に最初に手紙を出す場面で、明石の君に対して高麗の紙にしたためている。

思ふことかつがつ叶ひぬる心地して、涼しう思ひゐたるに、またの日の昼つ方、岡辺に御文遣はす。心恥づかしきさまなめるも、なかなかかかるものの隈にぞ思ひの外なることも籠るべかめると心づかひしたまひて、高麗《こ ま》の胡桃色の紙に、えならずひきつくろひて、

をちこちも知らぬ雲居にながめわびかすめし宿の梢をぞとふ　（明石　二四八）[1]

高麗の胡桃色の紙については、光源氏が須磨から明石に移住した際に持ってきた品か、入道の屋敷にあったのか、定かではない。ともかくも明石の君に対して気を遣って、最初の手紙は舶載の胡桃色という曖昧のある色紙を使ったのである。

続いては、玉鬘巻の衣配りの場面で光源氏が明石の君に選んだ衣装の例である。

かの末摘花の御料に、柳の織物の、よしある唐草を乱れ織れるも、いとなまめきたれば、人知れずほほ笑まれたまふ。梅の折枝、蝶、鳥飛びちがひ、唐《から》めいたる白き小袿に濃きが艶やかなる重ねて、明石の御方に、思ひやり気高きを、上はめざましと見たまふ。　（玉鬘　一三六）

末摘花の衣装に唐草模様の柳の織物を配したのも注意されるが、明石の君にあてがわれたのは、「梅の折枝、蝶、鳥飛びちがひ、唐めいたる白き小袿」である。ここでの「唐めいたる白き小袿」というのは、唐綾そのものではな

いであろうが、唐綾を意識して日本で織られた綾とも考えられる。それにしても、明石の君に選ばれた衣装を見た紫の上は「めざまし」とプライドを傷つけられたような気分になる。というのも格からいえば、国産の綾より舶来の唐綾の衣装の方が上だからである。もとより光源氏も、紫の上にも選ばなかった唐綾の衣装を明石の君に与えたならば、どんな波紋が起きるのかがわかっているので、あくまで唐風の衣装にとどめたのだろう。しかし、唐風の衣装が似合う女君として明石の君が光源氏に認知されていることじたい、紫の上にとっては癪の種だったのである。

さらに若菜下巻の女楽では、明石の君が「高麗の青地の錦の端《はし》さしたる褥」（若菜下　一九三）に遠慮がちに座っている場面がある。それは明石の君が用意したものではなく、主催者である光源氏が用意したものであろうが、あえて明石の君だけに、高麗錦の縁どりのある褥が配されている意味を考える必要がある。明石の君は光源氏にとって、最上の唐の紙を使ったり、本物の唐物の衣装や褥をあてがったりする相手ではないが、その次にランクされる女君といえるだろう。もとより、明石の君もそうした舶載品の価値がわかる存在であることが前提となっている。

次に、明石の君自身が唐物を使った例を見ていきたい。先の玉鬘巻の衣配りの場面で、光源氏は衣装選びを終えて、元日に揃って着用するよう言葉を添えて、女性たちに贈りとどけた。自分の選択眼が間違っていないか確かめようという趣向だが、次の巻である初音巻で、その期待に見事に応えたのが明石の君だった。

暮れ方になるほどに、明石の御方に渡りたまふ。近き渡殿の戸押し開くるより、御簾のうちの追風、なまめかしく吹き匂はかして、物よりことに気高く思さる。正身は見えず。いづら、と見まはしたまふに、硯のあたりにぎはしく、草子どもとり散らしたるなど取りつつ見たまふ。唐の東京錦《とうぎやうき》のことごとしき縁《はし》さしたる褥にをかしげなる琴《きん》うちおき、わざとめきよしある火桶に、侍従をくゆらかして物ごとにしめたるに、裛被香の香の紛へる、いと艶なり。（初音　一四九）

明石の君が思わせぶりになかなか姿を見せないのも、じゅうぶんに計算しつくした上でのこと、光源氏にまずは存分に部屋を見てほしいといわんばかりである。

しかもそこでは、「唐の東京錦のことことしき端さしたる褥」「琴」「侍従」「裛被香の香」など、唐物を使った品や唐風の品を部屋のたくみな小道具として、光源氏を魅了するのである。明石の君は衣配りで光源氏から「梅の折枝、蝶、鳥、飛びちがひ、唐めいたる白き小袿」という唐風の衣装を贈られたので、その日に光源氏が訪れることを意識し、衣装にあわせて唐風に部屋のインテリアを整えたのであろう。明石の君は、ふだん部屋をこれ見よがしに唐物や唐風の品々で飾るような女性ではないが、いざとなれば、これ位の演出はお手のものだったのである。

ここで特に注目されるのは、「唐の東京錦」で縁取りをした褥である。東京錦は『新猿楽記』にも見える極上の唐物で、それを縁に使った、いかにも豪華な褥なのである。しかも、「唐の東京錦」には諸本の揺れがあり、「唐の綺《き》」とする本もあるので、以下に示しておく。[2]

からのとうきやうき　肖柏本（青）[3]・大島雅太郎蔵大島本（河）・高松宮家本（河）・尾州家本（河）・飛鳥井雅康筆大島本（別）・麦生本（別）・陽明文庫本（別）

からのとうきやうき　（「とうきやう」に見せ消ちあり）　横山本（青）・東大本（別）

からのとう行き　保坂本（別）

からのとうきやう　御物本（河）

からのき　池田本（青）・伝慈鎮筆静嘉堂文庫本（青）・三条西家本（青）・鳳来寺本（河）・阿里莫本（別）

一目瞭然というべきか、圧倒的に「からのとうきやうき」とする本が多く、これが元の形である可能性が高い。

しかるに池田本など「からのき」とする本が交るのは、唐の東京錦が晴の儀式などに使われる最高の唐錦であり、それを縁に使った褥は、明石の君の部屋にあったにしては分不相応に格の高いものと考えたからであろう。

そもそも「東京錦」の用例は多く、「東京錦《とうきやうき》茵《のしとね》」の形で見え、天皇や摂関家などの晴の場で用いる高級な褥の縁に用いられている。『源氏物語』よりやや時代は下るが、永久三年（一一一五）に、関白の藤原忠実が東三条院を祖母から譲り受け、その披露目の儀式でも、「東京錦」の褥は寝殿の母屋の昼御座に正式に敷かれていた。

ここで「東京錦」の実態について、さらに思いをめぐらしてみたい。『源氏物語』の古注釈書である『河海抄』は、「東京錦」について「唐東京錦也。唐にも東京西京あり、其内東京の錦すぐれたるか。舒明天皇御宇、唐東京錦を以て吾朝に摸し用ゐる」と注記する。唐にも東京と西京があるというのは、唐では都を長安に置いたが、洛陽を陪都として「東京」あるいは「東都」と呼んだからである。また北宋時代には、東京開封府、西京河南府、南京応天府、北京大名府の四つの都を置く四京制を敷かれていた。東京開封府はいまの河南省開封市であり、現在でも開封を「東京」と呼ぶことがあるという。「東京錦」とは、唐の時代、「東京」である洛陽の地で織られた錦、あるいは北宋の時代に東京開封府（現在の開封市）で織られた錦ということになる。

『河海抄』より後の『花鳥余情』は、この場面に、「唐東京錦茵。藤の円文の白綾。方一尺八寸、縁白地錦」と注記している。『弄花抄』にも「或云、白地の錦なるべしと云々」とある。今日、東京錦を見ることができるのは、京都御所の紫宸殿の高御座の倚子の下に敷いてある敷物で、これは『花鳥余情』の注記に一致する。大正天皇の即位式に使われたという白地に紫の模様が上品に織り出された、じつに優美な織物である。[4]

「唐の東京錦」の褥は、明石の君の部屋にあったにしては「ことごとしき」、つまり仰々しくて分不相応に格の高いものであり、したがって、池田本のように「唐の綺」の縁をつけた褥に変える本も出てきたのだろう。しかし、褥は明石の君が座るものではなく、そこに琴《きん》という中国渡来の楽器を置くためと考えれば、一向に不自然ではないのである。琴は明石巻で光源氏が明石の君に形見に与えた品かもしれず、またそうでなくとも、そのイメージをかきたてるものである。(5) それをさりげなく新春の部屋に置いて、光源氏を魅了した明石の君の才覚を思うべきなのである。唐物である香料をふんだんに使って作られる薫物の侍従香や裛被香が出てくるのも、彼女の豊かな暮らしぶりを想像させるものである。

明石の君のそんな演出がみごとに功を奏して、光源氏はほんらいならば紫の上の許でぜひとも過ごさねばならない元日の夜を、明石の君の部屋に泊まってしまった。紫の上が不機嫌になったのはいうまでもなく、ほかの町の女君や女房たちも驚くほどの破格の扱いであった。和のイメージを体現する紫の上に対して、明石の君が唐風の演出により勝利した夜ともいえるだろう。

明石の君にまつわる唐物の次の例は、紫の上が主催した光源氏の四十賀の場面で、そこで紫の上の養女である明石の女御が插頭の台を担当し、実母の明石の君が後見したという条である。

御前に置物の机二つ、唐の地の裾濃の覆ひしたり。插頭の台は沈の華足《けそく》、黄金の鳥、銀の枝にゐたる心ばへなど、淑景舎の御あづかりにて、明石の御方のせさせたまへる、ゆゑ深く心ことなり。（若菜上　九四）

插頭の台とは、老いをかくすための頭に飾る造花を載せる台のことで、それを沈香などの唐物や金・銀の花鳥の飾り物でセンスよく造ったのは、明石の女御の実母であり後見役の明石の君の手柄といえるだろう。

『源氏物語』全般で、明石の君が「唐の東京錦のことごとしき端さしたる褥」のような仰々しく分不相応とも思われる唐物を所有し、また唐物の価値をわかる人物として描かれていることは重要である。末摘花が黒貂の毛皮や秘色青磁など唐物がまとわりつくにせよ古めかしいと語られるのに対して、明石の君はセンス良く扱える人物として描かれているのである。したがって光源氏も唐物の最高級品ではないにしても、次のランクの品を贈っているのであろう。そして娘の明石の女御も、光源氏の肩入れ(6)ばかりでなく、明石の君の薫陶もあって、唐物を使いこなす女君に成長したといえよう。紫の上主催の四十賀ばかりでなく、若菜下巻の六条院の女楽でも、明石の女御の女童の衣装は、「唐綾の表袴、衵は山吹なる唐の綺」（若菜下　一八六）と語られている。しかし、明石の君母娘について何故そのような描き方が可能となるのか。

二　海運から見た明石の地

明石の君に唐物や唐物めいた品がまとわりつく点について、ここからは明石の地と関連を想定してみたい。つまり父入道が明石の地の利と財力を活かして唐物を蓄えていたからではないか、ということである。その判断の妥当性を考えるために、以下、明石一族の住んだ明石の地の地理的な特徴をふり返っておきたい。

難波津―武庫の浦―明石の浦―藤江の浦―多麻の浦―長井の浦―風速の浦―長門の浦―麻里布の浦―大島の鳴戸―熊毛の浦―佐婆津―分間の浦―博多

ここに示したのは、遣唐使や遣新羅使がたどった、難波から博多の筑紫館（後代は鴻臚館）への航路である。そこに明石の浦も入っており、柿本人麻呂の詠とも伝えられる『古今集』の「ほのぼのと明石の浦の朝霧に島隠れゆく舟をしぞ思ふ」（巻九・四〇九・読人しらず）を持ち出すまでもなく、明石は上代より名高い浦であった。

『源氏物語』の須磨巻では、かつて光源氏と関係のあった五節の父である大宰大弐が帰京の際に、北の方や娘の五節たち一行が船路を取ったとあり、五節と光源氏の歌の贈答があった。大宰府から帰京する際は、海路を通ることが多かったのであろうし、そこでは須磨の話だが、「浦づたひに逍遥しつつ来るに」（須磨　二〇三—二〇四）とあるので、明石の浦も通ったはずである。

また厳密には明石そのものとはいえないが、明石の浦の隣には、名高い魚住泊があった。魚住泊は、行基が築造したと伝えられる五泊の一つで、「なすみ泊」ともいわれる。播磨国明石郡にあり、現在の兵庫県明石市に当たる。三善清行の『意見封事』によると、天平年間（七二九—七四九）に行基が建立し、延暦年間（七八二—八〇六）の末に至るまで利用されたが、弘仁年間（八一〇—八二四）のころ荒廃した。天長年間（八二四—八三四）に清原夏野の修築、貞観年間（八五九—八七七）の初めに東大寺僧賢和の修復があったという[7]。

五泊とは魚住泊のほかには、河尻泊、大輪田泊、韓泊、室生泊があり、『源氏物語』の時代にも知られていたことは、玉鬘巻の一節からもうかがえる。夕顔の遺児である玉鬘は乳母一族に連れられ筑紫に下り、成人する。そこで地元の豪族である大夫監に求婚され、命からがら船路で九州を脱出し、都に戻ってくる。その途中で、

「川尻といふ所近づきぬ」と言ふにぞ、すこし生き出づる心地する。例の、舟子ども、「唐泊より川尻おすほどは」とうたふ声の情なきもあはれに聞こゆ。（玉鬘　一〇二）

とあり、川尻（河尻）に近づいたと聞いて、大夫監から逃れたという玉鬘一行の安堵の思いが語られている。さらに舟子たちが、「唐泊（韓泊）より川尻（河尻）おすほどは」と舟歌をうたっているので、少なくとも河尻泊や韓泊といった五泊がその時代も機能していたとはいえよう。

明石に話を戻すと、明石は魚住泊という瀬戸内の要所に近接しており、博多から平安京へ唐物が運ばれる中継地の一つとなっていた。大宰府の赴任先から帰京する大宰府の大弐・少弐といった役人たちも船路をとった場合、明石の浦を通っているのである。つまり明石という博多と都の中継地である地であれば、唐物を入手することは十分

に可能である。

さらに陸路においても、山陽道に明石駅家があり、菅原道真が大宰権帥として左遷され、「駅長驚くことなかれ、時の変改、一栄一落、是れ春秋」（『菅家後集』）の詩を明石駅長に与えたのは、あまりにも有名なエピソードである。つまり陸運にあっても、都と大宰府を結ぶ結節点として明石の地はあった。入道の明石移住は、海運・陸運の両方を視野に入れた選択であったといえる(8)。

唐物に話を戻せば、博多の地から都にそのまま運ばれる唐物も多かったであろうが、海路・陸路いずれの便からも、途中で唐物を買い付けることができないわけではない土地、それが明石だったと考えることができる。

視点を変えて、明石の地を別の角度からながめてみよう。たとえば『竹取物語』の難題求婚譚では、大伴大納言御行が、「龍の頸の玉」を求めて、難波の津から無謀にも船出して、筑紫の海の方向をめざしていく。しかし、暴風雨に遭い、たどり着いたのが、明石の浜であった。

三四日吹きて、吹き返し寄せたり。浜を見れば、播磨の明石の浜なりけり。大納言、南海の浜に吹き寄せられたるにやあらむと思ひて、息づき臥したまへり。船にある男ども、国に告げたれども、国の司まうでとぶらふにも、え起きあがりたまはで、船底に臥したまへり。

松原に御筵敷きて、おろしたてまつる。その時にぞ、南海にあらざりけりと思ひて、からうじて起きあがりたまへる。（四七―四八）

大伴大納言は、その時に「南海」（南方の国）の浜にたどり着いたと勘違いする。承和の遣唐使の時のように、遣唐使船が遭難し、南海にまでも流された恐怖の体験譚が、大伴大納言の脳裏に想起されたのである。しかも、異国の果ての「南海」まで艱難辛苦の航海をしたという思いだったのに、それは畿内を少し出た明石の浜にすぎなかったという戯画的な語られ方ではある。ともかくも、『竹取物語』の大伴大納言の難題求婚譚も、難波から筑紫をめざす要所としての明石の浜の位置を浮かび上がらせている。

『うつほ物語』に目を転じると、吹上上巻では、吹上の浜に館を構えた神奈備種松の財力について、次のように記されている。

かくて、紀伊国牟婁郡《むろのこほり》に、神南備種松といふ長者、限りなき財《たから》の王にて、ただ今国のまつりごと人にて、かたち清げにて心つきてあり。（中略）種松、財は天の下の国になきところなし。新羅、高麗、常世の国まで積み納むる財の王なり。（吹上上　三七七―三七八）

紀伊国の長者の神南備種松は、しばしば明石入道のモデルといわれるが、牟婁《むろ》郡は筑紫と難波津の途中にあるわけでなく、難波津からさらに南下した場所にある。日本の最南端にある紀伊国で「新羅、高麗」など北方の国々の財宝を集めたという種松の栄華は、机上の空論というべきか、観念的でさえある。

一方、明石の地は先に見たように、海運・陸運ともに唐物をじかに入手できるロケーションにあり、明石入道が唐物を蓄財するという設定にふさわしい土地柄である。そこから、なぜ明石の君が分不相応と思われる唐物の所有しているのか、また唐物の価値を理解し、センス良く扱える人物として描かれているのか、その謎が読み解けてくるのではないか。明石の地の利と父入道の財力をバックにした明石の君なればこそ、最高級品の「唐の東京錦」の褥を用意できたと思われるのである。

三　唐物派の女君と和漢の関係

次に別の視点から、初音巻の明石の君の薫物とその形容語に注目してみたい。初音巻の場面では、「御簾のうちの追風、なまめかしく吹き匂はかして、物よりことに気高く思さる。」とあり、どちらかといえば和風の美意識といえる形容詞でも評されていた。

その追風がどのような薫物の香りであったかは、「わざとめきよしある火桶に、侍従をくゆらかして物ごとにしめたるに、裛被香の香の紛へるいと艶なり。」というものであった。ここで侍従香に裛被香の香が加わる意味について考えてみたい。二種類の香りが複合しているわけだが、焚かれる「侍従」が日本で発明された、その意味では和風の香りとすれば、おそらく衣から匂ってくる「裛被香」はより唐風の香といえるのではないか。

薫物は大陸での調合法が日本に輸入されて発達したが、黒方・侍従・荷葉は大陸の香書には見えない調合法で、日本でオリジナルに発達した薫物である可能性が高いとされる[9]。その説に従えば、侍従は大陸での調合法が和様化された薫物といえるが、一方の「裛被香」は、おそらく衣から匂ってくる「裛被香」はより唐風の香りである。

「裛被香」は、『倭名類聚抄』の薫香具の条では、「裛衣香《ゆふえこう》沈文字集略云、裛衣香、裛於業反、裛衣俗云衣比」とあるように、「衣比香」「裛衣香」「衣被香」「えひ香」とも表記された。正倉院宝物に裛衣香の袋が残っていることは、よく知られている。平安期に輸入された唐物の実態を知る上で、しばしば引用される『新猿楽記』の海商の八郎真人の扱う品々にも「衣比」は入っている。

沈・麝香・衣比・丁子・甘松・薫陸・青木・竜脳・牛頭・雞舌・白檀・赤木・紫檀・蘇芳・陶砂・紅雪・紫

雪・金益丹・銀益丹・紫金膏・巴豆・雄黄・可梨勒・檳榔子・銅黄・緑青・燕脂・空青・丹・朱砂・胡粉・豹虎皮・藤茶碗・籠子・犀生角・水牛如意・瑪瑙帯・瑠璃壺・綾・錦・羅・縠・緋の襟・象眼・繧繝・高麗軟錦・浮線綾・呉竹・甘竹・吹玉等。

初音巻で明石の君が漂わせた「裛衣香」が直輸入品であるかどうかは定かではないが、それに近い唐風なものと想像される。その裛衣香と侍従の香りが複合したものが「艶なり」と、華麗な美を表す漢語の「艶」に「なり」がついた形容動詞で評されているのである。

薫物において、〈漢〉と〈和〉の両方の要素を入れるバランス感覚は、鈴虫巻の女三の宮の持仏開眼供養でも垣間見られるところである。

名香には唐の百歩の衣香を焚きたまへり。阿弥陀仏、脇士の菩薩、おのおの白檀して造りたてまつりたる、こまかにうつくしげなり。閼伽の具は、例のきはやかに小さくて、青き、白き、紫の蓮をととのへて、荷葉の方を合はせたる名香、蜜をかくしほほろげて焚き匂はしたる、ひとつかをり匂ひあひていとなつかし。

（鈴虫　三七三―三七四）

この場面では、唐物派の女三の宮にふさわしく、唐の調合法により百歩先まで匂うようにした供香には薫衣香を焚き、格調の高さを演出している。一方、名香である荷葉はこの場面が夏の季節であること、献花である蓮の花の縁からも似つかわしく、しかも蜜を少なくして、よく匂うように工夫されたものであった。もっとも香りの複合は女三の宮自身の差配ではなく、光源氏が演出したものではあったが。

『細流抄』では、この二つの薫物について、「唐の百歩の衣香」を「唐の方にて合わせたるなるべし」とし、荷葉を「これは日本の方也」と注記している。つまり唐の薫衣香に和製の荷葉という、二つの薫物を焚き合わせて、る。

「いとなつかし」という美意識をかもし出したと『細流抄』は解釈しているわけである。薫物の中でも〈漢〉のイメージが強いものと、〈和〉のイメージが強いものとを組み合わせて、香りを複合させるという『源氏物語』ならではの和漢融和の美学ともいえようか。

ところで初音巻に出てくる「裛衣香」については、ほかにも唐物派の女君である末摘花との結びつきが注目される。

君は人の御ほどを思せば、されくつがへる今様のよしばみよりは、こよなう奥ゆかしうと思さるるに、とかうそそのかされて、ゐざり寄りたまへるけはひしのびやかに、えひの香いとなつかしう薫り出でて、おほどかなるを、さればよと思す。年ごろ思ひわたるさまなど、いとよくのたまひつづくれど、まして近き御答へは絶えてなし。（末摘花　二八二―二八三）

末摘花巻で光源氏と末摘花が初めて対面する場面には、「えひの香いとなつかしう薫り出でて、おほどかなるを」（末摘花①二八二）とあった。末摘花は、黒貂の毛皮や秘色青磁など、父常陸宮が残したと思われる外来品に囲まれた唐物派の姫君であり、「えひの香」もおそらく父宮の遺産なのであろう。それが「なつかしう」と和風の美意識から評価されるのも注目される。[10] さらに蓬生巻では、九州に下っていく乳母子の侍従に、末摘花は餞別の品として自分の抜け毛を集めて作った鬘と薫衣香を贈っている。

形見に添へたまふべき身馴れ衣もしほなれたれば、年経ぬるしるし見せたまふべきものなくて、わが御髪の落ちたりけるを取り集めて鬘にしたまへるが、九尺余ばかりにて、いときよらなるを、をかしげなる箱に入れて、昔の薫衣香のいとかうばしき一壺具して賜ふ。（蓬生　三四二）

しかも、それは「昔の薫衣香」と語られているので、唐から輸入された古い調合法の薫衣香と想像される。『薫集類抄』には「洛陽薫衣香」「会昌薫衣香」といった調合法や唐僧の長秀の工夫が示されている。

さて薫衣香といえば、梅枝巻の薫物合では明石の君が調合したことも想起される。

冬の御方にも、時々によれる匂ひの定まれるに、消たれんもあいなしと思して、薫衣み香の方のすぐれたるは、前の朱雀院のをうつさせたまひて、公忠朝臣の、ことに選び仕うまつれりし百歩の方など思ひえて、世に似ずなまめかしさをとり集めたる、心おきてすぐれたりと、いづれをも無徳ならず定めたまふを、「心ぎたなき判者なめり」と聞こえたまふ。（梅枝　四〇九―四一〇）

ここでの薫衣香は、鈴虫巻の「唐の百歩の衣香」と同じく百歩先まで香る、いわゆる百歩香であり、「前の朱雀院」（宇多帝）の秘方を今の朱雀帝がうつしたのを真似て、源公忠が特別に調合した薫物という故々しさである。その秘方を知っていたという明石の君の教養がしのばれる箇所ではあるが、薫物の中でも最も唐風な薫衣香が明石の君とセットで出てくることは、やはり注目される。しかも末摘花のように「いとかうばしき」といかにも唐風な香りというより、「前の朱雀院」「公忠」という日本の合香の名手たちがかかわったことで、「世に似ずなまめかしさをとり集めたる」と和風の美意識からも高く評価されたことも見逃してはならないだろう。

四　末摘花と女三の宮にみる唐物評

以上のように、唐風な薫衣香や裛衣香のまつわりつく女君は、明石の君のほか末摘花と女三の宮であり、その点からも三人が唐物派の女君といえるが、その薫物がどう評価されるかで、物語は女君をそれぞれ描き分けてもいるといえる。

それでは薫物以外の唐物ではどうであろうか。ここまで明石の君を中心に見てきたので、末摘花と女三の宮に視点を移してみていきたい。末摘花の場合、えひの香（裛衣香）や薫衣香のほかに、末摘花巻の二つの場面が注目される。八月二十日過ぎに末摘花と初めて逢った後、光源氏は末摘花邸から遠ざかっていたが、ようやく再訪たのは雪の夜のことであった。光源氏は末摘花に会う前に、邸内をまじまじと観察する。そこで、まず彼が目にしたのは、女房たちが貧しい食事をする姿であった。

御台、秘色やうの唐土のものなれど、人わろきに、何のくさはひもなく、あはれげなる、まかでて人々食ふ。（末摘花　二九〇）

「何のくさはひもなく」とは、品数の少なさをいい、ここでは主人の末摘花に出した貧しい食事のお下がりを、仕える女房が退出して食べているのである。しかし食器だけは、光源氏の遠目にも「秘色やうの唐土のもの」、舶来の秘色青磁の高級品を使っているのと見えた。おそらく末摘花の父の故常陸宮が存命の頃に入手した唐物なのであろう。しかし今となっては、「人わろきに」、要するにみっともないほど古ぼけた品と評されるのである。

そしてその翌朝、光源氏は「黒貂の皮衣」を身に着けた末摘花の姿を目にする。

聴色のわりなう上白みたる一かさね、なごりなう黒き袿かさねて、表着には黒貂の皮衣、いときよらにかうばしきを着たまへり。古代のゆゑづきたる御装束なれど、なほ若やかなる女の御よそひには似げなうおどろおどろしきこと、いともてはやされたり。（末摘花　二九三）

「黒貂の皮衣」は元はといえば渤海国からもたらされた貴重な舶載品であったが、若い姫君が着るのはいかにも珍妙で、光源氏の度肝を抜くのである。ここで「黒貂の皮衣」の形容語に注目すると、まず「いときよらに」とあり、それじたいは美麗なものといえよう。『竹取物語』の第三の難題譚、阿倍御主人の話で、唐商人の王けいから送られてきた「火鼠の皮衣」も「けうら」（＝「きよら」）と語られていたことも想起される。

皮衣を見れば、金青の色なり。毛の末には、金の光し輝きたり。宝と見え、うるはしきこと、ならぶべき物なし。火に焼けぬことよりも、けうらなることかぎりなし。（三九）

「火鼠の皮衣」は「うるはし」、そして「けうら」であることがこの上もなく、こうした形容詞が偽物である皮衣をいかにも本物らしく見せる効果を上げていた。末摘花の場合、それが「かうばしき」とされるのは、皮衣じたいの匂いではなく、「昔の薫衣香のいとかうばしき」のように薫物の匂いが移っているからであろう。そして「古代のゆゑづきたる」といにしえの由緒ある品とされる一方、「若やかなる女の御よそひには似げなうおどろおどろしきこと」、つまり若い女性の装いとしては、似つかわしくなく大仰だとされた。「黒貂の皮衣」については、「きよら」というプラス評価の一方で、「古代」「おどろおどろし」といったマイナスの評価がなされているのである。

＊

続いて女三の宮と唐物の結びつきに転じると、唐猫の話が有名ではあるが、ここではむしろ裳着の場面に注目してみたい。六条院への行幸の後、病を得て、出家の志をかためた朱雀院は、後見のない女三の宮の行く末を案じて、苦慮の末に光源氏の許に降嫁させることを決意する。その年の暮も押しせまった頃、朱雀院は光源氏の内諾を得ないままに、女三の宮の裳着の儀式を盛大に挙行したのであった。

御しつらひは、柏殿の西面に、御帳、御几帳よりはじめて、ここの綾、錦はまぜさせたまはず、唐土の后の飾を思しやりて、うるはしくことごとしく、輝くばかり調へさせたまへり。（若菜上　四一）

そこに国産の綾や錦を排除して、中国の皇后を思わせるような唐様の調度が、荘重に輝くばかりに整えられたのである。唐風の極めつけというべき調度品は、『源氏物語』のその他の裳着や晴儀と比較しても、きわめて例外的なものといえる。光源氏が内大臣を意識した玉鬘の裳着や、東宮入内を意識した明石姫君の裳着をこえた、豪奢で正統派の室内装飾なのである。

ところで、その破格な唐風の調度にどのような形容語が使われていたかに注目すると、その調度は、「うるはし」「ことごとし」「輝くばかり」と形容とされている。つまり『竹取物語』の「火鼠の皮衣」における「輝き」「うるはし」の形容のように異国の品がもつ端正な美が語られる一方、「ことごとし」、要するに仰々しいといった評価も付されているわけである。「ことごとし」の形容には、国産の綾や錦を排除した過剰なまでの〈漢〉のイメージがやや否定的に捉えられていることがうかがわれるのである。

五　他の平安文学の唐物評との比較

ここで『竹取物語』に再び注目すると、「うるはし」の形容詞は、「火鼠の皮衣」のエピソードのみならず、石作の皇子の「蓬莱の玉の枝」の話でもくり返されていた。

翁、皇子に申すやう、「いかなる所にかこの木はさぶらひけむ。あやしくうるはしくめでたき物にも」と申す。

（三〇—三一）

竹取の翁も石作の皇子が作らせた偽物の玉の枝を見て、「うるはし」「めでたし」と評価している。また石作の皇子自身が蓬莱への偽の漂流譚話で、蓬莱山の様子を「高くうるはし」（三二）といっているので、『竹取物語』では異国性をもった品を「うるはし」「けうら」「めでたし」と評価しており、そうした形容語はくり返すように偽物を異国の本物と思わせる抜群の効果を上げていた。

『竹取物語』である種、確立された「うるはし」「けうら」「めでたし」などの評価は、『うつほ物語』をはじめ、続く王朝文学史のなかでも貫かれているといいうる。『うつほ物語』でも唐物は「めづらし」「めでたし」「清ら」「うるはし」と評されることが多く、『竹取物語』との共通性が感じられる。もっとも『竹取物語』では、異国の本物の難題物が招来されたわけではなく、くり返すように偽物の唐物や国内で作られた唐物もどきの品にそうした形容語が使われて、パロディとしての効果を上げていた。一方、『うつほ物語』では唐物の〈漢〉の権威性をそのまま認めて、〈和〉の物より価値あるもの、優位なものとして位置づける価値観がある。唐物はここぞという時の贈り物や公的儀式に使われており、贈り主や使い主の権威や財力を象っているのである。

『うつほ物語』で唐物の異国性や非日常性が〈漢〉の権威性を帯びて、まさに威信財として評価され流通するのに対して、やや違った側面をみせるのが『枕草子』の世界である。『枕草子』では、日記章段に出てくる唐物が「宮にはじめてまゐりたるころ」（一七七段）をはじめ、中関白家の富と栄華を象徴する例が多いことが注目される。それは、まさに唐物が〈漢〉の権威性そのものであり、威信財として位置づけられていることを示している。しかし一方、類聚章段にみられる唐物についての形容は、必ずしも〈漢〉の権威性に終始しているわけではない[11]。

「めでたきもの。唐錦」（八四段、一六五）のように、唐物についての従来の形容が踏襲された例もあるが、一方で「うつくしきもの」に「瑠璃の壺」（一四七段、二七二）が採られたりと、どちらかといえば、和風の美意識の形容語で掬い取られる場合も出てくる。舶載の珍獣である「鸚鵡」を「鳥は」の段では、「こと所のものなれど、鸚鵡いとあはれなり。」（三九段、九五）と評する例もある。また唐猫かその血を引いているとおぼしき猫についても、「なまめかしきもの」の段で、「簾の外、高欄にいとをかしげなる猫の、赤き首綱に白き札つきて、はかりの緒、組の長きなどつけて、引きあるくも、をかしうなまめきたり。」（八五段、一六九）と評している。

唐物はこのように平安の貴族社会の中で、〈漢〉の権威性を体現する手っ取り早い物質的装置になるばかりでなく、〈和〉の美意識から評価されたり、〈和〉の文化と融和する場合もあるが、さらにその側面が顕著になるのが、『源氏物語』の世界といえよう。そもそも『源氏物語』は桐壺巻で、

絵に描ける楊貴妃の容貌は、いみじき絵師といへども、筆限りあればいとにほひすくなし。太液芙蓉、未央柳も、げに通ひたりし容貌を、唐めいたる装ひはうるはしうこそありけめ、なつかしうらうたげなりしを思し出づるに、花鳥の色にも音にもよそふべき方ぞなき。（桐壺　三五）

とするように、楊貴妃の端正な美と、亡くなった桐壺更衣の親しみやすい美を対比して、「うるはし」を〈漢〉に、「なつかし」「らうたげ」を〈和〉に振り分ける世界として始まっていた。そこからすれば、唐物は「うるはし」き〈漢〉の世界に属するものとなりそうだが、『源氏物語』ではそれに終始するわけではない。唐物が和風化したり、〈和〉の物と組み合わされることによって、「なつかし」「なまめかし」と評される例も少なくないのである。特に唐物の加工品である薫物にはそうした様相がみとめられる。[12] もとより「めでたし」「うるはし」「きよら」系の形容も認められるが、むしろ異国性が過剰になると、「ことごとし」「おどろおどろし」、そして「わざとがまし」[13]など、唐物に対してやや否定的な評価も出て来る点が『源氏物語』では興味深いのである。

ところで日本美術史の板倉聖哲氏は、『源氏物語』の絵合巻での『竹取物語』対『うつほ物語』の絵合などに注目ながら、当時の唐絵に対する意識として、「ここには受容者の意識の中にある、公的で豪奢な「唐」、古き良き「唐」、古めかしく疎遠な「唐」といった一つの像に結ばない多様な「唐」像を確認できる」と指摘している。[14]

板倉氏の言葉を借りれば、たとえば『うつほ物語』では、「めでたし」「いみじ」の「公的で豪奢な〈漢〉」や「古き良き〈漢〉」はあっても、「古めかしく疎遠な〈漢〉」というイメージは感じられない。それに対して、『源氏

物語』では、末摘花という存在に「古めかしく疎遠な〈漢〉」の世界を象徴させているともいえ、またむき出しの〈漢〉をよしとしないことが、形容詞の「おどろおどろし」「ことごとし」「わざとがまし」といった距離感のある言葉から明らかになるのである。

以上のように、唐物派の女君たちを中心に『源氏物語』の唐物の形容語を概観すると、作品に取り込まれた〈漢〉のイメージも一様ではないことを確認できる。また唐物が「なつかし」「なまめかし」など、〈和〉の文化と融和して評価されたり、それじだいが和風化する現象が、平安文学の唐物の形容語の比較を通しても浮かび上がってくるのである。

注

（1）以下、『源氏物語』をはじめ『竹取物語』『枕草子』の本文引用は、特に断らない限り、小学館の新編日本古典全集本に拠り、頁数を示した。

（2）『源氏物語大成』第一巻（中央公論社、一九八四）を基に、『源氏物語別本集成　第六巻』（おうふう、一九九三）を参照した。

（3）以下、（青）は青表紙系、（河）は河内本系、（別）は別本をあらわす。

（4）河添「王朝の服飾と舶載された錦――法隆寺宝物から『源氏物語』まで」（『王朝文学と服飾・容飾』竹林舎、二〇一〇）。

（5）吉海直人「「岡辺」のレトリックあるいは明石の君のしたたかさ」（『解釈』一九九五・一二）。

（6）梅枝巻の冒頭で、光源氏は明石の姫君の裳着や入内の調度のために、二条院の旧蔵から最高の唐物を取り寄せている。

（7）『平安時代史事典』（角川書店）の「魚住泊」の項参照。

（8）西本香子「源氏ゆかりの地を訪ねて――海上交通の要所・明石――」（『源氏物語　鑑賞と基礎知識　明石』至文堂、二〇〇〇）。

（9）田中圭子『薫集類抄の研究』（三弥井書店、二〇一二）では、「薫衣香は大陸に発祥し本朝の皇室において継承された特別な品であり、格の高い種類の薫物、平安当時も唐土の処方、または唐土からの交易品」である点や、黒方・侍従が大陸の香書にないこと、梅花も日本では占唐を用いない配合が増えていくこと、荷葉は蓮葉の香であり、大陸では蓮花の香が一般的で、大陸に発祥した可能性は検討を要することが指摘されている。

（10）尾崎左永子氏が「邠王家の処方より麝香の少ない日本的な淡泊な香」（『源氏の薫り』求龍堂、一九八六）とするように、ここでの「えひの香」は外来品もしくは外来の処方によるものより、少し和風化されているものかもしれない。

（11）河添「王朝物語に見える唐物」（『古代文学と隣接諸学・第一巻　古代日本と興亡の東アジア』竹林舎、二〇一七）。

（12）河添「平安文学の唐物における〈漢〉と〈和〉――『源氏物語』『うつほ物語』を中心に――」（『中古文学』百号、二〇一七・一二）。

（13）「めでたし」の例には、「唐の紙のいとすくみたるに、草書きたまへる、すぐれてめでたしと見たまふに」（梅枝　四一九）、「わざとがまし」の例には、「侍従に、唐の本などのいとわざとがましき、沈の箱に入れて、いみじき高麗笛添へて奉れたまふ。」（梅枝　四二二）などがある。

（14）板倉聖哲「東寺旧蔵「山水屏風」が示す「唐」の位相」（『講座日本美術史　第2巻　形態の伝承』東京大学出版会、二〇〇五）。

藤典侍の出仕をめぐって

本橋裕美

はじめに

光源氏の従者である惟光の娘・藤典侍は、冷泉帝時代に典侍に出仕し、夕霧と関係を持ちながら女官として勤めた女性である。夕霧と関わる場面に点描されるのみで、彼女自身の物語として描かれることはない。いわば脇役であり、役割のために存在する彼らを論じることには多少の配慮を要する。断片から全体像を読むことは極めて難しい。しかし、五節の舞姫から典侍、そして夕霧の妾へと当たり前のように経歴を辿ることのできる藤典侍は、簡単に全体像を把握できそうに見える。本稿では、この「自然ななりゆき」のように語られる藤典侍をめぐって、特に出仕時を中心に考えてみたい。

一　惟光の娘について

まずは、惟光の娘の登場場面を確認しておく。

少女巻では、光源氏とともに須磨へも下向した惟光の、安定した生活が垣間見える。その惟光の娘は、冷泉帝の御代の五節の舞姫として物語に登場した。

殿の舞姫は、惟光朝臣の、津の守にて左京大夫かけたるむすめ、容貌などいとをかしげなる聞こえあるを召す。からいことに思ひたれど、「大納言の、外腹の娘を奉らなるに、朝臣のいつきむすめ出だしたてたらむ、何の恥かあるべき」とさいなめば、わびて、同じくは宮仕やがてせさすべく思ひおきてたり。舞ならはしなどは、里にていとようしたてて、かしづきなど、親しう身に添ふべきは、いみじう選りととのへて、その日の夕つけて参らせたり。（少女③五九―六〇）

須磨巻では民部大輔（従五位下）であった惟光は、右の場面で左京大夫（従四位下）まで昇っている。[1]娘を五節の舞姫として差し出すことには躊躇いがあったようだが、更なる栄達を願う惟光は、周囲の説得を受けて、宮仕えを念頭に置いて承諾する。背景には、五節の舞姫をそのまま宮中に置きたいという冷泉帝の意向があり、「みなとどめさせたまひて、宮仕すべく、仰せ事ことなる年」（少女③五九）だという事情がある。内大臣家の弘徽殿女御と、光源氏が後見する秋好中宮、式部卿宮の娘・王女御を擁する冷泉帝後宮では、すでに序列が決まっている上、権力関係も作用して、積極的な入内が見込めない。新嘗祭を契機にして、女御に限らない後宮人員を求めたものだろう。[2]冷泉帝治世の安定や秋好中宮の後見を考える光源氏にとっても、傘下にいる良清や惟光の娘の出仕は望まれたはずである。

五節が無事に終わると、舞姫たちは祓のために一度、宮中を離れていく。その際、惟光は次のような意向を口にする。

やがて皆とめさせたまひて、宮仕すべき御気色ありけれど、このたびはまかでさせて、近江のは辛崎の祓、津の守は難波といどみてまかでぬ。大納言もことさらに参らすべきよし奏せさせたまふ。左衛門督その人ならぬを奉りて咎めありけれど、それもとどめさせたまふ。津の守は、「典侍あきたるに」と申させたれば、さもやいたはらまし、と大殿も思いたるを、かの人は聞きたまひていと口惜しと思ふ。わが年のほど、位などかくものげなからずは、請ひみてましものを、思ふ心ありとだに知られでやみなんことと、わざとのことにはあらねど、うちそへて涙ぐまるるをりをりあり。（少女③六四）

ここで惟光は、娘の典侍任官を要請する。光源氏はこの要請を承諾するつもりであるが、惟光の娘をめぐる物語は、夕霧の恋心によって更に展開する。夕霧は惟光の娘を垣間見て歌を贈っていたが、自分の官位の低さから、大人たちに彼女を所望することができず、惟光の息子経由で手紙を贈る。

二人見るほどに、父主ふと寄り来たり。恐ろしうあきれて、え引き隠さず。「なぞの文ぞ」とて取るに、面赤みてゐたり。「よからぬわざしけり」と憎めば、せうと逃げていくを、呼び寄せて、「誰かぞ」と問へば、「殿の冠者の君のしかじかのたまふてたまへる」と言へば、なごりなくうち笑みて、「いかにうつくしき君の御され心なり。きむぢらは、同じ年なれど、言ふかひなくはかなかめりかし」などほめて、母君にも見す。「この君達の、すこし人数に思しぬべからましかば、宮仕よりは、奉りてまし。殿の御心おきてを見るに、見そめたまひてん人を、御心とは忘れたまふまじきにこそ、いと頼もしけれ。明石の入道の例にやならまし」など言へ

ど、みないそぎたちにたり。（少女③六六）

夕霧から娘に手紙が届いたことを知った惟光は、夕霧の妻となる娘の未来を夢想する。この時点では、惟光の言葉は妄想に過ぎないが、実際、のちの巻から振り返れば惟光の言葉はほぼ実現している。惟光の娘は、まさに明石の君のように夕霧の子を生み、正妻に次ぐ重要な妻としての役割を果たしていくのである。一つ、惟光の予想と異なったところがあるとすれば、出仕して藤典侍と呼ばれる女性は、権門の妾としての役割だけでなく、実務女官としての宮仕えをも立派に果たしたところだろうか。藤裏葉巻、藤典侍は葵祭の使いとして次のように登場する。

藤典侍も使なりけり。おぼえことにて、内裏、春宮よりはじめたてまつりて、六条院などよりも、御とぶらひどもところせきまで、御心寄せいとめでたし。宰相中将、出立の所にさへとぶらひたまへり。うちとけずあはれをかはしたまふ御仲なれば、かくやむごとなき方に定まりたまひぬるを、ただならずうち思ひけり。

夕霧「なにとかや今日のかざしよかつ見つつおぼめくまでもなりにけるかな

あさまし」とあるを、をり過ぐしたまはぬばかりを、いかが思ひけん、いともの騒がしく、車に乗るほどなれど、

藤典侍「かざしてもかつたどらるる草の名はかつらを折りし人や知るらん

博士ならでは」と聞こえたり。はかなけれど、ねたき答へと思す。なほこの内侍にぞ、思ひ離れず這ひ紛れたまふべき。（藤裏葉③四四六―七）

官位も上がり、雲居雁との恋を実らせた夕霧に対して、そこに至るまでの学問の日々を思い出させる歌を返すところに、教養豊かな女官として成長した藤典侍の姿が顕れている。実際、傍線部に語られるように、冷泉帝だけでなく春宮からも信頼を得て、末永い宮仕えが期待される。[3]

惟光の娘、出仕して藤典侍と呼ばれる女性は、夕霧の物語の脇役という面が強く、中心人物として語られることは少ない。しかし、受領階級出身の女官として活躍した彼女の姿は改めて問われてよいだろう。

二　「典侍」をめぐって

ここまで、藤典侍について確認した。次に、『源氏物語』における典侍についても、ひととおり確認しておきたい。というのも、『源氏物語』中における他の典侍はそれぞれ、かなり特徴的な役割を担って登場しているからである。藤典侍のほかに役割を持って登場するといえるのは、桐壺巻で桐壺帝と深く関わる典侍二人と、源典侍である。

桐壺巻では二人の典侍が登場する。(4) 桐壺更衣の里邸を靫負命婦以前に訪ねた典侍と、桐壺帝に先帝の四の宮について伝えた典侍である。

「『参りては、いとど心苦しう、心肝も尽くるやうになん』と典侍の奏したまひしを、もの思うたまへ知らぬ心地にも、げにこそいと忍びがたうはべりけれ」とて、ややためらひて仰せ事伝へきこゆ。（桐壺①二七―八）

先帝の四の宮の、御容貌すぐれたまへる聞こえ高くおはします、母后世になくかしづききこえたまふを、上にさぶらふ典侍は、先帝の御時の人にて、かの宮にも親しう参り馴れたりければ、（桐壺①四二）

桐壺帝にとって、典侍は重要な情報源であり、その言葉に耳を傾けるべき確かな人材であった。また源典侍については、次のように語られる。

年いたう老いたる典侍、人もやむごとなく心ばせありて、あてにおぼえ高くはありながら、いみじうあだめいたる心ざまにて、そなたには重からぬあるを、かうさだ過ぐるまで、などさしも乱るらむといぶかしくおぼえたまひければ、戯れ言いひふれてこころみたまふに、似げなくも思はざりける。（紅葉賀①三三六）

この三人の例からは、典侍という立場が極めて帝と近いところにあり、それは精神的な連帯をも意味することが明らかだろう。帝の私的な（すなわち後宮や女性と関わる）頼みを聞ける立場であり、実行力も必要とする。源典侍も桐壺帝と親しいからこそ、光源氏と繋がることができるのである。

典侍について、右の他には、絵合に参加する典侍や行幸巻で尚侍任官を望む典侍二人、明石の姫君の第一子に関わった春宮の宣旨などが物語中に描かれている。[5]『源氏物語』における職掌としての典侍研究はさほど多くないが、外山敦子氏が女官のライフコースを辿るというかたちで論じている。外山氏は、右に挙げた例のほか、典侍から尚侍への昇進が可能性として語られることを踏まえて、次のようにまとめる。

『源氏物語』の典侍には、作品が書かれた十一世紀初頭ではなく、九世紀～十世紀にかけての典侍がイメージされていること、『源氏物語』の作中世界では、四人という典侍の定員枠が守られていることなどが明らかになった。[6]

ここでいう「九世紀～十世紀にかけての典侍」とは、令規定に比較的則った、「下級官を歴任しながら典侍に成り上がってい」くような女官たちである。藤典侍についても「若くして宮中に出仕しているので、天皇直轄の内定機関の実質的な責任者として奉仕していたと考えるべき」と述べている。

ここで改めて生じるのは、受領階級出身で十代の惟光の娘が、最初から典侍として出仕することへの違和感である。この違和感と藤典侍のあり方について、歴史上の例と比較して検討してみたい。

①宇多朝〜朱雀朝

名	経歴	出自・備考
藤原淑子	典侍（従五位上）→尚侍	藤原長良（権中納言）
春澄洽子	掌侍→典侍	春澄善縄（従三位）
藤原直子	?→典侍	
藤原因香	権掌侍→掌侍→典侍	
菅原寧子	典侍→尚侍→尚膳	菅原道真（右大臣）・斉世親王妃
滋野直子	更衣→典侍・東宮宣旨	
藤原明子	掌侍→＋酒頭預→典侍	
橘平子	権掌侍→掌侍→典侍	

※この他、某姓宜子、滋野幸子

②村上朝〜冷泉朝

藤原灌子	掌侍→典侍→尚侍	
大江皎子	掌侍→典侍	大江惟時（権中納言）
平寛子	東宮宣旨→典侍	平時望（中納言）・冷泉天皇乳母

※この他、藤原楚姫子、某姓護子

③円融朝〜花山朝

藤原貴子	藤原超子女房→典侍	藤原守義（参議）
良岑美子	典侍	円融天皇乳母

※この他、某姓頼子、橘恭子

④一条朝〜三条朝

高階貴子	掌侍→典侍	高階成忠（従二位）
藤原繁子	藤原詮子女房→典侍	藤原師輔（右大臣）・一条天皇乳母
橘徳子	典侍	橘仲遠（播磨守）・一条天皇乳母
源明子	?→典侍	源信明（陸奥守）・三条天皇乳母か
高階徽子	典侍	高階成忠（従二位）
藤原芳子	掌侍→典侍	秀頼王（神祇伯）
藤原某女	五節→彰子女房→掌侍→典侍	藤原相尹（左馬頭）
橘清子	典侍	三条天皇乳母
藤原高子	妍子乳母→典侍	

※この他、某女（江典侍、中納言、兵衛）、藤原灌子、平寛子、橘慶子、源某女など

三　典侍任官の史上の例

まずは、宇多天皇から三条天皇のころまでの歴史上の典侍任官の事例を見てみたい[7]。

右の表からすぐにわかるように、典侍は、裳着を終えたばかりの、受領階級の少女が任ぜられる役職ではない。『王朝文化歴史大事典』の「内侍（典侍・掌侍）」の項目では、「平安中期に尚侍の后妃化が進むと、典侍が実質的な長官として職務を管掌し、二位や三位に昇る者もいた。さらに、天皇の乳母や乳母子が典侍となる例が多くなり、あるいは后妃に准ずる立場になることもあった[8]」とまとめられている。右の表でいえば、②以降、乳母を典侍とする例が増え、④から表外の時代には、乳母経験と典侍任官が密接に結びついているのが明らかになる。また、乳母でなくとも権門の女房を経て典侍へと転じる例が多くなる。いずれにせよ実績があって初めて務まる職掌として認識されていたであろうことが窺える。

乳母経験者以外で初めから典侍に任命されているのは①の藤原淑子と菅原寧子だが、摂政関白になる藤原基経の異母妹で藤原氏宗の妻でもあった淑子、菅原道真の娘で斉世親王と婚姻関係にあった寧子[9]を考えれば、藤典侍の状況とは大きく異なる。典侍任官からしか辿れない女官も多いが、淑子と寧子を除いて、確実に典侍からスタートしたといえる女性は見当たらず、いずれも出自が明らかに高い。結論からいってしまえば、藤典侍の任官は史実に比して異例というほかない。『源氏物語』においてはキャリア女官のように語られる藤典侍だが、女官としての下積みも、私邸の女房としての経歴も持たないままに若くして実質的な長官の職に就くという特殊な道を歩んでいるのである。

四　藤典侍の物語

前節で見たとおり、史上の典侍の例からすれば、年齢、経歴としても、親の官位の面でも、惟光の娘の典侍出仕が異例であることは明らかである。典侍とは、掌侍以下の職務をある程度勤めてから任じられるものであり、桐壺巻の二人の典侍や源典侍の例を見れば、『源氏物語』においてもそのあり方は共通する。藤裏葉巻では、たたき上げの女官であるかのように描かれる藤典侍だが、そうであるために当然辿るべき道を辿っていない彼女は、物語内にも歴史上においても参照事項を持たない存在なのである。

名誉職でもたたき上げでもない藤典侍の位置づけを探ろうとすれば、やはり后妃に准ずる立場としての任官であったと考えるべきではないだろうか。后妃待遇の典侍が顕れるのは平安後期と考えられるが、任官してから天皇と関係を持つ女官自体は少なくない。御匣殿別当としての出仕を選んだ朧月夜のように、女官と后妃の境目は実のところかなり曖昧な部分を有していただろう。これは物語に留まらず、史実においても同様であったと思われる。たとえば、藤原兼家の娘・超子や藤原師輔の娘・忯子が御匣殿別当として入内したのちに冷泉天皇女御となった例や藤原道兼の娘・尊子が御匣殿別当から一条天皇女御となった例を挙げることができる[10]。一般に箔付けといわれる任官だが、少なくとも女御としての入内とは異なる儀礼があったことが想定でき、実務がないからといって全く無意味なものであったとも考えにくい。目的、役割は状況によってさまざまだろうが、女官と后妃が行き来できる可能性が常に拓かれていたとすれば、藤典侍の后妃待遇での典侍任官は、史実に先行する例として受け止められたと考えられる。

女房経験のない若い惟光の娘の典侍任官の異例さを后妃扱いでの出仕として捉えて更に論じるべきは、藤典侍が后妃に准ずる存在としてではなく、キャリア女官として語られたことの意味だろう。后妃として入内しながら、女官として成功した例は尚侍に多い。保明親王妃であった藤原貴子や師輔の娘で重明親王の後妻であった登子[11]などが挙げられる。惟光の娘は、典侍の立場でそれを果たしたのである。藤典侍は、少女巻ののち藤裏葉巻で語られるまで空白があり、どのように働き、どのように夕霧と関係を結んでいったかは定かでない。我々読み手に提示されるのは、夕霧の妾であり、有能な女官として成長した姿のみである。だからこそ、典侍からの出発という異例のキャリアが見過ごされてしまう。

史実に先行するような特殊な事例を描きながらも、脇役として埋没する藤典侍の描かれ方から見えてくるものはなんだろうか。それは、尚侍任官をめぐる玉鬘の物語であり、ひいては冷泉帝をめぐる後宮、あるいは政治のあり方ではないだろうか。

玉鬘物語の側面として、冷泉帝後宮の人事を語るという面があり、その過程で冷泉帝の後嗣がないこと、子どもを産むべき人材が求められていることが必然的に顕わにされる。[12]玉鬘の尚侍就任をめぐって、光源氏は冷泉帝の考えを次のように語っている。

「…内裏に仰せらるるやうなむある。『尚侍宮仕する人なくては、かの所の政しどけなく、女官なども、公事を仕うまつるにたづきなく、事乱るるやうになむありけるを、ただ今上にさぶらふ古老の典侍二人、またさるべき人々、さまざまに申さするを、はかばかしう選ばせたまはむ尋ねに、たぐふべき人なむなき。なほ家高う、人のおぼえ軽からで、家の営みたてたらぬ人なむ、いにしへよりなり来にける。したたかに賢き方の選びにては、その人ならでも、年月の臈に成りのぼるたぐひあれど、しかたぐふべきもなしとならば、おほかたのおぼ

えをだに選らせたまはん』となむ、内々に仰せられたりしを、（以下略）（行幸③三〇〇―一）

玉鬘の尚侍就任は、冷泉帝の意向を受けたものとして語られる。実際、真木柱巻で参内した玉鬘に向けて、冷泉帝は細やかに声を掛ける。絵合巻以来、華やかに運営されてきた冷泉帝後宮に唯一欠ける、子どもをもたらすことのできる存在として玉鬘は求められており、そのことは年の内に鬚黒大将との男児を出産したことで明らかになる。(13)重要なことは、彼女が女官である尚侍として求められたことだろう。初出仕以前に鬚黒大将と結婚することになった玉鬘であるが、尚侍という職掌自体は婚姻と無関係に成立する。女官であるからこそ、真木柱巻では参内した玉鬘と冷泉帝の直接的な交流が描かれるのであり、冷泉帝は手に入れ損ねた存在として玉鬘を見つつ、一方でまだ手に入る可能性を捨てきれない。

冷泉帝「などてかくはひあひがたき紫を心に深く思ひそめけむ

濃くなりはつまじきにや」と仰せらるるさま、いと若くきよらに恥づかしきを、違ひたまへるところやあると思ひ慰めて聞こえたまふ。（真木柱③三八五―六）

参内しての宮仕えが引き続けば、帝との関係が変化することもあり得るのが女官である。冷泉帝にはそうした期待があり、またそれを危惧するからこそ、鬚黒大将は玉鬘を自邸に引き取って参内させない。御子のない冷泉帝後宮にとって、玉鬘の第一の役割は后妃に準じて子をもたらすことにあっただろう。しかし、先掲の行幸巻での、優れた女官を求める冷泉帝の言葉も、単なる口実ではないはずである。女官を求めるのであれば、鬚黒大将の妻としての玉鬘でも問題はない。実際、史実においては典侍であれ尚侍であれ、婚姻経験を持つ者が大多数を占める。『源氏物語』においては、確かに冷泉帝の子の誕生の可能性が失われたことの意味は大きい。しかし、玉鬘を独占しようとする鬚黒大将の態度が、女官として活躍する玉鬘の可能性を奪ったことは、玉鬘という個人の物語に対して極めて強い影響を与えたのではないだろうか。

翻って、この玉鬘と鬚黒大将のあり方から照射されるのは、身分や時期が大きく異なるとはいえ、藤典侍と夕霧の物語である。典侍任官から始まることが、后妃に準じた期待の表れだとしても、語られないどこかで藤典侍と夕霧の関係は進み、藤典侍は后妃ではなく女官としての宮仕えにシフトしたことが想定できる。后妃扱いの尚侍出仕が求められたにも拘わらず、直前の婚姻によって女官の役割が強調された玉鬘と経過としては近い。大きく異なるのは、玉鬘が出仕しての宮仕えの道を断たれたのに対して、藤典侍はむしろ女官として頭角を現したことである。先掲の藤裏葉巻の詠歌を見れば、学者である夕霧との関係が女官としての彼女を支えており、有能な女官と政治を担う貴公子との結びつきは双方の利益であろうことが窺える。

夕霧と藤典侍との関係と、鬚黒大将と玉鬘の関係は、制度の上では非常に似通っている。しかし、一方は冷泉帝治世を支え合う臣下同士の結びつきとして成立し、一方は帝の意向に背いてまで玉鬘を独占するという、相反する結果が導かれている。藤典侍の経歴が異例なものであるにもかかわらず物語はそこに意識を向けさせず、よって藤典侍の物語と玉鬘の物語の共通性も表面化することはないが、この符合が意味するものがあるとすれば、それは冷泉帝治世を支える君臣関係そのものだろう。春宮の伯父という立場にある鬚黒大将にとって、冷泉帝後宮の充実は最優先事項ではなく、帝の勘気を被る可能性さえ二の次であった。絵合巻以来、冷泉帝治世は盛代として語られており、[14]後宮については少数の人員のまま安定的に運営されてきた。玉鬘物語は、冷泉帝治世の華やかさを外側から描く。最後までその華やぎに十分に入ることのできない玉鬘は未練を残しつつ冷泉帝後宮を去り、後嗣のない冷泉帝治世は、春宮へ入内する明石の姫君の物語の向こうで一代限りという綻びを露呈していく。しかし、そうした玉鬘物語の先蹤として、藤典侍の物語があったのではないだろうか。もちろん、「藤典侍物語」は語られない。夕霧物語の一端を担うだけである。そして夕霧物語は、藤典侍を帝から奪うような物語を語ろうとはしない。特筆されないまま、気付けば藤典侍は女官としても、夕霧の恋人としても、ごく自然に存在することになる。冷泉帝後宮との関わりを語る玉鬘物語と重なる藤典侍物語は、夕霧にさまざまな可能性を与えつつ、甘んじて脇役に留まるのである。

おわりに

藤典侍の異例の出仕と、それが焦点化されない脇役としてのあり方を確認した。冷泉帝後宮の可能性を示しながら打ち消すという点で、藤典侍の役割は玉鬘と重なる。異なるのは、藤典侍がヒロインとして表面化しないことだろう。五節の舞姫も、典侍任官も、夕霧との恋も、彼女をヒロインとして物語はさまざまに構成できる。それでも、『源氏物語』は彼女を主題とはせず、玉鬘という女性が尚侍となる物語に、冷泉帝後宮のテーマを担わせたのである。

脇役たちの姿を物語として切り取ることの危険性は冒頭に述べたとおりである。『源氏物語』においては、女房や女官は脇役に徹する。尚侍という女官である玉鬘もそこに加わる可能性はあったが、彼女は鬚黒大将の妻という道を歩んだだけのことだろう。異例さを抱えながらも目立たない藤典侍のあり方は、脇役のままに潜性して玉鬘物語を深層で支えているのである。

注

（1）須磨巻では「民部大輔」として「心から常世をすててなく雁を雲のよそにも思ひけるかな」（須磨②二〇二）の歌を詠む。このほか惟光の官位がわかるのは梅枝巻でその息子が「惟光の宰相の子の兵衛尉」（③四〇八）と語られる場面で、参議（正四位下）に昇っている。惟光の娘の物語としては夕霧巻まで考えるべきところだが、本稿では紙幅の都合上割愛し、任官を中心に論じたい。

（2）のちの真木柱巻では、冷泉帝後宮について「ことに乱りがはしき更衣たち、あまたもさぶらひたまはず。中宮、弘徽殿女御、この宮の女御、左の大殿の女御などさぶらひたまふ。さては中納言、宰相の御むすめ二人ばかりぞさぶらひたまひける。」（③三八二）と語られている。詳細は不明だが、途中での死去などがなければ、少女巻での按察大納言が「左の大殿」（「右」とする本も多い）に昇り、娘も女御になったことが考えられる。少女巻の左衛門督が中納言になり、良清が宰相となって、二人の娘が数少ない更衣として宮仕えしていることになろうか。とすれば、少女巻時点で更衣はおらず、その後も入内はなかったと見られ、若くして即位し、在位が長いにも拘わらず、後宮人員の変動は極めて小さい。この新嘗祭における五節の舞姫の任官は、冷泉帝の後宮における一大転機であったといえよう。

（3）官吏登庸試験の及第を示す「桂を折る」を用いた詠。由来は漢籍（『晋書』『蒙求』）であり、典侍に相応しい素養を身に付けていることが窺える。

（4）この二人を同一人物と見る説もある。また、源典侍をこの二人のどちらかに割り当てることも不可能ではないが、少なくとも描かれ方としては別人物として捉えるべきであろう。三谷邦明「源典侍物語の構造――織物性あるいは藤壺事件と朧月夜事件――」（『物語文学の方法Ⅱ』有精堂　一九八九　初出一九八〇）参照。

（5）「古老の典侍二人」（行幸③三〇〇）（後述）、「春宮の宣旨なる典侍」（若菜上④一〇九）。

（6）外山「女房、女官のライフコースと物語、物語文学」（『新時代への源氏学6　虚構と歴史のはざまで』竹林舎二〇一四）。

（7）角田文衛編「日本古代後宮表」（『平安時代史事典』角川書店　一九九四）をもとに再構成した。
（8）安藤徹「中央政治機構［女官］」（小町谷照彦・倉田実編『王朝文化歴史大事典』笠間書院　二〇一一）。
（9）藤原淑子はのちに宇多天皇の即位に奔走した女官として著名である。菅原寧子については『西宮記』に昌泰二年典侍任官の記事等があり、『北野縁起』には道真の次女として女官を歴任したことが書かれている。
（10）灺子について詳細は不明であるが、超子は入内後、二ヶ月で女御になっている。尊子は入内後、二年間も御匣殿別当であり、藤原道隆の娘・定子が中宮として君臨する一条天皇後宮での位置づけをめぐってさまざまな駆け引きがあったことが窺える。
（11）登子をめぐる逸話は多いが、尚侍任官自体は円融天皇の母替わりとしての任官であり、天皇の乳母が典侍になる平安中期以降の女官のあり方と地続きであるように思われる。
（12）拙稿「冷泉朝の終焉」（『斎宮の文学史』翰林書房　二〇一六）参照。
（13）「その年の十一月に、いとをかしき児をさへ抱き出でたまへれば」（真木柱③三九七）と出産が語られるが、玉鬘の異母兄にあたる柏木は、「宮仕にかひありてものしたまはしものをと、この若君のうつくしきにつけても、「今まで皇子たちのおはせぬ嘆きを見たてまつるに、いかに面目あらまし」とあまり事をぞ思ひてのたまふ。」（同三九七—八）と、その子の誕生が帝との間でなかったことを残念がる。
（14）後宮運営と文化的な華やぎは、『源氏物語』において治世そのものと解されていよう。冷泉帝の御世のあり方は絵合ののちに語られる「さるべき節会どもにも、この御時よりと、末の人の言ひ伝ふべき例を添へむと思し、私ざまのかかるはかなき御遊びもめづらしき筋にせさせたまひて、いみじき盛りの御世なり。」（絵合②三九二）という評価に象徴される。

＊『源氏物語』の引用は、『新編古典文学全集』（小学館）に依った。

『源氏物語』柏木の女三の宮憧憬について―「あて」の語をてがかりに―

松本美耶

はじめに

やがては「世のかため」となるべき人物として周囲の期待を集めた太政大臣家嫡男・柏木は、光源氏正妻・女三の宮との道ならぬ恋によって自滅し、最期まで女三の宮からの「あはれ」の一言を求めながら死んでいった青年である。本稿では、蹴鞠の場での垣間見以降にあらわれる柏木の熱狂的な女三の宮思慕の淵源について、「あて」の語を手がかりに検討してみたい。一体柏木は女三の宮のどのような美しさに魅了されることによって、彼女にのめり込んでいったのか。

一　女三の宮の降嫁問題と柏木―野心から恋の情熱へ

若菜上巻冒頭、病により出家を志す朱雀院の気がかりは愛娘・女三の宮の存在であった。院は四人の皇女の中でも、高貴な「先帝の源氏」（若菜上④一七頁）宮の女御から生まれた女三の宮をとりわけ鍾愛していたため、自らが世を捨てたのちに「頼む蔭」のない宮の行く先を案じ、彼女の「親ざま」となるような婿を求めるようになる。そして、多くの求婚者が集う中、女三の宮降嫁に向けて名乗りを上げたのが、太政大臣の嫡男・柏木であった。

従来、女三の宮の降嫁をめぐる柏木とその父・太政大臣の活動の背景については、「高き心ざし」（若菜上④三六頁）から生まれた柏木自身の政治的野心の存在[1]と、後宮政策の失敗によって逼迫した太政大臣家全体の政治状況[2]が指摘されてきた。結局、院は柏木の将来性や才能を高く評価しながらも、女三の宮を光源氏へと降嫁させる。しかし柏木の宮への思いは消えず、やがて野心から出発した恋は六条院蹴鞠遊びでの垣間見を契機に女三の宮自身への「情熱」「情念[3]」へと変質していく。

さて、従来垣間見に始発する柏木の女三の宮執着は「相手のない一人相撲[4]」や「妄想の恋[5]」、あるいは「幻想[6]」といった、非常に空虚なものとして考えられてきた。その背景には、宮自身の造型が深く関わっていると言えよう。彼女はあらゆる「精神的、肉体的未成熟を語る言葉[7]」で囲繞された、幼稚な女君として描かれてきた[8]。そしてそのような宮の幼稚性に、父朱雀院や宮の乳母、光源氏、そして夕霧までもが気付き、危惧してきたのである。しかし、女三の宮の姿を垣間見た柏木の眼中に、宮の幼稚さは全く入っていない。

宰相の君は、よろづの罪をもをさをさたどられず、おぼえぬ物の隙より、ほのかにも、それと見たてまつりつるにも、わが昔よりの心ざしのしるしあるべきにやと契りうれしき心地して、飽かずのみおぼゆ。

（若菜上④一四四頁）

端近に立っていた宮の行動を、夕霧は軽率な振る舞いとして認識していた。しかし、柏木の目に彼女の振る舞いは慎重を欠いたものとは映らず、それどころかこの垣間見を積年の恋情が叶えられる前兆かもしれないともっぱら胸をときめかしている。さらに柏木は後日妹の弘徽殿女御を訪ねた際、彼女の用心深さに女三の宮の軽率さをちらと考え浮かべた。しかし、「おぼろけにしめたるわが心」（若菜下④一五五頁）ゆえに、彼にはあの垣間見が、宮自身のたしなみのなさが引き起こしたものだと思うことさえできなくなっていたのである。

また、女三の宮の幼稚性をあらわす特徴的な言葉に「いはけなし」がある。朱雀院から三例、女三の宮の乳母、女房から三例、光源氏から六例、そして夕霧と小侍従からそれぞれ一例の計十四例が女三の宮に使用されているが、実は、柏木から女三の宮に「いはけなし」が用いられることは一度もない。唯一、密通の罪の重さに耐えかね泣く女三の宮の姿を、柏木は「いと幼げに泣きたまふ」（若菜下④二二六頁）と捉え、彼女の幼稚性を観取していた。しかし、ここで柏木が女三の宮に抱く思いはあくまで「いとかたじけなく、あはれ」であり、柏木がいかに宮に盲目的になっていたかがやはり浮かび上がるだろう。

二　柏木の女三の宮憧憬──「あて」へのまなざし

さてここまで、柏木に把握される女三の宮の人物像と、柏木以外の人物から把握される女三の宮像とにはいささか隔たりがあることをみてきた。それでは一体柏木は、女三の宮の持つ魅力を具体的にどのようなものとして捉えることによって、彼女に魅了されることになったのだろうか。

【表1】は、若菜上巻以降に柏木の視点から用いられる形容語を調査し整理したものである。表を見ると、柏木から女三の宮に使用される形容語二十三例のうち、「らうたげ（らうたし）」と「あて」のそれぞれ三例が最も多い用例であることが分かる。特に「らうたげ（らうたし）」は、唐猫に使用される五例も含めると計八例となり、柏

【表1】

形容語		女三の宮	唐猫	東宮	落葉の宮	計
らうたげ	らうたげ	3	4			8
	らうたし		1			
あて		3		1	1	5
うつくしげ	うつくしげ（髪）	1				2
	うつくし	1				
若し		2				2
をかし		1	1			2
細し		1				1
ささやか		1				1
おいらか		1				1
何心なし		1				1
なつかし		1	1			2
やはやは		1				1
幼げ		1				1
かたじけなし		1				1
おほどか		1				1
けざやか（髪）		1				1
ふさやか（髪）		1				1
はかなげ（声）		1				1
小さし			1			1
かうばし			1			1
なまめかし				1	1	2
こよなし					1	1

木から用いられる形容語の中では最多となる。このことから、「女三の宮の特徴たる「らうたげ（らうたし）」が猫の「らうたげ（らうたし）」に通[9]じ、柏木を大きく魅了したことが既に指摘されている。「ねうねうといたうらうたげに」鳴くその姿に宮を想起する柏木にとって、唐猫はまさに「恋ひわぶる人のかたみ」（若菜下④一五八頁）であった。

一方、柏木から用いられる「あて」は女三の宮に用いられる三例以外にも東宮、落葉の宮にそれぞれ一例ずつ確認でき、計五例となる。「らうたげ（らうたし）」の八例には及ばないが、柏木の視点から用いられるその他の形容語の用例数がどれも一～二例に留まることと比較すると、五例という数は決して少なくはないだろう。また【表2】は、『源氏物語』正篇において他者を「あて」と捉える人物を整理したものだが、着目されるのは、正篇で最も用例数の多い光源氏の十六例に次ぐのが物語全体を通して登場する夕霧や頭中将ではなく、柏木の五例であ

【表2】正篇において他者を「あて」と捉える人物一覧

光源氏	16
柏木	5
語り手	5
夕霧	4
頭中将	2
女房ら	2
その他（各1例）	4
	38

るという点である。このようにみると「らうたげ（らうたし）」だけでなく「あて」もまた、柏木にとって非常に重要な属性のひとつであったことが見て取れるだろう。

　また、女三の宮に用いられる「あて」については、柏木からの三例とは別に光源氏からの二例が確認できる。このことから榎本正純氏は、女三の宮の幼稚性を表わす形容語に混じって「あて」が彼女の美質を表わす属性の一つとして意図的に用いられていることを指摘している。[10] しかし後に詳述するように、実は、女三の宮の「あて」をめぐる柏木と光源氏の受け止め方には微妙な位相の差異が認められる。そのような差異を無視したまま、女三の宮に用いられる全ての「あて」の用例を一括りに捉えてしまうのは、いささか性急ではないだろうか。

　従って以下、まずは柏木から女三の宮に用いられる「あて」の用例を辿り、柏木が女三の宮のどのような部分に「あて」を感じていたのか確認してみたい。そしてその上で、柏木が「あて」と受け止めていた女三の宮の姿が光源氏の目にどのように受け止められていたのかという点、また光源氏から女三の宮に用いられる「あて」と柏木のそれとの差異について検討したい。

　なお『日本国語大辞典』は「あて」の語義を「人の容姿、態度などが上品でみやびやかなさま。目立たないものや弱小なものに品格のある美しさが感じられるさま」のように定義するが、これは木之下正雄氏の『平安女流文学のことば』[11]における「あて」の解説を汲むものであろう。木之下氏は「あて」が外見美ではなく品格美であること、また「目立たないもの、控えめなもの、弱小親近感のものに多く感じられる」美であることを述べている。また犬塚亘氏は「気高し」との比較から、「あて」が「親しみのある、あたたかい、やわらかな上品さ」であると指摘する。[12]その他にも「あて」について論じる先行研究は多くあるが、[13]おおむね木之下氏、犬塚氏の指摘と重なるため、紙幅の都合上本稿では「あて」の語義自体の検討は省略したい。

三　柏木と「あて」（Ⅰ）　―女三の宮をめぐって

柏木が最も早く女三の宮に「あて」を見出したのは、彼女の姿を初めて見た蹴鞠の日の垣間見の場においてであった。

　几帳の際すこし入りたるほどに、袿姿にて立ちたまへる人あり。……御髪の裾までけざやかに見ゆるは、糸をよりかけたるやうになびきて、裾のふさやかにそがれたる、いとうつくしげにて、七八寸ばかりぞあまりたまへる。御衣の裾がちに、いと細くささやかにて、姿つき、髪のかかりたまへるそばめ、いひ知らずあてにらうたげなり。（若菜上④一四一頁）

女三の宮へと注がれる柏木の視線は、「裾がち」な衣装から豊かな髪[14]へと移っていく。通常、不作法とされる女性の立ち姿も、ここではかえって女三の宮の無防備さが輝きを放ち、柏木を「甘美な逸脱[15]」へと誘う。やがて女三の宮の細く小さな肉体と横顔を捉えた柏木の感想は、言いようもなく高貴で可愛らしい、というものであった。ここで、柏木に「あて」という想いを抱かせているのは、「御衣の裾がちに、いと細くささやかにて」という「姿つき」や「そばめ」といった宮の身体的特徴であったことを、ひとまず押さえておきたい。つまり、女三の宮の細やかで小柄な身体が、柏木には、彼女の高貴性を感じる大きな魅力とのひとつとして把握されていたことが、まず浮かび上がってくる。

垣間見から六年後、柏木は、父太政大臣の懇願によって朱雀院第二皇女・落葉の宮を妻として迎える。しかし彼は、落葉の宮が「下臈の更衣腹」（若菜下④二一七頁）であったことを疎んじ、女三の宮への燻る恋心を未だに諦められずにいるのだった。やがて柏木は小侍従の手引きにより、ついに女三の宮の寝所へと忍び込む。

よその思ひやりはいつくしく、もの馴れて見えたてまつらむも恥づかしく推しはかられたまふに、ただかばかり思ひつめたる片はし聞こえ知らせて、なかなかかけかけしきことはなくてやみなむと思ひしかど、いとさばかり気高う恥づかしげにはあらで、なつかしくらうたげに、やはらかなる御けはひの、あてにいみじく思ゆることぞ、人に似させたまはざりける。（若菜下④二二五～二二六）

ここでも柏木は女三の宮の様子を「あてにいみじく思ゆる」と捉え、人と比べようのない宮の高貴さに夢中になっている。榎本氏は、ここで女三の宮の高貴さが「気高し」ではなく「あて」と言われていることに着目し、「なかなかかけかけしきことはなくてやみなむ」と思っていた柏木の情念に火をつけ実事に及ばせたのはまさに女三の宮の「「けたか」さの欠落と「あて」なる物腰」[16]であったと説くが、ここで柏木が捉えた宮の「あて」が、彼女の「やはやはとのみ見えたまふ」という「御けはひ」から見出されたものであった点に改めて着目したい。先に見た蹴鞠の場面において柏木が「あて」と感じていたのは、女三の宮の細く小柄な肉体や横顔という彼女の肉体そのものであった。しかしここでは、優しく可憐な女三の宮から感じられる物柔らかな「けはひ」――つまり、女三の宮の物腰から感じられる全体の雰囲気や様子もまた、柏木によって「あて」と捉えられているのである。

このように柏木から女三の宮に用いられる「あて」の用例を辿ってみると、垣間見以降にみられる柏木の熱狂的な女三の宮思慕の一端に、彼女の持つ「あて」なる高貴さが大きく関わっていたことが改めて確認されよう。柏木は、細く小柄な肉体や顔つき、そして物柔らかな物腰といった、あらゆる側面から見出される女三の宮の姿を「あて」という高貴さの魅力として捉えることによって、彼女に夢中になっていったのではなかろうか。既にみたように、女三の宮に対する柏木の恋の始発は、皇女を妻とすることで政治的成功を得るという「高き心ざし」にあった。このような柏木の野心や皇族という高貴な血への憧れが、生身の女三の宮の姿から感じられる「あて」という高貴さと結びつき、柏木の恋心を大きく増幅させていったと考えることができるのである。

よきやうとても、あまりひたおもむきにおほどかにあてなる人は、世のありさまも知らず、かつさぶらふ人に心おきたまふこともなくて、かくいとほしき御身のためも人のためもいみじきことにもあるかな、とかの御事の心苦しさも、え思ひ放たれたまはず。（若菜下④二五九頁）

密通の事実が源氏に露見したことを小侍従から知らされた柏木は、蹴鞠の日の女三の宮の軽率さに今更ながら気付かされる。やがて柏木は宮への恋を諦めるため、無理やり彼女の欠点をあげつらおうと試みるものの、彼女が「あまりひたおもむきにおほどかにあてなる人」であるがゆえに世間知らずであることの不憫さによって、かえって同情を誘われていく。やはりここでも女三の宮の「あて」という資質は、柏木の恋心を諦めさせるどころかむしろ、断ち難い宮への執着心を増幅させていくばかりのものとして機能しているとみえるのである。

四　光源氏と女三の宮

〔一〕光源氏の視点からみる女三の宮について

それでは、柏木が「あて」を見出した女三の宮の姿を、光源氏はどのように捉えていたのだろうか。女三の宮に対する光源氏と柏木の認識の差については既に指摘が見られるが[17]、本稿では以下、改めて光源氏から女三の宮に用いられる形容語を辿り、両者のまなざしの差異について具体的に検証してみたい。

姫宮は、げにまだいと小さく片なりにおはする中にも、いといはけなき気色して、ひたみちに若びたまへり。かの紫のゆかり尋ねとりたまへりしをり思し出づるに、かれはされて言ふかひありしを、これは、いといはけなくのみ見えたまへば、……。（若菜上④六三頁）

盛大な儀式の中、女三の宮は六条院へと降嫁する。ここで光源氏の目に真っ先に飛び込んできたのは、「げにまだいと小さく」という、あまりにも小柄な女三の宮の肉体であった。実は、柏木と光源氏以外の人物の視点から宮の小さな身体について言及されることは一度もない。このことからも、女三の宮のささやかな肉体が、柏木だけでなく光源氏にとってもまた何らかの意味を持つものであったということが、まず浮かび上がってくる。しかし、光源氏が女三の宮の小さな肉体の中に見出したのは彼女の高貴さではなく、「片なり」[18]や「いといはなけき気色」「ひたみちに若びたまへり」といった、宮の未成熟さや幼稚さであった。女三の宮の様子を目の当たりにした源氏は、かつて自らが引き取った十歳程の紫の上が大層利発であったことを思い出し、幼稚さばかりが目立つ女三の宮に大きく落胆していく。

またこれ以降、光源氏は幾度となく女三の宮の極端に小さな肉体を捉えていく。

〔a〕　女宮は、いとらうたげに幼きさまにて、御しつらひなどのことごとしく、よだけく、うるはしきに、みづからは何心もなくものはかなき御ほどにて、いと御衣がちに、身もなくあえかなり。（若菜上④七三頁）

新婚五日目、女三の宮の部屋を訪れた光源氏は、改めて女三の宮の姿を見る。しかし光源氏の目にいち早く見出されたのは、やはり「いとらうたげに幼きさま」「何心なく」という女三の宮の幼稚さ、無邪気さであった。さらに衣装に埋もれ中身のないように見える女三の宮の姿を捉えた光源氏は、極端に小さな彼女の肉体を「あえかなり」

と捉えているが、ここで、女三の宮に使用される「あえか」の四例がすべて光源氏の視点から用いられている点に着目したい。

〔b〕二十一二ばかりになりたまへど、なほいといみじく片なりにきびはなる心地して、細くあえかにうつくしくのみ見えたまふ。（若菜下④一八四頁）

〔c〕宮の御方をのぞきたまへれば、人よりけに小さくうつくしげにて、ただ御衣のみある心地す。にほひやかなる方は後れて、ただいとあてやかにをかしく、二月の中の十日ばかりの青柳の、わづかにしだりはじめたらむ心地して、鶯の羽風にも乱れぬべくあえかに見えたまふ。（若菜下④一九一頁）

〔b〕〔c〕はいずれも、密通以前に光源氏から用いられる女三の宮の「あえか」の例である。降嫁から七年後の正月、女三の宮は既に二十一、二歳になっていた。しかしここでも宮は、相変わらず心身共に幼く一切の成長を見せることのない女君として光源氏に認識されている。そして、女三の宮の空虚な肉体に見出されたのは、「うつくしくのみ」「うつくしげ」という可憐な愛らしさと、やはり「あえか」という儚さであった。

さらに〔a〕において、女三の宮の様子が「ものはかなき」と言われている点にも着目したい。かつて宮の寝所に忍び込んだ柏木が「あて」と感じていたのは、彼女の「やはやは」というたおやかで物柔らかな「御けはひ」であった。しかし、そのような女三の宮の様子が、ここでは光源氏のまなざしによって、格式ばった調度品とは対照的に頼りなく儚い「御ほど」であると捉えられ、半ば負の要素として認識されているのである。[19]

以上、柏木が「あて」という高貴性を感じていた女三の宮の資質について、光源氏の視点から辿ってきた。光源氏が宮の細く小さな肉体や物腰の中に見出したのは、「いはけなし」や「かたなり」といった幼稚性や「ものはかなし」「あえか」という頼りなさ、そしてそれゆえの「うつくし」という可憐さといったものばかりであり、決して「あて」のような高貴さではなかったことがここで確認されるだろう。

〔二〕光源氏の視点からみる女三の宮の高貴性と「あて」

それでは一体、光源氏は女三の宮の皇女としての高貴さをどこに見出していたのだろうか。

・……かくばかりまたなきさまにもてなしきこえて、内々の心ざし引く方よりも、いつくしくかたじけなきものに思ひはぐくまむ人をおきて、かかることはさらにたぐひあらじ、と爪はじきせられたまふ。（若菜下④二五四～二五五頁）

・おほかたのことはありしに変らず、なかなかいたはしくやむごとなくもてなしきこゆるさまを増したまふ。（若菜下④二五九～二六〇頁）

・「……宮をば、かたがたにつけて、いとやむごとなく思ひきこえたまへるものを」（若菜上④一四六頁）

降嫁当初、女三の宮に対する光源氏の扱いは、あくまで表面上のものではあったが彼女の内親王としての高貴な身分や六条院正妻という地位を尊重した「やむごとな」き扱いであった。また、宮の周辺には常に一級の調度品ばかりが取り揃えられ、六条院女楽における女童の装束についても「いかめしく気高きことさへいと並びなし」（若菜下④一八六頁）と、内親王ゆえの高貴な雰囲気のあったことが光源氏の視点を通して語られている。しかし、光源氏は宮の高貴さをあくまで「身分」や「地位」としてしか把握していないため、内親王という身分の高さにはあまりにも不釣合いな宮の幼さを「人のほどかたじけなし」「いとほし」（若菜上④七二頁）と不憫がることはあっても、生身の女三の宮自身から彼女の持つ高貴さを感じ取ることはほとんどない。

唯一、先に見た〔c〕の女楽の場において、光源氏は女三の宮の皇女らしい優美さ、上品さを「ただいとあてやかにをかしく」と捉えている。しかし「あてやか」は、「あて」には一段劣る上品さを示すとされる語であり、[20]例えば『源氏物語』において「あてやか」が人物の容姿・態度に使用される例はこの他にも七例みられるが、天皇の血を引く人物に使用されるのは落ちぶれた一世女王の末摘花一例のみであり、その他六例はすべて臣下に限定して使用されている。このような点を顧みると、光源氏から女三の宮に向けられた「あてやか」の語が、決して高貴な二品内親王に対する賞辞とはなっていないことが浮かび上がってくるだろう。

しかし、そのような光源氏のまなざしに変化が訪れる。

・……恥ぢらひて背きたまへる御姿もいとらうたげなり、いたく面痩せて、もの思ひ屈したまへる、いとどあてにをかし。（若菜下④二六八～二六九）

・　おほかたの秋をばうしと知りにしをふり棄てがたき鈴虫の声

と忍びやかにのたまふ、いとなまめいて、あてにおほどかなり。（鈴虫④三八二頁）

これまで光源氏にとって、女三の宮はただ無邪気な、幼い子供のような存在であった。しかし、密通が露見し、悪阻と光源氏への畏怖によって面痩せし物思いをする宮の姿を光源氏は初めて「あて」と捉え、彼女の持つ高貴な美しさを感じている。但し、かつて柏木が無条件に女三の宮を「あて」と賞賛していたのに対し、光源氏の視点から用いられる「あて」は、「面痩せ」と「もの思ひ屈し」という宮の身体的、精神的変化を経て初めて見出された美質であったと言えよう。また源氏は、世を捨て尼となった女三の宮との歌の応酬においても、忍びやかに詠んだ彼女の様子が「いとなまめいて、あてにおほどかなり」であったことに心を惹かれ、宮への捨て去り難い愛執の念を詠んでいる。密通の露見による憂苦と懐妊・出産、[21]そして出家によって、女三の宮は変化する。[22]そしてその変化こそが、女三の宮に対する光源氏の未練をなおも掻き立てていったのである。

以上、女三の宮に対する柏木と光源氏のまなざしの差異について、「あて」という語を中心に確認してきた。その結果、光源氏と柏木が捉える女三の宮の高貴性には、やはり大きな差異がみられることが浮上してきた。一でみたように、柏木が女三の宮降嫁を強く希望した当初の理由は、彼女の血筋や身分の高貴さにあった。しかし柏木の場合、光源氏が「片なり」「いはけなし」「ものはかなし」「あえか」「うつくし」といった語で捉えた女三の宮の細く小さな肉体や柔らかな物腰を、すべて「あて」と捉え、その高貴さゆえにその人にいっそうのめり込んでいったのである。柏木が女三の宮の姿を捉えるとき、そこには常に「あて」が描かれていた。柏木は、女三の宮自身の中に息づく高貴さを、「気高し」や「やんごとなし」ではなくまさに「あて」の語で捉え表わすことによって、自らの中で女三の宮を特別な存在として位置づけていったと考えられる。

五　柏木と「あて」（Ⅱ）　―東宮、落葉の宮をめぐって

さて、柏木にとって女三の宮の「あて」なる魅力がいかに意味の重いものであったかは、柏木から女三の宮以外の人物に使用される「あて」の用例からも伺い知ることができるだろう。

春宮に参りたまひて、論なう通ひたまへるところあらんかしと目とどめて見たてまつるに、にほひやかになどはあらぬ御容貌なれど、さばかりの御ありさま、はた、いとことにて、あてになまめかしくおはします。（若菜下④一五六頁）

柏木は、女三の宮への燻る想いを抱いたまま東宮に対面した。二人は異母兄弟であり、柏木にとって東宮はまさに女三の宮ゆかりの人である。ここで宮との類似点を探そうと「目とどめて」東宮を拝する柏木の目に映ったのは、

皇太子という特別な身分ゆえ「あてになまめかし」という東宮の姿であった。しかし通常、『源氏物語』において天皇や上皇あるいは東宮といった地位にある人物の美をいう際に「あて」が用いられることはない。にも拘らずここで東宮の高貴さが、女三の宮の面影を求める柏木の視点から「あて」として捉えられることの意味は大きい。つまり柏木にとって、東宮の「あて」という美質は、最愛の人女三の宮の持つ「あて」なる魅力にそのまま重なっていたと読むことができるのである。

また柏木は、妻である落葉の宮にも「あて」を見出している。

女房など物見にみな出でて人少なにのどやかなれば、うちながめて、箏の琴なつかしく弾きまさぐりておはするけはひも、さすがにあてになまめかしけれど、同じくは、いま一際及ばざりける宿世よと、なほおぼゆ。（若菜下④二三二頁）

ここで柏木が、物思いに耽りただ一人箏を弾く落葉の宮の姿を「さすがにあてになまめかし」と感じていることに着目したい。柏木のまなざしから捉えられた数少ない落葉の宮の魅力に「あて」という資質が含まれていたことを鑑みると、やはり柏木が「あて」に惹かれる男君であったことが改めて確認されよう。

しかし、だからと言って柏木の心が落葉の宮へ移っていった訳ではない。従来、柏木が落葉の宮に馴染まなかった理由については、宮の降嫁を推し進めた父太政大臣の誤解[23]や、タブー介在の有無[24]という観点から既に論じられてきたが、本節ではこの問題について、柏木から落葉の宮に使用される語に注目し検討してみたい。実は、柏木が女三の宮と落葉の宮からそれぞれ感じる「あて」の程度には大きな格差がみられる。柏木を夢中にさせた女三の宮の「あて」なる美質が「いひ知らずあてにらうたげなり」「あてにいみじく思ゆることぞ、人に似させたまはざりける」と語られるのに対し、落葉の宮の「あて」は、「さすがに」と断りを入れた上で、さらには物思いの中箏を弾くという限定された行為に対してしか見いだされていない。つまり柏木は、地位や身分からのみでなく実際に目に映る生身の女三の宮や落葉の宮の姿からも、姉妹の高貴さの格差を感じ取っていたことになる。結局、柏木は落葉の宮の「あて」に触れることによって、同じ皇女であっても更衣腹の「落葉」を娶ることとなった「いま一際及ばざりける宿世」を思い知らされていくのである。

また、柏木が見出した落葉の宮の魅力が「あてになまめかし」であった点にも着目したい。「なまめかし」とは、動詞「なまめく」から派生した形容詞であるが、どちらも対象となる人物や事物が優美・上品であることを示す語である。但し『源氏物語』においては、「なまめく」が「性的官能的傾きを帯び[25]」た語、あるいは「優雅に振舞いもてつけた美[26]」とされる一方で、「なまめかし」は「さりげない振る舞い飾りつけからにじみ出る、高雅な精神性に裏打ちされた優雅さ[27]」、つまり精神美によって醸し出される容姿美・姿態美であり、「なまめく」よりも一段高い賛美語であることが指摘されている。[28]『源氏物語』における「あて」が最も多く伴う語が「なまめく」「なまめかし」であることは既に犬塚氏の指摘するところではあるが、[29]具体的な数でみると、「あて」全七十九例のうち十六例（「なまめく」四例、「なまめかし」十二例）、つまり全体の五分の一が「なまめく」「なまめかし」と併用されていることがわかる。しかし、ここで柏木は、落葉の宮の持つ「なまめかし」さには惹かれていない。また、落葉の宮の持つ高い精神性については、柏木との結婚が語られる場面においても「人柄も、なべての人に思ひなずらふれば、けはひこよなくおはすれど」（若菜下④二一七頁）と言及されているが、やはりここでも宮のすぐれた「人柄」や「けはひ」が柏木の心を動かすことはなく、あくまで「もとよりしみにし方」である女三の宮への思慕を募らせている。

一方、柏木から女三の宮に対し、「なまめかし」や「なまめく」の語が用いられることはない。[30]いま一度柏木の視点から女三の宮に用いられる形容語を見渡してみると、宮の精神性や内面ついてはいずれも「何心なし」や「おほどか」といった、物事に拘ることのない無邪気で鷹揚な性格を示す語が用いられている。また既にみたように、女三の宮の寝所に忍び込んだ際にも、柏木は宮を、こちらが気後れするような奥ゆかしさを持ち合わせることのない女君であると感じていた。このような女三の宮の世間知らずで無邪気な性格について、岩佐美代子氏は「最高貴の内親王のお値打」であると指摘している。[31]つまり、柏木を魅了したのは、落葉の宮の洗練された精神性ではなくむしろ、磨かれ、手入れのなされることのなかった無垢なままの、どこまでも高貴な女三の宮の姿であったことが、ここで浮かび上がってくるのである。

一方、夕霧はどうか。夕霧の視点から落葉の宮に使用される形容語は全体で二九例みられ、「なまめかし」の用例自体は見当たらなかったが、やはり「なまめく」の三例が最も多い用例であることが確認された。また、夕霧が惹かれた落葉の宮の魅力が彼女の内面の美であったことは、「なまめく」「なまめかし」以外の語によっても幾度となく描かれている。

この宮こそ、聞きしよりは、心の奥見えたまへ、あはれ、げにいかに人笑はれなることをとり添へて思すらむと思ふもただならねば、いたう心とどめて、御ありさまも問ひきこえたまひけり。……ただ心ばせのみこそ、言ひもてゆかむには、やむごとなかるべけれ、と思ほす。（柏木④三三九頁）

夕霧が落葉の宮に興味をもったきっかけは、一条宮に流れていた妻雲居雁との生活にはない「いと静かにものあはれ」（横笛④三五三頁）な時間と、そして何より宮の持つ「心ばせ」にあった。母を亡くし、失意のうちに小野から一条宮へと帰還した落葉の宮を待ち構えていた夕霧は、自分に対面しようとしない落葉の宮の行動を「いとあやしう。推しはかりきこえさせしには違ひて、いはけなく心得がたき御心にこそありけれ」（夕霧④四六六頁）と批判する。

しかし、そのような言葉の前提にあるのは、これまで夕霧が御息所や落葉の宮との風雅な交流の中で築き上げてきた、奥ゆかしく洗練された宮のイメージなのである。落葉の宮の「心ばせ」の深さ、そして柏木には受け入れられることのなかったしっとりと落ち着きのある「なまめ」いた優美さこそが、夕霧にとっての「あらまほし」(夕霧④三九五頁)き魅力だったと言えよう。[32]

結

本稿では「あて」の語を手がかりに、垣間見以降にあらわれる柏木の「情念」の淵源について、様々な角度から考察してきた。柏木は、生身の女三の宮に見出した資質をおおよそ「あて」なるものの魅力として捉えることによって、これまで自らが抱いてきた高貴な内親王への憧れと結びつけ、夢中になっていったのである。そして、柏木が命を賭してまで執着し続けた女三の宮の魅力とは、無垢な精神によってかえって浮き彫りになっていく、女三の宮の驚くほどの「あて」なる高貴性ではなかったか。

なお、このような柏木の「あて」好みは、息子である薫にも引き継がれる。稿を改めたい。

注

(1) 野村精一「若菜巻試論――人間関係の悲劇的構造について」(『国語と国文学』第三七巻三号、一九六〇年三月)、鈴木日出男「柏木の情念と光源氏の愛憐――柏木・横笛・鈴虫」(『国文学』第三二巻十三号、一九八七年十一月)など。

(2) 神野志隆光「『若菜上』巻への一視座——底流としての政治状況」(『古代文化』第二九巻十号、一九七七年十月)、縄野邦雄「若菜巻の太政大臣家について——政治的構図の空洞化の問題を中心に——」(『源氏物語と平安文学』第四集、早稲田大学出版部、一九九五年)、田坂憲二「女三宮と柏木」(『源氏物語の政治と人間』慶應義塾大学出版会、二〇一七年(二〇〇〇年初出))。
(3) 篠原昭二「柏木の情念」(『源氏物語講座』第四巻、有精堂、一九七一年)、注1野村論文。
(4) 今井源衛「柏木と女三宮」『国文学』第四巻十一号、一九五九年八月。
(5) 深沢三千男「女三宮物語の基本構造」『源氏物語の形成』桜楓社、一九七二年。
(6) 髙橋亨『源氏物語の対位法』東京大学出版会、一九八二年。
(7) 注2田坂論文。
(8) 石田譲二「女三の宮と柏木について」(『国文学』第二八巻十二号、一九五一年十二月)、深沢三千男「女三宮をめぐって」(『源氏物語の形成』桜楓社、一九七二年)、松井健児「生活内界の射程」(『源氏物語の生活世界』翰林書房、二〇〇〇年)など。
(9) 宮崎荘平「王朝文学に猫を見た」『国文学 解釈と教材の研究』第二七巻十二号、一九八二年九月。このほかにも猫の「らうたげ」については葛綿正一氏(「源氏物語の動物」『源氏物語講座』第五巻、勉誠社、一九九一年)、阿部好臣氏(「喩と心象風景——柏木の猫」『物語文学組成論Ⅰ源氏物語』笠間書院、二〇一一年(一九九一年初出))、植田恭代氏(「『源氏物語』女三宮の飼猫」『鳥獣虫魚の文学史』第一巻、二〇一一年)らの論がある。
(10) 榎本正純「女三宮攷——物語と作者(下)——」『武庫川国文』第三二号、一九八八年十一月。
(11) 木之下正雄『平安女流文学のことば』至文堂、一九六八年。
(12) 犬塚旦「あて附け高し」『王朝美的語史の研究』笠間書院、一九七三年九月。
(13) 河内章「源氏物語の用語「貴」について」(『解釈』三六巻十二号、一九九〇年十二月)、髙橋亨「あて(貴)」(『国文学』第三六巻六号、一九九一年五月)、清水彰「源氏物語の「なまめかし」「らうたし」「あて」」(『武庫川女子大学言語文化研究所年報』四号、一九九三年三月)、伊井春樹「源氏物語における人物の美的表現――「あて」「きよら」の周辺と本文」(『王朝文学の本質と変容散文編』和泉書院、二〇〇一年)など。
(14) 吉井美弥子「源氏物語の「髪」へのまなざし」『源氏物語と源氏以前研究と資料』武蔵野書院、一九九四年。
(15) 注8松井論文。なお、女三の宮の立ち姿についての分析は太田敦子氏の論に詳しい(「女三宮の立ち姿――柏木の死をめぐる表現機構――」(『野州国文学』六十八号、二〇〇一年十月)。
(16) 注10榎本論文。
(17) 「宮の人柄は、これまで源氏には難点とみられてきたが、ここでは逆に、柏木の心をゆさぶり吸引していく」(『新編日本文学全集源氏物語④』若菜下巻二二五頁頭注)。
(18) なお久保田孝夫氏は、「片生ひ」が成長によって解消される年齢ゆえの未熟さでを示す語ある一方、「片成り」は、「成熟全般においての欠損」であり、男との肉体的関係を持つまでになっていても、まだ未成熟な部分があるものに対して用いられる語であると指摘する。(「紫上の「片生ひ」と成人儀礼――「片生ひ」と「片成り」を軸にして――」(『都城研究の現在』おうふう、一九九七年)、「さして重き罪には当たるべきならねど――女三宮の片成り・柏木の罪意識・光源氏の睨み」(『国文学』第四五巻九号、二〇〇〇年七月))。
(19) 中西紀子『源氏物語の姫君――遊ぶ少女期――』(渓水社、二〇〇三年)、河添房江「女三の宮物語と唐猫――メディアとしての室礼と唐猫――」(『源氏研究』第十号、翰林書房、二〇〇五年)。
(20) 伊牟田経久「『あてやかなり』と『あてはかなり』」(『広島女子大学紀要』第一号、一九六六年三月)、此島正年「「あてはか」「あてやか」考――源氏物語を中心として――」(『国学院雑誌』第八八巻一号、一九八七年一月)。
(21) 大坂冨美子「女三宮の成長――母性を契機として」『中古文学論攷』十五号、一九九四年十二月。
(22) 三村友希「二人の紫の上――女三の宮の恋――」『姫君たちの源氏物語――二人の紫の上――』翰林書房、二〇〇八年(一九九八年初出)。
(23) 張龍妹「柏木の「情念」」『源氏物語の救済』風間書房、二〇〇〇年。

(24) 小嶋菜温子「ぬりごめの落葉宮」『源氏物語の性と生誕——王朝文化史論』有斐閣、二〇〇四年。
(25) 犬塚旦「なまめかし考」『王朝美的語史の研究』笠間書院、一九七三年。
(26) 梅野きみ子「「なまめく」「なまめかし」考」『えんとその周辺　平安文学の美的語彙の研究』笠間書院、一九七九年。
(27) 梅野きみ子「なまめかし」（林田孝和・原岡文子ほか編『源氏物語事典』大和書房、二〇〇二年）。
(28) 注26梅野論文。
(29) 注12犬塚論文。
(30) ちなみに、光源氏の視点から女三の宮に使用される「なまめく」「なまめかし」は各一例ずつ確認できるが、やはりいずれも女三の宮の出家後にしか使用されていない。
(31) 岩佐美代子「源氏物語の内親王——藤壺・秋好中宮・女三宮——」『文学』二〇〇一年十一月。
(32) 平林優子氏は、夕霧の持つ落葉の宮像があくまで母御息所の演出によって作り上げられたイメージであったことを指摘する（「皇女落葉の宮——その理想的イメージの形成と崩壊」『源氏物語女性論——交錯する女たちの生き方』笠間書院、二〇〇九年）。

＊作品本文の引用はすべて小学館の『新編日本古典文学全集』に拠っている。

女三の宮の「煙くらべ」の歌が意味するもの ―解釈の揺れをめぐって―

吉野瑞恵

はじめに

柏木を破滅へと追い込むことになった女三の宮は、その登場から柏木の死に至るまで、ことばを奪われた女性と言ってもよいだろう。柏木の女三の宮に対する激しい執着とその果ての死を描いた若菜上巻・若菜下巻では、彼女の肉声はおろか、彼女の心中をうかがわせる心内語すらほとんど与えられてはいない。これまでも多くの論で指摘されてきたように、[1]女三の宮には、朱雀院・女三の宮の乳母・光源氏・紫の上・夕霧・侍女の小侍従らの視点から、「いはけなし」「何心なし」「らうたし」「かたなり」のような形容詞が、繰り返し用いられている。女三の宮は過剰なまでの形容詞に取り巻かれていながら、自らは、ほとんどことばを発することがない。野村精一が、女三の宮を「修飾・形容する〝ことば〟だけあって、肝心の人間は不在なままに、物語が進んでいく[2]」と、つとに指摘していたこともあらためて想起される。

それにもかかわらず、女三の宮の詠む歌は、空虚であるはずの彼女の心に存在することばを伝え、かつ表現の面でも稚拙とはいえず、地の文で語られている「ことばを奪われた」女三の宮像とは落差がある。藤原定家は、『源氏物語』の歌を、『夜の寝覚』・『浜松中納言物語』・『とりかへばや物語』のほか、散逸物語も含めて十種の物語の歌と合わせた百番歌合の中に、女三の宮の歌を三首選び入れている。定家が選んだのは、以下の三首であった。(3)

A　十一番　あけぐれの空にうき身はきえななむゆめなりけりと見てもやむべく

B　五十七番　たちそひてきえやしなましうきことを思ひみだるるけぶりくらべに

C　七十九番　はかなくてうはのそらにぞきえぬべきかぜにただよふはるのあはゆき

Aは、柏木との密通の場面で、別れ際に柏木が詠んだ歌「起きてゆく空も知られぬあけぐれにいづくの露のかかる袖なり」に応えたもの、Bは、臨終間近の柏木が贈ってきた歌「いまはとて燃えむ煙もむすぼほれ絶えぬ思ひのなほや残らむ」に応えたもの、Cは、結婚当初に光源氏が贈った歌「中道をへだつるほどはなけれども心みだるるけさのあは雪」に応えたものである。柏木と女三の宮の物語においては、Aの歌は、語られている限りでは柏木が耳にした女三の宮の唯一の肉声であり、Bの歌は、柏木の死の間際に与えられた女三の宮の最後のことばであった。

この中でもBの歌は、それ以前にはなかった「煙くらべ」という歌語を生むことになったことでも知られている。中世和歌では「煙くらべ」は、恋の思いを表現するものとして用いられ、(4)定家にも「煙くらべ」を詠んだ次の二首の歌がある。

道のべの野原の柳したもえぬあはれ歎の煙くらべに　（『拾遺愚草』題：野外柳）

打なびき煙くらべにもえまさる思ひの薪身もこがれつゝ　（『拾遺愚草』員外　題：返事増恋）(5)

一首目は、述懐の歌であるが、二首目の歌は、自分になびいてくれそうな返事を見て、ますます燃え盛る恋心を「煙くらべ」という語で表現している。さらに室町期に入ると、「煙くらべ」が二人の密通を表すキーワードとして連歌の世界で広まっていき、お伽草子などにも踏襲されたことを、安達敬子が指摘している。[6]『源氏物語』享受の歴史において、女三の宮の「煙くらべ」の歌は、柏木の「絶えぬ思ひのなほや残らむ」という歌とともに広く知られた歌といってよいだろう。この女三の宮の歌は、歌の表現のみに注目すると、柏木の思いに寄り添い、柏木に対する愛情を告白しているようにも思える。

本稿では、『源氏物語』古注釈を手がかりに、この歌の解釈を再検討してみたい。この歌の解釈は、柏木が最期まで女三の宮に求め続けた「あはれ」が、女三の宮によって与えられたのか否かという問題にもつながっている。そこで、この歌について検討したのちに、女三の宮が柏木の死後に示した「あはれ」の意味について考察することになるだろう。

一 「煙くらべ」の歌はどのように解釈されてきたか

病の床にあった柏木が、小侍従を文使いとして和歌を贈答する場面は、次のようなものであった。

「今は限りになりにてはべるありさまは、おのづから聞こしめすやうもはべらんを、いかがなりぬるとだに御耳とどめさせたまはぬも、ことわりなれど、いとうくもはべるかな」など聞こゆるに、いみじうわななけば、思ふこともみな書きさして、

「いまはとて燃えむ煙もむすぼほれ絶えぬ思ひのなほや残らむ

あはれとだにのたまはせよ。心のどめて、人やりならぬ闇にまどはむ道の光にもしはべらむ」と聞こえたまふ。[7]

（柏木 ④・二九一）

「心苦しう聞きながら、いかでかは。ただ推しはかり。残らむ、とあるは、
　　立ちそひて消えやしなましうきことを思ひみだるる煙くらべに
後るべうやは」とばかりあるを、あはれにかたじけなしと思ふ。
（柏木　④・二九六）

柏木が女三の宮に「いまはとて・・・」の歌を贈ったのは、密通の秘密を知る光源氏を恐れながら六条院を訪れた柏木が、光源氏から皮肉を言われ、その衝撃で病の床につき、命が残り少ないことを確信した時であった。小侍従が柏木の手紙を女三の宮に取り次ぐが、女三の宮は「我も、今日か明日の心地してもの心細ければ、おほかたのあはればかりは思ひ知らるれど、いと心憂きことと思ひ懲りにしかば、いみじうなむつつましき」（柏木　④・二九二）と言って、返事を書こうとはしない。語り手はその理由を、二人の密通を知った光源氏が、折に触れてそのことをほのめかすのが、女三の宮には恐ろしくつらいからだろう（「恥づかしげなる人の御気色のをりをりにまほならぬがいと恐ろしうわびしきなるべし」）と、推測する。結局、柏木に同情する小侍従が、硯まで用意して強要したことから、女三の宮は「しぶしぶ」この返歌を書く。

この返歌はすぐに示されることなく場面は再び柏木の病床に移り、このあとしばらく女三の宮の返歌をたずさえて柏木のもとを訪れた小侍従との会話の場面が続く。柏木は、六条院で光源氏に皮肉を言われた時以来、気分が乱れ、魂が身を離れて、六条院の中をさまよっているように感じられると小侍従に語る。女三の宮の、周囲に気兼ねして過ごす様子を伝える小侍従のことばに、柏木は女三の宮の面影を見たように感じ、魂が女三の宮のもとにさまよい出たのかと、ますます惑乱を深めていく。このように死を前にして、執着を深めていく柏木のありさまは、「とり集め思ひしみたまへるさまの深き」とされ、それを目の当たりにした小侍従の反応は、「かつはいとうたて恐

ろしう思へど、あはれ、はた、え忍ばず、この人もいみじう泣く」と語られる。小侍従は、柏木のあまりの執着に恐ろしさを感じるものの、一方では「あはれ」と、深く感情を揺さぶられ共感もするのである。

こうして柏木の執着が極まったところで、女三の宮の返歌を見る場面が語られることになる。柏木が紙燭の灯りで見た女三の宮の筆跡は、「いとはかなげにをかしきほどに書いたまひて」とあって、「消えやしなまし」という歌の表現と共鳴するように、「はかなさ」が強調される。かつての密通の場面では、女三の宮が和歌を詠む場面は次のように語られていた。

あけぐれの空にうき身は消えななむ夢なりけりと見てもやむべく

とはかなげにのたまふ声の、若くをかしげなるを、聞きさすやうにて出でぬる魂は、まことに身を離れてとまりぬる心地す。（若菜下④二二九）

女三の宮の声と筆跡に共通する「はかなさ」は、「消えやしなまし」、「消えななむ」という歌の表現と響き合いながら、柏木の執着を一層かきたてることになる。

柏木への答歌として詠まれた女三の宮の「煙くらべ」の歌は、柏木の気持ちに寄り添ったものではないとするのが、現在の一般的な解釈である。その中でも、新編日本古典文学全集は、次のように柏木の歌に反発したものだと解釈している。

自分の死後、女三の宮への思い（火）の煙は消えずに残るだろう、とする柏木の歌に対して、自分もその煙といっしょに消えてしまいたい、と応ずる。「煙くらべ」は、自分だって苦しいとする気持で、柏木の理不尽な恋への抗議も含まれるか。彼女は柏木の理不尽な行動を恨み続ける。(8)

女三の宮の歌がこのように解釈されるのは、地の文で語られてきた女三の宮の柏木に対する感情が、一貫して否定的なものだったからである。最初の密通に続いて、柏木との密会が繰り返されているときにも、「宮は、つきせずわりなきことに思したり」（若菜下④二四三）とあって、女三の宮にとってはこの関係が不本意でつらいものでしかなかったことが、彼女の視点から語られていた。続く箇所は以下のようである。

院をいみじく怖ぢきこえたまへる御心[a]に、ありさまも人のほども等しくだにやはある、いたくよしめき、なまめきたれば、おほかたの人目にこそ、なべての人にはまさりてめでらるれ、幼くよりさるたぐひなき御ありさまにならひたまへる御心には、めざましくのみ見たまふほど[b]に（若菜下④二四三）

女三の宮の柏木に対する評価は、彼女の中で絶対化され、規範化された光源氏の姿と比較されることから生まれたものだった。傍線部a「院をいみじく怖ぢきこえたまへる御心」とあるように、叱責を怖れるあまり、光源氏の視線を内面化してしまったかのように、女三宮は、世間的には優れていると評価されている柏木を、傍線部bにあるように「めざましく＝心外で不快だ」と断ずる。光源氏と比較した上で、柏木を「めざましくのみ見たまふ」とする表現は、二人の密通が露見したあと、光源氏が「わが身ながらも、さばかりの人に心分けたまふべくはおぼえぬを」（若菜下④二五五）と、みずからと比較しつつ柏木を貶める表現と共通する。以上のように、女三の宮の柏木に対する感情は、否定的ではあるものの、それを表現することばが、果たして彼女自身のことばなのか曖昧さも残るのである。

それでは、女三の宮の返歌は、地の文では語られていない柏木に対する共感を表明したものなのだろうか。少数派ではあるが、女三の宮の歌を、柏木への愛の表白と解釈する論もある。佐竹彌生は、「消えやしなまし」と、歌のあとに添えられた「おくるべうやは」の強い響きに注目し、「女三宮は、柏木が『思ひの残らん』と告げたのに対して、執を残してはいけません。私も直ぐに死ぬのですから、と此の世に柏木の愛執の残ることをとめているのである」と解釈した。[9] さらに、「女三宮は自己の意志でもって柏木への愛の表白を行なった」として、「作者は、死にゆく者に対して、この世を離れるにあたり、無事に死を得さすべく、離れやすいよう、執を残さぬよう、柏木をいたわったのだとも言えよう」と述べている。

佐竹の論に従えば、女三の宮に「あはれ」を求め続けた柏木が最期になってようやく得た「あはれ」がこの歌であり、それは作者の柏木に対する最後のいたわりとして与えられたものということになる。地の文で語られる女三の宮の柏木に対する感情を切り離して、和歌の表現にのみ注目するならば、「立ちそひて消えやしなまし」は、柏木に殉じて死にたいという女三の宮の願望を表しているという解釈が生まれても不思議ではない。

吉見健夫は、佐竹と同様に女三の宮の歌の表現に注目している。「柏木の火葬の煙と一緒になって消えよう（死のう）」という表現は、源氏物語以前の一般の和歌には見られない特殊な表現であるが、源氏物語に描かれた火葬の煙をめぐる表現から類推すると、「相手との一体感や親密感を強く志向するものであること」がわかるという。また、「煙」が恋の苦悩を連想させることから、「煙くらべ」という表現が、恋愛感情を連想させるものであることを指摘している。そして女三の宮の歌について、「苦悩の共感のうちに死の一体化を願うこの宮の極限的な心情とは、絶望と裏腹なものではあるにせよ、ほとんど恋愛感情に類するといえるのかもしれない」と述べている。[10] さらに、この歌は柏木が求め続けていた「あはれ」に応えるものであり、柏木の現世への執着を解くものであったと結論づけるのである。この歌の表現に、柏木との一体感や親密感を志向する側面があることには賛意を表したいが、この歌が柏木の現世への執着を解くものだったという結論については、稿者は吉見とは異なる見解を持っている。女三の宮の歌は、単独でみる場合と、手紙文の中に位置づけてみる場合とでは解釈が変わり、その結果、物語内における意味合いも変わってくると考えるからである。

二　古注を手がかりとした「煙くらべ」の歌の解釈

柏木と女三の宮の歌の贈答は、手紙というかたちでやり取りされたものだった。柏木の手紙は、ことば多く、「あはれとだにのたまはせよ。心のどめて、人やりならぬ闇にまどはむ道の光にもしはべらむ」と、死を前にして最後の「あはれ」を求め続ける。対する女三の宮の返信は、歌の前に短い前文[11]があり、歌の後には「後るべうやは」という一言が付されたものだった。

女三の宮の歌の前文では、光源氏に対する恐れと、手紙を書くことに対する躊躇を表すかのように、短いことばが途切れ途切れに重ねられていく。「心苦しう聞きながら、いかでかは。ただ推しはかり。残らむ、とあるは」という前文に、『弄花抄』では、次のような注を付けている。ただし、肝心の歌の方には注は付いていない。

> 女三宮文詞也をしはからぬ事はなしと也柏木病気を心くるしく聞ながらいかてかをしはかりのこすへきと也よくをしはかると云[a]心也とあるはの詞は双紙の詞也文の詞をかくありといへり[b]此あるはと云詞双紙の詞と云事如何
> [c]是は此御文の詞の如此あるを柏木のさても〳〵忝なきと思給心をこめて書たる也きとく〳〵此義私[12]

この『弄花抄』の注では、「心苦しう聞きながらいかでかはただ推しはかり残らむ」が「女三宮文詞」つまり女三の宮の手紙の文面、傍線部aにあるように、「とあるは」をそれを受ける「双紙の詞」と解していることになる。そうすると、前文は「あなたの病気のことを気がかりに思いながら、どうしてあなたの苦しさを想像し残すことがありましょうか、あなたの苦しさはよくわかっています」という意味になる。傍線部cで、「是は此御文の詞の如此あるを柏木のさても〳〵忝なきと思給心をこめて書たる也きとく〳〵」とするのは、この「とあるは」が、語り手のことばであるとともに、「このように同情してくれるとは…」と、女三の宮の手紙の文面を読む柏木の感動が、語り手の言葉に重ね合わせられていると解釈していることを示している。

このような解釈を示しているにもかかわらず、傍線部bでは、「『あるは』を双紙の詞とするのはどうであろうか」と、すぐさまその解釈に疑問を呈しているのが不審である。伊井春樹は、後に三条西実隆によって加えられた注が傍線部bだとしている。[13] これにしたがえば、傍線部aは肖柏の説、傍線部bはそれに疑問を持った実隆の説ということになる。これよりのち、連歌師のあいだで受け継がれてきたと思われる肖柏の説をA説、実隆の説をB説と呼ぶことにする。

A説とB説の併記は、以後の三条西家の注釈に引き継がれていくことになり、B説が支持されていく。『細流抄』では、両説を併記しつつ、B説を支持する次のような注をさらに加えている。

のこらんとあるはとはまへの柏木の歌にたえぬ思ひの猶やのこらんとあるをうけたる成へしさて此歌に煙くらへとはよめる也然者草子地とはみすして悉皆文の詞にみる也と云々[14]

『細流抄』の注では、「双紙の詞」は「草子地」に変化し、「のこらん」が柏木の歌の引用であることを指摘している。さらに女三の宮の歌がきっかけになって「煙くらべ」という歌語が生まれたことにも言及している。『明星抄』の注も両説併記で、『細流抄』とほぼ同じ内容であるが、女三の宮の歌に新たに注釈をつけている。「可レ避二禁忌一ヲ避事　内裏ノ歌合順徳院　道のへの野原の柳もえ初て哀思ひの烟くらへや　後鳥羽院勅勘[15]」というもので、「煙くらべ」を詠んだ歌を指摘したものである。ここに引用された歌は順徳院の歌というのは誤りで、本稿の最初にも挙げた『拾遺愚草』に入っている定家の歌である。『順徳院御記』によれば、この「煙くらべ」の歌は、内裏歌会で披露されたものだった。その際に定家はこの歌が原因で後鳥羽院の不興を招き、以後、内裏歌会への出入りを禁じられることになったという[16]。

『岷江入楚』でも、両説併記は踏襲されている。『弄花抄』、『細流抄』では女三の宮の歌に注を付けていなかったが、『岷江入楚』では、女三の宮の歌について、「私柏の終焉の煙に女三も立そひて消たらは柏ノたえぬ思ひの猶や残らんとよみ給へとももにきえは思ひの残り所はあらしとの心歟　是にて残らんとあるはといふとかめたる所きこえたる歟如何　をくるへうやはといへる詞もきこえたる歟　煙くらへは思ひをあらそふ心歟」という注を付けている[17]。女三の宮の歌は、「自分も消えてしまったら、柏木の思いが残る場所はなくなるだろう」と切り返しているという解釈である。

以上のように、女三の宮の手紙の前文の解釈について古注釈では二つの説があり、それはこの手紙文と和歌を柏木の物語の中にどのように位置づけるかという問題とも関わっている。A説では、この箇所は、「あなたの病気のことを気がかりに思いながら、どうしてあなたの苦しさを想像し残すことがありましょうか、あなたの苦しさはよくわかっています」という意味になり、「とあるは」は、語り手のことばに、女三の宮の文面に接しての柏木の感激を重ねて表現していることになる。A説では、女三の宮の和歌の解釈を提示していないが、前文の解釈から類推すると、「愛の表白」に近いものだっただろう。

それに対して、新たに提示されたのが、「心苦しう聞きながら」から「とあるは」までをすべて手紙の文章と解するB説である。この解釈では、「残らむ」は、「絶えぬ思ひのなほや残らむ」とする柏木の歌の一部の引用になる。現在は諸注この新たな説を踏襲しており、このように解すべきことに疑いはないだろう。A説では、「聞きながら」とそれに続く部分の連接、「推しはかり残らむ」という耳慣れない表現に問題が残るからだ。

Ａ説のような解釈が生まれた背景には、二つの理由があったと考えられる。ひとつは、すべて手紙の文章と解すると、「心苦しう聞きながら、いかでかは。ただ推しはかり。残らむ、とあるは」と、ほとんど一文節ごとに細かく区切れるという点である。そこに違和感を覚え、さらに、「残らむと、あるは」と和歌のつながりにも不自然さを感じたためと考えられる。もうひとつの理由としては、女三の宮の手紙全体を、柏木の気持ちに寄り添うものとみなす力が働いたことが挙げられよう。「心苦しう聞きながら、いかでかはただ推しはかり残らむ」とすると、女三の宮が柏木の苦衷を理解し、同情していることになる。柏木が最後に「あはれ」を求めた手紙に対して、女三の宮がこの返信で「あはれ」を示したと解釈したいと願う気持ちがこのような説を生んだと考えられる。

それでは、「残らむ、とあるは」を手紙の文章と解釈した場合、この前文と歌とのつながりはどのようになるのだろうか。現在の諸注釈でも、前文と歌とのつながりは曖昧なままである。そこで、この女三の宮の和歌と同じような形式で書かれた手紙文の用例を参考に考えてみたい。『源氏物語』の中で、女三の宮の歌と同様に、手紙として書かれた返歌で、前文が付けられたものは、十四例見られるが、前文で贈歌の表現を引用したものはこの他には一例のみである。葵巻で、六条御息所から贈られた歌に、光源氏が答えた歌の前文がそれである。この六条御息所の歌は、光源氏に対する絶望的な執着を表した歌として、その表現が高く評価されているものである。以下に光源氏の答歌を、六条御息所の贈歌とともに引用してみたい。

「（六条御息所）袖ぬるるこひぢとかつは知りながら下り立つ田子のみづからぞうき

山の井の水もことわりに」とぞある。

（中略）

「袖のみ濡るるやいかに。深からぬ御事になむ。

（光源氏）浅みにや人は下り立つわが方は身もそぼつまで深きこひぢを
おぼろけにてや、この御返りをみづから聞こえさせぬ」（葵②三五）

御息所の歌の後に付された「山の井の水もことわりに」は、『古今六帖』の「くやしくぞ汲みそめてける浅ければ袖のみ濡るる山の井の水」の引用である。光源氏の答歌の前文では、「袖のみ濡れるるやいかに」と、六条御息所の歌の一部を引歌と重ね合わせながら引用しつつ、その言葉尻をとらえて「あなたは袖が濡れるというが、袖だけが濡れるというのでは、あなたの私への思いは深くはないのですね。」と反論する。反論の根拠となる部分を前文で挙げ、歌では「あなたは袖が涙で濡れているとおっしゃるが、あなたが下り立っているのは浅い所、私の思いは全身が泥に濡れそぼつまで深いのです」と切り返している。相手の歌に切り返すのは贈答歌の基本的なあり方だが、前文で切り返しの手がかりになる部分を提示して、まず相手の歌をはっきりと否定してから、あらためて自己の立場を表明するという手の込んだ切り返し方になっている。

『源氏物語』以外の作品に目を向けると、『和泉式部日記』に、似たような用例が見いだせる。和泉式部の恋人の帥宮が、関わりがあった女性が遠くに旅立つので、自分の代わりに歌を詠んでほしいと依頼してきたことに関して、和泉式部と帥宮の間に交わされた手紙文である。

「さても、

（和泉式部）君をおきていづち行くらむわれだにも憂き世の中にしひてこそふれ」

とあれば、「思ふやうなりと聞こえむも、見知り顔なり。あまりぞおしはかり過ぐいたまふ、憂き世の中とはべるは。

（帥宮）うち捨てて旅行く人はさもあらばあれまたなきものと君し思はば

ありぬべくなむ(18)」（五三）

和泉式部が、代作歌の端に「その女性はあなたをおいてどこに行くのでしょう。私でさえつらいこの世の中でなんとか過ごしていますのに」という歌を書いてよこしたのに対して、帥宮は、答歌の前文で、彼女の歌の「憂き世の中」という一句を取り上げ、「あまりに推量が過ぎています」と反論し、「私のことを捨てて旅立つ人のことはどうでもよい、あなたが私のことをまたとない者と思ってくださるならば」と詠む。続く「ありぬべくなむ」で、歌の内容を受け止めつつ、和泉式部の「つらいこの世の中でなんとか過ごしている」という嘆きに対して、「他の女性が去って行っても、あなたが私のことを思ってくれるなら、私はつらい世の中でも生きていけるのです」と訴えていることになる。和歌の前後の散文は和歌と緊密に結びつきつつ、全体でひとつの文脈を形成している。

以上のような例を参照すると、前文で相手の歌を引用する場合、引用部分は反論の要になる箇所で、続く答歌で反論の内容を具体的に示すという展開になっていると考えられる。女三の宮の場合も、前文での「残らむ」という柏木の歌の引用箇所は、女三の宮が切り返す根拠になっている部分だと考えられる。女三の宮の歌は、その表現だけを取り出して見れば、柏木の思いに寄り添い、「あなたが火葬の煙となって消えていくのなら、私も一緒に煙となって消えてしまいたい」と、柏木の歌に同調し、「あはれ」を表明したものに思える。しかし、「残らむ、とあるは」という一節が加わることによって、歌の意味合いも変わってくるのである。

「残らむ、とあるは」の部分は、柏木の歌に対して反論したい箇所を示したものと考えられる。内容を補えば、「あなたは、私への思いがこの世に残るというけれども、残るはずはないのです」ということになる。こうして、柏木のことばを切り返す足がかりを作り、続く歌で、「あなたと私のどちらがよりつらいか比べるために、私も死んで火葬の煙となって消えてしまいたいと思っているので、あなたが思いをこの世に残しても無駄なのです」と、柏木が思いをこの世に残すことが無駄である理由を述べていることになるだろう。つまり、女三の宮の歌は、「あなたとともに消えたい」という点に主眼があるのではなく、「私もつらさのあまり消えてしまいたいと思っているので、あなたが思いを残しても無駄なのです」という点に主眼があることになる。和歌の後に付け足された「後るべうやは」も、「私があなたに後れて生き残るはずはないので、あなたの思いは私の身とともに消えていくのです」と、述べていることになる。

女三の宮が「立ちそひて消えやしなまし」と願うのは、単なることばの綾ではなく、「柏木の子を宿していることの身を消してしまいたい」という思いの現れでもあっただろう。柏木への返事をしたためる時にも、女三の宮は、「我も、今日か明日かの心地してもの心細ければ」（柏木④二九二）と小侍従に語っていた。そして、薫を出産した直後の女三の宮の様子は、「身の心憂きことをかかるにつけても思し入れば、さはれ、このついでにも死なばやと思す」（柏木④三〇〇）と語られる。出産の際に味わった肉体的な苦痛と、子の誕生によって密通の罪を突きつけられる恐ろしさから、彼女は「死なばや」という強いことばで、身の消滅を願うようになっていたのである。

柏木の「絶えぬ思ひ」が彼女のもとに残ることを、みずからの身の消滅によって否定する女三の宮の歌は、柏木の求めた「あはれ」に応えたものではなかった。女三の宮の答歌を目にした柏木の「あはれにかたじけなしと思ふ」という反応も、歌の内容に対する感慨というよりは、女三の宮から最後に歌を得ることができた感慨と考えられる。だからこそ柏木は最期の力をふりしぼって、「あやしき鳥の跡」のような筆跡で、「行く方なき空の煙となりぬとも思ふあたりを立ちは離れじ」という「思いを残す」歌を再び女三の宮に残し、「かひなきあはれ」を求めざるをえなかったのである。

三　柏木は「あはれ」を得られたのか

女三の宮の答歌が、柏木の求める「あはれ」に相当するものでなかったとしたら、柏木は女三の宮からついに「あはれ」を得ることはできなかったのだろうか。柏木が「泡の消え入るやう」に世を去った後、すでに出家を果たしていた女三の宮は、次のような感慨を抱く。

尼宮は、おほけなき心もうたてのみ思されて、世にながかれとしも思さざりしを、かくなむと聞きたまふはさすがにいとあはれなりかし。[a]若君の御事もさぞと思ひたりしも、げにかかるべき契りにてや思ひの外に心憂きこともありけむと思しよるに、[b]さまざまもの心細うてうち泣かれたまひぬ。（柏木④三一九）

女三の宮は、柏木の大それた恋心を不快に思っていたので、柏木に生きてほしいと思ってはいなかったが、柏木が亡くなったと聞くと、傍線部aにあるように、「さすがにいとあはれなりかし」と思ったという。「さすがにいとあはれなりかし」は、「かし」が用いられているために、語り手のことばに女三の宮の独白が重なって響いてくるような表現である。この「あはれ」は、柏木の求めていた「あはれ」に応答したものなのだろうか。「かくなむと聞きたまふ」の「かく」は、柏木が死去したことを指すので、「あはれなりかし」は、柏木の訃報を聞いた女三の宮の感慨を意味するが、これは自分と深い関わりを持った人物の死に接しての一般的な悲しみを超えるものではないだろう。

しかし、次の傍線部bで、女三の宮は、別の角度から柏木の死を捉え直そうとする。「げに」は、柏木が女三の宮の子は自分の血を受け継いだ子だと信じていたことを受け、「かかるべき契り」、つまり薫が生まれるべき前世の因縁があったために、二人の密通も起こらざるをえなかったのだと、思い至ることを指す。柏木の執着とそれゆえの密通という出来事を、薫の誕生から逆照射し、柏木の執着をそれ以外選びようがなかった運命だったのだととらえる思考の中には、女三の宮なりの「あはれ」が示されている。

女三の宮が柏木との関係を運命的なものと受けとめる表現は、若菜下巻の密通の場面にも見られた。女三の宮とともに社会の埒外に出てしまいたい[19]とまで思いつめた激しい惑乱ののち、柏木は、茫然とする女三の宮に、二人が結ばれざるをえなかった経緯を次のように語っている。

宮は、いとあさましく現ともおぼえたまはぬに、胸ふたがりて思しおぼほるるを、「なほ、かく、[a]のがれぬ御宿世の浅からざりけると思ほしなせ。みづからの心ながらも、うつし心にはあらずなむおぼえはべる」。かのおぼえなかりし、御簾のつまを猫の綱ひきたりし夕のことも、聞こえ出でたり。[b]げに、さはたありけむよと口惜しく、契り心憂き御身なりけり。院にも、今は、いかでかは見えたてまつらんと悲しく心細くていと幼げに泣きたまふを、いとかたじけなく、あはれと見たてまつりて、人の御涙をさへ拭ふ袖は、いとど露けさのみまさる。（若菜下　④二二六〜七）

柏木は女三の宮に対して、二人の関係を「のがれぬ御宿世」と受け止めてほしいと訴える。一方的な執着を押し付けておきながら、「これはあなたの逃れられない運命だったのだ」とする柏木の論理は、みずからの行為を正当化し、女三の宮の心情に配慮を欠いた身勝手なものである。起きてしまった出来事を、女三の宮に納得させ、受け入れさせるための空疎なことばのようにも受け取れる。しかし、柏木は、さまざまなしるしによって、この恋があらがいがたい運命的なものと確信していたと考えられる。この直前に柏木は、「まどろむともなき夢」で女三の宮に猫を手渡す夢を見ていた。女三の宮の懐胎を意味すると解釈されている夢である。夢から覚めた柏木は、「いかに見えつるならむ」と自問する。ここで柏木が自身の夢の意味するところを悟っているかどうかは明らかではないが、女三の宮との和歌を贈答する直前の場面では、「あはれなる夢語も聞こえさすべきを、かく憎ませたまへばこそ。さりとも、いま、思しあはすることもはべりなむ」（若菜下④二二八）と語っているので、柏木はこの夢が女三の宮の懐胎を意味すると知っていたことになる。

したがって、傍線部a「のがれぬ御宿世の浅からざりけると思しなせ」の「御宿世」には、柏木の意識では、「秘密の子を儲けることになる宿世」も含まれているだろう。「御宿世」は敬語がついていることから、女三宮の宿世を意味する。それに続けて、柏木が「みづからの心ながらも、うつし心にはあらずなむおぼえはべる」と言っているのは、女三の宮との密通と、その結果としての女三の宮の懐妊——柏木自身も「うつし心」だとは思えない予想外の展開が、それ以外はありえなかった前世からの運命として感受されていることを示していよう。傍線部b「げに、さはたありけむよ」は、それを聞いた女三の宮の心内語である。「げに、さはたありけむよ」は、そのまま訳せば、「なるほど、そう（＝かいま身がきっかけ）であったのだろうよ」という意味になる。柏木がここまで執着を深めるきっかけとなったのが、偶然のかいま見だったことに、女三の宮がここで初めて気づいたことを示す一文である。

女三の宮は、六条院での蹴鞠の折に柏木に姿を見られていたことを、かいま見の直後に柏木が彼女に贈った手紙の文面からすでに知っていた。柏木の手紙には、「一日、風にさそはれて御垣の原を分け入りてはべしに、いとどいかに見おとしたまひけむ。その夕より乱り心地かきくらし、あやなく今日はながめ暮らしはべる」（若菜上④一四八）と書かれていたからである。「あやなく今日はながめ暮らしはべる」は、諸注「見ずもあらず見もせぬ人の恋しくはあやなく今日やながめ暮らさむ」（古今集・恋一・業平）に拠るとする。この引歌から、女三の宮は柏木にかいま見されたことに気がつくが、この時には柏木の執着には思い至らず、同じく自分の姿を見た夕霧が光源氏にそのことを告げ、光源氏の不興を買うのではないかと怖れるのみだった。したがって、「さはたありけむよ」は、柏木のかいま見そのものではなく、かいま見が意味していたものに初めて気がつくという意味になるが、これは、柏木の執着がかいま見によって強くなったという柏木の側の問題のみを表すのではなかろう。避けることのできない二人のつながりがこの時点から始まっていたことを、取り返しのつかなくなった今になってはじめて女三の宮が意識することを表していると考えられる。

「げに、さはたありけむよと口惜しく」を受ける「契り心憂き御身なりけり」は、女三の宮に対する敬語が付いているので、語り手のことばと考えられるが、語り手が女三の宮の視点に同化しながら語っていると解釈することもできるだろう。[20]「契り心憂き御身なりけり」は、これまで思い至ることがなかった女三の宮自身の宿世が、実は柏木のかいま見という偶発事によってすでに示されていたことに、ここで初めて気がついたことを表すことばである。女三の宮も語り手も、柏木の「のがれぬ御宿世の浅からざりける」ということばを受けとめつつ、「心憂き御身」と、女三の宮の身を、柏木と運命的に結び付けられてしまっているものとする。女三の宮は、いまここで起こってしまった思いもかけなかった出来事を認識しことばにすることができない。柏木の思考とことばに影響されながら、耐え難い出来事を運命ととらえ返すことによって、柏木との関係を、彼に対する感情と無関係に受け入れざるをえなくなったのである。

このように密通の場で、柏木のことばによって女三の宮はこの関係を運命ととらえたものの、それは彼女の思考とことばによるものではなかった。薫の誕生と柏木の死を経て、はじめて女三の宮は「かかるべき契りにてや思ひの外に心憂きこともありけむ」と思い至るのである。二人の間に子が生まれる運命があったからこそ、思いもしなかった密通という出来事が起こってしまったのだと考える女三宮の思考は、かつて柏木が口にした「のがれぬ御宿世の浅からざりける」ということばを肯定するものだった。このような宮の感慨は、次の場面で薫を前にして光源氏が抱く「あはれ」に近いものがあるだろう。

ただ一ところの御心の中にのみぞ、あはれ、はかなかりける人の契りかなと見たまふに、おほかたの世の定めなさも思しつづけられて、涙のほろほろとこぼれぬるを、今日は事忌すべき日をとおし拭ひ隠したまふ。

（中略）

いと何心なう物語して笑ひたまへる、まみ口つきのうつくしきも、心知らざらむ人はいかがあらむ、なほ、いとよく似通ひたりけり、と見たまふに、親たちの、子だにあれかしと泣いたまふらむにもえ見せず、人知れずはかなき形見ばかりをとどめおきて、さばかり思ひあがりおよすけたりし身を、心もて失ひつるよ、とあはれに惜しければ、めざましと思ふ心もひき返し、うち泣かれたまひぬ。（柏木　④三二三～四）

光源氏は、薫の誕生五十日の祝儀の日に、薫が柏木によく似ていることを見てとり、「あはれ、はかなかりける人の契りかな」という感慨を抱く。この子をこの世に残すために、柏木は女三の宮に恋をし、短い人生を終える運命だったのだと考えるのである。そして、「めざましと思ふ心もひき返し」とあるように、光源氏の柏木に対する怒りは、「あはれ」という感慨に転じていくのである。そこには、女三の宮に対する執着に生きた柏木に対する共感と愛惜がある。

四　結

女三の宮と柏木の物語の中では、女三の宮の声は、ほとんど聞こえてこなかった。若菜下巻の密通の場面でも、あふれ出てくることばを問わず語りのように語り続ける柏木と、ひたすら怯えて沈黙する女三の宮の姿が対照的に描かれていた。そして、女三の宮がかろうじて言葉を発するのは、別れ際の和歌の贈答の時であった。ようやく得られた女三の宮の声は、「聞きさすやうにて出でぬる魂は、まことに身を離れてとまりぬる心地す」と、柏木の心を激しく揺り動かすことになる。

密通の場面の歌が、女三の宮の肉声を伝えるものであったのに対して、柏木の最期に与えられた女三の宮のことばは、手紙というかたちで伝えられたもので、柏木の「この世の思ひ出」となる。どちらの歌も、はかなく消えることを願う歌で[21]、柏木の心を揺さぶり、執着を強めるものであったが、柏木の求める「あはれ」に応えるものではなかった。歌の表現だけをみると、柏木の気持ちに寄り添っているように見える「煙くらべ」の歌も、手紙文として見た場合には、前文で柏木の歌の一部を引用することによって柏木の歌に切り返し、柏木の思いがこの世に残ることを否定した歌と解釈することができる。

柏木は命をふりしぼって詠んだ歌によっても、女三の宮の「あはれ」を得ることはできなかった。しかし、柏木の死後に、女三の宮は薫の誕生を運命的なものととらえ、そのことを起点として、柏木とみずからの密通も、運命に導かれてのことだったと思い至る。耐え難い出来事を運命によるものととらえた時、同じ運命に翻弄されて死に至った柏木に対する「あはれ」が、女三の宮の心に生まれたのだった。

注

（1）近年の論では、池田節子「女三の宮造型の諸問題――紫の上と比較して」（『人物で読む「源氏物語」　女三の宮』勉誠出版、二〇〇六年）などがある。
（2）野村精一「女三宮」（『国文学　解釈と鑑賞』一九七一年五月）。
（3）本文は、新編国歌大観『物語二百番歌合』に依る。
（4）女三の宮の歌によって「煙くらべ」という歌語が生まれたことについては、次の論文に指摘がある。安達敬子「室町期源氏享受一面――源氏寄合の機能――」（『源氏世界の文学』清文堂、二〇〇五年、初出一九八九年）。
（5）吉見健夫「柏木物語の『あはれ』と救済――『源氏物語』作中和歌における認識の形成――」（『中古文学』七十一号、二〇〇三年五月）。
（6）和歌の本文は久保田淳『藤原定家全歌集』（河出書房新社、一九八五年）に拠る。
（7）安達敬子、前掲論文。
（8）『源氏物語』の本文は、新編日本古典文学全集に拠り、巻数とページ数を示す。
（9）新編日本古典文学全集『源氏物語④』二九七頁、頭注。
（10）佐竹彌生「女三宮と柏木の贈答歌について――おくるべうやは――」（『平安文学研究』第六四輯、一九八〇年、十二月）、一三〇―一頁。
（11）吉見健夫、前掲論文、二九頁。
（12）本稿では、手紙文として贈られた和歌の前に付けられた散文を、「前文」と名付けることにする。
（13）『弄花抄』の本文は、『源氏物語古注集成』第8巻（桜楓社、一九八五年）に拠った。
（14）伊井春樹「『弄花抄』注記の性格――『花鳥余情』から『弄花抄』へ――」（『弄花抄』源氏物語古注集成第8巻、桜楓社、一九八五年）。

(14)『細流抄』の本文は、『源氏物語古注集成』第7巻（桜楓社、一九八五年）に拠った。
(15)『明星抄』の本文は、『源氏物語古註釈叢刊』第4巻（武蔵野書院、一九八〇年）に拠った。
(16)この歌がなぜ後鳥羽院の不興を招いたかについては、久保田淳『藤原定家全歌集』上巻（河出書房新社、一九八五年）の当該歌の補注、久保田淳『藤原定家』（集英社、一九八四年）を参照のこと。「煙くらべ」が火葬の煙を連想させ不吉だったからという理由ではなく、道真の「夕さればのにも山にも立つけぶりなげきよりこそ燃えまさりけれ」という歌を連想させたからだという。
(17)『岷江入楚』の本文は、『源氏物語古注集成』第13巻（桜楓社、一九八四年）に拠った。
(18)『和泉式部日記』の本文は、新編日本古典文学全集に拠り、数字はページ数を表す。
(19)室田知香「柏木物語の引用表現とその歪み――『帝の御妻をも過つたぐひ』の像と柏木――」（『日本文学』二〇〇七年十二月）。
(20)榎本正純は、「契り心憂き御身なりけり」について、「宮の気持に即しながら物語の語り手がもらした感想なのであり、その語り手が宮の気持に寄り添いながら宮の宿世のかなしさを透視しいたわっているかの体なのである。」と述べている（「女三の宮攷――物語と作者（下）」『武庫川国文』三十二号、一九八八年、十一月）。
(21)高田祐彦は、この二つの歌に空に消えるイメージが共通することを指摘し、竹取物語のかぐや姫の面影があることを示唆している（「身のはての想像力――柏木の魂と死――」『源氏物語の文学史』東京大学出版会、二〇〇三年）。

薫の生育儀礼の政治的意義 ―産養・五十日の祝い・元服をめぐって―

高橋麻織

一　はじめに ―生育儀礼の研究の動向

平安時代における儀礼研究は、文化人類学や民俗学、歴史学を中心に進められてきた。中村義雄や伊藤慎吾によって、文学作品における生育儀礼について調査されたのが、文学の立場からの儀礼研究の始発である(1)。近年、特に女性史の観点による研究成果が発表され、生育儀礼の実態は明らかになってきている(2)。文学研究の立場では、小嶋菜温子が『源氏物語』を中心に研究成果を発表するなど、儀礼研究は進展を見せてきた(3)。小嶋は、出産や生誕儀礼を取り上げ、ジェンダー史や家族史の観点から、物語に描かれる家柄や血筋などのあり方を見直し、『源氏物語』における王権の主題を解明している。その一方、性差の視座から儀礼の意義を理解することに主眼が置かれ、生育儀礼の政治性を正面から論ずるものは少ない。しかし、先例主義が重んじられた平安時代の貴族社会において、儀礼とはまさに政治である。物語に描かれる人生儀礼もまた、女性史の観点からだけでなく、男性に担われる政治の一環であることを前提として解釈しなければならない。儀礼に関する史実を検証し直し、その上で文学作品に描かれる生育儀礼について考察する必要がある。

本稿で取り上げるのは、『源氏物語』に描かれる薫の生育儀礼である。薫は女三の宮と柏木の密通によって誕生した不義の子であるが、表向きは光源氏の子として成長する。薫の生育儀礼は、産養、五十日の祝い、元服が物語に描かれており、薫が不義の子である事実を知らない周囲の人々とのはざまで、光源氏や女三の宮、そして薫は揺れ動く。このような物語叙述の表現性に注意しながら、平安時代の歴史史料の調査を踏まえることで、本来、社会的政治的な意義を有する儀礼が、物語における薫の存在をどのように浮き彫りにしているのか読み取りたい。

なお、これまで文学研究でも使用されてきた「通過儀礼」という言い方は、文化人類学によって定義されたイニシエーションの訳語であるので、本発表では人生の節目に行う儀礼は本来の意味を重視して「人生儀礼」と表する。また、新生児誕生に関わる儀礼全般を「生誕儀礼」、そして生誕儀礼から成人儀礼までを「生育儀礼」と表現している。

二　薫の誕生と光源氏の苦悩

薫の誕生は、以下のように叙述される。[4]

宮（女三の宮）はこの暮つ方より、なやましうしたまひけるを、その御けしきと見たてまつり知りたる人々騒ぎ満ちて、大殿（光源氏）にも聞こえたりければ、驚きて渡りたまへり。①御心の中は、あな口惜しや、思ひまずる方なくて見たてまつらましかば、めづらしくうれしからまし、と思せど、人にはけしき漏らさじと思せば、験者など召し、御修法はいつとなく不断にせらるれば、僧どもの中に験あるかぎりみな参りて、加持まゐり騒ぐ。

夜一夜なやみ明かさせたまひて、日さし上がるほどに生まれたまひぬ。②男君と聞きたまふに、かく忍びたることの、あやにくにいちじるき顔つきにて、さし出でたまへらんこそ苦しかるべけれ、女こそ、何となく紛れ、あまたの人の見るものならねば安けれ、と思すに、また、かく心苦しき疑ひまじりたるにては、心やすき方にものしたまふもいとよしかし、さてもあやしや、わが世とともに恐ろしと思ひし事の報いなめり、この世にて、かく思ひかけぬことにむかはりぬれば、後の世の罪もすこし軽みなんや、と思す。③人、はた、知らぬことなれば、かく心ことなる御腹にて、末に出でおはしたる御おぼえいみじかりなんと、思ひ営み仕うまつる。

（「柏木」④二九八〜二九九）

ここには、薫の誕生をめぐる光源氏の葛藤が描かれている。傍線部①のように、光源氏は、何の疑念もなく女三の宮の出産に臨めるのであればどれほど良かったかと実感しながら、誰にも言えることではないと思い直して出産準備をする。さらに、傍線部②には、新生児が男子であったことを聞き、容貌が柏木に似てしまったら困るから、人の目に触れない女子である方が安心であったと思いつつ、やはり世話の焼けない男子で良かったと考え直す光源氏の揺れ動く心情が表されている。そして、藤壺の宮との密通を振り返り、自らの罪への応報を実感する。このような光源氏の深い苦悩は、薫の生育儀礼の際、繰り返し描写される。一方、女房たちは晩年に生まれた男子への光源氏の厚い寵愛を期待して世話に余念がないというように、薫に対する世評の高さが対照的に描かれる。

こうして、物語は薫の産養の叙述へと流れていく。近年、生育儀礼に関して一連の研究成果を発表した小嶋菜温子は、薫の産養の記述について、「表面的な盛儀の蔭で、〈罪〉の子・薫をめぐる陰湿な〈血〉のドラマが進行する。人生の出発点において、薫は父による認知を受けられない」と述べる。(5) 確かに、薫は柏木の〈血〉を受けており、光源氏はそれに気づいている。しかし、気になるのは、小嶋の「薫は父による認知を受けられない」という見解である。例えば、産養を今上帝が主催したことについて、小嶋は以下のような消極的な捉え方をしている。まず、薫の産養を「公式な産養であるはずはない」としつつ、「ただし、正式な〝内裏の産養〟たりえないことは、薫の場合も明石所生の皇子と同じだろう。「おほやけざま」という言い回しが、逆にそのことを示していると考えられよう」と述べる。「内裏の産養」とは、時の帝すなわち今上天皇が主催する産養という意である。しかし、今上天皇が主催の産養に、「正式なもの」「正式でないもの」の違いはあるだろうか。今上天皇の主催であること自体が重要なのであって、それ以上でもそれ以下でもない。物語には薫や明石女御所生皇子の誕生時に、今上天皇主催の七日の産養が行われている。後述するように、これは極めて異例の事態であり、そのことにこそ物語の論理を見出す必要があろう。小嶋は「薫は父による認知を受けられない」とすることについて、明確な根拠を提示していないが、物語本文を見る限り、産養自体は盛大に執り行われたと理解できる。管弦の遊びがなかったことだけを取り上げ、光源氏が父として薫を社会的に認知していないとは断じえない。むしろ、管弦の遊びの省略は、光源氏の内面を反映させるものであろう。光源氏は外面的には、産養の儀式を正式に、そして盛大に行った。その後の管弦の遊びは、儀式のあとの私的な催しであり、それが省略されたことは、光源氏の内面の苦悩を示すものである。以下、平安時代の歴史資料を確認しつつ、具体的に薫の産養の叙述について考察していきたい。

三　薫の生育儀礼（1）――産養

薫誕生時の産養は、次のように叙述される。

御産屋の儀式いかめしうおどろおどろし。御方々、さまざまにし出でたまふ御産養、世の常の折敷、衝重、高坏などの心ばへも、ことさらに心々にいどましさ見えつつなむ。五日の夜、中宮の御方より、子持の御前の物、女房の中にも、品々に思ひ当てたる際々、公事にいかめしうせさせたまへり。①御粥、屯食五十具、所どころの饗、院の下部、庁の召次所、何かの隈までいかめしくせさせたまへり。宮司、大夫よりはじめて院の殿上人みな参れり。七夜は、内裏より、それも公ざまなり。②致仕の大臣など、心ことに仕うまつりたまふべきに、このころは、何ごとも思されで、おほぞうの御とぶらひのみぞありける。宮たち、上達部などあまた参りたまふ。

（「柏木」④二九九〜三〇〇）

薫の産養の記述には、「いかめし」という表現が三度も繰り返され、盛大な儀礼であったことが印象づけられる。主催者として名の挙がるのは、五夜の秋好中宮と七夜の今上帝である。本文に明記されないものの、三夜は光源氏が新生児の父として主催したと推察できよう。(6) ここでは、五夜と七夜の主催者について、取り上げたい。秋好中宮主催の五夜の産養について、池田節子は「将来天皇になる可能性のない子の誕生であるから、「公的」ではなく「私的」だということも感じられる」と述べるが、(7) 袴田光康は儀礼の規模を史実と比較し、「秋好中宮の産養が、「私的」なものであったとは考え難い」として池田説を否定しつつ、「五日夜の産養は、秋好中宮が調えた。源氏の養女である秋好中宮が、源氏一門を代表する立場で祝ったものと見られる」とする。(8) ただし、三夜の産養が光源氏の主催で執り行われ、紫の上や花散里らが手伝っているので、それとは別に、五夜の産養は秋好中宮が冷泉院とともに催したものと解せる。その根拠は、傍線部①に「院の下部、庁の召次所」「院の殿上人みな参れり」とあり、冷泉院の下部たちが駆り出され、冷泉院の殿上人もみな参集したとあることにある。(9) 秋好中宮は光源氏の養女なので、義理の姉という立場から薫の産養を執り行った。そして、冷泉院はその秋好中宮の配偶として、中宮主催の公的行事をバックアップしたのである。薫を実の弟と認識する冷泉院の特別な心情が透き見える部分であり、このことについては、改めて後述する。なお、傍線部②には、致仕大臣について言及されている。光源氏との親密な関係性を踏まえた言い方ではあるが、致仕大臣は柏木の父親であるから、新生児薫の祖父として、本来、産養を主催すべき立場であるにも関わらず、「おほぞうの御とぶらひのみ」に終わったことは、読者には皮肉な結果とうつる。

次に問題としたいのは、七夜の産養を今上帝が主催することである。以前、産養の歴史資料の調査を踏まえ、薫の七夜の産養の特異性について指摘した。[10]その際、明確な結論を提示することができなかったので、ここで改めて検討し直したい。次の【表二】は、産養の主催者の一覧である。三夜、五夜、七夜、九夜と新生児誕生から二日おきに催される産養のうち、特に重要視されていた七夜は、その主催者の選定という点で、産婦の身分によって明確な違いがある。天皇の皇子女誕生時の産養について見てみると、今上天皇が主催するのは産婦が皇后（中宮）である場合に限られていることがわかる。[11]このことを踏まえると、薫誕生時の七夜の産養は、異例の事態といえるのである。袴田光康は、「皇族でもない薫に対して、今上帝の内裏の産養が語られるのは過剰性を意味するものに他ならない。中宮や今上帝によるこの過剰な産養こそ、柏木の血を引きながら源氏の子として誕生を祝われる、矛盾した薫の存在形式を映し出す物語の方法であったと言えよう」と述べる。[12]柏木の血を引きながら表向きは光源氏の子として誕生し、生育していくという、主人公薫の物語における特異なあり方を示すものである。しかし、今上帝や冷泉院、秋好中宮が薫の出生の秘密を知らない以上、薫への厚い待遇は、光源氏に対するそれを示すものでしかない。むしろ、今上帝はじめ世間の人々が薫を過剰に遇するのは、薫が光源氏の子であるという事実に起因しているのであり、それは、光源氏の社会的な身分やあり方と合わせて考える必要がある。

そこで検討し直したいのが、光源氏の社会的立場である。准太上天皇という光源氏の身分は、物語における虚構

三夜	五夜	七夜	九夜	備考
		醍醐天皇（父） 宇多法皇（祖父）	藤原忠平 （外伯父）	
	寛明親王（兄）	醍醐天皇（父）	藤原忠平 （外伯父）	
藤原興方・遠規 （安子の外伯父と子）	藤原師輔 （外祖父）	承子内親王 （姉）		※初夜は安子 十一夜は穏子
		村上天皇（父）		
		一条天皇（父）		
藤原彰子（母）	藤原道長 （外祖父）	一条天皇（父）	藤原頼通 （外叔父）	
藤原彰子（母）	藤原道長 （外祖父）	一条天皇（父）	藤原頼通 （外叔父）	
藤原妍子（母）	藤原道長 （外祖父）	三条天皇（父）	藤原彰子 （外伯母）	
藤原頼通 （外伯父）	藤原威子（母）	後一条天皇（父）		
藤原頼通 （外伯父）	藤原威子（母）	後一条天皇（父）		
禎子内親王 （母）	藤原頼通 （父の外叔父）	敦良親王（父）		
		白河天皇（父）	禎子内親王	
藤原苡子（母）	白河法皇 （祖父）	堀河天皇（父）	令子内親王 （伯母）	※令子内親王は 鳥羽の准母
藤原璋子（母）	白河法皇 （曽祖父）	鳥羽天皇（父）	令子内親王 （大伯母）	
藤原璋子（母）	白河法皇 （曽祖父）	鳥羽上皇（父）	令子内親王 （大伯母）	
藤原璋子（母）	白河法皇 （曽祖父）	鳥羽上皇（父）	令子内親王 （大伯母）	
藤原璋子（母）	藤原璋子（母）	鳥羽上皇（父）	藤原璋子 （母）	※白河崩御に依 る特殊な例
平徳子（母）	平重盛 （外伯父）	高倉天皇（父）		
		藤原頼輔 （曽祖父の兄弟）		
	九条兼実 （外祖父）	後鳥羽天皇（父）	九条良経 （外伯父）	

【表一】平安時代における皇子女誕生時の産養の主催者
※前掲注（6）の表一を一部修正した

新生児	生年月日	父	母
寛明親王(朱雀)	延長1(923)7/24	醍醐天皇	中宮・藤原穏子
成明親王(村上)	延長4(926)6/2	醍醐天皇	中宮・藤原穏子
憲平親王(冷泉)	天暦4(950)5/24	村上天皇	女御・藤原安子
守平親王(円融)	天徳3(959)3/2	村上天皇	中宮・藤原安子
敦康親王	長保1(999)11/7	一条天皇	中宮・藤原定子
敦成親王(後一条)	寛弘5(1008)9/11	一条天皇	中宮・藤原彰子
敦良親王(後朱雀)	寛弘6(1009)11/25	一条天皇	中宮・藤原彰子
禎子内親王	長和2(1013)7/6	三条天皇	中宮・藤原妍子
章子内親王	万寿3(1026)12/9	後一条天皇	中宮・藤原威子
馨子内親王	長元2(1029)2/2	後一条天皇	中宮・藤原威子
尊仁親王(後三条)	長元7(1034)7/18	東宮・敦良親王	東宮妃・禎子内親王
善仁親王(堀河)	承暦3(1079)7/9	白河天皇	中宮・藤原賢子
宗仁親王(鳥羽)	康和5(1103)1/16	堀河天皇	女御・藤原苡子
顕仁親王(崇徳)	元永2(1119)5/28	鳥羽天皇	中宮・藤原璋子
通仁親王	天治1(1124)5/28	鳥羽上皇	中宮・藤原璋子
雅仁親王(後白河)	大治2(1127)9/11	鳥羽上皇	女院・藤原璋子
本仁親王	大治4(1129)閏7/20	鳥羽上皇	女院・藤原璋子
言仁親王(安徳)	治承2(1178)11/12	高倉天皇	中宮・平徳子
潔子内親王	治承3(1179)4/17	高倉天皇	典侍・藤原頼定女
昇子内親王	建久6(1195)8/13	後鳥羽天皇	中宮・九条任子

のものであり、これをどう捉えるかという問題になる。例えば、浅尾広良は光源氏と女三の宮の結婚を取り上げ、光源氏の「太上天皇になずらふ御位」について考察している。歴史的に近似する事例として、小一条院敦明親王と藤原道長の娘寛子との婚姻、あるいは堀河天皇への篤子内親王の入内といった史実を挙げつつ、「光源氏の行動はまさに天皇の行為を行っていることにもなり、「ただ人」と評価される一方で、儀式次第の中では天皇の行為を行うという両義的な光源氏像が浮かび上がってくるのである」と論ずる。(13) このことは、准太上天皇の正妻を天皇の正妃に准ずるものと朝廷側が捉え、女三の宮の降嫁の儀式を整えたものと理解できよう。同様の見方が、この薫の産養にも当てはまる。もちろん、今上帝が女三の宮の兄にあたるという血縁関係や、父朱雀院から女三の宮の庇護を繰り返し依頼されていたという個人的な事情もあろうが、それ以上に、光源氏の准太上天皇という社会的立場を、今上帝ら朝廷側がどう捉えているか示されたものと見ることができるのである。産養の主催者は、産婦の身分によって決定するものであることは、既に指摘した。つまり問題となるのは、このときの女三の宮の社会的立場である。今上帝主催の産養が執り行われたのは、光源氏の准太上天皇という身分への配慮であり、産婦である女三の宮を「院の正妃」、つまり皇后（中宮）に准ずる身位と見なしたものと認識できる。一方、光源氏自身は准太上天皇という身分ながら、自らを臣下と位置づけ、行動しようとしている。女三の宮は准太上天皇の正妻として、結婚の際は天皇の正妃に准えられはしたが、その所生である薫はやはり臣下の子として扱われる。さて、これ以降、薫の生育儀礼はどのように描かれていくのであろうか。

四　薫の生育儀礼（2）—五十日の祝

『源氏物語』に描かれる五十日の祝いについて取り上げたい。小川寿子は、「薫の五十日の賀にも源氏は渡られて薫を抱いたし（柏木）、薫も中の宮と匂宮との「若宮の五十日になりたまふ日数へとりて」（宿木）餅を準備したとある。産養と違って、先のこととて忘れ易い五十日の日を〝かぞへと〟れるか否かで、思いや誠実さ、ひいては覚悟の程がわかるといったら大袈裟であろうか」と述べる。(14)また、福長進は五十日の祝いの内実について、「餅を新生児に含ませることが儀式の中心であった。（略）産養と同様に、本来、母方の関与の大きい儀であったとおぼしいが、資綱のばあいのように父方の邸で行われている点に着目すると、子どもが父系家族の構成員であることを公にする儀礼へと変化しつつあったことが窺える。父系的な家成立期の現象と捉えられる」と説明する。(15)この指摘のように、産養など出産に関わる生誕儀礼との違いとして、五十日の祝いは、生育儀礼が母方の関与から父方のそれへと移行していくという点は重要である。ここでは特に、餅を子の口に含ませる役が、五十日の祝いの儀で最も重視され、それが子どもの社会的認知と関わってくることについて考えたい。なお、本稿では便宜的に、餅を子の口に含ませる儀を「供餅」、その役を務める者を「供餅者」と表現する。(16)五十日の祝いで供餅者がはっきりとわかる歴史資料はそれほど多くない。平安時代の初見は、一条朝の敦成親王の五十日の祝いの記録であり、これにより『源氏物語』成立期当時の五十日の祝いの実態を知ることができる。(17)【表二】は、平安時代以降の五十日の祝い及び百日の祝いを記した古記録類のうち、特に「供餅者」の特定できる資料を参照して作成したものである。

薫の五十日の祝いは、以下のように叙述される。

関係	史料	百日	供餅者	関係	史料
		天暦 4(950) 8/5			御産部類記
外祖父	御堂関白記、紫式部日記、栄花物語	寛弘 5(1008) 12/20	一条天皇	父	御堂関白記
外祖父	御堂関白記	長和 2(1013) 10/20	藤原道長	外祖父	御堂関白記
父	長秋記	元永 2(1119) 9/9	鳥羽天皇	父	長秋記
曽祖父の姉	中右記	大治 4(1129) 11/1	聡子内親王	曽祖父の姉	中右記
父	山槐記	治承 3(1179) 2/22	高倉天皇	父	山槐記
外祖父	三長記	建久 6(1195) 11/26	後鳥羽天皇	父	三長記
父	民経記	寛喜 3(1231) 5/24	後堀河天皇	父	洞院教実公記
外祖父	民経記				
父	経俊卿記	宝治 2(1248) 1/20	後嵯峨上皇	父	葉黄記
父 / 兄		乾元 2(1203) 8/27	上皇無出御之儀		実躬卿記
父	広義門院御産記(後伏見天皇宸記)				
父	花園天皇宸記				
		文保 3(1319) 8/11	花園天皇	叔父	花園天皇宸記
		元禄 16(1703) 9/14	文仁親王	父	桂宮日記
		宝永 3(1706) 12/27	文仁親王	父	桂宮日記

※『御産部類記 上・下』(宮内庁書陵部 図書寮叢刊、1982 年)、『皇室制度史料 儀制 誕生 四』(宮内庁、2011 年)を参照して作成

【表二】平安時代以降の皇子女の五十日の祝・百日の祝での供餅者
※『皇室制度史料』（宮内庁、2011）などを参照して作成

乳児	父	母	五十日	供餅者
憲平親王（冷泉天皇）	村上天皇	藤原安子（女御）		
敦成親王（後一条天皇）	一条天皇	藤原彰子（中宮）	寛弘 5(1008)11/1	藤原道長
禎子内親王	三条天皇	藤原妍子（中宮）	長和 2(1013)8/27	藤原道長
顕仁親王（崇徳天皇）	鳥羽天皇	藤原璋子（中宮）	元永 2(1119)7/21	鳥羽天皇
本仁親王	鳥羽天皇	藤原璋子（中宮）	大治 4(1129)9/16	聡子内親王
言仁親王（安徳天皇）	高倉天皇	平徳子（中宮）	治承 3(1179)1/6	高倉天皇
昇子内親王	後鳥羽天皇	藤原任子（中宮）	建久 6(1195)10/7	九条兼実
秀仁親王	後堀河天皇	藤原竴子（中宮）	寛喜 3(1231)4/9	後堀河天皇
暐子内親王	後堀河天皇	藤原竴子（中宮）	貞永 1(1232)閏 9/26	九条道家
綜子内親王	後嵯峨上皇	藤原姞子（中宮）	宝治 1(1247)11/28	後嵯峨上皇
恒明親王	亀山上皇	藤原瑛子（女院）	乾元 2(1303)7/8	亀山上皇／後宇多上皇
珣子内親王	後伏見上皇	藤原寧子（女院）	延慶 4(1311)4/14	後伏見上皇
壽子内親王	花園天皇	藤原実子（後宮）	※五十日・百日を略し、三歳での着袴の際、餅を供す	花園天皇
皇女（不詳）	後伏見上皇	不詳		
家仁親王	文仁親王	藤原直子		
守恕親王	文仁親王		※約一年後に着袴の際、餅を供す	

三月になれば、空のけしきものうららかにて、この君（薫）五十日のほどになりたまひて、いと白ううつくしう、ほどよりはおよすけて、物語などしたまふ。（略）①御五十日に餅まゐらせたまはむとて、かたちことなる御さまを、人々、いかになど聞こえやすらへど、院（光源氏）渡らせたまひて、「何か。女にものしたまはばこそ、同じ筋にていまいましくもあらめ」とて、南面に小さき御座などよそひてまゐらせたまふ。御乳母いとはなやかに装束きて、御前の物、色々を尽くしたる籠物、檜破子の心ばへどもを、内にも外にも、②本の心を知らぬことなれば、とり散らし、何心もなきを、いと心苦しうまばゆきわざなりやと思す。

（「柏木」④三一〇～三一一）

焦点が当てられるのは、出家した女三の宮と無邪気な薫を前にした光源氏の苦渋の思いである。しかし、儀礼としての五十日の祝いは慣例通り執り行った。五十日の祝いで最も重要なのは「供餅」である。女房たちは、女三の宮が尼姿であることから、この儀礼をどう執り行うべきか決めかねていたところ、光源氏が男子であるから関係ないと言って、薫の口に自ら餅を含ませたという。この行為こそ、父親として薫を認知したことと考えて良いであろう。【表二】に示したように、五十日の祝いに関する現存資料を調査すると、外祖父や父親など、社会的な後見人の男性がその任に当たっていることがわかる。つまり、薫の五十日の祝いで、光源氏が供餅者であることが本文に明記されることこそ、重視すべきなのである。このあとの場面で、薫の顔つきに柏木の面影を見てとった光源氏は、「誰が世にか」と口ずさみ、出生の秘密の重さが、薫の今後どのような影響を及ぼしうるのか案ずる。福長進は、「柏木巻で薫の五十日に薫を抱く光源氏の姿を点描することによって、自身の子ではない薫を認知せざるを得ない光源氏の苦悩と宿世を照らしだしている」[18]と述べる。光源氏は、容貌が柏木に似通っていることを実感しつつも、薫を自分の子として育てねばならないことを再確認し、社会的にもそれを示すべく立ち振る舞ったのである。このような光源氏の表向きの処置は、周囲には自然なこととうつり、薫の出生の秘密に気づきようがなかった。出生の秘事を隠蔽するため、薫の生育儀礼の体裁を整えることは、光源氏にとって責務であったといえよう。

五　薫の生育儀礼（3）—元服

最後に取り上げるのは、薫の元服である。『源氏物語』に描かれる元服については、光源氏や冷泉帝、夕霧を取り上げる論が多い[19]。ここでは特に、薫の元服の儀が行われた場に着目したい。亡き光源氏が薫を冷泉院と秋好中宮に託していた関係で、薫の元服の儀は、冷泉院で執り行われたという。

①二品の宮の若君（薫）は、院（光源氏）の聞こえつけたまへりしままに、冷泉院の帝とりわきて思しかしづき、后の宮（秋好中宮）も、皇子たちなどおはせず心細う思さるるままに、うれしき御後見にまめやかに頼みきこえたまへり。②御元服なども、院（冷泉院）にてせさせたまふ。十四にて、二月に侍従になりたまふ。③秋、右近中将になりて、御賜ばりの加階などをさへ、いづこの心もとなきにか、急ぎ加へておとなびさせたまふ。おはします殿近き対を曹司にしつらひなど、みづから御覧じ入れて、若き人も、童、下仕まで、すぐれたるを選りととのへ、女の御儀式よりもまばゆくととのへさせたまへり。上（冷泉院）にも宮（秋好中宮）にも、さぶらふ女房の中にも容貌よくあてやかにめやすきは、みな移し渡させたまひつつ、院（冷泉院）の内を心につけて、住みよくありよく思ふべくとのみ、わざとがましき御あつかひぐさに思されたまへり。④故致仕の大殿の女御（弘徽殿女御）ときこえし御腹に、女宮（女一の宮）ただ一ところおはしけるをなむ限りなくかしづきたまふ御ありさまに劣らず、后の宮（秋好中宮）の御おぼえの年月にまさりたまふけはひにこそは。などか

さしも、と見るまでなん。（「匂兵部卿」⑤二一〜二二）

本文からは、光源氏が薫を冷泉院に託したこと、また秋好中宮の養子となっていることがわかる。具体的には、傍線部③に、「御賜ばりの加階」とあり、薫は皇族並の扱いを受けて四位に叙せられる。後に三位宰相となることもあり[20]、まさに目を見張るような昇進ぶりである。ただし、薫は冷泉院の正式な養子ではない。もし薫が冷泉院の正式な養子であれば、親王宣下されるはずである。薫はあくまでも賜姓源氏であることから、冷泉院の猶子、もしくは秋好中宮の養子と理解できよう。薫にとって、冷泉院は叔父、秋好中宮は義理の姉にあたるので、血縁関係からすれば、この養子縁組は不自然ではない。また、傍線部①のように、これは同時に皇子女のない秋好中宮にとっても利点のあることであった。養子制度は、養親と養子の双方に公私ともに利益の生ずることが確認されて成立する。ただし、薫にとって異母兄にあたる夕霧、義理の姉にあたる玉鬘、また母方の伯父今上帝と異母姉明石中宮夫妻に託すこともできた。このような中、光源氏が薫を冷泉院と秋好中宮夫妻に委ねたことには、どのような意味があるのであろうか。

傍線部④に「后の宮（秋好中宮）の御おぼえの年月にまさりたまふけはひにこそは。などかさしも、と見るまでなん」とある。これは、冷泉院と薫という二人の出生の秘密を知らない世間の人々の見方を受けたものである。光源氏が薫を冷泉院に託したことを、世間の人々は薫が義理の姉にあたる秋好中宮の養子となり、冷泉院は中宮への寵愛の厚さから、薫を大切に養育すると理解する。そのことについて語り手は、「などかさしも」と述べる。傍から見たら、秋好中宮への寵愛のあまり、その養子を過剰に遇することへの違和感があるというのである。と同時に、この語り手の言葉は、冷泉院の薫に対する寵愛が別のところに由来することを示唆するものではないか。それは、冷泉院自身が、光源氏の子であることを認識しており、薫を実の弟と誤解しているからに他ならない。読者は、冷泉院の出生の秘事も薫の出生の秘事もわかっているので、このような語り手の言葉の意味が理解できる。そして、冷泉院が薫を過剰に遇することは、薫を弟と誤認識しているためと読み直すことができるのである。こう見てみると、光源氏が不義の子である薫を夕霧でもなく、また玉鬘でも明石中宮でもなく、冷泉院に託したことの真意を考えたくなる。秋好中宮に子がいないから、ということだけでは説明できないかもしれない。日向一雅は、「親の業を受けて、子が生きる」宿業として、「不義の子には不義の子としての償いをさせねばならないと考えた」と述べる[21]。そして、薫もまた「二人の父の迷妄の闇を一身に負わされ」、不義の子として「どうしようもない閉塞性をみずからの内部にかかえて呻吟」するのだという。また、高木和子は「本来冷泉院が担うべきであった課題、光源氏の栄華実現を優先するあまりに物語が描くことのできなかった不義の子としての煩悶を背負う人生を、薫自身は生かされる宿命のようだ」と述べる[22]。薫は実父柏木と養父冷泉院という二人の父の罪を宿命として負い、ひとり苦悩しつつ生きていくのである。このような見方は、冷泉院と薫というふたりの不義の子に課せられた問題であり、物語の論理として読み取ることができる。出生の秘事を知らない物語世界の人々にとって、光源氏によるこのような処置は、義理の姉にあたる秋好中宮の養子となるのは血縁関係からいえば不自然ではない。しかし、秋好中宮への寵愛からしかこのことを説明し得ない語り手が「などかさしも」と述べることは意味深長である。准太上天皇を父とする薫を養子とするには、臣下である夕霧や玉鬘よりも、冷泉院・秋好中宮、あるいは今上帝・明石中宮の方が、薫の社会的地位の格上げとなり、理想的である。ただ、明石中宮には多くの子がいるので、子のない冷泉院・秋好中宮夫妻が適切とされた。薫の処遇を定めた光源氏には、このような狙いがあろう。しかし、読者が、冷泉院と薫という不義の子であるふたりのつながりを実感するのは当然のことであり、その物語の論理を喚起させるのが、「などかさしも」という語り手の言葉なのである。

さて、薫が誕生した際、光源氏は「かく忍びたることの、あやにくにいちじるき顔つきにて、さし出でたまへらんこそ苦しかるべけれ」（「柏木」④二九八）と、薫の容貌が柏木に似ることを心配している。光源氏のその憂慮は、薫の成長に伴い、現実のものとなる。「竹河」巻では、玉鬘が薫の和琴の音色が柏木のそれに似ているとの噂を耳にしていることに触れ、薫の容貌が亡き柏木にそっくりだと言って泣き出す場面がある。[23] 玉髪の指摘は、まさに核心をつくもので、読者は薫の出生の秘事が露見するのではないかはらはらするが、薫と柏木をつなぐ糸が物語に表面化することはない。高木和子は、「玉鬘が薫の出生の秘事を定かに知るとはどこにも明らかにされることはない。それは夕霧・冷泉院・紅梅大納言が、いずれも秘事に近づけそうで近づけなかったのと全く同様である。光源氏への深い憧れゆえに、ついに近づけない、よしんば知っていようとも言葉に出せないというのが、彼らを覆う一貫した論理なのである」と述べる。[24] 冷泉院や玉鬘は、薫の出生の秘事に気づいたのであろうか。気づいてはいたものの、亡き光源氏のことを思い、明るみに出せなかっただけであろうか。冷泉院や秋好中宮、そして夕霧や玉鬘など、光源氏ゆかりの人々の心には、亡き光源氏の存在が大きく残る。それは、薫の産養をあれほど盛大に催した光源氏、五十日の祝いで自ら供餅をつとめた光源氏、その薫の「父」としての光源氏の社会的なあり方に対する、人々の敬意の表し方なのであろう。薫は確かに卓越した才能の持ち主で当代一の貴公子ではある。しかし、その社会的な評価は、薫が光源氏の子であるという（誤った）事実に起因しており、周囲からの称賛が高まるほどに、薫は自らの存在に矛盾を感じて一人苦悩するのである。

注

（1）中村義雄『王朝の風俗と文学』（塙選書、一九六二）、伊藤慎吾『風俗上よりみえたる源氏物語描写時代の研究』

（風間書房、一九六八）。

（2）古瀬奈津子『日本古代王権と儀式』（吉川弘文館、一九九八）、服藤早苗・小嶋菜温子編『生育儀礼の歴史と文化——子どもとジェンダー——』（森話社、二〇〇三）、服藤早苗『平安王朝の子どもたち』（吉川弘文館、二〇〇四）など。

（3）小嶋菜温子『源氏物語の性と生誕——王朝文化史論』（立教大学出版会、二〇〇四）、小嶋菜温子編『王朝文学と通過儀礼』（平安文学と隣接諸学、竹林舎、二〇〇七）、小嶋菜温子・長谷川範彰編『源氏物語と儀礼』武蔵野書院、二〇一二）。

（4）本稿における『源氏物語』引用本文は、全て小学館刊の新編日本古典文学全集による。

（5）小嶋菜温子『源氏物語の性と生誕——王朝文化史論』（立教大学出版会、二〇〇四）

（6）拙稿「冷泉帝主催の七夜の産養」（『源氏物語の政治学——史実・准拠・歴史物語——』笠間書院、二〇一六）で触れた。なお、袴田光康「生誕——方法としての産養」（小嶋菜温子・長谷川範彰編『源氏物語と儀礼』武蔵野書院、二〇一二）にも同様の指摘があり、「実質的には、新生児の系図上の父である源氏が主催したものであろうが、そこに源氏の姿は描かれていないことにも注意される」と述べられる。

（7）池田節子「源氏物語の生誕——産養を中心に——」（小嶋菜温子編『王朝文学と通過儀礼』竹林舎、二〇〇七）。

（8）前掲注6袴田論文。

（9）「院の下部」について、新編全集では「六条院の下部」と解釈される。小嶋菜温子も「中宮は、薫の〝父〟・光源氏の六条院を代表して、「院の下部」「庁の召次所」すなわち六条院の役人たちを動員する」と説明する。しかし、文脈の流れからすると、「院の殿上人」が冷泉院を指すことから、「院の下部」も冷泉院の下部と理解するのが妥当であろう。これについては、前掲注6拙稿にて既に指摘した。

（10）前掲注6拙稿。

（11）前掲注6拙稿に指摘したように、「七夜、公家（堀河天皇）有御養産、非后位行之、今度始例也」（『為房卿記』

康和五年正月二十二日条）とあることによる。

(12) 前掲注6袴田論文。

(13) 浅尾広良「昼渡る光源氏」（『源氏物語の准拠と系譜』翰林書房、二〇〇四）には、「光源氏は天皇の行為を行う「ただ人」ならざる資質を顕現しながら、その象徴の欠如によって、かえって「ただ人」であることが暴かれてゆくという、相反する危うい緊張感の中を生かされることを、我々は見据えなければならない」とある。

(14) 小川寿子「五十日、百日」（山中裕・鈴木一雄編『平安時代の文学と生活平安時代の儀礼と歳事』至文堂、一九九四）。この他、金孝珍「明石姫君の五十日の祝いと五月五日」（『文化継承学』第一号、二〇〇四）、徳岡涼「澪標巻の源氏と明石君の贈答歌について——明石姫君の五十日の祝歌のこと」（『国語国文学研究』第四四号、二〇〇九）など。

(15) 福長進「五十日の祝・百日の祝」（小町谷照彦・倉田実『王朝文学文化歴史大事典』笠間書院、二〇一一）。

(16) 古記録類に「供〻餅」とあることによる。物語には「餅を参る」といった表現が見える。

(17) 山本淳子「宴に集う人々——『紫式部日記』敦成親王五十日儀場面の政治性——」（『京都学園大学人間文化学会紀要』第三五号、二〇一五）には、参列した公卿が記し留められることについて『紫式部日記』の政治的な視点を指摘している。この他、山本淳子「倫子の不愉快『紫式部日記』五十日の祝い」（『京都語文』第九号、二〇〇二）など。

(18) 前掲注15福長論文。

(19) 近年のものとしては、浅尾広良「光源氏の元服——「十二歳」元服を基点とした物語の視界——」（『源氏物語の皇統と論理』翰林書房、二〇一六）、拙稿「冷泉帝の元服——摂政設置と后妃入内から——」（『源氏物語の政治学——史実・准拠・歴史物語——』笠間書院、二〇一六）などがある。

(20) 「十九になりたまふ年、三位宰相にて、なほ中将も離れず。帝（冷泉院）、后（秋好中宮）の御もてなしに、ただ人にては憚りなきめでたき人のおぼえにてものしたまへど」（「匂兵部卿」⑤二九）とある。

（21）日向一雅「闇の中の薫――宿世の物語の構造――」（『源氏物語の主題――「家」の遺志と宿世の物語の構造――』桜楓社、一九八三）。
（22）高木和子「薫出生の秘事――匂宮三帖から宇治十帖へ」（『源氏物語再考』岩波書店、二〇一七）
（23）「尚侍の殿、「故致仕の大臣の御爪音になむ通ひたまへると聞きわたるを、まめやかにゆかしくなん」と言って薫に弾琴を勧め、「おほかた、この君は、あやしう故大納言の御ありさまにいとようおぼえ、琴の音など、ただそれとこそおぼえつれ」（「竹河」⑤七一～七二）と言って泣いている。
（24）前掲注22高木論文。

＊付記　本稿は、日本学術振興会特別研究員奨励費の研究成果の一環である。

『源氏物語』「夕霧」巻の「玉の箱」――死・美・愛執――

畑　恵里子

はじめに

『源氏物語』には、「浦島」を含むことばは全三例ある。

一つ目は「賢木」巻である。新年に藤壺の宮を訪問した光源氏は、「ながめかるあまのすみかと見るからにまづしほたるる松が浦島」と詠む。素性法師の「音にきく松が浦島今日ぞ見るむべも心あるあまは住みけり」（『後撰和歌集』巻一五、雑一）を踏まえた贈歌であり、尼（あま）となった藤壺の宮を海人（あま）に重ねた。(1) 藤壺の宮も返歌に「浦島」を詠みこむ（「賢木」二巻一三六頁）。陸奥国の歌枕である「松が浦島」への指摘のかたわら、(2) 浦島伝説を踏まえる見解も定着しつつあり、(3) 林晃平は平安時代における本伝説の浸透を分析する。(4)

二つ目は「初音」巻である。正月を迎えた光源氏は、二条東院に住む尼姿の空蝉を訪問して「松が浦島を遙かに思ひてぞやみぬべかりける」（「初音」三巻一五六頁）と詠みかける。先の「賢木」巻と同じ引歌だが、浦島伝説の印象は特段見られない。

これら二つは歌枕の「松が浦島」が全面的に引かれているが、三つ目の「夕霧」巻では浦島伝説が明確に踏まえられている。

母である一条御息所を亡くした落葉の宮は、「形見」の「玉の箱」を踏まえて、母への思慕を「恋しさの慰めがたき形見にて涙にくもる玉の箱かな」と独詠歌にあらわす。その心境を指して、語り手は「浦島の子が心地なん」と慮った（「夕霧」四巻四六五頁）。その後、小野の山里から自邸の一条宮に戻った落葉の宮は驚く。懐かしいはずの母との思い出の邸は、不器用で強引な求婚者である夕霧の采配によって知らぬ間に改修され、使用人がさざめきあう賑やかな邸宅に変貌していた。このように、「浦島の子が心地」ということば及び一条宮の変質の双方からは、浦島伝説が容易に想起されることとなる。(5)

それにしても、ここに浦島伝説が組み込まれることによって見えてくるものとは何か。

表層では、最愛の母の記憶と共にある自邸の変容による虚無感があらわされていよう。だが、大胆に言えば、深層では母娘の疑似夫婦的関係を示唆しているのではあるまいか。

そこで、本稿では「浦島の子」を引き出した「玉の箱」に主眼を置き、「夕霧」巻における浦島伝説の機能性を明らかにすることを主な目的とする。なお、混乱を避けるため、原則的に浦島、乙姫、玉手箱などと統一する。

一　玉手箱の増殖

現存最古の浦島伝説の記録は『日本書紀』雄略天皇二二年七月条、内容は比較的簡略である。詳述し、かつ『源氏物語』に先行する作品を見渡すと、該当するのは『丹後国風土記逸文』と長歌反歌一首からなる高橋連虫麻呂

「詠水江浦嶋子一首并短歌」(『万葉集』巻第九・一七四〇、一七四一番歌)、及び、『浦島子伝』、『続浦島子伝記』の四点である。ただし、『丹後国風土記逸文』は逸文かつ『釈日本紀』によるため、成立時期から隔たっており改変の可能性も高い。だが、本伝説を詳述している現存最古の地誌資料という点から比較対象に含める。これらの表記は漢文体の「浦島子」「浦嶋子」「島子」などである。『源氏物語』の「浦島の子」とは仮名による本伝説への言及である。

さて、一条御息所の逝去後、世話役の大和守に説得されて、夕霧との意に添わぬ結婚からのがれがたいことを認識した落葉の宮は悲嘆に暮れる。一条宮へ戻る準備に余念のない女房たちに取り囲まれた落葉の宮は落涙し、母の不在をかみしめた。左はその様子であり、「浦島の子」「玉の箱」の初出である。

①人々はみないそぎたちて、おのおの櫛、手箱、唐櫃、よろづの物を、はかばかしからぬ袋やうの物なれど、みな先だてて運びたれば、独りとまりたまふべうもあらで、泣く泣く御車に乗りたまふも、かたはらのみまもられたまて、こち渡りたまうし時、御心地の苦しきにも御髪かき撫でつくろひ、下ろしたてまつりたまひしを思し出づるに目も霧りていみじ。御佩刀に添へて、経箱を添へたるが御かたはらも離れねば、

(落葉の宮)恋しさの慰めがたき形見にて涙にくもる玉の箱かな

黒きもまだしあへさせたまはず、かの手馴らしたまへりし螺鈿の箱なりけり。誦経にせさせたまひしを、形見にとどめたまへるなりけり。浦島の子が心地なん。(「夕霧」四巻四六四~四六五頁)

母の「形見」である「螺鈿」細工の「玉の箱」を携えて、母への思慕を抱き、泣きつつ一条宮へ戻る落葉の宮の姿に、語り手は「浦島の子」と重なる心境を見てとる。

つまり、「浦島の子」という直接的なことばを引きずり出したのは、独詠歌に詠みこまれた「玉の箱」である。

その波及力には留意すべきだ。

では、浦島伝説を浮上させる「玉の箱」は、『源氏物語』ではいかに叙述されているのか。

実は、『源氏物語大成』によれば「玉の箱」は『源氏物語』全一例、引用①のみである。よって、「玉の箱」は浦島伝説と緊密に連携していることが分かる。『丹後国風土記逸文』など前掲した四点の先行作品では、「玉篋《たまくしげ》」「玉匣《たまくしげ》」「匳《くしげ》」「篋《くしげ》」「匣」「箱」などである。よって、仮名では「玉の箱」という表記が本伝説と結びつく。[6]

もっとも、『源氏物語』にも「玉くしげ」は全二例ある。ただし、浦島伝説の印象は特段見られない。孫にあたる玉鬘の裳着の儀式に際して、贈物の「御櫛の箱など」に添えられた大宮の言祝ぎの和歌、「ふた方にいひもてゆけば玉くしげわが身はなれぬかけごなりけり」に「玉くしげ」が詠みこまれている。玉鬘が婿の光源氏の娘でも息子の内大臣の娘でも自分とは縁があったのだという内容である。光源氏は「よくも玉くしげにまつはれたるかな」と、「玉くしげ」を踏まえて掛詞や縁語を駆使する無駄のない大宮の詠みぶりをひそかに笑った（「行幸」三巻三一二～三一三頁）。このように、「玉篋」「玉匣」に近い「玉くしげ」だが、主眼は浦島伝説になく、「玉の箱」こそ本伝説を想起させる機能性を持つ。

そして興味深いことに、引用①を丹念に確認すると、「浦島の子」に擬せられている落葉の宮の周辺には、「玉の箱」をはじめとして、「箱」にまつわることばが集中的に重ねられ、ちりばめられていることに気づく。それは、「手箱」「経箱」「玉の箱」「かの手馴らしたまへりし螺鈿の箱」、そして存在しない「黒き」経箱の幻影の五つである。

「手箱」とは落葉の宮の日用品である。一条宮への移転まで、落葉の宮の身辺には「櫛、手箱、唐櫃、よろづの物」が置かれていたという。この「手箱」を除き、残りの「箱」は全て一条御息所とじかに結びついている。「経箱」とは経典を収納する箱であり、一条御息所の遺品である。(7)「螺鈿の箱」は、「形見」の「玉の箱」と同一である。故人の日常品であり、思い出と密接に繋がっていることが「かの手馴らしたまへりし」からもうかがえる。そして「黒き」経箱だが、本来、「喪中に用いる経箱は黒塗りであるが、手もと不如意か、用意がないので、御息所のものを使用している」という。(8)服喪のための「黒き」経箱の代替として、遺品の「螺鈿の箱」が用いられている。

つまり、「玉の箱」「螺鈿の箱」「経箱」「黒」き経箱は往還関係にある。浦島伝説を通じた場合、中核に位置するのは無論「玉の箱」だ。これらの「箱」は、換言すれば玉手箱の増幅である。「夕霧」巻の玉手箱はひとつではない。集中し、ひしめきあう。

二　玉手箱を装飾する死と美

「夕霧」巻の複数の玉手箱は、浦島伝説と同じく、死と美とをにおわせる特徴を持つ。特に引用①「玉の箱」「螺鈿の箱」は、独詠歌及び地の文に「形見」と繰り返され、死が強調される。「形見」「黒き」という喪による死のケガレと、「螺鈿」の美とをまとう「玉の箱」。それは浦島伝説の与える玉手箱のイメージと確かに重なりあう。

玉手箱には老衰や死の印象が付与されてきた。左は『丹後国風土記逸文』である。

②ここに、嶼子、前《さき》の日の期《ちぎり》を忘れ、忽《たちまち》に玉匣《たまくしげ》を開きければ、即ち瞻《めにみ》ざる間に、芳蘭《かぐは》しき體《すがた》、風雲《かぜくも》に率《したが》ひて蒼天《あめ》に翩飛《とびか》けりき。嶼子、即ち期要《ちぎり》に乗違《たが》ひて、還《また》、復《ふたた》び会ひ難きことを知り、（後略）（『丹後国風土記逸文』）

浦島の老衰や死に相当するのは「芳蘭《かぐは》しき體《すがた》、風雲《かぜくも》に率《したが》ひて蒼天《あめ》に翩飛《とびか》けりき」であり、直接的表現をとらない。「玉匣」を開封すると「芳蘭之體」があらわれ天空へ消失したため、浦島は乙姫との再会は不可能となったことを理解し、断絶を認識したという。

先行研究では、「芳蘭之體」の対象を浦島ととるか⑼乙姫ととるか、⑽見解は二分している。本稿では、「玉匣」に手をかける前に組み込まれている左の引用③に留意しておきたい。現世に戻った浦島と「郷人」との対話である。

③「水の江の浦嶼の子の家人《いへびと》は、今何處《いづく》にかある」ととふに、郷人《さとびと》答へけらく、「君は何處《いづこ》の人なればか、舊遠《むかし》の人を問ふぞ。吾《あ》が聞きつらくは、古老等《ふるおきなたち》の相傳《あひつた》へて曰《い》へらく、先世《さきつよ》に水の江の浦嶼の子といふものありき。獨《ひとり》蒼海《うみ》に遊びて、復《また》還り来ず。今、三百餘歳を経つといへり。何ぞ怱に此を問ふや」といひき。

（『丹後国風土記逸文』）

我が家の在処を尋ねる浦島へ、「水の江の浦嶼の子」という人物は「舊遠の人」であり「三百餘歳」以上も海から戻らぬままだと、「郷人」は説明する。この情報は、「古老等」が「相傳へ」た内容に拠る。「舊遠人」「吾聞」「古老等」「相傳」「三百餘歳」には、浦島の消失が特異な出来事として伝聞され、口承の対象となり、伝えられた経緯が示されている。

作品内ですでに伝説化するほど通常認識を超えた時間経過と、直後に叙述されている「芳蘭之體」の喪失、乙姫との断絶を考えた時、無限に等しい時間の負荷が浦島に与えられたととらえられる。後に浦島と乙姫との和歌の贈答がなされている点を踏まえれば、「芳蘭之體　率于風雲　翩飛蒼天」とは死そのものというより老残の朧化表現ととるのが妥当であろう。玉手箱の内容物に関して、浅見徹は乙姫の本体たる亀とし、⑾三浦佑之は現世とは異なる神仙世界における浦島の負うべき時間としているが、⑿本稿では三浦論文と同じ立場をとる。

その他の浦島伝説では、老衰や死は比較的率直にあらわされている。

④玉篋《たまくしげ》　小披尓《すこしひらくに》　白雲之《しらくもの》　自箱出而《はこよりいでて》　常世邊《とこよへに》　棚引去者《たなびきゆけば》　立走《たちばしり》　叫袖振《さけびそでふり》　反側《こいまろび》　足受利四管《あしずりしつつ》　頓《たちまちに》　情消失奴《こころけうせぬ》

若有之《わかくありし》　皮毛皺奴《はだもしわみぬ》　黒有之《くろくありし》　髪毛白斑奴《かみもしらけぬ》　由奈由奈良波《ゆなゆなは》　氣左倍絶而《いきさへたえて》　後遂《のちつひに》　壽死祁流《いのちしにける》（後略）

（『万葉集』）

引用④『万葉集』では「頓《たちまちに》　情消失奴《こころけうせぬ》　若有之《わかくありし》　皮毛皺奴《はだもしわみぬ》　黒有之《くろくありし》　髪毛白斑奴《かみもしらけぬ》」と歌われ、「情」「皮」「髪」の変質が示される。そればかりではない。高橋連虫麻呂は「氣左倍絶而《いきさへたえて》」「壽死祁流《いのちしにける》」と明確に絶命を詠みこんだ。

⑤堪《た》へざるに至り、玉匣《たまくしげ》をき底《そこ》を見るに、紫煙《むらさきのけぶり》天《あめ》に昇り、其の賜《たまひもの》なし。島子忽然天山《たちまちてんざん》の雪《ゆき》を頂《いただ》き、合浦《がふほ》の霜《しも》を乗《の》せき。

（『浦島子伝』）

引用⑤『浦島子伝』では「忽然天山《たちまちてんざん》の雪《ゆき》を頂《いただ》き、合浦《がふほ》の霜《しも》を乗《の》せき」とあり、白髪は「雪」「霜」で喩えられる。

⑥島子、玉匣《たまくしげ》を開くの後《のち》、紫雲《むらさきのくも》飛《と》び去《さ》りし処《ところ》、老大《おい》忽来《たちまちにきた》り、精神恍惚《こころほれて》、歎《なげ》息きて曰ひけらく、（後略）

（『続浦島子伝記』）

引用⑥『続浦島子伝記』では「老大《おい》忽来《たちまちにきた》り、精神恍惚《こころほれて》」とあり、「精神」の変質を招いた「老大」を語る。

このように、浦島伝説では、玉手箱の開封と同時に、瞬時に老残や死に至る浦島の変容が共通する。「夕霧」巻では、死は「浦島の子」に擬されている落葉の宮ではなく、乙姫に相当する一条御息所に由来するという相違はあるが、本稿では、「玉の箱」が本伝説と同じく死の影を色濃く負う点をまず押さえておきたい。落葉の宮と老残との関係性は後述する。

それでは、玉手箱のもうひとつの特徴である美はどうか。その場合、「玉の箱」が「螺鈿の箱」として叙述されている点が留意される。

どうやら、『源氏物語』では「螺鈿の箱」は特殊な品物のようである。「螺鈿」は全四例、「箱」への使用は引用①のみであり、「螺鈿」の「箱」は存外少ない。しかも、「螺鈿」細工の他の三例は、ハレの儀式に際して念入りに準備された調度品ばかりだ。玉鬘が主催した光源氏四十賀の「螺鈿の御厨子二具」（「若菜上」四巻五五頁）、紫の上の発願による薬師仏供養行事の「螺鈿の倚子」（「若菜上」四巻九三～九四頁）、浮舟の結婚のために母が揃えた「蒔絵、螺鈿のこまやかなる心ばへまさりて見ゆる物」（「東屋」六巻二一頁）である。

一方、「夕霧」巻の「螺鈿の箱」は、死者のケガレが発生した場で、「黒き」「経箱」の代替品として用いられている。そもそもこの「螺鈿の箱」は、ケの日常性の中で使用されてきた故人愛用の品だ。いずれにもハレの要素はない。

逸脱するケガレの「螺鈿の箱」。それは何が要因か。

先に内容物の招来する死の色彩が玉手箱に付随している点を確認したが、同様にその形状も、浦島伝説の表現を想起させるべく「螺鈿の箱」が選び取られた可能性があるのではあるまいか。そういえば、夙に今井源衛は「物語本文の「螺鈿の箱」とはその装飾の程度が異なりそうではあるものの、あるいは作者が『続浦島子伝記』を思いうかべたかの疑いもあろうか」と指摘している。[13] よって、各作品の玉手箱の装飾描写を確認する。

⑦女娘、玉匣を取りて嶼子に授けて謂ひけらく、「君、終に賤妾を遺《わす》れずして、眷尋《かへりみたづ》ねむとならば、堅く匣を握《と》りて、瞋《ゆめ》、な開き見たまひそ」といひき。

（『丹後国風土記逸文』）

⑧妹之答久《いもがいへらく》　常世邊《とこよへに》　復變来而《またかへりきて》　如今《いまのごと》　将相跡奈良婆《あはむとならば》　此篋《このくしげ》　開勿勤常《ひらくなゆめと》　曽己良久尓《そこらくに》　堅目師事乎《かためしことを》　（後略）

（『万葉集』）

⑨神女《かむをとめ》宜《よろ》しく然《しか》るべしとて、玉匣を与へ送りて、嚢《つつ》むに五綵《いついろ》「の錦繡《にしきぬひとり》」を以てし、緘《むす》ぶに万端《よろづ》の金玉《こがねのたま》を以てす。

（『浦島子伝』）

⑩亦、繡衣《ぬひとりのころも》を以《もち》て島子に被《き》せて、玉匣を送り、嚢《つつ》むに五綵《いついろ》の錦繡《にしきのぬひとり》を以てし、緘《むすぶ》に万端《よろづ》の金玉《こがねたま》を以てして、

（『続浦島子伝記』）

（後略）

引用⑦『丹後国風土記逸文』では、外形への言及は特段なく、他の箇所でも「玉匣」「匣」である。引用⑧『万葉集』も「篋」「筥」「箱」「玉篋」である。だが、引用⑨『浦島子伝』、引用⑩『続浦島子伝記』は近似した表現、それも「五綵の錦繡を以てし、緘に万端の金玉」という壮麗さだ。双方とも「玉匣」のみの表記もあるが、初出時は装飾を詳細に語る。

ただし、「螺鈿」は含まれていない。それに、『丹後国風土記逸文』『万葉集』では装飾描写自体を特段えがかない。そのため、「螺鈿」がただちに玉手箱のイメージとつらなっているとするのも性急ではある。だが、「螺鈿」そのものではなくとも、『浦島子伝』『続浦島子伝記』によって、贅をこらして整えられた箱という一定の情報は付与されてきたと分かる。

こうして、老、死、美で構成されている玉手箱を受け継ぐように、『源氏物語』も死のケガレに満ちた美麗な「玉の箱」を語る。「玉の箱」は内外双方から玉手箱をかたどる。しかもそれは「夕霧」巻において集中的に増殖し、強調されている。

それにしても、「浦島の子が心地なん」まで読み進めてから、改めて浦島伝説を意識して遡って読み返した時、さりげなく置かれていたこれらの「箱」が、実は本伝説と連動することに気づかされる。一読した際、これらの「箱」が浦島伝説に波及するとは、ただちには認識しにくい。しかし、知覚した時、巧妙に、畳みかけるように配置されている玉手箱の増殖を発見できる。一見、「浦島の子が心地なん」との語り手のことばが差しこまれることによって、「玉の箱」と共鳴して浦島伝説が浮上するように見えるのだが、注意すると、そこかしこに遺品由来の玉手箱はあらわれだす。目立つことばのみに気を取られてはならない。死と美とをまとう玉手箱の過剰性、それを指摘しておきたい。

三　開封されない玉手箱

「玉の箱」を中心として浦島伝説の投影を確認してきた。端的な「浦島の子」をはじめ、「玉の箱」「形見」などのことばや、母と生活していた故郷に相当する一条宮の変容からは、浦島伝説が丁寧に踏まえられていると一義的には理解できる。

しかしながら、よく見ると見過ごしがたい相違がある。それは「箱」の開封の有無だ。引用①及びその周辺には、増殖する玉手箱を落葉の宮が開く叙述はないのである。

浦島伝説では、見知っていたはずの現世の喪失による衝撃から開封に至るという経緯が大半である。簡略に確認する。

⑪「僕《やつがれ》、近き親故《むつま》じき俗《くにひと》を離れて、遠き神仙《とこよ》の堺《くに》に入りぬ。戀《こ》ひ眷《した》ひ忍《あ》へず、輙《すなは》ち軽しき慮《おもひ》を申《の》べつ。望《ねが》はくは、蹔《しま》し本俗《もとつくに》に還りて、二親《かぞいろ》を拜《をろが》み奉らむ」といひき。（中略）即ち棄《す》てし心を衘《いだ》きて郷里《さと》を廻《めぐ》れども一《ひとり》の親しきものにも会はずして、既に旬日《とをか》を逕ぎき。乃ち、玉匣《たまくしげ》を撫でて神女《かむをとめ》を感思《した》ひき。ここに、嶼子、前《さき》の日の期《ちぎり》を忘れ、忽に玉匣《たまくしげ》を開きければ、即ち瞻《めにみ》ざる間《あひだ》に、芳蘭《かぐは》しき體《すがた》、風雲《かぜくも》に率《したが》ひて蒼天《あめ》に翩飛《とびか》けりき。

（『丹後国風土記逸文』）

『丹後国風土記逸文』では、「郷里を廻れども一の親しきものにも会はずして」との状況から、浦島は「玉匣を撫でて神女を感思ひき」となり、開封する。「親故之俗」「本俗」「二親」「郷里」への懐旧から戻ったはずが、目論見は外れ、消沈し、代替のように「玉匣」を愛撫して「神女」を希求し、開く。

⑫墨吉尓《すみのえに》　還来而《かへりきたりて》　家《いへ》見跡《みれど》　宅《いへ》毛見金手《もみかねて》　里《さと》見跡《みれど》　里《さと》毛見金手《もみかねて》　恠常《あやしみと》　所許尓念久《そこにおもはく》　従家《いへゆ》出而《いでて》　三歳之間尓《みとせのからに》
垣毛無《かきもなく》　家《いへ》滅目八跡《うせめやと》　此筥乎《このはこを》　開而見手歯《ひらきてみてば》　如本《もとのごと》　家《いへ》者将有登《はあらむと》　玉篋《たまくしげ》　小披尓《すこしひらくに》（後略）
（『万葉集』）

『万葉集』では、現世への帰還後、懐かしい「家」「宅」「里」がなく驚く浦島は、「此筥乎《このはこを》　開而見手歯《ひらきてみてば》　如本《もとのごと》　家者将有登《いへはあらむと》」と考える。「家」「宅」は実に五回、明らかに「家」への執着がみとめられる。

⑬忽ち故郷《くに》の澄江浦に至り、尋ねて七世《ななよ》の孫《まご》に値《あは》ず、求むるに只万歳《ときは》の松のみ茂れり。島子齢《よはひ》時に二八歳許《ばか》り
なりき。堪へざるに至り、玉匣を披《ひら》き底《そこ》を見るに、紫煙《むらさきのけぶり》天《あめ》に昇り、其の賜《たまひもの》なし。
（『浦島子伝』）

『浦島子伝』では、「尋ねて七世《ななよ》の孫《まご》に値《あは》ず、求むるに只万歳《ときは》の松のみ茂れり」との「故郷」の現状から「堪へざるに至り」、開封する。「七世之孫」とあり、「二親」を希求する『丹後国風土記逸文』との方向性は対照的だが、血族を求める点は同じである。

⑭是に島子、仙洞《ひじりのほら》の裏《うち》に遊覧《あそびみる》の間《あひだ》に、時代遥《ときよはるかにさ》謝り、人事《よのさま》沿革《うつりかはり》しを知りて、旧郷《くに》の遷変《かはれ》るを悲歎《かなしみなげ》き、仙遊《ひじりのあそび》の未だ
央《なかば》ならざるを想像《おもひ》、恋慕《こひしたふ》の情《こころ》、胸臆《むね》に舂《つ》くに似て、悲哀《かなしみ》の志《おもひ》、心府《こころ》を割《さ》くが如し。悲恋《かなしみしたふ》に堪へずして、忽に
玉匣を開けり。
（『続浦島子伝記』）

『続浦島子伝記』では、「人事《よのさま》」「旧郷《くに》」の変容を認識した浦島は、「悲歎《かなしみなげ》き」「恋慕《こひしたふ》の情《こころ》」「悲哀《かなしみ》の志《おもひ》」の末に「悲恋《かなしみしたふ》に堪へず」に開く。

このように、いずれの浦島伝説も現世の変容へ対する衝撃は明確に打ち出され、「家」「里」「郷里」「本俗」「故郷」「人事」「旧郷」など、現世への未練が多出する。『丹後国風土記逸文』では乙姫への愛執を開封の直接の契機とするものの、本来、根底に流れているのは「本俗」「郷里」への思慕であり、その喪失の衝撃である。現世へ戻れたにもかかわらず希求する人々は現存せず、求めながらも得られない葛藤から玉手箱は開かれる。

ならば、一条宮の喪失に失望した落葉の宮とて、「玉の箱」を開封してもよいはずだ。しかしながら、物語はそうした叙述をとらない。玉手箱といえば現世の肉親への愛執から開封されるものという前提が本伝説にはありながら、ましてあれほど「夕霧」巻では玉手箱を強調しておきながら、物語はそうした展開をとらない。

それにもかかわらず、落葉の宮は母との思い出がつまった一条宮を喪失し、思慕する母とは死をもって引き裂かれ、よく見ると落葉の宮の老衰さえさりげなくえがかれている。左は「玉の箱」「浦島の子」を語る引用①の直後、一条宮到着時の落葉の宮の驚きである。

⑮おはしまし着きたれば、殿の内悲しげもなく、人気多くてあらぬさまなり。御車寄せておりたまふを、さらに古里とおぼえず疎ましううたて思さるれば、とみにもおりたまはず。（「夕霧」四巻四六五頁）

母の息吹に満ちていたはずの「古里」たる一条宮は、夕霧の采配によって、知らぬ間に女房がさざめきあう華やいだ邸となっていた。「あらぬさまなり」となった一条宮に、落葉の宮は「さらに古里とおぼえず」「疎ましううたて」と不快感をあらわにする。「古里」は、「本俗」「家」「郷里」「里」「故郷」「旧郷」など、浦島が求めた現世のことばと符号する。

「玉の箱」を携えて「古里」たる一条宮へ帰還したものの、思いもよらぬその喪失を突きつけられ衝撃を受ける落葉の宮は、浦島と同様、哀れな孤立者だ。

そんな落葉の宮が自身の老いを認識する叙述が、「玉の箱」のごく近辺にある。それは浦島伝説が集中的に配置されている引用①の直前、一条宮への移転準備である。

⑯（前略）あざやかなる御衣ども人々の奉りかへさするも、我にもあらず、なほいとひたぶるにそぎ棄てまほしう思さるる御髪をかき出でて見たまへば、六尺ばかりにて、少し細りたれど、人はかたはにも見たてまつらず、

みづからの御心には、いみじの衰へや、人に見ゆべきありさまにもあらず、さまざまに心憂き身を、と思しつづけて、また臥したまひぬ。

（「夕霧」四巻四六三頁）

落葉の宮は「いみじの衰へや」と嘆じる。しかも「御髪」によってだ。引用④⑤⑥によれば、浦島の老衰の認識は「情」「皮」「髪」、ことに頭髪の変貌による。引用⑯を素直に読めば、「人に見ゆべきありさまにもあらず」とあるのだから、求婚にふさわしからぬ容姿の負い目と解せる。そのかたわら、老衰を招く「玉の箱」の波及力の示唆として、「御髪」の「いみじの衰へ」がその周囲に配置されていると読むこともできよう。開封の叙述はないのだから、理屈上、落葉の宮は老婆とはならないし、老いに関する叙述が直近にあることも不自然である。だからこそ、「御髪」の「衰へ」は逆説的にきわだつ。

「玉の箱」とは、死と老と美による玉手箱のイメージを保持するだけではなかった。開封の叙述はないという相違をものともせず、懐旧する「古里」の喪失を背景に、浦島に擬された落葉の宮の老衰と、乙姫に相当する一条御息所との永遠の離別とをえがきだすという、浦島伝説と同じ道筋へと力強く収斂してゆく。換言すれば、肥大化した玉手箱の機能性の表出だ。数量のみならず、質的にも、玉手箱はその存在を主張する。

四　愛執の玉手箱

それにしても、強引に結婚を迫る夕霧の執着とそれを拒絶し続ける落葉の宮との攻防のただなかにおいて、玉手箱が集中的に組み込まれている意味は何か。予測しなかった一条宮の変容への衝撃や遺品への愛着をあらわすためなら、これほどの配置は必要あるまい。

その側面から考えた時、「玉の箱」とは、深層では、一条御息所へ向けられた落葉の宮の愛執をえがきだす装置として機能している可能性があることに気づかされる。

そもそも、落葉の宮の独詠歌「恋しさの慰めがたき形見にて涙にくもる玉の箱かな」では、「螺鈿の箱」を一条御息所への「恋しさ」に満ちた「形見」の「玉の箱」に見立てている。浦島伝説では玉手箱の贈主は乙姫だ。ならばこの独詠歌は、落葉の宮にとって、母というよりむしろ妻というにふさわしい一条御息所の位置づけをはからずも露呈したものではなかったか。

玉手箱とは肉親のいる現世への思慕から登場し、異界に住まう妻との再会を目的に手渡されているため、愛執と緊密に結びつく呪物でもある。本伝説では現世と異界とは二分され、親と妻とは対照的な関係にあるがゆえに、浦島は引き裂かれた愛執に懊悩していた。以下、愛執の行方を確認する。

引用⑰〜⑳は『丹後国風土記逸文』であり、本伝説のなかでも説明は詳細である。

⑰忽に土《くに》を懐《おも》ふ心を起《おこ》し、獨《ひとり》、二親《かぞいろ》を戀ふ。故《かれ》、吟哀《かなしび》繁く發《おこ》り、嗟歎《なげき》日に益《ま》しき。（中略）「古人《いにしへびと》の言《い》へらくは、少人《おとれるもの》は土《くに》を懐《おも》ひ、死ぬる狐《きつね》は岳《おか》を首《かしら》とす、といへることあり。（後略）」（『丹後国風土記逸文』）

⑱「僕《やつがれ》、近き親故《むつま》じき俗《くにひと》を離れて、遠き神仙《とこよ》の堺《くに》に入りぬ。戀《こ》ひ眷《した》ひ忍《あ》へず、輙《すなは》ち軽《かろがろ》しき慮《おもひ》を申《の》べつ。望はくは、蹔《しま》し本俗《もとつくに》に還《かへ》りて、二親《かぞいろ》を拝《をろが》み奉《まつ》らむ」といひき。（『丹後国風土記逸文』）

⑲女娘《をとめ》、玉匣《たまくしげ》を取りて嶼子に授《さづ》けて謂《い》ひけらく、「君、終《つひ》に賤妾《やつこ》を遺《わす》れずして、眷尋《かへりみたづ》ねむとならば、堅《かた》く匣《くしげ》を握《と》りて、慎《ゆめ》、な開《ひら》き見たまひそ」といひき。（『丹後国風土記逸文』）

⑳即ち棄《す》てし心を銜《いだ》きて郷里《さと》を廻《めぐ》れども一《ひとり》の親しきものにも会はずして、既に旬日《とをか》を逕《す》ぎき。乃ち、玉匣《たまくしげ》を撫でて神女《かむをとめ》を感思《した》ひき。ここに、嶼子、前《さき》の日の期《ちぎり》を忘れ、忽に玉匣《たまくしげ》を開きければ（後略）（『丹後国風土記逸文』）

引用⑰では、「土《くに》を懐《おも》ふ心」ゆえに「二親《かぞいろ》を戀ふ」とのおもいを抱き、「吟哀《かなしび》」「嗟歎《なげき》」にいる浦島は、望郷の念を乙姫に打ち明ける。「懐土之心」「懐土」との重複から「土」にいる「二親」がクローズアップされ、引用⑱「本俗《もとつくに》に還《かへ》りて、二親《かぞいろ》を拝《をろが》み奉《まつ》らむ」と切り出すこととなる。「二親」への「戀」が再び口をつき、「土」「俗」「本俗」に所属する「二親」と、「神仙の堺」に所属する乙姫とが対比される。浦島と乙姫とは「夫婦之理」を成した関係だ。引用⑲に至り、乙姫は「終《つひ》に賤妾《やっこ》を遺《わす》れずして、眷尋《かへりみたづ》ねむ」とするならと「玉匣」を手渡し開封を禁じるが、引用⑳では「郷里《さと》」で「一《ひとり》の親しきものにも会」えぬ失望から「玉匣《たまくしげ》を撫でて神女《かむをとめ》を感思《した》ひき」となり、開いてしまう。「二親」の不在から満たされぬ思慕を、浦島は無意識に乙姫へ代替した。

『万葉集』でも、愛執は二項対立の構造にある。

㉑須臾者《しましくは》　家帰而《いへにかへりて》　父母尓《ちちははに》　事毛告良比《こともかたらひ》　如明日《あすのごと》　吾者来南登《われはきなむと》　言家礼婆《いひければ》　妹之答久《いもがいへらく》　常世邊《とこよへに》　復變来而《またかへりきて》　如今《いまのごと》
将相跡奈良婆《あはむとならば》　此篋《このくしげ》　開勿勤常《ひらくなゆめと》　曽己良久尓《そこらくに》　堅目師事乎《かためしことを》　墨吉尓《すみのえに》　還来而《かへりきたりて》　家見跡《いへみれど》　宅毛見金手《いへもみかねて》　里見跡《さとみれど》
里毛見金手《さともみかねて》　恠常《あやしみと》　所許尓念久《そこにおもはく》　従家出而《いへゆいでて》　三歳之間尓《みとせのからに》　垣毛無《かきもなく》　家滅目八跡《いへうせめやと》　此筥乎《このはこを》　開而見手歯《ひらきてみてば》　如本《もとのごと》
家者将有登《いへはあらむと》　玉篋《たまくしげ》　小披尓《すこしひらくに》（後略）
（『万葉集』）

「家」の「父母」との再会を訴える浦島に、「妹」たる乙姫は訓戒して「篋」を贈与した。だが、「家」「里」はなく、浦島は「家」を求めて「玉篋」を開封する。「家」と「常世邊」、「父母」と「妹」との対比は明快だ。それは『浦島子伝』でもほぼ同様である。

㉒「（前略）定めて知る、外《と》に仙宮《ひじりのみや》の遊宴《うたげ》を成すと雖ども、而《しか》も内《うち》に故郷《くに》を恋慕《したふこころ》を催《おこ》せることを。宜しく旧里《ふるさと》に還り、本境《もとつさかひ》を尋訪《たづ》ぬべし」といひき。
（『浦島子伝』）

引用㉒では、浦島の様子に違和感をおぼえた乙姫は、「旧里《ふるさと》に還り、本境《もとつさかひ》を尋訪《たづ》ぬべし」と促す。「外」と「内」、

「仙宮」と「故郷」との対比のもとになされた「故郷」「旧里」「本境」への「恋慕」を、乙姫は読みとる。

㉓「（前略）抑《そもそ》も神女《かむをとめ》は婦《よめ》の範《のり》を施し、嶋子は夫《おふと》の密《ひそか》を翫《もてあそ》ぶ。進退《ふるまひ》左右《さう》に在り、豈に旨に逆ふこと有らんや。然りと雖も、夢常《ゆめつね》に結ばず、眠久《ねむりひさし》く覚《さめ》んと欲っす。魂は故郷《くに》に浮びて、涙は新房《あたらしきへや》を浸《うるほ》せり。願《ねがは》くは吾暫《われしばら》く旧里《ふるさと》に帰り、即ち又仙室《ひじりのへや》に来《こ》んと欲《おも》ふ」といひき。神女《かむをとめ》宜しく然《しか》るべしとて、玉匣《たまくしげ》を与へ送りて、嚢《つつ》むに五綵《いついろ》「の錦繍《にしきぬひとり》」を以てし、緘《むすぶ》に万端《よろづ》の金玉《こがねのたま》を以てす。島子を誡《いまし》めて曰ひけらく、「若し再逢《ふたたびあふ》の期《ちぎり》に見《まみ》ゆるを欲っせば、玉匣の緘《むすび》を開く莫れ」といひき。

（『浦島子伝』）

「夫《おふと》」たる浦島の「魂」が「故郷」「旧里」を切望していることを知った「婦《よめ》」たる乙姫は、「再逢《ふたたびあふ》の期《ちぎり》」を願うなら開けてはならないと「玉匣」を贈与した。

㉔忽ち故郷《くに》の澄江浦に至り、尋ねて七世《ななよ》の孫《まご》に値《あは》ず、求むるに只万歳《ときは》の松のみ茂れり。島子齢《よはひ》時に二八歳許《ばか》りなりき。堪へざるに至り、玉匣を披《ひら》き底《そこ》を見るに、紫煙《むらさきのけぶり》天《あめ》に昇り、其の賜《たまひもの》なし。

（『浦島子伝』）

だが、「故郷」には「七世の孫」さえおらず、衝撃を受けた浦島は「玉匣」を開く。『浦島子伝』では両親ではなく子孫に比重が置かれている相違はあるが、やはり浦島は「婦」のいる「仙宮」「仙室」と血族のいる「故郷」「旧里」とを対比し、現世を希求する。

左の『続浦島子伝記』も『浦島子伝』とほぼ同様である。

㉕「（前略）定めて知る、外《ほか》に仙宮《ひじりのみや》の遊宴《うたげ》を成すと雖も、而《しか》も内《うち》に旧郷《くに》を恋慕《したふこころ》を生《うみ》しことを。宜しく故郷《くに》に還り、旧里《ふるさと》を尋訪《たづ》ぬべし」といひき。

（『続浦島子伝記』）

「外」の「仙宮」と「内」の「旧郷」とは対照をなす。乙姫は「旧郷」への「恋慕」を察知して、「旧郷」「故郷」「旧里」への帰還を促す。「玉匣」の贈与の際には『浦島子伝』以上に長い訓戒を垂れている。だが、「仙洞」に対する「人事」「旧郷」への「恋慕」「悲哀」「悲恋」から「玉匣」は開かれる。それが引用㉖である。

㉖是に島子、仙洞《ひじりのほら》の裏《うち》に遊覧《あそびみる》の間《あひだ》に、時代遥謝《ときよはるかにさ》り、人事沿革《よのさまうつりかはり》しを知りて、旧郷《くに》の遷変《かはれ》るを悲歎《かなしみなげ》き、仙遊《ひじりのあそび》の未だ央《なかば》ならざるを想像《おもひ》、恋慕《こひしたふ》の情《こころ》、胸臆《むね》に舂《つ》くに似て、悲哀《かなしみ》の志《おもひ》、心府《こころ》を割《さ》くが如し。悲恋《かなしみしたふ》に堪へずして、忽に玉匣を開けり。

（『続浦島子伝記』）

四つの浦島伝説では、二世界の狭間で逡巡する浦島が確認できる。玉手箱は愛執のバロメーターだ。妻のいる異界再訪を前提に贈与された玉手箱だが、親のいる現世への思慕に押し流されて浦島は禁を破る。『丹後国風土記逸文』では乙姫への思慕が直接の契機となるものの、それとて希求していた現世の喪失への衝撃が引き金となっており、肉親への思慕は通底している。浦島は引き裂かれた愛執に苦しむ。

だが、「夕霧」巻は違う。「玉の箱」と共にある一条御息所は、落葉の宮にとって母であり妻でもあるという、両者を包括した完全なる愛執の対象だ。しかも、複数の玉手箱は執拗に叙述され、妻に擬された母への愛執の増幅に置換されている。

どれほど熱意をこめて求婚しようとも、夕霧は場違いな恋の闖入者としての役割を担うだけだ。母であり妻に相当する一条御息所にはどうあってもかなわない。後に強引に結婚にまで漕ぎつけたとはいえ、この結婚はすれ違いに終わる。この箇所に挿入された浦島伝説は、夕霧の結婚の本質的な不成立を意味する。

おわりに

『源氏物語』で浦島伝説が端的に示されているのは、一条御息所の「形見」の「玉の箱」を携えて一条宮に戻った落葉の宮へ対する「浦島の子が心地」という語り手の評言である。表層的には、母と暮らしていた「古里」たる一条宮への変質への衝撃をあらわしている。

ただし、独詠歌に詠みこまれた「玉の箱」が示唆する愛執を通じると、落葉の宮にとって、一条御息所とは母であり妻でもあるという、完全なる愛執の対象と分かる。「夕霧」巻で増殖する玉手箱は、落葉の宮の愛執の対象たる一条御息所の存在感を増幅させ、落葉の宮の気持ちに夕霧の熱意が届かない背景をも映し出す。

本稿は、落葉の宮の独詠歌に詠みこまれ、語り手の「浦島の子」を引き出した「玉の箱」に着目したうえで、乙姫に相当する亡母・一条御息所、浦島に相当する落葉の宮という物語構造を分析し、母娘の疑似夫婦的関係を導きだした。そして、夕霧と落葉の宮とが強引に結ばれる直前に浦島伝説が挿入されている背景を読み解き、親子／夫婦関係を超越した一条御息所と落葉の宮との完全なる関係性への仮説を提示した。

注

（1）新編日本古典文学全集『源氏物語』（小学館）頭注。

（2）新編日本古典文学全集『源氏物語』（小学館）頭注など。

（3）新潮日本古典集成（新潮社）脚注、新日本古典文学大系（岩波書店）頭注など。

（4）林晃平『浦島伝説の研究』（おうふう、二〇〇一年）。浦島研究のスタンダードのひとりである三浦佑之も、漢文もしくは万葉仮名表記をとる浦島伝説（三浦論文は「伝説」ではなく「伝承」とする）が仮名表記としても浸透してきたとして、林論文を支持する。三浦佑之「書評　林晃平『浦島伝説の研究』」（日本口承文藝學會編『口承文藝研究』第二五号、二〇〇二年三月）。

（5）増尾伸一郎は、『源氏物語』の浦島伝説関連の用例を検討し、引用関係を分析する。増尾伸一郎「〈浦島の子が心地なん〉考――『源氏物語』における虚構の真実をめぐって――」(日本文学協会編『日本文学』五七巻五号、二〇〇八年五月)。
(6)林晃平は、当初「玉匣」との表記の玉手箱は、歌語となり、近世前期に今日の意味を含むことばとして成立したと分析する。林晃平「玉匣の行方――浦島伝説と玉手箱をめぐる和歌とその周辺――」(『苫小牧駒澤大学紀要』第一九号、二〇〇八年一二月)。
(7)新編日本古典文学全集『源氏物語』(小学館)頭注。
(8)新編日本古典文学全集『源氏物語』(小学館)頭注。
(9)日本古典文学大系『風土記』(岩波書店)頭注、植垣節也担当「水江の浦の嶼子」(上代文献を読む会/代表 井村哲夫編『風土記逸文注釈』翰林書房、二〇〇一年)など。
(10)日本古典文学全集『古事記 上代歌謡』(小学館)頭注。
(11)浅見徹『玉手箱と打出の小槌――昔話の古層をさぐる――』(中公新書、一九八三年)。後に、浅見徹『改稿 玉手箱と打出の小槌』(和泉選書、二〇〇六年)。
(12)三浦佑之『浦島太郎の文学史――恋愛小説の発生――』(五柳書院、一九八九年)。
(13)今井源衛担当「漢籍・史書・仏典引用一覧」(新編日本古典文学全集『源氏物語』小学館)。

＊『源氏物語』本文は新編日本古典文学全集(小学館)、『丹後国風土記逸文』本文は日本古典文学大系(岩波書店)、『万葉集』本文は鶴久、森山隆編『萬葉集』(おうふう、一九七二年初版)、『浦島子伝』『続浦島子伝記』本文は重松明久『浦島子伝』(現代思潮社、一九八一年初版)、用例は池田亀鑑『源氏物語大成』(中央公論社、一九八五年)による。

＊本論文は、日本学術振興会科学研究費基盤研究(C)「17K02438 舞鶴市糸井文庫蔵浦島伝説関連資料の基礎的研究」の助成を受けたことを記し、深甚の謝意を表する。

暗転する「今日」
―紫の上に関わる時間表現の一手法―

堀江マサ子

はじめに

浮舟物語の「今日」について、一つの場面に多くの人々の「今日」がせめぎ合って描かれ、人々のそれぞれの時間が交差され、関係性の網目の中に浮舟は置かれると、分析した。(1)「今日」の重なりは、複数の人々の異なる立場や思惑を重ね合わせ、浮舟の「今日」の困惑や混乱が人間の関係性の中で展開することを示している。さらに、物の怪に苦しむ女一の宮のいる京と浮舟の身を寄せる小野の二つの空間を同時の「今日」として語り、浮舟に死と再生の物語が同時にあったと蜻蛉巻と手習巻の冒頭部に「今日」を置いて繋ぎ、ダイナミックに物語を構築する。つまり、浮舟の物語には、「今日」という表現が一つの方法として機能しているのである。(2)

それ以前の物語においては、そのような機能は見られなかったであろうか。『源氏物語』における「今日」は『源氏物語大成』によると二四四例あり、紫の上関係に二八例見られる。しかもそれらの用例は、重要な場面に使われているのである。本稿では紫の上に関わる「今日」という表現を考察したい。

一　幻巻の暗転する「今日」

幻巻は、光源氏が紫の上の死を一年間に亘って哀悼する巻であるが、その時間について小町谷照彦は「それは光源氏の出家を準備するための時間の確保という意味合いもあった」[3]とし、「物語は夏から冬にかけて、月次の屏風歌のように一月毎に一段一首を費やして、季節の風物の目盛りに従って展開する。確かに各段は形式的には時の順序に適った位置づけをされているようである。しかし、それらは内的連繫なく切断されていて、全くその流動をせき止められてしまっているのである。ただ存在するのは山積みされた歌のスクラップである。光源氏の独詠、これは光源氏の号泣であろう」[4]と、指摘する。

それを受けて鈴木宏子は、幻巻の詠歌について、春歌のテーマは「宿」であり、夏以降には「今日」が多く詠まれると分析した上で、「幻巻の夏以降の時間は、夏が過ぎて秋風が吹き、霜が降りて、草木が色づき、時雨が降って、やがて一面の冬枯れの野になるといったなだらかな自然の推移ではなく、非連続的な一日一日の集積として把握されている。そして、夏以降の歌に見られる「今日」の連続は、そのような時間の進行を強調し、光源氏の最後の日々を刻んでいくものである」[5]と、指摘する。

鈴木宏子の幻巻の「今日」が「光源氏の最後の日々を刻んでいくもの」という指摘は、確かにそのとおりであるが、「非連続的な一日一日の集積」は、その解釈に留まるであろうか、幻巻の「今日」が刻んでいく時間をもう少し詳細に検討したい。

幻巻の「今日」は、特に屏風歌のように詠まれる歌に、四月は更衣と葵祭、八月は紫の上の正日、十一月は豊明の節会、十二月は仏名、そして歳暮の「今日」として表現される。
幻巻の「今日」という表現を、一覧としてあげると、次のようになる。
①夏の御方より、御更衣の御装束奉りたまふとて、
　夏衣たちかへてける今日ばかり古き思ひもすすみやはせぬ
御返し、
　羽衣のうすきにかはる今日よりはうつせみの世ぞいとど悲しき　（幻④五三七頁）
②祭の日、いとつれづれにて、「今日は物見るとて、人々心地よげならむかし」とて、御社のありさまなど思しやる。「女房などいかにさうざうしからむ。里に忍びて出でて見よかし」などのたまふ。
中将の君の東面にうたた寝したるを（略）葵をかたはらに置きたりけるをとりたまひて、「いかにとかや、この名こそ忘れにけれ」とのたまへば、
　さもこそはよるべの水に水草ゐめ今日のかざしよ名さへ忘るる　（幻④五三七、五三八頁）
③御正日には、上下の人々みな斎して、かの曼荼羅など今日ぞ供養ぜさせたまふ。例の宵の御行ひに、御手水まゐらする中将の君の扇に、
　君恋ふる涙は際もなきものを今日をば何の果てといふらん　（幻④五四四頁）
④宮人は豊の明にいそぐ今日ひかげも知らで暮らしつるかな　（幻④五四六頁）
⑤春までの命も知らず雪のうちに色づく梅を今日かざしてん　（幻④五四九頁）
⑥もの思ふと過ぐる月日も知らぬ間に年もわが世も今日や尽きぬる　（幻④五五〇頁）
①の「今日」は、衣更えの「今日」である。花散里は源氏に紫の上への愛着を四月になる衣更えの「今日」は

断って、新たな気持ちの「今日」になるよう呼びかける。衣更えの「今日」は、連続していく時間ではなく、その日を境として衣が更わることによって、軽い夏の衣に更えることは重苦しいこれまでの源氏の気持ちが明るくなるはずと、花散里は詠みかけたのであった。[6] それに対して、源氏は「今日よりはうつせみの世ぞいとど悲しき」と、紫の上への思いがいよいよ増していき、蘇ってくる「今日」を返歌する。更衣によって周りは軽く明るくなっているのに、そういう外側の気持ちについて行けない源氏である。衣更えで気分が一新するはずの「今日」が、かえって光源氏の紫の上との過去の時間を蘇らせる。同じ箇所に二度使われる「今日」が、源氏と花散里の食い違う「今日」の立ち上げとなっている。[7]

②では、紫の上に仕えていた女房中将の君によって、葵祭の「今日」が喚起される。葵を媒介にして「今日」は「逢う日」という男と女が逢う習俗があるが、それすら忘れてしまったのであろうかと、源氏は中将の君に問いかける。かつては祭りを生きようと躍動するその中心にいた源氏であったが、ここでは祭りを取り込んで生きていく気力がなくなっており、華やかな心浮き立つ葵祭の「今日」についていけない源氏である。その内面が、「今日」という時間を示すことでくっきりと印象づけられる。

③は同じように、紫の上の亡くなった忌日である八月正日にも、中将の君は紫の上の一周忌の喪が明ける「今日」は特別な日であるはずだが、「何の果て」というのであろうと、そんなものではどうにもならない「今日」を歌に詠む。源氏は「人恋ふるわが身も末になりゆけど残り多かる涙なりけり」（幻④五四四頁）と、それに書き添える。この歌には喪の果てとなる区切り目の意識はなくて、涙があるばかりで区切りが付かない「今日」が詠まれるのである。

④の十一月の源氏の歌には、「宮人は豊の明にいそぐ今日」と宮人は新嘗祭の豊明の宮中行事に馳せ参じている、

その同じ「今日」に、「ひかげ」、日の光も関係のない世界に身を置いて一日を暮らした源氏の心が表現される。この場面について三田村雅子が「「にぎやかに「ひかげの蔓」を付けて祭りに急ぐ官人たちと、「日の光」さえ射さない自己の内面の暗さを対照的に取りあげている」と指摘するように、(8)豊明の宮中行事と関係のない世界にいる孤独な光源氏の心象が、「今日」という暗転した時間で詠まれる。

⑤の十二月の仏名には、光源氏が導師に詠みかける。咲き始めた梅をかざそうとするこの歌には、「命も知らず」と「今日」が手応えなく過ぎていくことが詠み込まれる。しかし、ここで源氏は新たな蘇りとして梅をかざそうとする。春までの命は分からないのだが、その悲しみの中で悲しみは悲しみとして梅をかざし生きていこうとする光源氏の「今日」が語られる。

⑥の歳暮には、自分の「もの思ふ月日」、すべてのものを受け入れて紫の上を思う日々が終わっていく「今日」が詠まれる。物思いの中で月日の運行を知らずにいた源氏が、その月日が終わっていく歳暮の「今日」に、「年もわが世も」尽きてしまうと詠む。紫の上のことが断片的に蘇ってきて、そのものに向き合うことができなかったこれまでの「今日」とは異なって、歳暮の「今日」は、喪の仕事をやり遂げた最後の「今日」でもあったのだ。光源氏の歌「仏名の雪の中で新たに咲いている梅を、源氏の蘇りと同じものとして、「今日」の気力をふり集めて、最後の生命力のかざしとしてかざそう」や、「歳暮の「今日」に年もわが命も尽きてしまうのか」について、柳井滋が「無常は、この「けふ」に凝縮しているのであろう」(9)と、指摘するように、源氏の心は「今日」に凝縮されている。仏名や歳暮の「今日」は、意識を「今日」に凝縮させ、月日の運行に伴う行事に馴染めない、尽きてしまう最後の「今日」が集まっている光源氏のどん詰まりの「今日」である。そこには新たな「今日」、これからたとえ出家しても生きていくのだという「今日」が詠み込まれる。

幻巻の紫の上の喪に服する光源氏の一年間の「今日」を検討してきた。「今日」という日で思い出されたさまざまなイメージが消化され、一年が繰り返されることで重要なものが源氏には見えてきたのである。紫の上との「今日」の心の層があって、それらを一年に亘って反芻してきた光源氏が、「今日」を受け入れていくことがやっとできた、「今日」とつきあうことで決断がついて、出家や死を受け入れたと、語られる。幻巻の「今日」は、鈴木宏子の指摘する「非連続的な一日一日の集積」としての「今日」のように見えながら、実はそれに留まるものではなかった。一見非連続的に見えながらも、季節毎の「今日」に、紫の上とかつて過ごしたさまざまな「今日」が重ねられ、そこから源氏の喪に服する「今日」が終焉を迎えていく一連の「今日」であった。

紫の上亡き後の光源氏の「今日」は、それぞれの月日の運行を辿りつつも、そういう世界から遠く離れた、格別の日が格別の日とはならない暗転した喪に服した時間としてあったのである。同じ時間が、年中行事の記念すべき時間とその意味をなさない光源氏の「今日」として描き分けられる。幻巻の「今日」は、紫の上の死を受け入れるのにかかった積み重ねの一年であったのである。その「今日」は、仏名や歳暮で大きく転換することが予測される。

二　紫の上登場と葵祭の「今日」

幻巻は光源氏が紫の上の死を受け入れるのにかかった「今日」という時間の積み重ねであったが、紫の上の登場は、源氏が一八歳の春、北山で発見する偶然の「今日」に象られる。垣間見は、「こなたはあらはにやはべらむ。今日しも端におはしましけるかな」（若紫①二〇八頁）で始まり、垣間見から二条院入りを余儀なくされる紫の上登場の場面には、「今日」が集中して語られる。

垣間見た若紫を源氏は、「ここにものしたまふは誰にか。尋ねきこえまほしき夢を見たまへしかな。今日なむ思ひあはせつる」（若紫①二一二頁）と、夢を思い合わせた「今日」として所望する。次に「今日」が語られるのは、源氏からの便りに応える少納言の乳母の「訪はせたまへるは、今日をも過ぐしがたげなるさまにて、山寺にまかり渡るほど」（若紫①二三九頁）の尼君の重篤の「今日」である。やがて尼君は山寺で亡くなってしまう。祖母を亡くした若紫は、父の兵部卿宮に引き取られることになる。その引き取りの日が、「今日」と表現される。

父の兵部卿宮の「かしこには、今日しも宮渡りたまへり」（若紫①二四七頁）、「今日も宮渡らせたまひて」（若紫①二五〇頁）と、若紫を引き取ろうとする「今日」という情報に触発されて、それをひき抜いて光源氏は行動を起こす。実はその日、源氏は葵の上を訪ねているのである。せっかく訪ねたのであるがそこで冷たくされ、若紫の邸を訪れたのであった。不満だった夫婦関係の間隙が、若紫引き取りを促したのである。若紫の二条院入りの緊迫感を、浮舟の場合と同じように「今日」という表現の重なりによって表し、紫の上と関わる物語の発端が形成される。父宮の若紫引き取りの「今日」に触発された、若紫を二条院へ迎える光源氏の衝動的ともいえる行動を起こした「今日」である。その「今日」は、少納言の乳母の「今日はいと便なくなむはべるべき。宮の渡らせたまはんには、いかさまにか聞こえやらん」（若紫①二五四頁）と慌てながらも二条院入りをする戸惑う「今日」となる。偶然が偶然の行為を促し、光源氏、尼君、父の兵部卿宮、少納言の乳母のそれぞれの「今日」が輻輳して語られ、若紫の「今日」を象っていく。

紫の上は、「今日」という時間を刻んで登場し、光源氏に育てられていく。引き取られた歳も明け、元旦には、「今日よりは、おとなしくなりたまへりや」（紅葉賀①三二〇頁）、「今日は言忌して、な泣いたまひそ」（紅葉賀①三二一頁）と、光源氏の言葉によって若紫の新しい「今日」が始まるのである。正月が明けると祖母尼君の喪が明けるので、周囲の期待は若紫の結婚に集まっており、周囲の「今日」のせめぎ合いの中に若紫は置かれる。そういう情況にある若紫のいる二条院へ光源氏が行く場面に、「今日」が語られる。

今日は、二条院に離れおはして、祭見に出でたまふ。西の対に渡りたまひて、惟光に車のこと仰せたり。「女房、出でたつや」とのたまひて、姫君のいとうつくしげにつくろひたてておはするをうち笑みて見たてまつりたまふ。「君は、いざたまへ。もろともに見むよ」とて、御髪の常よりもきよらに見ゆるをかき撫でたまひて、「久しう削ぎたまはざめるを、今日はよき日ならむかし」とて、暦の博士召して時刻問はせなどしたまふほどに、「まづ、女房、出でね」とて、童の姿どものをかしげなるを御覧ず。いとらうたげなる髪どもの末はなやかに削ぎわたして、浮紋の表袴にかかれるほどけざやかに見ゆ。（葵②二七頁）

実は源氏は、葵祭の車争いの後、六条御息所と葵の上の争いの中にいたのであるが、その騒動から逃れて二条院へ行ったのである。

葵祭の斎院の御禊の日に、若い女房たちが「（略）おほよそ人だに、今日の物見には、大将殿をこそは、あやしき山がつさへ見たてまつらんとすなれ。遠き国々より妻子をひき具しつつも参で来なるを、御覧ぜぬはいとあまりもはべるかな」（葵②二一、二二頁）と言うのを、大宮が聞いて祭見物を勧めて、「今日」の斎院の御禊の行列を葵の上は見に出かけたのであった。そこで思いもかけない六条御息所との車争いとなる。この事件を境として六条御息所と葵の上の争いが先鋭化する。その争いから逃れて「今日は、二条院に離れおはして、祭見に出でたまふ」と、源氏と紫の上の「今日」の場面が展開する。源氏の周辺では、二人の女君の争いが続いており、その日々の連続の中で「今日は」源氏はそれを逃れて二条院へ行ったと、ある。そこで源氏は若紫の髪を、「今日はよき日ならむかし」と、定めて自身で切ってやる。原岡文子は、髪を切りそろえる源氏の行為について、「天真爛漫な童女ぶりを発揮してやまない紫の上の髪の「もじゃもじゃ」を、ほかならぬ源氏その人の手で削ぎ整えることで、無心の童女が結婚という性をめぐる秩序の中に組みこまれていく過程が鮮やかに照らし出される」[10]と、指摘するが、この行為は、若紫の髪上げの儀式とも言えよう。髪を切りそろえた若紫と同車して二人は葵祭を見に行き、「今日うち乱れて歩きたまふかし」（葵②三〇頁）と、その「今日」が祭を見物している女たちの心を悩ますことになる。

その裏側では、六条御息所が無意識に生霊となって葵の上のもとへ行くことになる壮絶な争いが準備されている。葵祭という時間に、一方では若紫と源氏の同車しての「今日」が語られ、他方では壮絶な女君たちの争いが語られる。紫の上の「今日」は、葵の上、六条御息所の三人三つ巴の「今日」であり、二人の女の怨念を引き受けた「今日」となっている。男と女が逢う葵祭の「今日」に、人々の「今日」が重ねられていく。

やがて二人は新枕をかわすが、その日の昼には、「なやましげにしたまふらむはいかなる御心地ぞ。今日は碁も打たでさうざうしや」（葵②七一頁）との源氏から紫の上の「今日」が窺われ、夜には「この餅、かう数々にところせきさまにはあらで、明日の暮に参らせよ。今日はいまいましき日なりけり」（葵②七二頁）と、三日夜餅の用意は「今日」ではなく明日であると語られ、源氏の妻としての紫の上の「今日」が始まる。紫の上の結婚は当時の習俗の通い婚ではなく、二人の仲は紫の上が引き取られてから仲がよい継続があって、その関係の持続の中で行われた。外から見ると同じ日が続いているように見えるが、区切り目として、紫の上の「今日」が浮上している。このように、紫の上の「今日」が、垣間見、髪上げ、新枕、結婚の成立と、その通過点に源氏側から語られる。

源氏と紫の上の結婚へ至る過程の裏側では、六条御息所と葵の上の女君の暗澹たる争いがあり、しかもそれが葵祭という祝祭の時間の「今日」に集中して語られる。偶然の「今日」の重なりで始まり、「今日」という時を刻んで源氏の妻となった紫の上の「今日」が、他の源氏に関わる女君たちの「今日」をさておいて始まったのである。

三　紫の上の死が噂される葵祭の「今日」

こうして始まった紫の上の「今日」は、自身から主張されることもなく、自然に源氏から規定されたものであった。それは源氏の視点から語られる「今日」でもあった。

女三の宮降嫁の後、宮と対面しようとして、そのことを源氏に伝えた後の紫の上は、「去年より今年はまさり、昨日より今日はめづらしく、常に目馴れぬさまのしたまへる」（若菜上④八九頁）と、その美しさが女三の宮、女御の君と見比べられる。女三の宮降嫁という苦境の日々の変化の中で、その変化に対応しつつさらに崇高な美を保持する紫の上の「今日」が、源氏から捉えられる。

そして紫の上の死んだという噂は、京中の噂になるほど注目される「今日」となるのであった。葵祭の日に若紫が光源氏と同車して祭見物に行き、京の人々の噂にのぼったのと同様、「生けるかひありつる幸ひ人の光うしなふ日」（若菜下④二三八頁）として噂される紫の上の死は、葵祭の「今日のかへさ」見物の人々の噂にのぼる。

> かく、亡せたまひにけりといふこと世の中に満ちて、御とぶらひに聞こえたまふ人々あるをいとゆゆしく思す。今日のかへさ見に出でたまひける上達部など、帰りたまふ道に、かく人の申せば、「いといみじきことにもあるかな。生けるかひありつる幸ひ人の光うしなふ日にて、雨はそぼ降るなりけり」と、うちつけ言したまふ人もあり。　（若菜下④二三八頁）

その日が、「「（略）かかる人のいとど世にながらへて、世の楽しびを尽くさば、かたはらの人苦しからん。今こそ、二品の宮は、もとの御おぼえあらはれたまはめ。いとほしげにおされたりつる御おぼえを」など、うちささめきけり」（若菜下④二三八頁）と、女三の宮への世間の人々の期待や注目が集まっている中で、噂それ自体が京の人々にささやかれる。

実は、二条院で紫の上が死に至る裏側で、それが噂となる前々日、つまり、葵祭の御禊の日の前日、源氏の不在に乗じて、小侍従の手引きで柏木は女三の宮と逢うことができた。女三の宮は六条院で源氏に規定されない「今日」を生き、源氏から放ったらかしにされている日々の中にいた。二条院での紫の上の死という重大事の裏側で、六条院では柏木と女三の宮の密通が葵祭前夜の祝祭への準備の時間の中でなされたのであった。紫の上の「今日」は、「かかる人のいとど世にながらへて、世の楽しびを尽くさば、かたはらの人苦しからん」とささやかれ、女三の宮を物語に位置づける「今日」となる。「今日のかへさ」見物の人の噂には、紫の上から人々の関心が女三の宮へ移っていく「今日」の役目もあったのだ。見物の人の中に「衛門督、昨日、いと暮らしがたかりしを思ひて、今日は、御弟ども、左大弁、藤宰相など奥の方に乗せて見たまひけり」（若菜下④二三八頁）と、柏木も「今日」はいたのである。「昨日」は女三の宮との逢瀬の後で、柏木は「いと暮らしがたかりし」と思ってふさぎ込んでいた。たまたま「今日」は弟たちと「かへさ」見物に出た。そこで紫の上の死の噂、そしてその死が直接影響を及ぼす女三の宮のことを柏木は聴く。紫の上の死と柏木と女三の宮の密通の「今日」が、輻輳化して語られる。紫の上は登場の時もその死の噂も、「今日」のこととして語られる。

四　紫の上が自覚した「今日」

それでは、紫の上自身の「今日」は、どうなるのであろうか。自身の「今日」が語られるのは、彼女の発願の法華経千部の供養の法会の日のみである。蘇生した紫の上は、三月十日、彼女の発願の法華経千部の供養の法会を二条院で行う。この法会は、紫の上のこれまで源氏と共に企画しすすめてきた催しとは異なって、独自の発案によるものであった。

昨日、例ならず起きゐたまへりしなごりにや、いと苦しうて臥したまへり。年ごろかかる物のをりごとに、参り集ひ遊びたまふ人々の御容貌ありさまの、おのがじし才ども、琴笛の音をも、今日や見聞きたまふべきとぢめなるらむ、とのみ思さるれば、さしも目とまるまじき人の顔どもも、あはれに見えわたされたまふ。まして、夏冬の時につけたる遊び戯れにも、なまいどましき下の心はおのづから立ちまじりもすらめど、さすがに情をかはしたまふ方々は、誰も久しくとまるべき世にはあらざなれど、まづ我独り行く方知らずなりなむを思しつづくる、いみじうあはれなり。（御法④四九八頁）

この供養について、原岡文子は「年来の「私の御願」で書かせた膨大な「法華経千部」のそれであり、「わが御殿」二条院で、光源氏には「くはしき事どもも知らせ」ぬままに、自らの差配で「いたり深く」執り行われた」[11]と、指摘する。続いて、鈴虫巻の女三の宮の仏事が、源氏や紫の上の助力で初めて行うことができたことと対比して、「紫の上の法華経千部供養は、これと対比的にその人の主体性といったものが、いかにも力強く浮かび上がる仕組みを持つと言える」[12]と、指摘する。このような紫の上が主体的に行った供養の日が、紫の上の「今日」の実感として捉えられる。法華経千部供養は紫の上が行ったものであるが、それに協力したのは明石中宮や東宮、夕霧、源氏の他の女君たちなどの多くの人々であったはずだ。それらの人々の名前を聞き、集まっている人々を見て、源氏の力を借りずに人々を集約できた「今日」が、紫の上には認識できたのであろう。自身の発願の法会で初めて紫の上は周囲のことを「今日や見聞きたまふべきとぢめなるらむ、とのみ思さるれば」と、こうした催しに出ることができる最後の日になるであろう「今日」を思う。そして、源氏の他の女君と平静を装いながらも挑み合った過去へと遡り、「まづ我独り行く方知らずなりなむ」と自分が亡くなる未来を思う。自分の死期が間近いことを思った時の「今日」が、紫の上自身の「とぢめ」の「今日」と確認される。この自覚があったのは、「死」という源氏との生活から抜け出る予感の中で、紫の上の「とぢめ」として認識された「今日」のことであった。同じように、六条院の冬の町に住む明石君の「今日」も注目すべきものであるが、ここでは触れない。[13]

源氏との「今日」を生きた紫の上が、いよいよその死期が迫った中で、明石中宮、源氏と三人で歌を唱和することになるが、明石中宮が紫の上を見舞い、共に前栽を見ていた時、源氏が渡ってくる。

風すごく吹き出でたる夕暮に、前栽見たまふとて、脇息によりゐたまへるを、院渡りて見たてまつりたまひて、「今日は、いとよく起きゐたまふめるは。この御前にては、こよなく御心もはればれしげなめりかし」と聞こえたまふ。（御法④五〇四頁）

紫の上の「今日」が、養女明石中宮といる時は、生き返っているとの軽い揶揄を交えた指摘を源氏から受ける。この「今日」は、養女明石中宮の見舞いによって蘇ったことを、源氏の目から捉えた紫の上の「今日」であった。しかし、法華経千部供養の日を「とぢめ」の「今日」と認識した紫の上は、その「今日」に反応を示さない。光源氏から規定されていた紫の上の「今日」は、自分で発願した法華経千部供養の法会の日に、初めて自身の「今日」となったのである。しかし、その「今日」はこの世と訣別する「今日」であったのだ。「今日」が、紫の上の場合は死の方向へ向かう時間として語られる。光源氏の視点から語られていた紫の上の「今日」が、法華経千部供養の日の紫の上自身の視点から語られる「今日」となった時、暗転する。

おわりに

紫の上に関わる「今日」は、登場から死の噂に至るまで、その節目毎に「今日」という日を刻んで描かれる。そして、その「今日」には、多くの人々の「今日」が重ねられる。この方法は、紫の上が初めて京の人々の噂に上る葵祭の「今日」が、六条御息所と葵の上の車争いの余波の「今日」と重ねられ、さらに紫の上の死の噂が流れる場面にも適応される。「今日」という表現が、噂としての紫の上とそれを聴く柏木側から語られ、紫の上の死に行く二条院と女三の宮の密通を余儀なくされた六条院の二つの空間を同時のこととして結んでいる。この方法は、「今日」が輻輳化し、二つの空間を同時のこととして結ぶ浮舟物語の「今日」という特徴的表現の前史として位置づけられよう。

登場の時から「今日」という日を刻んで語られていった紫の上が、亡くなってしまう。その死は余りにも重く、光源氏には受け入れられないものであった。紫の上の死後源氏が紫の上の死を受け入れていった期間が、幻巻の紫の上の喪に服する一年であったのだ。源氏は紫の上を葬った後の「今日」とつきあうことで決断がついて、出家や死を受け入れた。その期間は光源氏にとっては紫の上の喪から抜け出るためになくてはならない「今日」の連続であった。浮舟物語の「今日」の前に、紫の上の「今日」が大事であったことを確認することができる。

さて、紫の上自身の「今日」は、死期が迫る中で自身が発願した法華経千部供養の法会において、初めて認識される。その認識は、「今日」を生きることを自覚するというよりは、自分の死を自覚してしまうものであり、負の方向性を伴ったものである。荘厳な供養の日の「今日」が、紫の上の「とぢめ」であったのだ。人生の節目毎に光源氏の視線から捉えられていた紫の上の「今日」が、自身からの認識に変わった時、暗転した世界となっていたともいえよう。

浮舟物語のダイナミックな「今日」という表現の前に、紫の上に関わる「今日」が意義あるものとして語られているのである。

注

（1）堀江マサ子「せめぎ合う浮舟の「今日」」『源氏物語の「今」』翰林書房、二〇一五年。

（2）注（1）に同じ。

（3）小町谷照彦「紫の上追悼歌群の構造—時間表現をめぐって—」『源氏物語鑑賞と基礎知識』No.19「御法・幻」、至文堂、二〇〇一年。

（4）小町谷照彦「「幻」の方法についての試論——和歌による作品論へのアプローチ」『源氏物語の歌ことば表現』東京大学出版会、一九八四年、二二〇頁。

（5）鈴木宏子「幻巻の時間と和歌—想起される過去・日々を刻む歌」『王朝和歌の想像力—古今集と源氏物語』笠間書院、二〇一二年、四四四頁。

（6）「『源氏物語』の〈衣更え〉」（『国文』一二四号、お茶の水女子大学国語国文学会、二〇一五年一二月）で、太田彩香は、「〈衣更え〉は衣を替えるばかりでなく、空間全体を替えることである。そうであるからこそ、人々の雰囲気が一新されると共に心も一新される」と指摘する。

（7）注（1）に同じ。

（8）三田村雅子「「知らず顔」の自然」『源氏物語——物語空間を読む』筑摩書房、一九九七年、二一八頁。

（9）柳井滋「御法・幻巻の主題」『源氏物語研究集成第一巻源氏物語の主題下』風間書房、一九九九年、一一六頁。

（10）原岡文子「紫の上の登場――少女の身体を担って――」『源氏物語の人物と表現――その両義的展開』翰林書房、二〇〇三年、二三三頁。
（11）原岡文子「紫の上の祈りをめぐって」注（10）書、二七一頁。
（12）注（11）に同じ、二七一、二七二頁。
（13）例えば明石君は、六条院にそれぞれの女君たちが住まうようになった正月、「年月をまつにひかれて経る人にけふ鶯の初音きかせよ音せぬ里の」（初音③一四六頁）と、同じ六条院の冬と春の町に住みながら四年以上も会っていない姫君の声を聴きたい哀切な心を歌として、「けふ鶯の初音きかせよ」との便りを、姫君にした。明石君の「今日」は、「初子（の日）」にかけた姫君の「初音」を聞きたいという強いメッセージが織り込まれており、自身の「今日」を、姫君の母という立場から、機を逃さずに主張する「今日」であった。

＊「源氏物語」本文の引用は、新編日本古典文学全集『源氏物語』①〜⑥（小学館）により、巻名および頁数を付記した。

『源氏物語』と「長恨歌」――正編から続編へ――

長瀬由美

はじめに

中国唐代の詩人と言うと、現代の我々はまず李白や杜甫を思い浮かべるかもしれない。しかしおよそ千年前、東アジアで大流行し第一級の詩人と認識されていたのは、他ならぬ白居易だった。平安朝の人々もまた白居易の詩文をおおいに愛好し、なかでも玄宗皇帝と楊貴妃の悲恋を題材にした「長恨歌」はひろく親しまれた。楊貴妃を溺愛して国政を顧みず安史の乱を招いた玄宗が、臣下に迫られ余儀なく貴妃を殺させたことは有名だが、「長恨歌」ではその楊貴妃死後、物語を超現実世界（＝仙界）に展開させて、すぐれて抒情的な詩歌となっている。すなわち「長恨歌」では、まず楊家の娘（楊貴妃）の入内と寵愛の日々、乱の勃発と寵妃の死・皇帝の追想と悔恨が詠われてのち、皇帝が道士に命じて亡き人の魂を捜させること、その人は仙界で仙女として暮らしており、道士に形見の品を渡して比翼連理の誓いを回想することへと展開するのである。「長恨歌」の要は、有名な最終の詩句「天に在《あ》らば願はくは比翼の鳥作《た》らむ　地に在らば願はくは連理の枝為《た》らむ　天長く地久しき時に尽くること有れども　此の恨み綿綿として絶ゆる期無《な》けむ[1]——天上にあっては翼を並べて飛ぶ鳥となり、地上にあっては連理の枝となろう（とかつて二人は誓いあったのに）。天地は悠久とはいうものの、いつかは消滅する時が来ようが、しかしこの別れの恨みだけは、永遠に尽きることはないだろう」にある。比翼の鳥・連理の枝は古来相愛の男女の象徴だが、比翼の鳥・連理の枝となることなど現実には叶わず、愛する人と離れ離れとなってしまったこの別れの恨みは、たとえ悠久の天地が尽きようとも無限に尽きることがないのだと、失われた愛に対する長き恨みの主題を詠いあげて終わる。このように別れの傷みを抱えて生きる皇帝の「長恨」の姿を彫り上げること——男の立場から愛を詠いあげたこと——は、恋愛について詠うことが稀であった中国詩の世界において実に斬新な試みであり、この「長恨歌」結句は人口によく膾炙した。白居易は諷諭詩と呼ばれる、いわゆる社会批判の詩を多く作ったことで有名だが、実は中国詩史のうえで恋愛詩の道を切り拓いた人物でもあった。

白居易の作品は『源氏物語』作者にも絶大な影響を与えた。とりわけ「長恨歌」は桐壺巻を始めとして物語中に幾度も引かれていて、『源氏物語』の愛の主題を考えるうえで欠かすことのできない重要な鍵となっている。以下『源氏物語』がどのように「長恨歌」を受けとめているのか、まず正編について確認したうえで、続編世界の「長恨歌」引用について考えてみたい。

一　『源氏物語』と「長恨歌」

『源氏物語』の「長恨歌」引用を考察するにあたり、まず踏まえるべき重要な先行研究に丸山キヨ子「源氏物語と長恨歌[2]」がある。丸山氏は従来、ともすれば『源氏物語』と「長恨歌」の関連が桐壺巻一巻に限られて指摘され、その摂取のされ方が云々されて来たのに対して、「長恨歌」は桐壺巻にとどまらず、物語全般に繰り返し引用され、主題的に関与しているのだということを強調した。氏は論中、まず「長恨歌」引用箇所を綿密に調査し提示したうえで、「桐壺帝、光源氏、薫と物語の主要人物がそれぞれ最愛の人を失った悲しみの姿、思慕の姿」を描く場面において、とりわけ多く「長恨歌」引用がなされることを指摘する。『源氏物語』の中で、この三人の主要な男性人物によって区切られた世界は一つの主題、すなわち「失われた愛に対する歎き」という主題によって貫かれているると捉えることができ、そしてこの主題の反復展開される盛上りの頂点に、物語作者は「長恨歌」をはっきりと分かるかたちで引用する。「長恨歌」の主題はまさに悲劇に終わった愛情、失われた愛に対する「長恨」にあったわけだが、『源氏物語』作者は「長恨歌」をその主題的・本質的な意味で確かに受けとめているのであって、物語世界の「失われた愛に対する歎き」という主題を具象化し盛り上げてゆくために、「長恨歌」を援用し活かしているのだというのが氏の論である(3)。

正編世界、桐壺帝と光源氏に関する「長恨歌」引用について稿者は既に論じたことがあるが(4)、本稿ではいま一度正編での「長恨歌」引用のありかたを確認し、そのうえで続編世界、薫の場合へと考察を進めていきたいと思う。

二の一　桐壺巻の桐壺帝と「長恨歌」

桐壺巻、桐壺帝は後宮のあるべき秩序に反して、女御たちに劣る身分の桐壺更衣を寵愛する。更衣はやがて一人の皇子を生み、はかなくこの世を去ってしまうが、その更衣亡きあと、彼女を偲ぶ帝の追慕の情を語る段に「長恨歌」の引用は顕著であった。

かの贈物御覧ぜさす。亡き人の住《す》み処《か》尋ね出でたりけんしるしの釵《かむざし》ならましかばと思ほすもいとかひなし。

たづねゆくまぼろしもがなつてにても魂《たま》のありかをそこと知るべく

…朝夕《あさゆう》の言《こと》くさに、翼《はね》をならべ、枝をかはさむと契らせたまひしに、かなはざりける命のほどぞ尽きせず恨めしき。（1桐壺①三十五）(5)

更衣の死後、彼女の里邸に使者靫負命婦《ゆげいのみょうぶ》を遣わせた帝は、命婦から形見の品を受け取る。帝はその形見の品を見つめつつ、これが「長恨歌」で亡き人の魂を捜し出したという証拠の釵《かんざし》であったならと思い、抑えがたい追慕の情を詠いあげる。「亡き人の魂を尋ねて行くという道士がほしいものよ、たとえ人伝であっても、彼女の魂は其処にあると知ることができるように」と。続く地の文では、二人もまた比翼の鳥・連理の枝となろうと朝夕に誓い合っていたが、所詮かなわぬ人の命のほどが尽きせず恨めしいことだと語られ、この段では、和歌にも地の文にも「長恨歌」の重要な詩句が重ねられて、桐壺帝の無限の恋慕の情が形象されている。「長恨歌」の主題が失われた愛に対する「長恨」であったがゆえに、『源氏物語』ではこのように、最愛の人を失った男の悲しみと思慕を描く場面において——丸山氏の指摘した如く、具体的には桐壺帝・光源氏・薫という主要人物がそれぞれ桐壺更衣・紫の上・大君を失ったその哀しみの姿を描くところを中心として——「長恨歌」は繰り返しそして印象的に引用されることになる。

ただし桐壺巻と「長恨歌」といえば、むしろ有名な冒頭の段がまず想起されるのではないだろうか。そしてそのことは、桐壺帝にかかわる「長恨歌」引用の特徴を解く鍵となってくる。

いづれの御時にか、女御、更衣あまたさぶらひたまひける中に、いとやむごとなき際にはあらぬが、すぐれて時めきたまふありけり。はじめより我はと思ひあがりたまへる御方々、めざましきものにおとしめそねみたまふ。同じほど、それより下臈《げらう》の更衣たちはましてやすからず。朝夕の宮仕につけても、人の心をのみ動かし、恨みを負ふつもりにやありけん、いとあつしくなりゆき、もの心細げに里がちなるを、いよいよ飽かずあはれなるものに思ほして、人の譏《そし》りをもえ憚《はばか》らせたまはず、世の例にもなりぬべき御もてなしなり。上達部、上人などもあいなく目を側《そば》めつつ、いとまばゆき人の御おぼえなり。唐土にも、かかる事の起こりにこそ、世も乱れあしかりけれと、やうやう、天の下にも、あぢきなう人のもてなやみぐさになりて、楊貴妃の例もひき出でつべくなりゆくに…　（1桐壺①一七）

君寵を専らにする桐壺更衣に対し宮廷の人々は、唐土でも女性の事が原因で国が乱れたことがあったのだと、「楊貴妃」の名を挙げて噂し非難しており、その反感のさまが語られる。上達部や殿上人たちは、周囲の批判をもはばからぬ常軌を逸した帝の寵愛ぶりが厭わしく横目でみるのだが、さてしかし注意しなくてはならないのは、この「上達部、上人などもあいなく目を側《そば》めつつ」という表現は、「長恨歌」ではなく「長恨歌伝」を踏まえたものだということである。

「長恨歌伝」とは、玄宗と楊貴妃の物語を散文で記したものであり、今日唐代伝奇小説のひとつとして扱われている。作者は白居易の知人・陳鴻《ちんこう》。白居易の詩文集『白氏文集』に収められる「長恨歌」には実は、直前にその「長恨歌伝」が付されている。こんにち「長恨歌」というと、白居易の創った「長恨歌」だけを切り離して享受することが一般となってしまっているが、本来、「長恨歌」と「長恨歌伝」は一対となって読まれるよう詩人によって意図されていたのであった。「長恨歌伝」をあわせ読む意義としてはまず、玄宗皇帝と楊貴妃に関する歴史的現実や背景がそれでもって確認できるということがある。白居易の「長恨歌」はその詩句のなかで、直接玄宗・楊貴妃の名を持ち出してはおらず、漢皇（漢の武帝）に仮託して悲恋の物語をうたっている。それに対して「長恨歌伝」のほうは、玄宗と楊貴妃という実際の名を出して二人の物語を記しており、現実的な背景は「長恨歌伝」をあわせ読むことで知ることができるのである。(6)

しかしこの「長恨歌伝」と「長恨歌」には、主題の重心にずれがある。下定雅弘氏(7)は散文の「長恨歌伝」が、天子を誘惑する「尤物(=絶世の美女)」貴妃をとがめ、これに溺れてしまった天子玄宗を戒めるという明確な方向性をもっており、「長恨歌伝」は各処で貴妃に対して冷たく批判的な筆致でその悪女性を強調していると論ずるが、桐壺巻冒頭の「上達部、上人などもあいなく目を側《そば》めつつ」は、まさにこの「長恨歌伝」の一節「京師の長吏も之が為に目を側《そば》む」(都の地位の高い官僚たちもこれを横目でみるのであった)を踏まえた表現であって、宮廷社会の秩序を乱す桐壺帝の情念をそれによって否定的に語っていたのだった。「長恨歌伝」が全体として批判的な筆致をもっているのに対して、白居易「長恨歌」の方は、帰らぬ愛への無限の情を詠った、愛情を主題とする作品であり、その主題は最後の二句に凝縮されている。(8)しかしながら「長恨歌伝」を「長恨歌」の前に付したのも他ならぬ白居易なのであって、いわば『白氏文集』においては、社会規範を重視する批判的な「長恨歌伝」の散文のことばと、玄宗の情念に同化するような「長恨歌」の韻文のことばがぶつかりあいながら、「長恨歌」世界全体を形成しているのであった。ここには玄宗皇帝と楊貴妃の悲恋物語に対する、士人でもある詩人自身の複雑な態度が示されている。世の乱れを招くほどの男女の情は、個人の心情と社会との両方を視野に入れて、葛藤やせめぎあいのあるものとして語られているのである。

そしてまさしく、『白氏文集』「長恨歌」世界のこうしたありかたこそは『源氏物語』に確かに受けとめられたところなのだった。その象徴的な例が桐壺巻であり、桐壺帝の情愛が宮廷社会の枠組みの中で秩序を乱すものとして批判的に押さえられる段、そうした批判的視点を形象するに際しては、「長恨歌伝」が引かれながらもっぱら地の文（散文）でもって語られる。その一方で、亡き人を追慕する帝の思慕は、「長恨歌」を踏まえた和歌と地の文によって織りなされたのであった。

二の二　幻巻の光源氏と「長恨歌」

次に光源氏と「長恨歌」について、彼の物語の結びとなる幻巻をみてみよう。この物語の主人公光源氏は、御法巻で最愛の女性紫の上に先立たれる。御法巻に続く幻巻では、巡りゆく季節のうつろいの中で、紫の上をただひたすらに追慕する光源氏の姿が描かれることになる。源氏は夏、蛍が飛び交うのをみては、

蛍のいと多う飛びかふも「夕殿に蛍飛んで」と、例の、古言もかかる筋にのみ口馴れたまへり。

夜を知る蛍を見てもかなしきは時ぞともなき思ひなりけり

七月七日も、例に変はりたること多く、御遊びなどもしたまはで、つれづれにながめ暮らしたまひて、星あひ見る人もなし。…　（41幻④五四三）

と、「長恨歌」の一節「夕殿に蛍飛んで」を口ずさみ、「時ぞともなき思ひ」——尽きることのない紫上への思いを詠う。さらに秋十月の時雨がちな頃、

神無月は、おほかたも時雨がちなるころ、いとどながめたまひて、夕暮の空のけしきにも、えもいはぬ心細さに、「降りしかど」とひとりごちおはす。雲居をわたる雁の翼も、うらやましくまもられたまふ。

大空をかよふまぼろし夢にだに見えこぬ魂《たま》の行く方たづねよ

何ごとにつけても、紛れずにのみ月日にそへて思さる。　（41幻④五四五）

と詠い、月日とともに紛れることもなく紫の上を想う。歌中の「まぼろし」の語は桐壺巻の桐壺帝の歌でも用いられていたが、幻術士・道士の意で「長恨歌」の道士を想定したもので、「大空を自在に行き交うという幻術士よ、夢にさえ現れぬあの人の魂の行方を捜し出してくれ」と訴える歌である。幻巻では「長恨歌」が繰り返し引用され、その抒情性に重なりながら、光源氏は無限の追慕の情を抱えて紫の上を悼み続ける男として描かれるのだった。

しかしその一方で、幻巻で光源氏は我が人生を顧みつつ、

「この世につけては、飽かず思ふべきことをさをさあるまじう、高き身には生まれながら、また人よりことに口惜しき契りにもありけるかなと思ふこと絶えず。世のはかなくうきを知らすべく、仏などのおきてたまへる身なるべし。それを強ひて知らぬ顔にながらふれば、かくいまはの夕《ゆふべ》近き末にいみじき事のとぢめを見つるに、宿世のほども、みづからの心の際も残りなく見はてて心やすきに、今なんつゆの絆なくなりにたるを…」

（41幻④五二五）

と近しい女房たちに語り、紫の上との死別は、世の無常を悟らせるべく仏がお仕向けになったことと捉えてみており、あるいは、

「人をあはれと心とどめむは、いとわろかべきことと、いにしへより思ひえて、すべていかなる方にも、この世に執とまるべきことなくと心づかひをせしに…」など、さして一つ筋の悲しさにのみはのたまはねど、思したるさまのことわりに心苦しきを、…

（41幻④五三三）

と、人に執着することは罪深いことだとする仏教の教えを、昔から心得てはいたのだと明石の君に語る。最愛の人を失って苦しむ光源氏は、仏教的な考え方を持ち出して人に愛着することを否定したり、愛着故の苦しみを仏教的に意義付けたりしようとする。このように、失った恋人への無限の情を抱きながら、仏教的な考え方で人への愛着

を否定したり、その苦しみを意義づけようとしたりする態度は、仏教を篤く信仰した白居易の恋愛詩にもやはり、みられるものだった。例えば「和夢遊春詩一百韻并序（夢に春に遊ぶ詩に和す一百韻并に序）」（巻十四、〇八〇三）がある。これは、愛情問題や処世に苦しむ元稹がその思いを「夢遊春」詩にこめて訴えたのに応えた詩である。過去の悲恋の傷を癒すことができず、さらに愛する妻を喪い、加えて今また左遷の憂き目に打ちのめされて苦しんでいる親友元稹に向かって、白居易はその心の苦しみを救い和らげるために、仏教の力によるべきことを真心込めて述べ伝えて、友を力づけようとする。まず序をあげる。

「和夢遊春詩一百韻并序（夢に春に遊ぶ詩に和す一百韻并に序）」　（巻十四、〇八〇三）[9]

微之既に江陵に到り、又夢遊春の詩七十韻を以て予に寄す。且つ其の序を題して曰く、「斯《こ》の言や、吾を知らざる者をして知らしむるべからず、吾を知る者には亦知らざらしむるべからず。楽天は吾を知れり。吾敢て吾子をして知らしめずんばあらず」と。予斯の言を辱《かたじけ》なうし、三たび其の旨を復す。大抵既往を悔いて将来を悟るなり。然れども予以為らく、苟《いやし》くも悔いず悟らずんば則ち已まん、若し此に悔ゆるときは則ち宜しく彼に悟るべきなり。彼に反して妄を悟るときは、則ち宜しく真に帰すべきなり。況や足下と、外には儒風を服し、内には梵行を宗とする者、日有り。而今而後、覚路にも之れ返るに非ず、空門にも之れ帰するに非ずんば、将《は》た安《いづ》くにか反《かへ》らんや、将た安くにか帰せんや。今和する所は、其の章旨卒に此れに帰せり。夫れ感甚だしからざるときは、則ち悔い熟せず。感至らざるときは、則ち悟り深からず。故に足下の七十韻を広めて一百韻と為し、重ねて足下の為に夢遊の中に甚だ感ずる所以のものを陳べ、婚仕の際に至りて感ずる所以のものを叙するは、曲《つぶさ》に其の妄を尽し、周く其の非を知りて、然して後に真に返り実に帰せしめんと欲す。亦猶法華経の火宅を序し化城を偈《げ》し、維摩経の婬舎に入り酒肆《しゅし》に過《よぎ》りし義のごとし。微之よ微之よ、予が斯の文や、尤《もっと》も吾を知らざる者をして知らしむるべからず…

白居易はいう、およそ人は過去の過ちを悔い改めて未来の道を悟るものなのだと。かつ人は、感ずることが激しく充分でなければ、悔恨の念もまた充分に熟さず、悟りの念も充分に深くはならぬものだと。それゆえに過去において、夢に遊ぶような恋愛のうちや結婚・仕官に際して、自分達がおおいに味わった感動、またそれに起因する現在の非常な苦しみは、将来を深く悟り真実に帰着するための方途となるのだと、仏教的な文脈をもって意義付けをする。さらに詩にいう。

昔君夢遊春　夢遊仙山曲
怳若有所遇　似愜平生欲…
…（仙女ノ如キ恋人トノ甘美ナ時ヲ詠ウ）…
心驚睡易覚　夢断魂難続
籠委独棲禽　剣分連理木…
吟君七十韻　是我心所蓄
既去誠莫追　将来幸当勗
欲除憂悩病　当取禅経読
須悟事皆空　無令念将属
請思遊春夢　此夢何閃倏
艶色即空花　浮生乃燋穀
良姻在嘉偶　頃刻為単独

昔君夢に春に遊び　夢に仙山の曲《ほとり》に遊び
怳《くわう》として遇ふ所有るが若く　平生の欲《ねがひ》に愜《かな》へるに似たり
心驚きて睡り覚め易く　夢断えて魂続《つ》ぎ難し
籠は独棲の禽《とり》を委《ゆだ》ね　剣は連理の木を分つ…
君が七十の韻を吟ず　是れ我が心に蓄ふる所なり
既に去るをば誠に追ふ莫れ　将に来らんとするをば幸に当に勗《つと》むべし
憂悩の病を除かんと欲せば　当に禅経を取りて読むべし
須く事の皆空なることを悟るべし　念《おもひ》をして将て属せしむる無かれ
請ふ遊春の夢を思へ　此の夢何ぞ閃倏《せんしゅく》なる（閃倏＝たちまち）
艶色は即ち空花　浮生は乃ち燋穀《しょうこく》
良姻は嘉偶に在れども　頃刻《しばらく》にして単独と為る…

障要智燈焼　魔須慧刀戮…　障は智燈もて焼かんことを要し　魔は須く慧刀もて戮すべし…
法句與心王　期君日三復　法句と心王と　君が日に三復せんことを期す
（法句・心王＝『法句経』と『心王頭陀経』）

恋人と離別した元稹の姿は、独棲の鳥・断たれた連理の枝として——比翼の鳥・連理の枝となることなど叶わなかったと——象られるが、そうした過去の記憶に苛まれ、左遷された現在に苦しむ元稹に、白居易は同情と共感を示しつつ、憂悩を払うために禅経を読むことを勧める。[10] このほか『文集』では巻十「夜雨」（〇四五二）などにも、心のうち深くにあって忘れ去ることのできない恋慕の苦しみを、仏法の力でしずめようと努める詩人の心がうたわれている。先に「長恨歌」と「長恨歌伝」を取り上げて、「長恨歌」が無限の恋慕の情を、恋情のままに詠い閉じていたのに対して、「長恨歌伝」では二人の情念が批判的に捉えられているのをみた。激しい情愛への志向と、それを批判的に捉え返す眼差しとが入りまじる姿を『白氏文集』「長恨歌」の世界に認めたわけだが、白居易の恋愛詩ではそのほかにも、情愛の世界に身を投じたことで負う傷みの深さ——やがて迎えねばならぬ離別や破綻の苦しみ——が一方で見つめられ、心の救済を仏教に求めて揺れ動く姿が詠われてもいた。自らの情念の苦しみを内省的に顧みる視座を一方にもちつつ、なおつきあげる無限の恋情を詠い、その間で逡巡し続ける白居易恋愛詩のありかたは、幻巻の光源氏、最愛の人を失った主人公の最後の姿と重なる。白居易の文学と『源氏物語』とが、男女の情愛をみつめるそのありかたにおいて、深々と響き合っているかのようである。

白居易は非常に多面的な人物であった。中唐期に科挙出身官僚として生きた彼は、政事に深く関与し、儒家的な文学観に立って社会批判の詩を熱心に作る一方で、従来詩の題材とされなかったもの、すなわち男の恋情や、日常生活のささやかな歓びといったごく個人的な事柄をも詩の題材として取りあげた。白居易は中唐において詩のありかたを大きく変えたといわれる。また彼は篤く仏教を信仰し老荘道家の思想にも通じて、真に穏やかな心境・閑適の世界を追求した。新しい白居易の文学は平安時代の人々に熱心に受けとめられ、平安朝文学を育む豊かな土壌となった。「長恨歌」その他恋愛詩についていえば、そもそも中唐期、元稹白居易らによって中国文学史上特筆すべき恋愛文学のジャンルが詩や伝奇小説に拓かれたわけだが、人の世の情念をみつめつつも、士大夫である彼ら――高い社会意識・倫理観を身に備えていることを自負する――の作品はただひたすらに愛情世界を追い求めることを許さず、絶えずそれを批判的内省的に見つめる視座を内包する。情念を詠い上げる抒情性と、個人の情念を人生や社会の総体の中で批判的に見据える精神との厳しい相克がそこに表出されることになったが、『源氏物語』作者は白居易を通じて、まさにそのこと、文学はそのような葛藤を表現し得るのだということを学んだのではないだろうか。

三　宇治十帖世界の「長恨歌」

さてところで『源氏物語』続編の主人公、薫にまつわる「長恨歌」引用のありかたは、桐壺帝や光源氏のそれとは異なるようである。「長恨歌」引用の認められる宿木巻の二つの場面をみてみよう。

似たりとのたまふゆかりに耳とまりて、（薫）「かばかりにては、同じくは言ひはてさせたまひてよ」と、いぶかしがりたまへど、さすがにかたはらいたくて、えこまかにも聞こえたまはず。（中の君）「尋ねんと思す心あらば、そのわたりとは聞こえつべけれど、くはしくしもえ知らずや。また、あまり言はば、心おとりもしぬべきことになん」とのたまへば、（薫）「世を海中にも、魂のあり処尋ねには、心の限り進みぬべきを、いとさまで思ふべきにはあらざなれど、いとかく慰めん方なきよりはと思ひよりはべる。人形の願ひばかりには、など

かは山里の本尊にも思ひはべらざらん。なほたしかにのたまはせよ」と、うちつけに責めきこえたまふ。（49宿木⑤四五一）

思いを寄せながらもついに結ばれることのなかった大君亡きあと、薫は妹の中の君から、大君の異母妹である浮舟の存在を知らされる。浮舟は不思議と大君に容貌が似ているという。右の文は、中の君から浮舟のことをほのめかされたことに対する薫の言葉で、世を憂えて、海中にでも亡き人の魂を捜しに一心にむかってしまいそうなのですが、こんなふうに心が慰められないままでいるよりは、大君の異母妹というその人をたずねとりたいと思います、と申し出ている。こののち、薫は大君に生き写しの浮舟の姿を垣間見るが、そのとき彼は、

ただ今も、はひ寄りて、世の中におはしけるものを、と言ひ慰めまほし。蓬萊まで尋ねて、釵《かむざし》のかぎりを伝へて見たまひけん帝はなほいぶせかりけん、これは別人《ことひと》なれど、慰めどころありぬべきさまなりとおぼゆるは、この人に契のおはしけるにやあらむ。（49宿木⑤四九四）

と、道士に蓬萊（＝仙界）まで尋ねさせて、結局形見の釵を手にすることしかできなかった皇帝の心はなお晴れやらぬものだったろうが、なるほどこの人（浮舟）は、大君の面影を求める自分の心が慰められそうな人だと、心内に思うという。――やはり宇治十帖世界では、「長恨歌」引用のありかたが桐壺帝や光源氏の場合と異質なものとなっている、そのことに気づかされるのである。

丸山キヨ子氏は先に挙げた論文で、「長恨歌」引用の「焦点は愛するものの失われたあとの悲しみ、それへの思慕を描く場合、という一点に絞られて」おり、この宿木巻の二例についても「大君を慕ふ薫の心を玄宗帝の貴妃を慕ふそれに擬へさせてゐるのであって、此の場合も、桐壺帝、光源氏と辿られた愛する人を先立てて、悲しみ慕ふ心に於て想起され引用された長恨歌との関連の同じ流れに棹さすものとみる事ができ(11)」ると述べていた。確かに薫

の場合も、亡き人を慕う流れのなかで「長恨歌」に言及してはいる。しかし、その引用のありかたの違いが示す意味は、非常に重いように思われる。

翻って正編世界、桐壺帝と光源氏に関わる「長恨歌」引用で殊に印象的なのは、この二人が「長恨歌」をふまえて、極めて類似した和歌を詠っていたことだった。桐壺帝は桐壺更衣その人の魂を求めて「たづねゆく幻《まぼろし》もがなつてにても魂《たま》のありかをそこと知るべく」と詠い、また光源氏も紫の上の魂を求めて「大空をかよふ幻夢にだに見えこぬ魂《たま》の行く方《へ》たづねよ」と詠じた。いずれも最愛のその人の魂をさがし求めて――その人の代わりなどあり得ないと、この世から姿を消したその人の魂を求めて――「長恨歌」を媒として呼応するような父子の歌となっていた。桐壺帝と源氏においては、愛する者を失った悲しみの極まりにおいて「長恨歌」は引用され、玄宗皇帝の追慕の情と重なりながら、尽きることのない悲嘆と思慕とが形象されていたのである。

しかし薫の場合はどうだろうか。薫は確かに、大君を失った悲しみを引きずっている。しかし彼は大君を失ってのち、「長恨歌」と繋がってゆくような歌、最愛のその人の魂を求めて「長恨歌」の皇帝の情念に重なってゆく歌を詠うのではない。薫はいま、大君その人の魂を求め続けるのではなしに、むしろ悲しみを慰める代わりとなる存在へと自ら手をのばして、そうした文脈で「長恨歌」は、日常の言葉のなかであくまで知識として、故事として引用されることになる。浮舟との邂逅をよろこび、蓬莱まで訪ねさせたあげく釵しか手に入れられなかった「長恨歌」の皇帝を憐れむというかたちで。かつて桐壺巻で桐壺帝は、更衣の形見の品を見ても「亡き人の住み処尋ね出でたりけんしるしの釵ならましかば」と、せめて亡き人の魂のありかを捜しだした証拠の釵であったならと願い、「たづねゆく…」の歌を詠ったわけだが、そのように皇帝の無限の思慕の情に自らの情を重ねることは薫にはない。「長恨歌」世界のもつ、あの情念のうねりと批判精神とのせめぎ合いの構図を、宇治十帖に認めることはできない。

そしてそれは、当然といえば当然なのかもしれない。長大な「長恨歌」の前半、皇帝の寵愛を詠う詩句には「雲の鬢花の顔金の歩揺　芙蓉の帳暖かにして春の宵を度《わた》る（雲鬢花顔金歩揺　芙蓉帳暖度春宵）」、「春の宵苦《いと》短くして日高けて起く　此れより君王早朝《あさまつりごと》したまはず（春宵苦短日高起　従此君王不早朝）」、「歓を承《う》け寝に侍して閑暇無し　春は春の遊びに従ひ夜は夜を専らにす（承歓侍寝無閑暇　春従春遊夜専夜）」、「金屋に粧ひ成つて嬌びて夜を侍り　玉楼に宴罷んで酔ひて春に和す（金屋粧成嬌侍夜　玉楼宴罷酔和春）」など、艶冶な性愛の夜が詠われていた。諸田龍美氏[12]によれば、性愛を大胆に表現する唐代好色文学の流れのなかで、「長恨歌」もまた前半部において、男女一対の情愛を語るに官能的な表現を織り込む手法を取っているという。「長恨歌」では、相愛の男女に刻まれた官能の記憶が、後半の無限の追慕の情へと繋がってゆくのでもあったが、しかし薫と大君についていえば、この二人は身体的な距離を縮めることはついになかった。薫は大君と比翼連理を誓い合ってなどいないのである。あのひとと私は一対の存在であったのにと、傍らにある批判的な視座をふり払って突き上げるような「長恨歌」世界の皇帝の情念に、薫は同化することはできない。

　中西進氏は「「長恨歌」の引用は「幻」までの本編と宇治十帖とでは質が異なる[13]」と述べ、正編では「長恨歌」を「モティーフとして作者が据え」、「首尾照応を狙いながら「長恨歌」の各個所を強力に利用し」ていたのに対して、「その意図を宇治諸編は持たない」と述べている。光源氏は紫の上の死後、ただその人ゆえの生涯であったかのように嘆きの一年を暮らして、この物語から姿を消した。正編世界では、幻巻を頂点として盛り上がる愛の主題の波に「長恨歌」は密接に寄り添い、その主題のありかを照らし出していた。その物語を継ぐはずの続編の主人公・薫という人物は、光源氏の子、名家の子として将来を約束されながら、自分の出生に疑問と後ろめたさを抱え、内向的で出家願望の強い青年として登場する。自分の内に強い抑制が働いていて、他者に向かって思いのままに情念を注ぐことができない男の恋物語へと、愛という主題――失われた愛に対する嘆きという主題――は、決して直線的ではない形で引き継がれることになった。「長恨歌」は『源氏物語』の愛の主題を考えるうえで欠かすことのできない重要な鍵となっていることを本稿冒頭に確認したが、正編と続編の「長恨歌」引用のありかたの相違は、正編と続編に語られる愛の姿の違いを照らし出す。愛の主題は確かに変容したことを、「長恨歌」引用のありかたの変化ははっきりと指し示すのである。

注

（1）「長恨歌」の訓読は、金澤文庫本『白氏文集』に付された訓による。

（2）初出は『東京女子大学附属比較文化研究所紀要』3、一九五六年十二月。『源氏物語と白氏文集』東京女子大学学会、一九六四年に所収。

（3）「長恨歌」が主題的に物語全編に関わっていることについては、日向一雅「桐壺帝と桐壺更衣――親政の理想と「家」の遺志、そして「長恨」の主題――」（『源氏物語の准拠と話型』至文堂、一九九九年）、藤原克己「源氏物語における〈愛〉と白氏文集」（『源氏物語と漢詩の世界―『白氏文集』を中心に―』青簡舎、二〇〇九年）等の論がある。

（4）「中唐白居易の文学と『源氏物語』―諷諭詩と感傷詩の受容について」（『国語と国文学』86⑸、二〇〇九年五月）、「『源氏物語』と中唐白居易詩について」（『源氏物語とポエジー　2014年パリシンポジウム』青簡舎、二〇一五年）。

（5）『源氏物語』本文は新編日本古典文学全集『源氏物語』①～⑥（小学館、一九九四年～一九九八年）に拠る。

（6）袴田光康「金澤文庫本「長恨歌」の本文と訓読」（『白居易研究年報』第十一号、勉誠出版、二〇一一年一月）。袴田氏は「日本における「長恨歌」の享受に関しては、従来、白氏の「長恨歌」の詩の方を偏重する傾向がみられるが、『白氏文集』の形態から言っても、陳鴻の「長恨歌傳」と併せて読まれたことは確実である。「漢皇」（漢の武帝）に託された「長恨歌」の玄宗と楊貴妃の歴史的背景については、「長恨歌傳」を併せて読むことによって知ることができたわけである。その意味では、「長恨歌」の詩句が人口に膾炙したことは確かであるが、「傳」と「歌」が一体となって初めて「長恨歌」の世界が人々に享受されたという面も決して軽視することはできない」と指摘している。

（7）下定雅弘「「長恨歌伝」をどう読むか？――楊貴妃像の検討を中心に――」（『岡山大学文学部紀要』52、二〇〇九年十二月）。同「長恨歌の現在―「李夫人」との異同に着目しつつ―」（『岡山大学文学部紀要』四七、二〇〇七年七月）も参照。

（8）前掲下定論文は「「長恨歌」は、玄宗の楊貴妃に対する愛の深さを描き、また貴妃を失った痛恨を詠じ、これによって人をとらえて離さない、愛の無限に深い力に対する感嘆を表明した作品」であって、「長恨歌」と「長恨歌伝」は、同一素材を扱って一見同じような表現でも、実は「歌」では愛の深さへの共感を歌い、「伝」では玄宗の貴妃への耽溺を批判して、筆致が異なると述べる。

（9）『白氏文集』の篇目番号は、花房英樹『白氏文集の批判的研究』（朋友書店、一九六〇年）に拠り、本文と巻数は那波本に拠る。ただし金澤文庫本の本文を確認できる作品については、それに拠る。

（10）大塚英子『古今集小町歌生成原論』（笠間書院、二〇一一年）は小野小町の歌について、「和夢遊春詩」などの白居易詩を媒介として、小町の恋歌は仏教思想と切り結んでいるのではないかと論じている。

（11）先掲丸山論文。

（12）「「長恨歌」よりみた中国「多情」文学の展開：〈汎愛・好色篇〉」（『愛媛大学法文学部論集　人文学科編』24、二〇〇八年二月、『白居易恋情文学論　長恨歌と中唐の美意識』勉誠出版、二〇一一年に所収）。

（13）「引喩と暗喩（五）――源氏物語における白氏文集、「長恨歌」（二）」（『日本研究（国際日本文化研究センター紀要）』5、一九九一年十月）。

「数ならぬ」「数まへられぬ」中将の君—浮舟を導くことば—

三村友希

はじめに

『源氏物語』最後の女主人公である浮舟を生んだのは、八の宮の召人であった中将の君であった。八の宮家を追われ、受領の妻となって、浮舟の幸福をひたすらに願う母の思いが、浮舟を翻弄していくことになる。

我も、故北の方には離れたてまつるべき人かは、仕うまつると言ひしばかりに数まへられたてまつらず、口惜しくてかく人には侮らるると思ふには、かく、しひて睦びきこゆるもあぢきなし。（東屋⑥四二）

中将の君の偽らざる矜持は、この思惟に窺えるのではないだろうか。これは女としての自意識であり、浮舟の身の上を案じて二条院の中の君に庇護を求めた際の、中将の君の複雑な思いである。「我も、故北の方」の姪ではないか、それなのに、女房として仕えたばかりに八の宮に「数まへられ」なかったのだという悔しさを、中将の君は今も抱えているわけである。それはそのまま、自分の娘も大君や中の君と「他人」ではないではないかという不満につながっていく。女としての矜持と母としての悔しさは不可分ではないか。

わがむすめは他人かは、思ふやうなる宿世のおはしはてば劣らじをなど思ひつづけて、（浮舟⑥一六五）

浮舟は継父の常陸介から「他人と思ひ隔てたる心」（東屋⑥一八）を置かれており、それというのも、八の宮家に自分たちを「数まへたまふ人」（東屋⑥四一）がいないからこそ疎外されるのだろうと、中将の君はやりきれない。自身が八の宮に「数まへられ」なかった過去と八の宮家には浮舟を「数まへたまふ人」がいない現在が、孤立する母娘を呪縛しているのである。[1] 中将の君が当初、浮舟と薫の縁談をためらうのも、浮舟が「数」に入れてもらえない日陰の身であることの嘆きからであった。

人の御ほどのただ今世にありがたげなるをも、数ならましかばなどぞよろづに思ひける。（東屋⑥一七）

薫からの申し出をありがたいと思いつつも、中将の君としては、自分たちが人並の身分であったらと思わずにはいられない。「数ならましかば」とあり、反実仮想で表されているところに、良縁を願いながら躊躇せざるをえない母の複雑な心境が込められていよう。中将の君は上流の暮らしを経験していないわけでもなく、受領階級の生活にも違和感を覚え、夫の常陸介の粗野な性質も受け入れがたい。そうした反発や抵抗感を含んだ階級意識から思う、「数ならましかば」であろう。[2]

本論では、中将の君の「数」に入れてもらえないがゆえの嘆きについて、明石の君や玉鬘の例も踏まえながら考えてみたい。浮舟物語の本質に、母中将の君が繰り返し嘆く「数」として人並に認められ、扱われていない問題があるのである。

一　「数ならぬ」中将の君の「幸ひ」への問いかけ

浮舟と中将の君をめぐる「数」に入れてもらえない不満や悲嘆は、繰り返し語られる。薫の求めに応じることに乗り気な乳母の一方で、中将の君は否定的であった。今上帝の内親王を正妻に迎えているほどの薫であるから、浮舟を愛人にしても「かの母宮などの御方にあらせて、時々も見むとは思」うぐらいにすぎないであろうし、それは「げにめでたき御あたりなれども、いと胸いたかるべきことなり」（東屋⑥三六）とする。

「（前略）宮の上の、かく幸ひ人と申すなれど、もの思はしげに思したるを見れば、いかにもいかにも、二心なからん人のみこそ、めやすく頼もしきことにはあらめ。わが身にても知りにき。故宮の御ありさまは、いと情々しくめでたくをかしくおはせしかど、人数にも思さざりしかば、いかばかりかは心憂くつらかりし。この、いと言ふかひなく、情なく、さまあしき人なれど、ひたおもむきに二心なきを見れば、心やすくて年ごろをも過ぐしつるなり。（中略）上達部、親王たちにて、みやびかに心恥づかしき人の御あたりといふとも、わが数ならではかひあらじ。よろづのことわが身からなりけりと思へば、よろづに悲しうこそ見たてまつれど、いかにして、人笑へならずしたてまつらむ」と語らふ。（東屋⑥三六〜三七）

召人、受領の妻に身を落とした中将の君自身の体験が、この発言の根底にある。中将の君は、世間が「幸ひ人」とする中の君の憂愁を指摘し[3]、男の「二心」がない誠実さを称揚するのである。匂宮が六の君と結婚したとき、「女ばら」は「二心おはしますはつらけれど、それもことわりなれば、なほわが御前（中の君）をば幸ひ人とこそ申さめ」（宿木⑤四六八）と笑い、語り手もまた「人も、この御方（中の君）いとほしなども思ひたらぬなるべし。かばかりものものしくかしづき据ゑたまひて、心苦しき方おろかならず思したるをぞ、幸ひおはしけると聞こゆめる」（宿木⑤四一二）としていた。それらとは一線を画す、中将の君の意見なのである。たとえ結婚相手が身分の高い、立派な男であったとしても、「わが数ならではかひ」もないとする。浮舟の身の上も結局は「わが身からなりけり」と思う中将の君は、母娘二代にわたる宿縁を嘆く。中将の君はせめて、娘の「人笑へ[4]」な事態だけは避けたいと懸命なのである。

ところが、中将の君の「幸ひ」論も揺れてしまう。よかれと思った縁談が壊れ、常陸介邸に置いておくことも不憫な浮舟の庇護を、「この御方ざまに、数まへたまふ人のなき」（東屋⑥四一）にもかかわらず、中の君に求めることにする。中の君にとっても、中将の君は「故宮のさばかりゆるしたまはでやみにし人」（東屋⑥三九）にすぎない。

数ならぬ身ひとつの蔭に隠れもあへず、あはれなることのみ多くはべる世なれば、頼もしき方にはまづなん。
（東屋⑥三九）

自分のような取るに足らない、「数ならぬ身」であっては、浮舟を庇ってやることもできないと中の君を頼るのである。二条院でも当初、中将の君は、薫の誠実さを説く中の君に対して、浮舟を薫に託すことに懐疑的であった。

「かの過ぎにし御代りに尋ねて見んと、この数ならぬ人をさへなん、かの弁の尼君にはのたまひける。さもや、と思うたまへ寄るべきことにははべらねど、一本ゆゑにこそはとかたじけなけれど、あはれになむ思うたまへらるる御心深さなる」など言ふついでに、この君をもてわづらふこと、泣く泣く語る。
（東屋⑥四七～四八）

薫に大君の「御代り」に求められてはいても、浮舟はやはり「この数ならぬ人」である。東屋巻冒頭、薫の申し出に決して靡くわけにはいかなかった中将の君の、「数ならましかば」という反実仮想の思念が反響してくる。

しかし、薫や匂宮を垣間見た中将の君は、実体験からの論理を覆してしまう。『源氏物語』において、何が「幸ひ」であるのかは決めがたい命題なのであろう。一方で「わがむすめは、なのめならん人に見せんは惜しげなるさまを」（東屋⑥五四）と思いつつも、「数ならぬ」表現は消えないのである。

「つらき目見せず、人に侮られじの心にてこそ、鳥の音聞こえざらん住まひまで思ひたまへおきつれ、げに、人の御ありさまけはひを見たてまつり思ひたまふるは、下仕のほどなどにても、かかる人の御あたりに馴れきこえんは、かひありぬべし。まいて若き人は、心つけたてまつりぬべくはべるめれど、数ならぬ身に、もの思ひの種をやいとど蒔かせて見はべらん。高きも短きも、女というものはかかる筋にてこそ、この世、後の世まで苦しき身になりはべるなれと思ひたまへはべればなむ、いとほしく思ひたまへはべる。それもただ御心になん。ともかくも、思し棄てずものせさせたまへ」と聞こゆれば、（東屋⑥五六）

薫の様子を見てしまえば、下働きででもお仕えさせて頂きたい、ましてや若い女性なら薫を慕うであろうと考えるけれども、「数ならぬ身」[5]では「もの思ひ」を抱えることになりはしないかと、不安に思う。中将の君の中でさえ考えはまとまらないところに、単純な「幸ひ」論など通用しない浮舟の今後が暗示されているように思われる。中将の君の論理は、「高きも短きも、女というものは」と普遍化されていく。さらに二条院を去るにあたっても、中将の君は「数にはべらず」と繰り返す。

「かたじけなくよろづに頼みきこえさせてなん。なほ、しばし隠させたまひて、巌の中にともいかにとも、思ひたまへめぐらしはべるほど、数にはべらずとも、思ほし放たず、何ごとをも教へさせたまへ」など聞こえおきて。（東屋⑥五七）

中将の君は、「数」でない浮舟の身の上を訴え、中の君に浮舟庇護を求めるのである。浮舟は、華やいだ二条院に預けられることを嬉しくさえ思っている。ところが、匂宮の接近があり、中将の君は浮舟を三条の小屋に慌てて移すことにする。自分の存在ゆえに苦悩し、奔走する母を見ては、生きていることさえ肩身の狭い思いになる浮舟であった。[6]

君は、うち泣きて、世にあらんことところせげなる身と思ひ屈したまへるさまいとあはれなり。
（東屋⑥七七～七八）

浮舟の失踪後、薫の弔問への返事として、中将の君は、浮舟の悲劇は自分の「数ならぬ身の怠り」（蜻蛉⑥二三九）であるからなのだと嘆く。さらには、薫の親切に甘えて子どもたちの後援を求めて、「また数ならぬほどは、なかなかいと恥づかしくなむ、人に何ゆゑなどは知らせはべらで」（蜻蛉⑥二四一）と仲信に伝言させている。

これらは中将の君の執拗に繰り返される「数」に入れてもらえない思いであり、[7]『源氏物語』の最後はつまり、「数」に入れてもらえていない母娘の物語でもあった。見てきたように、浮舟自身には「数ならぬ」と自覚する例がない。召人の娘に生まれ、父八の宮に認知されず、受領の継父の家でも疎外される浮舟のために、母中将の君が全面的にその責任を引き受けようとしている。[8]中の君に対する用例などからは、いくら卑下してはいても、母の強引さや押しつげがましさが窺われてしまう。[9]これら中将の君の「数」ではないという認識は、母娘のどうしようもない厳しい現実であると同時に、浮舟に自分が果たしえなかった理想を重ね、一体化しようとする意識でもあるように思われる。

二　明石の君・玉鬘の「数ならぬ」物語

「数ならぬ」ことの嘆きは、明石の君をめぐっても用例が集中する。[10]

正身はたさらに思ひ立つべくもあらず、いと口惜しき際の田舎人こそ、仮に下りたる人のうちとけ言につけて、

さやうに軽らかに語らふわざをもすなれ、人数にも思されざらんものゆゑ、我はいみじきもの思ひをや添へん、
（明石②二五三）

父明石の入道が娘と光源氏の結婚に期待をかけるのとは裏腹に、明石の君が消極的なのは、「人の御ほどわが身のほど」（明石②二四八）を思い比べるからである。受領の娘などは光源氏に「人数」にも思われないだろうから、「もの思ひ」を抱えることになるにちがいないと考える。浮舟の物語と同じように階級意識が問題になっているのであり、こちらでは娘明石の君が自身を卑下する自意識「我」が焦点化され、「数ならぬ」ことを和歌にも詠んでいる。

数ならぬみ島がくれに鳴く鶴を今日もいかにととふ人ぞなき　（澪標②二九六）

数ならでなにはのこともかひなきになどみをつくし思ひそめけむ　（澪標②三〇七）

一首目は、光源氏が明石の姫君の五十日の祝いを忘れずに「人知れず数へたまひて」（澪標②二九四）使者を遣わした際の返歌である。二首目でも、住吉参詣で光源氏一行に出会い、明石の君は「数ならで」と詠んでいた。[11] 夕霧は大勢の童随身をしたがえた立派な様子であり、同じ光源氏の子であるのに、明石の姫君の「数ならぬさま」（澪標②三〇四）が不憫でならない。「数ならぬ身のいささかのことせむに、神も見入れ数まへたまふべきにもあらず」（澪標②三〇五）と思い、惨めにもなる。光源氏からの手紙が「日数」も置かずに届き、「いと頼もしげに数まへのたまふめれど」（澪標②三〇八）不安は尽きない。「わが身のほどを思ひ知」る明石の君は、上京も逡巡してしまう。

女はなほわが身のほどを思ひ知るに、こよなくやむごとなき際の人々だに、なかなか、さてかけ離れぬ御ありさまのつれなきを見つつ、もの思ひまさりぬべく聞くを、まして何ばかりのおぼえなりとてかさし出でまじらはむ、この若君の御面伏せに、数ならぬ身のほどこそあらはれめ。たまさかに這ひ渡りたまふついでを待つこ

とにて、人笑へにはしたなきこといかにあらむ、と思ひ乱れても、また、さりとて、かかる所に生ひ出で数まへられたまはざらむも、いとあはれなれば、ひたすらにもえ恨み背かず。（松風②三九七〜三九八）

出産後、今度は明石の君が、姫君の「数まへられ」ないことを心配し、「人笑へ」を恐れている。都の「こよなくやむごとなき際の人々」でさえも「もの思ひ」を募らせていると聞くから、「数ならぬ身のほど」がはっきりして姫君に瑕がつくのではないかと、明石の君の不安は募る。だからこそ、明石の君は姫君を手放すことを決意するのである。

おぼろけの御宿世にもあらず、人の御ありさまもここらの御中にすぐれたまへるにこそは、と思ひやられて、数ならぬ人の並びきこゆべきおぼえにもあらぬを、（薄雲②四二八）

光源氏と強い宿縁で結ばれている紫の上に、「数ならぬ人」は肩を並べられるわけがないと結論づけている。六条院への転居も、「数ならぬ人」（少女③八三）である明石の君は遠慮して遅らせるなど気づかいは続く。

光源氏が明石の姫君を「数ならぬ幼き人」（薄雲②四六一）と言うのは、秋好中宮に対してだからであろう。自分の死後も明石の姫君をぜひ「数まへさせたまへ」（薄雲②四六一）と依頼している。[12] 第二部に入ると、明石の入道の願文に、夢を見て「数ならぬ身に頼むところ出で来ながら」（若菜上④一一四）とかつて無謀な野望を抱いた理由が綴られていた。都で出世せずに須磨に下った明石の入道を、明石の尼君が「数ならぬ方にても、ながらへし都を棄ててかしこに沈みゐしをだに」（若菜上④一一九）と追慕している。明石の君は、明石の姫君が男御子を生んでも[13]「数ならぬ身には、何ごともけざやかにかひあるべきにもあらぬ」（若菜上④一二〇）[14] と思うと同時に、紫の上に「かたはらいたきまで数まへ」られたお蔭で、「数ならぬ身のさすがに消えぬ」（若菜上④一三一）にここまできたことを感謝する。明石の女御はやがて、「御子たちあまた数そひたまひて、いとど御おぼえ並びな」（若菜上④一六六）くなり、中宮、国母となる。

すなわち、明石の一族は、「数ならぬ」身の上を卑下し、上手に処しながら栄華を獲得したと言える。明石の入道の手紙をきっかけに、光源氏が掌握する家族とは異なる、明石の尼君と明石の君、明石の女御と三代の女たちの連帯が形成された。[15] 願ほどきの住吉参詣は、澪標巻のあのひっそりとした住吉詣でとちがって、紫の上をも伴った盛大なものとなった。そこで明石の尼君は「幸ひ人」(若菜下④一七六)と呼ばれるようになる。あのときは「数ならぬ」思いが繰り返され卑屈にもなっていたのに、それゆえの苦悩を乗り越え、ここに一つの「幸ひ」が達成されているにちがいない。明石一族の宿願が果たされようとする第二部の始発において、紫の上が降嫁した女三の宮にはじめて対面し、「何ごとにつけても、数ならぬ身なむ口惜しかりける」(若菜上④九一)とへりくだらねばならない立場になるのは、[16] 光源氏世界の変質を示しているであろう。

同じく「数ならぬ」の用例が多く見られるのが、浮舟と同様に地方までさすらった玉鬘の物語である。[17] 夕顔の死後、光源氏のもとには夕顔の乳母子の右近が「何の人数ならねど」(玉鬘③八七)「数ならで」(玉鬘③一一八)仕え、「数にもはべらず、いかでか御覧じつけられむ」(玉鬘③一二四)と夕顔の遺児と再会することを願いながら、夕顔が生きていれば六条院転居に際しても「やむごとなき列にこそあらざらめ、この御殿移りの数の中にはまじらひたまひなまし」(玉鬘③八七〜八八)と残念に思っていた。たとえ高い身分ではなくても、二条東院に留め置かれた末摘花や空蟬[18]とちがい、光源氏は夕顔を六条院に伴ったであろうと思うのである。[19] 右近に再会した乳母は、実父にこそ「数まへられたまふべきたばかり思し構へよ」(玉鬘③一一五)と希望していたが、光源氏は内大臣家に「数ならで、今はじめ立ちまじりたらんが、なかなかなることこそあらめ」(玉鬘③一二二)と異を唱え、玉鬘は六条院に引き取られることになった。

数ならぬみくりやなにのすぢなればうきにしもかく根をとどめけむ（玉鬘③一二四）

困惑する玉鬘は、明石の君と同様に「数ならぬ（身）」を詠んでいた。光源氏に玉鬘の存在を打ち明けられた内大臣は、今は自分も「すこし人数にもなり」、子どもたちを「数々につらねて」（行幸③三〇八）も真っ先に思い出すのは玉鬘であると言っている。

光源氏の玉鬘に対する恋は結局、成就することはない。[20]髭黒の右大将と結婚後においては、髭黒が玉鬘の光源氏への返歌を「巣がくれて数にもあらぬかりのこをいづ方にかはとりかへすべき」（真木柱③三九五）と代筆してしまう。[21]第三部の玉鬘は、大君の入内を「人に劣り数ならぬさまにて見む」（竹河⑤六一）ことがないようにと案じる母になっている。中将の君、明石の君、玉鬘の場合は、いずれも母娘の物語の中に「数ならぬ」身の上の嘆きが語られているのであった。

三　「世に数まへられたまはぬ古宮」から始まった

女ばかりが「数ならぬ」身の上を嘆くのではない。[22]柏木は、光源氏に比べ「数にもあらず」（若菜下④二二一）と卑下しつつも小侍従に手引きを頼み、女三の宮のもとに忍んでは「数ならねど」「身の数ならぬ一際に」（若菜下④二二四）と思いを畳みかける。死後、夕霧の夢に現れた柏木は形見の笛を託すが、夕霧は「この世にて数に思ひ入れぬ」（夕霧④三六二）ことがあるから無明の闇に迷っているのだろうと考える。[23]また、夕霧は、「数ならずとも、御耳馴れぬる年月も重なりぬらむ」（夕霧④四〇六）と落葉の宮に意中を伝えようとする。新編日本古典文学全集・頭注に「卑下した言い方ながら、以下に続く言葉には逆に自分の評判を自負する気持が透けてみえる」とある。女たちの例と異なり、子の将来を危惧するわけではない。夕霧を拒む落葉の宮は、柏木の父致仕の大臣への弁解として「数ならぬ身」を詠む。母親が更衣であったとはいえ、内親王である落葉の宮が「数ならぬ身」を詠むのである。

　何ゆゑか世に数ならぬ身ひとつをうしとも思ひかなしとも聞く　（夕霧④四八七）

直後、夕霧の愛人である藤典侍も、雲居の雁に同情して、次のように詠じて贈っている。

　数ならば身に知られまし世のうさを人のためにも濡らす袖かな　（夕霧④四八八）

藤典侍は、「数ならぬ身」では「人（雲居の雁）」のために涙を流すしかないという。この二首は贈答歌ではない。ところが、「数ならぬ」「世」「身」「うし」と用語が重なっている。しかし、雲居の雁の返歌に、「人」「世」「身」「うし」は見えても、「数ならぬ」は詠まれない（人の世のうきをあはれと見しかども身にかへんとは思はざりしを（夕霧④四八九））。夕霧をめぐる三者三様の立場や思いが浮き彫りになる。[24]

そして、宇治十帖は八の宮の物語から始まった。

　そのころ、世に数まへられたまはぬ古宮おはしけり。　（橋姫⑤一一七）

八の宮は、「世」に忘れられ、「数」えられなくなった人であった。弁の君も八の宮の境遇を「世の中に住まひたまふ人の数にもあらぬ御ありさまにて、さもありぬべき人々だに、とぶらひ数まへきこえたまふも見え聞こえずのみなりまさりはべるめるに」（橋姫⑤一四三～一四四）と語る。そこにようやく訪ねてきたのが薫であった。弁の君は、それを「数にもはべらぬ心にも」（橋姫⑤一四四）ありがたいこととし、柏木の秘密を「数ならぬ身のほどにはべれど」（橋姫⑤一六〇）知り得たこととして打ち明けている。薫の物語は、世間から「数」えられない八の宮や「数ならぬ身」の弁の君によってひらかれると言ってよい。「数」でない人たちの教えや語りをこそ、薫は求めるわけである。

実は、中の君も「数ならぬ」身の上を嘆いている。匂宮が紅葉狩りを口実にやってくるものの、明石の中宮の

「重々しき人数あまたもなくて」（総角⑤二九四）はなるまいとの配慮もあって自由がきかず、八の宮邸に立ち寄ることはできなかった。

数ならぬありさまにては、めでたき御あたりにまじらはむ、かひなきわざかなといとど思し知りたまふ。（総角⑤二九五）

中の君は、帝や中宮に溺愛される匂宮と自分の境遇の隔たりを自覚したのである。明石の君の例にみられたように、「かひなき」ことが思われている。匂宮が夕霧の娘六の君と婚約したと聞いたときにも、「さればよ、いかでかは、数ならぬありさまなめれば、かならず人笑へにうきこと出で来んものぞとは、思ふ思ふ過ぐしつる世ぞかし」（宿木⑤三八三）と思う。「数ならぬありさま」であるから、いつか「人笑へにうきこと」が起こるにちがいないと予想して過ごしてきたという。

げに、心あらむ人は、数ならぬ身を知らでまじらふべき世にもあらざりけり、とかへすがへすも、山路分け出でけんほど、現ともおぼえず悔しく悲しければ、（宿木⑤四二一）

おはせましかばと、口惜しく思ひ出できこえたまへど、それも、わがありさまのやうにぞ、うらやみなく身を恨むべかりけるかし、何ごとも、数ならでは、世の人めかしきこともあるまじかりけり、とおぼゆるにぞ、いとど、かのうちとけはてでやみなんと、思ひたまへりし心おきてには、なほ、いと重々しく思ひ出でられたまふ。（宿木⑤四七八～四七九）

まさに「世に数まへられたまはぬ古宮」の娘らしいというべきか、中の君は、「数ならぬ身」であることをわきまえずに「世」にまじらうべきではなかった、「世の人めかしきこと」など望むべくもなかったのだと悔やみながら、薫の求愛を拒み通した大君は正しかったと改めて評価する。これらが、浮舟の母中将の君が中の君が「幸ひ人」と呼ばれていても「もの思はしげに思したるを見」（東屋⑥三六）た、その内実であった。

さて、「数ならぬ身」を最後に詠じたのは、浮舟の失踪後に突然に登場した小宰相の君である。[25] 明石の中宮に仕える小宰相の君は、美しく嗜みがあり、琴にすぐれ、手紙を書くにも一趣向を加える女房で、浮舟を匂宮に奪われた薫にとっては、匂宮をはねつけているという毅然とした態度が魅力であるにちがいない。

あはれ知る心は人におくれねど数ならぬ身にきえつつぞふる　（蜻蛉⑥二四五〜二四六）

浮舟を失って悲嘆する薫の気持ちに寄り添い、共感しつつも、自分は「数ならぬ身」であるから消え入るしかないとする。和歌には、「かへたらば」と書き添えてあった。自分が浮舟の代わりに死んだのであったら、薫はこれほど悲しんだであろうかと言いこめるのである。浮舟が「数ならぬ身」を自覚する用例がなかったことが想起される。形代の物語が進行する中で、この「かへたらば」は軽くない。実際、薫は小宰相の君を「見し人（浮舟）よりも、これは心にくき気添ひてもあるかな」（蜻蛉⑥二四六）と評価する。[26]「かへたらば」は小宰相の君だけのものでなく、宿木巻の按察の君や母女三の宮のもとに集まっていたという、薫目当ての女たちに共通した「かへたらば」であったかもしれない。

明石の君が「数ならぬ」身の上から見事に栄華獲得に至ったのに対して、浮舟の場合は悲劇的な方向に進んでしまった。それもまた、正編と続編の物語の差異かもしれない。明石の君は娘を手放したことで「数ならぬ」身の上の苦悩がやがて報われたが、中将の君と浮舟の母娘関係はそうはならなかった。浮舟の失踪は女房の小宰相の君の里からの情報がきっかけとなって明石の中宮にもたらされ、浮舟の生存情報は小宰相の君から薫に伝えられる。宇治十帖の物語世界では、あたかも召人や女房（右近や侍従も含めて）が物語を動かしているかのようである。最後の「数ならぬ身」の和歌を女房が詠じていることも、象徴的であると思われる。

「数ならぬ」や「数まへられぬ」は、女君たちを呪縛し、避けられない現実として踏まえられて、「数」に入らないがゆえの恐れや屈折を示し、彼女たちの生き方を表す「煌めくことば」の一つであるにちがいない。その呪縛の中で生きる彼女たちの軌跡が、新しい物語を紡ぎ出す。中将の君の執拗な思念は、女たちの憂愁を継承し、抱え込んだ鬱屈でなかっただろうかと思うのである。

注

(1)　中将の君と浮舟の母娘関係については、鈴木裕子「〈母と娘〉の物語――その崩壊と再生」(『源氏物語』を〈母と子〉から読み解く』角川叢書、二〇〇五年)、安藤徹「父―母―子の幻想　聖家族の『心の闇』」(関根賢司編『源氏物語　宇治十帖の企て』おうふう、二〇〇五年)など。

(2)　高田祐彦「中将の君の身分意識をめぐって――浮舟物語論の序章――」(『源氏物語の文学史』東京大学出版会、二〇〇三年)。

(3)　原岡文子「幸い人中の君」(『源氏物語の人物と表現　その両義的展開』翰林書房、二〇〇三年)。また、拙稿「男のことば・女のことば――『二心』なき男と『数』ならぬ身の女――」(助川幸逸郎・立石和弘・土方洋一・松岡智之編『新時代への源氏学5　構築される社会・ゆらぐ言葉』竹林舎、二〇一五年)参照。

(4)　浮舟の物語の「幸ひ」と「人笑へ」が対極にあることは、原岡文子「浮舟物語と『人笑へ』」(『源氏物語の人物と表現　その両義的展開』翰林書房、二〇〇三年)。本論では、「幸ひ」や「数ならぬ」「人数」などと「人笑へ」の交錯に注意したい。

(5)　新編日本古典文学全集・頭注に、「薫への賞賛から反転して、貴人とのかりそめの関係の不幸を思う。すでに中将の君の『数ならぬ身』の嘆きは繰り返されてきた(一七・三六・三九ページ)が、その身の痛恨と薫礼賛がやや矛盾したまま、浮舟が薫の前にさし出される趣である」とあり、「数ならぬ身」表現に注意が促されている。また、諸注が『河海抄』の引く「数ならぬ身には思ひのなかれかし人なみなみに濡るる袖かな」をあげる。

（6）後に右近が「心憂き身なりとのみ、いはけなかりしほどより思ひ知るを、人数にいかで見なさんとのみよろづにあつかひたまふ母君の、なかなかなることの人笑はれになりはてば、いかに思ひ嘆かんなどおもむけてなん、常に嘆きたまひし」（蜻蛉⑥二三三）と浮舟について語っている。母の娘を「人数にいかで見なさん」という強い思いや奔走を、浮舟は当然ながら意識していた。

（7）薫も、女二の宮に浮舟の存在を「さばかりの数だにはべるまじ」（浮舟⑥一六二）と言い、心配するほどの身分の女ではないと諭している。

（8）注（2）に同じ。

（9）武者小路辰子「中将の君」（秋山虔・木村正中・清水好子編『講座　源氏物語の世界〈第九集〉』有斐閣、一九八四年）。

（10）大竹明香「浮舟と『数ならぬ』・『身のほど』の意識――明石の君・中将の君をとおして――」（『立教大学日本文学』第一一七号、二〇一七年一月）は、本論と重なるところが多い。また、荒井由美子「『とはずがたり』女楽における『源氏物語』引用――二条と明石の君をつなぐ『数ならぬ身』――」（『学芸古典文学』第六号、二〇一三年）は、明石の君に五例見える「数ならぬ」用例が『とはずがたり』に影響していることを指摘する。なお、『とはずがたり』の「数ならぬ」については、加賀元子「『とはずがたり』『数ならぬ身』考」（島津忠夫・上條彰次・廣田哲通編『『とはずがたり』の諸問題』和泉書院、一九九六年）がある。なお、これらの論が「数ならぬ」表現に着目するのに対し、本論では「数まふ」「人数」なども重要であると考えている。

（11）明石の君が「数ならぬ」ことを嘆く一方で、光源氏一行は「数知らず」（澪標②三〇三）ほどの大勢であった。

（12）秋好中宮が腰結役をつとめた明石の姫君の裳着の儀は、「御方々の女房おしあはせたる、数しらず見えたり」（梅枝③四一三）という盛儀となる。

（13）明石の女御の出産に際して、「寺々、社々の御祈祷、はた、数も知らず」（若菜上④一〇三）とある。

(14)　明石の君は前掲「数ならでなにはのこともかひなきになどみをつくし思ひそめけむ」（澪標②三〇七）と詠んでいたが、ここでも「数ならぬ」ことと「かひ」のないことが結びついている。明石の君が自身を「かひあり」となかなか思えないことについては、照井裕子「明石一族の対構造――呼称と〈かひある〉〈かひなし〉を手掛かりに――」（『物語研究』第十四号、二〇一四年三月）が示唆に富む。

(15)　三田村雅子「明石からの手紙」（『源氏物語――物語空間を読む』ちくま新書、一九九七年）。

(16)　紫の上が筆跡を朧月夜や朝顔の斎院に並べられることを「この数にはまばゆくや」（梅枝③四一六）と謙遜したことはあった。

(17)　長谷川政春「源氏物語の〈さすらい〉の系譜」（『物語史の風景――伊勢物語・源氏物語とその展開――』若草書房、一九九七年）。

(18)　二条東院では「つれづれの数のみまされど」（初音③一五二）という有様であった。彼女たちは玉鬘の裳着の儀に際しても「とぶらひきこえたまふ数ならねば」（行幸③三一三）という立場であるが、末摘花は「知らせたまふべき数にもはべらねば、つつましけれど」（行幸③三一四）と祝いの贈り物をしてしまう。なお、六条院の花散里も、夕霧によって「かかる御仲らひに、いかで東の御方、さるものの数にて立ち並びたまへらむ」（野分③二六九）と思われている。しかし、光源氏の四十の賀においては「もののしき数にもまじらひたまはましとおぼえたるを、大将の君（夕霧）の御ゆかりに、いとよく数まへられたまへり」（若菜上④一〇二）と語られる。

(19)　光源氏も「北の町にものする人（明石の君）の列にはなどか見ざらまし」（玉鬘③一二六）と言う。しかし、紫の上は「さりとも明石の列には、立ち並べたまはざらまし」（玉鬘③一二六）とそれを否定する。「列」の関係構造も露呈している。

(20)　夕霧は、玉鬘の出仕について、六条院にはすでに女たちがいるから、光源氏は玉鬘を「えその筋の人数にはものしたまはで、棄てがてらにかく譲りつけ」（藤袴③三三六〜三三七）たのだろうと、内大臣が噂をしていると皮肉る。以前、玉鬘を姉と信じる夕霧は「人数ならずとも、かかる者さぶらふとまづ召し寄すべくなむはべりける」

（玉鬘③一三二）と挨拶していた。

(21) 髭黒は以前、「数ならばいとひもせまし長月に命をかくるほどぞはかなき」（藤袴③三四四）という和歌を玉鬘に贈っている。

(22) 光源氏は、六条の御息所に対して「数ならぬ身を見まうく思し棄てむもことわりなれど」（葵②三二）と嫌味めいて言い、女五の宮に「知らぬ世にまどひはべりしを、たまたま朝廷に数まへられたてまつりては」（朝顔②四七〇）と帰京を報告する。薫は、「ただ今は、さらに思ひしづめん方なきままに、悔しきことの数知らず、かかることの筋につけて、いみじうもの思ふべき宿世なり」（蜻蛉⑥二一六）とそれまでを顧み、妻の女二の宮が明石の中宮や女一の宮に「数まへ」られていないことを「思しめし数まへさせたまはんこそ、うれしく」（蜻蛉⑥二五五）と訴えている。

(23) 柏木は、病気のために実家に戻るのに際して、一条の御息所に「数ならぬ身にて」（若菜下④二八二）と別れを言っている。

(24) 近藤美奈子「『源氏物語』夕霧巻の『数ならぬ』表現の和歌をめぐって」（『甲南国文』第四十七号、二〇〇〇年三月）参照。この三者の詠歌については、今後の課題である。

(25) 加藤宏文「源氏物語、端役の魅力――心ばせある方、数ならぬ身、小宰相君――」（『山口大学教育学部研究論叢（人文科学・社会科学）』第四十九巻第一部、一九九九年十二月）。「かへたらば」と添えられているところからは、雲居の雁が「……身にかへんとは思はざりしを」（夕霧④四八九）と詠んでいた「身にかふ」が思い出される。

(26) 中将の君の叔母は八の宮の北の方であり、彼女は大臣の孫にあたる。浮舟の身分の境界性については、三田村雅子「召人のまなざしから」（『源氏物語　感覚の論理』有精堂、一九九六年）など。

＊付記　『源氏物語』の引用は新編日本古典文学全集（小学館）による。

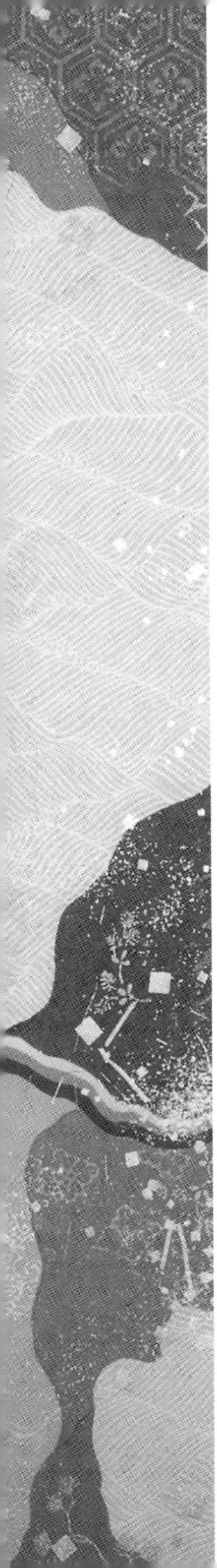

Ⅲ　『源氏物語』と平安文学のことば

歌合から源氏物語へ ―題詠と巻名―

清水婦久子

一　源氏物語の巻名と歌合

源氏物語の巻名は、本文に記載がなく物語冊子の題箋にのみ記されていることや、本文をともなわない異名が伝わることなどから、後世の読者が物語のことばや和歌によって名付けられたものだと説明されることが多い。

しかし、その説には確たる根拠がなく、「若紫」「夢浮橋」など物語本文にない巻名についての説明も不十分である。筆者は、巻名となったことば五十四と異名十三すべての用例を検討し、巻名にまつわる歌や物語場面が、源氏物語成立以前の和歌や歌の行事を基にして作られていたこと、それらの歌や行事が物語の準拠であり、巻名が物語の主題を示すキーワードでもあったことを論証してきた[1]。巻名の八割以上が歌語（または歌語の組み合わせ）によるが、歌に例がなく歌語になり得ない巻名も、歌の行事に関わっている。

そして、巻名となった言葉の初出例や源氏物語の場面の源泉となる歌の多くが、歌合や歌会における例であることも明らかになってきた[2]。この事実は、物語の生成過程を考える大きな手がかりとなる。筆者はこれまで源氏物語の巻名を〈物語のお題〉と想定して説明してきた。例えば、伝説上の謎の木である「帚木」とは何か、貴族になじみの薄い「夕顔」とはどんな花なのか、それらを〈お題〉として物語を作ったらどうか、といった具合に〈物語の題〉が提示（設定）され、個々の物語場面が作られたのではないか、と考えた。巻名が作者の命名によると主張した玉上琢彌や清水好子も、作者が物語執筆時に自分で巻名を名付けたと説明し[3]、筆者自身も当初はそのように考えていた。しかし、巻名の基になった歌語や言葉の多くが歌合に基づくこと、中には歌合の題を基にしていた例のあることに気づいたとき、源氏物語の歌が〈題詠〉で作られ、巻の中心となる場面が〈題作〉されたのではないかと考えた。そして、歌合や歌会において天皇や識者が〈歌題〉を与えたように、源氏物語の巻名も、目上の者や当時の知識人が提示した〈物語題〉だったのではないかと考えるに至った。

巻名と和歌との直接の関わりは明らかで、地の文にしかない例も古来の和歌に由来するものが大半である。「葵」「逢ふ日」、「澪標」「身を尽くし」、「胡蝶」「来《こ》てふ」などのように、掛詞として歌に詠まれる一方、すべて漢字一文字から三文字で表記され、「玉鬘」「玉葛」や「朝顔」「槿」のように複数の漢字表記が伝わる。源氏物語の巻名は、歌語と詩語、歌合と詩宴の両方に由来した重層的な意味を有し、それが物語の主題を表している。

橋本不美男は「王朝和歌の題詠は賦詩題と詠史題という漢詩の詩題に影響され、それに則ってはじまった」と述べ、宇多天皇の時代、賦詩の雅宴を好み、その後宴の余情を楽しむ傾向から、詩歌同題による歌の詠進を生むことになったと論じた[4]。つまり、歌合の歌題は、漢詩の句題や賦詩の宴の詩題でもあり得た。源氏物語の巻名が和漢両方の性格を有しているのは、こうした題詠の文化を踏まえたものと考えられる。

典型的な例として「松風」がある。貞元元（九七六）年の**野宮庚申夜歌合**（順集、一六三の詞書）において、「きんに風の音かよふ」という「題」で詠んだ斎宮女御徽子女王の名歌がある。

琴の音に峰の松風かよふらしいづれの緒よりしらべそめけむ（拾遺集、雑上、四五一、斎宮女御）

松風巻の引歌として諸注はこの歌を挙げるが、同様の表現は、既に寛平四年（八九二）頃の**寛平御時后宮歌合**にもある。

琴の音に響きかよへる松風はしらべてもなく蝉の声かな（寛平御時后宮歌合、夏、七五）

いずれも李嶠百二十詠「松風入琴」の句題和歌である。同じく漢詩に基づく「峰の松風」の句は後撰集の兼輔歌（夏、一六七）にもある。これらは、賢木巻の野宮の場面にも引かれ、また松風巻の明石君の物語が作られた。寛平后宮歌合や野宮庚申歌合において漢詩の題が与えられた句題和歌と同様、源氏物語においても、「松風」を〈題〉として、斎宮女御の歌の情景と舞台を基にして松風巻が作られた、と考えてみたい。

歌合と源氏物語の関わりという点では、絵合巻において絵合が后の御前と帝の御前の二度行われ、前者が物語合であることが、源氏物語の成り立ちと歌合との密接な関わりを示している。帝の御前の内裏絵合が天徳四年（九六〇）**内裏歌合**を基にしていただけでなく、后の御前の絵合が天禄四年（九七三）の**円融院扇合**の強い影響のもと作られていたことは、峯岸義秋が既に論証している。[5] 絵合・松風の二巻が続いていることにも意味があるだろうが、以下、これより後の、六条院を舞台とした物語の巻名と歌合との関わりに焦点を当てて論じる。

二　歌語・歌題から巻名「螢」へ

渡辺秀夫は、同じ題で漢詩と和歌を詠む「和漢兼作」が延喜・天暦の時代に行われた例を挙げ、寛平四年（八九二）頃の**是貞親王家歌合**に、初めて和歌の題材として「螢」が登場することを指摘した。[6]

秋くれば深山里こそわびしけれ夜は螢をともしびにして　（是貞親王歌合、四）
おく露に朽ちゆく野辺の草の葉や秋の螢となりわたるらむ　（同、四十四）

「螢」と言えば、「長恨歌」の「夕殿螢飛思悄然」で親しまれ、源氏物語でも源氏がその句「夕殿に螢飛んで」（幻巻、一四一八）とつぶやく。つまり、詩語であった「螢」が、是貞親王歌合で歌語になったことになる。

源氏物語では、螢の飛び交う様や長恨歌を引用した場面などがあるが、灯火の形容にも用いられる。

ひまひまより見ゆる火の光、螢よりけにほのかにあはれなり　（夕顔巻、一〇五）
いと木繁きなかより、かがり火どもの影の、遣水の螢に見えまがふもをかし　（薄雲巻、六三一）

このうち夕顔巻の引歌として、古注以来の諸注が、次の歌を引用する。

夕されば螢よりけに燃ゆれども光見ねばや人のつれなき　（古今集、恋二、五六二、友則）

実はこれも、寛平御時后宮歌合における歌（五八）である。友則はまた、延喜三年（九〇三）頃の三月、貫之主催の紀師匠曲水宴和歌でも、「打懸水際明」の句題によって、次の歌を詠んでいる。

みぎはゆく螢よりけにかがり火の影もあかくぞ見え渡りける　（曲水宴和歌、八、友則）

もとは詩を賦す曲水宴において初めて和歌を詠じた会で、寛平御時后宮歌合と同様、古今集撰集に深く関わった宴である。[7] 薄雲巻の引歌としては、こちらの歌がふさわしい。諸注は「螢よりけに」を古今集からの引歌として示すが、もとは歌合・歌会（宴）における題詠歌であったことに注目したい。

螢巻では、源氏が「螢を薄きかたにこの夕つ方いと多くつつみおきて光をつつみ隠し」て放ち、簾越しに玉鬘の透き影を映して兵部卿宮の心を惑わせた。その場面は、伊勢物語三十九段の源至の話や、大和物語と後撰集に伝えられた「桂のみこ」孚子内親王にまつわる歌語りを基にしている。

桂のみこの蛍をとらへてといひ侍りければ、童のかざみの袖につつみて
つつめどもかくれぬ物は夏虫の身よりあまれる思ひなりけり
（後撰集、夏、二〇九、よみ人知らず）

そして蛍巻における蛍兵部卿宮と玉鬘の贈答歌、

なく声も聞こえぬ虫の思ひだに人の消つには消ゆるものかは
（蛍巻、八〇九、蛍宮）

声はせで身をのみこがす蛍こそ言ふよりまさる思ひなるらめ
（同、玉鬘）

は、後撰集歌「つつめども……」と、次の歌を基にして作られている。

音もせで思ひにもゆる蛍こそなく虫よりもあはれなりけれ
（後拾遺集、夏、二一六、源重之）

重之百首（重之集、二六四）であり、後拾遺集の詞書「蛍をよみはべりける」からも、広義の題詠歌と言える。

寛和二年（九八六）**花山天皇内裏歌合**では、「霞、鶯、子日、桜、山吹、郭公、瞿麦、菖蒲、蛍、織女、霧、月、松虫、網代、紅葉、時雨、霜、雪、祝、恋」が兼日兼題として与えられ、「蛍」題では次の二首が詠まれた。

なく声も聞こえぬものの悲しきは忍びにもゆる蛍なりけり
（寛和二年内裏歌合、左、一七、善忠）

いさり火の浮かべる影と見えつるはまがきのしまの蛍なりけり
（同、右、一八、惟成）

このうち左歌の第一、二句が蛍宮の歌と一致する。右歌は先に見た友則歌や貫之歌、それに基づく夕顔巻や薄雲巻の例に相当するのに対して、蛍巻では、重之歌や左歌のように、「思ひ」「忍ひ」と「火」を掛詞として声も出さない恋心を表す発想と表現が選ばれたのである。このように、蛍という巻名とその物語は、詩語や歌語に由来するだけではなく、蛍を歌題とした歌合の題詠を意識していたことがうかがえる。

三　歌語・歌題から巻名「篝火」へ

正暦年間（九九〇〜五）花山院歌合では、郭公、卯花、橘、夏草、蛍、瞿麦、蚊遣火、水鶏、祝、恋の十題が選ばれ、源氏物語の巻名「蛍、常夏、篝火」に似た歌題が続く。萩谷朴によると、歌題「蚊遣火」の初出は能宣集にある「ある所の歌合」（『歌合大成』六七）で、歌題は、霞、梅、春風、岩躑躅、卯花、子規、夏虫、蚊遣火、刈萱、秋霧、女郎花、薄、時雨、初霜、雪、氷の十六題、うち「氷」も初出とされる。(8) 蚊遣火の歌を引用する。

夜もすがら下燃えわたる蚊やり火に恋する人をよそへてぞ見る（能宣集、二六九）

「蚊遣火」と「篝火」では景物の実体は異なるが、「（わが）身」「下燃え」という共通する表現がある。(9)

夏なれば宿にふすぶる蚊やり火のいつまでわが身下燃えをせむ（古今集、恋一、五〇〇、よみ人知らず）

かがり火にあらぬわが身のなぞもかく涙の川に浮きて燃ゆらむ（同、五二九、よみ人知らず）

かがり火の影となる身のわびしきは流れて下に燃ゆるなりけり（同、五三〇、よみ人知らず）

篝火巻では、この共通語を介して、篝火と蚊遣火という二つの歌語の用法を合わせている。初秋、源氏は玉鬘の部屋の前が暗いので、遣水のほとりの檀の木蔭に篝火をともさせ、玉鬘と次の歌を交わした。

かがり火にたちそふ恋の煙こそ世にはたえせぬ炎なりけれ（篝火巻、八五六、源氏）

ゆくへなき空に消ちてよかがり火のたよりにたぐふ煙とならば（同、八五七、玉鬘）

古今集の「かがり火」を受け継ぎながらも、蚊遣火の歌に用いられる「煙」を加えている。源氏は歌に続けて「いつまでとかや、ふすぶるならでも苦しき下燃えなりけり」と言う。これは、蚊遣火を詠んだ古今集歌「夏なれば……」による表現であり、同時に古今集歌「かがり火の影となる身の……下に燃ゆるなりけり」をも踏まえる。
「蚊遣火」は花山院歌合では既に歌題となっていたが、歌語としての初出例は、寛平御時后宮歌合であろう。

夏草のしげき思ひは蚊やり火の下にのみこそ燃えわたりけれ　（寛平后宮歌合、五二）

能宣集には蚊遣火の煙を詠む歌が二首あり、正暦四年（九九三）東宮居貞親王主催の帯刀陣歌合には、蚊遣火、瞿麦、螢の題が選ばれ、うち「蚊遣火」の題で、次の歌が詠まれている。

蚊やり火のけぶりを夏のよもすがらあふぎかへして明かすころかな　（帯刀陣歌合、左、一一）

あやなしや宿の蚊やり火つけそめてかたらふ虫の声をさけつる　（同、右、一二）

「篝火」はどうだろうか。貫之は、延喜二年（九〇二）五月中宮の屏風歌で「鵜川」の題で次の歌を詠んだ。

大空にあらぬものから川上に星とぞ見ゆるかがり火の影　（貫之集、一五一）

延喜六年（九〇六）月次屏風歌では、「五月ともし」「六月うかひ」題で、次の二首を詠んでいる。

さ月やみこの下やみにともす火は鹿のたちどのしるべなりけり　（貫之集、九）

かがり火の影しうつればむばたまのよかはの底は水ももえけり　（同、一〇）

延喜三年紀師匠曲水宴和歌には「灯懸水際明」の題による「かがり火」の歌が、先の螢の友則歌を含み七首ある。

みな底の影も浮かべるかがり火の数だに見ゆる春のよひかな　（曲水宴和歌、二、躬恒）

白玉のふれるとやみむみぎはよりさやけく散れるかがり火の影　（同、一一、興風）

底にさへ照りつつふかきかがり火の影にぞ春の色も見えける　（同、一四、千里）

みぎはより照りて渡れるかがり火の影は知られぬものにぞありける　（同、一七、是則）

なみまより照りつつ見ゆるかがり火の影にも深き春のよひかな　（同、二〇、忠岑）

かがり火の上したわかぬ春の夜は水ならぬ身もさやけかりけり　（同、一二三、貫之）

以上、和歌の詠み方としては、篝火は水辺にあって影が映る灯り、蚊遣火は身近にあって煙が「ふすぶる」もの、という使い分けがなされていることがわかる。紫式部の二首や源氏物語の薄雲巻でも、古今集の「かがり火の影となる身の」歌を踏まえる。そして、延喜十三年（九一三）亭子院歌合と、その趣向を模した天徳四年（九六〇）内裏歌合では、「かがり」「かがり火」は歌語でも歌題でもなく、歌を入れる州浜の造り物であった。[10]

夜（余）の歌は鵜舟してかがりにいれてもたせたり　（亭子院歌合、日記）

恋の歌は鵜舟してかがり火にいれたり　（天徳内裏歌合、仮名日記）

篝火を遣水のほとりにともした六条院の前栽は、前栽合における州浜を再現したものと言える。これに対して、恋の煙を導く篝火巻の歌は、伝統的な「かがり火」とは異なり、古今集や歌合における「蚊遣火」の歌に近い。源氏物語の巻名は、歌語や歌題から無作為に選ばれたものではなく、より複雑で重層的な意味に変化成長させ、六条院の風雅な光景を表しつつ、心情表現に効果をもたらしたことばだったのである。

四　歌語・歌題から巻名「常夏」へ

歌題「瞿麦」も確認する。先に見た寛和二年の花山天皇内裏歌合の「瞿麦」題の歌は次の二首である。[11]

とこなつにかはらぬ色は山がつの年ふる宿の垣根にぞ咲く　（寛和二年内裏歌合、瞿麦、左、一一、戒秀）

一人ぬる宿のとこなつ朝ごとに露けく見えて幾夜へぬらむ　（同、瞿麦、右、一二、弾正宮上）

左歌の「とこなつに」は花の名に加えて、「常しえに懐かしい」の意味を含む。[12]「瞿麦」を題にした最も早い例は、延喜五〜八年（九〇五〜八）の本院左大臣家歌合（時平前栽合）に見られる。題は「なでしこ　す丶き　かるかやをみなへし　らに　はぎ　山立花　もみぢ　たけ　しをに　ときはぎ　りむだう」で、「なでしこ」題では「とこなつ」と「なでしこ」の歌が詠まれた。

秋の野の花は咲きつつうつろへどいつともわかぬ宿のとこなつ　（本院左大臣家歌合、瞿麦、左、一）

秋の野と見るよりもまた足引の大和なでしこ咲きにけるかな　（同、瞿麦、右、二）

この歌合に倣ったのか、延長五年（九二七）忠平主催の東院前栽合にも、「松　露　紫苑　芸　女郎花　刈萱　菊　蘭　瞿麦　竜胆　三稜草　桔梗　山菅」の題が提示され、「瞿麦」題で次の歌が詠まれた。

百草のときにつけつつ咲く中にいつともわかぬとこなつの花　（東院前栽合、瞿麦、左、一七）

よろづ代に寝るとこなつの花なればうつろふ秋も待たれざりけり　（同、瞿麦、右、一八）

左歌は、本院左大臣家歌合の左歌「秋の野の……」を意識したものであろう。この頃には「瞿麦」題で「とこなつ」を詠むことが定着していたのか、天暦十年（九五六）の宣耀殿女御瞿麦合でも「とこなつ」の歌が詠まれている。元真集にある天徳三年（九五九）八月二十三日の斎宮女御徽子女王前栽合では「花すすき、をぎ、蘭、なでしこ、きくのはな、もみぢ」の題があり、「なでしこ」題で次の歌が詠まれた。

露むすぶ風は吹くともとこなつの花のさかりに見ゆる秋かな　（元真集、七一）

さて、常夏巻では、帚木巻の贈答歌を受けて、源氏が「なでしこのとこなつかしき」と詠む。

山がつの垣ほ荒るとも折々にあはれはかけよなでしこの露　（帚木巻、五六、夕顔）

さきまじる色はいづれとわかねどもなほとこなつにしくものぞなき　（同、五七、頭中将）

うち払ふ袖も露けきとこなつにあらしふきそふ秋もきにけり　（同、五七、夕顔）

なでしこのとこなつかしき色を見ばもとの垣根を人やたづねむ（常夏巻、八三六、源氏）
山がつの垣ほにおひしなでしこのもとの根ざしをたれかたづねむ（同、玉鬘）

これらの本歌として、古注は、次の三首を挙げる。

あな恋し今も見てしが山がつの垣ほにさける大和なでしこ（古今集、恋四、六九五、よみ人知らず）
塵をだにすゑじとぞ思ふさきしより妹とわが寝るとこなつの花（古今集、夏、一六七、凡河内躬恒）
彦星のまれにあふ夜のとこなつはうち払へども露けかりけり（後撰集、秋上、二三〇、よみ人知らず）

この三首に加えて、帚木・常夏の二巻は、天禄三年（九七二）女四宮歌合（規子内親王前栽合）における複数の歌を基にして作られている。

とこなつの露うち払ふよひごとに草のかうつる我がたもとかな（女四宮歌合、芸《くさのかう》、一三、左衛門君）
山がつの垣ほのほかに朝夕の露にうつるなでしこの花（同、瞿麦、二二、こもき）
秋ふかく色うつりゆく野辺ながらなほとこなつに見ゆるなでしこ（同、瞿麦、二三、藤原高忠）
秋もなほとこなつかしき野辺ながらうたがひおける露ぞはかなき（同、順判、二四　順集、一五二）

先の徽子女王前栽合と同じく斎宮女御主催の前栽合である。帚木巻の贈答歌、夕顔巻の「かの頭中将のとこなつうたがはしく」という表現、そして常夏巻の歌も、この前栽合に由来する。

早くから歌題・歌語として定着していた「なでしこ」は、源氏物語の巻名には採用されず、その異名「常夏」が巻名となった。これは、歌題「瞿麦」をただ言い換えただけではない。「なでしこのとこなつかしき」と、かつて撫子であった娘が成長して、常しえに懐かしく思い出す夕顔（かつての常夏の女）の面影をもつ大人の女性「とこなつ」になった物語の題として選ばれたのである。歌題「蚊遣火」を基にしながら巻名を「篝火」としたように、伝統的な歌題「瞿麦」を基に、「撫子」が長い年月を経て「常夏」に成長した物語が作られたのである。

五　歌合から「野分」「行幸」「藤袴」巻へ

以上に見た通り、玉鬘に関わる螢、常夏、篝火の三巻は、前栽合の歌題と歌語を巻名として作られたことがうかがえる。歌合との関わりは、それに続く野分、行幸、藤袴の三巻にも見られる。

藤袴巻の物語において、夕霧は、「蘭（らに）の花のいとおもしろき」を玉鬘に贈り、次の贈答歌をかわす。

同じ野の露にやつるる藤袴あはれはかけよかことばかりも（藤袴巻、九二〇、夕霧）

たづぬるにはるけき野辺の露ならば薄紫やかことならまし（同、玉鬘）

歌語「藤袴」の例は、寛平御時后宮歌合が初出と思われる。

秋風にほころびぬらむ藤袴つづりさせてふきりぎりす鳴く（寛平后宮歌合、秋、左、九四）

そして、後の前栽合の先蹤となった本院左大臣家歌合には、「蘭」の題において詠まれた歌がある。

おぼつかな秋来るごとに藤袴たがためにとか露の染むらむ（本院左大臣家歌合、蘭、九）

おく霜にいくしほ染めて藤袴今はかぎりと咲きはじむらむ（同、蘭、一〇）

「瞿麦」の題で「とこなつ」が詠まれた延長五年の東院前栽合でも「蘭」の題で「藤袴」が詠まれた。

きる人を野辺や知るらむ藤袴いたづらにのみ露のおきつつ（蘭、右、一六）

また、「なでしこ」題で「とこなつ」の歌が詠まれた天徳三年の斎宮女御前栽合でも、元真は「蘭」の題で、武蔵野の「藤袴」が「若紫」に染まったと詠んでいる。

武蔵野の草のゆかりに藤袴若紫に染めてにほへる　（元真集、七〇）

「藤袴」と言えば、古今集ではもっぱらその香りが詠まれ、匂兵部卿巻でも「秋の野にぬしなき藤袴ももとの香りは隠れて」（一四三六）とするが、藤袴巻には、古今集で「香ににほふ」とされた香り高い藤袴は見られず、玉鬘の返歌でも「薄紫」という色で表し、香りには触れない。古今集の表現と藤袴巻のこの相違を埋めるのが、「蘭」の題で、「藤袴」を「染む」と詠む本院左大臣家歌合と斎宮女御前栽合の歌である。中でも元真歌は「若紫」という色で表し、若々しい紫色に「にほへる」と転じた。この歌は若紫巻の本歌でもあるが、(13)「蘭の花」を題材として「藤袴」の贈答歌をかわす藤袴巻は、これら前栽合の題と歌を基にして作られていたのである。

源氏物語の野分巻において「野分」ということばは、地の文にのみあって和歌には出てこないが、後撰集時代には歌語として定着しており、大和物語と宇津保物語の和歌、敦忠集、そして斎宮女御集にも例が見られる。

近き木の野分は音もせざりきや荻ふく風はたれかききけむ　（斎宮女御集、三八）

この歌は、応和元年（九六一）「堀川殿の北の方」兼通の妻・能子女王から「野分したるつとめて」贈られてきた歌である。先に触れた賢木巻や松風巻の他にも、初音巻の明石君の歌や手習巻など、源氏物語の場面や歌がたびたび斎宮女御の歌や事蹟、斎宮女御主催の前栽合を基にしている。また、野分巻の巻頭に「中宮の御前に秋の花を植えさせたまへること」（八六三）と語られる秋好中宮（もと斎宮女御）には、現実の斎宮女御が重ねられている。そして野分巻における明石君の歌も、能子女王と同じく、荻の風の音を詠んでいる。

おほかたに荻の葉すぐる風の音も憂き身一つにしむここちして　（野分巻、八六四、明石君）

明石君の歌は斎宮女御に関わる歌を基にしている例が多いことから、前稿では「斎宮女御集の歌のことばから巻名が付けられ、野分の物語が作られたと思われる」と述べた。(14)ただし、歌合との関係については補足が必要となる。

「野分」の用例は公任集に二首あり、うち一首は、花山天皇の女御諟子（公任の妹）主催の某年秋女御諟子男女房歌合（『歌合大成』九六）の負態において倫範が公任に贈った歌である。

霧深き色にまされる花の枝をいかに定めし野分なりけむ　（公任集、一〇一、倫範）

この開催時期を、萩谷は永祚元年（九八九）前後と推測している。[15]従って、「花の枝をいかに定めし」と詠んだ倫範歌は、夕霧が六条院の女君たちを花に喩えて見定める野分巻の由来になり得たであろう。

源氏物語の行幸巻は、大原野への狩の行幸が中心となっている。

雪深き小塩の山にたつきじのふるきあとをも今日はたづねよ　（行幸巻、八八七、冷泉院）

小塩山みゆき積もれる松原に今日ばかりなるあとやなからむ　（同、八八八、源氏）

この場面は、仁和二年（八八六）光孝天皇芹川行幸の際の行平歌と、それを基にした伊勢物語百十四段による。[16]

仁和のみかど、嵯峨の御時の例にて芹川に行幸したまひける日

嵯峨の山みゆきたえにし芹川の千代のふる道あとはありけり　（後撰集、雑一、一〇七六、行平）

同じ日、鷹飼ひにて、狩衣のたもとに鶴の形をぬひて、書き付けたりける

翁さび人なとがめそ狩衣今日ばかりぞとたづも鳴くなる　（同、雑一、一〇七七、行平）

芹川行幸は十二月十四日で、この歌の「みゆき」にも、行幸巻と同様「深雪」の意味が込められている。「みゆき」を行幸と雪の掛詞で用いた歌は、延喜二十一年（九二一）三月の京極御息所歌合にも見られる。

今はしも花とぞいはむ春日野の春のみゆきを何とかは見む　（京極御息所歌合、一七）

春日野の今日のみゆきはかきくらしふる里までぞ降りて散りける　（同、四九、忠房）

春知らで年ふる里はみゆきをぞしばしも花とたのむべらなる　（同、五〇）

宇多法皇と御息所褒子の春日神社参詣の折に大和守藤原忠房が献上した歌に対して伊勢を含む女房が返歌を二首ずつ詠んで歌合に仕立てたもので、他に「春日野の若紫」[17]二例など、源氏物語の巻名に関わる歌が見られる。

むすび

六条院を舞台とした物語の巻名のうち、螢、常夏、篝火の三巻は、花山院主催の前栽合の歌題・歌語と重なり、藤袴巻も前栽合の歌題・歌語に由来していた。そして、野分と行幸の二巻にも、十世紀の歌合の影響が見られた。となれば、個々の巻名の成り立ちだけでなく、前栽合における州浜のような六条院を舞台とする物語の構成や長編化の構想についても、歌合や歌会などとの関連を考えるべきであろう。

六条院構想の基本は四季の町であり、乙女巻や胡蝶巻で語られる春秋優劣論から発している。これこそ、万葉集以来、歌合や歌会の題とされてきたことであり、その一つが、応和三年（九六三）の宰相中将君達春秋歌合である。この歌合で宰相中将伊尹の妻・恵子女王と、その妹で村上天皇の麗景殿女御・荘子女王を「春の御方」「秋の御方」と呼んでいることは、六条院の「春の上」「冬の御方」という呼び名の基になり、「桃園の宮の御方」恵子女王から花の枝を折って贈ったことは、梅枝巻で、桃園の朝顔宮から白梅の枝が贈られてきたこととも重なる。伊尹やその父師輔、弟の高光の歌や事蹟が源氏物語の巻名に関わる歌や場面の基になっていたことは既に指摘した[18]が、六条院を舞台とする物語については、特にこの春秋歌合の影響が大きい。

このほか、寛平御時后宮歌合には、古今集収録歌とは別に、源氏物語の巻名となったことば――空蟬、螢、蚊遣火、松風、撫子、藤袴、若菜の歌が見られる。また、延喜五年（九〇五）平貞文歌合には、是則の帚木の歌と忠岑の空蝉の歌があり、「若紫」の歌が詠まれた本院左大臣歌合、京極御息所歌合、斎宮女御前栽合には、常夏、蘭（藤袴）、行幸、若菜などのことばを詠み込んだ歌がある。

以上のことから、源氏物語の巻名が、歌合の歌題に匹敵するものとされた可能性を考える必要があるだろう。歌合の歌が題によって作られた題詠歌であるのだから、その題や言葉による源氏物語の巻名もまた、歌合の題のような役割を持っていたのではないだろうか。もとは歌合の歌や題詠歌であっても、詞書に題が記されていなければ詠作事情がわからないのと同様、物語制作時に提示された源氏物語の巻名も時を経て逸した、と考えることはあながち無理な推論ではないと思う。源氏物語が作られた一条天皇の時代に内裏歌合も勅撰集の編纂もなかったこと、源氏物語以後に絵合や物語合が催されるようになること、そして、十巻本歌合の編集が、頼通晩年の時代に行われたことも無関係ではないだろう。

注

（1）拙著『源氏物語の巻名と和歌　物語生成論へ』（二〇一四年、和泉書院）

（2）注（1）の拙著第十章「源氏物語の成立と巻名」（初出は二〇一一年、三弥井書店『源氏物語の展望9』）。なお、本稿で言う歌合とは勝敗を分けるものだけでなく、題詠を旨とした初期のさまざまな歌合・歌会（宴など）を含む。

（3）玉上琢彌『源氏物語評釈第二巻』（一九六五年、角川書店）「若紫巻を読む前に」、清水好子『源氏物語論』（一九六六年、塙書房）第四章

（4）橋本不美男『王朝和歌史の研究』（一九七二年、笠間書院）第四章第四節「歌題の生成と展開」、橋本『王朝和歌資料と論考』（一九九二年、笠間書院）第Ⅰ部第二章「古今和歌集と歌壇」（初出は一九八七年、有精堂出版『一冊の講座　古今和歌集』）

(5) 峯岸義秋『歌合の研究』第六編第一章「歌合の後代文学への影響」（一九五四年、三省堂）
(6) 渡辺秀夫「古今集時代における白居易」（一九九三年、勉誠社『白居易研究講座　三』）
(7) 橋本不美男「紀師匠曲水宴和歌について」（注（4）の『王朝和歌史の研究』　初出は一九六三年『語文』十五）
(8) 萩谷朴『平安朝歌合大成一　増補新訂』（一九九五年、同朋舎出版）「六七某年或所歌合」考証
(9) 巻名や歌題で示す場合は「蚊遣火」「篝火」とするが、歌では「蚊やり火」「かがり火」と表記した。和歌本文の仮名書き「かやり」と「かゝり」が誤写された可能性を考慮したためである。
(10) 「かがり火」の初出は業平歌「大井河うかべる舟のかがり火にをぐらの山も名のみなりけり」（後撰集、雑三、一二三一、業平）であり、万葉集には「かがり火」の例はなく、鵜飼の川で「かがりさし」と詠む歌が三首ある。
(11) 「瞿麦」は、和名類聚抄では「瞿　本草云　瞿麦一名大蘭　和名奈天之古　一云度古奈豆」（巻十、草部）とある。蚊遣火とともに瞿麦の題が与えられた正暦四年帯刀陣歌合に、道綱母が歌を代作したが、道綱母集では、その題は「ほたる、とこなつ、蚊遣火、蝉」とある。写本の段階で誤ったか、道綱母が瞿麦を「とこなつ」と理解したかは不明。
(12) 万葉集の家持歌に、降り積む雪を「とこなつに見れどあかず」（四〇〇二）「とこなつに消ず」（四〇〇四）の例があり、万葉集では「とこ」で、常に、永遠に、の意味を表す例が一般的。紫式部集にも、「六月ばかり、なでしこの花を見て」、「とこなつ」を詠んだ「垣ほ荒れさびしさまさるとこなつに露おきそはむあきまでは見じ」（八六）がある。この「とこなつ」も、単にナデシコの別名ではなく、常しえに懐かしく、の意味を込めた用法である。
(13) 若紫巻の贈答歌「ねはみねどあはれとぞ思ふ武蔵野の露わけわぶる草のゆかりを」「かこつべきゆゑを知らねばおぼつかないかなる草のゆかりなるらむ」（一九三）は、諸注が挙げる引歌「知らねども武蔵野といへばかこたれぬよしやさこそは紫のゆゑ」（古今六帖、五、三五〇七）などのほかに、九条右大臣師輔と康子内親王との贈答歌「かれぬべき草のゆかりをたたじとて跡をたづぬと人は知らずや」「露霜の上ともわかじ武蔵野のわれはゆかりの草葉ならねば」（九条右大臣集、三九・四〇）をも踏まえる。師輔には「武蔵野の野中をわけてつみそめし若紫の色

はかはりき」（九条右大臣集、五）、その子高光にも「紫の色にはさくな武蔵野の草のゆかりと人もこそ見れ」（拾遺集、物名、三六〇、如覚法師）がある。「草」は高光の母・雅子内親王（源高明の同母妹）を、その異母妹・康子と高光を「ゆかり」とした。元真歌の表現は、醍醐天皇皇女三姉妹（勤子・雅子・康子）を娶った師輔の恋を意識したと思われる。

（14）注（1）の拙著第八章「源氏物語の和歌と引歌」（初出は二〇一〇年、三弥井書店『源氏物語の展望7』）

（15）注（8）の『平安朝歌合大成一　増補新訂』「九六某年秋女御諟子男女房歌合」考証

（16）注（1）の拙著第七章「源氏物語の中の伊勢物語」（初出は二〇〇九年、竹林舎『伊勢物語　虚構の成立』）

（17）「若紫」の初出は、延喜五年本院左大臣家歌合において「しをに」を題とした歌「秋の野に色なき露はおきしかど若紫に花は染みけり」（一八）であり、元真歌の下の句はこの歌を基にしている。この頃の「若紫」は、伊勢物語や後撰集の歌と同様、若々しい紫色の意味であったが、京極御息所歌合では「今年よりにほひ染むめり春日野の若紫に手でなふれそも」（四〇、藤原忠房）「ちはやぶる神も知るらむ春日野の若紫にたれか手ふれむ」（四二、女房）と詠み、初めて幼い雅明親王を「春日野の若紫」に喩えた。源氏物語の「若紫」の由来の一つと考えられる。注（2）の拙稿で詳述。

（18）注（1）の拙著第六章「源氏物語の巻名の基盤」（初出は二〇〇七年、三弥井書店『源氏物語の展望1』）、注（2）の拙稿、拙稿「源氏物語の巻名・和歌と登場人物――歌から物語へ」（二〇一四年、青簡舎『源氏物語とポエジィ』）

＊源氏物語の引用は、『源氏物語大成』（中央公論社、一九五六年）により、私に句読点、濁点を加え、表記を改め、（　）内に、巻名、『大成』の頁数、歌の詠み手（登場人物の通称）を記した。和歌の引用は、『新編国歌大観』（角川書店、一九八三―八七年）により、私に濁点を加え、表記を改め、（　）内に、作品名、歌番号、作者を記した。

源氏物語の中の古今和歌集―引歌を回路として―

鈴木宏子

一 『源氏物語』に引かれる『古今集』歌

引歌とは、大まかに言えば、物語や日記などの散文の中によく知られた和歌の一句程度を引用する技法、あるいは引用された歌自体のことである。引歌の認定範囲には論者によって揺れがあり、特定の歌を想起しないことには文脈を読み解けないような例に限定する立場もあれば、物語内部に揺曳する和歌的な発想を広く掬い上げていく立場もある。それぞれの立場に納得のできる理由があり、いずれを選択するかによって考察の内容も変わってくるであろう。稿者自身は、特定の一首に由来する表現と、和歌的な表現・発想一般とのあいだに截然と線を引くことは難しいと感じるので、どちらかといえば引歌を広めに捉える立場をとりたいと考えている。

『源氏物語』の研究史をふり返ると、引歌の指摘は、古注釈の昔から営々と積み重ねられてきた。幸いなことに私たちは、伊井春樹氏編『源氏物語引歌索引』（以下『引歌索引』と略称する）によって、そうした成果を一望にすることができる(1)。『引歌索引』は「古注釈書から現代の注釈書まで、本文の解釈のために引用した和歌（引歌）、歌謡をできるだけ広い立場から採録」する方針で編まれており、同書に掲出される和歌は二一〇〇首あまりにのぼる。また近年、鈴木日出男氏『源氏物語引歌綜覧』（以下『引歌綜覧』と略称する）も刊行された。[2]こちらは『完訳日本の古典　源氏物語』（小学館）所収の「引歌一覧」をもとに改訂を施したもので、現代の研究者の取捨選択を経た引歌リストである。『引歌綜覧』があげる歌は、『引歌索引』よりは少なくなるものの、それでも六六七首を数えることができる。『源氏物語』は豊かな和歌的言語を内包して成り立っており、こうした引歌群を眺めることは、物語について、また和歌について多くの知見を与えてくれる。

小稿では、『引歌綜覧』に基づき、その掲出歌の中から『古今和歌集』所収歌に対象をしぼって、『源氏物語』と『古今集』とのあいだを往還することを試みたい。[3]『古今集』という一つの論理を持つ歌集の中から、どの巻の、どの歌が、『源氏物語』のどのような文脈の中に引かれているのかを確認し、それを端緒として、和歌が物語に、また物語が和歌に何を与えているのかについて考察の手を伸ばしてみたいのである。

無論『古今集』所収歌は、『古今和歌六帖』をはじめとする私撰集、『貫之集』『伊勢集』などの私家集、さらには『伊勢物語』の歌である場合もあり、ある歌が『古今集』経由なのか、他の作品から取り込まれたのかは判然としない部分もある。しかしながら『枕草子』二一段に感嘆をこめて語られる、村上天皇の后妃である宣耀殿女御芳子が『古今集』の歌を詞書ごと暗記していたという挿話を思い起こすなら、『源氏物語』の作者・読者圏の人々も、この歌は他ならぬ『古今集』の入集歌であるという認識を持ち得たと考えてよいであろう。

二　『古今集』各巻の引歌

あらかじめ『源氏物語』に引かれる『古今集』歌の全体像を概観しておこう。『引歌綜覧』の認定する『古今集』からの引歌は二一一首で、これは同書掲出歌の三割弱、『古今集』の歌数を定家本によって一一一一首（墨滅歌を含む）とすれば、その二割弱の数にあたる。それら二一一首を巻別に整理してみたのが、次頁に掲げる〈表〉である。まず巻ごとの引歌の歌数に着目すると、多い方から順に、次のようになる。

雑下（二十五首）、秋上・恋一・恋四（以上二十首）、雑上（十六首）、春上・雑体（以上十四首）、哀傷（十二首）、秋下（十一首）……

いうまでもなく『古今集』各巻の歌数にはばらつきがあるので、引歌数が総歌数に占める比率という観点から眺め直すと、巻の順番は若干入れ替わってくる。

雑下、哀傷、恋四、秋上、恋一、雑上、雑体、春上、羇旅、大歌所御歌他……

さらにまた、同一歌が複数回引かれる場合もあることを考慮して、延べ回数をカウントすると、次のとおりである。

雑下、春上、恋四、恋一、秋上、雑上、雑体、恋三、哀傷、秋下……

これらのデータから、以下のようなことが見えてくる。まず歌数、比率、延べ回数のいずれから見ても、引歌となることが多いのは雑下の歌であること。(4) 雑下は「無常・厭世・憂愁・隠遁・籠居・不遇・孤独・流離・変転など不如意な現実を絶望的にうたい上げた歌を収め」ると説明される巻である。(5) 私たちはともすれば、引歌とは情趣あふれる自然描写や恋する男女のやりとりの中に多く登場する、だから四季歌や恋歌が多く引かれているのではない

〈表〉『源氏物語』中の『古今集』からの引歌

古今集の巻	総歌数（首）	引歌（首）	引歌/総歌数（%）	述べ回数（回）
1 春　上	68	14	20.6	35
2 春　下	66	10	15.2	10
3 夏	34	4	11.8	13
4 秋　上	80	20	25.0	29
5 秋　下	65	11	16.9	16
6 冬	29	1	3.4	1
7 賀	22	3	13.6	3
8 離別	41	5	12.2	7
9 羇旅	16	3	18.8	5
10 物名	47	1	2.1	1
11 恋一	83	20	24.1	33
12 恋二	64	4	6.3	6
13 恋三	61	8	13.1	21
14 恋四	70	20	28.6	34
15 恋五	82	10	12.2	15
16 哀傷	34	12	35.3	19
17 雑　上	70	16	22.9	25
18 雑　下	68	25	36.8	60
19 雑体	68	14	20.6	23
20 大歌所御歌他	32	6	18.8	8
仮名序		2		2
墨滅歌	11	2	18.2	3

＊％は小数点第二位を四捨五入した。

かといった先入観を抱きがちだが、『源氏物語』は『古今集』の中から、世の中の生きがたさを慨嘆する歌を多く取り込んでいるのであった。

また巻の規模に比して、哀傷からの引歌が多いことにも気づく。哀傷は三十四首ほどの小さな巻であるが、その中から十二首（三五・三％＝二位）が引かれているのである。その一方で哀傷の延べ回数はさほど多くない（十九回＝九位）ことから、この巻のさまざまな歌がふさわしい文脈の中に、いわば「使い分けられている」ことが予想されよう。

さらにまた、春上の延べ回数が三十五回（雑下に次いで二位）にのぼることにも注目したい。春上の引歌には、複数回くり返して引かれる例が多いのである。

三　引歌となる回数の多い歌とは―普遍的な「こころ」と機智的な「ことば」

『源氏物語』において最もよく引かれる歌が「人の親の心は闇にあらねども子を思ふ道にまどひぬるかな」（後撰集・雑一・一一〇二・藤原兼輔）であることはよく知られているが、[6]『古今集』の中で引かれる回数が多いのは、どのような歌だろうか。やや煩雑ではあるが、回数の多い順に列挙してみよう。左記の五首は、物語中に六回以上引かれる歌であるが、これらの歌から、どのような傾向がうかがわれるだろうか。

1世の憂き目見えぬ山路へ入らむには思ふ人こそほだしなりけれ　（雑下・九五五・物部良名＝八回）
2五月待つ花橘の香をかげば昔の人の袖の香ぞする　（夏・一三九・よみ人知らず＝七回）
3春の夜の闇はあやなし梅の花色こそ見えね香やはかくるる　（春上・四一・凡河内躬恒＝六回）
4こりずまにまたもなき名は立ちぬべし人にくからぬ世にし住まへば　（恋三・六三一・よみ人知らず＝六回）
5ありぬやと試みがてらあひ見ねばたはぶれにくきまでぞ恋しき　（雑体　誹諧歌・一〇二五・よみ人知らず＝六回）

1は、雑下の所収歌である。この歌は「ほだし」という歌句を中心にして、光源氏をはじめ朱雀院、柏木の、心は出離へと傾くものの愛しい人々の存在が足枷となって思い立つことができない、という葛藤をかたどる文脈の要として引かれている。2は『引歌綜覧』では七回という認定であるが、香りに触発されて懐旧の思いがわき起こるという発想は、「橘」という景物自体の属性としても定着しており、どこまでを引歌と認めるべきかの線引きが難しい例にあたる。3は春上に収められる凡河内躬恒の歌で、「闇はあやなし」という歌句を中心に、香りを愛でる文脈の中に引かれている。4は「人を憎からず思うこの世にあるかぎり、性懲りもなく事実無根の恋の浮き名が立ってしまう」という歌であるが、「こりずま」という印象的なことばが、光源氏と朧月夜の、互いに断ち切り難い恋の文脈（澪標②二九九頁、若菜上④八四頁）などに引かれている。5は誹諧歌で「どのくらい我慢していられるかと試しに逢わずにいてみたら、冗談にできないほどに恋しくてならない」という歌。「たはぶれにくく」という歌句が、光源氏の夜離れに危機感を募らせる紫の上の心情（朝顔②四八八頁）や、落葉宮に拒絶された夕霧の発言（夕霧④四七六頁）、大君と物越に対面した折の薫の恨み言（総角⑤二八七頁）などの中にくり返し引かれる。

こうした例から、引歌となる回数が多い歌とは、誰しもが思い当たるような心の機微や感覚の揺らぎを捉えて、それに鮮やかなかたちを与えた歌である、と把握することができよう。つまり「こころ」の面では、多くの人がなるほどと納得し共感できるような普遍性を備えており、同時に「ことば」の面では、はっと目に立つような機智的・警句的な表現に結実している――しばしば引かれる歌とは、こういった性質を兼備しているのである。ただし忘れてはならないのは、引歌とは作者（書き手）と読者（読み手）の共同作業に基づくレトリックであることである。引歌となる回数の多い歌とは、正確にいえば、引歌であると認識されやすい歌の謂であろう。引歌とは、多くの人がその歌だと気づく印象的な言いまわし、つまり「はっと目に立つような機智的・警句的な表現」があってこそ成り立つのである。

見てきた1から5のうち、2歌「五月待つ花橘」や3歌「春の夜の闇はあやなし」は『古今集』の秀歌として名高い。しかし、この歌集を虚心に通読したとき、1、4、5歌には果たしてどの程度の注意が払われるだろうか。これらの歌の持つ、人間心理の一面を巧みに掬い上げた面白さは、実は『源氏物語』というフィルターを通すことによって、より鮮明になるのではないか。和歌という小さな詩型は、磨き抜かれた歌ことばの力によって、その中に思いがけないほど複雑な感情を圧縮することができる。(7) そして物語は、具体的な場面や人間関係を通して歌のことばに肉付けを行ない、歌に内在する可能性を十二分に開花させることができるのである。引歌とは、物語を豊かにすると同時に、一首の歌の内的世界を拓くレトリックでもある、と捉え直したい。

なお『古今集』の引歌を歌人ごとに見ると、次のとおりである。

在原業平（十三首）、凡河内躬恒（十首）、紀貫之・紀友則（九首）、壬生忠岑（八首）、僧正遍昭・伊勢・素性法師（六首）、小野小町（四首）、清原深養父・藤原興風（三首）、平貞文（二首）

このほか、一首のみの歌人が二十七人、「よみ人知らず」の引歌が一四六首である。(8) 業平の歌が多いのは、『古今集』からの引歌というだけでなく、『伊勢物語』の引用と絡めて考えるべきであろう。また四人の撰者の歌が多いことは、『古今集』全体に占める割合から見て、順当であるといえようか。ただし凡河内躬恒は、歌数は十首であるが、前掲の3歌「春の夜の闇はあやなし」をはじめとして複数回にわたって引かれる歌が多いため、延べ回数では二十五回を数える。これは躬恒に特徴的な現象であり、躬恒の歌は引歌というレトリックと親和性が高い、と言ってよいようである。どうしてなのだろうか。軽々な判断は控えたいが、本稿の趣旨に添って仮説を立てるなら、躬恒の歌には、散文の中にちりばめたくなるような、それと目に立つ印象的な言いまわしが、多く試みられているということになるだろうか。

四　哀傷からの引歌――さまざまな「死」のかたち

再び前掲の〈表〉に戻ろう。先に述べたとおり、哀傷は雑下に次いで、引歌率が高い巻であった。引歌となる十二首は次のとおりである。歌番号を掲げ、複数回引かれる場合はカッコ内に回数を記した。

八三一（二回）、八三二（三回）、八三八、八三九、八四一、八四三、八五一、八五三（三回）、八五五、八五八、八六一（二回）、八六二（二回）

確認すれば、引歌とは和歌に対する解釈行為の一つであり、当然ながらもとの歌集の論理とは異なった理解が示される場合もある。『源氏物語』の中には、『古今集』恋歌のことばが人生の辛さを嘆く文脈に引かれたり、離別歌の歌句が熱烈な恋のことばになったり、といった例も見受けられるのである。しかし右に挙げた哀傷の歌は、いずれも人の死にまつわる文脈や場面の中に引かれている。歌の表現のあり方もさることながら、一首の来歴への配慮も働いているのであろう。哀傷の歌句を晴れやかな宴の場面に引くようなことは、避けられているのである。

哀傷からの引歌のうち、複数回にわたって引かれる八三一、八三二、八五三、八六一、八六二に注目してみよう。

1空蟬は殻を見つつも慰めつ深草の山煙だに立て　（八三一・僧都勝延）

2深草の野辺の桜し心あらば今年ばかりは墨染めに咲け　（八三二・上野岑雄）

3君が植ゑしひとむら薄虫の音のしげき野辺ともなりにけるかな　（八五三・御春有助）

4つひに行く道とはかねて聞きしかど昨日今日とは思はざりしを　（八六一・在原業平）

5かりそめの行きかひ路とぞ思ひ来し今はかぎりの門出なりけり　（八六二・在原滋春）

これらの歌には、それぞれの特徴を生かした「使い分け」が認められるのではないか。

1は、堀河太政大臣藤原基経の葬送時に詠まれた歌であるが、『源氏物語』中に二回引かれている。一回は紫の上の死の場面（御法④五一〇頁）、もう一回は大君の死の場面（総角⑤三二九頁）であり、前者では光源氏が、後者では薫が、最愛の人の亡骸を前にして、このままの姿をいつまでも見つめ続けていたい、と叶わない願いを抱いている。1歌は、愛する女君をみずから看取ったものの、なお執着せずにはいられない男主人公の眼差しを描き出す引歌として機能している。

2も、1歌と同じ折の歌であるが、周知のとおり藤壺宮を失った光源氏の慟哭のことばとして引かれている（薄雲②四四八頁）。さらにまた、幻巻において藤壺の死を回想する源氏の問わず語りの中にも、この歌が再登場する。

故后の宮の崩れたまへりし春なむ、花の色を見ても、まことに「心あらば」とおぼえし。それは、おほかたの世につけて、をかしかりし御ありさまを幼くより見たてまつりしみて、さるとぢめの悲しさも人よりことにおぼえしなり。（幻④五三五頁）

無彩色の桜をイメージする2は、春に亡くなった憧憬の女性藤壺を悼む思いと強く結びついた引歌であると捉えることができよう[9]。

特定の人の死と結びついているという点では、4歌「つひに行く道とはかねて聞きしかど」も同様である。『伊勢物語』でも知られる在原業平の辞世の歌であるが、『源氏物語』はこの歌を、宇治八の宮の死を悼む人々の専用としている。

A「またあひ見ること難くや」などのたまひしを、なほ常の御心にも、朝夕の隔て知らぬ世のはかなさを人よりけに思ひたまへりしかば、耳馴れて、昨日今日と思はざりけるを、かへすがへす飽かず悲しく思さる。

Aは、八の宮の訃報に接した際の薫の感慨である。八の宮は「再会は難しいかも」と口にしていた、しかし宮は日頃から世の中の無常を人一倍感じている方であったから、そのような言葉も聞き慣れてしまっていて、本当に別れが旦夕にせまっているとは思わなかったのだ――薫はこのように思い、自分の迂闊さを悲しむ。また父宮の喪に服す日々の中で、大君は中の君に、次のように語りかけている。

Bさても、あさましうて明け暮らさるるは月日なりけり。かく頼みがたかりける御世を、昨日今日とは思はで、ただおほかた定めなきはかなさばかりを明け暮れのことに聞き見しかど、我も人も後れ先立つほどしもやは経むなどうち思ひけるよ。（椎本⑤二〇三頁）

このようにはかないものであった父宮の命であったのに、永別が昨日今日のことだとは思っていなかった、世の中一般が無常で頼りないものであることを見聞きしてきたが、父宮に先立たれて生き続ける日々など想像もしていなかったのだ、と大君は我が身をふり返っている。薫の感慨と大君の発言は、それぞれ別個に語られるものでありながら、似通った輪郭を持っている。両者の思念の要となるのが、「昨日今日とは思はざりしを」という4歌のことばである。この歌が、特に八の宮の死を悼む文脈の中に引かれるのは、宮の死の語られ方と密接に関わっているのだと思われる。

右のA、Bを含む椎本は、薫の二十三歳の春から翌年の夏にかけての出来事を語る巻である。この年厄年を迎えた八の宮は、そこはかとない死の不安に駆られて、薫に姫君たちの将来を託し、また姫君たちには自分亡き後の身のふり方について訓戒をほどこす――この内容の微妙な齟齬が人々の運命を左右することになる――のだが、その間の文章には「心細し」というキーワードが執拗にくり返されるという特徴が見られる。(10) 宮の逝去という一点に向かって、物語の中に不安感と寂寥感が募っていくような仕組みなのである。

それでいて、八の宮の逝去にはどこか唐突な感がある。八月仲秋、いつものように山寺に参籠した宮は、最終日に風邪めいた不調を感じて下山を延期し、そのまま不帰の人となった。葬送は山の阿闍梨の手によって執り行われ、姫君たちには亡骸との最後の対面も許されなかった。父宮は、姫君たちの前から、かき消えるようにいなくなってしまったのである。予兆の重々しさと、実感の伴わないあっけない結末とが、八の宮の死を特徴づけている。この特徴はまさに、「死はいつか必ず訪れるものだと知ってはいた、しかし、それが昨日今日であるとは思いもしなかったのだ」という4歌の慨嘆と通じあうものであろう。この歌が引かれることによって、他でもない八の宮を不意に失ってしまった人々の嘆きが、効果的に描き出されるのである。

3歌「君が植ゑしひとむら薄」は、『古今集』の詞書によれば、主が亡くなったのちに荒れ果ててしまった屋敷の前栽を見て詠まれた歌である。この歌は三回引かれるが、いずれも亡き人の邸宅を語る文脈の中に登場する。一例は大宮の死後荒廃してしまった三条邸の有様（藤裏葉③四五六頁）。他の二例は柏木亡きあとの一条宮邸の様子で、いずれも夕霧の目を通したものである。

A前栽に心入れてつくろひたまひしも、心にまかせて茂りあひ、一叢薄も頼もしげにひろごりて、虫の音添へむ秋思ひやらるるより、いともものあはれに露けくて、分け入りたまふ。（柏木④三三六頁）

Bうち荒れたる心地すれど、あてに気高く住みなしたまひて、前栽の花ども、虫の音しげき野辺と乱れたる夕映えを見わたしたまふ。（横笛④三五三頁）

Aは、柏木が亡くなった年の初夏、夕霧が一条宮邸を訪問する場面である。故人が丹精をこめた前栽にはすでに荒廃の気配が現われており、秋になったらどれほど胸にしみることか、と夕霧は思う。Bは翌年の秋。一条宮邸は、予想したとおりの荒れた感じを漂わせつつも、上品で気高い暮らしぶりを思わせる風情で、日常の喧噪に倦んだ夕霧の目にはひときわ新鮮に映る。物語は「ひとむら薄」「虫の音しげき野辺」という主人を失った廃園のイメージを喚起する歌ことばをくり返しつつ、月日の経過と、夫と死別した落葉の宮に引き寄せられていく夕霧の心情を描きとっていく。

5歌「かりそめの行きかひ路とぞ思ひ来し」は、『古今集』哀傷の巻軸歌で、甲斐国に赴く道中で客死した在原滋春が、都の母に詠み送ったという辞世の歌である。この歌は『源氏物語』に二回引かれるが、いずれも死の予感を伴う別離を語る文脈においてである点が特徴的である。まずAは、須磨への退去を前にした光源氏の心情を語る文章である。傍線部ａｂｃに、それぞれ引歌が指摘されている。

A姫君の明け暮れにそへては思ひ嘆きたまへるさまの心苦しうあはれなるを、ａ行きめぐりてもまたあひ見むことを必ずと思さむにてだに、なほ一二日のほど、よそよそに明かし暮らすをりをりだにおぼつかなきものにおぼえ、女君も心細うのみ思ひたまへるを、幾年そのほどと限りある道にもあらず、ｂ逢ふを限りに隔たり行かんも、定めなき世に、ｃやがて別るべき門出にもやと、いみじうおぼえたまへば、忍びてもろともにもやと思しよるをりあれど……　（須磨②一六二頁）

別離を嘆き悲しむ紫の上の様子を見るにつけて、光源氏の心もさまざまに揺れ動いている。「行き別れてもいずれまた必ず逢える」（ａ）と思う時でさえ、ほんの数日のあいだ離れているだけで互いに恋しくてならなかったのだ、まして今回はいつ帰れるというあてもない旅立ちであり、「行方も果ても知らぬままひたすら再会の日だけを思って」（ｂ）別れていくにつけても、無常のこの世であるから「この出立が終の別れになりはしないだろうか」（ｃ）……。切なさが募る源氏は、ひそかに紫の上と同道しようかとさえ考える。傍線部ａ、ｂに引かれるのは、それぞれ次の『古今集』歌である。

a下の帯の道はかたがた別るとも行きめぐりても逢はむとぞ思ふ　（離別・四〇五・紀友則）

bわが恋は行方も知らず果てもなし逢ふをかぎりと思ふばかりぞ　（恋二・六一一・凡河内躬恒）

aは離別の巻軸歌で、下着の帯が左右に分かれてもやがて結ばれるように、今は別れても必ずまた再会しようと祈念する。bは恋二の巻末近くの歌で――この躬恒の歌も物語中に三回引かれる――自分の恋心は「行く先も終わりもわからない旅路」のようなものであるが、めざしているのはただ一つ、あなたに逢うことなのだ、と歌う。そして傍線部cに引かれるのが、旅先ではかなく命を落としてしまうという前掲5歌であった。このように物語は、三首の引歌を重畳して、とつおいつする光源氏の心情を語っている。またBは、病を得た柏木が、妻である落葉の宮の屋敷から親許へと帰っていく際の心情である。

B事なくて過ぐすべき頃は心のどかにあいな頼みして、いとしもあらぬ御心ざしなれど、今はと別れたてまつるべき門出にやと思ふは、あはれに悲しく、後れて思し嘆かむことのかたじけなきをいみじと思ふ。　（若菜下④二八一頁）

柏木の場合は、光源氏の旅立ちとは異なって、都内部の日常的な小移動にすぎなかったのだが、結局のところ予感したとおりの永訣となった。このように5歌は、死別をも覚悟しつつ親しい人のそばから立ち去るという特異な状況を語る際の、要となるのであった。

見てきたとおり、哀傷からの引歌は死を語るさまざまな文脈の中に現われて、それぞれに特徴的な「死」のかたちを描き出している。

五　春上からの引歌――梅香の引歌は薫に集中する

春上の引歌についても簡単に触れておこう。前述のとおり、春上の引歌には複数回くり返し引かれる例が多いのだが、小稿では特に、梅の歌群（三二番〜四八番）の前半部から、かぐわしい香りを詠じた歌が、まとまった数引かれていることに注目したい。左記のとおり、この歌群には六首、延べ十九回に及ぶ引歌が見られる。このあたりは『古今集』の中でも引歌密度――奇妙な言い方だが――が高い箇所なのである。

1折りつれば袖こそ匂へ梅の花ありとやここに鶯の鳴く
（三二・よみ人知らず／若菜上④七一頁、宿木⑤四八〇頁＝二回）

2色よりも香こそあはれと思ほゆれ誰が袖ふれし宿の梅ぞも
（三三・よみ人知らず／匂兵部卿⑤二七頁、竹河⑤六九頁、早蕨⑤三五七頁、手習⑥三五六頁＝四回）

3梅の花立ち寄るばかりありしより人のとがむる香にぞしみける
（三五・よみ人知らず／梅枝③四〇七頁、匂兵部卿⑤二七頁、橋姫⑤一五二頁＝三回）

4よそにのみあはれとぞ見し梅の花飽かぬ色香は折りてなりけり
（三七・素性法師／竹河⑤六九頁）

5君ならで誰にか見せむ梅の花色をも香をも知る人ぞ知る
（三八・紀友則／梅枝③四〇八頁、紅梅⑤四八頁、橋姫⑤一二〇頁＝三回）

6春の夜の闇はあやなし梅の花色こそ見えね香やはかくるる
（四一・凡河内躬恒／若菜上④六九頁、匂兵部卿⑤三四頁、竹河⑤七三頁、同九八頁、早蕨⑤三五〇頁、浮舟⑥一四七頁＝六回）

1から6の引歌は、『源氏物語』の中に満遍なく散らばっているわけではない。右に記したとおり、全十九回のうち、八回が匂宮三帖、七回が宇治十帖、つまり十五回がいわゆる第三部に集中している。そして、そのうちの十二回は、薫の身に備わった香りを愛でる文脈の中に用いられるという際だった偏りが認められる。『古今集』の梅香の引歌は、たぐい稀な芳香の持ち主である薫の独占状態に近く、また春上の引歌の延べ回数は、薫の存在によって押し上げられているのである。

では匂宮はどうなのだろうか。「匂ふ兵部卿、薫る中将」（匂兵部卿⑤二八頁）と並び称される匂宮であるが、梅香の引歌が匂宮のために用いられたと確言できる例は一つもない。しいて言えば、次の例は薫と宮が同席している場面であり、「闇はあやなきたどたどしさなれど」（前掲6歌）と評される芳香には、匂宮の薫香も混じっていると読むこともできようか。

夜になりてはげしう吹き出づる風のけしき、まだ冬めきていと寒げに、大殿油も消えつつ、闇はあやなきたどたどしさなれど、かたみに聞きさしたまふべくもあらず、尽きせぬ御物語をえはるけやりたまはで夜もいたう更けぬ。（早蕨⑤三五〇頁）

実は、本稿で設定した「古今集からの引歌」という枠を取り払ってみても、梅香の引歌が匂宮に関して用いられたと断言できる例は見当たらない。『源氏物語』は、薫の生来の芳香と匂宮の人為的な薫香とを、区別して語っているのである。

こうした事実から想起されるのは、手習巻における浮舟の独詠歌の問題である。

閨のつま近き紅梅の色も香も変らぬを、春や昔のと、こと花よりもこれに心寄せのあるは、飽かざりし匂ひのしみにけるにや。後夜に閼伽奉らせたまふ。下﨟の尼のすこし若きがある召し出でて花折らすれば、かごとがましく散るに、いとど匂ひ来れば、

袖ふれし人こそ見えね花の香のそれかとにほふ春のあけぼの（手習⑥三五六頁）

梅の香りに触発されて、今は尼となった浮舟の心を過ぎった「袖ふれし人」は、匂宮なのか、薫なのか、あるいは、どちらとも分かつことのできない高貴な恋人の幻なのか。多くの論文が重ねられてきた問題である。かつて高田祐彦氏は、『古今集』の「色よりも香こそあはれと思ほゆれ誰が袖ふれし宿の梅ぞも」（前掲2歌）や「春の夜の闇はあやなし」（前掲6歌）が基本的に「薫のために用いられる引歌」であることを根拠の一つとして、2歌を引歌とする浮舟の「袖ふれし人」も薫と捉えるべきであると論じた。[11] 小稿の調査は、高田氏の説を補強するものとなるであろう。[12] こうした引歌の指し示すところから考えれば、「袖ふれし人」が薫である蓋然性は高いように思われる。

ただし、百例のうち九十九例が同じ方向を向いていても、目の前の用例がたった一つの例外にあたる――「ことば」や文学について考える時には、つねにそのような可能性も残るように思われる。浮舟にとっての薫は、甘美な梅香の恋人たり得たのだろうか。この点については後考を期したいと思う。

注

（1）伊井春樹氏編『源氏物語引歌索引』（笠間書院、一九七七年）。

（2）鈴木日出男氏『源氏物語引歌綜覧』（風間書房、二〇一三年）。

（3）一つの歌集からの引歌を検討するという方法は、藪葉子氏『『源氏物語』引歌の生成――『古今和歌六帖』との関わりを中心に』（笠間書院、二〇一七年）にも見られる。また稿者自身も「三代集と源氏物語――引歌を中心として――」（『王朝和歌の想像力――古今集と源氏物語』笠間書院、二〇二一年）において、歌集単位の考察を試みた。

（4）鈴木宏子注（3）論文においても述べた。なお同論文のデータは、『完訳日本の古典』所収の「源氏物語引歌一覧」によるため、本稿とは若干数値が異なっている。

(5) 小町谷照彦氏『古今和歌集』(ちくま学芸文庫、二〇一〇年)解説による。また同氏『古今和歌集と歌ことば表現』第一章四節雑歌の世界(岩波書店、一九九四年)参照。
(6) この引歌の近年の研究には、妹尾好信氏「人の親の心は闇か――『源氏物語』最多引歌考――」(森一郎氏・岩佐美代子氏・坂本共展氏編『源氏物語の展望　第十輯』三弥井書店、二〇一一年)がある。
(7) 藤原克己氏「「ありのすさび」――詩のさかえぬ国の歌ことば――」(『和歌文学研究』一一四号、二〇一七年六月)は、『源氏釈』所引の古歌「あるときはありのすさびに憎かりきなくてぞ人は恋しかりける」をとりあげて、「「ありのすさび」のような心の変化を、三十一音節の短さゆえに、個人的な背景・事情を捨象して、普遍的な心理の型として結晶した和歌の蓄積が、『源氏物語』の母胎ともなったのだと思うのである」と述べる。
(8) 「よみ人知らず」の引歌については、植田恭代氏「『源氏物語』とよみ人しらず歌」(『国文目白』四十九巻、二〇一〇年二月)に考察がある。
(9) もう一例は、柏木の死後に一条宮邸を訪問した夕霧の感慨の中に現われる(柏木④三三二頁)。
(10) 椎本巻の「心細し」の用例は十七例。そのうち十二例は八宮の生前のもので、八宮自身の心境、薫から見た宮の様子、八宮が思う父亡き後の姫君たちの境遇など多岐にわたるが、いずれも八宮の死の予感と共振するものである。
(11) 高田祐彦氏「浮舟物語と和歌」(『源氏物語の文学史』東京大学出版会、二〇〇三年)。
(12) 付け加えれば、藤袴の香りを詠んだ「主知らぬ香こそにほへれ秋の野に誰が脱ぎかけし藤袴ぞも」(古今集・秋上・二四一・素性法師)も、薫の芳香を語る文脈にのみ引かれる(匂兵部卿⑤二七頁、橋姫⑤一三六頁)。

＊『源氏物語』の引用・頁数、『枕草子』の段数は『小学館新編日本古典文学全集』による。『古今和歌集』の引用は『新編国歌大観』によるが、私に漢字を宛てた。

和歌を「書きつく」ことが示す関係性―『うつほ物語』から『源氏物語』へ―

勝亦志織

はじめに

平安時代の作品において、文字を紙や物に書き付けるという行為は非常に多く見られ、「書きつく」という言葉についても、すでに多くの研究がある。[1] 本稿ではそうした先行研究に依りながら、物に文字、特に和歌を書き付けることが物語においてどのような意味を持つのかを改めて検討したい。九百年代中頃に成立した『大和物語』や『後撰集』において「書きつく」の用例は増加し、『うつほ物語』では多種多様な「書きつく」様子が見て取れる。そうした用例は大きく紙に書かれたものと物に書かれたものに二分できるが、今回は後者について『源氏物語』以前の歌集・物語から『源氏物語』までを俯瞰し、『源氏物語』が「書きつく」ことでどのような関係を構築したのかについて考察したい。

なぜなら、「書きつく」の用例は『源氏物語』になると減少し、書き付けられるものはある程度限定されるからである。「書きつく」ことによって築き上げられる関係性を、『源氏物語』はどのように享受し、再構成したのか。

本稿では何かに文字を書き付けるという書記行動を通して、物語世界の関係構造を捉え直してみたい。なお、「書きつく」の意味については、田中仁氏が論じられているように、(2)原則として直接に書き付けることとして取りたい。

一　歌集における「書きつく」

物語における「書きつく」を考察する前に、歌集において「書きつく」とされる用例を見てみたい。「書きつく」対象は様々である。「文」や「草子」「扇」などの紙または紙と同等の機能を持つもの、「花」や「葉」などの植物、「木」や「岩」といった自然物、「壁」「障子」「柱」などの建築物、「鏡の箱」「硯の箱」やそれらの蓋、「枕」などの細かな調度品、衣の袂や帯などの衣類等々、様々なものに和歌が書き付けられ、「木」や「壁」などの動かないものを除いては書き付けられたものが贈られている。

勅撰集において紙以外のものに和歌が書き付けられた例が載るのは『後撰集』である。『後撰集』には対象が紙のものも含め「書きつく」の用例が他の勅撰集に比べ多い。特徴的な用例としては平定文が子どもの腕に歌を書き付けた七一〇番歌である。

大納言国経朝臣の家に侍りける女に、平定文いと忍びて語らひ侍りて、行く末まで契り侍りける頃、この女にはかに贈太政大臣に迎へられて渡り侍りにければ、文だにもかよはす方なくなりにければ、かの女の子の五つばかりなるが、本院の西の対に遊び歩きけるを呼び寄せて、母に見せたてまつれとて腕に書きつけ侍りける　　平定文

昔せしわがかね事の悲しきは如何ちぎりしなごりなるらん

手紙をやりとりすることが難しくなった女性へ、子どもの腕に和歌を書き付けることで自分の思いを伝えている。続く七一一番歌は平定文への返歌であるから、子どもの腕に書き付けられた和歌を相手の女が見ることができたのであろう。この書記行動については、手紙のやりとりが難しい相手への行動であること、そして子どもが腕を洗えば和歌そのものが消滅してしまうことに意味がある。「文」という証拠が残らない方法であるということに注目しておきたい。

次の用例は植物に和歌を書き付けた一二七二番歌である。

女ともだちの、つねにいひかはしけるを、ひさしくおとづれざりければ、十月ばかりに、「あだ人の思ふといひし事の葉は」といふ古言をいひかはしたりければ、竹の葉にかきつけてつかはしける

よみ人しらず

うつろはぬなにながれたるかは竹のいづれの世にか秋をしるべき

竹の葉に書かれた和歌に「かは竹」が詠み込まれ、和歌と書き付けられた物とが一体化している。「松をけづりて書きつけ」たとする一〇九三番歌も植物の松ではないが和歌の中に「松が浦島」と詠み込まれており、歌語と対応する物に和歌を書き付けていることがわかる。また、一四一三番歌では、「かへでのもみじ」に「もみじ」が詠み込まれた歌が書き付けられている。このように『後撰集』に収録された植物に書き付けられた和歌は、和歌の内容と密接な関係を持っている。物と和歌が一体化することで和歌の表現性を深化させるという方法が見えよう。

続く『拾遺集』においては、相手に贈ることが可能な植物に「書きつく」用例はない。「桜の木」（一〇五三番歌）などの例はあるが、紙以外に「書きつく」ものは動かすことの出来ないもののみである。だが、『後拾遺集』では「梶の葉」（二四二番歌）、『千載集』では「あふひ（葵）」などの用例が見える。

次に私家集での用例を見てみたい。「書きつく」例が多いのは『伊勢集』である。『伊勢集』の冒頭は仲平が伊勢に贈った「柿の紅葉」に書き付けた「ひと住まずあれたる宿をきてみればいまぞ木の葉は錦おりける」の和歌である。同じ歌を載せる『後撰集』では「住まぬ家にまで来て紅葉に書きて言ひつかはしける」という詞書で、「書きつく」という表現ではないが「紅葉に書きて」と、より明確に紅葉した葉に書いたことがわかる。

また、『大和物語』初段にも取り上げられる弘徽殿の壁に書き付けた贈答歌（『伊勢集』では二三九番歌、『後撰集』では一三二二番歌）や、次のように「花」に書き付けたとする和歌がある。

帝、物におはしましけるついでに、桂なる家におはしまして、そこの花に書きつけさせたまひける

梅の花香だに残らずなりにけり匂ひてだにや惜しまざりつる

多くの注釈書では、梅の枝を折枝として和歌を書いた料紙を結び付けたと解釈している。しかし、藤岡忠美氏が論じるように、[3]ここも梅の花に直接書き付けたと考えたい。このような植物に和歌を書く例は、その他では『貫之集』（天理本）に「夏紅葉したる木の葉」（三二一番歌）、『義孝集』に「瓜」（四七番歌）、『清少納言集』に「萩の青き下葉の黄ばみたる」（一九番歌）、『和泉式部集』に「小さき瓜」（五八〇番歌）、『大斎院前の御集』に「梨」（二六七番歌）、「ものの葉」（三八八番歌）などがある。

「書きつく」という表現を持たないものでも「書きて」や「書く」などの表現と共に、桜や梅、菊の花、紅葉や柏、葵、樒、榊、橘などの葉（具体的な名を持たず「木の葉」「草の葉」という例もある）、柑子の皮といった用例が平安時代の歌集から見いだすことができる。植物を中心として、物に和歌を書いて相手へ贈るという事例が少なからず存在しているのである。

その中で、注目したい点は、植物に書き付けられた歌のうち、相手との交流が難しい場合に詠まれたものがある

ということである。そうした用例のいくつかを挙げてみたい。引用は詞書のみとする。

・妻ある人のもとに物言ふにつつめば、柿の下葉にかきておこせたる　（『馬内侍集』八十六番歌）

・けそうだつ人のもとに行きて、花橘の葉に書きて入る　（『輔親集』一三二番歌）

・五月五日、ある人のつまに忍びていでて、物言ひて、あやめ草に書きて　（『為信集』四九番歌）

・といへど返しなし。五月になりて、黄なる薄様に橘を包みておこせたり、ものもいはねば、葉に書きてやる　（『惟成弁集』六番歌）

ここに挙げた用例は、周囲に秘匿した関係か、関係がまだ確立していない時、逆に関係が破綻しかけている時のやりとりである。先述した『後撰集』の用例のように和歌が書き付けられた物そのものに意味があると考えられる場合もあるが、ここに挙げた状況はそもそも紙に書かれた「文」が残ることを忌避したタイミングであると考えられる。葉や花などの植物であれば、それが萎れてしまえば文字を見ることも難しくなり、他の人の目に触れる可能性が極度に低い物になる。書き付ける対象が植物である場合、建築物や調度品に書き付けることとは異なり、書き付けられた物そのものが時間の推移にしたがって廃棄物となる可能性が高いのである。

建築物や調度品に書き付けられた言葉は、時間を超えても届けられることが可能となる。これは紙に書き付けられた言葉も同様であるが、紙、特に手紙の場合、書かれた内容によっては秘事が拡散する原因ともなる。建築物や調度品に書き付けられたものは、そもそも多数の目に触れてもかまわないものであり、自分自身の存在意義を書き付けるものでもあったといえよう。

二　歌物語における「書きつく」

『源氏物語』以前の物語において、書き付けられたものが見いだせるのは歌物語からである。『伊勢物語』初段が「書きつく」という表現ではないが、信夫摺りの狩衣の裾を切り取って和歌を書き付けたことはすぐに思い浮かぶ。二十四段では岩に自分の指の血で和歌を「書きつく」様が描かれている。(4) その他、具体的に書き付けたものとして「盃のさら」（六十九段）や「かしは」（八十七段）、「摺り狩衣」（一一四段）などがある。その中でもう一点、植物に書かれた例がある。次に挙げた九十六段である。

むかし、男ありけり。女をとかくいふこと月日経にけり。岩木にしあらねば、心苦しとや思ひけむ、やうやうあはれと思ひけり。そのころ、六月の望ばかりなりければ、女、身にかさ一つ二ついできにけり。女いひおこせたる。「いまは何の心もなし。身にかさも一つ二ついでたり。時もいと暑し。少し秋風吹きたちなむ時、かならずあはむ」といへりけり。秋まつころをひに、ここかしこより、その人のもとへいなむずなりとて、口舌いできにけり。さりければ、女の兄、にはかに迎へに来たり。さればこの女、かえでの初紅葉をひろはせて、歌をよみて、書きつけておこせたり。

秋かけていひしながらもあらなくに木の葉ふりしくえにこそありけれ

と書きおきて、「かしこより人おこせば、これをやれ」とていぬ。（後略）（一九七～一九八）

「かえでの初紅葉」に女の和歌が書き付けられている。この用例もまた男女の関係が破綻しかけている時の和歌である。続く本文を確認すると、男から使者がきたら紅葉を渡せという指示がある。しかし、この和歌が男に届いたかは明記されない。これが紙に書かれた手紙であったなら、何らかの手立てをもって男の元に届けられたかもしれない。和歌が書き付けられたことを知らない者にとっては楓の紅葉はそれ以上の価値を持たず、伝達ツールとしては無意味なものとなる可能性を示す。

次に『大和物語』ではどうか。『伊勢物語』同様、物に書き付けた和歌を含む初段からスタートする。『伊勢集』にも収載されている弘徽殿の壁に書き付けられた伊勢と宇多院の贈答歌である。その他にも、切懸の「けづりくづ」（四十三段）「柏木の葉」（六十八段）兵部卿宮の「家」（一三七段）地方の「駅」（一四四段）「木」（一五五段）「衣のくび」（一六八段）梅の「花びら」（一七三段）などに和歌が書き付けられている。その中で注目したいのは、『伊勢物語』五十一段にも収載されている、『古今集』二六八番歌の在原業平の和歌、「植ゑし植ゑば秋なき時や咲かざらむ花こそ散らめ根さへ枯れめや」について語る一六三段である。以下、比較のために『古今集』、『伊勢物語』、『大和物語』の順で該当本文を掲出したい。

『古今集』

　　人の前栽に菊に結びつけてうゑけるうた

植ゑし植ゑば秋なき時や咲かざらむ花こそ散らめ根さへ枯れめや

『伊勢物語』五十一段（一五七頁）

　むかし、男、人の前栽に菊うゑけるに、

　　植ゑし植ゑば秋なき時や咲かざらむ花こそ散らめ根さへ枯れめや

『大和物語』百六十三段（三九九頁）

　在中将に、后の宮より菊を召しければ、奉りけるついでに、

植ゑし植ゑば秋なき時や咲かざらむ花こそ散らめ根さへ枯れめや
と書いつけて奉りける。

一見してわかる通り、『大和物語』のみが和歌の贈り先を「后の宮」と限定し、「書いつけて」と菊に書き付けたとする。『古今集』『伊勢物語』においては和歌で二度繰り返される「植ゑ」の語を証すように、前栽の花として菊が植えられたことが共通している。『古今集』は和歌を書いた紙が結びつけられたことがわかり、最も理解しやすい内容となっている。

ではなぜ、『大和物語』は同じ和歌が詠まれた状況を菊に書き付けたものとして表現したのであろうか。稿者は以前、『大和物語』の歌話採録の方法について、すでに周知されていた情報については秘匿されていた人物や事柄の暴露という一面があることを指摘した。(5) この章段においても和歌の贈り先が明示され、和歌は菊に書き付けられたものという情報が付加されている。『伊勢物語』と『大和物語』の影響関係については単純化できるものではないが、業平が后の宮へ贈った和歌だと明示するとき、藤原高子のような具体的な誰かではなくても后の位にある女性へ和歌を贈る方法として、花に書き付けることが選ばれたのではないだろうか。単に秋の前栽を彩る花として植える時の歌から、菊を献上する際に密かに歌を書き付けたという新しい話が『大和物語』によって記録された。ここには、相手が忍ぶべき女性であったがゆえに、紙に書いた手紙のような後に残るものではなく、枯れてしまえば廃棄されてしまうものに和歌を書き付けた話として再構成された可能性があるのではないか。

以上、『伊勢物語』、『大和物語』の二作品においても、歌集と同様に紙ではないものに和歌を書き付ける用例が確認でき、中でも植物に書き付けた例については和歌を贈る側の贈った証拠が残らない、ある意味で贈られる側への配慮ともいうべき作為があった可能性を見出すことができたのではないだろうか。これらの用例をふまえ、作り物語としては最も「書きつく」用例の多い『うつほ物語』について見ていきたい。

三　『うつほ物語』における「書きつく」

『うつほ物語』は「書きつく」様相を示す用例が圧倒的に多く、「書きつく」ことの考察で『うつほ物語』を取り上げたものは多い。その中でも、杉野氏はあて宮への求婚者たち（実忠、忠こそ、仲忠、仲頼、三の宮、仲澄、）が初めてあて宮へ恋の歌を贈ったときに植物に歌を書き付けたことを指摘している。(6) 一方、『うつほ物語』における「書きつく」様相を網羅的に考察した武藤氏は特に実忠と仲忠に注目し、書き付けられたものが自然物か人工物かの違いも含め、物に書き付けられた言葉の持つ意味を指摘している。(7)

だが、本稿においては一、二での考察をふまえ、『うつほ物語』での植物に書かれた和歌について、別の視点から考察してみたい。すでに杉野氏が指摘したように、あて宮求婚譚において前掲の男性登場人物たちが初めてあて宮に歌を贈るとき（実際には届いていない和歌もあるが）、種類は違うがみな植物に書き付けてあった。(8) 具体的には、実忠―花桜の花びら、仲忠―萩の葉、三の宮―菊、仲澄―花薄、忠こそ―散り落つる花びら、仲頼―柳、藤英―竹の葉である。この内、忠こそと藤英の和歌はあて宮が見たかどうか不明であり『伊勢物語』九六段のように、伝達ツールとして機能しなかった可能性が高い。一方、仲頼の柳はあて宮に「見るまじきもの」と言われ廃棄される。仲忠は例に挙げた萩の葉のみならず、別の機会には藤の花びら、空蝉の身、朽ちたる橘の実、白き蓮の花といった植物にも和歌を書き付けて贈っている。それがやがて作り物に書き付けられることになり、あて宮入内の際には御櫛の箱、入内後も様々に趣向を凝らした贈り物に和歌を書き付けて贈っている。では、こうした変化から何が読み取れるであろうか。それは一、二で見てきたように、植物に書き付けた和歌は一見して求婚の贈歌とは見えず、時間がたち萎れれば廃棄物となる特性から考えられないだろうか。廃棄されてしまえば、紙に書いた手紙とは異なり、伝達ツールとしての役目を終え贈歌の証拠は残らないのである。

そもそも仲忠が正頼邸に出入りし始めたのは仲澄との友情によってであり、あて宮の求婚者としては事後的に認識された。つまり、求婚の初めに植物に書き付けた形で和歌を贈ったのは、求婚者としての自身を秘匿する必要があったからであろう。そう考えると、植物に書き付けて和歌を贈った求婚者たちは皆、求婚者としての立場を明示し難い存在であった。仲澄は実兄、三の宮は甥、実忠・仲頼は仲睦まじい妻子がおり、忠こそは出家者、藤英は低すぎる身分が障壁であった。仲忠もまたうつほ住みという過去を抱え、正頼邸には仲澄と仲がよいことを理由に出入りしていたわけで、外面と内面が乖離している状況であった。しかし、求婚者としての立場が明確化していけば、自身の贈歌が相手側に残っても問題はないわけで、それが顕著であるのが実忠であろう。彼は正頼邸に居座ることで早々に求婚者として周囲から認識されると、物として残る贈り物に和歌を書き付ける場合や手紙の形での求婚へと方法を変化させるのである。しかし、贈り物に書き付ける場合であっても、あて宮は物そのものを返却していることも多く、そこに返歌があったとしても結局はあて宮のもとには求婚歌も贈与物も残らない＝求婚した甲斐のない結果に終わっているものもある。

一方、仲澄や三の宮はむしろ植物に書き付けたことそのものが稀であり、その求婚方法は口頭が中心であった。杉野氏が指摘するように、求婚歌が列挙されていてもあて宮の対応は「聞き入れ給はず」や「いらへ給はず」と表記され、二人の贈歌のほとんどが口頭であったことを示している。杉野氏は口頭での贈歌の意味について考察していないが、口頭での贈歌とは一回的なパロールの世界であって、エクリチュールとして残るものではない。植物がやがて廃棄物となり、伝達ツールとしての役割を抹消するよりも確実にどこにも残らない求婚方法となる。そもそも正式に求婚できる相手ではない以上（特に仲澄）、その証拠が残存するわけにはいかず、入内時に仲澄から贈られた和歌をあて宮は落ち散ることを懸念したし、その返事を仲澄のもとに持ってきた兵衛の君は、大宮らの前であて宮からの文であることを口頭で伝えられず、仲澄の腕に「これ、御方からの文なり」と指で「書きつく」ことで伝えた。一で取り上げた平中が子供の腕に和歌を書き付けた例が思い起こされよう。紙でも物でもなく人の腕に「書きつく」という動作は、視覚はもとより触覚によって感知されるものであることを兵衛の君と仲澄のやりとりが示しているといえるだろう。(9)

あて宮求婚譚において、植物に書き付けられた和歌は贈る側の意識の問題が関わっていることが、以上により理解できるのではないだろうか。自身の贈歌が贈る相手の手元に残らない方法として、物として残る紙でも調度品でもないものに書き付けたのである。それは単なる贈歌の末梢というだけでなく、贈る相手と自身との関係性の秘匿につながる。相手を慮る場合もあれば、自身の立場を守る場合もあろうが、自身の思いの証拠を後に残さない方法として機能しているのである。(10)

では、なぜそうした機能を活用する必要があったのか。それは何らかの形で書き付けられた情報が様々な形で拡散してしまう危険性を、常に警戒する必要があったからではないか。手紙は公開性を持つものであり、いつ誰の目に触れるかわからず、一度他者の目に触れられたら今度は口頭で拡散される可能性を「歌語り」という状況が証明していよう。あるいは私家集に散見する恋文返却の依頼もまた、関係清算のために自らの手紙を回収しなければ、二人の秘事は拡散してしまう危険があったことを容易に想像させる。(11)そして、そうした状況を最大限利用したのが『源氏物語』ではないのか。『源氏物語』には多くの手紙が登場するが、密事に関わる手紙は非常に対照的である。

源氏宛ての手紙は秘匿されるものと公開されるものとが明確に弁別されているし、藤壺の宮宛ての手紙は筆跡を変えることで密事露見の危険性を低くした。一方で、柏木の手紙は光源氏の見るところとなり秘事は露見し、だが柏木と女三の宮の文の束は時空を超えて薫のもとに届く。物として残るという特質が最大限に利用されているのである。では、そうした書かれたものへ強い意識を持つ『源氏物語』にはどのような「書きつく」様相があるのか。

四　『源氏物語』の「書きつく」――「扇」に書き付けられた贈答歌

『源氏物語』には「書きつく」の表記は十五例、『うつほ物語』とは異り自然物への「書きつく」は一例もない。[12]「柱」や「硯」などはあるが、そのほかの用例は基本的に紙または紙と同等の機能を持つものである。用例数の激減は『源氏物語』の持つ書記することへの意識が『うつほ物語』とは全く異なることを示していよう。先行する歌集や歌物語、『うつほ物語』によって構築されてきた、伝達ツールでありながらその役目を自ら抹消する「書かれるもの」としての植物。それを全く使用しないということは、どういうことか。その中で注目されるのは「扇」に書き付けられた和歌であろう。

「扇」に和歌が書き付けられた用例は五例ある。[13]他に和歌の上の句の一部が書き付けられた扇を持つ源典侍の用例（紅葉賀巻）がある。

①ありつる扇御覧ずれば、もて馴らしたる移り香いとしみ深うなつかしくて、をかしうすさび書きたり。

　心あてにそれかとぞ見る白露の光そへたる夕顔の花

そこはかとなく書きまぎらはしたるもあてはかにゆゑづきたれば、いと思ひのほかにをかしうおぼえたまふ。

②かのしるしの扇は、桜の三重がさねにて、濃きかたに霞める月を描きて水にうつしたる心ばへ、目馴れたれど、ゆゑなつかしうもてならしたり。「草の原をば」と言ひしさまのみ心にかかりたまへば、

世に知らぬ心地こそすれ有明の月のゆくへを空にまがへて

と書きつけたまひて、置きたまへり。（花宴①三六〇）

③今日も所もなく立ちにけり。馬場殿のほどに立てわづらひて、「上達部の車ども多くて、もの騒がしげなるわたりかな」とやすらひたまふに、よろしき女車のいたう乗りこぼれたるより、扇をさし出でて人を招き寄せて、「ここにやは立たせたまはぬ。所避りきこえむ」と聞こえたり。いかなるすき者ならむと思されて、所もげによきわたりなれば、ひき寄せさせたまひて、「いかで得たまへる所ぞとねたさになん」とのたまへば、よしある扇の端を折りて、

「はかなしや人のかざせるあふひゆゑ神のゆるしの今日を待ちける

注連の内には」とある手を思し出づれば、かの典侍なりけり。（葵②二八～二九）

④御座を譲りたまへる仏の御しつらひ見やりたまふも、さまざまに、「かかる方の御営みをも、もろともにいそがんものとは思ひよらざりしことなり。よし、後の世にだに、かの花の中の宿に隔てなくとを思ほせ」とて、うち泣きたまひぬ。

はちす葉を同じ台と契りおきて露のわかるる今日ぞ悲しき

と御硯にさし濡らして、香染めなる御扇に書きつけたまへり。宮、

へだてなくはちすの宿を契りても君が心やすまじとすらむ

と書きたまへれば、「いふかひなくも思ほし朽たすかな」と、うち笑ひながら、なほあはれとものを思ほしたる御気色なり。（鈴虫④三七六〜三七七）

⑤御正日には、上下の人々みな斎して、かの曼陀羅など今日ぞ供養ぜさせたまふ。例の宵の御行ひに、御手水まゐらする中将の君の扇に、

君恋ふる涙は際もなきものを今日をば何の果てといふらん

と書きつけたるを取りて見たまひて、

人恋ふるわが身も末になりゆけど残り多かる涙なりけり

と、書き添へたまふ。（幻④五四四）

①は夕顔の扇に書き付けられた和歌、②は朧月夜の扇に書き付けられた和歌、③は扇の端を折って源典侍が書いた和歌、④は源氏と出家した女三の宮の贈答歌、⑤は紫の上の一周忌に中将の君の扇に源氏が和歌を書き付けた場面である。いずれの用例も、扇をやりとりする二人の関係に何らかの障壁がある。夕顔の白い扇は班婕妤の故事が踏まえられ男女の仲が長続きしないイメージを持ち、朧月夜の扇は二人の恋の証しではあるがそれは秘匿すべき関係であった。源典侍とのやりとりは源氏の苦い経験を思い出させるものであり、女三の宮とのやりとりは扇に書き付けられた贈答歌として成立するも二人の断絶を示し、そもそも女三の宮はすでに出家者であった。中将の君の扇に書き付けられた和歌は贈答歌として詠み合ったものではなく、紫の上の喪失が二人に重くのしかかっている。

こうした互いの関係性に何らかの危うさを抱えたところで、扇が二人の間を結びつけそうでありながら、結局は破綻していく様相を『源氏物語』は描いているのではないだろうか。扇という必ず身につけるものでありながら、これらの行方はいずれも描かれず、ましてやその後に語られる情報源にもならない。書記されたものでありながら、

一回的な事象として機能している。柏木と女三の宮の手紙が後の物語の情報源となることとは一線を画しているのではないか。そこには扇に書き付けるという動作が重要なのであって、特に朧月夜、女三の宮、中将の君という女性の扇に源氏が書き付けた例は、自身の思いを扇の持ち主に一体化させたい意識の表れと捉えられる。しかし、朧月夜の扇は源氏によって置かれたままとなり、女三の宮には拒絶される。中将の君の例は紫の上思慕という形で一体化しつつも、源氏が自身の余命を詠むところに中将の君の思いとは亀裂が存在しよう。この三例は、扇に書かれた和歌がその後の展開を何も生み出さないものとしてあることを示しているのではないだろうか。

一方、源典侍の扇の端に書き付けた和歌は、書き付けられたものでありながら、残された「扇の端」には次の使い道はない。先行する作品に描かれていた植物と同様の機能であるといえよう。和歌や言葉が何かに書かれた瞬間に物となり、それらが何らかの力を持つことを『源氏物語』も描き出している。だが扇については残る物に書記しつつも、残らないもの（あるいは残さないもの）として選択されているのではないか。用例から考えると「扇の端」を除いた例は、調度品に書かれた和歌のように他者の目に触れても問題無いものであるといえよう。夕顔の場合、「書きまぎらは」され書き手の判断が難しいようになっている。朧月夜の場合、女性用の扇だが「目馴れたる」もので、そこに源氏の筆跡が書かれていても他者が女性の特定まではできない。女三の宮の扇は出家した妻との贈答歌として見られるだけで、中将の君の扇もまた紫の上思慕を共有した贈答歌のように見えるだけだろう。ものに「書きつく」ことの無価値を示していると言うこともできるかもしれない。それは、幻巻で紫の上の文に和歌を書き付けながら、焼却してしまうことからもうかがえよう。物語全体における書記行為について考察することは紙幅の都合上できないが、今後より考察を深めていきたい。

そして、『源氏物語』のこうした姿勢に真っ向から反し、自分の扇が自身の感知せぬところで飛鳥井の女君の手に渡り歌が書き付けられ、再び自分のもとに戻るという「扇」の流転を描く『狭衣物語』は、書記されたものの行方を執拗に追う物語だといえよう。

おわりに

以上、歌集、歌物語、『うつほ物語』における「書きつく」用例を確認し、そこから大きく変容する『源氏物語』の用例を考察した。植物に書き付ける行為が書いたものを抹消する意識の上に成り立っているとすれば、書かれた物が残されていく様相とその危険性を基盤にしているに違いない。『源氏物語』はそうした書かれた物が残される状況を手紙で示し、手紙の持つ特性を駆使した。その一方で、同じように書かれたものとして残る扇を利用することで物に和歌を書き付ける伝統に則っているように見せかけながら、扇がその後の情報伝達に何の意味も持たないように描くことで物に「書きつく」ことの意味を解体させているといえよう。なお、宇治十帖において「書きつく」と表現されたものは紙または紙と同等の機能を持つものばかりで、それ以外は薫が「柱」に書き付けた例を見るだけある。

物に和歌を書きつくことはそれを見る相手との関係を何らかの形で構築する。そして、書きつけられた物が何かによって秘匿されるべき関係か否かも判断できることが、歌集や歌物語、『うつほ物語』から浮かび上がってきた。しかし、『源氏物語』は物に書きつけることによる関係の構築という手法をとらず、むしろ物に書きつけるがゆえに関係が破綻していく様相を示しているようである。『源氏物語』における書記の問題は多岐に渡り、書きつける動作のみで解決できるものではないが、先行する用例との差異を示すことで本稿を終わりたい。

注

（1）田中仁a「宇津保物語の手紙——その形」（『古典文学論注』一、一九九〇年七月）・b「「書きつく」の意味——宇津保物語を主な資料として—」（『言語表現の研究と教育』三省堂、一九九一年）・c「和歌を書きつけること—八代集の「書きつく」」（『芸文東海』十八、一九九一年十二月）、永井和子「枕草子の跋文——「書きつく」という行為をめぐって」（『国語国文論集』第二十七号、一九九八年三月）、杉野惠子「花びらや葉に歌を書く（書きつく）という表現について——「うつほ物語」を中心に——」（『実践教育』十九号、二〇〇〇年三月）、武藤那賀子「物に書きつく——『うつほ物語』の言語認識」（『うつほ物語論　物語文学と書くこと』笠間書院、二〇一七年。初出は二〇一一年三月と二〇一三年十月）、原豊二「「書きつける」者たち——歌物語の特殊筆記表現をめぐって——」（『日本文学』六五—五、二〇一六年五月）

（2）前掲注（1）田中b論文

（3）藤岡忠美「木の葉に書かれた恋歌——『伊勢集』冒頭贈答歌・再説」（『王朝和歌と史的展開』笠間書院、一九七七年）

（4）前掲注（1）原氏の論ではこうした紙以外のものに書き付ける行為を特殊筆記ととらえ、歌物語における特殊筆記の有り様について考察されている。

（5）拙稿「『大和物語』における〈記録〉の方法——歌話採録に見える戦略——」（『日本文学』六五—五、二〇一六年五月）

（6）前掲注（1）杉野論文。

（7）前掲注（1）武藤論文。

（8）なお実忠については、実質的には兵衛の君に「中のおとどにて、君一人見給へ」として渡した「めづらしく出で来たる雁の子」に書き付けた和歌を兵衛の君があて宮に見せており、実忠からの最初のあて宮宛ての和歌ということができる。植物ではないが自然物への書き付けであり注目される。

(9) あて宮入内後に仲澄が贈った手紙に対するあて宮の返事は、仲澄が飲み込むことで死後に残されることはない。

(10) 『うつほ物語』後半における手紙の問題や、繰り返される人工物への「書きつく」様相、そしてそこに関わる仲忠の問題については、あて宮求婚譚における「書きつく」様相とは意義を異にしよう。本稿で詳述する余裕はないが、仲忠の筆跡への言及を含め物語におけるエクリチュールの問題として改めて考察したい。

(11) 『元良親王集』では京極御息所が手紙の変換を依頼しているし、『紫式部集』では夫が自分の手紙を人に見せたことに対し手紙の返却を求める様子が描かれている。

(12) 「書きつく」という表現ではないが、紅葉賀巻に王命婦が藤壺の宮へ源氏への返歌を「ただ塵ばかり、この花びらに」(紅葉賀①三三〇)と常夏の花びらへ書くよう促す場面はある。

(13) 扇に書き付けた和歌について、坪井暢子「扇に書く――『源氏物語』の消息文に関して――」(『平安文学新論――国際化時代の視点から――』風間書房、二〇一〇年)、朴英美「扇に書く和歌――『源氏物語』におけるその会話的機能をめぐって――」(『比較日本学教育研究センター研究年報』十二号、二〇一六年三月)がある。その他、夕顔、朧月夜、女三宮については個別に研究が重ねられている。

＊和歌の引用は『新編国歌大観』に、『伊勢物語』『大和物語』『源氏物語』は新編日本古典文学全集(岩波書店)により、表記を私に改めたところがある。

平安文学における食表現──『源氏物語』と『宇津保物語』を中心に──

池田節子

はじめに

前稿「食をめぐる言説」において、『源氏物語』をはじめとする平安文学に、食品・料理名が少ないことを指摘した。[1] 当時の貴族たちの日記にも食事についての記事が少ないことがすでに指摘されている。[2] 食に執着することを下品とする感覚があるとしても、[3]『源氏物語』に食表現が少ないことの決定的な理由にはならないのではないかということが前稿の出発点であった。

前稿において、『源氏物語』には食表現が少なく、そのために、食表現が出現する箇所が特別な意味を帯びることを指摘した。しかし、『源氏物語』に次ぐ長編である『宇津保物語』を調べておらず、不充分な調査であった。本稿では、『宇津保物語』に登場する食品・料理名およびその描かれ方を調べて、『源氏物語』と比較検討したい。

一　食物一覧

前稿の表に『宇津保物語』の用例を追加した。一部訂正した箇所がある。

『竹取物語』『伊勢物語』『土佐日記』『蜻蛉日記』『落窪物語』『枕草子』『紫式部日記』『更級日記』『宇津保物語』に見られる食品・料理名を抽出し、それらの『源氏物語』における用例数を調べた。また、高山直子「源氏物語にみる食生活　その粥について」[4]の末尾に掲載されている「源氏物語にみえる食品・料理名の一覧表」から、他の作品には見られない食品・料理名を掲載した。なお、高山氏の掲出するもので、食品名であるとしても食べる対象としては意識されていないもの——たとえば和歌で「見る目」の掛詞として用いられた海松、花が鑑賞されている梅など——は除外した。また、高山氏の掲出していない食品・料理名であっても、私の判断で加えたものには、〈　〉を付してある。各作品名の最初の一文字を略記号とする。

穀類	名称	登場する作品名	源氏物語の用例数	備考
①	稲	枕・宇	4	
②	米	土・宇	0	
③	白米	落	0	
④	粥	蜻・落・枕・宇	13	
⑤	強飯	落・宇	4	
⑥	小豆粥	土・宇	0	
⑦	水飯	蜻・落・枕・宇	2	
⑧	焼米	蜻・落・宇	0	
⑨	湯漬	枕・落・宇	4	
⑩	餅	枕・落・紫・宇	8	「源氏」はすべて儀式
⑪	草餅	落	1	
⑫	すりこ	更	0	
⑬	乾飯	伊・宇	0	
⑭	飯（いひ）	竹・伊・枕・宇	0	
⑮	屯食	紫・宇	5	握り飯
⑯	ちまき	伊	0	
⑰	飯粒	土	0	
⑱	ところ	枕・更・宇	0	芋
⑲	五穀	竹	0	
⑳	餅だん	枕	0	
㉑	〈湯〉		13	粥説あり

	名称	登場する作品名	源氏物語の用例数	備考
㉒	粉熟（ふずく）	宇	2	菓子
㉓	椀飯		1	
㉔	椿餅	宇	1	
㉕	穀	宇	0	
㉖	糄糅（ひめ）	宇	0	
㉗	大麦	宇	0	
㉘	芋	宇	0	
㉙	零余子	宇	0	
㉚	麦	宇	0	
㉛	粉	宇	0	
㉜	精米	宇	0	
㉝	七種の御粥	宇	0	

果実・野菜	名称	登場する作品名	源氏物語の用例数	備考
①	いちご	枕	0	
②	やまもも	枕・宇	0	
③	くるみ	枕	0	
④	〈うめ〉	枕・紫	0	
⑤	柿	更・宇	0	
⑥	李	竹	0	
⑦	橘	伊・蜻・宇	2	伊・蜻では香りのみ
⑧	柑子	伊・宇	4	
⑨	柚	枕・蜻	0	
⑩	瓜	枕・宇	0	
⑪	梨	蜻・宇	1	
⑫	栗	伊・落・宇	1	
⑬	甘栗	枕	0	
⑭	豆	落・枕・宇	0	
⑮	若菜	土・落・枕・宇	9	
⑯	菜	土・宇	0	
⑰	蕨	枕・宇	3	「源氏」の2例は歌
⑱	椎	枕・宇	0	
⑲	菜種	竹	0	
⑳	芋茎（いもし）	土	0	
㉑	芹	枕・宇	1	
㉒	夕顔	枕	0	
㉓	大根	枕	0	
㉔	切り大根	蜻	0	
㉕	草の根	竹・宇	0	
㉖	しぶき	蜻	0	菜
㉗	ゑぐ	蜻	0	菜
㉘	松の葉	蜻・宇	0	粗末な食事
㉙	橡	枕・宇	0	
㉚	水茨	枕・宇	0	
㉛	菱	枕・宇	0	
㉜	夕顔	枕	0	
㉝	蒜	宇	2	源氏は2例とも歌
㉞	筍		1	

㉟	つくづくし		1	土筆
㊱	蓮の実		1	
㊲	葛の根	宇	0	
㊳	草木	宇	0	
㊴	漬け豆	宇	0	
㊵	ささげ	宇	0	
㊶	核	宇	0	
㊷	実	宇	2	
㊸	桃	宇	0	
㊹	信濃梨	宇	0	
㊺	干し棗	宇	0	
㊻	松の子	宇	0	
㊼	くさびら	宇	0	
㊽	苦菌（にがたけ）	宇	0	
㊾	櫟	宇	0	
㊿	木の実	宇	1	
51	花橘	宇	0	
52	姫桃	宇	0	
53	大柑子	宇	0	
54	楝	宇	0	
55	胡麻	宇	0	
56	油	宇	0	
57	糟	宇	0	油の糟
58	漬物	宇	0	
59	薑	宇	0	
60	漬けたる蕪	宇	0	
61	唐果物	宇	0	
62	柑子	宇		作り物
63	蒜	宇		作り物

氷・水	名称	登場する作品名	源氏物語の用例数	備考
①	削氷	枕・宇	0	
②	氷（ひ）	蜻・宇	0	
③	湯水	竹・宇	0	
④	水	伊・枕・更・宇	0	
⑤	湯	枕・宇	9	薬湯
⑥	〈氷水〉		1	
⑦	乳	宇	2	

海藻	名称	登場する作品名	源氏物語の用例数	備考
①	荒布	土	0	
②	布	枕	0	
③	ひじき	伊	0	
④	海松（みる）	伊・宇	0	他の作品では掛詞
⑤	ひきぼし	蜻・落	1	乾燥させた海藻
⑥	甘海苔	宇	0	
⑦	海松	宇		作り物

魚・貝	名称	登場する作品名	源氏物語の用例数	備考
①	押鮎	土	0	
②	鮎	蜻・宇	1	
③	鯉	土・蜻・宇	0	
④	鮒	土・宇	0	
⑤	鯛	土	0	
⑥	鱸	蜻	0	
⑦	貝	竹・宇	1	
⑧	魚（いを）	伊・土・蜻・落・宇	1	源氏は行幸場面
⑨	ほや	土	0	
⑩	胎鮨（いすし）	土	0	
⑪	鮨鮑	土	0	
⑫	干物（からもの）	落・宇	1	
⑬	鳥の子	伊	0	
⑭	かりのこ	蜻・枕	2	
⑮	いしぶし	宇	1	
⑯	氷魚	宇	2	
⑰	雉	伊・宇	2	源氏は行幸場面
⑱	鳥	宇	1	源氏は行幸場面
⑲	海老	宇	0	
⑳	獣	宇	0	
㉑	雲雀の乾鳥	宇	0	
㉒	鳩	宇	0	
㉓	麻蹉（魚？）	宇	0	
㉔	生物（なまもの）	宇	0	
㉕	甲羅	宇	0	
㉖	鰹つきの削り物	宇	0	
㉗	日乾し	宇	0	
㉘	苞苴（あらまき）	宇	0	
㉙	鮭	宇	0	
㉚	火焼きの鮑	宇	0	
㉛	鮠（はえ）	宇	0	
㉜	小鮒	宇	0	
㉝	鯉	宇		作り物
㉞	鯛	宇		作り物
㉟	鰹	宇		作り物
㊱	乾物	宇		作り物
㊲	小鳥	宇		作り物

酒・薬・調味料	名称	登場する作品名	源氏物語の用例数	備考
①	酒	伊・土・蜻・枕・落・宇	5	
②	酒壺	更	0	
③	大御酒	伊・宇	10	

総称	名称	登場する作品名	源氏物語の用例数	備考
④	盃・杯	伊・落・枕・紫・宇	14	
⑤	土器	伊・蜻・落・宇	24	
⑥	瓶子	落	3	
⑦	屠蘇	土	0	
⑧	白散	土	0	
⑨	薬	竹・宇	5	
⑩	青ざし	枕	0	菓子
⑪	蜜	枕・宇	0	
⑫	甘葛	枕・宇	0	
⑬	炒塩	蜻	0	
⑭	酢	落・宇	0	
⑮	〈極熱の草薬〉		1	
⑯	胡瓶	宇	0	
⑰	油	宇	0	
⑱	塩	宇	7	源氏では「塩焼く」など
⑲	堅塩	宇	0	
⑳	味噌代	宇	0	
㉑	味噌	宇	0	
㉒	風邪薬	宇	0	

総称	名称	登場する作品名	源氏物語の用例数	備考
①	食物（くひもの）	竹・枕・宇	3	
②	もの	竹・伊・土・蜻・落・枕・更・宇	不明	
③	御膳（おもの）	落・枕・紫・宇	3	
④	御前の物	枕・紫・宇	0	
⑤	台	蜻・落・宇	0	
⑥	糧	竹・宇	0	
⑦	破子	土・蜻	2	
⑧	籠物	紫	4	
⑨	折櫃もの	紫	2	
⑩	餌袋	蜻・落・枕・宇	0	
⑪	取り食み	枕	0	残り物をあさる
⑫	さかな	枕・伊・宇	7	
⑬	くだもの	蜻・落・枕・宇	27	
⑭	あはせ	落・宇	0	副食物
⑮	くさはひ	落	0	副食物
⑯	おろし	落・枕・宇	0	
⑰	御まがり	落	0	残り物
⑱	檜破子	宇	6	
⑲	〈朝餉〉		1	
⑳	粗食	宇	0	
㉑	阿修羅の食	宇	0	
㉒	飲食（おんじき）	宇	0	

㉓	御まぼりもの	宇	0	
㉔	威儀の御膳	宇	0	
㉕	御年の料	宇	0	
㉖	種	宇	0	
㉗	酒肴	宇	0	
㉘	参り物	宇	2	
㉙	羹	宇	0	
㉚	食み残し	宇	0	
㉛	残り物	宇	0	
㉜	御汁物	宇	0	
㉝	御設け	宇	0	

行事	名称	登場する作品名	源氏物語の用例数	備考
①	歯固め	土・枕	1	
②	精進物	土・枕・宇	2	
③	饗・饗応（あるじ）	伊・土・竹・蜻・枕・宇	13	
④	斎	枕・宇	4	
⑤	節供	蜻・枕・宇	0	
⑥	御仏供のおろし	枕	0	
⑦	聡明	枕	0	釈奠の供物
⑧	としみ	蜻・落・宇	0	
⑨	穀断ち	蜻	0	
⑩	盛物	枕	0	
⑪	馬のはなむけ	伊・土	0	
⑫	ささげ物	伊	0	
⑬	供養	宇	0	
⑭	還饗	宇	1	

『宇津保物語』には、飲食場面が多いことが指摘されている。[5] 表を見ると、『宇津保物語』には『源氏物語』など他の作品には見られなかった食品名などが数多くあり、平安時代人の食生活が窺われる。しかし、あて宮周辺などの上層貴族が登場する場面では、食品名がほとんど出てこないことなど、実は共通点もある。たとえば、儀式の豪華さが強調されていても、具体的なメニューはほとんどの場合示されていないのである。このことは史実においても同様の傾向がある。一例として、大饗について、『御堂関白記』にほぼ相当する期間（長徳元年〈九九五〉から寛仁三年〈一〇一九年〉）について、「大日本史料総合データベース」（東京大学史料編纂所）で調べると、大饗の記事は二九

回あるものの、詳しくメニューが記されているのは、寛弘五年（一〇〇八）正月二五日に行われた左大臣家大饗についての『御堂関白記』と『権記』の記事、寛仁元年一二月四日に行われた任太政大臣大饗についての『小右記』『左経記』の記事のみである。後者は、他の大饗記事とは比べものにならないほど膨大な記事があり、メニューは全体から見れば、ほんの一部にすぎない[6]。

先ずは、前稿の食物名一覧から考察した点について、『宇津保物語』を加えた一覧表で確認したい。前稿で、具体的な料理名は米に関係するものを除いてまれであり、「日本人が米を特別視することは平安文学からも窺える」と述べた。『宇津保物語』には、「強飯」が二例、「粥」が一三例、「湯漬」が五例あるが、『宇津保物語』には料理名が多いことを考え合わせると、突出して多いとはいえない。『源氏物語』ではそれぞれ、四例、一三例、四例である。料理名が米に集中するのは、『源氏物語』の特徴なのかもしれない。『宇津保物語』では、料理名・調理法は、米を除くと、「粉をまろがしたる」（比喩）、「火焼きの鮑」、「漬けたる蕪」といった例があり、また、調理の手順を記した次のような箇所もある。

近う見れば、火を山のごとくおこして、大いなる鼎立てて、栗を手ごとにかきて、粥に煮させ、よろづの菓物食ひつつ、人々の御もとなる人に賜び居たり。（中略）つとめてになれば、御粥参る。（「国譲下」三304）

仲忠と涼が、水尾に隠棲した仲頼を訪ねた場面である。『源氏物語』では、調理法が皆無で、料理名も米に限定されているので、かなり異なる。

酒については、前稿で「どの作品でも酒についての言及がある。但し、『酒』と記されることは少なく、盃や土器など、飲む食器で記されることが多い。食品名を記さないことと軌を一にするといえよう」と指摘した。『宇津保物語』は「かはらけ」とあることが多いものの、「酒」もかなりある。

『源氏物語』では、「くだもの」「さかな」といった総称的に食物を示す言葉が多いことを指摘したが、『宇津保物語』においても、上層貴族を描く場合には同様である。

『蜻蛉日記』『枕草子』『土佐日記』の食品名は、旅などにおける非日常の食事に関してのことが多く、日常の食事が具体的に記されることはほとんどないと指摘した。『宇津保物語』においても、食品名が記されるのは都の内を離れた場合がほとんどである。また、『落窪物語』では、父中納言の家では日常の食事について言及されているが、名門の男君の家では、儀式のメニューさえも記されていない。同様の傾向は『宇津保物語』にも見られる。

残り物については、『落窪物語』や『枕草子』にあるものの、それを食べるのは身分の高い人たちではなかった。但し、『枕草子』には、道隆が冗談で娘たちの食事のお下がりをほしいと言う場面がある(204)。『宇津保物語』では、女一の宮の残り物を仲忠が食べるという記事(「蔵開上」二350)、朱雀帝が仲忠に与える例(「蔵開中」二452)がある。

このような『宇津保物語』の食表現の特徴について、次節以下で、『源氏物語』などと比較しつつ考察したい。

二　『宇津保物語』において、食品名が登場する場面

先ず、いくつか、食品名が多く登場する場面について検討したい。

ア　俊蔭女を支えていた嫗の死後、「いささかもの食ふこともなくなりぬ」(「俊蔭」一71)という状態になったが、仲忠が食料を調達してくるところに、「魚」「椎」「栗」「芋」「野老」「木の実」「葛の根」がある(同72〜77)。

イ　吝嗇な三春高基が徳町という富裕な商人と結婚する。使用人を雇ったために、その食費がかかることを嘆く。「かかればこそは、人なくて年ごろ経つれ。いかなる費えあり。惜しくあたらしくとも、人は十五人、漬豆

を一さやあて出だすとも、十まり五つなり。種生らしては、いくそばくなり。零余子を一つあてに出だすとも、十まりなり。生らして取らば、多くの零余子芋出で来ぬべし。雲雀の乾鳥、これらを生けて囮にて取らば、多くの鳥出で来ぬべし」と思ひ惚れて居たまへり。（「藤原の君」一165〜166）

ウ　実忠の妻子が志賀に隠棲していたが、仲忠と実忠が偶然出会い、一緒に実忠の妻子の家に、それと知らずに立ち寄る。妻は歌を添えて食事を出す。その場面に、「透箱四つに平杯据ゑて、紅葉折り敷きて、松の子、菓物盛りて、くさびらなどして、尾花色の強飯など参るほどに、雁鳴きて渡る」（「菊の宴」二106）とある。

エ　兼雅が見捨てていた中の君の窮乏の描写は、末摘花の窮乏の先蹤といえよう。

…台一つ立てて、白き陶鋺に、御膳編糅めきて、少し盛りて食きをり。薑、漬けたる蕪、堅塩ばかりして、夜さりの御膳にもあらず、朝の膳にもあらぬほどに参りたり。（「蔵開下」二549）

このような、詳細な食表現は、中下層の人々、貧者、あるいは都外の場合である。都外の例としては吹上巻の豪華な食膳（「吹上上」一391・「吹上下」一519）、常夏巻との関連が指摘される(7)桂邸における酒宴（「国譲中」三208）が挙げられる。涼の産養における種松の贈り物（「蔵開下」二533）も都外からもたらされたものである。大后の御賀の祝宴では、豪華さが強調されるものの若菜以外のメニューはなく（「菊の宴」二49）、『源氏物語』の源氏四十賀と同様である。また、いぬ宮の百日にも具体的な食品名はなく（「蔵開下」二581）、太政大臣の大饗（「国譲中」三137）のメニューも記されない。

しかし、例外もある。あて宮からの贈り物は二回（「あて宮」二130・「蔵開中」二470）詳しく描かれる。

…藤壺より、大きやかなる酒台のほどなる瑠璃の甕に、御膳一盛、同じ皿杯に、生物、乾物、窪杯に、菓物盛りて、同じ瓶の大きなるに、御酒入れて、白銀の結び袋に、信濃梨、干し棗など入れて、白銀の銚子に、麝香煎一銚子入れて奉りたまへり。（中略）大いなる白銀の提子に、若菜の羹一鍋、蓋には、黒方を大いなるかはらけのやうに作りくぼめて、覆ひたり。（中略）…と書きつけて、小さき黄金の生瓢を奉り、雉子の足、折りものに高く盛りて添へたてまつりたまへり。（「蔵開中」二470）

「生物」「乾物」「御酒」「信濃梨」「干し棗」「若菜の羹」「雉子の足」と豪華である。但し、「瑠璃」「白銀」「黒方」「黄金」といった食器や香の豪華さも目をひく（校訂されたものや説の分かれるものは省く）。これ以外にも、納涼の場面（「祭の使」一465）、相撲の節会（「内侍のかみ」二177）にも具体的な食品名がある。しかし、ほとんどの場面では、食品名は記されず、食器などの豪華さが強調されるばかりである。

上層貴族の会話場面では、本文には食物についての記述がなくても、「絵指示」にはある場合も少なくない。一例を挙げると、仲頼が仲頼妻を訪問した際に、本文には食物は皆無であるのに、「絵指示」には具体的に調理した人まで記されている。

母、子居て、もの参らむとて調じいそぐ。父ぬし手づから雉作る。ここには、少将にもの参る。娘。雉などあり。（「嵯峨の院」一367）

食事が出されていることが想像される場面であっても、こういうものが机上に据えられていたというようには描かれないのである。『源氏物語』とは一見全く違うように見えて、実は、都の内の上層貴族の場面では食品名がほとんど出てこないという共通点を指摘することができる。このことは、『源氏物語』には食表現が少ないのに対して、『今昔物語集』には多いことと対応するといえよう。

三　どこで、誰が調達したものを誰と食べるか

兼雅と仲忠は女三の宮を自邸に迎えることにする。仲忠が交渉に行った際（「蔵開中」二507）、その後兼雅が訪問する際（「蔵開下」552）、実際に迎える際（同555〜556）に、女三の宮方から食事が供されるさまが描かれる。兼雅の訪問では、「むかしのやうにて御台参れり」とあり、仲忠が交渉に行った際と実際に迎える際には賄いの女房名が記され、特に後者は、車副や前駆に与えられた物にまで言及する。一方、「おとど、なほ北の方（仲忠母…池田注、以下同じ）の御もとにのみ、夜昼おはす。御膳などは、ただここに。あなた（女三の宮）には、時々昼間などにまうでたまふ」（同568）とあり、女三の宮を自邸に迎えてからも、兼雅が仲忠母と食事をすることが記される。これらには、食事を食べる場所の重要性が示されているのではなかろうか。女三の宮の住んでいた一条殿で食事をすることには女三の宮を尊重していることが示され、一方、女三の宮を迎えた後にも、俊蔭女のもとでもっぱら食事をすることには、同じ邸内に高貴な妻が入っても俊蔭女の立場が変化しないこと、即ち俊蔭女への兼雅の絶対的な愛情が示されているのであろう。

さて、女一の宮が妊娠して、生まれる子が美貌で性格がよくなると『産経』に書かれている食物を、仲忠は用意する。「参りものは、刀、俎をさへ御前にて、手づからといふばかりにて、われなほ添ひ賄ひて参りたまふ」（「蔵開上」二332）と、仲忠が親身になって世話をする。出産後には、「西の廂に御座装ひて、尚侍のおとどしたるところに、（中略）北の方の御参りものは、あるじの方よりして参らせたまふ」（同348）とある。俊蔭女の食事を正頼家が準備したのは、「尚侍としての威儀」とのことである（同348注九）。一方、「中納言（仲忠）は、例ものしたまふ東の廂

に、儀式して、御手水、ものの賄ひなどし据ゑたれど、母屋（女一の宮の居所）の隅より頭もさし出でたまはで、宮のおろしをのみ参る」（同350）とある。また、朱雀帝は、「この朝臣（仲忠）いたはれや」と自分の「おろし」を与え、「これを、かれをなど御覧じ続けさせたまふ」（「蔵開中」二452）。朱雀帝の仲忠への配慮は、娘女一の宮への愛情を期待してのことである。

食事をする場所や調達する人などに言及しているにもかかわらず、具体的な食品名は記されていない。どういう事情で、どこで誰と食べるかということが興味の中心なのである。『源氏物語』の場合、食品名への言及がほとんどないので、それが記される場面が特別な意味を帯びることを前稿で指摘した。一方、『宇津保物語』は、誰がどこで誰の用意した食事を食べるかということについて詳細に言及するが、それは、『源氏物語』の食事への言及が持つ意味を示唆していよう。男君と女君との関係など、微妙な人間関係を反映していると考えられよう(8)。

四　食べ物に執着することは下品という言説

「『源氏物語』には、食に執着するのは下品、という考え方がみられる(9)」とされることも多いが、『源氏物語』において、そうした言及は、実はそれほど多くない。次の三例のうち、後の二例は冗談である。

・この中隔てなる三条を呼ばすれど、食物に心入れて、とみにも来ぬ、いと憎しとおぼゆるもうちつけなりや。（玉鬘三107）

・「あならうがはしや。いと不便なり。かれとり隠せ。食物に目とどめたまふと、ものいひさがなき女房もこそ言ひなせ」とて笑ひたまふ。（横笛四350）

・…敷きたる紙に、ふつつかに書きたるもの、隈なき月にふと見ゆれば、目とどめたまふほどに、くだもの急ぎにぞ見えける。（東屋六101）

平安時代に食を下品とする感覚があったことを示すものとして、『枕草子』の次の一節が引用されることがある。

宮仕へ人のもとに来などする男の、そこにて物食ふこそいとわろけれ。食はする人もいとにくし。（中略）いみじう酔ひて、わりなく夜ふけて泊りたりとも、さらに湯漬をだに食はせじ。（325）

しかし、この場面は、上品・下品ということとは次元の違う、「肉体という地上的な存在につながれた、人間の現実の姿」[10]を嫌う清少納言のあり方である。

『宇津保物語』では、飢えを嘆く場面はあるものの、食への執着を非難する言葉は少ない。むしろ、どうしたら飢えずにすむかという切実さが、俊蔭巻における俊蔭女、中の君、藤英などにおいて肯定的に描かれている。長年苦労を重ねた藤英が、正頼の庇護により「食物山のごとし」（「吹上下」一554）と飢えの心配がなくなったことを記す。一方、東宮が「ものも食はれずなんどなむ」（蔵開上二442）と言う場面、女一の宮が削り氷をもっと食べたいと言うので、仲忠が「食ひ物むつかりを」としかる場面（「国譲中」三204）もある。『源氏物語』では、「食ふ」が、人間が食べる場合に用いられているものは一一例と少なく、高貴な人物では幼児の薫のみである。『宇津保物語』では、「食ふ」ことを忌避する感覚は薄いようだ。とはいえ、食べることに執着するのは下品という感覚があるからこそ、食表現が中下層の人々の場合にのみ具体的に描かれ、上層貴族の場合は、都外といった非日常の場面に限られるのであろう。

『栄花物語』において、藤原伊周の亡くなる場面には、「帥殿は日ごろ水がちに、御台などもいかなることにかとまできこしめせど、あやしうありし人にもあらず、細りたまひにけり」（「はつはな」一441）と、伊周の異様な食欲が描かれるが、食表現が上層貴族では少ないことを考慮して解釈する必要があろう。道隆については、「関白殿水をのみきこしめして、いみじう細らせたまへりといふことありて」（「みはてぬゆめ」一207）とあるのみである。伊周については、「ややうち細りたまへるが、色合などのさらに変りたまはぬをぞ、人々恐ろしきことに聞ゆる」（「はつはな」一452）ともあるので、異様な食欲は伊周の怨念を象徴するものと思われる。

五　「さかな」と「くだもの」

『源氏物語』の「さかな」と「くだもの」の用例を一覧表にした。

さかな

	巻頁	本文	酒の有無	食欲不振	供された事情・場所など	「新編日本古典文学全集」訳
①	帚木一94	あるじも、肴求むと、こゆるぎの	○		紀伊守の行為・風俗歌	酒肴
②	常夏三228	その御肴もてはやされんさまは			源氏・催馬楽	お肴
③	行幸三316	御肴	○		源氏→内大臣	御酒肴
④	橋姫五130	所につけたる肴など	○?		八の宮→冷泉帝の使者・阿闍梨	ご馳走
⑤	椎本五211	肴など	○		大君→供人・薫には「くだもの」	肴など
⑥	総角五232	ゆゑゆゑしき肴など	○		大君→供人・薫には「くだもの」	酒肴など
⑦	総角五292	よしあるくだもの、肴など			薫の差し入れ	酒の肴など

くだもの

①	帚木一95	御くだものばかり	○		紀伊守→源氏	お菓子ぐらいのもの
②	夕顔一162	御くだものなど	○?		惟光→源氏	お菓子など
③	若紫一220	御くだもの、なにくれ	○		僧都→源氏たち	御果物をあれこれ

④	賢木二109	御くだものをだに	×	○	女房→藤壺	お菓子
⑤	明石二244	御くだものなど	○		明石の入道→源氏	お菓子など
⑥	薄雲二435	御くだもの	×		明石の姫君	お菓子
⑦	薄雲二441	はかなきくだもの、強飯ばかり	○?		明石の君→源氏	お菓子
⑧	少女三38	御湯漬くだものなど	○		内大臣邸	くだものなど
⑨	胡蝶三185	御くだもの	×		玉鬘の部屋	御くだもの
⑩	行幸三292	御酒、御くだものなど	○		源氏→冷泉帝	お菓子など
⑪	行幸三303	御くだもの、御酒など	○		内大臣→源氏	お菓子
⑫	若菜上四107	御くだものなど	×	○	明石の君→明石の女御	御くだもの
⑬	若菜下四213	はかなき御くだものをだに	×	○	紫の上	御果物
⑭	若菜下四249	御くだものばかり	×?		女三の宮・六条院	御果物
⑮	幻四540	くだもの	○?		源氏→夕霧	くだもの
⑯	竹河五69	くだもの、盃ばかり	○		玉鬘→薫	くだもの
⑰	椎本五211	御くだものよしあるさまにて	○?		大君→薫・御供には「肴」	御くだもの
⑱	総角五232	御くだものなど	○?		大君→薫・御供には「肴」	御くだものなど
⑲	総角五292	よしあるくだもの肴など			薫の差し入れ	くだもの
⑳	総角五316	はかなき御くだものだに	×	○	大君	御くだもの
㉑	総角五334	はかなき御くだものをも	×	○	大君	御くだもの
㉒	宿木五404	はかなき御くだものをだに	×	○	中の君	御くだもの
㉓	宿木五412	よしある御くだもの	×	○	匂宮→中の君	くだもの
㉔	宿木五491	くだもの	×		女房→浮舟	くだもの
㉕	東屋六101	くだもの	○?		弁の尼→薫	くだもの
㉖	東屋六101	くだもの急ぎ	×		薫の行為	くだもの
㉗	浮舟六153	御くだものなど	○?		時方→匂宮	お菓子など

本文中に記述のないものについては「?」とした。

「さかな」は、「酒を飲むときのおかず」の意から、後に「食用になる魚類」の意へと変化した。一方、「くだもの」は、「草木になる食用の実」が本来の意であるが、「間食の食物」や「酒の肴」の意にもなるとされる。(11)前稿で、『源氏物語』では、「くだもの」は主人に、「さかな」は従者に供されるものという感覚があるようだと指摘した（「さかな」⑤⑥、「くだもの」⑰⑱）。また、身分の下位のものから上位のものに供される場合は、酒の肴であっても、「肴（以下漢字表記とする）」とはされず、「くだもの」とされるようだ（「くだもの」①③⑤⑩⑪⑯）とも述べた。それでは、『宇津保物語』ではどのような使い分けがなされているであろうか。

「肴」の用例は一一例、「果（菓）物」は四〇例（うち一例は「唐果物」）である。「肴」は酒とともに供されているものが七例あるが、明記されていなくても、酒は供されていると推測される。『源氏物語』でも、五例中四例が酒とともに供されており、④も酒があるとみるのが自然である。

次の例は、実忠の兄実正が実忠の妻を志賀に訪問した場面である。

色々の折敷四つ、海松の引き干し、菓物などして御肴にて、前に柑子、橘、ぬかご、棟などあるを取らせたまひて、御酒参りたまふ。（「国譲中」三147）

この箇所は、「色々の折敷四つに、海松の引き干しや果物などを酒の肴として出すが、その果物は、庭に柑子、橘、零余子、棟などがなっているのを収穫なさって、お酒を差し上げなさる」と解釈したい。これらは、実忠妻が夫の兄に対して供したものなので、『宇津保物語』では、「肴」が下位から上位に出す場合には用いられないということにはならない。また、あて宮が仲忠・涼に「肴いと景迹にし出だされたり」（「内侍のかみ」二217）ともあるので、「肴」が品格の落ちるものと見なされているのでもなさそうである。

では、「くだもの」はどのように用いられているであろうか。『宇津保物語』の終結部の「楼の上・下」に九例

（全体で四〇例なので、かなり集中している）あり、それらは、『源氏物語』と同様の、食べやすい食品を意味するものがほとんどであるが、他の巻々の「くだもの」は、食用の草木の実の意に限定して用いられていると思われるものが多い。

かくて、御折敷さらにもいはず、千々に白銀のかはらけ、菓物、乾物、いと清らかにして参らせたまふ。北のおとどより客人の御肴、御酒参らせたまふ。それにうち次ぎて粉熟参り、御膳など参らせたまふ。

（「内侍のかみ」二177）

ここでは、「菓物《くだもの》」は「乾物《からもの》」と対比的に記されているが、「生物《なまもの》」と列挙されることもある（前出のあて宮の贈り物〈491頁〉参照）。『宇津保物語』における「乾物」の用例は一三例、「生物」は四例である。『源氏物語』では、「干物《からもの》」は一例のみ、「生物」は一例もない。引用箇所の注には、「『菓物』は、梨、蜜柑、桃、柿、梅、椎の実、棗などの果実。『乾物』は、魚介類や肉類の干し物」とある。「新編日本古典文学全集」が第二巻以降「くだもの」に対して「菓物」の漢字を当てているのは、平安時代の「くだもの」が草木の実に限らないと考えてのことであろうが、このように木の実に限定される場合も多い。「盛りたる菓物」（同263）とあることも多い。

一覧表で、「くだもの」が明らかに酒とともに出てきた用例が七例、おそらく酒も供されていたと思われるものが七例ある。「肴」は酒のおかずの意で、「くだもの」は、酒のおかず、即ち「肴」になることもあるということのようだ。『伊勢物語』には、「さかななりける橘をとりて」（第六〇段162）とあり、橘が酒の肴である。

さて、「唐果物」は、『宇津保物語』に一例あるのみで、『源氏物語』にも用例がない。『日本国語大辞典』には「粳米の粉、小麦粉に甘葛の液を入れてこね、種々の形に作って胡麻油で揚げた菓子。唐の製法を伝えたところからいう。種々の木に飾って用いる。梅枝、桃枝、餲餬、桂心、団喜、饆饠、鎚子などという菓子の総称。からがし」とあり、「唐果物」と「唐菓子」は実質的には同じもののようだ。
また、『御堂関白記』に「菓子」とあるが、唐菓子の例とされるものがあり、別に「木菓子」（果実のこと）もあるとのことである。[12] 菓子の用例は、『今昔物語集』以外の平安文学作品には見えない。『宇津保物語』のただ一例「唐果物の花、いと殊なり」（「吹上上」一391）は、富裕な種松が三月三日の節供のために用意したものである。唐菓子は高級品だったのではなかろうか。『源氏物語』よりも百年後のものだが、忠通大饗（永久四年〈一一一六〉）の主賓のテーブルには、果物が四種類（獼猴桃・小柑子・干棗・梨子）、唐菓子が四種類（餢飳・黏臍・桂心・餲餬）並ぶ。[13]

「くだもの」という言葉によってイメージされるものは、具体的には何なのか。蜜柑や梨などの果実、椎の実、くるみなどのナッツ、干し棗などの干し果実以外に、唐果物も含まれるのであろうか。食欲不振を「くだものさえも食べられない」とすることが『源氏物語』に七例ある。唐果物は揚げたものであり、食欲不振のときに食べられるものとは考えにくい。そもそも、果実とドーナッツのようなものを同じ言葉で表すとは考えにくいのではないか。「くだもの」は、基本的には果実なのではなかろうか。①は、酒肴として、果実だけが出てきたことをいうものであろう。⑰は薫に果実を、下人には果実以外にも酒肴になるものを出したということであろう。⑲からすると、「くだもの」＝「肴」ではない。『落窪物語』には、焼米を「まめくだもの」（実用的なくだもの。34）と阿漕が言う場面がある。米も果実ではある。

しかし、そのように考えると、『宇津保物語』や『源氏物語』をはじめとして、平安時代の作品に唐菓子がほとんど出てこないのはなぜかという疑問が湧いてくる。贅沢品であるとしても、上層貴族の物語である。唐菓子は儀式などに供される特別な食品だったのではなかろうか。

『源氏物語』では、「くだもの」を「肴」の上位に置いているように思われる。一方『宇津保物語』では、「くだもの」は、「乾物」「生物」と並称されるものである。『源氏物語』には、「干物」が一例あるのみで、「干物」「生物」は、「など」に含まれるのであろう（②⑤⑧⑩⑪⑫⑱㉗、③「なにくれ」）。動物性蛋白質の生々しさを嫌ったものであろうか。

本来、上下の区別のない「くだもの」と「肴」を区別することや、前稿で指摘した「料理名は、米に関係するものに限られる」という『源氏物語』のあり方は、厳密な言葉の使い分けというよりも、むしろ偏った言葉の使用法や話題の取り上げ方のように思われてならない。そこには紫式部独自の価値観が存在するはずであり、類似例を探しつつ解明したいと思う。

おわりに

『宇津保物語』は一見食品名が多いように見えるが、上層貴族の都の内の生活では、『源氏物語』同様、食品名に言及されることは少ない。その一方で、『宇津保物語』では食品名が白銀の豪華な作り物として登場する。それも、柑子・小鳥といった、いかにも作り物にふさわしいものだけでなく、鯛・鯉・鰹といった魚類や蒜・海松・乾物もある。そのうえ、「鯉、鯛は、生きて働くやうにて」（「蔵開下」二544）など、具体的な描写もある。『源氏物語』にはそのような例はない。上層貴族が食する食品名は記されないのに、それらがしばしば作り物として登場するのはなぜなのだろうか、どのような意味があるのだろうかという疑問が残った。

『源氏物語』は食表現が少ないうえに、米を特別扱いしている。一方、『宇津保物語』ではそのようには見えない。

『源氏物語』の米の特別扱いは何を意味するのであろうか。前稿で、食品名が出てくる常夏巻冒頭場面（三223）や若菜上巻の蹴鞠の場面（四142～143）について、「食べることの猥雑さの中に、源氏に老いを突きつけ、彼の領域を侵略する若さのパワーをみなぎらせている[14]」と指摘したが、この両場面には例外的に動物性の食品名があるという特徴もある。『宇津保物語』においても、上層貴族の都の内の場面で食品名が出てくるところには、何らかの特別の意味が見出せるのであろうか。あて宮からの贈り物に食品名が多いのは、あて宮が特別な存在であることを示唆するものなのであろうか。こうした問題について、今後考えていきたい。

注

（1）拙稿「食をめぐる言説」（『紫式部日記を読み解く』臨川書店、二〇一七年）

（2）土田直鎮『王朝の貴族』（中央公論社、一九六五年）

（3）木谷眞理子「源氏物語と食」（『成蹊国文』第四〇巻、二〇〇七年三月）、藤本宗利「『源氏物語』の「食ふ」——横笛巻を中心に」（『枕草子研究』風間書房、二〇〇二年）など。

（4）高山直子「源氏物語にみる食生活　その粥について」（『平安女学院短期大学紀要』第一巻、一九七〇年一二月）

（5）室城秀之「物語と食——鵜飼いのことなど」（『文学に描かれた日本の「食」のすがた』「国文学　解釈と鑑賞」別冊、至文堂、二〇〇八年一〇月）

（6）寛弘五年の左大臣家大饗と寛仁元年の任太政大臣大饗以外の大饗記事にはメニューがほとんどないにもかかわらず、「餛飩《こんとん》」は五回記されている。「餛飩」は、『日本国語大辞典』に「唐菓子の一種」とある。しかし、『古事類苑』「飲食部九」所引の『倭名類聚抄』「十六飯餅」に「餅剉レ肉麺裹蒸レ之」、『箋注倭名類聚抄』「四　飯餅」に「形如二偃月一」とあり、水餃子風のものと思われ、「唐菓子」とは異なるようだ。

寛仁の記事に餛飩は見えないが、『為房卿記』には「初任饗示《[不カ]》居餛飩之由、注見舊記、今度居之、寛仁の例也」とあり、餛飩を据える先例になっている。先例にもなった餛飩について記載がないこと、『小右記』『左経記』の記すメニューにずれがあることからは、供された食物への意識の乏しさが窺えよう。

(7)「新編日本古典文学全集」第三巻二二三頁頭注八。

(8)木谷氏前掲注(3)および「夕霧巻と食」(『成蹊国文』第四三巻、二〇〇八年三月)。荻田みどり「大堰での食事——『源氏物語』薄雲巻における——」(『論究日本文学』第九五巻、二〇一一年一二月)

(9)木谷氏前掲注(3)。

(10)藤本氏前掲注(3)。

(11)山口堯二・鈴木日出男編『全訳全解古語辞典』(文英堂、二〇〇四年)

(12)松野彩「菓子」(大津透・池田尚隆編『藤原道長事典』思文閣、二〇一七年)。なお、『藤原道長事典』「衣食住」では、九二項目中、食品は七項目(瓜・菓子・米・酒肴・屯食・韮・餅)のみである。

(13)『類聚雑要抄巻二』(『新校　群書類従　雑部(二)』)

(14)拙稿前掲注(1)。

＊引用は小学館「新編日本古典文学全集」による。漢数字により巻数、算用数字により頁数を示した。用例数は、『源氏物語』は、「CD-ROM角川古典大観　源氏物語」(伊井春樹編、角川書店、一九九九年)、『宇津保物語』は古典総合研究所ホームページ「語彙検索」による。

描かれざる楼――『源氏物語』が沈黙する言葉――

相馬知奈

はじめに

平安末期頃の成立とみられる最古の庭園秘伝書『作庭記』[1]の末尾には楼についての記述がある。

唐人が家にかならず楼閣あり。高楼はさることにて、うちまかせてハ、軒みじかきを楼となづけ、簷長を閣となづく。楼ハ月をみむがため、閣ハすゞしからしめむがためなり。簷長屋ハ夏すゞしく、冬あたたかなるゆへなり。

『作庭記』とは寝殿造庭園に関する作庭書である。いわゆる寝殿造という建築様式の建物や庭園は現存がなく、その復元の手立ての一つにされるのが『源氏物語』などをはじめとする王朝時代の文学作品である。王朝文学作品では『日本霊異記』三例、『うつほ物語』四十八例、『狭衣物語』一例、『浜松中納言物語』二例、『大鏡』一例、『栄花物語』八例、『今昔物語集』十九例など、楼という言葉がしばしば見受けられる。これには楼閣の他に鐘楼や門楼など様々な形態の楼の用例を含むが[2]、『源氏物語』ではこうした例全てにおいて確認ができない。

『源氏物語』成立前後を見渡すと、成立時期がやや早い『うつほ物語』では最終巻に「楼の上・上下」巻が置かれ、秘琴伝授の場として、まさに楼が物語の主要舞台となっている。また『源氏物語』からの大きな影響が認められる『浜松中納言物語』[3]では「おもしろきところに、めずらしきさまなる楼台を作りて、行き通ひつつ遊ぶに、月いといみじう明かき夜」（一四一頁）と前掲した『作庭記』が示すように月を眺める場として楼が描かれ、そこで管弦の遊びが催されている。史実においては天喜元年（一〇五三）に平等院鳳凰堂隅楼が建立されるなど、平安中期以降は仏教寺院において楼閣が幅広く造営されている[4]。

『作庭記』が「唐人が家にかならず楼閣あり」と記すように、そもそも楼は大陸からの影響を受けた高層建築物であり、中国では後漢時代に楼閣を建てることが盛んに行われた[5]。世界文化遺産に認定された「福建の土楼」の中でも明の永楽帝時代に建てられた集慶楼は四階建ての円形の巨大土楼であるが[6]、それ以前の漢の武帝の築いた井幹楼は高さ五十丈の木造楼閣であり、神仙世界を具現化させたものであったと考えられている[7]。

楼は中国式庭園には必須の建築物であり、『うつほ物語』『浜松中納言物語』は共に唐土の要素を散りばめた作品であることから、楼を描くことは寧ろ自然のことだろう。しかし『源氏物語』に描かれる庭園にも神仙思想の強い影響が認められ[8]、唐土や高麗などの異国意識を作品内部に反映させていることに思いをめぐらすとき[9]、『源氏物語』が楼という言葉に沈黙したことに微かな違和感を覚えるのである。

本稿では楼の歴史、その変遷を辿り見ながら『源氏物語』が楼という高層建築物を描かなかったそれら意味について考えてみたい。

一　楼の構造

そもそも古代の楼というのはどのような構造物であったのだろうか。『日本国語大辞典』[10]第二版の「楼」の項には「①高く作った建物。二階建ての建物。高殿（たかどの）。高楼。楼閣。楼門。②遠くを見るために城などに作る高い櫓（やぐら）。ものみやぐら。望楼。③遊女と遊興することのできる店。青楼。上方では揚屋や茶屋をさし、江戸では岡場所などに対して、官許の吉原遊郭の遊女屋をいった」とある。また『建築大辞典』[11]第二版には「①社寺、殿舎、城郭などの伝統的建築において2階建て、またはそれ以上の階高を持つ建物の総称。桃山時代の『匠明』では「高く二階につくりたる家なり」とある。楼門、鼓楼、白虎楼、井楼、渡楼などと呼ばれる。②平安時代以後、閣に対する語。庭間に建てられる木造建物の一つで、2階建てで軒先の短いもの。『作庭記』では主として月見に使ったとある」と記されている。楼は宮殿や寺院、個人の邸宅などに築かれており、その規模や形態は様々で詳細が掴めないが、外見上は二階建て、あるいはそれ以上の高層建築物であったというのが全体的な楼の捉え方であろう。

文献資料には楼は台・楼閣・楼台・楼堂・高殿・高台・高屋などとも表記され、訓みとしてはタカドノ・タカヤなどが見える。『家屋雑考』[12]には「和名抄に、樓を太加刀乃と出だし、閣をも舊くよりタカトノとよめり。古代は常制なし。此名、歌には多く見えたれども、其造作等詳ならず。菅文時が上書の内、高堂連閣、貴賤共壮其居といへる即是なり」と記され、タカドノが一般的な訓みであったらしい。楼をタカドノと訓むことは『日本書紀』の編纂時には既に存在しており、タカドノの漢字表記に楼・高台を採用した背景には中国の影響が認められるという。[13]

木村徳国「七、八世紀におけるタカドノ・タカヤの建設的イメージ」[14]でも同様の見解が提示され、中国語「楼・楼閣」と国語「タカドノ・タカヤ」との連接を説いた。[15]太田博太郎「金閣と銀閣」[16]ではタカドノ（高台・楼閣）に関して「これらは、もちろん上に登るための高さをもった建築であるが、二重とか三重とかいう種類のものではなく、多分非常に高い高床建築だったのだろう」と述べておられる。

楼あるいはタカドノが二階建ての建物であったと想定すると、その上層内部はどのような構造になっていたのか。永観二年（九八四）成立の『三宝絵詞』[17]には「此時ニ流水夜ル高キ楼ノ上に寝タリ」（三十一頁）とあり、当時の楼の内部では眠ることができたらしい。しかし平安時代には一般的に楼に登る機会はほとんどなく、修理の時に限定されていた。『続日本後紀』[18]嘉祥元年（八四八）七月二十六日の条では「棲鳳楼閣道有死人枯骨之連綴。不辨男女。工匠修理之次。登閣上而見著矣」と棲鳳楼の閣道には死人の骨が多く、男女の区別がつかないほどであったという。また平安京の正門である羅城門に関しては『今昔物語集』に羅城門の上層に登って死人を見る盗人の話があるが、そもそも羅城門には最初から階段がついていなかったという指摘さえある。[19]平安時代以降に建てられた楼は登る機能が失われていたといわれ、[20]金閣や銀閣などの昇降可能な楼閣建築は禅宗の伝来及びそれによる禅宗建築の発達と関係があると考えられている。[21]つまり平安時代の楼とは上層に登って、そこから眼下を見渡すものではなく、仰ぎ見られるものとして存在していたのである。

一方、平安時代以前の楼は上層に登ることができた可能性がある。[22]奈良時代には個人の邸に楼を建てることが広まったとみられ、これを受けて楼の建築が制限されたことが『営繕令』[23]に記される。

凡私第宅。皆不得起楼閣。臨視人家。宮内有営造及修理。皆令陰陽寮択日。

『営繕令』第三では邸内に楼を建てて人家を覗き見ることを禁止しているが、裏を返せばそれほどにこうした行為が横行したということなのだろう。『続日本紀』[24]宝亀八年（七七七）九月十八日の条には藤原仲麻呂邸について「太師押勝、宅を楊梅宮の南に起て、東西に楼を構へて、高く内裏に臨み、南面の門を便ち櫓とせり。人士、目を側めて、稍く不臣の譏有り」と述べる。藤原仲麻呂邸は楊梅宮の南に邸を構え、東西には高い楼を築き、南面の門は櫓となっていて、世人はこれを横目で見ては妬み、臣下としてあるまじき行為であると批難したという。『続日本紀』には淳仁天皇が仲麻呂邸に行幸したという記事もあり、橘奈良麻呂の乱で反対勢力を一掃した仲麻呂は太師（太政大臣）となって、まさに栄華を極めていた。仲麻呂は東西に高楼を建築して、内裏と相対し見下ろすことで自らの権威を誇示していたのである。しかし、こうした行為が臣下として相応しくないと批判されているため、そもそも楼とは「天皇・官衙・寺院に許された建物であり、格が高い建物として認識されていた[25]」という指摘もある。さらにこの記録から既に奈良時代頃には楼と櫓は区別されていたと考えられるのである。[26]

二　高層建築の先駆け――祭祀儀礼の場

日本における楼の早い用例として『魏志倭人伝』[27]に「宮室・樓観・城柵、厳かに設け、常に人有り、兵を持して守衛す」とあるそれは、柵で囲い、常に兵士が守衛するという点から敵の展望、つまりは物見櫓のようなものであろう。物見櫓はこの記録より以前の遺跡に既に痕跡が認められ、たとえば縄文遺跡である三内丸山遺跡には大型掘立柱建物跡がある。これは直径約一メートルのクリの木柱を六本地中に埋めて造られた長方形の大型高床建物であったとみられている。弥生遺跡である吉野ケ里遺跡の最大の特徴は集落の防御にあるといわれ、複数の物見櫓が配置されていた。なかでも北内郭における物見櫓は祭祀儀礼の中心的な役割を担う場所にある点を考慮し、単なる見張り台としてではなく、四方をまつる祭祀的な性格も持ち合わせた建物と考えられている。

同じく弥生遺跡である唐古・鍵遺跡からは楼閣と大型建物を描いた絵画土器（壺）の欠片が三つ出土した。土器に描かれた楼閣は二階または三階建ての重層構造であったと推定されている。平成二十九年（二〇一七）にはさらに別の楼閣の一部を描いたとみられる土器片の存在も明らかになった。(28) 新たに確認された土器片は、それ以前に発見されていた絵画土器（壺）の一部とみられているが、線の間隔が異なることから壺には楼閣二棟と大型建物一棟が描かれていた可能性がある。唐古・鍵遺跡は絵画土器の出土数がほかの遺跡と比べてかなり多い特徴があり、このような絵画土器は祭祀の場で用いられていたという。楼閣が描かれていた絵画土器もまたそうした儀礼品の一つなのだろう。こうした絵画土器の発見により実際に唐古・鍵遺跡に楼が存在していたのかについては今度も精微な検討が必要となるであろう。しかしもし仮に農耕文化が発達していた唐古・鍵遺跡の中に楼が造営されていたとすれば、そこは自ずと農耕儀礼の中心的な場、祭祀儀礼の場であったと考えられるのである。(29)

祭祀儀礼の場としての高層建築では出雲大社が最も巨大である。出雲大社では平成十二年（二〇〇〇）の発掘調査で本殿付近の地中から巨大な三本一組の柱根が三ヶ所で発掘された。これは一・三五メートルの柱を三本束ねた宇豆柱で、宝治二年（一二四八）の造営と推定されている。現在の本殿は延享元年（一七四四）に建てられたもので、高さは八丈と巨大な高層建築物であるが、この発見で往時の神殿が高さ十六丈であったという伝承が俄かに真実味を帯びることになった。社伝はさらに上古では三十二丈であったと伝える。この伝承を裏付ける一つが元禄元年（九七〇）の『口遊』にある「雲太、和二、京三」という記述である。これは大きな建築を数え歌にしたもので「雲太」は出雲大社神殿、「和二」は東大寺大仏殿、「京三」は平安京大極殿であるという。(30) 平安中期頃の東大寺大仏殿は十五丈であったことから、巨大な宇豆柱の発見によって、これを超える神殿が実存した可能性が高まることになった。(31)

十六丈の高層神殿の建築は技術的には可能であったといわれているが、現状ではこれほどのものが実存したかどうかを裏付ける確実な資料は見つかっていない。しかし、出雲大社神殿は平安中期から鎌倉初期までの約二〇〇年の間に七回も倒壊し、そのたびに再建されたことから考えても、往時の神殿がはるか巨大な建築物であったことは確かである。『日本紀略』(32)長元四年（一〇三一）八月十一日の条に「今日。出雲國杵築社神殿顛倒」と記され、同年十月十七日の条には「出雲國言上杵築宮無故顛倒之由」と出雲大社の神殿が理由もなく倒壊したとある。源経頼の日記である『左経記』(33)長元四年（一〇三一）十月十七日の条には「出雲國杵築社無風顛倒之由」と出雲大社の神殿は風もないのに倒壊した記録が残る。巨大ゆえに不安定な構造の高層神殿を繰り返し再建したのは、神により近い場で祭祀儀礼を執り行うためであり、そこが出雲大社の権威権力を誇示する象徴的空間であったからなのだろう。(34)

三　権力の象徴――神仙世界の具現化

『家屋雑考』が「其造作等詳ならず」と記すように古代の楼の姿は依然朧々としたままであるが、たとえば長屋王邸の北を東西に走る二条大路の発掘調査で発見された、いわゆる二条大路木簡の一つである「楼閣山水之図板絵習書」は古代の楼の姿を伝える重要な資料である。この木簡には二階建ての楼を中心とした建物群、築地塀、池山、滝などの他に中島のある曲線の池も描かれているが、こうした形態の池は秦の始皇帝以来、数多く造営され、池の中に島を築く造園背景には神仙思想の影響が認められる。(35)大規模な中国園林の造園技術は日本の古代庭園に大きな影響を与え、「島大臣」と呼ばれた蘇我馬子邸の庭園には「勾の池」があり、島が築かれていたことが『万葉集』から知られる。発見された木簡が実景としての庭園を描いたものかは判然としないが、築地塀に描かれた花柄の模様が中国風なことから、唐からもたらされた山水画を模写したものではないかという見解もある。[36]

女娘、曰はく「君棹廻すべし、蓬山に赴かむ」といふ。嶼子従ひ往く。女娘、眠目らしめ、即ち不意之間に、海中なる博大之嶋に至りぬ。その地は玉を敷けるが如し。闕台は暸映え楼堂は玲瓏けり。（四七五頁）

右の引用は『丹後国風土記』[37]逸文であるが、これによれば浦島子が誘われた蓬莱山では門外にある「闕台」、門内の「楼堂」が共に美しく照り輝いている。まさに楼の存在によって仙境の雰囲気が色濃く醸し出されており、こうした視点をも含めたとき、発見された木簡もまた神仙世界を創造した庭園を描いたものであったといえるだろう。漢の武帝が上林苑に建章宮を造営し、そこに五十丈の神明台と井幹楼を造ったのは仙人が楼居を好むという方士の進言に従ったからであった。建章宮の太液池には蓬莱・方丈・瀛州の三神山が築かれ、神仙思想が造園に投影されている。つまり楼の造営の背景にも神仙世界・仙境への強い憧憬が反映しているのである。

日本最古の漢詩集である『懐風藻』には長屋王邸の作宝楼で詠まれた漢詩が収載されている。長屋王は季節ごとに文化人を招いて詩歌の宴を開催し、作宝楼は一種の文化サロンとして中心的な役割を果たしていた。長屋王邸宅に関しては昭和六十一年（一九八六）から平成元年（一九八九）にかけて行われた発掘調査において、先述した木簡が発見された二条大路に面した一画にあり、平城宮の東南角に隣接し、南は曲水苑池の庭である平城京左京三条二坊宮跡庭園と向かい合っていた場であったことが判明している。かつて長屋王邸と確認されたこの邸宅跡は『懐風藻』に記される作宝楼ではなく、別業で作宝楼が営まれていたと推定されていたが[38]、近年ではこの長屋王邸跡を作宝楼とみる見解がたびたび提示されている[39]。

正三位式部卿藤原朝臣宇合「七言。秋日於左僕射長王宅宴。一首。」

帝里烟雲乗季月。王家山水送秋光。霑蘭白露未催臭。泛菊丹霞自有芳。

石壁蘿衣猶自短。山扉松蓋埋然長。遨遊已得攀龍鳳。大隠何用覓仙場。

藤原宇合の詩は『懐風藻』[40]に六首収載されているが、右の引用は長屋王邸の秋の詩歌の宴に宇合が参加して詠んだ詩である。長屋王邸庭園を「王家山水」と位置づけ、さらに「大隠何用覓仙場」と市中に隠れてこの宴席で遊ぶ我々は大隠者であるから、今更山深く逃れて仙境を求める必要はないと詠む。まさに長屋王邸こそが仙境であり、そこに築かれた作宝楼は仙人の住むという楼を強く意識して造られていたのである[41]。

奈良時代を代表する庭園である東院庭園は平城京東張出し部の南東隅で発見された庭園遺構であり、現在、庭園の南東の端には隅楼が復原されている。東院庭園は複雑に湾曲した汀線や州浜、中島などの水景が特徴的であるが、そうした水景空間に蓬莱山を模した石組が置かれている。古代庭園の多くがそうであったように、おそらくこの東院庭園も神仙思想に基づく作庭が施されていたと考えられる。

こうした楼を築き仙境を再現した庭園は平安時代に入っても引き継がれていく。平安初期の庭園である神泉苑は平安京遷都と同時期に平安京大内裏の南に接する場所に造営された禁苑であった。桓武天皇は延暦十八年（七九九）に初めて行幸してから、二十七回も神泉苑を訪問しているが、その後もたびたび歴代天皇の行幸の場となった。この神泉苑の正殿は乾臨閣とよばれた重層の殿堂で、左右には軒廊がつき、そこに右閣と左閣という楼閣が付属していたと想定されている[42]。そもそも神泉苑とは漢の武帝が上林苑に昆明池・甘泉宮を造営した故事に倣ったものである[43]。『史記』孝武本紀によれば武帝は甘泉の地に益寿観・延寿観を造らせ仙人の訪問を待ち続けたというが[44]、神泉苑に造営されていたとされる楼もまた仙人を迎えるための楼居に倣ったものであった。

四　描かれざる楼——楼から「二階」へ

先に述べたように『源氏物語』には楼の記述が全く見当たらない。こうした一方で『うつほ物語』は平安時代には既に登る機能を失っていたはずの楼を秘琴伝授の場という物語の核となる重要な舞台として位置づけている。『うつほ物語』の楼に関しては従来様々な見解が提示されているが[45]、近年では伊藤禎子「「楼の上」巻の世界[46]」が「楼閣は、俊蔭一族の大団円を飾る一大モニュメントとしての華々しさを放つ一方で、時代の移り変わりの象徴にもなっている。歴史上の人物——玄宗皇帝や長屋王、藤原仲麻呂らと同じように、楼閣は絶頂を物語る一方で、一時代の終焉をも表すパラレルな建築物である」と述べている。仰ぎ見られる楼は確かに人々の注目を集める場であり、そこで伝授された琴の音に人々の関心はより引き寄せられたことだろう。奈良時代以降、個人の邸宅に楼が造られていた例は少なく、その意味において『うつほ物語』で描かれた楼はかなり特殊であり、そこに込められた意味は重い。

『栄花物語[47]』が「御門など例の門にはあらず、楼を造らせたまへるかし」（②四二九頁）と高陽院の門が楼門であったと記すように、記録上確認できる楼の多くがこうした楼門や鐘楼の例であるが[48]、平安末期頃に記されたといわれる中山忠親の『貴嶺問答[49]』には源定房の三条亭に楼と同義の建築物とみられる「二重舎屋」「二階御所」の記述がある。

先年源大納言三條亭被構立二重舎屋。眺望四隣爲歡楽所。回祿之後雖有造作之事。今度無其屋。件樓者。暑月納涼尤有便宜。欲構立此蓬屋如何。可被計示之状如件。二階御所事。京中猶屬目歟。營繕令日。私第宅皆不得赴樓閣臨觀人家者。此事非穏便歟。仍言上如件。

これによれば「二重舎屋」とは眺望や納涼を目的としていた二階建ての建築物、高床建物であり、庭園を構成する一つであったと考えられる。「二重舎屋」の焼失後、「二階御所」の建築を問われた忠親は先に述べた『営繕令』を根拠に二階建ての建築物を再建することはなかったという。楼と「二重」「二階」と呼ばれる建築物が同一のものと捉えることができるかどうかは不明瞭ではあるが(50)、二階建ての高床建築であり、眺望や納涼を目的に庭園に造営されていることから考えても、それは楼に極めて類似した高層建築物である。

庭園に造営された「二階」の例は平安末期から鎌倉・室町時代の文献に僅かながら記され、例えば『兵範記』(51)仁安三年（一一六八）八月四日の条には「二階釣殿上東西二面格子、西北二面下之、其内東西二行敷紫端帖、為院殿上侍臣座、儲饗廿前」とあり、法住寺殿に「二階釣殿」があったことが分かる。いわゆる寝殿造という建築様式は天保十三年（一八四二）成立の『家屋雑考』において、その概念図と共に広く一般に浸透することになったといわれているが、そもそも村上天皇の皇女、資子内親王のかつての住まい三条院には池や遣水が作られず、東三条殿は道長の指示によって西の対が廃されていたように、寝殿造には多様な形態が存在した(52)。法住寺殿の「二階釣殿」が邸内のどこに位置していたのかについては不明であるが、釣殿という構造視点から考えうる限り、この「二階釣殿」も水際にせり出して建てられた二階建ての見晴らしのいい建物であったのだろう。『作庭記』の記述と符合させたとき、「二階釣殿」もまた自ずと楼の姿に重なっていくのである。

元仁元年（一二二四）に京都北山の衣笠山山麓に西園寺公経が建てた別荘、北山第には極楽浄土を模した広大な庭園が築かれたが、ここにも「二階」の建築物があった記録がある。

直至西園寺、南庭方歴覧、入道相國依窮屈不参、於北面方寳衡卿等参、勸盃酌。敷獻之後供御膳、更至西園寺

方、池邊遊行歷覧、又至二階方、及深更歷覧、雪月興計會、似山陰訪友、

引用は『花園天皇宸記』[53]元應元年（一三一九）十一月九日の条である。北山第は本堂や五大堂など多くの仏舎があり、寺を重視していたことで西園寺と呼ばれた。『増鏡』[54]には「山のたゝずまゐ木深く、池の心ゆたかに、わたつうみをたゝへ、峯よりおつる瀧のひゞきも、げに涙もよほしぬべく、心ばせ深きところのさまなり」（二九八頁）と西園寺には深山のような築山が配置され、大海のような広大で美しい池、高さ四十五尺もある瀧があり、そうした様子が道長の法成寺も及ばないほどの豪奢で華麗な浄土庭園であったと伝える。『増鏡』によれば西園寺の北の寝殿に公経が住んでいたため、西園寺の「二階」は南側に広がる壮大で優雅な庭園の一部にあったと考えられる。用例が僅かであるため、こうした「二階」を特殊な例とする見解も肯けるが、[55]眺望や納涼を目的とした庭園の構成物として楼と「二階」には極めて強い類似性があり、細いが一筋の流れの中に位置づけられる。[56]桃山時代の建築書である『匠明』[57]も「又楼閣ト云ハ、楼ハ高ク弐階ニ作リタル家也。是ヲ高殿トモ云リ。閣ハ横セバク、長ク作リタル二階也。」と記し、楼と「二階」との類似性を示唆している。

『源氏物語』の時代背景は延喜天暦の御代に設定されている。これは『営繕令』の発令以降であることから、おそらくその頃には既に個人の邸内に楼を造営することは失われていたと考えられる。そして平安末期頃から「二階」という名称の構造物の造営が徐々に始まったのであろう。『源氏物語』の注釈書である『細流抄』には「爰の躰は二かい作りのやうにちと高き所と見えたり」とあり、半蔀の説明に「二かい」の言葉がある。楼閣などの二階建ての建築が広く浸透したのは桃山時代に入ってからといわれるが、[58]この一文はそれ以前の『細流抄』の成立時期には早くも「二階」の建築物が浸透し始めたことを伺わせる。先述した西園寺は後に足利義満が譲り受け、楼閣建築の金閣を中心に整備された建築・庭園は極楽浄土を表現している。もともと楼は神仙世界を象徴する構造物で

あったが、平安末期以降の浄土庭園の広まりとともに浄土庭園を構成する建築物「二階」に名称変化したのではないかと思うのである。

寝殿造とは十世紀初頭に中国の貴族住宅を和様化して完成したものである。(59) 同時期を物語の時代背景に設定する『源氏物語』に楼の姿が描かれないのは、『営繕令』発令の影響はいうに及ばず、和様化していく過程において中国式建築物の楼を建てることが失われていった、ちょうど過渡期であったからだろう。(60) しかし『源氏物語』には当時、存在していたはずの羅城門や朱雀門などの楼閣にも言及がなく、高橋文二「平安京の不在——『源氏物語』の時空——(61)」は「平安京という都城を守る楼閣として威容を際立たせていたはずのそれらは紫式部という作者の想像力の世界にあっては何の具体的な存在感も見せていない」と説く。朱雀門や羅城門は前述した出雲大社の高層神殿と同様に倒壊と再建を繰り返していた。『源氏物語』が楼について沈黙をしたのは個人の邸宅において楼の造営が禁じられていたという歴史を単に投影しているのみならず、高層建築物に纏わりつく倒壊の暗いイメージを排除する意図が働いたからではないかと考えられよう。

さらに踏み込んでいえば『源氏物語』が複数の仙境を物語内部に反映させていることも楼を描かなかった理由の一つといえる。光源氏の造営した六条院は池に浮かぶ中島が「亀の上の山」と詠まれたことで神仙思想の影響を受けていると考えられているが、そもそも四方四季の構造を持つ六条院は竜宮にも重ねられ、六条院春の町は「生ける仏の御国」と譬えられることで浄土思想の影響も色濃く表現されている。つまり『源氏物語』は神仙世界の象徴であり、圧倒的な存在感を放つ楼を敢えて描かず沈黙したことで、一つのイメージに囚われることなく六条院に様々な仙境を演出することに成功したといえようか。複数の仙境に象られた六条院は光源氏の権威権力を発揮する舞台装置として、物語の中でひときわ重要な機能を果たしている。

注

（1）『作庭記』の引用は日本思想大系23『古代中世芸術論』（岩波書店、一九七三年）に拠る。
（2）用例の検索は「ジャパンナレッジ」新編日本古典文学全集の「キーワード検索」に拠る。
（3）引用は新編日本古典文学全集『浜松中納言物語』（小学館、二〇〇一年）に拠る。
（4）太田静六『寝殿造の研究』（吉川弘文館、一九八七年）参照。
（5）田中淡「漢代の建築」（大阪市立美術館、読売新聞大阪本社編　特別展覧会『よみがえる漢王朝——二〇〇〇年の時をこえて——』読売新聞大阪本社、一九九九年）。
（6）集慶楼に代表される初渓土楼群は五棟の円楼と三十一棟の方楼から成り、一族が皆で一つの楼に暮らしている。
（7）注（5）に同じ。田中淡前掲論文。現存する遺構では独楽寺観音閣（九八四年建立）が最古の木造楼閣であるといわれている。なお平成二十九年（二〇一七）にはアジアで最も高く、明代に起源を有する木造の霊官楼が焼失した。
（8）光源氏の造営した六条院の庭園に神仙思想の影響が認められることに関しては拙著『源氏物語と庭園文化』（翰林書房、二〇一三年）で論じている。小林正明「蓬莱の島と六条院の庭園」（『鶴見大学紀要』二十四巻、一九八七年三月）、田中隆昭「仙境としての六条院」（『国語と国文学』七十五巻十一号、一九九八年十一月。後に『交流する平安朝文学』（勉誠出版、二〇〇四年）所収）など併せて参照。
（9）『今昔物語集』の竹取説話の中にも「宮殿楼閣」に姫が住む場面がある。王朝文学作品と異国意識に関しては河添房江「平安物語と異国意識——『竹取物語』『うつほ物語』『源氏物語』を中心に——」（小山利彦・河添房江・陣野英則編『王朝文学と東ユーラシア文化』武蔵野書院、二〇一五年）参照。近年では東アジアの文化や歴史の一環として『源氏物語』を捉え返すという論が数多く提出されているが、氏はさらに視野を大きく広げ「東ユーラシア」という観点から文学研究、『源氏物語』研究を掘り下げようと試みている。
（10）『日本国語大辞典』第二版、小学館、二〇〇二年。

（11）『建築大辞典』第二版、彰国社、一九九三年。
（12）引用は改訂増補故実叢書『家屋雑考』（明治図書出版、一九九三年）に拠る。
（13）辰巳和弘「高殿と古代王権祭儀」（『高殿の古代学——豪族の居館と王権祭儀』白水社、一九九〇年）参照。一方で「高殿」は日本的表記として存在していたという。
（14）『上代語にもとづく日本建築史の研究』（中央公論美術出版、一九八八年）所収。
（15）しかし、氏は別稿でこの点に関してやや修正を加えている。木村徳国「営繕令私第宅条「楼閣禁止」の利用について——タカドノ・タカヤ補遺——」（『上代語にもとづく日本建築史の研究』中央公論美術出版、一九八八年）参照。
（16）日本建築史論集1『日本建築の特質』（岩波書店、一九八三年）所収。
（17）新日本古典文学大系31『三宝絵　注好選』（岩波書店、一九九七年）より引用。
（18）引用は新訂増補国史大系『日本後紀　続日本後紀　日本文徳天皇實録』（吉川弘文館、一九六六年）に拠る。
（19）国立歴史民俗博物館編『高きを求めた昔の日本人——巨大建造物をさぐる——』（山川出版社、二〇〇一年）。
（20）海野聡「「楼」建築の「見られる」「登れる」要素——奈良時代における重層建築に関する考察（その1）——」（『日本建築学会計画系論文集』第七十六巻六六九号、二〇一一年十一月）、注（16）に同じ、太田博太郎前掲論文に同様の指摘がある。
（21）注（16）に同じ。太田博太郎前掲論文。
（22）注（20）に同じ。海野聡前掲論文。
（23）日本思想大系3『律令』岩波書店、一九七六年。
（24）新日本古典文学大系16『続日本紀』五、岩波書店、一九九八年。
（25）注（20）に同じ。海野聡前掲論文。
（26）注（20）に同じ。海野聡前掲論文でも同様のことが指摘されている。氏は註において「「楼」建築に軍事機能が付いたものが櫓である可能性が考えられる」と説く。

(27)『魏志倭人伝』（岩波書店、一九五一年）。

(28)楼閣の一部が描かれた土器片は平成三年（一九九一）の調査で出土した土器の再整理の際に新たに確認された。

(29)二棟の楼閣と一棟の大型建物は集落の首長居館の一部ではないかとみられており、絵画土器の楼閣をもとに、平成六年（一九九四）に唐古池の西南隅に楼閣が復元された。

(30)『口遊』で謡う大きな建築とはあくまでも大きさのことであり、高さを示したものではないという指摘もある。

(31)出雲大社宮司の千家家には出雲大社本殿の平面設計図「金輪御造営差図」が残されており、ここには巨木三本を一つの柱として組み、全部で九本の巨大柱が本殿を支えた構造が記されている。平成十二年（二〇〇〇）の調査結果で「金輪御造営差図」と一致したため、大きく取り上げられることになったが、四十八㍍の高層神殿が実存したかどうかは未だ解明されていない。平成二十九年（二〇一七）には「心御柱」が出雲大社の宝物殿で十七年ぶりに公開され再び注目を集めている。古代の楼に関しては国立歴史民俗博物館編『高きを求めた昔の日本人——巨大建造物をさぐる』（山川出版社、二〇〇一年）、大林組プロジェクトチーム編『よみがえる古代　大建設時代』（東京書籍、二〇〇二年）、西和夫『海・建築・日本人』（日本放送出版協会、二〇〇二年）、大澤昭彦『高層建築物の世界史』（講談社、二〇一五年）など参照。

(32)『国史大系』第五巻、経済雑誌社、一九〇一年。

(33)『史料通覧　左経記』日本史籍保存会、一九一八年。

(34)辰巳和弘「出雲大社「巨大神殿」は対抗意識の産物だった」（『現代』二〇〇〇年十一月）では出雲大社が巨大神殿を造営する背景に大和政権への対抗意識を読み解く。

(35)奈良国立文化財研究所編『平城京長屋王邸宅と木簡』（吉川弘文館、一九九九年）参照。二条大路木簡は長屋王邸の発掘調査の際に大量に発見された。

(36)浅川滋男「板に描かれた楼閣山水図」（田中琢編『古都発掘』岩波書店、一九九六年）。

(37) 新編日本古典文学全集『風土記』(小学館、一九九七年)より引用。
(38) 注(35)に同じ。奈良国立文化財研究所編『平城京長屋王邸宅と木簡』(吉川弘文館、一九九九年)参照。発掘された長屋王木簡の中に「佐保」から生姜を献上している木簡があり、長屋王家は「佐保」に菜園を所有していたと考えられる。このことから「佐保」の地と発掘された邸宅とは別邸だろうと推定されていた。なお作宝楼に関してはかつて奈良国立文化財研究所編『平城宮跡発掘調査報告』Ⅵ(一九七四年)において左京一条三坊十五・十六坪の二町を占める奈良時代初頭の邸宅跡ではないかと推定されている。
(39) 金子裕之『平城京の精神生活』(角川書店、一九九七年)、多田伊織「長屋王の庭――「長屋王木簡」と『懐風藻』のあいだ」(奈良国立文化財研究所編『長屋王家・二条大路木簡を読む』吉川弘文館、二〇〇一年)、水野正好「古代庭園の成立とその道程」(金子裕之編『古代庭園の思想――神仙世界への憧憬』角川書店、二〇〇二年)など参照。
(40) 引用は日本古典文学大系69『懐風藻　文華秀麗集　本朝文粋』(岩波書店、一九六四年)に拠る。
(41) 辰巳正明「作宝楼の文学」(『悲劇の宰相　長屋王』講談社、一九九四年)参照。氏は長屋王は神仙となって昇天することへの願望を強く持っていたと説く。
(42) 注(4)に同じ。太田静六前掲書参照。
(43) 福永光司・千田稔・高橋徹『日本の道教遺跡を歩く』(朝日新聞社、二〇〇三年)では神泉という名称は『淮南子』にいう神泉を由来としているのではないかと指摘する。
(44) 二つの観を造ったのではなく、益延寿観という説や単に延寿観で益の字を衍文とする説もある。
(45) 野口元大「「楼の上」の世界」(校注古典叢書『うつほ物語(五)』明治書院、一九九九年)では京極邸の楼のモデルを源融の棲霞観の「洞清楼」と考えている。また坂本信道「「楼の上」巻名試論――『宇津保物語』の音楽」(『国語語文』六十巻六号、一九九一年六月)では平等院鳳凰堂本尊後壁の浄土変相図に描かれた「宝楼閣」をそのモデルとみる。京極邸の庭園については注(4)に同じ。太田静六前掲書、葛綿正一「うつほ物語と庭園の問題」

（『日本文学』五十二巻五号、二〇〇三年五月）、岩原真代「『うつほ物語』「楼の上」巻・京極邸の庭園造詣――子の日の松といぬ宮造型から――」（『山形県立米沢女子短期大学紀要』四十六巻、二〇一〇年十二月）など参照。

(46) 『うつほ物語引用漢籍注疏　洞中最秘鈔』（新典社、二〇〇五年）。氏は『うつほ物語』の楼についてたびたび論じ、楼の両義的機能を明らかにした。伊藤禎子「秘曲の醸成」（『『うつほ物語』と転倒させる快楽』森話社、二〇一一年）、伊藤禎子「楼をめぐる想像力」（『うつほ物語大事典』勉誠出版、二〇一三年）など併せて参照。

(47) 引用は新編日本古典文学全集『栄花物語』②（小学館、一九九六年）に拠る。

(48) 注（20）に同じ。海野聡前掲論文参照。

(49) 『群書類従』第九輯、続群書類従完成会、一九八七年。

(50) 溝口正人「平安・室町時代貴族住宅の「二階」について」（『日本建築学会計画系論文集』第四五七号、一九九四年三月）も「二階御所」を庭園に関係した建築で会所的遊饗施設と考えている。

(51) 増補史料大成『兵範記』臨川書店、一九六五年。「二階釣殿」に関しては注（4）に同じ、太田静六前掲書参照。

(52) 注（8）に同じ。相馬前掲書でも触れている。併せて参照。

(53) 増補史料大成『花園天皇宸記』1、臨川書店、一九六五年。

(54) 日本古典文学大系87『神皇正統記　増鏡』岩波書店、一九六五年。

(55) 太田博太郎「楼閣建築に関する一考察」（日本建築史論集3『社寺建築の研究』岩波書店、一九八三年）は鎌倉時代以前の文献に「二階」「二階屋」と記された建築物が金閣や銀閣などの楼閣に発展したと考えつつも、それらを特殊なものとして広く用いられることはなかったと指摘する。『総合日本史大系』第四巻（内外書籍、一九二六年）にも同様の指摘がある。

(56) 二条良基の作とされる『おもひのまゝの日記』（『群書類従』第二十八輯、続群書類従完成会、一九三二年）は二条家の押小路殿に松山より流れ出た水の上とその流れの末の瀧の上にそれぞれ「二かい」があったと記す。記録に残る「二階」の例は僅かだが、「二階」が楼と類似する建築物である以上、それを特殊として建築史の流れから排除する見解にやや疑問を感じざるを得ない。
(57)『匠明』鹿島研究所出版会、一九七一年。
(58)改訂新版『世界大百科事典』平凡社、二〇〇七年。
(59)注(4)に同じ。太田静六前掲書参照。
(60)注(46)に同じ。伊藤禎子氏は「秘曲の醸成」の註において「楼を「見る」時代に生きた『うつほ物語』が「上る」建物として復活させ、一方『源氏物語』は楼そのものの存在感を消し去ったことから、楼の歴史の過渡期であると考えられるのではなかろうか」と指摘する。
(61)『源氏物語』と平安京』(おうふう、一九九四年)所収。

皇后定子と桐壺更衣 ―辞世に見る準拠―

山本淳子

はじめに

本論は、『源氏物語』の登場人物で光源氏の母である桐壺更衣の人物造型と、一条朝に実在した皇后定子との関係を、二人の辞世を素材として論ずるものである。

本論の目標とするところは二つある。一つは、二人の辞世に使われる「別れ路」と「別るる道」という類似した言葉を手掛かりに、二首には偶然性を超えた関係があることを論証すること。もう一つは、四首に及ぶ定子の遺詠とその遺し方を手掛かりに、『源氏物語』の作者が定子の辞世を知っていた蓋然性の高さを考えることである。これらにより、桐壺更衣の辞世が、彼女が定子に準拠していることの、物語から読者に対する「明かし」であることを明らかにしたい。

桐壺更衣と定子については、既に『栄花物語』が、『源氏物語』の成立とほぼ同時代に二人の共通性を感受していた。[1] また『河海抄』は、桐壺院が一条天皇に準拠しているとの説が一時期存在したと記している。[2] さらに近年では、『源氏物語』の時代背景を視野に含めた読解に基づき、幾つかの先行研究が提出されている。(3) なかでも新間一美は、定子の辞世のうち二首を取り上げ、うち一首は『源氏物語』「桐壺」巻が更衣の準拠と明言する楊貴妃が「長恨歌」で玄宗と交わした誓いに通じるものであること、さらに本論が問題とする一首は「更衣の歌と同じ『別れ路』を主題としている(4)」ことを指摘、これらが『後拾遺集』「哀傷」に採録されていることから、次のように推測する。

桐壺巻に見える「長恨歌」的な「契り」と死別による哀傷の風景は、一条天皇の朝廷にすでにあった。悲しい歌語りとして語られていたものが後に後拾遺集に採録されたのであろう。紫式部も更衣の死の前後の描写については、そこから暗示を得たに違いない。(5)

筆者はこれらの先行研究を受け、源氏物語の桐壺更衣の造型は実在の皇后定子に準拠しており、「長恨歌」が楊貴妃の悲劇を古典化したことに倣い、定子の事実を古典として物語に定着させる試みであったことを、かつて論じた。(6) 本稿では、その論を補強するとともに、新たなる深みへと考察を押し進めたい。

一の一　「別れ路」と「別るる道」

定子の辞世としては、『栄花物語』により次の三首が伝えられている。今、便宜和歌のみを抜き出して示す。

（ア）よもすがら契りしことを忘れずは恋ひん涙の色ぞゆかしき
（イ）知る人もなき別れ路《ぢ》に今はとて心細くも急ぎたつかな
（ウ）煙とも雲ともならぬ身なりとも草葉の露をそれとながめよ

また、『続古今集』には定子の遺詠として次の一首が載る。これも死を覚悟した和歌であり、辞世の一つと見なしてよいだろう。ここでは便宜和歌のみを示す。

（エ）なきとこにまくらとまらばたれか見てつもらんちりをうちもはらはん[8]

（『続古今和歌集』哀傷　一四六八　一条院皇后宮）

この四首のうち、本稿が問題とするのは（イ）である。

また、本稿が問題とするもう一首の和歌は、『源氏物語』において桐壺更衣が帝と別れる場面で口にする、次の一首である。

かぎりとて別るる道の悲しきにいかまほしきは命なりけり

（『源氏物語』「桐壺」①二三頁）

筆者はこの二首について、前稿で次のように記した。

第二句の「別るる道」と「別れ路」はほぼ同語である。また更衣の第一句の「かぎりとて」と定子の第三句「今はとて」もほぼ同意である。何よりも、今生の別れに「本当は死にたくない」との真情を吐露するところが重なる。更衣のこの歌は、明らかに定子の辞世を本歌とすると言ってよい。物語は更衣の、物語中わずか一言だけの肉声の中に、定子を込めたのだと考える。[9]

現在も筆者の考えるところは変わらない。だが前稿の趣旨は何よりも、定子と桐壺更衣、および『源氏物語』が更衣の準拠と明示している楊貴妃という三者の関係を指摘することにあった。そのため、この二首のことは論の末尾でごく短く触れるのみで、自らの見解を示すにとどまっていた。そこで今回は、この二首に焦点を当てたものである。

定子の和歌の「別れ路」と更衣の和歌の「別るる道」とは、確かにほぼ同語ではある。が、そのことが果たして二首の関係の証拠となるのか。例えば、どちらも離別歌や哀傷歌、就中辞世にもしばしば使われる語であって、二首はそれらの語を使用した膨大な数の辞世のうちの二つに過ぎないのではないか。とすれば、二首がこれらの語を使っているのは偶然の一致かもしれず、『源氏物語』作者の意図的行為ではなかった可能性にもつながる。また例えば、二語にそれぞれ使われるべき場や状況など別の性格があり、「別れ路」を「別るる道」に転ずることが不可能であったとすればどうか。やはり、更衣の和歌が定子の和歌に依拠しているという憶測は難しくなる。

そこで以下では、二つの検証を行った。一つには「別れ路」と「別るる道」の平安和歌における出現頻度と使用状況を確認すること、さらに一つは、「別れ路」と「別るる道」とが同一の状況下で詠まれ、置き換え可能な語であることを示す例歌を発見することである。

一の二　二語の出現頻度と使用状況

本題に入る前に、いくつかの辞世の実例を挙げ、その表現の傾向を確認したい。

男の、人の国にまかれりける間に、女、にはかに病をしていと弱くなりにける時、よみおきて身まかりにける　　読人しらず

A声をだに聞かで別るる魂よりもなき床に寝む君ぞかなしき　（『古今和歌集』哀傷　八五八）

病にわづらひ侍りける秋、心地の頼もしげなく覚えければ、よみて人のもとにつかはしける　　大江千里

Bもみぢ葉を風にまかせて見るよりもはかなきものは命なりけり　（同右　八五九）

身まかりなむとてよめる　　藤原惟幹

C露をなどあだなるものと思ひけむわが身も草に置かぬばかりを　（同右　八六〇）

病して弱くなりにける時よめる　　業平朝臣

Dつひにゆく道とはかねて聞きしかど昨日今日とは思はざりしを　（同右　八六一）

甲斐国にあひ知りて侍りる人とぶらはむとてまかりけるを、道中にてにはかに病をして、いまいまとなりにければ、よみて「京にもてまかりて母に見せよ」と言ひて、人につけて侍りける歌　　在原滋春

Eかりそめのゆきかひぢとぞ思ひ来し今は限りの門出なりけり　（同右　八六二）

例はすべて『古今和歌集』から拾った。Aは遺してゆく夫を思い、定子の遺詠（エ）と同じ「なき床」という語を用いている。Bは命のはかなさを詠み、桐壺更衣の辞世と同じ「命なりけり」という詠嘆の表現を用いている。[10] Cも自らの死に際し命のはかなさを思い知り、定子の（ウ）と同じ「露」「草」をモチーフとしている。Dは『伊勢物語』末にも見えてよく知られる一首で、生の終わりのあっけなさを主題とする。「つひにゆく道」という表現は、問題の定子の辞世（イ）および桐壺更衣の辞世と同様に、死をこの世からの物理的移動に喩えるものである。それはEも同様で、死を「今は限りの門出」と表す。さらに、問題の定子の辞世（イ）にある「今は」と、桐壺更衣の辞世にある「限り」が二つながら盛り込まれている。このように、二人の辞世に用いられた表現は、『古今和歌集』の数首を見た限りでも、それに近似する用語が散見される種類のものである。ここからは二人の辞世が、辞世一般の表現傾向に従った凡庸なものであるかのような印象が、一見して抱かれることだろう。

そこで、「別れ路」と「別るる道」という用語について検索を行った。「別れ路」は歌語であり、意味は、①人と別れてこれからたどってゆく道。また、人との別れ。離別。別れのみち。②この世と別れて冥途へ行く道。よみじ。

とされる。[11] 定子の辞世の場合は②にあたる。また、「別るる道」の「別る」も同様に離別の意味と死別の意味を持ち、桐壺更衣の辞世の場合は後者である。これらの語の検索にはデータベースサービス「日本文学Web図書館」の検索機能を使用し、[12] 勅撰和歌集は八代集、それ以外は「平安時代」で絞り込んだ。[13] さらに同一歌と判断できるものの重複を除き、異なり和歌数をカウントした。次に、個々の用例にあたり、所収の部立や詞書、歌題などから、詠まれている「別れ」が羇旅などの離別にあたるか、死別にあたるかで類別した。また、死別の場合は辞世であるか否かを判別した。次の表がその結果である。なお、「別れ路」にせよ「別るる道」にせよ、原義は物理的移動を意味し、死別はそれを比喩的に転じたものである。したがって、当初は生別に際して詠まれた和歌が、状況を変えて死別の和歌ともなりうることは、推測が付く。しかし実際に個別の和歌を調査してみると、そうした言わば転用の例は、少なくとも今回の対象資料においては見受けられなかった。

語彙＼数	異なり歌総数	離別	死別（うち辞世）
別れ路	98	90	8（2）
別るる道	5	4	1（1）

「別れ路」は、検索対象和歌における異なり用例数が九八首、うち九〇首と圧倒的多数の用例が、羇旅歌など離別を意味するものであった。死別を指す用例は八首で、うち辞世は定子の歌と『袋草紙』に見える亡者の和歌の二首のみであった。この『袋草紙』の例は藤原実行の侍であった某の作といい、定子の和歌よりも明らかに時代の下るものである。いっぽう「別るる道」は和歌における用例数が少なく、僅か五首であったが、ここでも離別の意が四首で死別の用例は一首のみ、これが桐壺更衣の辞世である。

つまり、定子の辞世と更衣の辞世とは、『源氏物語』成立期においては「別れ路」および「別るる道」が死別の意で辞世に用いられたただ二つの和歌であり、それぞれが孤例だった。[14] もちろん検索には限界があり、また後述するように、極めて状況や語形の近い類例もあるので、孤例という数値は割り引いて考えるべきである。だが、少なくとも両者は膨大な用例のうちの二首ではなかった。二首の符合が偶然によるものではなく、何か緊密な関係が存することが見えてきたと言えるのではないか。

一の三　「別れ路」と「別るる道」の置き換え可能性

次に、「別れ路」と「別るる道」とが、置き換え可能な語であるか否かを知るため、データからそれを示す用例を探した。すると、それぞれの語を含む和歌同士が、同一の機会に詠まれているという次の例を見出すことができた。

ものへゆくひとに、きぬとらすとて
一九二　わかれぢのくさばのつゆもはらへとてやがてかわかぬころもをぞやる
一九三　おなじくはきぬにこころもたぐへてむなみだのとまるものならなくに
一九四　みちつゆははらふばかりの唐衣かけてもうすきこころとな見そ
一九五　みそぎつつわかるる方のかはなみのたちかへりけむほどをこそ思へ
一九六　そでのうへにかつしらいとのかかりけるわかるるみちのくさのゆかりに
一九七　わかれてはおもひいづやと朝ぼらけつゆけながらもぬるるころもぞ
一九八　いかなればつげでも人のわかれけむふかきこころのおくれざりけり
（『元真集』）

旅立つ人に餞の衣を贈った折の和歌である。同じ機会に詠まれたこの七首の中で、一九二番は「わかれぢ」、一九六番は「わかるるみち」を詠み込んでいる。それぞれの用語に続くのも一九二番は「草葉」一九六番は「草」と、ほぼ同じである。このように、二つの語は実際に全く同一の状況において同じ意味で詠まれうる、同質性をもったものであった。右は離別の用例であるが、たとえ状況が死別に変わっても、この置き換え可能性に支障が起きるとは思えない。したがって、定子の辞世の「別れ路」が、同じ意味を保ちながら「別るる道」へと語形を転じて更衣の和歌に詠み込まれることは、可能であったと言える。

＊

以上のように、定子の辞世の「別れ路」と『源氏物語』の桐壺更衣の和歌の「別るる道」とは、辞世において詠まれた点、それぞれが当時ほぼ唯一の例であった。しかもこれらは、共通の状況下で詠まれうる同質性を持った二語であることが分かった。ならば、定子の辞世がもととなって『源氏物語』の更衣の辞世が作られた可能性は高いと言えるのではないだろうか。それは具体的には、『源氏物語』が、定子の和歌が「別れ路」という語を辞世に用いた極めて珍しい辞世であることに倣って、桐壺更衣の辞世に、「別れ路」とは微妙に違うものの意味が同じなうえ置き換え可能であり、やはり辞世に用いることの極めて珍しい用語である「別るる道」を用いたという可能性である。

単純に定子の辞世を本歌とするならば、更衣の和歌には定子のそれと同じ語が用いられるべきであったとも考えられよう。だが、それでは単純に過ぎるという詠作上の工夫、あるいは仕える文字数の違いという制限もあろう。またそれ以上に可能性が高いのは、定子の和歌があまりにも稀少であったがゆえに、一種の憚りが働いたということである。何分、定子は同時代の貴族社会に波乱を巻き起こした政治的存在であった。『源氏物語』自身、「いとやむごとなき際にはあらぬが、すぐれて時めきたまふありけり[15]」という更衣の最初の紹介からして多分に定子を匂わせつつ、しかし更衣の死にゆくこの場面まで、準拠が定子であることを決して明言しないという慎重さを貫いている。桐壺更衣のたった一言の肉声にも「別れ路」それ自体を使わなかったのは、その言葉の稀少性によって、更衣が定子に準拠することがあまりにも露わになってしまうことを避けたのではないか。ただ、「別れ路」を別の語に置き換えるにおいては、物語はやはりこれと同じ稀少性を持つ語を選んだ。定子の和歌の特殊性を違えなかったのである。物語は、桐壺更衣が定子に準拠することの明かしを、殊更に「別るる道」という言葉に託した。この語の選択は、そのことを示唆していると言ってよいのではないだろうか。

二　定子の遺詠とその遺し方

ところで、今回、検索の過程において、気になる事柄が見受けられた。定子歌と同様に「別れ路」を死別の意味で用いた計七首のうち、成立が定子の辞世以前とおぼしいものは二首であったが、[16]それらが『大和物語』と『今昔物語集』に採録されるものであったことである。まずは『大和物語』の例を挙げよう。

F大膳の大夫きんひらのむすめども、県の井戸といふ所にすみけり。おほいこは、后の宮に、少将の御といひてさぶらひけり。三にあたりけるは、備後の守さねあきら、まだ若おとこなりける時になむ、はじめの男にしたりける。すまざりければ、よみてやりける。

この世にはかくてもやみぬ別れ路の渕瀬をたれに問ひてわたらむ

となむありける。（『大和物語』一一一段　三三五・六頁）

源信明が大膳の大夫公平の三女との関係を解消した時に、女が彼に送った和歌という。上の句は、男女関係の消滅、つまり離別を「この世ではかくてもやみぬ」と受け止める。しかし下の句では、自分がこの世と別れる時を想定して「別れ路の渕瀬をたれに問ひてわたらむ」、死出の道にある渕瀬を誰に聞いて渡ろうかと恨む。この「渕瀬」は三途の川を指しており、「別れ路」は明らかに死別、しかも、自らが死ぬことを想定しての死出の路である。この和歌は、これ自体が辞世ではないが、架空の想定ながらも自らの死について「別れ路」という語を用いる点、定子の辞世と共通している。前項では、定子の和歌は「別れ路」を辞世に用いた孤例だと述べたが、その背後にはこうした例が存在していた。Fは歌語りとなって人口に膾炙した和歌と思われ、定子の辞世に直接影響を与えたとしても不自然ではない。

Gむまたまのかみをたむけてわかれぢにおくれじとこそおもひたちぬれ　（『今昔物語集』巻十九第九話　②四八八頁）

『今昔物語集』「本朝　仏法」に採録された説話内の歌である。説話のあらすじは、村上天皇の時代、藤原師尹宅の侍が貴重な硯を割ってしまった時、優しくも師尹の若君が罪を肩代わりしたところ、父に勘当されて病死、侍は発心して出家するというものである。Gは、その侍が出家に際して書き置いた歌である。出家は死とは違うものの、出離歌を辞世と並べて哀傷の部に収める勅撰集もあり(17)、見逃すことはできない。また、実はこの説話では、若君が次の辞世を詠んでおり、Gはそれを心に受け止め「共に冥途の旅に」と詠んだ歌であった。

たらちねのいとひしときにきえなましやがてわかれのみちとしりせば

父から厭われた時にいっそ消えてしまえばよかった、あれがそのまま終の別れになると知っていたなら。この「わかれのみち」は、辞世において自らの死を意味している。桐壺更衣の「別るる道」と極めて近似した語形であることは、言うまでもない。

FとGからは、「別れ」「別る」と「道」「路《ぢ》」とを鍵語とした辞世の世界が存したことが見えてくる。定子の辞世は唐突に発生したものではなく、こうした辞世の世界に自然に根差したものと考えるべきだろう。それにしても看過できないのは、定子の辞世が、『大和物語』や『今昔物語集』という歌語りの世界に通うものを持っているということである。これは何を示唆するのであろうか。

ここで、遺詠の遺し方ということに目を転じてみよう。『栄花物語』は、定子が辞世を遺し置いた状況を次のように記していた。

宮は御手習をせさせたまひて、御帳の紐に結びつけさせたまへりけるを、今ぞ帥殿、御方々など取りて見たまひて、「このたびは限りのたびぞ。その後すべきやう」など書かせたまへり。いみじうあはれなる御手習どもの、内裏わたりの御覧じきこしめすやうなどやと思しけるにやとぞ見ゆる。

(ア) よもすがら契りしことを忘れずは恋ひん涙の色ぞゆかしき

また、

(イ) 知る人もなき別れ路に今はとて心細くも急ぎたつかな

また、

(ウ) 煙とも雲ともならぬ身なりとも草葉の露をそれとながめよ

など、あはれなる事ども多く書かせたまへり。（『栄花物語』巻七 ①三二八・九頁）(18)

定子は伏していた御帳台の紐に遺詠を含む書付を結び付けており、死後それが発見されたという。この遺し方は、次の『古今和歌集』の辞世と同じである。

式部卿の親王、閑院の五の御子に住みわたりけるを、いくばくもあらで女御子の身まかりにける時に、かの御子の住みける帳のかたびらの紐に文を結ひつけたりけるをとりて見れば、昔の手にてこの歌をなむ書きつけたりける

Hかずかずに我を忘れぬものならば山の霞をあはれとは見よ

（『古今和歌集』「哀傷」八五七）

これを受けては、二者の符合は偶然ではないという武田早苗の論がある。そこで武田は、定子の辞世（ア）の第三句「忘れずば（筆者注・は）」がHの第三句「ものならば」と同じ仮定の形を取ること、（ウ）の第四句「草葉の露」がHの第四句「山の霞」に対応すること、（ウ）の末尾の「眺めよ」がHの末尾の「見よ」と同じ命令形であることをも傍証とし、定子は『古今和歌集』の当該歌をもとに辞世を詠みその詞書に倣って文を几帳に結び付けたと推測する。またそれは定子自身による最期の演出であったという。[19]

定子は『枕草子』の中で、『古今和歌集』などの古典的な文化を熟知しているばかりでなく、それを実際に生活の場で活用していた。またそれは単なる模倣ではなく、古典を踏まえた新しい文化を創出するものであった。武田は、『古今和歌集』を踏まえた辞世の遺し方にも、こうした定子のあり方が現れていると見る。そして、死を前にした定子の思いについて「彼女は、我が最期をいかに迎えるか、つねに模索していたとしても不思議ではない[20]」と述べている。

ところで、定子の遺詠には、先の三首に加え次の一首があったとされる。事情を示す詞書と共に掲げる。

なやみ給ひけるころ、まくらのつつみがみにかきつけられける

（エ）なきとこにまくらとまらばたれか見てつもらんちりをうちもはらはん

（『続古今和歌集』哀傷　一四六八　一条院皇后宮）

つとに指摘されているように、（ア）から（エ）まで都合四首の遺詠のうち三首までは、「長恨歌」の世界を想起させる。具体的には（ア）が「長恨歌」の「七月七日長生殿」での「夜半」の誓い、（ウ）が「馬嵬坡下泥土中」とある楊貴妃の死と土葬、（エ）が「旧枕故衾誰与共」とある伴侶喪失の悲しみを髣髴させるのである。定子が長

恨歌を意識して辞世を詠んだことは断定してよいと考える。もちろんそれが、横死した楊貴妃に我が身を重ね世に訴えたとまで解するには、慎重でなければならない。だが和歌の趣向として、漢詩文素養を生活の具としてきた彼女らしく、長恨歌を辞世の飾りとしたことは確かであろう。

つまり定子は、武田の想像するとおり、辞世を遺すに際し『古今和歌集』と「長恨歌」という複数の文学作品や先蹤にあたり、それを参考としたと言える。ならば、本論が（イ）の「別れ路」に見て取った、歌語り世界の死や辞世に親しい語を積極的に採用するという方法も、定子にとってこうした模索の一つだったのではないだろうか。

さらに、（ア）（イ）（ウ）の三首が遺言とともに紙に書き付けられ、（エ）も枕の包み紙に書き付けられていたということにも目を向けたい。辞世は、今わの際という衰弱極まる状態で詠まれる場合、文言が一部伝わりきらなかったり、異伝が生じたりすることがある。しかし定子の辞世はあらかじめ書き置かれていたので、文言は変わらず伝わった。ここには辞世を正しく伝えたいという定子の意志が窺われるのではないか。さらに、（ア）は一条天皇にあてたものと思しいが、（イ）や（ウ）の、身近な人々や自らの葬送を仕切る者にあてた和歌とともにあり、いきおい彼らも（ア）を目にすることとなった。もとより結び文は御帳台を片付ける者が開いて初めて文とわかるので、第一にその者の目を経てから、しかるべき人々に届くことになる。片付ける係の者は女房や下仕えであることが通常で、彼らが社会的に横のつながりを広く持つ情報媒介者であることは言うまでもない。ならばそうした彼らに発見を託したことには、辞世に対する定子自身の、半ば公開の意図すら窺われるのではないか。枕の包み紙に書かれていたという（エ）はなおのことである。

定子が自らの死を演出したという武田の説は正しいと、筆者は思う。それとともに、定子は自らの辞世が人々に広く知られるような遺し方を選択したと考える。つまり、やがて歌語りとして人口に膾炙することを企図したと考えるのである。これもまた、文化の模倣ではなく実践を良しとして日常的に行ってきた定子にしてみれば、自然なことである。生前の定子を知る周囲の者も、遺された紙たちを見るや、即座に彼女の意図を理解したことだろう。

こうして定子の辞世は、定子自身が企図したように、女房などを介して、内輪の狭い関係者だけではなく広く貴族社会に伝わったものと想像する。[21] 晩年の定子の異常な在り方から、定子の死は貴族たちの側でも強い関心事となっていたので、流布はいっそう早かったことだろう。[22] 貴族社会の片隅に所属した『源氏物語』の作者が定子の辞世を知っていても、決して不自然なことではなかったと考える。

三　定子の古典化

以上、本稿における庶幾の目的は果たせたと思う。すなわち、桐壺更衣の辞世に用いられている「別るる道」は、定子の辞世の一首が用いている「別れ路」と置き換え可能なうえ、これと同様に辞世に使われることの極めて稀な語であって、定子の「別れ路」を十分に意識しながら転じたことが推測された。また、定子の辞世や遺詠は、おそらく定子自身の意図によって貴族社会に歌語り的に流布し、これを『源氏物語』作者も知り得たと推測された。更衣の辞世は定子の辞世を本歌とすると考えてよいのではないだろうか。物語は、物語中わずか一言だけの更衣の肉声の中に定子を込めたのであり、辞世は読者に対する準拠の「明かし」だったと言ってよいと考える。

しかし、最も重要なのはこの後である。更衣の辞世は定子の辞世に依りながらも、それには無かった内容へと進展しているからである。

知る人もなき別れ路に今はとて心細くも急ぎたつかな

この定子の辞世は、ひたすらに死を見つめている。[23]「心細くも」と漏らしながらではあるが、「今は」と言い「急ぎたつ」と言いこれから始まる死の旅に意識の照準を合わせていて、生はその眼中にない。ここからは「定子の死への悟り・諦観性・潔さ[24]」が感じ取られるとの批評もある。

しかし、更衣の辞世がそうではないことは、論を俟たない。

かぎりとて別るる道の悲しきにいかまほしきは命なりけり

この辞世は、上の句では、人生が「限り」であるという閉塞性と「別るる道」を避けられない術無さを嘆いている。ところが下の句では、突如「いかまほしきは命なりけり」と直截に激しく生を希求している。死を見つめる上の句から転じ、下の句では生を求める本音が、「なりけり」の今こそ分かったという口調とともに迸っている。

思えば定子の辞世や遺詠は、四首が四首とも、（ア）の一条天皇の血の涙、（イ）の死出の道に立つ自身、（ウ）の草葉の露になりかわった自身、（エ）の主人不在の枕と、すべて定子死後の風景を詠むものだった。定子が死に際して歌語りとなるべく用意した自らの物語は、その死を前提とした物語だった。しかし、それを受けて『源氏物語』が創出したのは、死の際になって死ではなく生を求める桐壺更衣の物語だった。これが、現実存在である定子に準拠して桐壺更衣を造型しながら、物語がその最後の登場場面で行った、独自の創意であった。

更衣の辞世については、辞世とそれに続く話語「いとかく思う給へましかば」を含めて論じ、そこに『源氏物語』の重要な主題である「女の生き方」というモチーフを読み取った上野辰義の論[25]があり、傾聴すべきである。上野はこの箇所を、更衣が最期に至って「かねてはやくより心底からこのように生きたいと存じておりましたのなら」「こんな別れを迎えずに帝と添い遂げられたでしょうに」と、死に臨んで自己の人生の総体を悔い否定したものと読む。そしてそれは、登場からそれまで漠然とのみ描いてきた彼女を「自分の人生を本当に自分のものにしようとする明確な自己の意志を有する女」に転じさせ、「『女の生き方』の問題を最初に物語に招来した先駆者」へと位置付けるものであったと考察する。首肯すべきと考える。

ならば、定子という準拠が明らかになったことは、ここにどのような憶測を可能にするか。最も自然なのは、ここには作者の、定子という現実存在によって喚起された問題意識が提示されているということであろう。

作者は貴族社会の片隅から定子を見つめ、そこに「政治的権力と純愛との矛盾衝突による…悲劇」[26]のみならず「後見者のいない女たちが主体的に生きることはいかにして可能か」[27]という「女の生き方」の問題を感じ取った、そこで、実在の定子はそうしたメッセージを遺さなかったにもかかわらず、更衣の辞世にはそれを書き添え、それによって自らの物語の中では「女の生き方」の問題に覚醒した登場人物最初の一人として彼女を定位したと推測する。そしてこれが『源氏物語』作者の、『枕草子』とは全く違った方法で定子を古典化する方法であったと考える。

注

（1）長徳の政変後の定子の描き方全般にわたるが、例えば政変における定子の出家を記す記事における、一条天皇の涙ながらの心内語「昔の長恨歌の物語もかやうなることにや」（①巻五　二五一頁）。「長恨歌」は『源氏物語』自身が桐壺帝と更衣の悲恋の準拠と明言している作品であり、『栄花物語』が「長恨歌」を介して一条天皇と定子を桐壺帝と更衣に重ね合わせていることを示す。

（2）「料簡」の「物語の時代は」以下の部分、桐壺帝は醍醐天皇との説を正しいとし、「此外或は」として他の諸説を示す中に「一条院を桐壺の御門に准し」と記す。

（3）清水婦久子『源氏物語の真相』（角川学芸出版　二〇一〇年）第三部　三「歴史との符号」、斎藤正昭『源氏物語

の誕生』（笠間書院　二〇一三年）第二章　第二節「「桐壺」巻」、拙著『源氏物語の時代　一条天皇と后たちのものがたり』（朝日新聞出版　二〇〇七年）第三章、拙稿「一条天皇と『源氏物語』」（源氏物語千年紀委員会編集発行『源氏物語国際フォーラム集成』　二〇〇九年）など。
（4）「桐壺更衣の原像について――李夫人と花山院女御怟子――」（『源氏物語と白居易の文学』和泉書院　二〇〇三年）三〇頁。
（5）注（4）三一頁。
（6）「『源氏物語』の準拠の方法――定子・楊貴妃・桐壺更衣――」（『王朝文学と東ユーラシア文化』武蔵野書院　二〇一五年）。
（7）（ア）・（イ）が『後拾遺和歌集』「哀傷」536・537番に入集。なお、『後拾遺和歌集』の伝本によっては537番の後に（ウ）を入れるものもある。
（8）同じ一首が、『栄花物語』富岡本の定子崩御記事の本文中に混入しており、新編日本古典文学全集『栄花物語』頭注六（①三二八頁）は「後人の増補であろう」とする。
（9）注（6）拙稿二四七頁。
（10）「（〜は）いのちなりけり」が、定型にまでは至らないものの人口に膾炙し、同時代の語感も呼び込む表現であることを、植田恭代「『源氏物語』と和歌のことば――桐壺更衣「いのちなりけり」の場合――」（『跡見学園女子大学文学部紀要』47　二〇一二年三月）が指摘している。
（11）日本国語大辞典「別路」。なお、物理的に道が二股に分かれた「分かれ道」の意、その比喩として複数の選択肢から一つを選ぶ場を指す意もあるが、いずれも近世以降のものであるらしい。
（12）「別れ路」については「わかれぢ」「わかれ路」「別れぢ」「別れ路」「別路」「別ぢ」の用例を、また「別るる道」については「わかるるみち」「わかるる道」「わかるる路」「別るるみち」「別るる道」「別るる路」の用例を検索し、それぞれ統合した。なお、動詞「わかる」の送り仮名を「別かる」と表記した例はなかった。

(13) 絞り込みにより、平安時代の作で『新古今和歌集』以外の中世以降の歌集に収められた和歌を取りこぼすことにはなるが、今回はひとまず一定の傾向を確認するために、この措置を行った。また上代の用例については『万葉集』巻十　二〇七〇番が「別乃」を「ワカレヂノ」と訓むなどの例があるが、訓に揺れがあるため、考察から除外した。なお、『赤人集』が同歌を採録している。
(14) 桐壺更衣の辞世については、「限りとて別るる道」が孤例であることを、既に上野辰義「桐壺更衣の歌」(『佛教大学文学部論集』79　一九九五年三月)八一頁が指摘していたが、今回は「別るる道」単独でも孤例であることが分かった。
(15) 『源氏物語』「桐壺」①一七頁
(16) これら以外のものは、『栄花物語』巻九の巻末に挿入された出所不明の長歌、同巻十六の藤原長家室の死に際するその兄藤原良経の哀傷歌、藤原清輔が妻に死なれた藤原実定におくった哀傷歌(『林下集』二六一)、高倉院崩御にかかる源通親の実録『高倉院昇霞記』内の六八番歌、藤原実行家の侍の、死後に弟の夢中に現れ詠んだとされる歌(『袋草紙』上「亡者の歌」)。最後の例は辞世に数えた。
(17) 例えば『拾遺和歌集』「哀傷」は、死別の和歌以外に、自らの出家に際した和歌(一三三〇、一三三一)や人の出家の際の和歌(一三三三など)を含む。
(18) (ア)・(イ)の『後拾遺和歌集』「哀傷」における詞書は「一条院の御時、皇后宮かくれたまひてのち、帳の帷の紐に結び付けられたる文を見付けたりければ、内にも御覧ぜさせよとおぼし顔に、歌三つ書き付けられたりける中に」。
(19) 武田早苗「最期を演出した女性――一条帝皇后、藤原定子の遺詠三首をめぐって――」(平田喜信編著『平安時代文学　表現の位相』新典社　二〇〇二年)。
(20) 注(19)武田論文　一八一頁。
(21) 定子の死の十一年後、一条天皇が辞世を詠んだ折に、藤原行成がそれを「皇后」定子に向けて詠んだものと解釈した『権記』（寛弘八年六月二十一日）のも、定子の辞世の文言が世に知られていたことを示していると言える。なお、この「皇后」が定子を指すことについては、拙稿「『権記』所載の一条院出離歌について」（『紫式部日記と王朝貴族社会』和泉書院　二〇一六年）。

（22）拙稿「『紫式部日記』清少納言批評の背景」（『紫式部日記と王朝貴族社会』和泉書院　二〇一六年）。

（23）圷美奈子「知られざる『躑躅』の歌と、定子辞世『別れ路』の歌――平安時代の《新しい和歌》をめぐる解釈――」）（『古代中世文学論考』第32集　新典社　二〇一五年）は、「知る人もなき別れ路」は「（それがどのようなものなのか、）知る人とてない死出の道」の意であるとの新釈を示す（四七頁）。その当否については、今後の論証を待ちたい。

（24）注（14）上野論文八九頁。

（25）上野辰義「桐壺更衣の造形と人間像――『いとかく思う給へましかば』の解釈を中心に――」（『国語国文』七三〇号　一九九五年六月）。引用箇所は一四・一六・一七頁。

（26）宮城文雄「『桐壺』巻私考――先史物語のもつ意味――」（『平安文学研究』35　一九六六年六月）三三頁。

（27）増田繁夫「源氏物語作中人物論の視角」（『国文学』一九九一年五月）

＊文中および注における、古典文学作品の本文および掲載頁は、次に依った。なお、カタカナを平仮名とするなど、私に表記を改めた箇所がある。

『栄花物語』『源氏物語』『古今和歌集』『大和物語』『今昔物語集』…新編日本古典文学全集

『続古今和歌集』『元真集』…新編国歌大観

『源氏物語』「雪まろばし」の場面、野分巻や蹴鞠の折の垣間見に共通するもの

―繰り返される『枕草子』「野分のまたの日こそ」の構図―

スエナガエウニセ

はじめに

光源氏の朝顔前斎院への懸想、少女たちが庭で雪遊びをする「雪まろばし」の場面や藤壺追慕が語られる『源氏物語』朝顔巻には、すでに『枕草子』の影響が多く指摘されている[1]。本論では、光源氏が御簾を巻き上げさせ、少女たちを雪に覆われた庭に下ろして雪遊びをさせる場面に、これまでに指摘されてこなかった『枕草子』一九〇段「野分のまたの日こそ」の影響が見られることを示したい。この章段に描かれる野分後の庭の風景描写が、『源氏物語』野分巻に影響を与えたことはよく知られている。本論では風景描写だけでなく、『枕草子』のこの章段に見られる人物の配置や視線の構図が、「雪まろばし」をはじめ、野分巻における六条院の四町の描写や若菜上巻における垣間見で繰り返されるということを論じたい。

第一節と第二節では、『源氏物語』「雪まろばし」の場面で庭が擬人化の手法を用いて描かれることや人物の配置や視線が『枕草子』一九〇段に共通することを確認する。第三節では、『源氏物語』野分巻で、夕霧や源氏の目を

通して描かれる六条院の四町に住むそれぞれの女性の描写に、『枕草子』一九〇段に見られる人物の配置や視線の構図が用いられていることを確認する。そして第四節では、『枕草子』一九〇段の同じ構図が、若菜上巻の女三の宮の垣間見に見られることを確認する。

一　「雪まろばし」の場面における『枕草子』の影響

朝顔巻の「雪まろばし」の場面で、光源氏は花紅葉の盛りよりも、「冬の夜の澄める月に雪の光りあひたる空こそ」身に染みる、このような冬の夜の月が「すさまじきためしに言ひを《お》きけむ人の心あささよ」と言って御簾を巻き上げさせる。そして月夜の雪の庭に童女たちをおろして雪遊びをさせる。まずこの「雪まろばし」の場面を引用してみよう。

雪のいたう降り積りたる上に、いまも散りつゝ、松と竹とのけぢめおか《を》しう見ゆる夕暮れに、人の御かたちも光まさりて見ゆ。「時〱につけても、人の心をうつすめる花紅葉の盛りよりも、冬の夜の澄める月に雪の光りあひたる空こそ、あやしう色なきものの身にしみて、この世のほかの事まで思ひ流され、おもしろさもあはれさも残らぬお《を》りなれ。すさまじきためしに言ひを《お》きけむ人の心あささよ」とて、御簾巻き上げさせ給ふ。月は隈なくさし出でて、一つ色に見えわたされたるに、しほ《を》れたる前栽の陰心ぐるしう、遣水もいといたうむせびて、池の氷もえも言はずすごきに、童べ下ろして、雪まろばしせさせ給ふ。
おか《を》しげなる姿、頭つきども、月に映《え》へて、大きやかに馴れたるが、さま〲の衵乱れ着、帯しどけなきとのい《ゐ》姿なまめいたるに、こよなうあまれる髪の末、白きにはましてもてはやしたる、いとけざやかなり。ちゐ《ひ》さきは童げてよろこび走るに、扇なども落として、うちとけがを《ほ》お《を》かしげなり。いと多う転ばさらむとふくつけがれど、えもを《お》し動かさでわぶめり。かたへは東のつまなどに出でゐて、心もとなげに笑ふ。

「一年、中宮の御前に、雪の山つくられたりし、世に古りたる事なれど、猶《なほ》めづらしくもはかなきことをしなし給へりしかな。…」　（朝顔巻二―二六八～二六九頁）

光源氏が御簾を巻き上げさせると、しおれて心苦しそうにしている前栽、凍って流れがとどこおり、むせぶようにしている遣水、そして表面が凍った池があらわれた。このような風景が興ざめだと感じたのか、光源氏は少女たちを庭に下ろし、雪遊びをさせるのである。

庭に下りた童女たちは「大きやか」と「ちゐ《ひ》さき」が別々に描写され、そられの童女たちを眺める「かたへ」の少女の様子が語られる。大きい童女は服が乱れたなまめいた姿、そして白い雪にくっきり浮かび上がる黒髪が印象的に描かれる。小さい童女は走り回って扇を落としてしまい、雪をたくさん転ばそうと欲張るが、思い通りに動かすことができないで困っているかわいらしい様子が描かれる。そして「東のつま」で、自らは庭に下りないで、雪遊びに夢中になる少女たちの様子を笑いながら見る「かたへ」の少女が言及される。雪の月夜に浮かび上がる寒々しい風景の中に、動き、色彩、なまめかしさ、かわいらしさや笑いが投入されたのである。光源氏と紫上は建物の奥、おそらく廂にいて、前方の縁先にいる「かたへ」の少女、そして庭の少女たちを見ているのだろう。

原岡文子氏は、「作者がかなり熱を入れて刻み上げたとおぼしいこの風景は、実は『枕草子』の幾つかの箇所を意識的に汲み上げながら描かれたもののように思われる」と指摘し(2)、古くからの指摘を含めて次の四つの影響をあげる。

①　「この世のほかの事まで思ひ流され」は『枕草子』二七六段「成信の中将は」の「月の明かきはしも、過ぎ

にし方、行末まで思ひ残さることなく、…」（二七八頁）や「月の明かき見るばかり、ものの遠く思ひやられて…」（二七九頁）が想起される。

② 「御簾巻き上げさせ給ふ」は、『枕草子』二八二段「雪のいと高う降りたるを」の「『少納言よ、香炉峰の雪いかならむ』と仰せらるれば、御格子上げさせて御簾を高く上げたれば笑はせたまう。」（二八三頁）が想起される。

③ 「一年、中宮の御前に、雪の山つくられたりし」は、『枕草子』八四段「職の御曹司におはしますころ」における中宮定子の御前での雪山づくりの挿話が想起される。

④ 雪と月と様々な色合いの衣裳という組み合わせは、『枕草子』二八五段「十二月二十四日、宮の御仏名の」における、月と雪との世界の中に、「薄色　白き　紅梅など七つ八つばかり着たる上に濃き衣のいとあざやかなるつやなど、月に映えてをかしう見ゆる」車の中の女君と、「葡萄染の固紋の指貫」姿の男君との鮮やかな色がくっきり浮かび上がる（二八五頁）場面が想起される。

四つの指摘のうち、①と④は原岡氏が発見された影響だと思われる。私は右の①〜④の影響の他に、さらに次の三つを指摘したい。

⑤ 「袙乱れ着」の大きい少女の「なまめいた」姿は、『枕草子』で繰り返される童の服装の乱れやほころび、そしてほころびがなまめかしいとされる記述が連想される（八六段「なまめかしきもの」「をかしげなる童女の、うへの袴など　わざとはあらでほころびがちなる汗衫ばかり着て…」（二一一頁）をはじめ、三段「正月一日は」「童べの、頭ばかり洗ひつくろひて　なりは　みなほころび絶え乱れかかりたるも」（二二頁）、一三九段「正月十余日のほど」「髪をかしげなる童の、袙どもほころびがちにて袴萎えたれど」（一七六頁）など[3]）。

⑥「大きやか」「ちひさき」「かたへ」と三つのグループに分かれた子供たちが生き生きと描写されるのは、三つ以上のグループに分かれた子供たちの言動が語られる『枕草子』一三九段「正月十余日のほど」や、庭に下りて二つのグループに分かれた女房たちの言動が語られる一五六段「故殿の御服のころ」が想起される。一三九段には桃の木に登る「いとほそやかなる童」、登らないで木の元で枝を求める「ひきはこえたる男子」、後からやってきて「卯槌の木」を求める「髪をかしげなる」童女たち三四人が描かれる。枝が下ろされると皆で奪い合い、「われにおほく」とさらに求めるのが「をかしけれ」（一七六頁）と評される。そこにさらに「黒袴着たるをのこの走り来て」枝を求めるが、すぐにもらえないので木の幹を揺らし、木に登った子が枝にしがみついて叫ぶのも「をかし」と評される（一七六～一七七頁）。一五六段「故殿の御服のころ」では童女ではないが、「庭に下りなどして遊ぶ」女房が「若き人々二十人ばかり」、時司のほうへ行き、「高き屋に」登った様子が記される。他の女房を押し上げ、自分は登らないで下にとどまった女房の様子が「うらやましげに見上げたるも、いとをかし」（一八七ページ）と記される。このように『枕草子』では二つ以上のグループに分かれる子どもや女房が生き生きと描かれ、その様子が「をかし」と評されるが、これらの場面も、「雪まろばし」の生き生きとした童女の描写に影響を与えたのではないだろうか。

⑦擬人化の手法を使った庭の描写や、庭に下りて遊ぶ大きい童女と小さい童女、それを見て笑っている縁先の少女、そして廂でその二つのグループを見る光源氏と紫上という配置や視線は、『枕草子』一九〇段「野分のまたの日こそ」が想起される。『枕草子』一九〇段は野分の翌朝の一こまを描くので、季節や時刻が異なる。しかし、擬人化の手法で描かれる庭、庭に下りて片づけをしている「童べ、若き人々」、御簾を押し張ってそれをながめている「十七八ばかり」の若い女房、その後ろにいる「清げなる人」という配置や視線は、「雪ま

ろばし」のそれによく似ている。このことについては、次節で詳しく論じたい。

このように、庭で遊ぶ童女たち、そしてそれを眺める「かたへ」の童女が生き生きと描かれる「雪まろばし」の場面は、原岡氏が指摘する①～④の『枕草子』の影響の他に、右の⑤～⑦の影響も見られるのではないだろうか。⑦については、次節で詳しく考察しよう。

二　『枕草子』一九〇段「野分のまたの日こそ」と「雪まろばし」の場面の共通点

『絵入源氏物語』（図1）で描かれる雪まろばしの場面では、「かたへ」の童女たちは隅っこにいて、光源氏と紫上の視野に入っていない。しかし、雪まろばしの場面を図式化すると、図2のようになるのではないか。つまり、C（大きな童女と小さな童女）はB（「かたへ」の童女）に見られ、BCはA（光源氏と紫上）に見られるという構図がここにあるのではないか。「かたへ」「大きやか」「ちひさき」はそれぞれ単数か複数かは分からない。

それでは、「雪まろばし」の場面に影響を与えたと思われる『枕草子』一九〇段「野分のまたの日こそ」を見てみよう。季節は秋、野分の翌朝の風景である。

野分のまたの日こそ、いみじうあはれにをかしけれ。

立蔀、透垣などの乱れたるに、前栽どもいと心苦しげなり。大きなる木どもも倒れ、枝など吹き折られたるが、萩　女郎花などの上に　よころばひ伏せる、いと思はずなり。格子の壺などに、木の葉をことさらにしたらむやうに、こまごまと吹き入れたるこそ、荒かりつる風のしわざとはおぼえね。

いと濃き衣のうはぐもりたるに　黄朽葉の織物　薄物などの小袿着て、まことしう清げなる人の、夜は風の

図１『絵入源氏物語』朝顔巻（早稲田大学図書館所蔵）

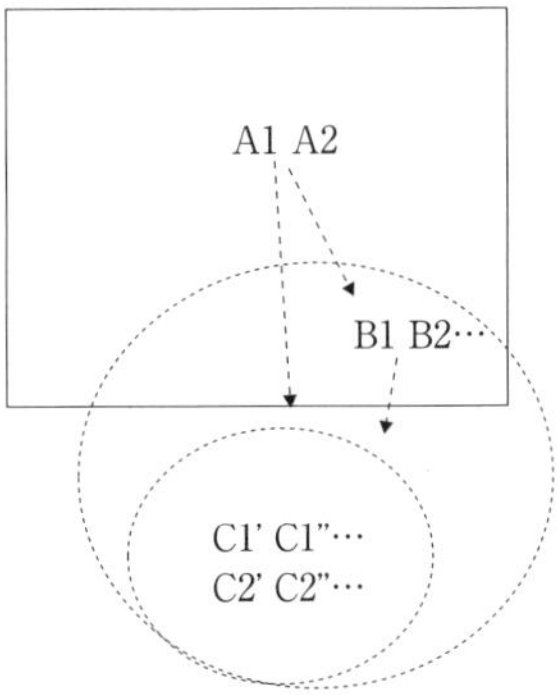

図２　朝顔巻雪まろばしの場面の構図
A1 A2：光源氏と紫上
B1 B2…：かたへの童女
C1' C1"…：大きい童女
C2' C2"…：小さい童女

さわぎに寝られざりければ　久しう寝起きたるままに、母屋よりすこしゐざり出でたる、髪は風に吹きまよはされて　すこしうちふくだみたるが肩にかかれるほど、まことにめでたし。物あはれなるけしきに見出だして「むべ山風を」など言ひたるも〈心あらむ〉と見ゆるに、十七八ばかりやあらむ、小さうはあらねど　わざと大人とは見えぬが、生絹の単のいみじうほころび絶え　花もかへり　ぬれなどしたる　薄色の宿直物を着て、髪　色にこまごまとうるはしう　末も尾花のやうにて丈ばかりなりければ、衣の裾にかくれて　袴のそばそばより見ゆるに、童べ　若き人々の根ごめに吹き折られたる　ここかしこに取りあつめ起し立てなどするを、うらやましげに押し張りて簾に添ひたる後手も　をかし。

（二一五～二一六頁）

まず庭の描写があり、続いて室内には二人の女性がいて、庭の「童べ　若き人々」を見ていることが明かされる。室内の奥には、「母屋から座ったまま少し（廂の間の方へ）進み出ている」(4)「清げなる人」が、その前には、簾を外側に押し張って庭を見ている「十七八ばかりやあらむ、小さうはあらねど　わざと大人とは見えぬ」若い女房がいる。二人の視線の先には、荒らされた庭、そして庭に下りて片づけをする「童べ　若き人々」がいる。若い女房は「うらやましげに」庭の「童べ　若き人々」を眺め、その後姿を「清げなる人」に見られているのである。

「雪まろばし」の場面における「しほ《（を）》れたる前栽の陰心ぐるしう、遣水もいといたうむせびて、池の氷もえも言はずすごきに」という擬人化の手法を使った庭の描写は、「野分のまたの日こそ」の「前栽どもいと心苦しげなり。大きなる木どもも倒れ　枝など吹き折られたるが、萩　女郎花などの上によころばひ伏せる、いと思はずなり」を意識したものではないだろうか。人物の配置や視線に関していえば、建物の奥にいる「清げなる人」は「雪まろばし」の場面の光源氏と紫上に対応し、その前にいる「十七八ばかり」の若い女房は縁先で雪遊びを見物する「かたへ」の少女に対応し、庭の「童べ　若き人々」は雪遊びをする「大きやか」と「ちひさき」童女に対応するのではないだろうか。簾は「雪まろばし」の場面では巻き上げられ、『枕草子』一九〇段では手で押し張られている。

『枕草子』一九〇段では室内にいる「清げなる人」（Ａ）と「十七八ばかり」の若い女房（Ｂ）の髪や服装が詳しく描写されるのに対し、「雪まろばし」の場面では、庭で遊ぶ大きい童女や小さい童女（Ｃ）の髪、服装や動作が詳しく描写されるという違いがある。だが、庭にいるＣ（童が含まれる）を建物にいるＡＢが見ている、そしてＢはＣを見るだけでなく、Ａに見られているという人物の配置や視線の構図は同じだろう（本論ではこの構造を「野分型の構図」とよぶ）。

第三節と第四節では、『源氏物語』の野分巻や若菜上巻の蹴鞠の折の垣間見にも、「野分のまたの日こそ」に見られる人物の配置や視線の構図があることを論じたい。

三　野分巻に繰り返される『枕草子』「野分型の構図」

野分が六条院を襲った日やその翌日の六条院の様子は、夕霧や源氏の目を通して描かれる[5]。源氏が明石姫君の部屋に行って不在の折、夕霧は紫上を垣間見て「春のあけぼのの霞の間より、おもしろき樺桜の咲き乱れたるを見る心《ここ》ちす」（野分巻三―三七頁）とたいそう感激するのは有名なシーンである。まずこの場面を見てみよう。野分が襲った日、夕霧が「東の渡殿の小障子の上より、妻戸のあきたる隙を何心もなく見」る（同）と、女房たちが大勢いるのが目に入ったので、立ち止まってこっそり見続ける。すると「すこし端近く」、「廂の御座」にいる紫の上の姿が見える。風が吹くので屏風も畳まれ、「見とを《ほ》しあらは」である。紫上は、風に吹き上げられる御簾を必死で押さえようとする「人〴〵（女房たち）」を見て「うち笑ひたまへる」。「花どもを心ぐるしがりて、え見捨てて入り給はず」（同）とあるので、紫上は御簾を押さえる女房たちを見ているのと同時に、花が心配で庭をも見ているのである。直前に「南のおとゞにも、前栽つくろはせ給ひけるお《を》りにしも」（同）とあったので、庭の手入れをする童や女房たちがまだいるのかもしれない。ここでは庭に下りる童女や女房（C）の記述はないが、建物の奥にいる紫上（A）が前方にいる「人〴〵（女房たち）」（B）と庭を眺めるという構図は、「野分のまたの日こそ」が想起されるだろう。『枕草子』一九〇段で御簾は手で外に押し張られていた、そして雪まろばしの場面で巻き上げられていたが、ここでは風に吹き上げられているのである。

紫上を見た日の翌朝、夕霧は源氏の使いとして秋好中宮が住む秋の町を訪れる。夕霧は秋好中宮の姿を直接見ることはないが、そこで目にする光景はやはり「野分のまたの日こそ」の構図が想起される。

東の対の南のそばに立ちて、御前の方を見やり給へば、御格子まだ二間ばかり上げて、ほのかなる朝ぼらけのほどに、御簾巻き上げて人々ゐたり。高欄にを《お》しかゝりつゝ、若やかなるかぎりあまた見ゆ。うちとけたるはいかゞあらむ、さやかならぬあけぼののほど、色〳〵なる姿はいづれともなくお《を》かし。は《わ》らはべ下ろさせ給《たまひ》て、虫の籠どもに露飼はせ給《たまふ》なりけり。紫苑、撫子、濃き薄き袙どもに、女郎花の汗衫などやうの、時に合ひたるさまにて、四五人連れて、こゝかしこの草むらに寄りて、色〳〵の籠どもを持てさまよひ、撫子などのいとあはれげなる枝ども取り持てまゐ《ゐ》る霧のまよひは、いと艶にぞ見えける。

（野分巻三―四三〜四四頁）

夕霧が目にする秋好中宮の住居の様子は、図3『絵入源氏物語』に描かれている。引用した箇所の直前に「中将下りて、中の廊のとよりとを《ほ》りてまゐ《ゐ》り給ふ」（同四三頁）とあるので、『賀茂真淵・新釈[6]』が指摘するように、夕霧は絵のように簀子にではなく、庭にいるのかも知れない。人数や人物の位置は多少異なるが、建物の奥にいる女性たち、庭に近い簀子にいる女性たち、そして庭の童女たちという配置は『枕草子』一九〇段によく似ている。絵では御簾の後ろに見えるのは「御簾巻き上げて人々ゐたり」と描写される女性たちである。絵では女性が一人描かれるが、本文は「人々」なので、複数である。秋好中宮やその女房たちで、「端近く」ではなく奥にいるからであろう、夕霧にはその姿が見えない。簀子で庭の少女たちを眺めるのは「高欄にを《お》しかゝりつゝ、若やかなるかぎりあまた見ゆ」と描写される若い女房たちである。そして庭にいるのは、「は《わ》らはべ下ろさせ給《たまひ》て、虫の籠どもに露飼はせ給《たまふ》なりけり」と描写される童女たちである。庭に下りた「わらはべ」（C）を庭に近い簀子から見る若い女房たち（B）、BCを見る、建物の奥にいる女性たち（A）という人物の配置や視線は、『枕草子』一九〇段が想起されるだろう。夕霧が訪問を知らせるために声を発すると、「人々けざやかにおどろき顔にはあらねど、みなすべり入りぬ」と隠れてしまう（同四四頁）。ここで夕霧は外部の人間であり、侵犯者である。夕霧は御簾の後ろにいる女性たちの姿は見ることはできないものの、ＡＢＣの三者をほぼ俯瞰的に見渡せるという点で、『枕草子』一九〇段「野分のまたの日こそ」の場面に居合わせていただろう作者の視点に近いかも知れない。

その後、源氏が夕霧のお供で明石君が住む冬の町を訪れると、下仕えや童などが庭に下りて手入れをしているのが見える。その様子は「馴れたる下仕ひどもぞ、草の中にまじりてありく。は《わ》らはべなど、お《を》かしき衵姿うちとけて、心とゞめとりわき植へ《ゑ》給ふ竜胆、朝顔のはい《ひ》まじれる籬も、みな散り乱れたるを、とかく引き出で尋ぬるなるべし」（野分巻三―四六頁）と語られる。「下仕ひどもぞ」「わらはべなど」は、『枕草子』一九〇段の「童べ　若き人々」が想起されるだろう。源氏のみが見る明石君の様子は、「箏の琴を掻きまさぐりつゝ、端近うゐたまへるに、御前駆をを《お》ふ声のしければ、うちとけなへ《え》ばめる姿に、小袿ひきおとして、けぢめ見せたる、いといたし」（同）と描かれる。明石君も、風に荒らされた庭や、庭の手入れをしている下仕えや童を見るためであろう、「端近」くに、くつろいだ姿で座っている。ここには「端近」くにいる明石君（Ａ）と、庭の手入れをする「下仕ひども」「は《わ》らはべなど」（Ｃ）がいるが、その中間に女房（Ｂ）はいない。その代わりに箏の琴があるだけである。Ｂの不在

図３『絵入源氏物語』野分巻（早稲田大学図書館所蔵）

という点を除けば、人物の配置や視線は「野分のまたの日こそ」と同じだろう。

続けて源氏と夕霧は花散里の住む夏の町を訪れ、西の対に住む玉鬘を見舞い、源氏だけが御簾の中に入る。玉鬘の描写「西の対には、おそろしと思ひ明かし給ひけるなごりに、寝過ぐして、いまぞ鏡なども見たまひける」（野分巻三—四六頁）は、『枕草子』一九〇段の「まことしう清げなる人の、夜は風のさわぎに寝られざりければ　久しう寝起きたるままに」が連想されるだろう。実は『枕草子』三巻本を除く他の三つの系統には、清げなる人は「鏡を見ているという記述がある。能因本では「まことしく清げなる人の、夜は風のさわぎに寝ざめつれば、ひさしう寝起きたるままに、鏡うち見て母屋よりすこしゐざり出でたるが」となっている。[7]もし『源氏物語』作者が見ていた写本に、「清げなる人」は鏡を見ていたという記述があったとするならば、野分巻の玉鬘の描写はさらに『枕草子』一九〇段に近いといえるだろう。[8]

このように、夕霧が六条院の女君たちを見て、紫上に強く恋焦がれる野分巻では、風景描写だけでなく、四町のそれぞれの人物の配置や視線が、『枕草子』「野分のまたの日こそ」の影響を受けているといえるだろう。野分巻における夕霧の垣間見には「禁忌《タブー》の違反の可能性が込められている」[9]と指摘され、この巻で芽生え、破壊的な恋へと突き進む可能性のあった夕霧の紫上への憧憬は、後に柏木に引き継がれると指摘されている。[10]次節では、柏木が夕霧から受け継いだとされる恋情をさらにかきたて、女三宮との密通の引き金ともなった若菜上巻の蹴鞠の折の垣間見にも、「野分のまたの日こそ」の構図が見られることを論じたい。

四　蹴鞠の折の垣間見に見られる「野分型の構図」

本節では、若菜上巻で語られる柏木による女三宮の垣間見にも「野分型の構図」——建物にいるAとBが、庭にいるCを見て、BはCを見るだけでなく、Aに見られるという配置や視線——やその変形があることを明らかにする。第一節と第二節では「雪まろばし」について論じたが、実は蹴鞠の場面には、「野分型の構図」の他にも、雪まろばしの場面に共通する点があるのである。「雪まろばし」で見られる対象は童女、蹴鞠の場では若い男性で、季節も冬と春とで異なるが、「やよひばかりの空うらゝかなる日」（若菜上巻三—二九三頁）、源氏が退屈しのぎに若者を集め蹴鞠をさせ、それを見物するという趣向は、童女を庭に下ろして遊ばせ、それを見物する「雪まろばし」のそれと同じだろう。「雪まろばし」では「大きやか」と「ちひさき」童（C）が庭に下り、「かたへ」（B）が縁先で、そして源氏と紫上（A）が室内で見物をしていた。蹴鞠の場面では「過ぐしたるも又かたなりなるも」（同二九四頁）、つまり年上の、そしてまだ未熟な若者たち（C）が庭で蹴鞠に興じるのを、当初は光源氏と蛍兵部卿宮などの重鎮（A）や、夕霧や柏木など若い上達部（B）が見物している。その後源氏にけしかけられ、夕霧と柏木も蹴鞠の遊びに加わる。「雪まろばし」の場面では、大きい童女の乱れた服やそのなまめかしさが強調されていたが、若菜上巻でも、蹴鞠の遊びが「乱れがはし」いことが強調され（「乱れがはしきこと」（若菜上巻三—二九四頁）、「などか乱れ給はざらむ」（同）、「乱れごと」（同）、「乱りがはしき」（同二九五頁）、「上らう《(ふ)》も乱れて」（同）、「乱りがはしさ」（同）、「花乱りがはしく」（同））、また蹴鞠に興じる柏木の「なまめきたるさま」も語られる（「かたちいときよげに、なまめきたるさましたる人の、用意いたくして、さすがに乱りがはしき、お《(を)》かしく見ゆ」（同））。また、蹴鞠に没頭する若者たちの姿（「人々、花の上も忘れて心に入れたる」（同）、「鞠に身を投ぐる若君達の、花の散るをお《（を）》しみもあえ《（へ）》ぬけしきども」（同二九七頁））は、雪遊びに夢中になる朝顔巻の童女たちの姿に重なるだろう。

　このように、季節や見られる対象の性別や年齢は異なるが、庭で蹴鞠に興じる年上の、そして未熟な若者たち（Ｃ）、それを見物する光源氏と蛍兵部卿宮（Ａ）や夕霧と柏木（Ｂ）、蹴鞠に興じるものたちの乱れやなまめかしさは、朝顔巻の「雪まろばし」の場面が連想されるだろう。

　蹴鞠の途中で人物たちの位置や立場に移動がある。当初は見物していた夕霧と柏木が蹴鞠に加わり、源氏と蛍兵部卿宮は「隅の高欄」に移動する（同二九五頁）。そして春の町の寝殿の東面の庭で行われていた蹴鞠の場は、いつの間にか寝殿中央にある階段の近く（「御階の間に当たれる桜の陰」（同））に移動する。寝殿の西面には女三宮や女房達がいるので、蹴鞠の場は女三宮のすぐ近くまできたのである。そのとき夕霧が蹴鞠の輪から抜け出し、寝殿中央の階段の真ん中あたり（「御階の中のしなの程」（同））に移動し、柏木があとに続く。この時点で、もう一つの「野分型の構図」が構成されたのである。寝殿の西面の御簾のなかにいる女三宮や女房達（Ａ）、そして建物と庭の中間にある階段、高さも建物と庭の中間の「中のしなの程」にいる夕霧と柏木（Ｂ）が、庭で蹴鞠に興じる若者たち（Ｃ）を見るという新たな構図が構成されるのである。

　夕霧や柏木は女三宮がいる建物のほうを横目に見ながら、見られていることを意識して行動する。そのとき室内から猫が走り出てきて御簾にひっかかり、中があらわになる。そして柏木と夕霧は御簾の近くの立ち姿の女三宮の姿をはっきりと見てしまう。しかし蹴鞠を熱心に見物していた女三宮は見られていることに気づかないので、女三宮（Ａ）と柏木や夕霧（Ｂ）の視線が逆転してしまう。これまでに見てきた「野分型の構図」では、建物の奥にいる人（Ａ）が特権的な視点をもち、ＢＣを見ていたのだが、ここでは女三宮（Ａ）は蹴鞠をする若者（Ｃ）を熱心に見物するあまり、夕霧や柏木（B）に見られていることに気づかない。視点の逆転によりAを見ることができたBの視点はさらに分裂し、夕霧（B1）と柏木（B2）に分かれる。B1（夕霧）はC（蹴鞠をする若者）を見ているA（女三宮）を見ているのと同時に、Cを見ているAを見ているB2（柏木）をも見ているのである。ここで夕霧と柏木は、「野分型の構図」のBであるだけでなく、「野分型の構図」をのぞき見る侵犯者の視点をも兼ね備えているのである。

女三宮の垣間見は『うつほ物語』「楼の上・上」の影響を受けていると指摘される[11]が、人物の配置や視線に注目してみると、「雪まろばし」の場面や野分巻のいくつかの場面のように、『枕草子』「野分のまたの日こそ」に描かれる構図の影響を受けていることが確認できるのである。

おわりにかえて

本論では、『枕草子』一九〇段「野分のまたの日こそ」に見られる人物の配置や視線が、朝顔巻の「雪まろばし」の場面、野分巻の六条院の四町の様子、そして若菜上巻における蹴鞠の折の垣間見の描写に影響を及ぼしていることを確認した。つまり同じ「野分型の構図」とも呼べる人物の配置や視線が、雪に覆われた冬の夜の庭、秋の野分に襲われた庭、そして桜の花びらが舞い散る春の夕暮れの庭というふうに、異なる季節や時間を背景にあらわれるのである。朝顔巻は源氏の朝顔前斎院求婚によって紫上の地位が脅かされ、藤壺の亡霊が源氏の夢にでてくる巻（藤壺は源氏の夢で紫上との会話を聞いていたとほのめかしているので、藤壺は「雪まろばし」の場面で「野分型の構図」をのぞき見る「侵犯者」の視点をもつといえる）、野分巻は破壊的な恋に突き進む可能性のあった夕霧の垣間見が描かれる巻、そして若菜上巻は、女三宮と柏木の密通、女三宮の出家、柏木の死や薫の誕生などの重大な出来事の引き金となった女三宮の垣間見が描かれる巻である。このような不穏な空気が漂う場面や巻で、「野分のまたの日こそ」の構図が引用されるのである。

実はもう一つ、暑い夏の場面に「野分型の構図」の変形ともよべる構図が見られる。蜻蛉巻で語られる薫による女一宮の垣間見である。

氷を物の蓋にをき《お》て割るとて、もてさはぐ《わ》人々、大人三人ばかり、童とゐ《ゐ》たり。唐衣も汗衫も着ず、みなうちとけたれば、御前とは見給はぬに、白き薄物の御衣着かへ給へる人の、手に氷を持ちながら、かくあらそふをすこし笑み給へる御顔、言はむ方なくうつくしげなり。（蜻蛉巻五—二九八頁）

ここで童は庭に下りないし、御簾もないが、女一宮（A）が「大人三人ばかり、童」（C）が氷で遊ぶのを微笑みながら眺め、その姿を薫が垣間見るのである。[12]「御前とは見給はぬ」と表現されるほど、女一宮はくつろいだ姿だったのだろう。女主人のような恰好をしていない女一宮はAとBの役割を備えているといえるだろう。この場面は、これまでに見てきた「野分型の構図」があらわれる場面のように、「禁忌の恋」へと発展する可能性がある。しかし結局のところ薫は破壊的な恋に突き進むことなく、妻の女二宮に女一宮の真似をさせて慰めを得ようとするだけで、読者はある意味肩透かしを食らうのである。

なぜ『枕草子』一九〇段「野分のまたの日こそ」に見られる人物の配置や視線が『源氏物語』で繰り返されるのかは、別の機会に考えてみたい。物語の重要な場面で「野分型の構図」が繰り返される理由は、物語作者の『枕草子』への対抗心だけでは説明がつかず、何か別の意図があったように思われる。どの場面が先に書かれたかを考えるなら、まず『枕草子』「野分のまたの日こそ」を意識した野分巻が書かれ、その後、他にも『枕草子』引用が多くちりばめられる朝顔巻で、背景を冬の夜に変え、「雪まろばし」の場面が書かれたと推測できる。続いて、童女ではなく若者が冬の庭ではなく桜の花びらが散る春の庭で遊ぶ蹴鞠の場面、そして暑い夏に氷で遊ぶ童女や女房を眺める女一宮の垣間見の場面という順番で書かれたのではないだろうか。

注

（1）原岡文子「朝顔の巻の読みと「視点」」『源氏物語　両義の糸　人物・表現をめぐって』（有精堂出版、一九九一年）、川島絹江「朝顔巻と『清少納言枕草子』」『源氏物語の源泉と継承』（笠間書院、二〇〇九年）。

（2）注（1）原岡論文参照。

（3）『枕草子』が子どもの「ほころび」や「乱れ」た姿を繰り返し描くことはすでに指摘されている（三田村雅子「〈ほころび〉としての身体――「汗」「髪」「衣」――」『枕草子　表現の論理』（有精堂出版、一九九五年））。

（4）田中重太郎『枕冊子全注釈四』（角川書店、一九八三年）三七頁。

（5）野分巻には『枕草子』一九〇段「野分のまたの日こそ」の影響があることはよく知られている。その違いとして、たとえば藤本宗利氏は、『枕草子』は静止した時間を切り取るのに対し『源氏物語』は流動する時間を描くと指摘する（「枕草子と源氏物語」（『源氏物語講座第六巻　語り・表現・ことば』勉誠社、一九九二年））。また原岡文子氏は、『源氏物語』は「『枕草子』の美の発見を受容しつつ、新たな世界を創り上げげようとしている」、そして野分の庭の描写には「夕霧の心中の描写との相関」が見られると指摘する（「前代物語とのかかわり――『蜻蛉日記』『枕草子』を中心に――」（『源氏物語研究集成7』風間書房、二〇〇一年））。これらの論は傾聴に値するが、本論では人物の配置や視線を中心に考察するので、風景描写や人物の心象との関わりについては触れない。

（6）新日本古典文学大系『源氏物語三』脚注の指摘による（四三頁）。

（7）引用は田中重太郎『枕冊子全注釈四』（注（4）と同じ）三四頁。参考までに、前田本は「まことに色白う、きよげなる人の、夜は風のさわぎに寐も寝で、起きたりつるが、わざと化粧などもせず、鏡ばかりうち見て」、堺本は「まことに色白く、きよげなる人の夜は風のさわぎに寐も寝で起きたりつるが、わざと化粧などもせず、鏡ばかりうち見て」となっている。引用はいずれも同じく田中重太郎『枕冊子全注釈四』による（三六頁）。

（8）野分の翌朝、源氏、紫上や明石姫君も遅く起きてきたという記述がある。また源氏は鏡を見るという描写がある（「殿、御鏡など見たまひて」（野分巻三—四五頁）。

（9）三谷邦明「夕霧垣間見」（『講座源氏物語の世界5』有斐閣、一九八一年）。

（10）伊藤博「柏木の造型をめぐって」（『源氏物語の原点』明治書院、一九八〇年）。

（11）細井貞雄『空物語玉琴』の指摘として原岡文子氏に紹介される（「『源氏物語』の「桜」考」（『源氏物語　両義の糸　人物・表現をめぐって』（有精堂出版、一九九一年））。

（12）野分巻の夕霧による紫上の垣間見、蹴鞠の折の垣間見、そして蜻蛉巻の薫による女一宮の垣間見は「野分型の垣間見」とでも呼べる、垣間見の一つのかたちとして分類できるのではないか。つまり何か（庭にいる誰かのことが多い、見られる対象は童であることが多い）を熱心に見る女君を男君がこっそり見るというかたちの垣間見である。垣間見の分類は色々なされているが、ここで新たな分類を提案したい。まず右に述べた①「野分型」。②「女はらから型」（厳密には姉妹ではないが、空蝉巻の空蝉と軒端荻の垣間見、竹河巻の玉鬘の大君と中君の垣間見、橋姫巻と椎本巻における宇治の大君と中君の二回の垣間見がここに含まれる）。③「夫婦型」（もしくは恋人型。垣間見ではないが、野分巻で夕霧が源氏と紫上が仲睦まじく語り合うのをこっそり聞く場面や、源氏と玉鬘が親しくするのを覗く場面が含まれるだろう）。④「ひとり型」（手習巻の中将による浮舟の垣間見）。⑤「総出型」（女房、乳母、童など、仕えるものたちと一緒に女君が見られる場合。若紫巻の紫君の垣間見、夕顔巻の惟光による夕顔の垣間見、東屋巻の匂宮による浮舟の垣間見などがこれに含まれるだろう）。

＊『源氏物語』の引用は新日本古典文学大系（岩波書店）に、『枕草子』の引用は『新編枕草子』（おうふう）による。

『源氏物語』絵合巻から『狭衣物語』へ
—タナトス突出への回路を求めて—

鈴木泰恵

一　狭衣と光源氏

『狭衣物語』の主人公狭衣は二世の源氏であり、「もうひとりの薫[1]」とも言われる。事実、仏道に傾倒する姿は双方の類同性を示している。加えて、父堀川大殿も『源氏物語』帚木巻「雨夜の品定め」よろしく、狭衣に中の品の女君の魅力を語りつつ、まずは高貴な女君を妻にして身を固めるべきだと諭し、嵯峨帝から内意のあった皇女（女二宮）との結婚を勧める。その際に言及したのが、堀川大臣の「色好み」を戒めていた故父院の存在だ。『源氏』の桐壺院もまた、六条御息所の件をめぐり、光源氏の「色好み」に訓戒を与えていた（葵㈠二九一頁）[2]。このとき「桐壺院＝故父院」「光源氏＝堀川大臣」の図式が描かれ、堀川大殿の発話言説は光源氏さながらの大臣像を描いてみせたと言える（参考　大系五九～六〇頁）[3]。光源氏のポジションには、まぎれもない一世源氏の父堀川大殿がいるのだった。

しかし一方、「光り輝き給ふ御かたち」「まことしき才などは、高麗・唐土にも類なき様」「琴・笛の音《ね》*につけても雲居を響かし」（参考 大系 三五頁。＊「の」底ナシ西平により補う）と語られる狭衣には、「世の人光君と聞こゆ」（桐壺一 二三頁）、「わざとの御学問はさるものにて、琴、笛の音にも雲居を響かし」（桐壺一 一九頁）と語られる光源氏が踏襲され、狭衣には光源氏というヒーローの再来が刻印されてもいる。また、光源氏・狭衣による恋と王権の物語を繙いてみるなら、不敵にして無謀な恋が光源氏を准太上天皇に、狭衣を天皇に押し上げており、狭衣の物語はあたかも光源氏の物語を再建するかのようでありながら、それを超過する様子がたどられる(4)。

本稿では、いまいちど光源氏と狭衣とを向かい合わせ、『源氏』絵合巻と『狭衣』巻四とに共通する、ささやかなながら煌めく言説に目を凝らしたい。そして、『源氏』から『狭衣』への流れのなかで、『狭衣』においてタナトスが突出する回路を突きとめ、双方の物語が基盤を共有しながら、質的差異を見せている次第をとらえたいと思う。

二　光源氏の不安と狭衣の不安

では、『源氏』絵合巻と『狭衣』巻四とに共通する言説に着目し、まずは光源氏と狭衣との紐帯を明確にしたい。双方に共通するのは、みずからの短命を思う内的言説である。

まず『源氏』から見ていく。女院藤壺の御前で、また藤壺・冷泉帝双方の御前でと、両度にわたり行われた絵合においても、結局、光源氏の後見する斎宮女御方が勝ち、こうした催しを通じて、冷泉帝の治世は華やぎを増すとともに、光源氏の権勢もいやましに高まっていく。そんななかで、光源氏が以下のような思いを抱く様子が語られる。

大臣ぞ、なほ常なきものに世を思して、いますこしおとなびおはしますと見たてまつりて、なほ世を背きなんと深く思ほすべかめる。昔のためしを見聞くにも、齢《よはひ》足らで官位《つかさくらひ》高くのぼり、世に抜けぬる人の、長くえ保たぬわざなりけり、この御世には、身のほどおぼえ過ぎにたり、中ごろなきになりて沈みたりし愁へにかはりて、いままでもながらふるなり、いまより後《のち》の栄えは、なほ命うしろめたし、静かにこもりゐて、後の世のことをつとめ、かつは齢をも延べん、と思ほして、山里ののどかなるを占めて、御堂を造らせ給ひ、仏経のいとなみ添へてせさせ給ふめるに、末の君たち、思ふさまにかしづき出だしてみむと思し召すにぞ、とく捨て給はむことはかたげなる。いかに思しおきつるにかと、いと知りがたし。

（絵合［二］一八五頁）

若年で高位高官にのぼり、世に抜きん出てしまった人は、長寿を保つことができないと思い至り、今後の栄華はやはり命をあやうくする心配があるから、出家を果たし、寿命を延ばしたいと考える光源氏の内的言説が語られている。そして、山里に御堂を作らせ、仏道の営みをする様子も語られるのだが、語り手は、子供たちの行末を思う光源氏の心中から推して、早々の出家は難しそうであり、光源氏が今後をどう思い定めているのかは、どうにもわからないと、ことばを添えているのであった[5]。

　さて、『狭衣』に目を転ずると、ヒーローと出家の問題もさりながら、栄華のただなかで兆す生への不安は狭衣の内的言説にも表れており、そこには光源氏と狭衣との、ヒーローとしての紐帯が見られる。

「近き世に、かかる例《ためし》もことになきことなり」と、おほやけを誇りたてまつるべきやうもなければ、「なほいかなることにかあらん」と、言ひ悩む人多かるに、…〈中略〉…みづからの御心にも、思し立ち方ざま、いとかけ離れ果てて、いまさらにいとあたらしう、ありつかぬ心地ぞし給ければ、ふさはしからぬ身の宿世、と思し嘆かるるなかにも、斎院を見たてまつり給はんことの、今は有難うなりぬべき口惜しさは、さらに言ひやるべき方なければ、この世に言ひ扱ふらんやうに、げにえあるまじきことなれば、いとかうもおぼゆるにやあらん。また、えたもつまじかりける、と。さすがなるをこがましさを現はし果ててむことよ、など方々にさへ安からずわりなき御心のうち、来し方もいやまさりになりたり。（参考　大系　四二六〜四二七頁）

縁談のあった皇女女二宮と密かに通じながら、降嫁を願い出ずにいた間に、宮は狭衣の子をみごもる。しかし、宮は父親が狭衣である事実を言えないでいた。宮の不名誉にならないようにと、宮の母大宮周辺が、窮余の一策として、大宮の懐妊を擬装する。かくして狭衣の子若宮が、大宮腹の嵯峨帝の皇子として生まれ、後一条帝の跡を襲おうというときに、天照神の託宣が下り、若宮の即位よりも、実父狭衣の即位が促される。

上記の事情は世に公表される筋合いのものではないので、右引用文に見るような状況が出来する。二世源氏の即位など例のないことだと、朝廷を非難するわけにもいかないので、皆、どういうことかと言い合い、心配している様子が語られる。また、狭衣の内的言説においても、即位は不相応な運命で、あってはならない事態だと弁え、「えたもつまじかりける」不安を抱く狭衣が語られるのであった。

ところで、「えたもつまじかりける」の解釈は二つに分かれる。A「帝位を保てない」（大系）、B「寿命を保てない（結果帝位を全うできない）」（全書・集成・新全集）の二通りである。遡れば、新釈日本文学叢書本頭注はA、有朋堂文庫本頭注はBであり、見解が分かれていた。全書・大系以降は、大系を除き、Bの解釈であり、それが妥当と考える。

たしかに狭衣の言説には、「かくても長うしもえあるまじき有様なれば」（参考　大系　四三七頁）等、帝位にあるのもそう長くないとする発話言説（同趣の内的言説）として解釈しうる例も少なくない。しかし、在位は長くないと言う（思う）背景に、やはり寿命への不安を掬いとっておくべきだろう。右の「かくても長うしも……」にしても、帝位を維持しえない不安の奥底に、寿命を保てない不安を読みとることも可能なはずだ。

命の不安を直接的に表した言説がある。飛鳥井女君が遺した絵日記を手に入れた狭衣は、その見事さのわかる人すなわち源氏宮に見せたいと思うのだが、命の不安から断念する。

みづからならざらん限りは、さすがに目放ちにくきものを。心のどかに置きたらんも、明日もありとは思ふべうもあらぬ世に、見る程の心ざしには、これをだに弔はん。（参考　大系　四六二頁）

いつ死ぬかわからない無常の世を痛切に観じるがゆえに、秘匿すべき女君の絵日記から目が離せず、源氏宮にさえ見せられないと思い直す狭衣の内的言説である。即位後のこの「明日もありとは思ふべくもあらぬ」といった狭衣の内的言説の存在から見ても、先の「えたもつまじかりける」は、Bの解釈が相当だと判断する。いくら天照神の託宣によるとはいえ、世人も首を捻り、自身ですらあってはならぬ事態だと理る、二世源氏の異例の即位が、まずもって狭衣に死の予感を抱かせ、その結果、帝位を保てないと考えさせていると解釈すべきところだ。

光源氏・狭衣双方の内的言説を見るに、身に余る栄華が命を危うくするという不安が共有されている。そもそも、倭建命に代表されるような古代的ヒーローは、反秩序的・反統治的な存在感により、追放され寿命を全うできない。(6)生に不安を抱く光源氏の内的言説は、須磨・明石への流離を経由して、光源氏が古代的ヒーローの系譜に繋がる次第を示している。(7)一方『狭衣』では、追放されるべき王子性を有する二世源氏が、むしろ王となる破天荒において、古代的ヒーローの軌道を大きく逸している。しかし、反秩序的（反統治的）な恋を梃子に栄華へと至り、であるがゆえに栄華のうちに短命を思い、光源氏の内的言説と繋がることで、狭衣はかろうじて古代的ヒーローの面影を湛えながら、光源氏との紐帯を明確にしていると言えるだろう。

三　罪の在処――『源氏』の場合

反秩序的・反統治的な恋に由来する栄華は、命を危うくすると観ずる内的言説の存在に、光源氏と狭衣との紐帯を見出した。しかし、光源氏と狭衣とでは、そのヒーロー性に関わる「罪」の在処をめぐって、懸隔がある。本節において考察したい点だ。

が、その前に、ヒーローと「罪」とに関係する、三島由紀夫『日本文学小史』の指摘に注目しておきたい。「軽王子と衣通姫」の物語についての、以下のごとき指摘だ。

倭建命の「暴力」は、この挿話では、「恋」に形を変えている。兄妹の間ではありながら、この恋は自然に芽生えたものであり、又、軽王子は、その出生において、自然に日継の皇子であった。神的な力はこれを庇護すべきであり、もし人々が全的に「詩」を認めるなら、この結婚と統治は、神意に基づいていると認められた筈だったのである。

しかるに「民衆」が登場し、これに支えられた政治が生れ、軽王子の自然な行為は叛乱と規定され、王子はこれに抗うことはゆるされず、流謫の地でただ「個人的な」恋だけが非公式に許容されることになった。

…〈中略〉…

国と女とは同一視され、価値観に於て高低のないものにまで高められている。（三〇三頁）[8]

「軽王子と衣通姫」の物語では、倭建命の「暴力」は、「恋」に変形していると言う。そして、「国と女とは同一視され、価値観に於て高低のないものにまで高められている」として、国の統治機能から逸脱する倭建命の「暴力」が、「人間天皇であり、統治的天皇であった」（同 二九五頁）景行天皇にとっては、密かに放逐されるべき「罪」であったように、軽王子の同母妹との恋は、「『民衆』が登場し、これに支えられた政治」においては、叛乱であり、流謫を強いられる「罪」である側面に言い及んでいる。

三島の指摘は慧眼であり、光源氏を、そして狭衣を、古代的ヒーローの末裔に位置づけていく。光源氏と藤壺との恋は、冷泉帝を生み出し、皇統を一時的に掻き乱して叛逆の相を帯びる。狭衣と女二宮との恋は、若宮を生み出し、それを梃子に二世源氏が即位する。天照神の「神的な力はこれを庇護」（右引用破線部）しているが、「これ（民衆）に支えられた政治」（同）においては叛逆の相を帯びざるをえない。狭衣即位という成行を、類例のない事態だと批判するわけにもいかず、どういうことなのだろうと「言ひ悩む人」（前節引用）の声、しかも多くの人の声はその証左だ。『源氏』でも、『狭衣』でも、「叛逆の罪」は「恋の罪」へと変形されており、三島の慧眼は、光源氏を、そして狭衣を、古代的ヒーローの末裔に位置づけていく。

このように光源氏にも狭衣にも、罪深き恋を通じて、古代的ヒーローに繋がる叛逆の色合が具わる。むろん、光源氏の「罪」も表面化せず、狭衣の「罪」も表立って問われたりなどしないわけだが、「罪」との関わり方が、光源氏と狭衣とでは、大いに異なる。以下、その点を掬いとっていく。

光源氏の「罪」に関して言えば、前節で引用した絵合巻における光源氏の内的言説が注目される。「中ごろなきになりて沈みたりし愁へにかはりて、いままでもながらふるなり、いまより後《のち》の栄えは、なほ命うしろめたし」の部分だ。須磨・明石に流離したからこそ、今まで生き長らえているのであり、今後の栄華はその命を危うくすると思案する内的言説だが、これは、流離と引き換えにしたとしても、命を長らえるのだけが精一杯で、今以上の栄華など望んではならないような「罪」が光源氏には存在し、それに自身が考え及んでいるところだと言えるだろう。

光源氏が須磨に下向する契機は、朧月夜との密会が露見し、弘徽殿大后方が朝顔斎院との関係を取り沙汰するなど、あれこれあらぬ罪を着せようと、事を構えているような状勢にあった。したがって、須磨の浦では「やほよろづ神もあはれと思ふらむ犯せる罪のそれとなければ」（須磨㈡四四頁）と詠み上げたりもするのだが、本質的な「罪」にも無自覚だったわけではない。須磨に発つ前、藤壺に語った光源氏の発話言説に、以下のごときがある。

かく思ひかけぬ罪にあたり侍るも、思う給へあはすることのひとふしになむ、空も恐ろしう侍る。をしげなき身はなきになしても、宮の御世にだにことなくおはしまさば。（須磨㈡一七頁）

「思ひかけぬ罪にあたり」というのは、朧月夜との件で、弘徽殿大后の怒りを買った光源氏が「官爵をとられ」（須磨㈡七頁）除籍されたことを指すのだろう。それ自体は存外の「罪」だとしているわけだが、さらに「思う給へあはすることのひとふし」に言及している。すなわち、春宮（後の冷泉帝）が光源氏と藤壺との子であり、光源氏こそが皇統をゆがめているという「罪」に言及したのである。光源氏の「罪」は、こうして語る行為を通じて、また語り合わずとも、藤壺と共有されるものではあるが、春宮の即位と引き換えに、我が身は亡きものになしても良いとするこの発話言説は、光源氏が我が「罪」から我が子を守るべく、その「罪」を一身に負わんとする様子を表している。しかも、「罪」を共有する藤壺の分まで背負おうとする光源氏の発話言説は、「罪」の在処を概ね光源氏その人に帰趨させるのである。

四　罪の在処 ―『狭衣』の場合

では、狭衣の「罪」はどうだろう。先にも述べたが、狭衣と女二宮との子が、宮の母である大宮の子として、つまりは時の帝（嵯峨帝）の子として生まれる経緯には、大宮方の画策があり、狭衣はそれをまったく知らない。どころか女二宮の懐妊をすら知らなかった。

出雲の乳母、心かしこき人にて、「姫宮の御方に、聞きにくきことの、世に漏れ出でんよりは」など言ひ合はせて、「大宮の、今は、と思し絶えて、咎めさせ給はざりけるに、出でさせ給て後《のち》なん、いとしるき御様なれば」など、内裏《うち》にも奏してければ、げに思かけずもありける御事かな、とばかりぞ聞かせ給ける。

（参考　大系　一五二頁）

どうやら出雲の乳母が発案者であり、彼女を中心とする乳母集団が主導して、大宮懐妊の擬装、その奏上に及んだように語られているが、大宮にも微妙な思惑が透けて見える。

大宮方は、生まれてきた子の顔つきから、父親は狭衣であったと知るが、よもや狭衣が何も知らなかったとは思われず、口を拭って知らん顔をしているのだと思い、ならば臣下の子よりは皇子として成長させようと願うのであった。次の大宮の歌には、そんな心情が如実に表れている。

雲井まで生ひのぼらなん種まきし人も尋ねぬ峰の若松

（参考　大系　一五九頁）

諸注揃って指摘するごとく、父親に顧みられない子がいたわしく、いっそ我が子として帝位にまで至ってほしいとの思いを込めた歌に違いない。しかし、いたわしさだけでもないようだ。というのも、大宮には三人の姫宮がいるものの、皇子はいない。むろん、時の春宮（後の後一条帝）がいて、その後には当帝（嵯峨帝）中宮腹の一宮もいるので、若宮即位の可能性はそう高くない。が、可能性がないわけではない。現に後一条帝は自身に皇嗣がいないのに悩み、退位を前に、若宮を自身の皇子として迎え、次の春宮に据える意向を示していた。こうしてみると、若宮を我が子に擬装することを追認した大宮の判断は、若宮が皇統を嗣ぐ可能性を開き、同時に自身の血を引く男子を皇統に残す可能性を開いたのである。後一条帝の動きを予見したわけではなかろうが、若宮の即位を願う右の歌は、このような可能性に期待をかける大宮の思惑を揶いとらせる。(9)

さて、狭衣はと言えば、大宮の理解に反して、蚊帳の外であった。狭衣の乳母の妹で、女二宮付の女房中納言典侍から、右の大宮詠を聞き、狭衣は以下のような反応を示す。

顔はいみじう赤うなりて、あさましういみじ、と思したり。「などか心憂く今までは告げ給はざりけん。おのづから何事につけても、気色見え給ぬらんものを。かくと聞かましかば、よそ人とはなしたてまつらざらまし」とて、いとあはれに口惜し、と思したれば、（参考 大系 一六二頁）

典侍に向けた狭衣の発話言説を見ると、なぜ今まで知らせてくれなかったのかと不快感を示し、様子はわかっていただろうにと非難し、そして若宮が自分の子だと聞いていれば、他人になどはしなかっただろうと悔しさを滲ませている。もっと早くに知ったとして、狭衣にどういう対応ができたのかは、まことに心許ないが、本論からは逸脱するので、今は措くとして、少なくとも若宮が皇子として育つことを諒とはしていない狭衣の立場が示されている。

たしかに狭衣は女二宮に不埒な恋を仕掛け、しかもその恋は、若宮の誕生により、罪深い恋となった。けれども、臣下の子が皇統に入り込む「罪」は、淵源に狭衣の仕掛けた恋があるにせよ、直接的には大宮方の皇子誕生擬装により生成されたと言えるのであり、かつそこに狭衣は関与もしていないし、諒ともしていないのである。

したがって、と言うべきであろう、若宮が皇子として生き、皇統を乱している「罪」は狭衣に帰趨されていないのだった。父親のわからぬ子を生む女二宮の不名誉を回避する母心を超えて、先述のごとき大宮の思惑も容易に読みとられかねない判断だけに、「罪」は専ら大宮に帰趨され、狭衣の「罪」は拡散し、むしろ不問に付される。「罪」

の在処は狭衣にはないのであった。

大宮が死去し、女二宮も出家した後、狭衣は宮の許に忍び込むのだが、宮を取り逃がしてしまい、致し方なく立ち退く際に、以下のように思う。

今はかやうの方懲り果てぬる心地して、風の音に紛らはし給て出で給ぬるに、若宮の御声のなほ聞こゆれば、とみにも立ち退きえずぞおぼえ給ふ。

知らざりしあしのまよひの鶴《たづ》の音《ね》を雲の上にや聞きわたるべき

まことに出づべうも思されね*ど、人目もなき所といひながら、あまりならんは、さばかり有難うめでたかりける御心の深さも、いまさらにあぢ*きなくや言ひなされ給はん。これをだに心に従ふにて、明け暗れの程に、出で給ぬれど、

（参考　大系　一七一～一七二頁　＊ね…底ぬ西により改めた　＊あぢきなく…底あさきなたに平により改めた）

狭衣詠「知らざりし……」は、臣下である自身の子が皇子として育っていく事実に、相変わらず得心しかねている狭衣の様子を表す。歌の後の「まことに……」以下は、語り手の直接的言説と狭衣の内的言説とが混じり合いながら、大宮邸を後にする狭衣の様子が語られていく。長居をすれば、さすがに人目にもつき、（狭衣と女二宮との関係が露顕し、事実が推測されて、）大宮の深慮もつまらない画策だと噂されるだろう、（そんな事態にならないうちに立ち去り、）せめて大宮の思いには従おうと弁える狭衣が語られている。

「さばかり有難うめでたかりける御心の深さ……」とは、若宮を皇子として出生させたことを、大宮の深慮であるとともに、危うい画策だと認識している狭衣を語りつつ、同時にこの件の主体も責任も、大宮に帰していかんとする語りのあり方を示していると言えるだろう。何よりも狭衣詠とこの「さばかり……」の部分には、狭衣の不関

与と大宮首謀とが宣言されており、臣下である自身の子が皇統に入り込んでいる事実に関して、狭衣はまったく「罪」の意識を抱いていない。

ただ、女二宮の人生を台無しにしてしまったという「罪」の意識はある。女二宮の姉女一宮が後一条帝女御として入内し、程なく子をみごもると、皆、喜色を浮かべ、皇子の誕生に期待を膨らませていた。そんな折、「罪」の意識を抱く狭衣が語られる。

入道の宮は、院のとりわきかしづきたてまつり、思し召したりしを、いたづらになし聞こえ給ふに、かやうの交じらひにも、さはいふともいま少しかひがひしきおぼえなどはおはしなまし、と思すにも、我ながら罪重き心地のみして、（参考　大系　三一三頁）

「入道の宮」（女二宮）は、「院」（嵯峨院）が格別に思い、大切にしていたのに、狭衣のせいで出家してしまった。それにつけても、女二宮なら姉宮以上に帝の寵愛を得ただろうにと思い、「罪重き心地」を抱く狭衣が語られている。右の引用文および先の引用文を見るに、狭衣において、恋の「罪」は、女二宮を不幸な境遇に導いたという個の問題にとどまるのであり、皇統を乱し王の国の秩序を乱す「罪」とは連結してこないのである。後者の「罪」の在処は狭衣にはない。それが光源氏との大きな違いだ。

五　タナトス突出への回路

光源氏も狭衣も、倭建命から軽王子へと変遷する古代的ヒーローに繋がってはいるものの、「罪」の在処が光源氏に集約される『源氏』と、それが狭衣にではなく拡散する『狭衣』との大きな差異をとらえた。この差異こそが、狭衣あるいは『狭衣』のタナトス(10)を突出させる回路なのではないかということを考察し、稿を閉じたいと思う。

ところで、狭衣に充満するタナトスは、何も狭衣が即位してからのものではなく、物語開始早々から表れていた。たとえば天稚御子が狭衣の笛に感応し、狭衣を天界に連れ去ろうとしたものの、諦めて帰った後に、「げに殿ののたまふやうに、この世にはあり果つまじきにや」（参考　大系　五一頁）と、生への不安を抱く狭衣の内的言説が語られている。そして、こうした内的言説は随所に見られるものだ。しかも、狭衣の生への不安は、仏教色を帯びつつ、タナトスに結びついていく。右引用に続き、以下のような狭衣が語られる。

ありし楽の声も、天稚御子の御有様など思ひ出でられて、恋しうもの心細し。兜率の内院にと思はましかば、とまらざらまし、と思し出づ。「即往兜率天上」といふわたりを、ゆるらかにうち出だして、おし返し「弥勒菩薩」と読み澄まし給へる。(11)（参考　大系　五二〜五三頁）

語り手と狭衣とが密着しながら、狭衣を天界に、換言すれば「死」にいざなおうとした天稚御子を恋しく思う反面、不安な思いをも表裏させる狭衣の心情が語られている。しかしすぐに、「兜率の内院にと思はましかば、とまらざらまし」と、行く先が弥勒菩薩の住む兜率天の内院であれば、この世にとどまりはしなかったろうとする内的言説が表れ、「即往兜率天上」と『法華経』からの一句が読み上げられて、やはり兜率天への憧憬を示すのであった。狭衣には生への不安があるばかりでなく、生から離れんとするタナトスも存在しているのであり、それが仏教的に転回されて出家志向に横滑りしているのでもあった。狭衣の出家志向と言われているものには、タナトスが充満している。けれども、恋の「罪」が、皇統を乱し王の国の秩序を乱す「罪」へと繋がるとき、もし双方の「罪」が不可分のものとして、狭衣の一身に引き受けられたならば、換言すれば双方の「罪」の在処が狭衣その人に帰趨されていたならば、狭衣あるいは『狭衣』のタナトスは突出しなかったであろう。

ここで、かろうじて狭衣を古代的ヒーローに繋ぐ回路となる光源氏の例を参照したい。光源氏が須磨・明石への流離を前に、皇統を乱し王の国の秩序を乱す「罪」に想到しているときの発話言説（第三節に引用）、および帰京後の思いを語る内的言説と語り手の直接的言説（第二節に引用）は注目される。重要な箇所を再掲する。

・かく思ひかけぬ罪にあたり侍るも、思う給へあはすることのひとふしになむ、空も恐ろしう侍る。をしげなき身はなきになしても、宮の御世にだにことなくおはしまさば。（須磨㈡一七頁）

・中ごろなきになりて沈みたりし愁へにかはりて、いままでもながらふるなり、いまより後《のち》の栄えは、なほ命うしろめたし、静かにこもりゐて、後の世のことをつとめ、かつは齢をも延べん、と思ほして、山里ののどかなるを占めて、御堂を造らせ給ひ、仏経のいとなみ添へてせさせ給ふめるに、末の君たち、思ふさまにかしづき出だしてみむと思し召すにぞ、とく捨て給はむことはかたげなる。いかに思しおきつるにかと、いと知りがたし。（絵合㈡一八五頁）

右の諸言説から光源氏のありようをまとめると、以下のようになろうか。「をしげなき身はなきになしても……」には、皇統をゆがめる冷泉帝という存在を生み出した「罪」は、わが身を亡きものになしてでも、光源氏が一身に負い、我が子（冷泉帝）を即位させるという覚悟を示している。「なきになし」は、この場合まずは流離であり、ことによると死でもあり、あるいはそれに準ずる出家でもある。流離や出家は、基本的には、社会的な死そのものだからだ。しかし一方「とく捨て給はむことはかたげなる」と語り手が危ぶむごとく、光源氏は冷泉帝を含め、夕霧や明石姫君といった子供たちの「末」を見届けたいとも思っていて、容易には出家へと舵を切れない様子でもある。

子供（冷泉帝）への愛というエロス[12]が、流離を受け入れ、死をも辞さず、あるいは出家を望むタナトスを招き寄せる。とはいえ、子供たちの「末」を見届けたく、出家もままならないのは、タナトスを導いた当のエロスが再び際立ってくるからだ。子供への愛というエロスが、光源氏に「罪」を一身に負う覚悟を促し、タナトスを迫り上げさせつつ、同じエロスがそれを緩和している。「罪」の在処が光源氏の一身にあることによって、光源氏においては、子供に累が及ばぬよう、子供を守り、見守っていくべく、エロスとタナトスとが均衡しているのである。

では、狭衣はどうか。とりわけ女二宮への恋の「罪」ゆえに、またその遠因となった源氏宮恋慕をどうすることもできずに行き詰まり、狭衣は竹生島での出家を目論む。そのときの子供への思いに着目したい。

かやうのことども過ぎて、春の光待つほどは、ことなる紛れなかりければ、忍びて竹生島に参り給はんことを思し設け給ふに、若宮の日を経てまとはし給ふぞ、いみじきほだしにおぼえ給へど、母上も我にも思落とし給はねばうしろやすきに、さすがなる忍ぶ草ぞ、なかなか訪《と》ひ寄り給て、宮にもかれを憎しとはなけれども、こよなう思し放ちたるさまに見え給へば、いとど跡絶えなんのちは、いかなるさまにか、と心苦しきを、思し余りて母宮に、こまかならで、と、ただ、人のよすがの限りにあらず思し召すべきさまを、ほのめかし給ひければ、

（参考　大系　三二九〜三三〇頁）

大宮の子と偽装された「若宮」は、大宮亡き後、また嵯峨帝も退位し出家した後、狭衣が後見しており、この頃は堀川邸にいた。そんな状況でもあり、狭衣は、自身が出家したとしても、母堀川上が若宮を狭衣同然に思ってくれているから大丈夫だと、安心している様子が語られている。一方、「忍ぶ草」とは、忍び恋の相手であった飛鳥井女君との間に生まれた姫君で、狭衣の妻一品宮の養女になっていた。狭衣と姫君との父娘関係を知って以来、一品宮は、姫君目当ての結婚であったと思い、狭衣を疎んずるのはもとより、姫君をさえかつてのようには可愛がら

ず、距離をとっているので、狭衣としては、出家後の姫君が心配なわけだが、それも母堀川上にそれとなく我が子である事実を伝えてよしとした次第が語られている。

前節で論じたとおり、女二宮を出家に追い込んだという個的な恋の「罪」はともあれ、皇統を乱し王の国の秩序を乱した「罪」の在処は、狭衣にはなかった。したがって、狭衣には、後者の「罪」を一身に引き受け、我が子若宮に累を及ぼさぬよう、身を亡きになして出家しようという思考回路はない。また、子供たちに累が及ばぬよう見守っていくべくこの世にとどまるという思考回路もない。子供たちの成長には、堀川家の後見があれば、安心なのである。皇統を乱し王の国の秩序を乱した「罪」の在処が狭衣にはないことで、光源氏の場合のごとく、子供を思うエロスが、贖罪としてのタナトスを導き、かつまた同じエロスが際立ってきて、双方が均衡するという構図は、狭衣には見られない。かくして狭衣は、個的な恋の「罪」と、恋の行き詰まりにのみ憔悴して出家を目指すのであり、狭衣あるいは『狭衣』においては、女君たちを恋するエロスも、子供を愛するエロスも減衰し、タナトスが突出するのであった。

狭衣あるいは『狭衣』は、光源氏の物語の要所を再現し、超過してさえいるのに、皇統を乱し王の国の秩序を乱す「罪」の在処が、光源氏とは異なり、狭衣にはない。それこそが、狭衣あるいは『狭衣』のタナトスを突出させる要因であった。そして、こうした『狭衣』のあり方は、ヒーローの物語そのものを、タナトスの霧で覆い、終焉へと導いていく。以後の物語史を見ても、『狭衣』はそのような位置にあると言えるだろう。

『源氏』絵合巻末のことばが、須磨巻のことばと繋がり、『源氏』要所の「罪」の物語へと届いて、それに『狭衣』のことばが共振するとき、『源氏』のことばは煌めきを増し、『狭衣』が『源氏』をなぞりながら示す質的差異に光を届かせ、それを分明にしていく。『源氏』の煌めくことばは、『狭衣』のことばを呼び起こし、ヒーローの物語に一つの決着をつけるかの物語が生成されるのに関与することで、さらに煌めきを強めているのではあるまいか。

注

(1) 後藤康文「もうひとりの薫――『狭衣物語』試論」（『語文研究』68　一九八九年十二月↓『狭衣物語論考』笠間書院　二〇一一年）。なお三谷榮一「『源氏物語』の『狭衣物語』への影響――『狭衣物語』の創造性」（『古典と近代文学』2　一九六八年三月↓『狭衣物語の研究【異本文学論編】』笠間書院　二〇〇二年）は早くに狭衣と薫との類似を指摘している。

(2) 本文は岩波書店の新日本古典文学大系に拠り、巻名、新大系の巻数（四角囲い）・頁数を丸括弧内に示した。なお、若干表記を改めた。

(3) 本文は内閣文庫本に拠り、私に句読点・送り仮名を付し、表記も改めた。なお参考として同本を底本にする大系の頁数を丸括弧内に示した。西本願寺旧蔵本（通称深川本、新全集底本。ただし新全集巻四は欠により平出本）、流布本系元和九年古活字本（全書底本、同系統の集成本文）においても、論理に変更のない点は確認した。なお、本文を改めた場合は注記を本文の後に示し以下の略号を用いた。

　底本底　西本願寺旧蔵本（深川本）西　平出本平　古活字本古

(4) 鈴木泰恵「狭衣物語と〈声〉――王権への視線をめぐって」（『日本文学』44-5　一九九五年五月↓『狭衣物語／批評』（翰林書房　二〇〇七年）。なお、井上眞弓「『狭衣物語』の構造私論――親子の物語より」（『日本文学』31-10　一九八二年一〇月↓『狭衣物語の語りと引用』笠間書院　二〇〇五年）は、狭衣即位にむしろ父堀川大殿の王権回帰の物語を読みとっている。

(5) 松岡智之「絵合巻巻末の隠逸志向――老荘思想と寿命」（『国文学』通巻4　二〇一三年九月）において、本論とは観点を異にするが、この部分についての詳細な解釈がなされている。

（6）　山口昌男「天皇制の深層構造」（『中央公論』一九七六年十一月→『天皇制の文化人類学』岩波現代文庫　二〇〇〇年）。三島由紀夫『日本文学小史』（講談社　一九七二年→『小説家の休暇』新潮文庫　一九八二年）。

（7）　注（6）山口論、深沢三千男「光源氏像の形成　序説」（『源氏物語の形成』桜楓社　一九七二年）等。なお、上記二論文に端を発する『源氏』王権論については、鈴木泰恵「〈王権論〉とは何であったのか」（助川幸逸郎・土方洋一・松岡智之・立石和弘編『新時代への源氏学9　架橋する〈文学〉理論』）で詳細を論じた。

（8）　注（6）三島著書参照。本文は入手しやすい新潮文庫本により、丸括弧内にその頁数を示した。

（9）　大宮には、若宮を我が皇子とし、嵯峨帝の一宮を擁する中宮に対抗せんとする思惑があると、口頭ながら、早くから指摘していたのは神田龍身である。本論が指摘する大宮の思惑も、その見解に導かれてのものである。

（10）　あらゆる生物のうちで働き、その生物の命を奪い、命のない無機物の状態に戻そうとする欲動で、「死の欲動」と呼ばれる。一方、生物の生きようとする努力を代表する欲動が「エロス」で、性的な欲動に限定されない「愛の欲動」。「エロス」の概念はプラトンの『饗宴』に由来する。上記については、フロイト「人はなぜ戦争をするのか」（『人はなぜ戦争をするのか　エロスとタナトス』光文社文庫　二〇〇八年）に、簡潔に示されている。

（11）　古活字本「兜率の内院に」以下ナシ。いわゆる第一系統本特有の本文。古活字本にも「ありつる御子の御かたち俤に恋しう、口惜しう覚え給ふ」（全書上巻二〇九頁）と、昇天できなかったことを残念に思うタナトスが表れているが、兜率天憧憬は見られない。ただ、その後「身色如金山　端厳甚微妙」（『法華経』序品の句。諸仏の美の形容）と朗詠しており、天稚御子の姿が仏の姿に転写され、天稚御子に表象された天界が仏教的に転回している様子は窺える。

（12）　前掲注（10）参照。

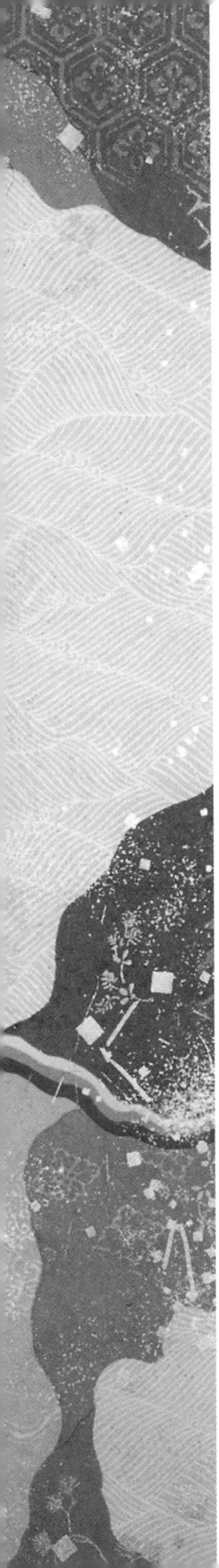

Ⅳ　源氏享受の諸相

国宝「源氏物語絵巻」柏木グループにおける登場人物の言葉

木谷眞理子

はじめに

徳川美術館と五島美術館が分蔵する国宝「源氏物語絵巻」（以下、国宝絵巻と称する）は、院政期十二世紀に成立した、現存最古の源氏絵である。院や女院などの権力者が企画、五つ以上の制作集団が分担・競作したと考えられる、大規模な絵巻セットであった。『源氏物語』五十四帖の各帖から一〜三場面ほどを選び、各場面を詞書と絵一図で表現、連続する数帖分の詞書と絵を絵巻一巻に仕立て、全体としては十巻八十図以上から成る絵巻セットとした。各制作集団は、責任者の貴族・画家・書家などから構成されるが、おそらく絵巻二巻ずつを担当したものと考えられる。

そんな国宝絵巻も現在ではわずか二十図ほどしか伝存していない。そのなかで「柏木」から「御法」までの連続する五帖を描いた八段は、画風・書風が共通するので同一の制作集団の手に成り、もともと絵巻一巻を成していたと考えられることから、柏木グループと称され、そのすぐれた出来ばえが高く評価されている。(1)柏木グループ八段の詞書にはかならず、登場人物の言葉が含まれている。柏木（一）・柏木（二）・横笛・夕霧の各段は主に会話、鈴虫（一）段は贈答歌を含む会話、柏木（三）段は心内語と独詠歌、鈴虫（二）段は贈答歌（手紙）と会話（もしくは心内語）、御法段は唱和を含む会話と心内語、を詞書に含む。これらの登場人物の言葉を、柏木グループの絵は描き表しているのではないか。柏木（一）段について具体的に見てみよう。

一　柏木（一）段の詞書を読む

柏木（一）段の詞書を丁寧に読むことから始めよう。国宝絵巻の詞書は、原作から一部を切り出し、それに中略等を加えて作られる。柏木（一）の詞書は前半に欠損があるため、原作から切り出した範囲が正確には分からないが、秋山光和氏の復元案に従って見ていくことにする。(2) 登場人物は、光源氏、女三の宮、朱雀院の三人。源氏と宮は夫婦、院と宮は父娘、院と源氏は異母兄弟である。

（女三ノ宮ガ）かく聞こえたまふさま、（源氏ハ）さるべき人して伝へ奏せさせたまひければ、（朱雀院ハ）いとたへがたく悲しと思して、あるまじきことと思しながら、夜《よ》に隠れて出でさせたまへり。かねてさる御消息もなく、にはかに渡りおはしまいたれば、主の院（＝源氏）もかしこまりましたまふ。Ⓐ（朱雀院）「世の中をかへり見るまじう思うたまへしかども、なほ惑ひさめがたきものはこの道になむはべりける。念誦も懈怠《けだい》して、もし後れ先立つ道理《だうり》のさまならで永く別れなば、やがてこの恨みやかたみに残らむとあいなさに、この世の譏《そし》りをば知らでなむ、かくものしはべる」など聞こえたまふ。御容貌《かたち》異にて、ものなまめかしうなつかしきさまにうち忍びやつれたまひて、うるはしき墨染の御姿のあらまほしくきよらなるも、（源氏ハ）うらやましく見たてまつりたまふ。例の、涙落としたまふ。Ⓑわづらひたまふさま、ことに重き長病みにもはべらず、ただ弱りたまへる御身に、あやしく若々しく物などまゐることのさらになきに、かくものしたまふありさま聞こえたまふ。

Ⓒ（源氏）「かたはらいたき御座《おまし》なれども」とて、御帳の前に御褥《しとね》まゐりて（朱雀院ヲ）入れたてまつりたまふ。（女三ノ宮ヲ）とかく人々つくろひきこえて、床《ゆか》の下《しも》におろしたてまつる。御几帳すこし押しやらせたまひて、Ⓓ（朱雀院）「御加持《かぢ》の僧など心地すれば、まだ験《げん》つくばかりの行ひにもあらぬにかたはらいたし。ただ、おぼつかなく思うたまふらんさまを、さながら見たまふべきなり」。御目おし拭《のご》ひたまふ。宮も、いとや弱げに泣いたまひて、Ⓔ（女三ノ宮）「生くべうも思うたまへらぬに、かくわたりおはしまいたるついでに、尼にならせたまひてよ」と聞こえたまふ。Ⓕ（朱雀院）「さる心ざしものしたまはば、いと尊きことなるを、さすがに限らぬ命の、行く末遠き、かへりて事の乱れあり、世の人にも譏らるることあるをなむ、なほ憚《はばか》りぬべき」とのたまうて、大臣《おとど》の君（＝源氏）に、Ⓖ（朱雀院）「かくなむ進みたまふ」と聞こえたまふ。Ⓗ（朱雀院）「いまは限りのさまならば、片時のほどにても、その助けありぬべきさまにとなむ思ひはべる」とのたまはす。Ⓘ（源氏）「日ごろもかくなむ。邪気《ざけ》などの人の心をたぶろかして、かかる心すすむるやうもはべなるを、などて聞き入れはべらぬなり」と聞こえたまふ。

国宝絵巻は鑑賞者として『源氏物語』の読者を想定している。つまり右のような詞書を読んで、これは女三の宮が柏木との不義の子を出産した後の場面である、と鑑賞者が察知することを前提としているようである。

秋山光和氏の復元案によれば、柏木（一）の詞書は右のように、いきなり「かく」という指示語で始まる。したがって女三の宮が何と言ったのか正確には分からないが、その宮の言葉を伝え聞いた朱雀院が慌てて六条院に来て

Ⓐのように発言していることから、女三の宮はもう長くないかもしれない、と思わせるような言葉だったことは分かる。この宮の言葉を朱雀院へ「伝へ奏せさせ」た人物は、敬語の使用から光源氏と考えられる。愛娘がもう長くないかもしれないと聞いて、じっとしていられる父親はいまい。しかし朱雀院は出家者である。「あるまじきこと」と思いつつ、院は夜闇に隠れて突然、娘の住む六条院を訪れる。六条院では、朱雀院と源氏、次に朱雀院と女三の宮、そして再び朱雀院と源氏、のあいだで対話が交わされる。Ⓐ〜Ⓘである。

これらの対話で問題とされているのは、次の点である。

問題① 女三の宮の病状はどのように捉えるべきか?

a 重篤であり、そう長くは持たないかもしれない。

b 重篤ではなく、そのうち治るだろう。

問題② 女三の宮は出家すべきか?

a 出家したほうがよい。

b 出家する必要はない。

命が危険な病態では平癒あるいは後生のために出家する貴族が多かったことから、問題①がaならば問題②もa、問題①がbならば問題②もb、となるのが順当である。また、問題②は必然的に次のようなことをも意味する。

問題③ 光源氏と女三の宮の結婚は今後も続けられるべきか?

a 続けない。

b 続ける。

それではⒶから順に見ていこう。六条院を訪れた朱雀院はまず、源氏に対してⒶのように挨拶する。「もし後れ先立つ道理のさまならで永く別れなば」と言っており、娘に先立たれることを案じている。問題①についてａではないかと考えているのだ。「世の中を……念誦も懈怠して」とも言っていて、出家したものの娘を案ずる煩悩から逃れられない朱雀院である。その院に対して源氏はⒷのように、重い病ではない、出産で弱っているところに本人が食べようとしないのが体調不良の原因、と言う。問題①についてｂであると言うのだ。この台詞を、語り手は間接話法的に語っている。源氏のナマの声が聞こえないために、素っ気ない、突きはなした印象を受ける。朱雀院の親心をなだめ安心させてあげようという意図は感じられない。

Ⓒの台詞をきっかけに、朱雀院は女三の宮と対面することになる。親子水入らずの対面と考えられる。後述するように、父娘の対話Ⓓ～Ⓕのあと、朱雀院は源氏と対面するために娘の部屋から出て来ているから、そして、女三の宮の台詞ⒺをⒼで源氏に伝えているから、である。さて、父娘の対話を見ると、まず台詞Ⓓで朱雀院は、「おぼつかなく思うたまふらんさまを、さながら見たまふべきなり」と言って、娘の気持に寄り添い、応えてあげようとしている。そんな父に、娘はⒺのように言う。まず「生くべうも思うたまへらぬ」と、問題①についてａであると主張し、だから「尼にならせたまひてよ」と、問題②についてもａであると言う。しかも「かくわたりおはしましたるついでに」、つまり今日出家させてほしい、と懇願するのだ。これに対して、父はⒻのように応ずる。出家している身としてはまず「いと尊きこと」と娘の願いを肯定せざるをえない。しかし「さすがに限らぬ命の、行く末遠き」以下では、「憚りぬべき」と反対する。その理由は、寿命は分からぬものだから、これからの長い人生を出家者として送ることになってはかえって心配、ということである。問題①②についてｂ寄りで答えている。これに対する女三の宮の反応は語られない。

このあと、朱雀院は女三の宮の部屋から出てきて、再び源氏と対話を交わす。絵巻詞書はその対話の途中までを採録しているが、原文では対話はさらに続く。その末尾で朱雀院が「かくものしたるついでに、忌むこと受けたまはむをだに結縁にせむかし」と言うと、源氏が「うしと思す方も忘れて、こはいかなるべきことぞと悲しく口惜しければ、えたへたまはず、内に入りて」という記述があり（柏木④三〇七頁）[3]、源氏が女三の宮に向かって語りかける言葉が続く。ここから、朱雀院と源氏は女三の宮の部屋の外で話していたことが分かる。

娘の部屋から出てきた朱雀院は、Ⓖで女三の宮の発言Ⓔを源氏に伝え、Ⓗで自身の意見を述べる。もし娘が危篤になったならば出家させてやりたい、というのである。仮定条件で語られているので、今のところ危篤などではない、ということになろう。朱雀院は我が目で娘を見て、そう判断したのだ。ただ今後については危篤になる可能性もあるとする、問題①②についてaになる可能性を考えた発言である。これに対して源氏はⒾのように、女三の宮の出家の願いはこの何日か聞いているが、邪気が言わせているかと考え、聞き入れないのだ、と答える。Ⓑで問題①についてbであると述べていた源氏であるから、Ⓘで問題②についてbであると述べるのは筋が通っている。しかし、女三の宮の願いに耳を貸さない、とするⒾの発言は冷たい印象を受ける。

以上、絵巻詞書の会話を一通り見てきた。女三の宮の主張はⒺに明らかなように、問題①②についてaである。よって、問題③についてもaということになる。また、光源氏の主張はⒷ・Ⓘに明らかなように、問題①②についてbである。よって、問題③についてもbのはずである。が、彼は揺れているのではないか。詞書冒頭で女三の宮の言葉を朱雀院に伝えさせて、娘はもう長くないかもと思った院が六条院を訪れるように仕向けたのは源氏であること、および、源氏の発言Ⓑ・Ⓘが冷淡であることは、aを示しているようにも思われるからだ。

この詞書において、柱となっている人物は朱雀院である。娘の発言を伝え聞いた朱雀院は六条院を訪れ、まず源氏と、次に女三の宮と、さらに再び源氏と、それぞれ対話をしている。そして会話の焦点は移り変わっていく。はじめ朱雀院は、伝え聞いた娘の発言から、彼女の命が危ないのではないかと思って六条院を訪れる。つまり当初の問題は①女三の宮の病状、だったはずである。しかしこの問題について、源氏はⒷのように述べて取り合わない。朱雀院も女三の宮に会ってみて、今のところ危篤などではないと判断したようである。にもかかわらず娘は、生きられそうにない、と言い、今日出家させてほしい、と訴える。新たに、問題②女三の宮の出家、が出てきたことになる。しかし今のところ危篤ではない娘が、生きられそうにないから今日出家させて、と言うのだから、これは何か変なのである。さらに源氏は、女三の宮の病状や出家について冷淡ともいえる発言をしている。ここで、問題③源氏・女三の宮の結婚解消、が浮上してくる。夫婦関係が危ういなら出家という形で夫婦関係を解消したほうがよいのかもしれない、ということへと焦点が移動してくるのである。朱雀院は女三の宮や源氏と対話することによって、この夫婦の関係を探りあてようとしている。

二　相手の表情を見て話しているか

会話は相手の表情を見ながら進むことが多い。たとえば『源氏物語』「帚木」、紀伊守邸に泊まった光源氏が空蟬を自分の寝所へと連れてきた場面を見てみよう。

（源氏ガ）障子を引き立てて、（空蟬ノ女房ニ）「暁に御迎へにものせよ」とのたまへば、女（＝空蟬）は、この人（＝女房）の思ふらむことさへ死ぬばかりわりなきに、流るるまで汗になりて、いとなやましげなる、ⓐいとほしけれど、例の、いづこより取う出たまふ言の葉にかあらむ、あはれ知らるばかり情々しくのたまひ尽くすべかめれど、なほいとあさましきに、（空蟬）「現ともおぼえずこそ。（中略）いとかやうなる際は際とこそはべなれ」とて、かくおし立ちたまへるを深く情なくうしと思ひ入りたるさまも、げにⓑいとほしく心恥づかしきけはひなれば、（源氏）「その際々をまだ知らぬ初事ぞや。（中略）げにかくあはめられたてまつるもことわりなる心まどひを、みづからもあやしきまでなむ」など、まめだちてよろづにのたまへど、いとたぐひなき御ありさまの、いよいようちとけきこえむことわびしければ、すくよかに心づきなしとは見えたてまつるとも、さる方の言ふかひなきにて過ぐしてむと思ひて、つれなくのみもてなしたり。人がらのたをやぎたるに、強き心をしひて加へたれば、なよ竹の心地して、さすがに折るべくもあらず。

まことに心やましくて、あながちなる御心ばへを、言ふ方なしと思ひて、泣くさまなどいとあはれなり。ⓒ心苦しくはあれど、見ざらましかば口惜しからましと思す。慰めがたくうしと思へれば、（源氏）「などかく疎ましきものにしも思すべき。（下略）」（①一〇〇～一〇二頁）

傍線部は源氏が感知している空蟬の様子、波線部は空蟬が感知している源氏の様子である。ⓐ～ⓒは気の毒だという意味の形容詞「いとほし」「心苦し」である。源氏が空蟬のことを「いとほし」「心苦し」と繰り返し思うのだが、少しずつ変化がある。ⓐの場合、「流るるまで汗になりて、いとなやましげなる」空蟬に対し気の毒と感ずるのだが、「いとほしけれど」と逆接になっていることに注意される。空蟬の「なやまし」さの原因となっている自身の行動を変えることなく、源氏はそのまま突き進み、「例の、いづこより取う出たまふ言の葉にかあらむ」と語り手に揶揄される、口先だけの口説きを展開するのだ。ⓐの「いとほし」という感情は浅いものである。それに対してⓑの場合「いとほしく心恥づかしきけはひなれば」と順接になっていて、この「けはひ」をうけて、源氏は行動を改め、「まめだちてよろづにのたまへど」と言葉に心をこめるようになる。しかし、引用本文の段落の変わり目で情交が行われた後のⓒでは、再び「心苦しくはあれど」と逆接になっている。こちらは、空蟬を気の毒と思う一方で、情交の感動を肯定的に振り返っている。ⓒの「心苦し」は、ⓐと同様に逆接であるがⓐのように浅い感情ではなく、情交の感動と釣り合うような深い感情である。以上のⓐ〜ⓒはいずれも傍線部の直後、もしくは傍線部の一部である。源氏は、感知した空蝉の様子を「いとほし」「心苦し」と感じるが、その感情は次第に深まっていき、上っ面な口説き文句はやがて真摯な言葉へと変わっていく。この場面では、会話の相手の様子を目や耳や肌で感じ取ることによって、会話の通じあいのレベルが次第に深まっていくのである。

これに対して、国宝絵巻の柏木（一）では、会話相手の様子を目などによって感知する箇所がほとんどない。朱雀院が女三の宮と対面した際その病状をどのように見ているかもほとんど語られない。「宮も、いとや弱げに泣いたまひて」という箇所に、朱雀院のまなざしがすこし感じ取れるくらいである。会話相手の様子を視覚で感知していると言えるのは、六条院を訪れた朱雀院を源氏に寄り添って語る、次の傍線部くらいか。

Ⓐ（朱雀院）「世の中をかへり見るまじう思うたまへしかども、なほ惑ひさめがたきものはこの道になむはべりける。念誦も懈怠して、もし後れ先立つ道理のさまならで永く別れなば、やがてこの恨みやかたみに残らむとあいなさに、この世の譏りをば知らでなむ、かくものしはべる」など聞こえたまふ。御容貌異にて、ものなまめかしうなつかしきさまにうち忍びやつれたまひて、うるはしき墨染の御姿のあらまほしくきよらなるも、（源氏ハ）うらやましく見たてまつりたまふ。例の、涙落としたまふ。

傍線部を見ると、源氏の目は朱雀院の出家姿のみを捉えており、院がどのような表情をしているかは語られない。傍線部の直前の台詞Ⓐにおいて、朱雀院は「念誦も懈怠して」と、出家者としてふるまえていないこと、また「惑ひさめがたきものはこの道」と、子ゆえの煩悩にふりまわされていること、を告白している。にもかかわらず源氏は、朱雀院の僧衣を「うらやましく見」ている。ここに違和感がある。源氏は若い頃から出家願望を抱いているので、傍線部の感慨も不思議ではないが、Ⓐの直後に傍線部があるのはやはり奇妙に感じる。この奇妙な傍線部は、この場面の背景として源氏に、出家願望と、にもかかわらず捨てきれない執着という、矛盾があることを示唆しているのではないか。傍線部の源氏は、出家願望のほうに意識を集中しようと努めており、ゆえに朱雀院のⒶの、子を思う煩悩に惑ってしまって、という発言が耳に入っていないかのようである。源氏には余裕がない。その余裕のなさは、彼が女三の宮の密通・不義の子出産にどれほど心を乱されてきたか、その心乱れからどれほど脱したいと思っているか、しかし脱したいと思ってもそれがどれほど困難であるか、といったことを語っているように思われる。

柏木（一）段では、会話相手についての視覚情報が、会話の通じあいのレベルを深めることにまったく役立っていない。源氏に至っては、相手の本当の姿からあえて目を背けている感じである。源氏は朱雀院に女三の宮の言葉を伝えさせて、娘はもう長くないかもしれないと思わせた、そうすれば朱雀院は出家者としてではなく父親として六条院へやって来ること、その朱雀院に女三の宮が出家を懇願すること、そして朱雀院は娘の願いを聞き入れるかもしれないこと、を源氏は分かっていたはずである。が、そのことから目を背けたい気持も働いているのではないか。源氏は自分の本当の姿からも目を背けている。

三　柏木（一）段の絵は何を描いているか

柏木（一）段の絵を見てほしい。画面左端の女性が女三の宮、彼女の右側の墨染姿が朱雀院、その下の男性が光源氏である。そのほかに四人の女性の姿が見えるが、これらは女三の宮の女房たちである。画面左上に御帳台が描かれていて、「御帳の前に御褥まゐりて入れたてまつりたまふ。とかく人々つくろひきこえて、床の下におろしたてまつる」という詞書に合致する。しかし、その父娘対面に源氏も同席しているような図様となっているのは、疑問に感ずる。源氏が朱雀院を女三の宮のもとへと案内した、ちょうどその瞬間を描いたのかもしれないが、父と娘の涙を拭うポーズからは、親子水入らずの対面がすでに始まっているようにも感じられる。それ以外にも奇妙な点がある。畳が敷き詰められた女三の宮の居室にあって、朱雀院と源氏の間に畳がなく板敷が見えているのである。つまりこの絵は、親子対面の様子を写実的に描いているわけではないのである。朱雀院が六条院の娘のもとを訪れた、その様子を描き出すという側面はあるが、それに重ねて、人間関係をも描き出しているのではないか。鏡に映したようなポーズで寄り添う女三の宮と朱雀院、その親子から几帳と板敷で隔てられた源氏、という人物配置は、会話にあらわれた三人の人間関係を反映しているように思う。

一、二節に述べたように、朱雀院は娘に寄り添いつつも、娘の望む出家については親として回避したい思いがある。しかし娘夫婦の仲次第では出家させたほうが良いかもしれない、という思いもある。いずれにせよ、朱雀院はひたすら娘のためを思っている。また女三の宮もそんな父を頼り、出家の望みを叶えてもらおうとしている。女三の宮の出家願望は夫婦仲の悪さが原因である。宮は夫の源氏から離れたがっている。他方源氏は、女三の宮の出家を認めるか否かについて、相反する気持を抱えている。朱雀院に対しても、女三の宮の父として六条院を訪れるよう仕向けておきながら、実際に訪れた朱雀院を出家者として見ようとするなど、やはり相反する気持を抱えている。源氏は院と宮の父娘にきちんと向きあえていない。以上のような人間関係を、国宝絵巻の柏木（一）図は、人物の配置や姿態によってよく表しているだろう。また画中の源氏は、舞台となっている六条院の主でありながら、画面下方に追いやられ、体の一部しか描かれていない。この描き方に、心の片隅で宮の出家を望みながらその気持を抑えつけ、宮は出家する必要がないと主張する源氏のありようが表されているようにも思う。

四　柏木グループは登場人物の言葉を描いているのか

柏木グループの絵は登場人物の言葉を描き表していると言った時、ひっかかりを感じる段の一つが鈴虫（二）であろう。次にその詞書を掲げる。

冷泉院より御消息《せうそく》あり。（帝ノ）御前《ごぜ》の月宴《え》はにはかにとまりぬるを口惜しがりて、式部大輔《しきむのたいふ》、右大弁、あまたの人を率《ひき》ゐて、さるべき限り率《ゐ》て（冷泉院ニ）参りたりければ、大将（＝夕霧）などは六条院にさぶらひたまふと（冷泉院ガ）聞こしめしてなりけり。

（冷泉院）雲の上をかけ離れたる住みかにももの忘れせぬ秋の夜の月

聞こえたまひければ、（源氏）「何ばかりところせき身にもはべらず。今はかくのどやかにおはしますに、参り馴るることもをさをさなきも、本意にあらずと思しあまりて驚かいたまへるなり。かたじけなし」とて、にはかなるやなれど参りたまはむとす。

（源氏）月かげはおなじ雲居に見えながらわが宿からのつまぞかはれる

異なることなかめれど、昔を今に思し比ぶるままになめり。御使に盃《さかづき》賜ひ、禄《ろく》賜ふ。人々の御車次第のままに引き直し、御前《ごぜ》の人々立ちこみて、静かなりつる夜《よ》の御遊び紛れて、出でたまひぬ。院の御車に親王《みこ》たち奉り、大将、右衛門督、藤宰相、おはしけるかぎりみな参りたまふ。直衣《なほし》にて軽らかなる御装束《さうぞく》どもなれば、下襲《したかさね》ばかり奉り加へて、月やうやうさしあがり、更けたる空のおもしろきに、若き人々、わざとはなく笛など吹かせたまふ。忍びたる御参りのさまなり。うるはしかるべき折々は、ところせくよだけき儀式を尽くしてかたみにご覧ぜられたまひぬ。また、いにしへのただ人ざまに思しかへりて、今宵は軽々しきさまに、ふと参りたまひければ、（冷泉院ハ）いたく驚き待ち喜びきこえさせたまふ。（冷泉院ノ）ねびとのひたまへる御容貌《かたち》、いよいよ（源氏ト）異ものならず。いみじき御盛りの身を心と思し棄てて、静かなる御ありさまにあはれ少なからず。

詞書は「冷泉院より御消息あり」と始まる。八月十五夜、源氏が六条院で異母弟の蛍宮や息子の夕霧などと鈴虫の宴をしているところへ、冷泉院より手紙が来たのである。源氏は返事をしたため、鈴虫の宴の参加者全員で冷泉院のもとに参上する。傍線部は冷泉院について、突然の源氏来訪に驚き喜んでいること、実父の源氏にいよいよ似てきたこと、全盛期に退位したあと静かに暮らしている様子などを語る。源氏のまなざしが感じられる語りである。

鈴虫（二）段の絵は、源氏一行が冷泉院のもとに到着した後を描いている。画面右上に月、画面左上に冷泉院、院と向かいあって座るのが源氏である。他に四人の貴公子が描かれ、中には笛を吹く人物もいる。詞書と対応させると傍線部を描いていることになるのかもしれないが、傍線部は源氏のまなざしに寄り添って冷泉院の様子を語るばかり、ここから絵のような情景を思い描くのは難しい。また、笛吹く人物も気になる。詞書において「若き人々、わざとはなく笛など吹かせたまふ」のは、冷泉院のもとへ向かう車中でのことなのだ。そのため、到着後の情景に道中の様子を合成したような絵である、と指摘されたりする。そのことを否定するつもりはないが、それに加えて、冷泉院と源氏の贈答歌にあらわれた人間関係や心情を描いた、という側面もあるのではないか。画中に月が描かれるのは、八月十五夜だから、あるいは、車中で月をめでて笛を吹く様子を表すため、かもしれない。しかしこの月はまた、贈答歌に詠み込まれた月でもあるのではないか。

冷泉院は「雲の上をかけ離れたる住みかにももの忘れせぬ秋の夜の月」という歌を源氏に送る。宮中を離れ仙洞御所に移った後も、月の光は変わらずに差し込むが、あなたは訪れてくれない、と源氏を恨んでみせる歌である。これを読んで恐縮した源氏は、急遽冷泉院のもとへ参上することにする。源氏の返歌「月かげはおなじ雲居に見えながらわが宿からのつまぞかはれる」は、冷泉院は退位後も在位中と同じように天上に輝いているが、私の所から見える風景が変わってしまった、くらいの意味。冷泉院を訪れなかったのはその威光が衰えたためではなく、こちらが変わってしまったから、と弁解する歌である。が、「わが宿からのつまぞかはれる」は、『伊勢物語』四段の「月やあらぬ春や昔の春ならぬわが身一つはもとの身にして」にも通じる感慨、女三の宮の密通・出産・出家、柏木の死といった一連の出来事を体験するなかで源氏の目に映じる景がすっかり変わってしまったという、非常に個人的な感慨を詠んでもいよう。女三の宮と柏木の不義を知った今、藤壺との不義の子である冷泉院への思いも以前と同じではないのだろう。

鈴虫（二）の絵の冷泉院は、向かいあう源氏のほうへと身を乗り出していて、自身が座る畳から板敷のほうへと半ば以上膝を進めてしまっている。その正面に座る源氏は、畳に収まり、柱に背をつけていて、前のめりな冷泉院を受けとめつつ、その勢いにいささか押され気味とも見える。源氏はまた俯き加減で、冷泉院のほうに目を向けていないようである。源氏に会いたい気持を贈歌で訴えた冷泉院、その気持に応じながらも、自身の感慨に沈むような歌を返した源氏。その贈答がこの絵に表されているのではないか。

詳述する紙幅はないが、鈴虫（一）段も夕霧段も、鈴虫（二）段と同様であると考える。鈴虫（一）段の絵は、光源氏が女三の宮のもとを訪れようとしているところを描く。夕霧段の絵は、雲居雁が夕霧の読む手紙を奪おうと手を伸ばすところを描く。詞書を見ると、それらの箇所に登場人物の言葉はない。しかしどちらの段も、詞書のなかには登場人物の言葉が記されていて、そこにあらわれた人間関係や心情は、絵のなかの人物の配置や姿態等によって表現されていると思う。

柏木グループで戸外の景を絵に描くのは三段、鈴虫の鳴く庭を描く鈴虫（一）図、月を描く鈴虫（二）図、萩のなびく庭を描く御法図である。鈴虫も月も萩も詞書中の和歌に詠み込まれている。この点も、柏木グループの絵が登場人物の言葉を描き表していることの証左となるだろう。(4)

おわりに

絵巻は詞書と絵から成る。詞書と絵にはそれぞれ、表現しやすいもの・しにくいものがある。物語絵巻が登場人物の言葉を表す時、詞書と絵それぞれの得意を生かして、絵は言葉を発している人物の様子や周りの状況を描き、人物の言葉は詞書に委ねるのが、凡庸ではあるが素直である。ところが国宝絵巻柏木グループの絵は、不得手に挑戦する。登場人物の言葉自体を表現するのだ。柏木グループの絵は、言葉を発している人物の様子や周囲の状況を再現的に描こうとしていない。たとえば柏木（一）の絵は、父娘の語らいの場に、いないはずの源氏を同席させる。柏木グループの絵は再現性を犠牲にして、人物の配置や姿態等により、登場人物の言葉にあらわれた人間関係や心情等を表そうとしているのだ。

それにしても、絵によって登場人物の言葉を表現するという果敢な試みに、柏木グループの制作者はなぜ挑むのか。制作者は、柏木グループが描く五帖の特徴は登場人物の言葉にあると考え、それを絵に表そうとしたのではないか。

清水好子氏は、「第二部以降会話形式が増え」、かつ、「人物の様子や行動の描写、内面心理の叙述等」がなく「会話ばかりで物語を進めるというやり方」がみられるようになる、と指摘している。たとえば、「若菜上巻の約四分の一の量を占める長い内親王降嫁決定に到る部分が、図式としてはきわめて単純な二者対面（又はその変型）という型の繰返しで、会話を主力に構成されている」ことに注目、このなかで「方向決定のもっとも大切な転轍の力は秘密の過去である」とする。説明を加えると、「二者対面」の一つに、光源氏家臣である兄と女三の宮乳母である妹の対面がある。兄は妹に、源氏は「常に内々のすさび言」に「女の筋にてなむ、人のもどきをも負ひ、わが心にも飽かぬこともある」と漏らしているそうだが、それは源氏の「御ありさまに並ぶべきおぼえ具したる」夫人がいないからだ、と語る（若菜上④三二頁）。源氏の「飽かぬこと」とはしかし、「世間がついに知らなかった秘密」、藤壺のことであった。この「秘密」にかんする無知、無知に由因する誤認が一因となって女三の宮降嫁が決定するのである。「人々が無知であることがいままでの幸福を築いたが、いまその無知が急に逆に働こうとしている、という構図を無知なる人々の会話が可能にしている」、「若菜の会話は、物語の主題にかかわる。それの新しい展開を担うべく発見された方法だというべきなのである」と清水氏は指摘する。

二節で「帚木」の源氏と空蟬の会話を取り上げたが、「帚木」に限らず、いわゆる第一部の会話は、「人物の様子や行動の描写、内面心理の叙述等」を伴い、言葉を交わす人物たちを相互理解へと導くことが多い。たとえば「賢木」の野宮における光源氏と六条御息所の会話も、妻を殺された男と殺した女の会話なのに、心を交わしあうに至っている。『源氏物語』は「いろごのみ」の威力をもった光源氏がさまざまな人と心を交わすことにより栄花を手にする物語であるから、いささか現実離れした「通じあう会話」が随所にちりばめられるのも当然であろう。しかし源氏が准太上天皇まで上りつめた後、「若菜上」以降のいわゆる第二部の会話はぐっと現実的になる。人物たちが他者そして自身の心のうちを手に取るように理解することなどありえない、というのが基調になる。それは第二部が、藤壺との密通・不義の子冷泉の誕生という源氏の「秘密」を、その負の側面も含め、女三の宮との結婚・女三の宮の密通・不義の子薫の誕生を描くことによって、改めて捉えなおしていくからではないか。第二部は新たな主題設定に伴って、現実的な会話・心内語等の種々相を描くという方法を選びとる。その登場人物の言葉をこそ絵に表そうと、柏木グループ制作者は考えたのではないか。

注

（1）国宝絵巻については、秋山光和『平安時代世俗画の研究』（吉川弘文館、一九六四年）、同『王朝絵画の誕生』（中公新書、一九六八年）など。

（2）秋山光和『平安時代世俗画の研究』。

（3）『源氏物語』の引用は『新編日本古典文学全集』（小学館）の本文に拠り、その巻数と頁数を記した。

（4）鈴虫（一）段の絵は剥落が激しく、下書きの墨線と、覚書もしくは彩色者への指示とみられる文字があらわれている。庭に記された文字のなかに「すすむし」とみえる。

（5）清水好子「源氏物語における場面表現」（山岸徳平・岡一男監修『源氏物語講座　第一巻　主題と方法』有精堂、一九七一年）。

葵巻の言説と能《葵上》の方法―存在と不在のキアスム、分裂の舞台的表象―

斉藤昭子

はじめに

能《葵上》は源氏物語を本説とする能、源氏能（現行曲で、葵上・須磨源氏・住吉詣・浮舟・野宮・夕顔・半蔀・落葉・玉鬘）の内、最も早くに成立した曲である。世阿弥自身、近江猿楽の犬王が演じた「葵上の能」を見た記録が『申楽談儀』に詳細に残っている。曲としての完成度は高いとされ、現在に至るまでの人気曲であり、上演回数も非常に多く数えられる。

一方、源氏物語から見ると能《葵上》は、かなりの距離を感じさせる曲ではある。源氏物語を本説にするとは言いながら、物語とは全く別の結末が取られているし、例えば後半の鬼形の御息所像は、物語読者には強い違和感を感じさせられるところでもある。

山中玲子によると、能と源氏物語の関係は始発《葵上》から段階を経て深められていき、女体夢幻能の成立に関わりながら《野宮》などの傑作が生み出されるに至るとされる。(1) 山中は源氏物語の姫君を利用したことを契機として女体夢幻能が進化していったプロセスを精緻に跡づけ、その意味を能作の歴史の中で考察する。この論考の中で能《葵上》の本説源氏物語との関係は、場面の「切り取りと再現」にとどまり、源氏物語の持つ深みやドラマも掘り下げられていない、初期的なものと位置づけられている。

確かに、先にも触れたように能《葵上》は源氏物語から距離があり、多くの論者の言う物語の持つ深みに触れていないという評は当たっている。ただし、本曲における源氏物語の「切り取りと再現」は、単に有名な場面を舞台上に乗せるというようなものではなかった。構成も他の曲には見られない、独特なものとなっている。物語と能との関わりを、物語言説（物語の語られ方）を含めて再考するとこの曲の特殊な位相が明らかとなる。また、それが能の表現とあいまって、強度ある独自のドラマを舞台上に展開していると見ることができる。本稿では、まず能《葵上》の源氏物語の「切り取りと再現」の方法を、源氏物語の言説＝語りの面とも照らし合わせながら整理する。その上で、段ごとの展開を追い、役の配置や身体による表現など、能という演劇の仕組みの中に展開する本曲独自の主題の追求の様相を考察したい。

一　存在と不在のキアスム――物語言説と現在能《葵上》の特殊な関係

能《葵上》は周知のように、『源氏物語』葵巻、光源氏の正妻葵の上に物の怪が憑き祟るという有名な場面を元としている。他の源氏能はほとんど（《住吉詣》以外）夢幻能の形式に則るのに対し、源氏能始発の本曲は現在能の形式である。能《葵上》は、源氏物語の物語内現在と重なりつつ展開する。

葵巻、物の怪の憑き祟る有名な場面からの作能と言っても、本曲と本説源氏物語との関わり方には大きな特徴が

ある。それは

「源氏物語の場面に登場しない人物が能《葵上》に登場し、登場する人物は登場しない」

という構造を持つことである。物語内現在に展開するのにも関わらず、「いるものがおらず、いないものがいる」というキアスム（交差配列）構造である。その中心点には当然シテ六条御息所の問題があるが、後述することにし、まず能《葵上》に登場するシテ以外の人物たちを確認しておこう。

ワキツレ　朱雀院の延臣
ツレ　照日の巫女
ワキ（後半に登場）　横川の小聖
アイ　延臣の従者

これらの人物は、誰一人として物語内に出典を持たない。「朱雀院」や「横川」は物語読者にとっては（別の巻々で）親しみのある固有名ではあるが、「朱雀院の延臣」や「横川の小聖」といった人物は源氏物語の中には存在しない。本曲の前半で重要な役割を果たす「照日の巫女」も物語内には存在しない人物で、「照日」の語については物語読者には聞き覚えもないものである。

この《葵上》における物語と能の関係「いるものがおらず、いないものがいる」＝存在と不在のキアスム構造について、次に、「物語にいるもの」を確認するために、源氏物語本文に戻りたい。

源氏物語葵巻の物の怪出現場面の直前、

いとどしき御祈禱数を尽くしてせさせたまへれど、例の執念き御物の怪一つさらに動かず、やむごとなき験者ども、〈めづらかなり〉ともて悩む。さすかにいみじう調ぜられて、心苦しげに泣きわびて「すこしゆるべたまへや。大将に聞こゆべきことあり」とのたまふ。「さればよ。あるやうあらん」とて、近き御几帳のもとに入れたてまつりたり。むげに限りのさまにものしたまふを、〈聞こえおかまほしきこともおはするにや〉とて、大臣も宮もすこし退きたまへり。（葵②三七頁）

集められた験者たちはもとより几帳で隔てられている。葵の上の病床に付き添っていた両親が、「大将（光源氏）に申し上げることがある」との言に従い、後ろへ退いている。周知のごとく、物の怪出現場面は源氏と葵の上、「夫婦ただ二人だけ」の場面として周到に構成されていた。

物の怪出現場面にいた光源氏と葵の上、この二人は、物語内現在に展開するはずの能《葵上》の舞台上では消されている。葵の上は舞台上、正面先に置かれた小袖をもって病臥する体として表現されるのみである。そして、舞台にいるのは先に挙げた「朱雀院の廷臣」以下、物語には登場しない人物ばかりであった。

さて、この《葵上》での物語と能の存在と不在の交差の中心点として、当然シテ六条御息所の問題がせり上がってくる。源氏物語の登場人物としての六条御息所の造型について、源氏物語の語りの仕組みから考えるべきことは多いが、ここで詳述する紙幅はなく別稿に譲りたい。物の怪出現場面についても既に多くの論考が積み上げられており、ここではその主な成果すら振り返ることもできないが、まず確認しておくべき紫式部の独自の物の怪観が表れる、『紫式部集』四四番歌

亡き人に託言はかけてわづらふもおのが心の鬼にやはあらぬ

の、「心の鬼」という意識から、物の怪は見る側の良心の呵責、「疑心暗鬼」であるという捉え方に立ちこの現象を合理的に説明しようとする論は多く提出されている。さらに、史書・記録類の物の怪把握の精査を踏まえ、（「作者は」、）「心の鬼」の見せる幻想を承知の上で、物の怪跳梁の実在性を丹念に綴っているとした藤本勝義の論[2]、勝て

「見られる」・「見る」存在としての六条御息所のありようを読み解き、物の怪は様々な視線の交錯を媒介に立ち現れるとした原岡文子の論(3)、やはり《葵上》との比較から生霊事件の深層に迫り、葵の上を憑坐の身体へと引きずり下ろした生霊の壮絶なあり方を指摘した河添房江の論(4)などに導かれつつ、本稿に必要な部分に限って源氏物語本文に戻り、源氏物語の語りの問題を踏まえて以下に整理しておこう。

この後の物の怪出現場面は、光源氏のまなざしに沿って語りすすめられていた。

御几帳の帷子ひき上げて見たてまつりたまへば、いとをかしげにて、御腹はいみじう高うて臥したまへるさま、よそ人だに見たてまつらむに心乱れぬべし。…　（葵②三八頁）

呼ばれた源氏が葵の上の臥す所の几帳のうちへ入って、「見たてまつりたまへば」以降、「～げ」「～さま」、さらに引用文以後の「見ゆ」などの語から端的に知られるように、源氏に焦点化した、源氏のまなざし越しの語りが前面に出てくるようになる。物の怪出現に向けての場面は、語り手の三人称的な語りのみではなく、源氏への同化度が高い言説で構成されている。

（源氏）「…あひ見るほどありなむと思せ」と慰めたまふに、「いで、あらずや。身の上のいと苦しきを、しばしやすめたまへと聞こえむとてなむ。かく参り来むともさらに思はぬを、もの思ふ人の魂はげにあくがるるものになむありける」となつかしげに言ひて、

なげきわび空に乱るるわが魂を結びとどめよしたがひのつま

とのたまふ声、けはひ、その人にもあらず変りたまへり。〈いとあやし〉と思しめぐらすに、ただかの御息所なりけり。あさましう、人のとかく言ふを、〈よからぬ者どもの言ひ出づること〉と聞きにくく思してのたまひ消つを、目に見す見す、〈世にはかかることこそはありけれ〉と、うとましうなりぬ。　（葵②三九頁）

いわゆる物の怪出現場面である。例えば「ただかの御息所なりけり」は自由間接言説[5]で、妻の手を取る源氏が妻の体に、六条御息所の声や気配を看取してしまった、という源氏の気づきが響いているところである。葵の上に取り憑いている執念深い物の怪は御息所（あるいは紫の上、御息所の父大臣…）なのではないか、という当て推量は、これまで噂としてはあった。源氏はそれを聞くに値しないものとして打ち消してきたのに今、眼前にしてしまう。当時、通常の物の怪ならば人々の見守る中、憑坐に憑くものを、この場面では葵の上その人の身体に現れた。そして六条御息所の物の怪をそれと特定したのは、光源氏その人一人であった。他に目撃した者はいない。

とは言うものの、先に挙げた『紫式部集』四四番歌に表れる作者の独自の物の怪観のみから導かれる、源氏のやましさや恐れが見させた幻影であったとも言い切れない。葵巻には六条方と葵方とを繰り返し交互に語り、この現象に密接に関わることを示す構成が取られているからである。源氏が葵の上に御息所を見る、その場面の直前には車争いを直接の契機として、心身の調子を崩していた御息所側もふとした夢に物の怪となって葵の上と思しい人に暴力を振るう、といった場面を見ることが重なっているとするくだりがあった。

〈身ひとつのうき嘆きよりほかに人をあしかれなど思ふ心もなけれど、もの思ひにあくがるなる魂は、さもやあらむ〉と思し知らるることもあり。年ごろ、よろづに思ひ残すことなく過ぐしつれどかうしも砕けぬを、はかなきことのをりに、人の思ひ消ち、無きものにもてなすさまなりし御禊の後、一ふしに思し浮かれにし心鎮まりがたう思さるるけにや、すこしうちまどろみたまふ夢には、かの姫君と思しき人のいときよらにてある所に行きて、とかくひきまさぐり、現にも似ず、猛くいかきひたぶる心出で来て、うちかなぐるなど見えたまふこと度重なりにけり。（葵②三五頁）

葵巻は苦悩する御息所の心中が突き詰められて深く語られ、源氏物語第一部中、傑出した心理劇となっていることはよく知られていよう。そもそも御息所を取り巻く語りは源氏物語の主要女性人物中でかなり特殊で、車争いの場面では自由間接言説などの同化的視点が現象する。(6) つまり、「うちかなぐる」などの暴力を振るったことは、御息所のまどろみの夢中に現象したもので、やはり誰かと共有されたものではない。さらに、葵の上の身体を領有し、源氏と対面し「なげきわび」の歌で源氏に恋の激情を訴えかけたことなどは、御息所の意識としては与り知らぬことである。

以上のように葵巻の物語は、それぞれの側が同化的言説によって語られ、それぞれの人物の主観が前面に出る語りとなっている。つまり物の怪は「源氏の罪悪感が見せた幻影」、「御息所の夢中の像」であったかもしれない、という決定不能性に宙づりにされた（存在を確とは証明できない）部分が残されている。しかし読者には極めて生々しい像を結ばせるという、いわばここは物語の賭けである。生々しく看取される御息所の意識とは別の位相の何か。それを能《葵上》では、決定不能なもの＝存在の不確定性を打ち払い、異次元の表象として物語内現在に可視化する。物語言説ではそれぞれの主観のあわいにたゆたう、輪郭の曖昧なものを、舞台に立ち表させ、私たちの眼前に提示する。それが能《葵上》のシテ、六条御息所の怨霊である。

物語の「切り取りと再現」、という源氏物語を本説とするものとしては初期的な方法による能《葵上》だが、その方法は、物語内現在の時間に、物語に登場しない人物が登場し、物語に登場する人物は登場しないという特殊なものであった。物語言説と能の関わりから見ると、存在と不在の交差の中心点＝シテ六条御息所の怨霊は右に見たごとく語りの問題の急所を照らし出しながら、異次元の表象として舞台に現れる。以下、こうして表れたシテ御息所が、能の各段の進行によってどのように表現を展開し主題を追求するかを追っていくこととする（以下に示す構成は日本古典集成の本文の段数による）。

二　「時めく東宮妃」としての造型と物語の暗黙知（3段〜5段）

ただいま梓の弓の音に　引かれて現れ出でたるをば　いかなる者とか思し召す　これは六条の御息所の怨霊なり　われ世に在りしいにしへは　雲上の花の宴　春の朝の御遊に馴れ　仙洞の紅葉の秋の夜は　月に戯れ色香に染み　花やかなりし身なれども　衰へぬれば朝顔の　日影待つ間の有様なり　ただいつとなきわが心　ものうき野辺の早蕨の　萌え出で初めし思の露　かかる恨みを晴らさんとて　これまで現れ出でたるなり

梓弓の巫術に引かれて現れた怨霊は、一セイ、次第、サシ（3段）の中で「車」関連語の続く詞章を謡い、「車争い」により傷ついた内面を暗示する。(7)

4段、ワキツレ朱雀院の延臣に名告るよう促され、5段早々「これは六条の御息所の怨霊なり」と告げる。そして「世に在りしいにしへ」として、かつての華やかな日々を回想し、語りはじめる。この部分は「花宴」「朝顔」「早蕨」と、源氏物語の巻名を配し物語との関わりを示しており、また「雲上の花の宴〜」と「仙洞の紅葉〜」が対句表現となるなど緊密な表現で文飾を凝らし、美的で印象深いくだりを作り上げている。

ここで語られる御息所の華やかな日々はただし、源氏物語の中には一切語られていないものであった。六条御息所が源氏物語に登場するのは、すでに東宮と死別し数年経った後、源氏の忍び所（しかも既に源氏からの愛情は薄くなっている）となってからであった（夕顔巻）。葵巻に、桐壺院（亡き前東宮の実兄にあたる）から源氏への御息所の扱いについての訓戒の中に「故宮のいとやむごとなく思し、時めかしたまひしものを、…」（葵②一八頁）とあり、東宮からの寵愛厚かったことに言及している。しかし御息所が東宮妃として、どのように時めいて華やかな日々を送ったかといった具体的なことは一切語られていない。

また、御息所と言えば生まれは大臣家で六条の屋敷等を伝領しており、例えば「おほかたの世につけて、心にくくよしある聞こえありて、昔より名高くものしたまへば」（葵②五三頁）など、その趣味・教養の高さは揺るぎない評判を持っている。しかしそのことを、彼女自身これと取り立てて示すようなことはなかった。彼女の高貴さは、これと示さずとも了解されるべき質のものであった。

しかるにこの部分は、「亡くなった春宮の元キサキ」という、御息所の属性から導かれる能作者の創作であるとともに、その出自の高さ・趣味の高雅さは能においては「語られなければ分からないもの」となっているということである。大臣の娘、東宮のキサキ、高雅な趣味人――そこから連想される御息所の属性は、物語においては「暗黙の前提」になっていた。「能」という舞台芸術の場に移植されるに伴い、御息所の華麗な経歴は、「当人が積極的に主張しないからこそゆかしさ・凄みを醸成するもの」から、「明言しなければ読者に伝わらないもの」になった。能の観客は、物語が想定する読者より、「平安時代の常識」に馴染んでいないし、そもそも文字テクストに比して演劇は、「言外の意味」を仄めかすことには向かない。

花の宴に遊び秋には月見に風雅を尽くす、宮中に時めく寵后としての御息所の姿は、たしかに、言われてみればそうだったかもしれないと思わされる新鮮なものであると同時に、どこか露骨に過ぎ、物語の御息所の美学からのズレをも感じさせられることにもなる。この後の掛け合いでツレに「あら浅ましや六条の御息所程のおん身にて」とわざわざ高貴な身分に言及されながら制止されるのも、同様のことが言える。

「六条わたりの御忍び歩きのころ…」（夕顔①一三五頁）と別の女君（夕顔）とのドラマティックな出会いを語り起こす折にそれともなく言及される、という源氏物語への登場の仕方からして、彼女はその出自の高さや趣味・教養の一流であることを影に回され、物語の中心に据えられるような明るさや華やかさとはかけ離れた存在として造型されている。能《葵上》に、この部分のあることによって、御息所自身により回想された過去と物語内現在の状況が対照され、今の恨みに沈む境遇が一段際だった陰あるものとして示されることは確かである。物語における「趣味の高雅さ」など、美意識の暗黙知の一端を照らし出しつつ、能のシテとしての御息所の特質が、ありありと立ち上がるべく準備されている段と位置づけられよう。

三　分裂した内面の表象――シテとツレの掛け合いの意味（6段前半）

かつての栄華の振り返りの部分の後、地謡による下ゲ歌と上ゲ歌が続き、再びシテの謡へと続く（6段）。6段前半部について、シテ御息所の本曲独自の手法によるドラマの展開を詞章と舞の表現から考えていきたい。見通しを先取れば、能舞台に描き出されたシテ御息所の内面が徐々にフォーカスされ、ここで劇的に展開する。その分裂した心情はシテとツレ、二者による分身関係によって表現される。

シテ「あら恨めしや　「今は打たでは叶ひ候ふまじ　ツレ「あら浅ましや六条の御息所程のおん身にて　後妻打ちのおん振舞ひ　いかでさる事の候ふべき　ただ思し召し止まり給へ　シテ「いやいかに言ふとも　今は打たでは叶ふまじとて　枕に立ち寄りちやうと打てば　ツレ「この上はとて立ち寄りて　わらはは後にて苦を見する　シテ「今の恨みはありし報ひ　ツレ「嗔恚のほむらは　シテ「身を焦がす　ツレ「思ひ知らずや　シテ「思ひ知れ

［段歌］地「恨めしの心や　あら恨めしの心や　人の恨みの深くして…

現行の能本でツレの照日の巫女が謡う部分は、もともとの演出（犬王演出の「葵の上の能」——現行の小書きで「古式」として上演されることもある）ではシテとともに登場した「青女房」という人物が謡ったと考えられるところである。演出の変更によって、青女房の役は省かれ、現行曲では、青女房の代わりにツレ照日巫女がシテとの掛け合いを受け持つ。本来は青女房が謡っていた詞章をツレの照日の巫女の謡に割り振ったため、巫女が担う文句としては筋が通らない、とされている(8)。

確かに、物の怪を呼び出すためにいる巫女が「あら浅ましや六条の御息所程のおん身にて…」などとシテを止めるのはその役割を逸脱していると言えるし、さらに巫女の身で「この上はとて立ち寄りて　わらはは後にて苦を見する」と、御息所が葵の上を打擲するのを受け自らも足下を打つ内容を担うなど、辻褄が合わないようにも感じられる。しかし、現行曲は室町期には確定したと見られる上、各時代の能楽師たちが細かい工夫を重ね何度も上演されてきただけの重みもある。現行の演出にはそうであることによって得られる効果があるはずである。以下、現行曲の「シテ六条御息所とツレ照日の巫女の掛け合い」によって得られる表現効果を考えてみたい。

まず、参照したいのは古態段階でのシテとツレ青女房の関係について、前出の表章の論を敷衍した松岡心平の分析である(9)。

ツレの青女房がシテの御息所の狂気を抑制する理性的分身の役割を担っている。あるいは、御息所の心の葛藤が、シテとツレの両者によって視覚化されシテの強い狂気的感情が全面をおおうことが、シテとツレが同じように葵上を打つことによって示される、と言っていいかもしれない。

松岡はこの論で、世阿弥改作の名曲《松風》の狂乱場面のモデルとして古態の《葵上》があることを指摘している。《松風》の松風・村雨姉妹の分身関係から見返すと知られるように、青女房はシテ御息所の「理性的分身」であると意味づけており示唆的である。その後、世阿弥以降の上演の歴史の中で、早い段階で古態から青女房の役が省かれた。シテ一人、これは演出上の大きな変更ではあったが、照日の巫女が青女房の謡を担っても曲の破綻は避けられるとの判断がなされたためではないだろうか。実際、松岡の述べるシテの「理性的分身」としての働きは、青女房から照日の巫女にシフトしたことにより、いっそう劇的な効果を持つと考えられるのである。

加えて、照日の巫女と六条の御息所の関係について述べている河添房江の論を参照しよう。河添は「日女の末裔である「照日の巫女」は、御息所の伊勢下向を意識した設定とまでは言えないまでも、御息所のかかえている巫女性といったものを何かしら照らし返してくれる存在」とし、「謡曲「葵上」の「照日の巫女」は、伊勢に関わる御息所と表裏の関係、一種の鏡像関係にあるとも言えよう(10)」としている。ツレ照日の巫女は、御息所自身の持つイメージに連なり、その清廉で誇り高き人格――例えば、前掲引用部分にある「身ひとつのうき嘆きよりほかに人を〈あしかれ〉など思ふ心もなし」とする――に関わる。現行のシテとツレ照日の巫女との掛け合いは、単なるシテ謡の分担という面を超えて、御息所の人格が、徐々に激高していくシテ（御息所の意識とは別の位相の何かを表象していた）との掛け合いで、いわゆる狂気に巻き込まれていくプロセスとして舞台上に展開する様として見ることができる。

先に引用した、

ツレ「思ひ知らずや　シテ「思ひ知れ

のあと、詞章はシテとツレの掛け合いを終え地謡によるバックコーラスとなり、シテの身体的所作による表現、前段のクライマクス「枕之段」となる。この入りは絶妙というべきもので、シテとツレの掛け合いで表現されていたシテの狂気と理性との分裂が一つになった（＝シテに理性が巻き込まれた）タイミングで、謡による表現から、シテの身体による表現に移っている。まさに、シテ御息所の激烈な内面の劇としてのクライマクスの到来である。

四　「枕之段」——内面の劇、表れる葛藤（6段後半）

［段歌］地「①恨めしの心や　あら恨めしの心や　人の恨みの深くして　憂き音に泣かせ給ふとも　生きてこの世にましまさば　②水暗き沢辺の螢の影よりも　③ひかるきみとぞ契らん　シテ「④わらはは蓬生の　地「本あらざりし身となりて　葉末の露と消えもせば　それさへ殊に恨めしや　夢にだにかへらぬものをわが契り　昔語りになりぬれば　なほも思ひはますかがみ　⑤その面影も恥づかしや　⑥枕に立てる破れ車　うち乗せ隠れ行かうよ　うち乗せ隠れ行かうよ

この段は、「螢」・「蓬生」という源氏物語の巻名が入っていることと、「蓬—葉」、「もと—末」という縁語関係の語が入っていること、「（影よりも）光る（君）」、「（思ひは）ます（鏡）」などが掛詞になっていること、序があることなど、修辞的にも強度のある詞章となっている。この段で、シテ御息所の内面劇が身体によってどのように表現されるか、部分に分けながら型による表現の読解を試みたい。

①「恨めしの心や～生きてこの世にましまさば」

まず六拍子（六回拍子を踏む）によって理性の側面を巻き込んだシテの強い恨みが爆発的に表現される。[11]目付から左へ回りながら扇が広げられ、次段へ続く。

②「水暗き沢辺の螢の影よりも」

「沢辺の～」で笛座から角へ出るとき、扇を左から右上へかざしながら、シテ御息所は飛ぶ蛍を目で追うような型をする（「正へ向ク時扇カザシ　面右・左トツカイ」[13]）。この詞章はまずもって源氏物語の巻名「螢」を踏まえる発想でありながら、「沢辺の蛍」としては有名な

もの思へば沢の螢もわが身よりあくがれいづる魂かとぞ見る　（和泉式部）

の歌が響く表現である[12]。和泉式部の歌のように、蛍は恋に思い乱れる身体から抜け出しさまよい始めるものとすると、ここの蛍も御息所の魂の意味が重ねられる。身体表現としてシテは左右に面を使いながら、蛍（＝恋の苦悩に抜け出た自らの魂）を追っているように見える。まさに、この場面がシテ一人の、閉じた内面劇であることが表現されている。蛍を追うシテの目の金泥が見所に暗い光を放つ箇所でもある。

③「光る君とぞ契らん」で、シテは角で正面かなたを見る（「面バカリ正見」）。ここで光源氏に対する恋情から、正妻・葵の上への嫉妬を静かに、しかし激しく燃え上がらせている。物語読者からすれば、車争いでの仕打ちに対しての怒りならばともかく、光源氏と葵の上との冷たい夫婦関係に嫉妬など的外れであるとせざるを得ない。しかし、ここではあくまでも一人、御息所の閉じた心情のドラマが追求されるべきところでなのである。舞台上に、御息所の内面が美しくも、狂気に浸されていくさまを身体で表現することに眼目がある。

④「わらはは蓬生の「本あらざりし身となりて〜なほも思ひはますかがみ」

「わらはは蓬生の」というシテ謡を挟み、もう一度拍子を踏み、大小前から小袖（＝葵の上）をじっと見つめる型（「正へ向三足出　正先ノ下ヲ見」）がある。さらに葵の上全身を足先から頭にかけて睨めつけるかのごとくの面使いをしながら襲いかかる体（「左・右ト面ツカイ乍ラ三足出」）となる。シテ御息所の凶悪化する感情が小袖＝葵の上に一挙に向けられるか、というところである。

⑤「その面影も恥づかしや」

シテ御息所は正面先の小袖に向かうかに見えながら、ツレ照日の巫女側へと引き寄せられる。照日の巫女に正対したシテは抱え扇（＝顔を隠す恥の表現）で後ずさり「恥づかしや」に応ずる型（「右へハズシ抱扇」）。このくだりは、自分の分身でもあり、誇り高き人格の側面を担う照日の巫女に、自らの怒りに身を任せ人に襲いかかるような姿を見られたと気づいたときに生じる恥の感情の表現と言うことができる。つのる恨みに任せて、正妻葵の上にいよいよ襲いかかろうという時になっても、ひと息には叶わずもとの理性の側へ引き寄せられる。シテ御息所の中には、誇り高い理性がまだ残っていたということである。「その面影」を葵の上の枕頭にある鏡に映る御息所の姿とする解釈がある。[14]自身の姿であれ、[15]鏡像的な分身に面してであれ、この場面にはシテの内面として、消されまいと残る「誇り高い理性」と「抑えがたい狂気」の二極の間を最後まで激しく揺れ動く葛藤のドラマが描き出されている。

⑥「枕に立てる破れ車〜うち乗せ隠れ行かうよ」

「枕之段」の最後である。ここでまずシテは扇を捨てる。引き続き、衣を被くという型（動きが複雑となり難しい）が続くため、扇を捨てるのは両手を素早く自由にするための動きであったと考えられる。中司由起子の調査によると、これに特に意味を持たせて「扇を投げ捨てる」という表記を持つ型付があるという。[16]「投げ捨てる」とすれば、「御息所が葵上に直接攻撃を加えたような感覚をもたらす」[17]が、単に「捨てる」であったとしても、自らを恥じる思いを表す扇を捨てるということは、再度、シテ御息所の狂気が、最後に残っていた理性を取り込んだと見ることができる。このあと、シテは衣を被き、葵の上の魂を中に引き込む体で、中入りとなる。

以上、「枕之段」は、身体表現を用いるという能の方法で、思いに乱れ、誇り高い理性を持ちながら次第に狂気へとなだれ込んでいく御息所の内面の表象に成功している。そこにはツレがシテ御息所の清廉な側面を表す分身としての効果を持ち、その葛藤を表すのに大きな役割を果たしていた。

源氏物語の語りに止目して明らかとなる、それぞれの人物の主観のあわいにたゆたう輪郭の曖昧なもの、意識とは別の層の「もの」を能はシテとして立ち上げた。源氏物語第一部の女性人物をめぐる語りでは、例外的と言ってよいほど御息所に対する語りの深度が深い（表面だけでなく心内深く掬い取られる）。それぞれの主観のあわい、それは源氏物語の語りの仕組みのなかでこそ立ち現れる。それを異次元の表象として物語内現在に可視化したシテが六条御息所の怨霊であるが、ツレの配置など能の手法を効果的に用い、激烈な内面劇としてシテの身体表現で表現したところに、能《葵上》の主題の高度な追求が見られるのである。

五　六条御息所「ではないもの」、人々のイノリ――後場の成仏（9段）

【祈リ】［掛け合］シテ「いかに行者はや帰り給へ　帰らで不覚し給ふなよ（中略）

シテ「あらあら恐ろしの　般若声や　地「これまでぞ怨霊　この後また
も来たるまじ

［キリ］地「読誦の声を聞く時は　読誦の声を聞く時は　悪鬼心を和らげ　忍辱慈悲の姿にて　菩薩もここに
来迎す　成仏得脱の　身となり行くぞありがたき　身となり行くぞありがたき

後に成立し、多くの曲を生み出すことになった複式夢幻能の形式の場合、後場に現れるシテが本体（正体）である。本曲はもとより形式が異なるが、もし後シテを本体とすれば、般若面をかけ打杖を持った恐ろしい姿の悪鬼が御息所の本体ということになる。この姿を「純化された」姿、御息所の精神の本質を表すとする説[18]や、心の深層への下降が表現された結果、「鬼と化すよりほかはな」い[19]とする説もあるがここでは取らない。源氏物語に象られる御息所とのイメージの乖離というよりも、まず舞台の物語内現在に出現し、伏せる葵の上を襲う生霊が「成仏」するというのはいかにも筋の通らないことである。

能《葵上》の後半部は、前半部とは切断され、別のレベルに移った内容が展開していると見るべきものである。曲の構想に『拾遺往生伝』に見える説話や説草『冬嗣公姫君事』に見られるような説話類型を借用していることが指摘されている。[20] 後半部分には《葵上》でなければならない必然性はなく、後半部はほぼ、源氏物語の内容とも関わりを持たない。後半部の般若の形相とシテの行為は、意識とは別の層の「もの」に対して、中世の人々の「女の嫉妬」「女の恨み」に対する恐れを投影し造型したものとの接続と見ることができる。可視化されたものは、前半のように美しさの中に狂気をにじませた姿であろうと、後段のようにどれほど凶悪で恐ろしい姿であろうと、調伏可能な領域に入る。ちょうど、物の怪調伏の儀式が、憑坐に憑かせ名乗らせることができれば成就するように。

横川の小聖の祈祷による成仏によって、シテ御息所は慰撫された。シテはもう二度と、人々の前には現れない。後段に展開する名高いイノリは、「嫉妬する女による祟り」を恐れる人々のイノリ、あるいは御息所の中にある慰撫されがたいものを慰撫したいという人々のイノリでもあった。

おわりに

源氏物語の物の怪は、掴みきれない、決定不能の領域を保ったまま、産後の葵の上を取り殺す。もちろん、鬼めくなど凶悪な姿としては現れ出ていない。しかし以後の物語に残存し続ける。いつまでも残留する源氏物語の他者、その抵抗、それが光源氏と六条御息所をめぐる語りの中にある。それは源氏の物語のほぼ終わり近くまで、源氏の六条院世界を脅かし崩壊に関わり続けた。最初にして特異な源氏能《葵上》のシテ御息所のありよう――その可視化の方法、向けられる人々のイノリ――は、源氏物語の暗黙知、源氏物語の言説の仕組みから立ち現れる表象の追求へと私たちを再び導き入れる。

注

（1）山中玲子「『源氏物語』と女体夢幻能――「源氏能」はどのように成立したのか――」（『平安文学の古注釈と受容』、武蔵野書院、二〇一一年五月）

（2）『源氏物語の〈物の怪〉――文学と記録の狭間――』（笠間書院、一九九四年六月）

（3）「六条御息所の「もののけ」」（『源氏物語をいま読み解く』3、翰林書房、二〇一〇年一〇月）

（4）「謡曲「葵上」と六条御息所」（『性と文化の源氏物語　書く女の誕生』、筑摩書房、一九九八年一一月↑『新講源氏物語を学ぶ人のために』世界思想社、一九九五年一月）

（5）自由間接言説とは、語り手（三人称過去）と登場人物（一人称現在）との二声が重ねられている言説。付加節（と人物によって敬語）を付すと内話文となる。

（6）東原伸明「車争い前後・六条御息所の〈語り〉・〈言説〉・〈喩〉」（『源氏物語の語り・言説・テクスト』二〇〇四年一〇月、おうふう↑『国語と国文学』、七五―一〇、一九九八年一〇月）に言説分析を含めた考察がある。

（7）落合博志「『源氏物語と能』――《葵上》を中心に――」（『国文学解釈と鑑賞』、至文堂、一九七四年一一月）によると、車を繰り返し詠み込んだ詞章は、車の作り物とともに御息所の意識の深部を顕在化しているとする。

（8）表章「作品研究「葵上」」（『観世』四一―八、檜書店、一九七四年七月）は、犬王演出の《葵上》から車の作り物と、青女房を省けば現行《葵上》となると早くに指摘した論であるが、この謡をそのまま巫女のものへとスライドしたことを「極めて無神経な変更」としている。各注釈書もこのことに触れる。日本古典文学全集「葵上」の二二八頁の注二三など。
（9）「世阿弥能の原点としての「葵上」（『観世』七三、檜書店、二〇〇六年二月）
（10）注（4）の河添論文。
（11）以下、型付は観世観世流宗家所蔵本に拠る（『観世』四一―八、檜書店、一九七四年七月）。適宜、新編日本古典文学全集『謡曲集』2も参照している。
（12）新編日本文学全集二七九頁注二三、日本古典集成三二六頁注六など。
（13）この型について生島遼一は「写実風の当て振りの続きである舞踊や所作事ではできない、能独特の型」としている（「「葵上」をめぐって」『観世』四一―八、檜書店、一九七四年七月）。
（14）新潮古典集成「謡曲集」葵上二二頁注一九。
（15）西村聡「〈葵上〉注釈余説」（『金沢大学文学部論集』言語・文学篇二七、二〇〇七年三月）に、この「面影」を光源氏の面影とする説に対して「鏡」が訳出できないことなどから恥ずべき面影は六条御息所のそれでなければならないと結論づけている。
（16）「枕の段の型の研究――扇を投げる・衣を被く」（『能楽研究』三八、二〇一四年七月）
（17）注（16）の中司論文。
（18）佐伯順子「御息所変貌――六条御息所像の「本説」とその展開」（『帝塚山学院大学日本文学研究』二二、一九九一年二月）
（19）注（9）の松岡論文。
（20）日本古典集成「葵上」解題、および注（7）の落合論文。
＊本文の引用は新潮古典集成『謡曲集』、新編日本古典文学全集『源氏物語』にそれぞれよる。ただし記号などを付した箇所がある。

能〈朝顔〉の構想をめぐって

倉持長子

はじめに

〈朝顔〉は、次のようなあらすじの源氏能である。

親との死別によって出家し、諸国を経廻っていた僧（ワキ）が故郷の都に上り、一条大宮仏心寺（桃園宮の旧跡）で雨宿りしつつ、「秋萩を折らでは過ぎじ月草の、花摺衣露に濡るとも」（『新古今和歌集』）を詠じると、朝顔の花の精（シテ）が現れ、この地にはより相応しい古歌「咲く花にうつるてふ名は包めども、折らで過ぎ憂き今朝の朝顔」（『源氏物語』夕顔巻）があると咎める。朝顔の花の精は僧との結縁に歓喜し、歌舞の菩薩のごとき体をなし、『源氏物語』の朝顔斎院と光源氏の恋物語、および朝顔花に縁ある漢故事を謡い上げ、舞を舞い、草木国土悉皆成仏を遂げていく。

当該〈朝顔〉は、『実隆公記』文亀三年（一五〇三）九月十九日の室町殿猿楽における所演を皮切りに、天文年間から慶長初期にわたる十七世紀初頭まで、しばしば演じられていた曲である。(1) ただし江戸時代には諸流の上演曲目に入ることなく、現在も番外曲に分類されていることもあり、特に注目されることの少なかった曲といえよう。

しかし、最近、二〇一七年能楽学会発行『能と狂言』十五号において特集「源氏物語と能——享受と創成——」が組まれ、素人作者による源氏能の研究に対する関心が高まりつつある。本特集では、室町期における武家の能素人作者細川満元・持之被官横越元久《よこおもとひさ》（〈浮舟〉作者）の『源氏物語』享受の具体相が明らかにされるほか[2]、素人の武家文化人と源氏能の関わりについての研究史の整理・検討が行われている[3]。

こうした源氏能研究の潮流を受け、本稿もいま一度、素人作者である太田垣（日下部《くさかべ》）能登守忠説《ただとき》[4]による能〈朝顔〉を検討してみることにしたい。〈朝顔〉は、シテとなる花の精が僧と言葉を交わす〈杜若〉、またワキが村雨に降り込められて雨宿りをする〈定家〉の方法[5]、ワキ僧の和歌を咎めつつシテが登場すること、さらにはシテが歌舞の菩薩の体をなすことや草木成仏思想など、既成の能の形式に倣う要素の多いことが指摘されている。

こうした既成の能のパターンを踏まえつつも、〈朝顔〉には、どのような固有性を認めることができるのだろうか。以下、作品の構想や『源氏物語』享受のあり方について、詞章中の「煌めくことば」を手掛かりに見直していくことにする。

一　〈朝顔〉の構想①　——一条大宮仏心寺をめぐって

本節と次節では、作者忠説が置かれていた政治的・文学的環境に着目しつつ、〈朝顔〉の舞台となる一条大宮仏心寺、さらにはその場所と深く関わり一曲の世界観の基層をなす和歌を考察し、〈朝顔〉制作の動機や構想について推察してみたい。

まず、〈朝顔〉の作者太田垣能登守忠説（応永三〇〈一四二三〉――?）について、改めて確認しておこう。忠説は但馬の旧族日下部氏の出身であり、山名家の家臣を務めていた。子息能登守朝定とともに連歌師宗砌に師事し、その諸説を聞き書きした『砌塵抄《ぜいじんしょう》』を残すほか、『新撰菟玖波集』にも一句入集し、文明八年（一四七六）には『独吟百韻自註』を著した(6)、熱心な連歌の愛好者であった。

〈朝顔〉との関連でまず注目されるのは、忠説が『源氏物語』の注釈書『尋流抄』を著していることであろう。『尋流抄』の漢文の跋文と仮名の事書によれば、忠説は十七歳で入門した宗砌から、そして二十一歳で入門した正徹から十五年にわたって『源氏物語』の講釈を受けたという(7)。こうした講釈の聞き書きに加え、寛正二年（一四六二）頃より一条兼良・冬良親子に師事して学んだ『源氏物語』の有職故実や年立てなどの注を補足し、『花鳥余情』を引用しつつ、文明十六年（一四八四）に『尋流抄』を編纂したとされる(8)。

ここで、〈朝顔〉の舞台について考えてみたい。『尋流抄』槿巻には、

桃園の宮　一条大宮北のつら也今は仏心寺と云所也といふ(9)

とあり、これは〈朝顔〉のワキの詞「此のあたりは一條大宮仏心寺と申す寺にて有りげにて候」や、シテ「抑此の寺と申すは、桐壺の帝の御弟に…〈地〉式部卿と申せし人の住み給ひし、桃園の宮の御旧跡」と言われる舞台設定とも対応している。成立年は未詳だが、『尋流抄』とほぼ同時代頃の成立と推察される軍記物『応仁記』には「一條大宮…仏心寺。此ノ寺ト申ハ賀茂ノイツキニ備ハリ給フ朝顔ノ墳アリ(10)」とも見えており、〝一条大宮仏心寺＝源氏物語の朝顔姫君の墓の在所〟という認識は、当時の一般的な理解を示すものであろう。

さて、この「一条大宮仏心寺」を舞台とする〈朝顔〉制作に対し、忠説は特別な思い入れを持っていたのではないだろうか。「一条大宮仏心寺」は山号を平安山といい、東福寺の開祖円爾弁円（聖一国師）に侍した無象静照《むぞうじょうしょう》（勅謚法海

禅師、文暦元年・徳治元年（一二三四－一三〇六））が正応三年（一二九〇）三月に入院開堂した臨済宗の寺である[11]。『大日本史料』[12]によって中世の寺史を辿りみると、延文元年（一三五六）十二月十九日に五山に准ぜられ（『柳原家記録』）、『和漢禅刹次第』「日本諸国諸山之禅院」五畿内の筆頭に「山城州　仏心寺」と挙げられている。『後愚昧記』（『柳原家記録』所収）には、応安元年（一三六八）五月二十日、美濃守護土岐頼康大夫入道が当寺において安居院法印良憲を導師とし、父頼清の三十三忌追善仏事を修めたとある。享徳三年（一四五四）の序を持つ「撮壌集」上にも「十刹」に含まれている。寛正六年（一四六五）四月二十五日には、幕府は仏心寺を十方住持制に入れようとしたが、檀越土岐成頼がこれを拒んだ。そのため、幕府は飯尾左衛門大夫之種に命じて説き伏せたという（『蔭凉軒日録』）。〈朝顔〉との関わりにおいて注目されるのは、こうした歴史を持つ仏心寺が、応仁の乱における太田垣氏の奮闘と敗退に関わりつつ、一旦焼失している点である。

応仁元年（一四六七）五月二十六日の午前中、細川勝元らの策により自邸を急襲された一色義直が山名宗全の屋敷に逃げ込んだことを皮切りに、細川方・山名方は全面衝突に入ることになった[13]。『後法興院政家記』や『後知足院房嗣記』『大乗院寺社雑事記』には、この大乱によって両軍ともに多くの戦死者を出し、一色の屋敷をはじめ数々の守護宿所や寺院が焼亡するに至ったと記録されている。特に軍記物『応仁記』の「所々合戦之事」「一條大宮猪熊合戦之事」「井鳥野合戦之事」では、一条大宮が応仁の乱の激戦地となり、荒廃の一途を辿った様子が記されている。『後法興院政家記』五月二十六日条には、「山名要（用）害大略焼落云々[14]」とあるが、『応仁記』によれば、当「要害」の守備を固めていた氏族の一つが、まさに太田垣氏であったことが知られる。〈朝顔〉作者と思しき「太田垣能登守」は西軍の山名宗全に参戦する太田垣土佐守、また同族の田公肥後入道宗理・同美作守とともに三番衆として花の御所の「大手之口」を守るも、五月二十六日の戦で「山名方シドロニ打負」けてしまい、宗全は

「太田垣ガ負軍ニ矇気」したという。「山名方ノ太田垣ガ構ハ焼テ」「太田垣ガ宿所責落サレ」とあるように、太田垣氏は惨敗を喫し、これを契機に西軍は総崩れとなったのである。

こうした大敗のさなか、一条大宮に位置する「仏心寺」は「窪ノ寺」とともに「大舎人等一宇モ不残焼上」(「一條大宮猪熊合戦之事」[15])したと記されている。応仁の乱後の一条大路の復興は、明応年間(一四九二-一五〇一)頃までに一応なされた[16]という。その後の仏心寺については、管見では永正十六年(一五一九)六月十五日に「仏心寺二答状」が見えるほか、元亀三年(一五七二)六月二日の「妙心寺文書」において仏心寺が織田信長の第造営のための夫丸(人夫)を免除されたと見えるのみで、明和九年(一七七二)刊『謡曲拾葉抄』の注では「今は絶たり[17]」とあり、江戸時代中期には廃寺になっていたらしい。

忠説がいつ頃〈朝顔〉を制作したかは不明である。しかし、太田垣の一族として自ら加勢した一条大宮の合戦において、太田垣構の焼失が山名方の戦意喪失を招き、同時に仏心寺の焼失にもつながったことが、一族の痛切な記憶として忠説の胸に刻まれたことは間違いなかろう。在りし日の仏心寺への贖罪か、追憶か、あるいは仏心寺の復興を目の当たりにしての祈念か、忠説の心中を察することは不可能に近い。ただし、少なくとも、太田垣氏の一素人がなぜ「一條大宮仏心寺と申す寺」を舞台とする〈朝顔〉を制作したのか、その理由の一つはここにあると考えられるのではないか。現段階では問題提起にとどまるが、今後、詳細に検討していきたい。

二　〈朝顔〉の構想②　―正徹『草根集』の一首をめぐって

次に、〈朝顔〉の構想を支える作者の古典の教養の一端を垣間見ていくことにしたい。

先に見たように、舞台となる一条大宮仏心寺は、東福寺開祖円爾弁円の流れを汲む臨済宗の寺であった。太田垣忠説一族の氏寺もまた、臨済宗の大徳寺派祐徳寺である。(18)

実は、仏心寺開祖無象静照は、文永九年（一二七二）、比叡山の衆徒が禅宗の隆盛を抑圧しようとした事件に対して『興禅記』を撰述・朝廷に呈し、天台宗と禅宗が対立するものではないことを説きつつ、最上乗の仏教が禅宗であることを論じている。(19)〈朝顔〉の舞台仏心寺は、天台本覚論と穏やかな関係を保持しようとする性格を持っていた。こうした記憶を持つ仏心寺を舞台に展開される当該〈朝顔〉は、天台本覚思想色の強い作品である。まず、ワキ僧の道行に「本の悟《さとり》」が詠み込まれている。

身をかへて、後も待ち見よ此の世にて、親を忘れぬ習《ならひ》ぞと、思ひそめたる黒髪の、乱れ心を振り捨てて、迷はぬ法の道とへば、本の悟《さとり》の名にし負ふ、都と聞くぞ頼もしき。

この「本の悟」については、『謡曲拾葉抄』『謡曲叢書』が『続千載和歌集』法印俊誉の「受け難き身をしぼりてぞ迷ひこし本の悟りの道は知りける」を挙げている。また〈朝顔〉キリにも

草木国土悉皆成仏の此の御寺は、あひに逢ひたる法の場かな。

とあるように、シテ朝顔の花の精は天台本覚思想の草木成仏説によって成仏に導かれていく。

〈朝顔〉における天台本覚思想は、むろん既成の〈杜若〉や〈夕顔〉(20)における草木成仏説の枠組みに倣っているところが大きいだろう。それと同時に考慮したいのは、作者忠説が長きにわたって師事した正徹（永徳元・長禄三年〈一三八一 - 一四五九〉）の影響である。正徹は東福寺で書記をつとめた僧でありつつ、たとえば「仏とも法ともしらぬ人にこそもとのさとりは深くみえけれ」（『草根集』巻三）に見るように、天台本覚論を主題とする歌を多く残したことが指摘されている。(21)

正徹『草根集』では六首に「本のさとり」が詠まれており、そのうちの二首は〈朝顔〉詞章と同様に「都」を詠み込んだものである。

待惜しみさき散る花のふる郷や本のさとりの都なるらん　（春釈教十・一〇一五）
わするらんもとの覚の都をば立たずよ六の道の旅人　（雑・一〇四七〇）[22]

また、同歌集には次のように草木国土悉皆成仏を詠む歌も存在する。

草木かは生きとしいける物はみな仏のなれるすがたをぞかる　（雑・一〇四九一）
ねがはくは生きとしいける物どもに本の覚《さとり》をはやくひらかん　（雑・一〇五九八）

さらに注目したいのは、〈朝顔〉後場、【序の舞】後の〔ノリ地〕、シテの草木成仏がまさに果たされようという期待の高まる場面である。

地「千年の松も終《つひ》には枝朽ちぬ。シテ「三千年《みちとし》になるてふ桃園の宮もなし。一日の槿花も、シテ「一度《ひとたび》の栄《さかえ》はあるものを、地「彼も是も、よく〳〵思へば夢の中《うち》なる夢の世ぞや。シテ「只嬉しきは、御僧に逢ひ奉りて、地「御法《みのり》に値遇の縁となれば、草木国土悉皆成仏の此の御寺は、あひに逢ひたる法の場《には》かな。…（以下略）

「三千年になるてふ桃園の宮」は、『謡曲拾葉抄』をはじめ諸注[23]が指摘するように、西王母が漢の武帝に与えたという三千年に一度だけ成る桃の実の故事（『漢武故事』）を詠んだ『拾遺和歌集』所収の凡河内躬恒作歌、

亭子院歌合に
みちとせになるてふものことしより花さく春にあひにけるかな　（巻五・賀・二八八）

が踏まえられた表現である。当該歌は『古今和歌六帖』第一（第五句「なりぞしにける」）、および『和漢朗詠集』上・春にも見える（第五句「あひそめにけり」）。「三千年になるてふ桃」は、「みちとせにひとたびさける花の色を君がよは

ひによそへてぞみる」（『実材母集』）「もものはな」、「みちとせにひらくる桃の花ざかりあまたの春は君のみぞ見む」（『兼盛集』）等にも見るように、その希少価値と永遠性ゆえに天皇の御代への祝意を込めて詠まれることが多い。

一方、当該「三千年になるてふ桃園の宮」は「なし」と謡われており、その永遠性が打ち消されている。「千年の松も終には枝朽ちぬ。…一日の槿花も、一度の榮はあるものを」は、『謡曲拾葉抄』以下諸注[24]が指摘するように、『和漢朗詠集』「槿」の白楽天の詩より、

松樹千年終是朽、槿花一日自為栄[25]

を引いたものである。

これらの『拾遺和歌集』躬恒歌・および白楽天の詩に加え、当〔ノリ地〕には、『草根集』「春」の次の歌が構想の一つとして存在しているのではないだろうか。

賞桃

よくしれば夕かげまたぬあさがほもただ三千とせぞ桃園の花　（一六八五）

深い悟りを得れば、夕日を待たずに萎れる朝顔もまた、生を全うするという意味においては三千年に一度の実が成る桃園の花とまったく同一と解されることを詠んでいる。永遠性や祝賀性とともに詠まれるはずの春の桃園の花と、人生のはかなさや無常を象徴する秋の朝顔の花を同一に帰すものとして謡い込む歌は、和歌史上、右の一首以外には見られない。

当該〈朝顔〉では、永遠と思われた「三千年になるてふ桃園の宮」も消失し、朝顔の栄華もまた同様に無常のものであるとされる。これらの移ろいやすい「彼も是も」の事象は、いずれも右の和歌に「よくしれば」と詠まれたように実は同じなのであり、それは「よく〳〵思へば夢の中なる夢の世」であることに所以があると説かれている。

作者忠説は、諸注が指摘してきたような古典の教養に加え、右の一首の発想を先蹤とすることで、「桃園の宮の御旧跡」と「朝顔の花」が矛盾するものではないことを説く〈朝顔〉を構想し得たのではないだろうか。

三　〈朝顔〉と『源氏物語』

前節で見たように、忠説は師正徹の和歌を引き継ぎつつ、〈朝顔〉の舞台一条大宮仏心寺を、永遠と無常とが綯い合わされた、いわば両義的な場として設定したと考えられる。実は、こうした舞台設定のあり方は、すでに『源氏物語』朝顔巻に胚胎していたものではなかったか。前朝顔斎院と「桃園」という地名が結びつけられる意味を多面的に追究した袴田光康氏[26]は、『源氏物語』の「桃園の宮」が皇族出身の門地の高さの表象であることに加え、醍醐皇子女たちの後見の無い不安定な人生とその悲哀や苦悩の史的イメージを喚起させる「多義的な文学的装置」であることを解明した。「桃園」に住む朝顔姫君は、永遠の名を背負う場を住まいとしながら、同時に後見不在という不安定ではかない生を宿命づけられていたのである。

さて、〈朝顔〉と『源氏物語』の関わりについては、すでに石井倫子氏による考察がある。[27]まず、石井氏は、〈朝顔〉に見える『源氏物語』の効果的な引用法について言及する。ワキ僧が「親に後《おく》れし愁歎」から出家したと設定され、道行謡「身をかへて、後も待ち見よ此の世にて、親を忘れぬ習ぞと」を歌う背景には、『源氏物語』朝顔巻で源氏が源典侍に送った「身をかへて後も待ちみよこの世にて親を忘るるためしありやと」が踏まえられている。また『新古今和歌集』の「秋萩を折らでは過ぎじ月草の」と詠じるワキ僧に対し、前シテは『源氏物語』夕顔巻の「咲く花にうつるてふ名は包めども、折らで過ぎ憂き今朝の朝顔」を引いて「朝顔も折らで過ぎ憂き」花であると切り返す。こうした趣向は「なかなか気が利いている」と評される。

その一方で、ワキ僧とシテの問答において「朝顔の花」という名が「恋慕愛執の種」になったと嘆く場面においても、光源氏と朝顔斎院の物語は語られることがないことが指摘される。また、ワキが「此の寺の御謂《いはれ》、又御身の妄執なんどをも、委《くは》しく語り給ふべし」と促した後に後シテが語る光源氏と朝顔斎院の物語（クリ・サシ）も、次のように「あっさり触れられるだけ」である。

シテ「抑《そもそも》此の寺と申すは、桐壺の帝の御弟に、地「式部卿と申せし人の住み給ひし、桃園の宮の御旧跡、
シテサシ「其の御息女《ごそくぢょ》のましますが、賀茂の齋《いつき》に備はりて、地「朝顔の斎院と申せしなり。光源氏は折々に、露の情をかけまくも、忝《かたじけな》しと神職に、かごとをなして靡かず。シテ「然りとは申せども、地「たはぶれにくゝ紫の、色にくだきし御心も、朝顔の浅からぬ恨《うらみ》とかや。…

さらに、これに続くクセ（一曲の聴きどころとなる小段）では、『源氏物語』の話題から離れ、朝顔花に縁ある故事として「遊子伯陽」が「執心の基《もとゐ》」によって「牽牛織女の二星」になったという『三流抄（古今和歌集序聞書）』の七夕説話が展開する。[28] こうした構成ゆえに、〈朝顔〉は『源氏物語』朝顔巻に取材しつつも「古典世界における朝顔のイメージを基調に、漢詩や漢故事、仏典などを織り込んで能に仕立て上げた」ものであり、「全体的に『源氏色』は薄い」と結論づけられるという。

石井氏が指摘するように、〈朝顔〉における『源氏物語』は、ワキとシテの機転の利いた応酬を支える技巧、またシテの恋の妄執についての簡潔な説明、さらには他の朝顔にまつわる故事・寄合を引き出すきっかけとしての利用にとどまるように見える。ただし、〈朝顔〉と『源氏物語』の関係については、なお注意しておきたいこともある。それは、朝顔の斎院としての記憶を持つシテ朝顔の花の精の造型は、やはり『源氏物語』における朝顔の姫君

の性格や生きざまを忠実に踏まえているという点である。

まず、〈朝顔〉におけるシテは、

仏の前の手向け草となす人はなくして、名に准《なずら》ふる事としては、恋慕愛執の種となる事、歎《なげき》の中の歎なり。

とその花の名ゆえに妄執との関わりを避けられず、仏縁から遠ざけられていることを悲嘆し、「仏果を得ん」ことを何よりも望む朝顔の花の精である。『源氏物語』朝顔巻の朝顔の姫君は、恋の妄執ゆえではないものの「年ごろ沈みつる罪失ふばかり御行ひを」（②四八七頁）と言われるように、斎院として仏道から離れていた罪障を消滅させようという願いを抱え、「いたう御心づかひしたまひつつ、かうやう御行ひをのみしたまふ」（同頁）と熱心に仏道修行に励む女君であった。

また、再掲になるが、〈朝顔〉〔クリ〕〔サシ〕では、シテが光源氏との関わりにおいて抱く妄執について、次のように謡われていたことを思い起こしておきたい。

…光源氏は折々に、露の情をかけまくも、忝しと神職に、かごとをなして靡かず。シテ「然りとは申せども、地「たはぶれにくゝ、紫の、色にくだきし御心も、朝顔の浅からぬ恨とかや。…

『源氏物語』朝顔巻においても、女五の宮への見舞いに託けて桃園の宮を訪い、強い口調で口説く源氏に対し、朝顔姫君は、

なべて世のあはればかりをとふからに誓ひしことと神やいさめむ　（②四七四頁）

と元斎院としての立場から、賀茂の神の咎めを憚るという口実によって拒み通している。「さらに動きなき御心」（②四八五頁）は決して変わることがないのであった。

しかしその一方で、姫君は源氏を疎ましく思っていたのではない。すでに葵巻において、姫君は「いとど近くて

見えむまでは思しよらず」と関係を結ぶことは考えずとも、「年ごろ聞こえわたりたまふ御心ばへの世の人に似ぬを、なのめならむにてだにあり、ましてかうしもいかで、と御心とまりけり」（②二六頁）と光源氏の比類ない美しさをその胸に刻んでいた。また、朝顔巻においても、姫君は熱心に求愛する源氏を「げに人のほどのをかしきにもあはれにも思し知らぬにはあらねど」（②四八七頁）と認めている。

〈朝顔〉では、光源氏に対する朝顔斎院の妄執が「たはぶれにく、紫の、色にくだきし御心も、朝顔の浅からぬ恨とかや」と表現されている。『源氏物語』朝顔巻中、二条院に夜離れの続く光源氏に対し、「戯れにくくのみ思す」（②四八八）紫の上の深刻な辛い心情と「蘭蕙苑嵐摧紫夜、蓬萊洞月照霜中」（『和漢朗詠集』「菊」）[29]を重ねあわせ、源氏の思いに苦悩した朝顔姫君の妄執が残ったことが謡われていることになる。原岡文子氏[30]は、歌語「朝顔」が「寝起きの顔」という濃やかな官能と、一方に無常やはかなさを抱き合わせつつ、「恋を潜めたまま枯れる花」というイメージを重層させるものであり、それは物語において姫君の「誇り高くも秘められた恋を枯れさせる悲哀」に満ちた生を象ることを論じている。能〈朝顔〉におけるシテ朝顔の精も『源氏物語』の朝顔斎院と同様に、「恋慕愛執の種」「恨み」を潜めつつ、光源氏との恋を成就させないままにその生を終えたものとして造型されていることに注意しておきたい。

おわりに

素人作者にとっての源氏能とは、数々の既成の能のパターンを踏襲して制作するものであることも、『源氏物語』をはじめとする己の古典の教養を遺憾なく披歴できる格好の機会であることも事実であろう。そして同時に、素人作者それぞれの制作動機や成立事情に支えられたものであることもまた、忘れてはならないだろう。〈朝顔〉の作者太田垣能登守忠説は、彼自身の記憶から外すことのできない「一條大宮仏心寺」を舞台とするからこそ、この地とゆかりの深い朝顔をモチーフとする源氏能を制作しようとしたと察される。「桃園」と「朝顔」という一見矛盾する世界観を同居させる試みにも、先蹤となる師正徹の和歌が存在していた。さらに、「朝顔」に関わる漢詩故事・寄合が多く継ぎ接ぎされた「朝顔尽くし」[31]に見える詞章からは、一方に『源氏物語』を長きにわたって学んできた素人作者の、朝顔斎院の性格を切り取る鋭いまなざしを掬い取ることができる。〈朝顔〉は、一素人作者の政治的・文化的環境や個人的な記憶、および『源氏物語』解釈と深く関わって構想された曲であるといえよう。

注

（1）能勢朝次『能楽源流考』（岩波書店、一九三八年）、「電子資料館　連歌・演能・雅楽データベース」国文学研究資料館（base1.nijl.ac.jp/infolib/meta_pub/sresult　二〇一七年十月六日アクセス）。

（2）小川剛生「室町期の武士と源氏物語」（『能と狂言』十五号、ぺりかん社、二〇一七年）。

（3）山中玲子「源氏物語と能楽研究」および小川剛生・高橋亨・藤原克己・山中玲子／司会三宅晶子「全体討議」注（2）所収。

（4）『能本作者註文』には「小田垣能登守」、『自家伝抄』には「小田垣」と見える。

（5）山中玲子「素人作の源氏能——内藤河内守作『夕皃ノ上』と〈半蔀〉〈夕顔〉——」（『別冊　国文学解釈と鑑賞』一九九八年六月）。

（6）金子金治郎「第三章　連歌中興の先駆　三　宗砌流」（『新撰菟玖波集の研究』風間書房、一九六九年）。

（7）井爪康之編『源氏物語古注釈書　尋流抄』（笠間書院、二〇〇〇年）。

（8）注（7）および橘宗利「尋流抄の成立に関する異見」（『國學院雑誌』四六―一、一九四〇年一月）。

（9）注（7）『尋流抄』「夏」。肖柏『源氏物語聞書』（文明八年〈一四七六〉一次本成立）にも「桃薗宮今の仏心寺其址なり」とある（『源氏物語聞書　覚勝院抄』汲古書院、一九九〇年による）。

（10）「応仁記　三」『群書類従』による。『謡曲拾葉抄』（國學院大學出版部、一九〇九年）および伊藤正義『新潮日本古典集成　謡曲集』上（新潮社、一九八三年）頭注に指摘がある。

（11）「本朝高僧伝」『大日本仏教全書』（仏書刊行会、一九一三年）・「法海禅師行状記」『群書類従』・玉村竹二『五山禅僧傳記集成』（講談社、一九八三年）による。

（12）東京大学史料編纂所「大日本史料総合データベース」（http://wwwap.hi.u-tokyo.ac.jp/ships/shipscontroller　二〇一七年一〇月六日アクセス）による。

（13）呉座勇一『応仁の乱　戦国時代を生んだ大乱』（中央公論新社、二〇一六年）。

（14）注（12）による。

（15）『群書類従』所収『応仁別記』に「仏心寺。窪之寺。大舎人等其近所マデ一宇モ不残焼」、『細川勝元記』にも「仏心寺窪之寺。此外公家武家大小ノ人家。凡三万余宇。皆灰燼トナルコソ浅増ケレ」とある。『綱光公記』「六月小」にも「五日己亥　大宿・仏心寺・円興寺等炎上」と見える（遠藤珠紀・須田牧子・田中奈保・桃崎有一郎「史料紹介　綱光公記――応仁元年暦記・応仁元年四月別記――」『史料編纂所紀要』二五号、二〇一五年参照）。

（16）高橋康夫『京都中世都市史研究』（思文閣出版、一九八三年）。

（17）注（10）『謡曲拾葉抄』。

（18）宿南保『城跡と史料で語る　但馬の中世史』（神戸新聞総合出版センター、二〇〇二年）。

（19）注（11）『五山禅僧傳記集成』による。

（20）注（10）『謡曲集』解題、趙慶『源氏能の胎動と展開――《葵上》《野宮》《朝顔》《半蔀》を中心に――』（二〇一二年度東京大学大学院総合文化研究科博士学位論文）による。
(21)　田村芳朗「天台本覚論思想概説」（多田厚順ほか校注『日本思想大系　天台本覚論』岩波書店、一九七三年）。
(22)　「草根集」ほか、本稿における和歌の引用は『新編国歌大観』（小学館）による。
(23)　『謡曲叢書』、野上豊一郎解説・田中允校註『日本古典文学全書　謡曲集』上（朝日新聞社、一九五七年）、注（10）『謡曲集』上など。
(24)　注（23）に同じ。ただし、『謡曲拾葉抄』は「白氏文集曰」として挙げる。
(25)　藤原公任撰・菅野禮行校注・訳『新編日本古典文学全集　和漢朗詠集』（小学館、一九九九年）による。
(26)　袴田光康「第二章　朝顔巻における『桃園の宮』――醍醐皇女の『桃園宮』を通して――」（『源氏物語の史的回路――皇統回帰の物語と宇多天皇の時代――』おうふう、二〇〇九年、初出一九九九年四月）。
(27)　石井倫子「文化現象としての源氏能」（『観世』七五―五、檜書店、二〇〇八年五月）。
(28)　伊藤正義「謡曲の和歌的基盤」（『観世』四〇―八、檜書店、一九七三年八月）および同「解題　朝顔」注（10）所収。
(29)　注（10）『謡曲集』上の指摘による。
(30)　原岡文子「朝顔の姫君とその系譜――歌語と心象風景――」（『源氏物語の人物と表現――その両義的展開――』翰林書房、二〇〇三年、初出一九九二年四月）。
(31)　注（20）の両指摘による。
＊能〈朝顔〉詞章の引用は、芳賀矢一・佐佐木信綱編『校註　謡曲叢書』第一巻（一九一四年、博文館）に拠る。『源氏物語』の引用は、新編日本古典文学全集『源氏物語』②（小学館、一九九五年）に拠る。

謡曲「野宮」、六条御息所の伝えるもの

原岡文子

はじめに

「源氏能」と呼ばれる、『源氏物語』に取材する謡曲には、「葵上」「浮舟」「源氏供養」「須磨源氏」「住吉詣」「玉鬘」「野宮」「半蔀」「夕顔」「落葉」、「空蝉」「木霊浮舟」等が挙げられる。中でもとりわけ「傑作」[1]とされる作品の一つに「野宮」がある。『源氏物語』賢木の巻、そして葵の巻の本説とともに、謡曲「葵上」をも「本説的位置」[2]とするという「野宮」については、『源氏物語』本文に依拠する数多くの箇所の検証とともに、金春禅竹作者説を提示した伊藤正義氏をはじめ、松岡心平、河添房江、井上愛等の諸氏によって、様々な研究が重ねられてきたところである。[3]

そうした中で屋上屋を架すことにもなろうが、深い嘆きの内に固有の優艶を湛えて比類ない「野宮」の六条御息所像をめぐって、ひとまず改めて賢木の巻を中心とする『源氏物語』の叙述との比較作業を試みることにしたい。

金春禅竹作の可能性が高いとされる「野宮」は、梗概書やいわゆる「源氏寄合」だけではなく、『源氏物語』青表

紙本を実際に読み、それを踏まえて書かれたものだという。[4]『源氏物語』本文に触れ、どのようにそれを受容することで、固有の優艶、その深さが立ち現れることとなったのか。「葵上」をも併せ、述べ尽くされたかにも見える本説と当該作との比較を再度試みるのは、『源氏物語』の側からもう一度光を当てることで、その固有の像をめぐって新たな相が見えてくるのではないか、という思いに発している。同時に『源氏物語』本文に触れての中世の能作者の享受の相は、逆に『源氏物語』そのものの構造、ことばの力を私どもの前にありありと示唆し伝えていよう、との予感が一方にある。以下、考察を試みたい。

一　「辛きものには　さすがに思ひ果てたまはず」をめぐって

葵の上死後、新たな正室に据えられる可能性さえ取り沙汰されたにもかかわらず、一人のものとなった光源氏の冷たさに、「まことにうしと思すことこそありけめ」（賢木②八三頁）[5]と生霊現出を確信するほかない六条御息所は、伊勢下向の意を固める。その出立も迫った九月、娘・斎宮とともに野宮に移り住んだその人を、光源氏がようやく訪れる運びとなった。賢木の巻に描かれるそのしめやかな最後の別れの場面を、まず大きく踏まえつつ謡曲「野宮」は刻まれた。

例えば、晩秋の野宮にシテとして現れた典雅な女人が、ワキの問いかけに応えて、その縁《ゆかり》の地への思いを明かす条、「光源氏この所に詣で給ひし[a]は、長月七日[b]の日今日に当れり　その時いささか持ち給ひし榊の枝を　斎垣の内に差し置き給へば[c]　御息所とりあへず　神垣はしるしの杉もなきものを「いかにまがへて折れる榊ぞと[d]　詠み給ひしも今日ぞかし……[6]」を顧みるなら、詳細に賢木の巻の本文が重ねられていることがはっきりと浮かび上がる。

① ……つらきものに思ひはてたまひなむもいとほしく、人聞き情なくやと思しおこして、野宮に参でたまふ。[a']九月七日[b']ばかりなれば、むげに今日明日と思すに、女方も心あわたたしけれど、立ちながらと、たびたび御消息ありければ、いでやとは思しわづらひながら、いとあまり埋れいたきを、物越しばかりの対面はと、人知れず待ちきこえたまひけり。

（賢木②八四〜八五頁）

①、月ごろの積もりを、つきづきしう聞こえたまはむもまばゆきほどになりにければ、榊をいささか折りて持たまへりけるをさし入れて、[c']「変らぬ色をしるべにてこそ、[c']斎垣も越えはべりにけれ。さも心憂く」と聞こえたまへば、

　神垣はしるしの杉もなきものをいかにまがへて折れるさかきぞ[d']

と聞こえたまへば、……

（同　八七頁）

傍線部ａｂｃｄとa'b'c'd'との照応は明らかで、おそらく「野宮」作者が『源氏物語』賢木の巻を実際に読み、その本文を細部に亘って取り込んだであろうことが、既に伊藤正義氏の指摘にある。例えば『連珠合璧集』には「野宮トアラバ、　別　松風　秋の草　浅茅原　蟲の音　小柴垣　いたや　黒木の鳥ゐ　榊　月の入方源　神づかさ　火焼屋　物の音　しめの外　ゆふ月夜　西川の御祓　長月　さがの山　ありす川」[7]等の連歌寄合が記されるが、それらをもとより含みつつ、なお賢木の巻のことばに細かく照応する「浅茅が原も　末枯れの……」「ものはかなしや小柴垣　いとかりそめのおん住居　今も火焚き屋の幽かなる　光はわが思ひ内にある……」「辛きものには　さすがに思ひ果て給はず　遙けき野の宮に　分け入り給ふおん心　いとものあはれなりけりや　秋の花みな衰へて　虫の声もかれがれに　松吹く風の響きまでも……」「その後桂のおん祓ひ」「鈴鹿川　八十瀬の波に濡れ濡れず　伊勢までたれか思はんの……」等の傍線部が、「野宮」に鏤められていることも既に検証済みである。

こうした細かなことば、表現の照応の様は、同様に六条御息所をシテとする「葵上」には皆無で、梗概書等のみを踏まえて成立した曲と、本文を直接受容した曲との差異を鮮やかに伝える。とりわけ「長月七日の今日はまた」「長月七日の日今日に当れり」「長月の七日の日も　今日に廻り来にけり」と繰り返される「長月七日」は、『源氏物語』河内本においては「九月七八日のほど」となっており、青表紙本本文の「九月七日ばかり」との繋がりの深さを思わせるという。(8)こうして作者の触れた『源氏物語』が、青表紙本に近いとされることも、「野宮」は、定家の風体を目指した歌人、正轍と密接な繋がりを持つ金春禅竹の手に成る可能性をさらに窺わせるものとなっていよう。(9)

さて細部の本文の照応の中で、「野宮」の「辛きものには　さすがに思ひ果て給はず　遙けき野の宮に　分け入り給ふおん心　いとものあはれなりけりや」の条に注目したい。もとより「つらきものに思ひはてたまひなむもいとほしく」の賢木の巻の一節を踏まえる条ながら、「思ひ果て」の主語は、「野宮」が光源氏、賢木の巻が六条御息所と大きく異なっている。「賢木の巻では、六条御息所から「つらきもの」に思われたくないという消極的であった光源氏の心情が、謡曲では反転して」おり、「辛きものには　さすがに思ひ果て給は」ぬ光源氏の情愛の深さを、六条御息所の側から「いとものあはれなりけりや」と詠嘆する構造となっていると、河添房江氏によって読み解かれるところである。(10)

つまり『源氏物語』においては、生霊事件を経て、わだかまり燻る二人の人物の複雑な心の交錯、「他者了解の不可能性」を湛える表現だったものが、ものの見事にそれらの複雑な人間関係を削ぎ落とす「野宮」では、「いとものあはれなりけりや」と、切なくも感動的な愛の再会の場面のそれとして再構築されたことになる。この錯綜する視点を排除する再構築の相は、もとよりシテを中心とする謡曲の作劇法の必然でもあろう。『源氏物語』を受容しつつ、謡曲というジャンルに再生された作品の、複雑きわまりない人間理解からは距離のある、ひたすら求心的な美しさ、というものが「野宮」の真骨頂なのは確かだが、「野宮」の『源氏物語』受容、享受には、もう少し異なる局面をも認めることができるのではあるまいか。

しばらく光源氏が野宮を訪れる賢木の巻の名高い「道行文」[11]に目を転じたい。

はるけき野辺を分け入りたまふよりいとものあはれなり。秋の花みなおとろへつつ、浅茅が原もかれがれなる虫の音に、松風すごく吹きあはせて、そのこととも聞きわかれぬほどに、物の音ども絶え絶え聞こえたる、いと艶なり。（賢木②八五頁）

生霊事件の疎ましさから重ねられた疎遠について、光源氏は、このままでは六条御息所その人が「つらきものに思ひはてなむもいとほしく、人聞き情なくや」と、「思しおこして」（無理矢理にも心を奮い起こして）訪問の途に就いた。ところが、そのおざなりな姿勢は、九月晩秋の嵯峨野に分け入るなり、ある変貌を遂げる結果となる。室伏信助氏[12]によって「描写ではない」とされた「いとものあはれなり」の表現は、「日常的な論理の世界を逆転した、静止した時間の把握によって」光源氏の儀礼的な訪問をめぐる説明的な文とは異なる「別個の世界」を画定する。それはまた一方で、「何の迷いもない安らかな空間[13]」と述べられる、話主、作中人物、そして創作主体の共感のもたらす「空間」であった。だからこそ登場人物の話声と語り手の話声の交錯する「自由間接言説[14]」とも捉えられることとなる。

例えば『源氏物語評釈』の現代語訳には、「広々とした野辺をおはいりになるなり、もうひどくものあわれな気配が漂っている[15]」とある。野辺を分け入る光源氏が「ものあはれとおぼす」ことに止まらず、語り手とも光源氏その人とも限定しえない、ある共感の空間がここに示されたということであろう。

その共感の空間は、「秋の花」さえ萎れ、「枯れ枯れ」の浅茅が原にすだく虫の声さえ命の終わりを滲ませ「嗄れ」る晩秋九月の風趣を湛える場として拓かれた。松風に響き合う微かな「物の音」は六条御息所の仮初めに住まう辺りから届くものである。「この自然の描写は、単なる嵯峨の晩秋の風物を記したのではない。自然の姿がそのまま御息所の人柄を、いやその心さえも象徴している」[16]と『源氏物語評釈』に説かれることを思い起こしたい。病を得た桐壺院の崩御、右大臣方が権勢を増す中での光源氏の衰勢は、やがての須磨退去へと繋がるものにほかならず、その意味で賢木の巻における光源氏の運命も様々なものが衰え行く「秋」に重なることは言うまでもない。

けれど、この空間に「絶え絶え」微かに聞こえる「物の音」は御息所方から伝わるものであって、しかも「松風すごく吹きあはせて」には母娘の伊勢下向によって六条御息所の准拠とされる徽子の「琴の音に峰の松風通ふらしいづれのおより調べそめけん」[17]の詠歌が踏まえられる。もとより「秋」が「飽き」を踏まえ、飽きられ顧みられることのない女の嘆きを大きく象るものだったことは動くまい。或いはまた「おとろへ」る秋の花々、「かれがれ」の浅茅が原や虫の音は、伊勢下向、光源氏との別れを決意した六条御息所の女君としての極限、最後の時間の在りようとも響き合おうか。「三十にてぞ、今日また九重を見たまひける」（賢木②九三頁）と記される六条御息所の年齢自体はいわゆる「床離れ」[18]の歳には間もあるはずだが、伊勢下向という先行きを顧みれば、今しも枯れ尽きようとする女君としての最後の時間であることはまぎれもない。

つまり「いとものあはれなり」と述べられる空間は、語り手、登場人物光源氏との共感の彼方に、目前の晩秋の風趣からありありと六条御息所その人の心象を招き寄せるものにほかならない。共感の空間「ものあはれなり」の求められた必然性がここにある。共感の空間に、目の前の風物と一体となった六条御息所が呼び込まれる時、語り手と光源氏との共感は、光源氏が「思しおこして」尋ねたはずの六条御息所との共振をも呼び起こすものとなる。

日常を逆転する、「ものあはれなり」という静止した共感の空間が迫り出すことによって、光源氏の六条御息所への思いが、大きく変貌するのは、こうした機構に根ざすものと言える。共感、共振の渦の中に、光源氏その人も自ずから引き込まれたのであった。

二　忘れえぬ愛執の時間へ

それかあらぬかすき者の「御供」のみならず、「などて今まで立ちならさざりつらむと、過ぎぬる方悔し」（賢木②八五頁）く思わずにはいられない光源氏は、「小柴垣」「板屋」「黒木の鳥居」も神さびた野宮の、「火焼屋」の火さえ微かな光の中に、ひっそりと憂愁の日々を重ねる六条御息所を「いといみじうあはれに心苦し」（賢木②八六頁）く思いやらずにはいられない姿を刻まれることとなった。

心にまかせて見たてまつりつべく、人も慕ひざまに思したりつる年月は、のどかなりつる御心おごりに、さしも思されざりき。また心の中に、いかにぞや、瑕ありて思ひきこえたまひにし後、はたあはれもさめつつ、かく御仲も隔たりぬるを、めづらしき御対面の昔おぼえたるに、あはれと思し乱るること限りなし。来し方行く先思しつづけられて、心弱く泣きたまひぬ。（賢木②八八頁）

六条御息所との久方ぶりの対面に、光源氏の「あはれと思し乱」れる思いは、「限りなし」と綴られる。先の「いといみじう」も併せ、野宮の別れの場面には、かつて見ることのなかった光源氏の六条御息所への深い心、情が鮮やかに刻まれた。さらに翌朝の別れに際し、「あかつきの別れはいつも露けきをこは世に知らぬ秋の空かな」と詠んだ光源氏は、「出でがてに、御手をとらへてやすらひたまへる」（賢木②八九頁）男君となる。夕顔の巻の「六条わたり」以来、六条御息所は、「朝明の姿」（夕顔①一四二頁）、つまり暁方に帰って行く男君の姿を愛執を込めて見送る人として描かれていた。[19] すぐれて「見る」女君の愛執の視線の一方で、男君はどうだったか。夕顔の巻には女君と別れて、「前栽の色々乱れ」咲く辺りに、「過ぎがてにやすらひたま」う姿が記される。立ち止まった光源氏は、ここで御供に付き添った美しい女房、中将の君を高欄に引き据え歌を詠む成行きである。

女君その人の手を捉えて「やすら」う賢木の巻の男君とは相応の距離のある振る舞いであろう。長きに亘る別離を前提とする故の、光源氏の名残惜しさという側面は、もとより拭えないものの、男君の側からも刻まれた尽きせぬ暁の別れの悲愁がはじめてはっきりとここに浮かび上がる。だからこそ「明けゆく空もはしたなうて出でたまふ、道のほどいと露けし」（賢木②九〇頁）と、帰り行く男の悲しみが続くこととなった。

顧みれば「六条わたりも、とけがたかりし御気色をおもむけきこえたまひて後、ひき返しなのめならんはいとほしかし。されど、よそなりし御心まどひのやうに、あながちなることはなきも、いかなることにかと見えたり」（夕顔①一四七頁）の条をも加え、「六条御息所」として据え直される葵の巻の「大将の御心ばへもいと頼もしげなきを、……」（葵②一八頁）「深うしもあらぬ御心のほど」（葵②一九頁）等の心の在り方、また車争い後にその人のことを「いといとほし」（葵②二六頁）く思って邸を訪れたものの、対面すら叶わなかった事態を「なぞや。かくかたみにそばそばしからでおはせしかし」（葵②二七頁）と呟く姿など、光源氏の六条御息所への対応は一貫して醒めたものだった。生霊の噂に一入思い乱れる六条御息所を、「いとほし」くは思うものの、あくまでも彼の見舞いはようやく「思し起こして」（葵②三三頁）という体のものであって、その人のもの思う様を確かに「あはれ」と受け止めてはいるものの、「うちとけぬ」ままの朝の別れの後、手紙だけが暮れ方に届けられるに止まる。さらにその折の六条御息所の切情を込めた詠歌「袖ぬるるこひぢとかつは知りながら下り立つ田子のみづからぞうき」にも、光源氏はいかにも実意のない歌の切り返しで応じるだけだった。光源氏がその人の「とけがたかりし御気色をおもむけきこえたま」（夕顔①一四七頁）うまでの情熱には熱いものがあったはずだが、それは既に物語には描かれることのない時間となっていた。

つまり賢木の巻の野宮の場面は、『源氏物語』においてはじめて前面に迫り出した光源氏の六条御息所への深い思い、情をしめやかに描くものにほかならない。そしてそれは、もとより「別れ」を前提にすることで可能となった手厚さであると同時に、六条御息所の心象に重なる嵯峨野宮の晩秋の風趣を「ものあはれなり」と語る共感の空間の提示によって拓かれたものであった。

この注がれた情、懇ろな思い故にこそ、見送った六条御息所の心情は、「女もえ心強からず、なごりあはれにてながめたまふ」（賢木②九〇頁）と刻まれることとなる。茫然自失の体で光源氏の姿を胸に反芻し、虚けたようにもの思いに沈む六条御息所の姿が鮮やかに浮かび上がる。物語にはじめて際やかに示された光源氏の思いの深さに導かれて、六条御息所の哀切な愛執が極まる。それは六条御息所にとっての、一瞬の後にも崩れ去る、だからこそ一入かけがえのない忘れえぬ輝きに充ちた愛執の時間であった。

謡曲「野宮」の世界は、光源氏の、この懇ろな情を、六条御息所その人がどう受け止めたか、という視点にもっぱら収斂させる時、自ずと立ち現れるものではなかったか。六条御息所のことを「辛きものには、さすがに思ひ果て給は」ぬ光源氏が、自らを訪ね来たったことを「いとものあはれなりけりや」とシテが語るのは、賢木の巻ではじめて示された光源氏の深い心の在り方を受け止めたはずの六条御息所の心象を、女君の側から明かす構図にほかならない。シテとして選び取った六条御息所の側から、その輝く瞬間を刻み、さらにその輝く時間と場への尽きることのないシテの執着を描くものとして、その世界は立ち現れる。その意味で賢木の巻そのものの展開が、自ずと拓く謡曲「野宮」の世界の局面を確認しておきたい。

光源氏の視点を反転させ、ひたすら六条御息所側から光源氏の心象を受け止める「野宮」の作劇法は、例えば世阿弥『三道』の「かくのごときの貴人妙体の見風の上に、あるいは六条の御息所の葵の上に憑き祟り、夕顔の上の物の怪に取られ、浮舟の憑物などとて、見風の便りある幽花の種、逢ひがたき風得なり」[20]の条からうかがわれるように、『源氏物語』の風雅に気高い女君を選び取り、シテを中心とする物語に据え直す、謡曲本来の仕組みにもとより根ざす。同時に「辛きものには」を反転させた作者には、『源氏物語』本文の持つ「ものあはれなり」という共感の空間がおそらく無意識のうちに鋭く受け止められていたのではなかったか。さらにまたかつて見ることのできなかった光源氏その人の深い情が、ここに鮮やかに読み取られていたことも推測される。シテに収斂する謡曲の組み立ては、賢木の巻のこうした共感の空間、それに導かれての光源氏の情の深さによって、まことに希有なしめやかさを形成することとなった。「野宮」が傑作とされるのは、おそらくその幸福な出会いに拠るところが大きかろう。

合戦で滅びた実在の人物の最期をめぐる物語を描く修羅能の成功を経て、『源氏物語』の「主人公が霊として登場して彼らの人生の最も輝ける瞬間について語ることができる」女体夢幻能が成立したという[21]。例えば「浮舟」において、後ジテ浮舟の霊が生前出家を果たしたという縁の地、小野に現れ、ワキ僧に自らの体験と供養を願う構図は、繰り返される夢幻能の型であり、「野宮」もまたその型に導かれ六条御息所の最も輝く時間を切り取り、そこに執着し回帰するシテの姿を刻むものであることは言うまでもない。「浮舟」の後ジテが、ただし二人の男のあわいに揺れる苦悩を訴えつつ、観音の慈悲と小野を訪れた僧の供養により、「思ひのままに執心晴れて　兜率に生まるる嬉しき」と、喜びを語って姿を消すのに対して、「野宮」のシテは、型を襲いつつも、その輝く愛執の時と場への執着をひたすら深める姿を止めるもののように見受けられる。

とはれしわれも　その人も　ただ夢の世と　古り行く跡なるに　たれまつむしの音は　りんりんとして　風茫々たる　野の宮の夜すがら　なつかしや

「野宮」の六条御息所は、「古り行く跡」となった縁の地を「なつかし」[22]む思いを果てしなく忘れ難い。それはほかならぬその地を「長月七日」に訪れた光源氏その人を偲んで来る年ごとに「宮所を清め　御神事をな」す営みをも呼び起こすこととともなった。ワキ僧に向かって、「疾く疾く帰り給へとよ」と告げることばの異例の激しさは、シテの、野宮という場への執心の深さを語るものにほかなるまい。輝く時を胸に、僧の供養を願い、供養によって救い取られるシテの姿とは、やや異質であろう。

女体夢幻能の中で、固有の洗練と完成を果たしたのは、こうした輝く時と場への執心に、光源氏の希有な思いの深さ、晩秋の野宮の風趣と六条御息所の心象の一体化という、本説賢木の巻の仕掛けが、鮮やかに掬い取られた「野宮」の作劇の根幹に因るところであろう。なお本説には見られない「森」の語が、「これなる森を人に尋ねて候へば　野の宮の旧跡とかや申し候」をはじめ頻出すること、そしてそれは「杜」に連なって神、神聖、そして禁忌を呼び起こす、との指摘[23]がある。「森」は「黒木の鳥居」等の語と併せて、「野宮」に仕掛けられた神事、神なるものの分厚い層として、六条御息所との出会いを禁忌の恋のイメージに繋ぐ展開ともなっているという。

『源氏物語』賢木の巻では、斎宮の母、六条御息所、という像に止まり、野宮の地で禁じられた逢瀬の時が持たれる、といった要素が必ずしも前面に出されることはない。『源氏物語』における禁忌の恋は、既に藤壺や朧月夜など他の女君に担われており、野宮における六条御息所にあえてその要素を求める必要はなかった、ということなのでもあろう。逆に言えば、「野宮」は、禁忌の恋をも、こうした形で『源氏物語』を貫く魅力的な縦糸として織り込んだということなのかもしれない。

三　「葵上」「車」「火宅止め」をめぐって

さて「野宮」の「本説的位置」に在る、とされる「葵上」に目を向けてみたい。「葵上」が大きく取り込まれるのは、「野の宮　秋の千草の花車　われも昔に　廻り来にけり」と後ジテの登場となる条である。「車の音の近づくかたを　見れば網代の下簾　思ひかけざる有様なり」とワキ僧が語りかけるところを顧みれば、シテは「花車[24]」に乗って姿を現したことになる。原作当時の演出では、車の作リ物が出されていたともいう。もとより「車」は、「葵上」における車争いのイメージに繋がるものとして選び取られた。優雅な風趣を湛え、「花」の車に乗って立ち現れる六条御息所ながら、やがて「物見車のさまざまに　殊に時めく葵の上の　おん車とて人を払ひ…」「ひとだまひの奥に押しやられて　物見車の力もなき…」と、「花車」は車争いに激しく連鎖するものとなる。「秋の花みな衰へて」と前場で刻まれた晩秋の風情を担う「花車」は、けれどまぎれもなく車争いを導く仕掛けであった。

ところで車争いをめぐって「野宮」に繰り返される「物見車」、そして「網代の下簾」「ひとだまひ」等の語は、実は「葵上」には見えないものである。これらの語は、「かねてより物見車こころづかひしけり」（葵②二一頁）「網代のすこし馴れたるが、下簾のさまなどよしばめるに」（葵②二二頁）「副車の奥に押しやられてものも見えず」（葵②二三頁）と、『源氏物語』葵の巻に示される語であった。その意味では本説は葵の巻にほかならない。むしろ語そのものについては、本説『源氏物語』本文を下敷きにする「野宮」は、後場においても物語本文に直接触れての作劇の相が確認されよう。

一方の「葵上」は、「夕顔の宿の破れ車」に乗り、「忍び車のわがすがた」を恥じるシテ六条御息所が登場し、「枕に立てる破れ車　うち乗せ隠れ行かうよ」と憎しみの的となった葵の上その人を車で連れ去ろうとする「後妻打ち」の振る舞いを語っており、葵の巻の車争いを下敷きとしつつも、車争いに至る過程など、事件をめぐることの詳細には目が向けられることはなく、むしろその核に潜められた「嫉妬」の情に焦点を絞る趣であり、葵の巻本文とは距離がある。にもかかわらず「野宮」は、「葵上」、そして「葵上」の「車」を大きく踏まえるものであった。

三つの車にのりの道　火宅の門をや出でぬらん　夕顔の宿の破れ車　遣るかたなきこそ悲しけれ　憂き世はうしの小車の　憂き世は牛の小車の　廻るや報ひなるらん

およそ輪廻は車の輪のごとく　六趣四生を出でやらず……（「葵上」）

世阿弥の時代の演出では、車の作リ物が橋がかりに出され、「葵上」のシテはそれに乗って謡い出したとされる。[25]「三つの車」とは、『法華経』譬喩品に見える火宅説話を踏まえるもので、「火宅」は「迷の衆生の住居する三界[26]」を意味する。「羊車。鹿車。牛車」の「三つの車」が門外に待つと告げて、巧みにも火の燃えさかる家（火宅）から子どもたちを連れ出した父のように、「法《のり》」、「仏法」が、衆生の、この世の迷妄の生よりの離脱、救出をはかる道筋が伝えられる。「その火宅の門を出たのであろうか」と問いかけることばに導かれて、「葵上」のシテは登場するのであった。車は、迷妄のこの世から救いへと人間を運ぶものであった。

さらに車は「輪廻の輪のごとく」「廻る」ものとして捉えられている。「はやき瀬にたゝぬばかりぞ水車われも憂き世にめぐるとを知れ[27]」（『金葉和歌集』雑上　行尊）の歌に見えるように、「めぐる」車は、憂き世の行為のはかなさに重なるものとして詠まれるものである。釈教歌には法華経を踏まえる「三つの車」もしばしば立ち現れ、また『連珠合璧集』「車トアラバ」には「めぐる」「三」「法」「羊」「鹿」「牛」の語が見え、連歌におけるこれらの語の定着も確認される。「葵上」の車は、「火宅」の迷妄から離れ、彼方へと人を運ぶ道具であり、また廻るもの、輪廻をも呼び起こす語であった。和歌、連歌の系譜を踏まえつつ、仏教的な色彩の色濃い「車」が大きく姿を現す。なお『源氏物語』には、浮舟が「車」に乗って宇治橋を「今渡り来る見ゆ」（宿木⑤四八七頁）の条に、彼岸と此岸を行き交う乗り物としての「車」の位相が僅かに垣間見えるものの、「三つの車」や「めぐる車」の発想は見えないことも付け加えておこう。

「葵上」が、車争いをめぐっての文脈に、本説には見えない「車」のこうしたイメージを取り込んだのは、もとより救済劇としての能の在り方に発するところであろう。先に触れた「枕に立てる破れ車　うち乗せ隠れ行かうよ」の条には、、地獄の使者が乗るものとしての中世における「車」のイメージが纏わるとも説かれている。[28]後妻打ちの憎しみと妄執を、般若の面を付けたシテの激しい動きに託しつつ、その果てに横川の小聖によって祈り伏せられたシテは、「あらあら恐ろしの　般若声や　これまでぞ怨霊　この後またも来たるまじ」と退散、「読誦の声を聞くときは　読誦の声を聞くときは　悪鬼心を和らげ　忍辱慈悲の姿にて　菩薩もここに来迎す　成仏得脱の　身となり行くぞありがたき」と仏法によって救い取られる姿を静かに示すのだった。動きの激しさとの落差故にも、その静かな救済の相は強い印象を刻む。

「野宮」に立ち戻ろう。「われも昔に　廻り来にけり」と、車に乗って現れた後シテは謡い、また「よしや思へば何事も　報ひの罪によも洩れじ　身はなほうしの小車の　廻り廻り来ていつまでぞ　妄執を晴らし給へや」と訴える。「物見車」等「葵上」には影さえ見えない『源氏物語』葵の巻のことばを入念に踏まえる一方で、けれど葵の巻にはない「廻り来」る「うし（憂し・牛）の小車」の語を、「野宮」は「葵上」から導いた。それは、臈長けた女人の、しめやかな愛執、別離の悲哀と美の奥に潜められた情念の暗さ、妄執を改めて引き出し、その悲哀と美に一入の奥行きを与える装置でもあった。「ひとだまひの奥に押しやられて　物見車の力もなき　身の程ぞ思ひ知られたる」の条には、「葵上」には具体的に語られることのなかった車争いの屈辱の傷が、『源氏物語』葵の巻を踏まえて鮮やかに示されてもいる。悲哀と美は、深い傷みと妄執を底に潜めて静かに刻まれた。

一方、「野宮」のシテは、その妄執の姿から、救済へと抱き取られたのかどうか。

ここはもとより　忝なくも　神風や伊勢の　内外の鳥居に　出で入る姿は　生死の道を　神は享けずや　思ふらんと　また車に　うち乗りて　火宅の門をや　出でぬらん　火宅の門を

「葵上」に示された「車」「火宅の門」のことばは、「野宮」末尾に再び姿を現す。「葵上」のシテ登場に際しての「三つの車にのりの道　火宅の門をや出でぬらん」にまさに呼応する趣で「野宮」末尾は「火宅の門をや　出でぬらん　火宅の門を」と刻まれた。「火宅の門を」の他に「火宅の門」「火宅」等の異同が見えるこの末尾は、「火宅止め」と呼ばれる、固有の終わり方を見せている。「火宅」の語自体は、「東北」（六例）「求塚」（四例）等の複数例をはじめ、謡曲にはしばしば現れることばだが、「火宅」の語が末尾に置かれるものはほかにない。「迷いの衆生の住居する三界」が最後に投げ出されるこの曲のシテの行方はどうなるのであろうか。

例えば『謡曲大観』に見える「今は迷いの世から離脱していったやうである」の解釈もあるが、新潮日本古典集成をはじめ多くの注釈は「迷いの世を離脱成仏したのかどうか」との疑問説に従っている。「疾く疾く帰り給へとよ」と僧を撃退しようとしたシテは、救済に抱き取られるより、むしろ迷妄の中に佇み迷妄と愛執の輝きの場に永遠に回帰する姿を止めるかに見える。この姿を描くためにこそ、「野宮」には「葵上」の「車」が求められた。「葵上」冒頭、そして、「野宮」末尾に置かれた「火宅の門をや出でぬらん」の一文が響き合ってそのことを証し立てていよう。

もとより「内外の鳥居に　出で入る姿は　生死の道を　神は享けずや　思ふらんと…」の条と共に救済から距離を置く、という意味で源氏能の中でも異例とも見えるこの末尾の意味するところは何なのであろう。風雅、優艶なシテが、輝く愛執の瞬間を忘れえず、永遠にそこに回帰、円環する相を、語るのは間違いない。喪われた瞬間の輝きに果てしない執着を止め続ける人の姿は、愛執の業の悲しみを伝えて深い。或いは禅竹作とされる「定家」の終わり方とも通底するものであろうか。(29)

ところで『源氏物語』における六条御息所は、その後伊勢から戻って澪標の巻で、娘斎宮を光源氏に託して死去、やがて二〇年近い歳月を経て、死霊となり紫の上、そして女三の宮に取り憑く姿を、若菜下、柏木の巻で刻まれている。長い歳月を経ての死霊出現は、やや唐突でもあり「構想の失敗(30)」と評されることもあった。病篤い紫の上に憑いた六条御息所は、傍らの光源氏に「わが身こそあらぬさまなれそれながらそらおぼれする君は君なり」（若菜下④二三六頁）と詠みかけるのだが、室町中期成立とされる『源氏物語』の梗概書『源氏大鏡』には、実はこの歌が載せられていることに注目したい。

『源氏物語』中の和歌を網羅し、梗概を記す趣の当該書に、六条御息所の死霊の歌も見えるのは当然だが、ともあれ和歌を詠じたことによって、第二部の死霊が、中世の人々との距離を大きく縮めたことは確かであろう。死霊と化した六条御息所は、「なほみづからつらしと思ひきこえし心の執なむとまるものなりける」（若菜下④二三六頁）と語る。愛執故の死霊化を自ら明かす体である。「野宮」作者が、こうした死霊の歌、在り方に触れ、長い射程での『源氏物語』理解を踏まえ、「火宅の門」の末尾にそれを封じ込めた、と考えるのはあまりにうがち過ぎというものであろう。ただし「火宅止め」が「野宮」に固有の現象であること、「……物のけ、ちいさき童にうつりて、六条の御息所（なり三）、わが身こそあらぬさまなれそれながらそらおぼれする君は君なり。源氏の院の、たれにかとしらずがほにあいしらひ給へるを、かくよみたり(31)」といった歌の解説をも含め死霊の歌が『源氏大鏡』に見えることは、作者がともあれ何らかの形で、第二部の六条御息所の物語にも触れた可能性をうかがわせていようか、と述べるに止めておく。

「おわりに」に代えて―謡曲「野宮」、六条御息所の伝えるもの―

こうした「野宮」における『源氏物語』六条御息所の姿が、実は『源氏物語』の読みを改めて照らし返すものともなっていることを付け加えたい。「野宮」の六条御息所の伝えるものは何か。葵の巻においても六条御息所の愛執の悲哀は、「目もあやなる御さま容貌のいとどしう出でばえを見ざらましかばと思さる」(②二四頁)などの条からもとより鮮やかに伝わる。その意味で葵の巻の六条御息所が、怖ろしい女君としてのみ描かれるに止まるものでないことも言うまでもない。けれど、あえてその女君の希有な風雅さを改めて賢木の巻に記すことの意味はどこに見出されるのか。もののけと風雅という、二つの相を揺れる人の心の底知れない幅を描こうとしたのは確かであろうが、今一つもどかしい思いも残る。

けれども、嵯峨野宮における別れの瞬間を永遠に忘れえぬ「野宮」の六条御息所に触れる時、ある一つの示唆が与えられるように思われる。かつて見ることができなかった光源氏の懇ろな六条御息所への心、情が晩秋の自然と響き合い希有な瞬間が出現し、そのことによって六条御息所その人の愛執の深さがしめやかな風趣とともに描き出されるためにこそ、賢木の巻の別れが求められたのである。やがての物語の展開を再度思い起こしたい。

澪標の巻で六条御息所は、娘斎宮を光源氏に託して亡くなる。

「……うたてある思ひやりごとなれど、かけてさやうの世づいたる筋に思しよるな。うき身をつみはべるにも、女は思ひの外にてもの思ひを添ふるものになむはべりければ、いかでさる方をもて離れて見たてまつらむと思うたまふる」など聞こえたまへば、……

（澪標②三一一〜三一二頁）

「懸想人としてではなく」、という六条御息所のことばに光源氏は鼻白む体だが、約束通り彼は斎宮を養女とし、冷泉帝に入内させる。娘の処遇を訴えることばの底に潜められるものとして、その人の愛執故の苦悩とともに、その冷静沈着な判断力も浮かび上がる。それは賢木の巻のその人の風雅な姿に大きな支えを得て導かれるものにほかなるまい。第二部の死霊としての出現も、車争いに傷つけられた自尊心の問題に止まらぬ、愛執の哀切な深さを負うものであることも述べ来たったところである。

謡曲「野宮」の『源氏物語』享受の相の深さを改めて反芻せずにはいられない。

注

（1）山中玲子「『源氏物語』と女体夢幻能」『平安文学の古注釈と受容』(三) 武蔵野書院　二〇一一年

（2）伊藤正義　各曲解題「野宮」日本古典集成『謡曲集』(下) 新潮社　一九八八年

（3）（2）参照。松岡心平「野宮」『源氏物語ハンドブック』新書館　一九九六年、河添房江「源氏物語と源氏能のドラマトゥルギー――謡曲「野宮」との比較――」『源氏物語の透明さと不透明さ』青簡舎　二〇〇九年、井上愛「〈野宮〉の六条御息所像試論」『国文目白』二〇〇六年二月など。

（4）（2）参照。

（5）『源氏物語』本文の引用は、小学館新編日本古典文学全集による。

（6）「野宮」「葵上」本文の引用は、新潮社日本古典集成『謡曲集』による。

（7）本文の引用は、『連歌論集』（一）三弥井書店による。
（8）（2）参照。
（9）伊藤正義「禅竹をめぐる人々」中世文華論集（三）『金春禅竹の研究』和泉書院　二〇一六年
（10）（3）参照。
（11）野村精一「野宮の別れ」講座『源氏物語の世界』（三）有斐閣　一九八一年
（12）「源氏物語の構造と表現――賢木の巻をめぐって――」『王朝物語史の研究』角川書店　一九九五年
（13）根来司「源氏物語の文章」『平安女流文学の文章の研究』笠間書院　一九六九年
（14）東原伸明「「野宮」の別れの〈語り〉の遠近法――「賢木」巻始発部の言説分析――」『源氏物語の言語表現　研究と資料』古代文学論叢（一八）武蔵野書院　二〇一〇年
（15）玉上琢彌『源氏物語評釈』（二）四九五頁　角川書店　一九六五年
（16）（15）の書の四九六頁。薫が晩秋に宇治を訪れる条にも「その琴とも聞きわかれぬ物の音ども、いとすごげに聞こゆ」（橋姫⑤一二六～一三七頁）と、賢木の巻の当該箇所と重なるものが見える。ただし橋姫の巻の場合、姫君たちの心象と響き合う表現ではない。
（17）『拾遺和歌集』雑上（本文の引用は、岩波新日本古典文学大系による。）
（18）『蜻蛉日記』下巻、天延元年広幡中川転居などの条によれば三七、八歳の辺りか。
（19）拙稿「六条御息所考」『源氏物語の人物と表現　その両義的展開』翰林書房　二〇〇三年
（20）本文の引用は、小学館新編日本古典文学全集『連歌論集　能楽論集　俳論集』による。
（21）（1）参照。
（22）出岡宏『野宮』――「懐かしや」の意味『季刊　日本思想史』（三九）一九九二年六月
（23）（3）松岡論文、井上論文参照。

(24) 倉持長子「能〈野宮〉の「車」と「月」」『明星大学研究紀要――人文学部　日本文学科』二〇一七年三月
(25) (24) 参照。
(26) 宇井伯寿『仏教辞典』大東出版社　一九三八年
(27) 本文の引用は、岩波新日本古典文学大系による。
(28) 西村聡「『野宮』の文体」『説話・物語論集』(一一) 一九八四年五月。なお西村論文には、「辛きものには、……いとものあはれなりけりや」の条をめぐる「御息所への視点の集中」の指摘、道行文に関しての根来説への言及も見えることを付け加えおく。
(29) 山木ユリ「「荒れたる美」とその演劇的成立――「芭蕉」「定家」「姨捨」と禅竹の様式」『日本文学』一九七七年五月
(30) 池田亀鑑「源氏物語の構成とその技法」『望郷』一九四九年六月
(31) 本文の引用は『源氏大鏡』一類本の比較的古態を保存しているとされる古典文庫本による。

『源氏鬢鏡』への一視点—発句をめぐって—

久富木原玲

はじめに

『源氏鬢鏡』は、近世初期に貞門の俳諧師によって編纂された。室町時代に成立した便覧書『源氏小鏡』(1)の、さらなるダイジェスト版であるが、『源氏物語』五四帖の各巻に俳諧の発句が付されている点に特色がある。このような体裁を持つのは本書を嚆矢とする。『源氏物語』と俳諧との取り合わせは、一見、奇妙だが、やがて近世を代表する文学となっていく俳諧と前代までの古典の代表ともいうべき『源氏物語』とが出会っている点に近世的な特色があらわれている。(2)さらに巻末には山崎宗鑑・荒木田守武を筆頭に、貞徳とその門人たちの俳人系図を載せる点でも注目される。貞門の俳人たちが新文学としての俳諧を『源氏物語』という権威に繋げつつも自分たちの存在を前景化させているのである。それまで『源氏物語』の注釈を担ってきたのは貴族を中心とする歌人で、中世後期からは連歌師がそれを受け継ぎ、近世に入ると、この『源氏鬢鏡』の編者たちの俳諧の師である松永貞徳によって、あらたな源氏享受の歴史が始まった。貞徳は多くの人に『源氏物語』の講義をして承応元(一六五二)年には能登永閑の注釈書に『源氏物語』本文を加えた『万水一露』を上梓したが、この頃から彼の門下を中心として『源氏物

【図1】『源氏鬢鏡』（愛知県立大学図書館貴重書コレクション）「上」の表紙1・0001

語』に関するさまざまな活動が展開されていく。特に山本春正の『絵入源氏物語』や北村季吟の『源氏物語湖月抄』は、共に後世に大きな影響を与えた。また野々口立圃は『十帖源氏』や『おさな源氏』の著者、監修者として知られている。(3)

この『源氏鬢鏡』では桐壺巻は貞徳の発句、次の帚木巻は守武、最後の夢浮橋巻には宗鑑の句が配されている。末尾に付された系図も宗鑑と守武を戴きつつ、貞徳とその門下が続く。守武・宗鑑は別格として参加を請い、貞徳を師としてその門下が集って成った書であることがわかる。春正は名を連ねていないが、立圃や季吟は参加している。季吟や春正は和歌にも造型が深かったが、『源氏鬢鏡』に集った門下たちも同様に和歌的素養がうかがわれるものの、梗概本にあえて発句を付けた点で新しい時代の幕開けを感じさせるものとなっている。

本稿では主に『源氏鬢鏡』に付された発句に着目しながら、その作用や意義について考えてみることにしたい。適宜、絵と本文を載せるが、底本は愛知県立大学蔵本に拠る。(4) なお本文・挿絵を掲載するのは、図像等の比較を目的とするためではなく、これまで紹介されることのなかった絵を中心に、文脈上、関連するもののみに限り、その体裁を示す意味で載せることとした。

一　先行研究について

『源氏鬢鏡』は、万治三（一六六〇）年に貞徳の弟子、小島宗賢と鈴村信房によって編纂された。『源氏小鏡』の本文を巻名を中心に要約し、巻名を詠み込んだ発句を載せ、その巻を示す挿絵が巻毎に一枚ずつ配されている。

絵に関する先行研究の主なものとしては、清水婦久子・岩坪健両氏の論考を挙げることができる。[5] 清水氏によれば、『鬢鏡』の絵の多くは山本春正の『絵入源氏物語』の挿絵の中から選んだものであり、そこには明らかな模倣として雲隠巻を含む五五図のうち、三七図を挙げることができると指摘され、『絵入源氏物語』の挿絵と異なるのは、そこに巻名にかかわる絵がなかった場合だとする。その後、岩坪健氏は『小鏡』と『鬢鏡』の絵の相違に着目し、後者は独自の絵の選定を行っており、そこには土佐・住吉派に代表される肉筆画とは異なる図様が生まれており、後世の木版画に影響を与えて版画の世界で継承されたと論じている。[6]

発句に関する言及は、管見に入る限り東聖子氏のみである。[7] 氏は『源氏鬢鏡』を近世俳諧研究者の視点から『源氏物語』の「梗概・和歌・俳諧・挿絵」という「四つのジャンルの共同作業・共同制作」によってなされた「コラボレーション」として捉え、このような超領域的な試みから、やがて俳諧ジャンルの独自性が示され、やがて俳諧の自立に有効に作用した可能性があると説き、後述するように特徴的な発句を採り上げて分析している。

即ち『源氏鬢鏡』は『源氏物語』の近世的な享受のいわば転換期に位置する。そして前述のように巻末には宗鑑、守武の名を挙げて貞徳以下の俳人系図を付しており、近世初期における『源氏物語』と俳諧師とのかかわり、あるいはその広がりが窺われる点でも興味深い。

二　『源氏鬢鏡』の発句について

(1) 桐壺・帚木・空蝉三帖について

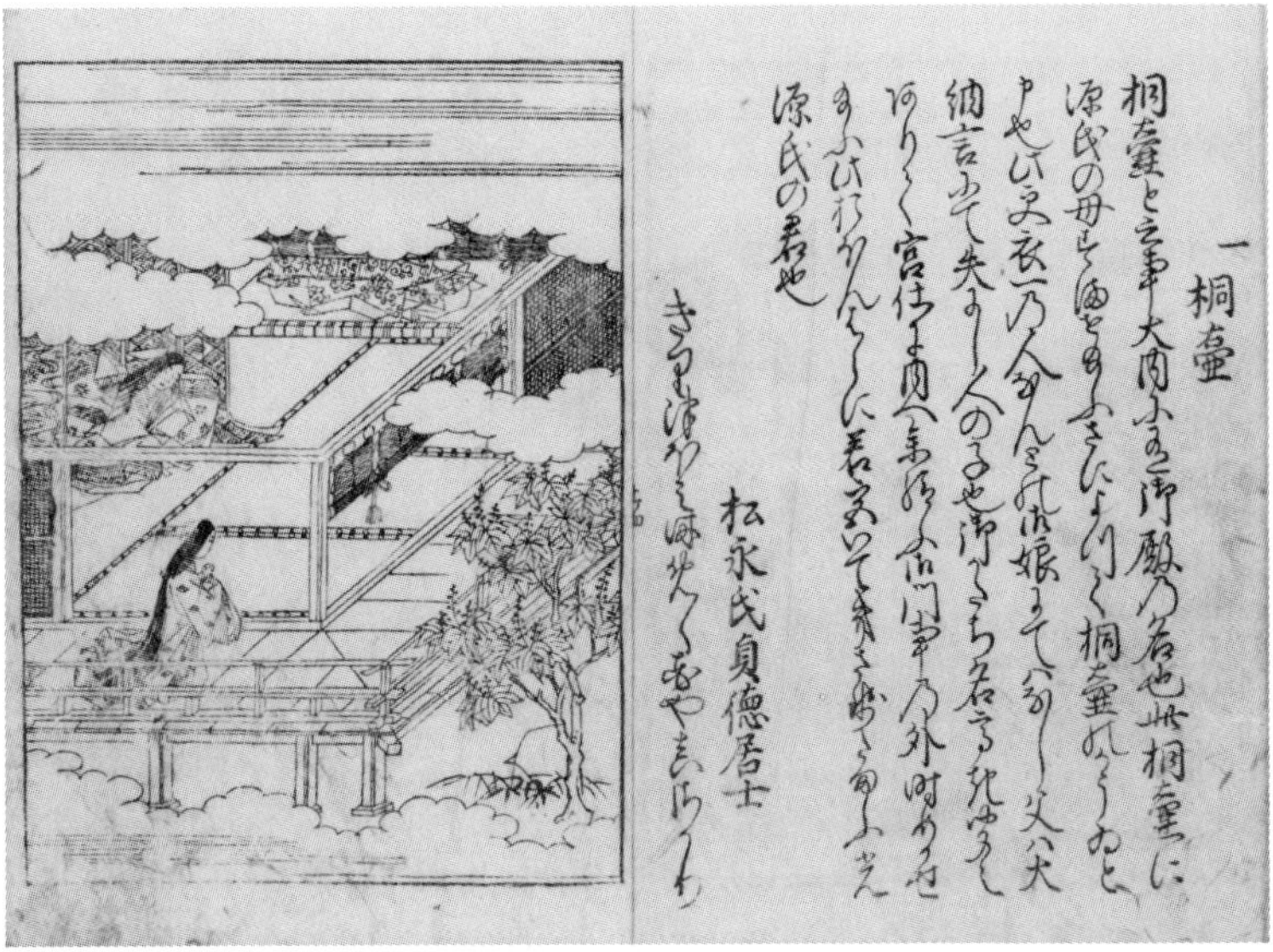

【図2】桐壺巻1・0006

まず最初の三帖の発句について見ていく。桐壺巻は貞徳作である。【図2】

　きりつぼみ時めく花や真さかり　　松永氏貞徳居士

これは梗概に「御門事の外時めかせ給ふ。此のおほんはらに若宮いできさせたまふ」と記されるように、更衣が華やかに寵愛され、その上、皇子までも授かった幸運を「つぼみ」が花盛りを迎えて幸せの絶頂にあるとして「真さかり」と詠んでいる。

　帚木巻は、守武の発句を掲げている（【図3】）。

　声はあれどみえぬや森のはゝきゝす　荒木田氏守武

「帚木」という巻名の中に森の中で鳴いているのに姿が見えない「きぎす」（雉子）を「物名」のように入れている。「帚木」という想像上の植物から「雉子」という身近な動物への連想へと誘い、さらに和歌のレトリックである物名的な遊び心で詠んでいる。

　続く空蝉巻の発句は、次の通りである（【図4】）。

　浪のあやぞぬぐ空蝉の尼がへる　鶏冠井氏令徳

「ぬぐ」は、空蝉物語の内容からすぐに理解できるが、

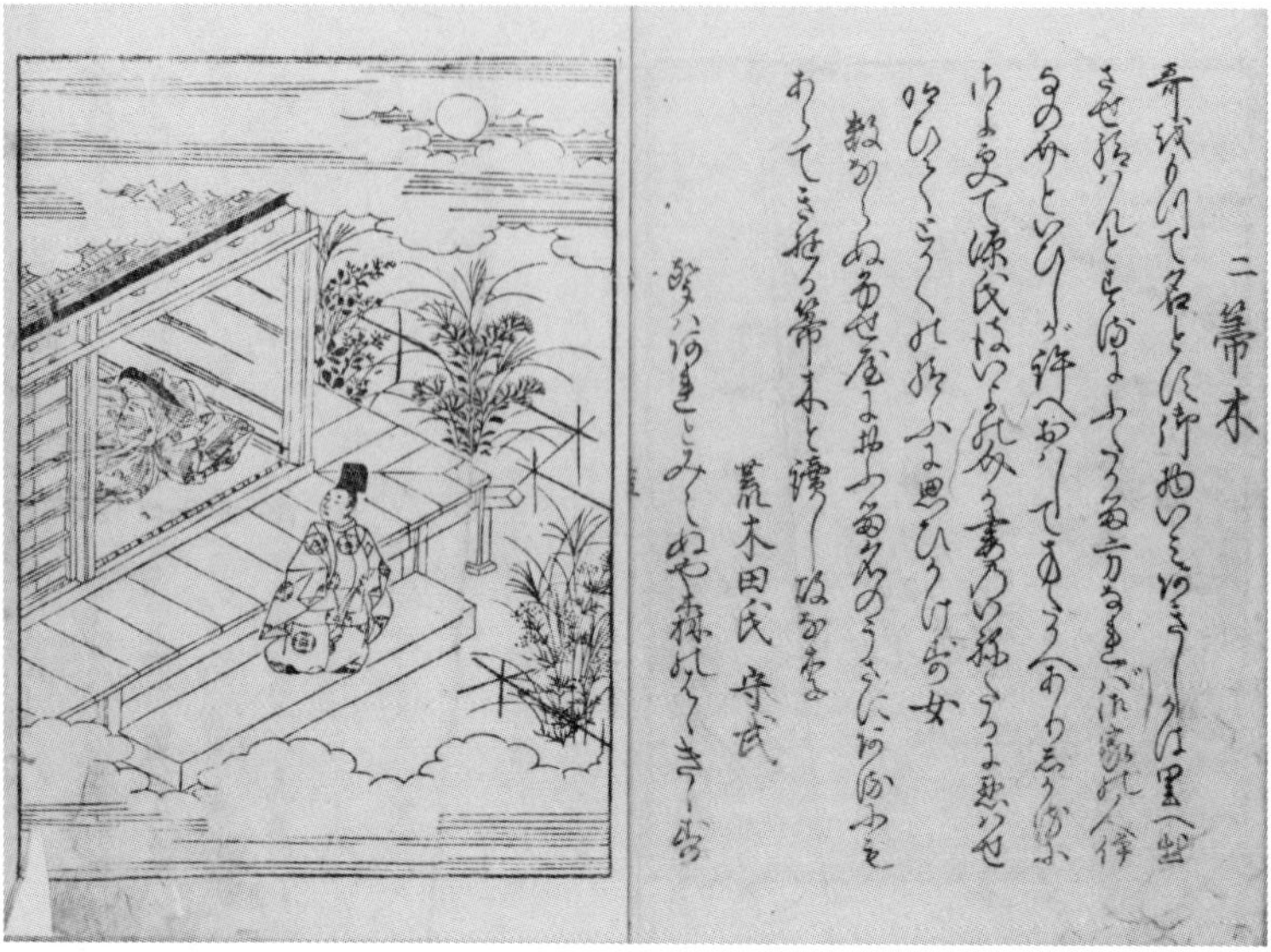
【図 3】帚木巻 1・0007

なぜ「尼がへる」なのかと言えば、梗概の後半に次のような記述があることによる。

空蝉の身をかへてける木の本に猶人がらのなつかしきかな

さてこそ此の巻を空蝉といふ。此の空蝉後には尼になりてうつせみのあまといふ。

発句の「尼がへる」は、傍線部分のように、空蝉が後に尼になるという展開まで説明されていることに対応した内容になっているのである。それは源氏が空蝉に対して詠んだ「身をかへてける」にも照応するであろう。空蝉は衣を脱いで「身をかへてける」が、後には墨染めの衣を纏ってさらに「尼に身を変えた」というのである。短い発句に後の展開まで含めた梗概と和歌の表現をふたつながら詠み入れている。

このように冒頭の三帖を見るだけでも、それぞれの発句の作者が梗概あるいは和歌との関係を考慮しつつ、それぞれ、ある程度、工夫した発句を提示していることがわかる。

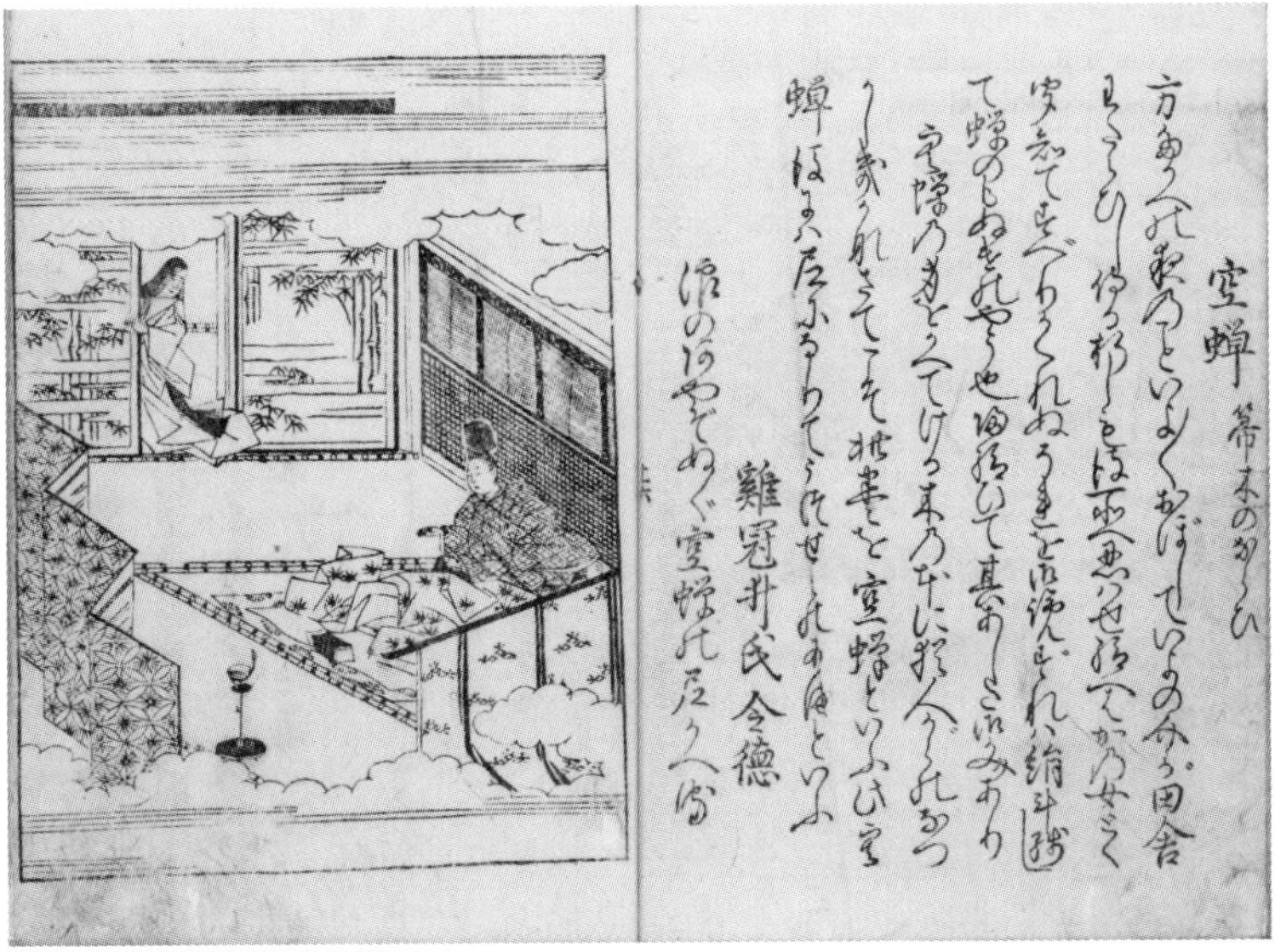

【図4】空蝉巻1・0008

ちなみに『湖月抄』を著わした季吟は、鈴虫巻の発句を詠んでいる。

鈴虫巻　横笛にならふ鈴むしの夜ごえ哉　北村氏季吟

ここでは、鈴虫巻が横笛巻に続く巻であることに加え、柏木から女三の宮へ、さらに横笛から鈴虫の音へと「音」にかかわる連想を重ねた発句となっており、『源氏物語』の内容及び前後の関係をふまえた作になっている。

（2）和歌的な発句

前節のような例の外に掛詞などの和歌的なレトリックを用いた発句も散見される。そのような発句で目についたものを幾つか挙げてみる。

紅葉賀巻　たちかはる風や紅葉の賀くの舞　真淵氏宗畔

関屋巻　時雨もるはむねも心もせき屋かな　末吉氏道節

胡蝶巻　ふる舞は雨の日むかふこてふかな　沢田氏由雪

ここでは、それぞれ「紅葉の賀く」に「楽」を掛け、関屋巻の「せき屋」は、「関」と「胸も心もせきあげる」の意を、胡蝶巻の「ふる舞」は「振舞」と「(雨が)降る」という掛詞になっている。

だが本書の発句は、このような物語に即した和歌的な作品だけではなく、極めて俳諧的な作品も配されている。次節において、それを示す特徴的な発句を採り上げて見ていくことにしたい。

(3) 卑俗なおかしみや笑いを発する発句

まず、最も俳諧的な、つまり世俗的で野卑なおかしみを含んだ句の例として、澪標巻と早蕨巻を挙げてみよう。

澪標巻　　難波江の蘆鴨の汁や身をつくし　　江戸住未得【図5】

この巻の梗概には源氏が都に召喚された後、明石君が住吉詣をした折のことが記されており、明石君の、

数ならで難波のこともかひなきに何身をつくし思ひそめけん

という一首が引用されている。源氏が明石を去って離ればなれになってしまい、これから先、自分と娘・明石姫君の運命がどうなるか不安に駆られる心のうちを詠んだ歌である。にもかかわらず、この発句は難波江の「蘆鴨」を料理して「汁」にして食べるという内容になっている。これは、

ひとつとりふたつとりては焼いて食ふ鶉なくなる深草の里　（蜀山百首・五四）

という狂歌を想起させるのだが、実はこの狂歌は定家の父俊成の自賛歌とされる、次の歌のパロディなのである。

夕されば野辺の秋風身にしみて鶉なくなり深草の里　（千載集・秋上・二五九）

この俊成歌は、『伊勢物語』一二三段の話をふまえている。男が深草に住む女に飽きて出て行こうとした時、女は深草の野で鶉となって、男が狩りに来るのを待ち続けるという歌を詠んだ。たとえ自分が狩りの対象となったとしても、もう一度、男に逢いたい、男に狩られるのであれば本望という心情を吐露したため、男はその切なる思いに

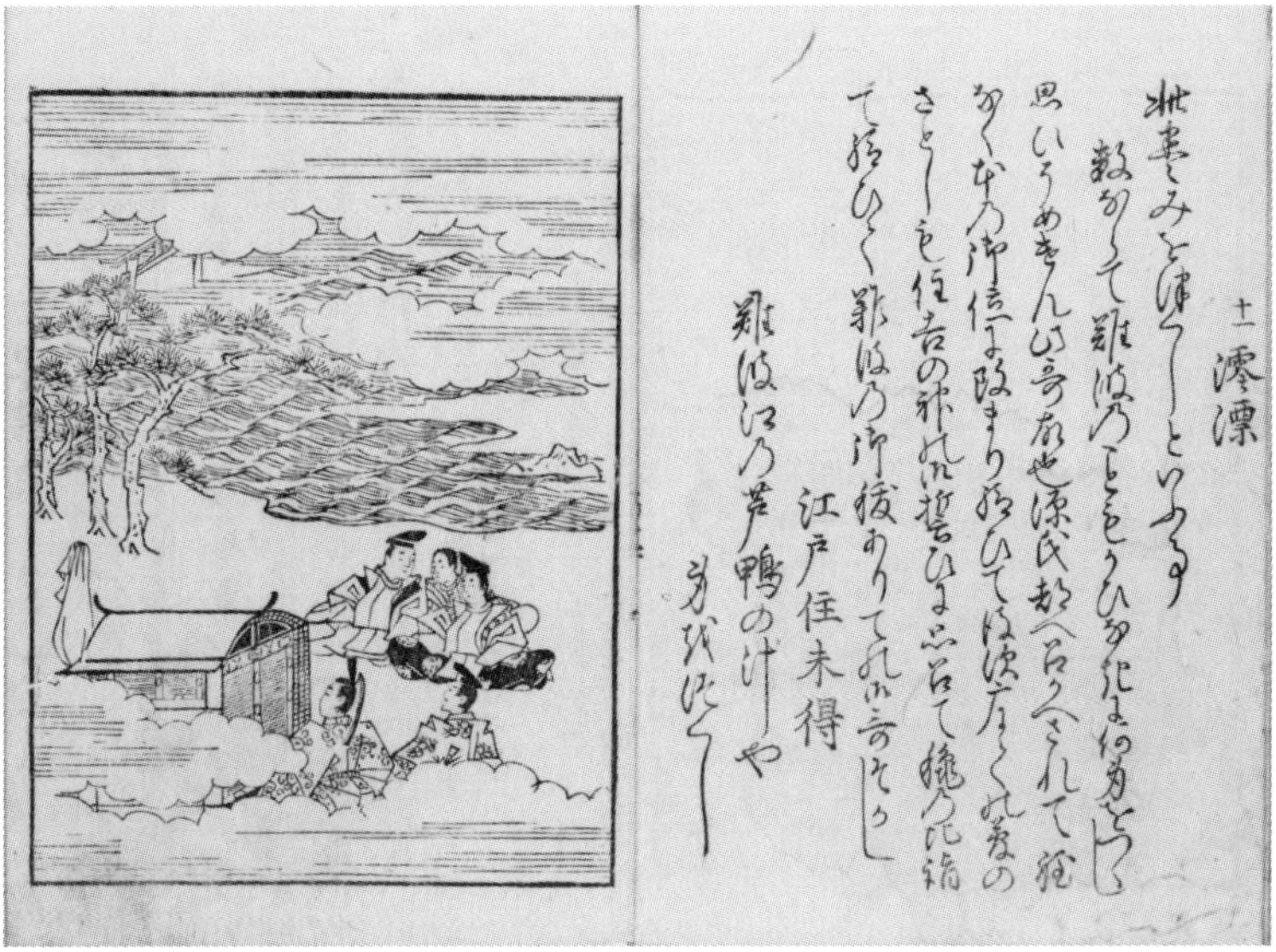

【図5】澪標巻1・0019

胸打たれて出て行くのを思いとどまった。そこで俊成は、この女の歌を本歌取りして女の切ない心情に寄り添った歌を詠んだのであったが、それを蜀山人は女の気持ちとは似ても似つかぬ狂歌に仕立てたのである。深草に住む鶉を次々に焼いて食べたものだから、とうとう鶉がいなくなってしまったのだと、きわめて即物的な狂歌に作り替えたのであった。この狂歌の面白さは女の心情を狩りをする男の側の行為に変え、鶉を獲っては食べるその食欲に焦点を当てて、さらに下句の「鶉な（鳴）くなり」という、その哀愁を帯びた鳴き声を「（次々に獲って食べたから）鶉が無くなってしまった」という実も蓋もない内容にした点にある。「鳴くなり（無くなる）」という同音で意味の異なる語に変えてしまっているところにもおかしみがある。和歌の掛詞を逆手に取って俊成歌との落差の大きさを楽しんでいるのである。

この澪標巻の発句も同様の発想によって詠まれている。悩みや不安といった内面的な心情を全く逆の「食べる」行為に転換することによって、思いもかけない俗な発

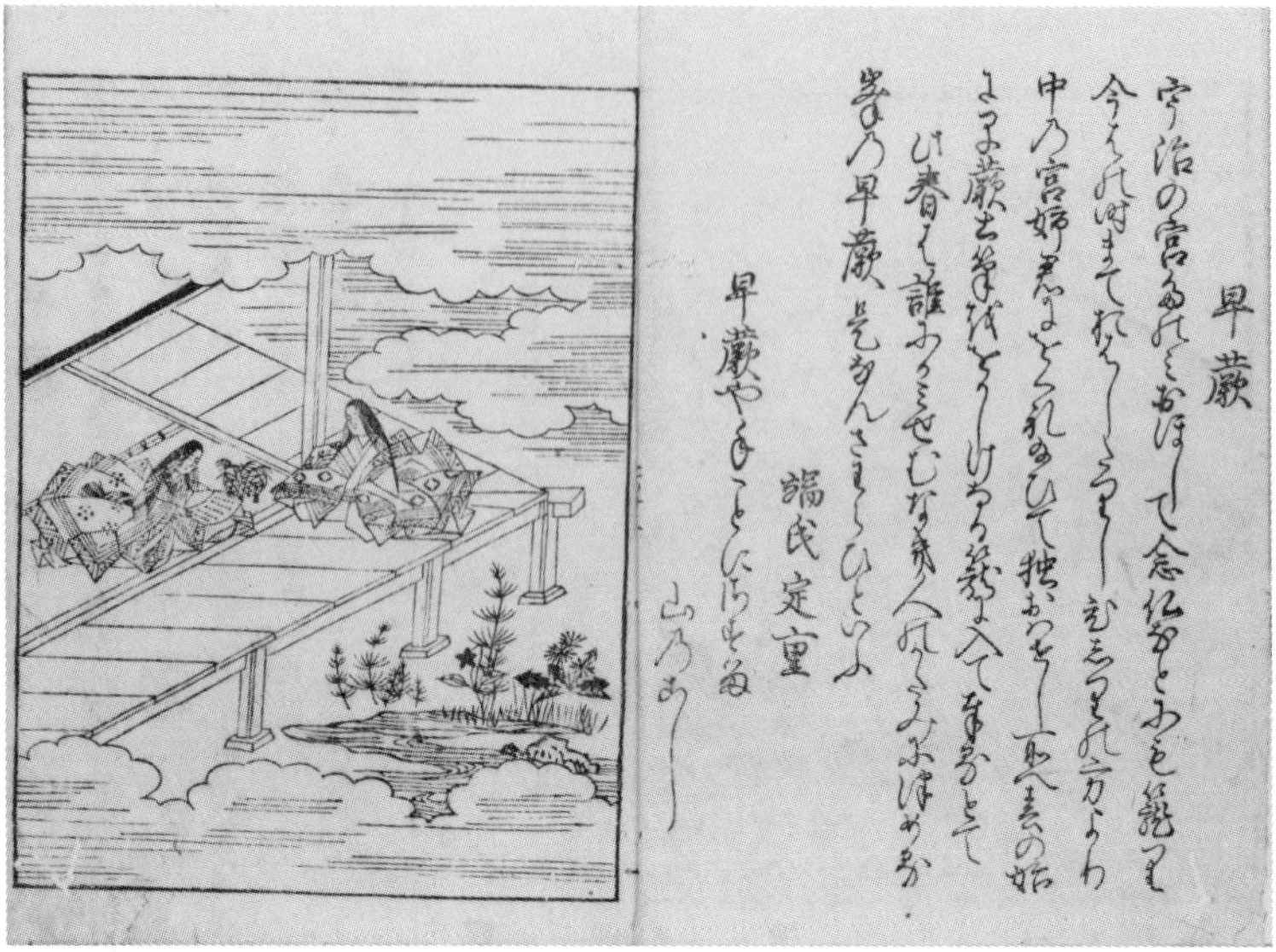

【図6】早蕨巻2・0025

想・俗な世界を展開してみせるところに俳諧の真骨頂がある。だが、挿絵（【図5】）は、源氏の従者たちが牛車の近くに控える様子を描いており、この発句とは全く無関係である。ここには挿絵との整合性など無視して、発句の方の面白さを追求する姿勢を認めることができる。

類似の例は早蕨巻にも見受けられるが、これも挿絵と発句との間には関連性は認められない。

早蕨巻　　早蕨や手ごとにさする山のこし

端氏定重　【図6】

総角巻で薫が思慕してやまない大君が亡くなってしまうが、その宇治の里にも春がめぐってくる。ひとり残された中の君の許に、春の草が届けられたとき、中の君は、

此の春は誰にかみせむなき人のかたみにつめる峰の早蕨

という歌を詠む。『源氏鬢鏡』の梗概では、このような事情を簡潔に述べて右の歌を載せている。この歌の、「誰にかみせむ」「亡き人のかたみにつめる」といったことばには大切な姉・大君を喪った悲しみがにじみ出てお

り、一首全体は、ほとんど哀傷歌のような趣きになっている。

ところが、発句は前掲の通りであって、これについて東聖子氏は次のように説く。

春の山の中腹での菜摘みは、あたかも山の腰を手ごとにさするようだと、「手ごとにさする山のこし」は山を擬人化し、艶情めいた滑稽にからめ取っている。優雅な世界を俗な笑いに転化させている。(8)

その通りであるが、ここは単に「優雅→俗な笑い」にとどまらず、「哀傷歌的な世界→俗な笑い」に変換させる点で、その落差はさらに強調されているように思われる。「死の悲しみ・死のイメージ」を「俗な笑い」へと反転させるからである。

このような落差を生じさせるのに大きく与っているのが身体表現である。澪標巻・早蕨巻の和歌と発句を並べてみよう。

澪標巻　ア数ならで難波のこともかひなきに何身をつくし思ひそめけん

　a難波江の蘆鴨の汁や身をつくし

早蕨巻　イ此の春は誰にかみせむなき人のかたみにつめる峰の早蕨

　b早蕨や手ごとにさする山のこし

澪標巻における「身をつくし」は巻名で、和歌にも発句にも入っているが、和歌における「身」は、平安時代の歌にしばしば詠まれたポピュラーな語で、身体そのものをイメージさせるようなインパクトはない。たとえばよく知られている『百人一首』の「わびぬれば今はた同じ難波なる身をつくしても逢はんとぞ思ふ」（元良親王）の歌なども、「身をつくし」つまり破滅しても構わないという意の掛詞で、情熱的ではあるが生身の身体の動きが前面に出ているわけではない。また『古今集』には、

君恋ふる涙の床にみちぬればみをつくしとぞわれはなりぬる　（恋二・五六七・興風）

といった歌もあるが、恋の涙が寝床に満ちてしまって涙に暮れる自分を澪標の杭にたとえているが、これも比喩であって生身の身体そのものではない。

これに対して、「俳諧」の語源としての『古今集』巻一九「誹諧歌」には、身体そのもの、しかも生身の身体の部位の動きを詠んだものが散見される。

七月六日、七夕の心をよみける　藤原兼輔朝臣

いつしかとまたく心を脛にあげて天の河原を今日やわたらむ　（一〇一四）

出でて行かむ人をとどめむよしなきに隣の方に鼻もひぬかな　（よみ人しらず一〇四三）

なげきこる山とし高くなりぬればつらづゑのみぞまづつかれける　（大輔一〇五六）

また、次のような例もみられる。

人にあはむつきのなきには思ひおきて胸走り火に心焼けをり　（小町一〇三〇）

人恋ふることを重荷とになひもてあふこなきこそわびしかりけり　（よみ人しらず一〇五八）

小町の「胸走り火に心焼けをり」というのは比喩的な表現ではあるものの、躍動感に満ちた恋心の激しさを示す身体の動きが伝わってくる。次の「重荷とになひもて」の歌も恋心の比喩表現なのだが、形にあらわすことのできない心の「重荷」を背負って歩く姿を彷彿とさせる。なお、平安期以降の、特に勅撰集が生身の身体表現を避けた端的な例として、次の『新古今集』の和歌がある。

ねざめする身をふきとおす風の音を昔は袖のよそに聞きけん　（哀傷・七八三）

『和泉式部続集』一四五では「耳のよそに」であったのを『新古今集』は「耳→袖」に変更したのである。

このように「俳諧」の源流にあった『古今集』「誹諧歌」には身体を即物的に詠んだり、心を身体性ゆたかに且つ大げさに詠むといった特色があったのだが、その特色は近世の俳諧にも受け継がれていった。そのような要素が『源氏鬢鏡』の澪標巻・早蕨巻の発句にも認められるのである。再度、このふたつの発句に戻ってみよう。

澪標巻の発句は「蘆鴨」を料理し、「汁」にしてその「身」を残らず食べ尽くすというのである。「蘆鴨」の身を食する旺盛な食欲をさらけ出す生々しく圧倒的な人間の欲望が、ここにはある。「身をつくし」という同じ言葉を用いながら、全く正反対のイメージが創出されている。

早蕨巻も同様で、父八の宮に先立たれ、さらに姉の大君までが亡くなって、その追慕と悲しみのうちに春を迎えた中の君の歌を、「山の腰」をさするようにして若菜を摘んで来たのだとする滑稽な動作に転換するのである。ここでも「腰」を「さする」という身体的な行為をあらわす表現が効いている。中の君の和歌には「摘む」という行為を示す動詞が確かにあるが、発句はそれを「腰」を「さする」という極めて俗的な仕草を示す表現に変えて哀傷的な和歌世界からコミカルな若菜摘みの光景に変換する。それにしても『源氏物語』の梗概書である『源氏鬢鏡』に、このような発句を載せてしまうと、本来の目的である梗概の記述から逸脱するのではないか。梗概そのものをひっくり返し、物語の情緒を笑いに変化させてしまっては、巻名とその梗概を発句として掲げる使命を果たさないことになろう。発句が俳諧らしい特徴を持てば持つほど、物語の内容とは乖離していくのであり、ここに『源氏物語』を発句で紹介することの危うさがある。

もちろん、これほどまでに極端な例は少なく、ややコミカルなとらえかたになっていたり、ほとんど和歌的表現のままという例がほとんどであるが、次の夕霧巻の発句などは、それほど卑俗ではないものの、ユーモラスなおかしみを感じさせる例である。

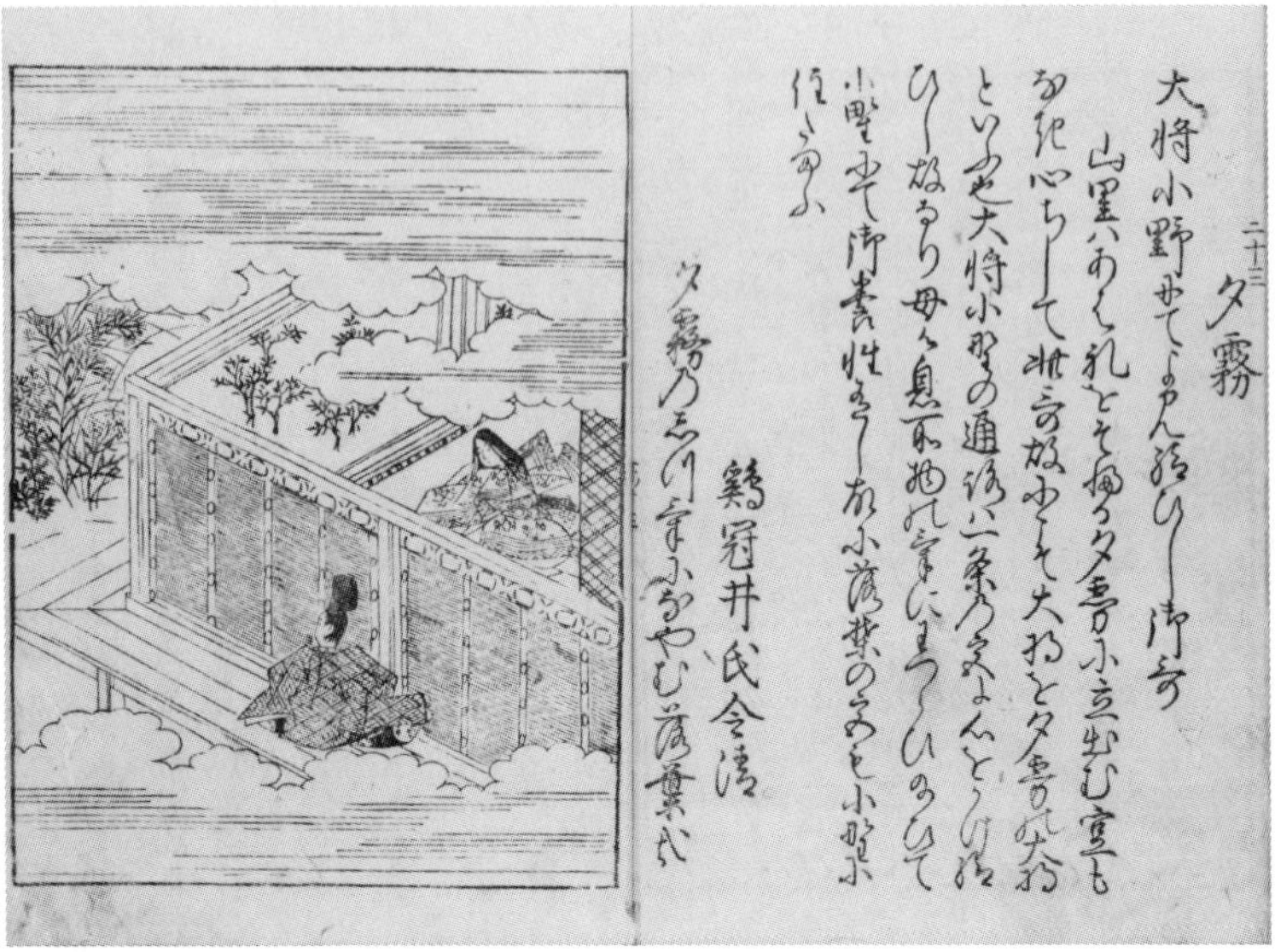

【図7】夕霧巻2・0015

梗概には次のような夕霧の和歌が記されており、これに対する発句は次の通りである。【図7】

山里はあはれをそふる夕霧に立ち出む空もなき心ちして

夕霧のしつけになやむ落葉哉　　鶏冠井氏令清

夕霧が小野の里を訪れて落葉宮に胸のうちを訴える際の歌であるが、宮は固く心を閉ざすばかりで夕霧の思いに応えようとはしない。思いあまった夕霧が詠んだのが、右の歌であるが、落葉宮の方もまた、この後、思いを募らせて自分に迫ってくる夕霧の行動に心を悩ませる。梗概はそこまでは記さず、夕霧の歌を挙げた後に、次のように示すのみである。

此の歌（前掲の夕霧の歌）故にこそ大将を夕霧の大将といふ也。大将小野の通路は、一条の宮に心をかけ給ひし故なり。母御息所物の怪気にわづらひ給ひて、小野にて御養生有し故に、落葉の宮も小野に住たまふ。　（傍線は稿者）

発句の作者は、この後の展開を知っていて夕霧の執着に

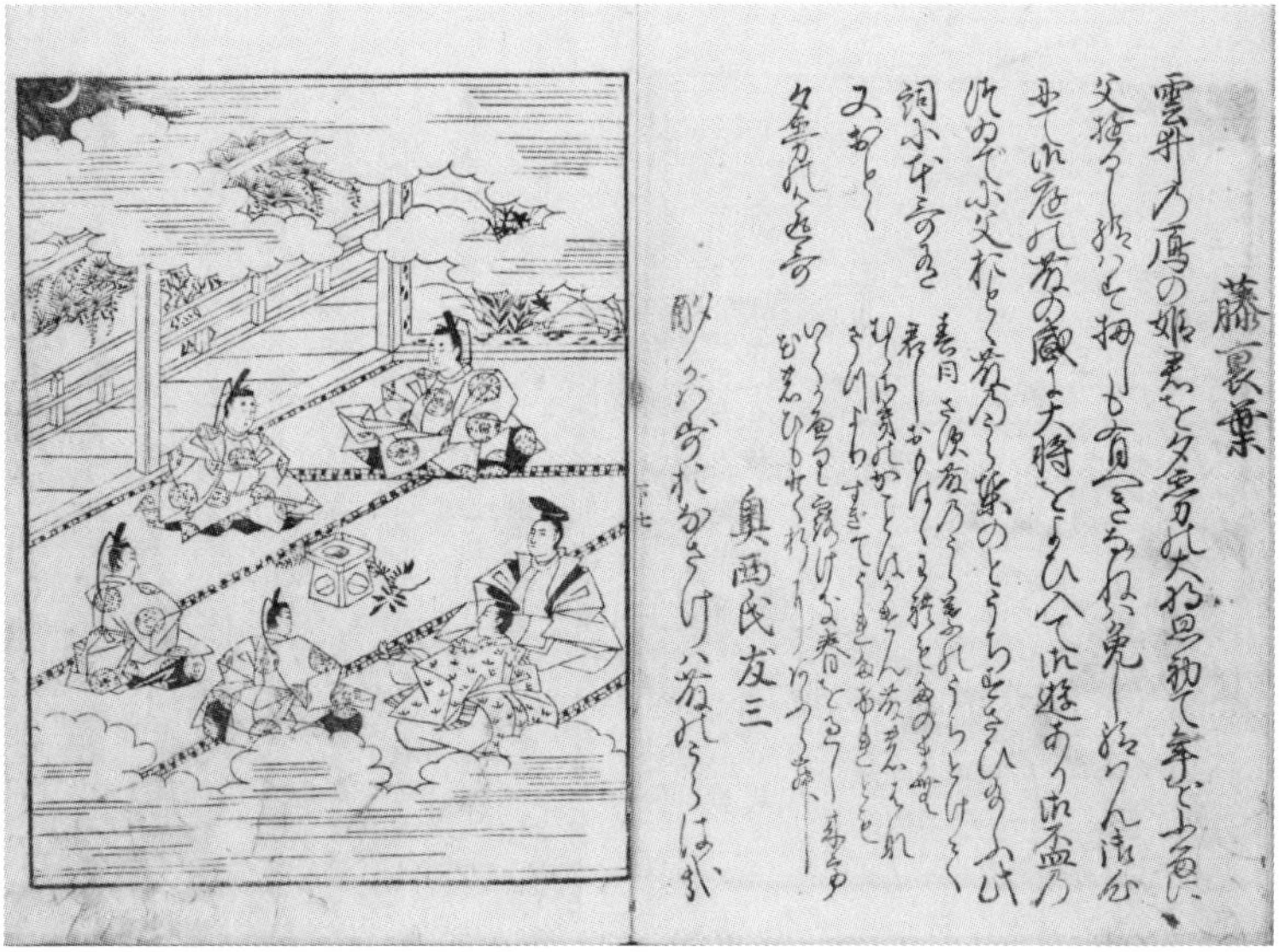

【図8】藤裏葉巻2・0009

困惑する宮の立場で詠んでいる。ところが発句は、「夕霧のしつけになやむ」としている。これではまるで夕霧は聞き分けのない幼い子どものような扱いである。梗概には夕霧は「大将」と明記されるから、「大将」の「しつけ」に悩むというのは、アンバランスなこと、この上ない。

また藤裏葉巻にもユーモラスな発句がみえる。【図8】

酌かはすおなさけは藤のうらば哉　　奥西氏友三

「おなさけ」には藤花の宴の「酒宴」の意味を響かせて「酒」の語が一種の掛詞として組み込まれていると思われるが、「おなさけ」は口語的な表現で、この巻で夕霧と雲居雁がようやく結婚を許されたことに対して「おなさけ」によって、このような大団円を迎えたのだと茶化すような趣きがある。

もうひとつ例を挙げよう。若菜上巻には、

雪に若菜つむや難行公卿たち　　荻野氏安静

という発句がある。【図9】

「難行公卿」には、「難行苦行」が掛けられており、

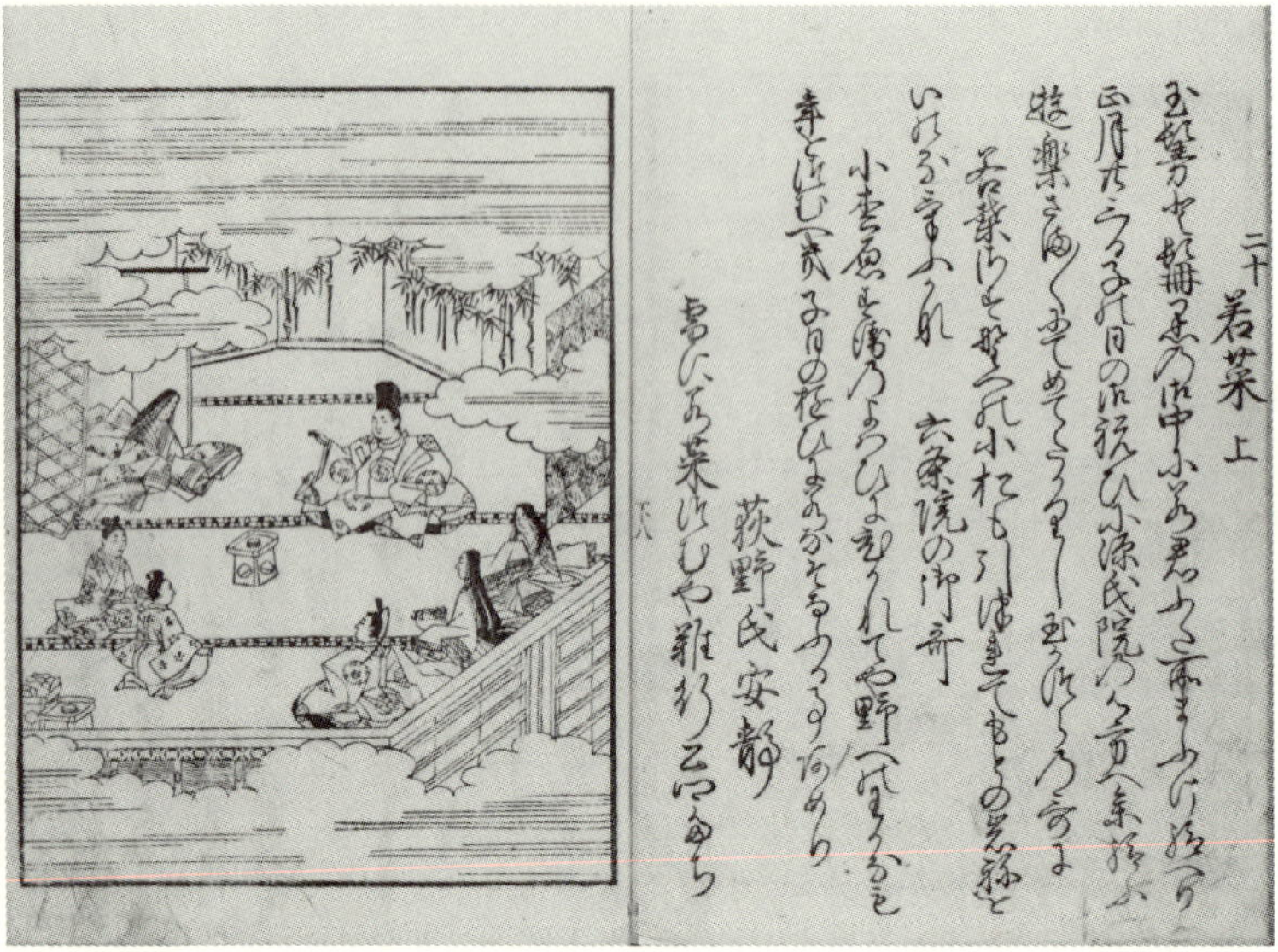

【図9】若菜上巻2・0010

「公卿」は掛詞であると同時に、公卿たちを揶揄するような趣きがある。そもそも「難行公卿」という表現はなく、ここでの「難行」は「公卿」にかかる修飾語的な役割を担っていて公卿たちに対して雪の中で若菜を摘むなんて、何とまあ、「ご苦労様なことだ」とからかう気分が感じられる。

三　なぜ発句を付けたのか

(1) 野々口立圃『十帖源氏』の挿絵が目指したもの

そもそも『源氏鬢鏡』は、なぜ、発句を付けようと考えたのであろうか。和歌的発想や掛詞などの和歌のレトリックを用いるのであれば、各巻のあらすじを説明するのに和歌よりも短く紹介できるという点で梗概本に付すのにふさわしいのだが、しばしば卑俗な笑いをもたらす発句の場合、物語の梗概どころか物語そのものから逸脱してしまい、梗概としての意味をなさなくなってしまう。発句が俳諧的な発想や表現を目指せば、物語から逸れていくのは自然の成り行きであり、梗概を示すこととは矛盾を生じる。ゆえに「なぜ発句を付けたのか」という疑問が生じるのである。

ここで注目されるのは野々口立圃『十帖源氏』の絵である。清水婦久子氏の説くように、立圃の挿絵には春正の『絵入源氏』には見られない脇役たちの動きが描かれている。(9)たとえば夕顔を葬った帰途を描く『十帖源氏』の場面について、清水氏は次のように述べている。

惟光が「川の水にて手をあらひて」清水の観音を祈る場面は、物語においては、惟光の「心地まどひて」「いと心あはたたし」い気持ちに焦点が当てられている。しかし、それを具体的な動作として表した『十帖源氏』の挿絵では、惟光の心中や源氏の深い悲しみよりも、従者たちのあわてふためく動きの方が強調されているように思う。（中略）それぞれが今にも動き出しそうな様子で生き生きと描かれている。（傍線は、稿者）

これはすでに吉田幸一氏が指摘した「線描に俳画的な躍動が見られる」「彼本来の俳画の持ち味が発揮されている」(10)という特色を示すものである。このような『十帖源氏』について清水氏は詳しく検討して、人物に焦点を当てて生き生きとした動作・表情を描く立圃の挿絵は『源氏物語』を描く絵としては画期的であったこと、しかもそれぞれの人物が身分や物語での役割を超えて個性を持った人間として対等に描くが、それを近世の人々は、この物語の中に身分や時代を超えて共感できる人間像が生き生きと描かれていることに驚き興味を覚えたであろうとして、簡略化した本文に庶民的な挿絵を添えて近世の庶民と『源氏物語』との距離を急速に近づけたと評価する。

これをふまえつつ、本稿でさらに注目したいのは、『十帖源氏』には、貴族が全く登場しない挿絵があるということである。それは乙女巻【図10】、若菜上巻【図11】の二例であるが、清水氏は、これらについても「大工たちの働く様を生き生きと描いており、これらは、物語の重要な場面というより、人々の生活を描くために選んだものと思われる」と述べている。(11) 極めて説得力のある指摘であるが、本稿では、これらの「貴族が全く登場しない」二つの挿絵に、より積極的な意義を見出したい。

まず少女巻【図10】は、源氏が六条院を造営する場面である。物語では大堰に住む明石君なども一所に集めようとの思いから六条京極あたりに秋好中宮の旧邸のあたりに四町を占めて造らせたとあり、紫上の実父・式部卿宮の五十賀も新造の六条院でと考えて工事を急がせたとある。ここには式部卿宮の宮やその北の方の思いが綴られ、工事の場面は一切、描かれることなく、引っ越し後の場面へと移っている。

大殿、静かなる御住まひを、同じくは広く見どころありて、ここかしこにておぼつかなき山里人などをも集へ住ませんの御心にて、六条京極のわたりに、中宮の御旧き宮のほとりを、四町を占めて造らせたまふ。式部卿宮、明けん年ぞ五十になりたまひけるを、御賀のこと、対の上思し設くるに、大臣もげに過ぐしがたきことどもなり、と思して、さやうの御いそぎも、同じくはめづらしからん御家居にてと急がせたまふ。（中略）八月にぞ、六条院造りはてて渡りたまふ。（③少女巻七六～七頁）

このように物語には源氏や式部卿など主人公とその周辺の貴族たちの思いだけが記され、工事場面は全く描かれないままに、完成した六条院に引き移ったことが記される。『絵入源氏』の挿絵も、その新造なった六条院の風情ある庭の様子だけを描き、人間の姿は全く描かないのであって、それに比べると、この少女【図10】はいかにも特異なのである。この挿絵のほとんどの空間は六条院建築に携わる人々の働く姿で占められており、五人の男たちは、それぞれ自分の役割を果たして全員が異なる動作をしていて、その仕事ぶりが生き生きと伝わってくる。また中央には少年と思われる人物も描かれ、子どもが大人たちの助手的な役割を担って働いていることがわかる。

次の若菜上巻【図11】もまた、同じく建物の建築現場で立ち働く人物だけが描かれている。

【図10】『十帖源氏』少女巻第4巻28コマ目

【図11】『十帖源氏』若菜上巻第6巻17コマ目

右端に棟梁とおぼしき人物が曲尺を持って指図をしており、男たちが五人、それぞれ異なる道具を用い、異なる姿勢で生き生きと働いている。前方中央には、童髪の少年がふたり木材を担いで運んでいる。

これは、物語本文では、冒頭部分の次のような場面に該当する。

朱雀院の帝、ありし御幸の後、そのころほひより、例ならずなやみわたらせたまふ。もとよりあつしくおはします中に、このたびはもの心細く思しめされて、「年ごろ行ひの本意深きを、后の宮のおはしましつるほどは、よろづ憚りきこえさせたまひて、今まで思しとどこほりつるを、なほその方にもよほすにやあらん、世に久しかるまじき心地なんする」などのたまはせて、さるべき御心まうけどもせさせたまふ。（中略）西山なる御寺造りはてて、移ろはせたまはんほどの御いそぎせさせたまふにそへて、またこの宮の御裳着のことをいそがせたまふ。（④一七～八頁）

朱雀院は病状が思わしくないのでいよいよ出家する意思を固め、いろいろと準備をさせ、西山の寺を完成させて移る。その際にずっと気がかりであった女三の宮の裳着を済ませて婿選びに入る。

これは『源氏物語』第二部の始発の重要な場面にあたる。中略部分は、院が出家した後の女三の宮のことを案じて心を痛めていることが記される。波線で示すように寺の造営に関する記事はごくわずかで一文にも満たない。ところが『十帖源氏』は、わざわざこの十文字ばかりの場面に関する挿絵を用意して、七人もの人々がそれぞれの持ち場で働く様子を活写するのである。

六条院造営に比べても、ほとんど印象に残らない条であるにもかかわらず、こうしてあえて挿絵にするのは物語の描かない庶民の働く姿を入れることに強い意志がはたらいているのだと考えられる。

『十帖源氏』の挿絵は、主人公や貴族の傍に侍る供人、あるいはその周辺の賤しい人物たちの動作や姿を生き生きと描く工夫をしたが、夕顔宿の隣人たちや供人たちは実際に物語に登場したり、その会話の内容が記されたりしている。だが、右の六条院と朱雀院の西山の寺造営の場面には、「造らせたまふ」・「造りはてて」としか記されていない。六条院は造らせた主の視点から、朱雀院の寺はあたかも自然と出き上がったかのように主語さえ明確にしない語り口になっている。このような文章であるにもかかわらず、敢えて建築に従事する大工たちの姿を挿絵として入れるのは、やはり六条院も西山の御寺も、これらの人々がいなければ決して建造され完成することはなかったということを示すものであろう。建物は造られたものとしてそこに存在するのではなく、その労働に従事する人々の手によって造られるのだという、極めて当然な、しかし強い意志に基づいている。貴族が全く登場しない二つの挿絵は、その意味でインパクトが大きい。物語本文でも見過ごしてしまうほどの短い箇所に、庶民の働く姿を挿絵として入れた『十帖源氏』の意識は優れて近世的な且つ立圃の視点の独自性を示すものである。

『源氏物語』には働く庶民への共感や同情が描かれる場面がないわけではない。末摘花巻の門番の老人への源氏の同情、須磨巻での漁師たちへの共感、また橋姫巻における薫の、宇治川で氷魚を獲る漁師や柴舟の舟人に対する急流に浮いて暮らす人々への同情と共感などである。それらは『紫式部日記』にも書き留められた、駕輿丁に対する心情と軌を一にするものであり、そもそも紫式部にそのような同情と共感があったことが窺われるのだが、しかしそれはあくまでも貴族の側からの視点によるものであるのに対して、『十帖源氏』の二つの挿絵には貴族が全く描かれず、同じ庶民の目線によるものという点で異質なのである。しかも、ここで建造されているのは単なる貴族の館ではなく、准太上天皇としての源氏と朱雀院がその施工主である。これらの天皇にも等しい最高位の人々の邸宅や寺を描く際に、その施工主の側ではなく、実際に建造する大工たちのそれぞれの仕事を具体的に生き生きと描写するのは、まさしく准太上天皇や院という存在を反転させる視点だと言うことができる。

野々口立圃の挿絵は貴族文学である『源氏物語』を可能な限り自分たちと同じく市井で働く庶民の視点を最大限に活かし、物語に登場しない人物まで挿絵にしている。これは町人がその文化を創り出し、支え、謳歌していく近世という時代や、立圃が雛人形作りを生業とする職人であることといずれも密接な関係があろう。もちろん重要な要因は彼が貞門の俳人だったことによる。俳諧は古典を基礎に置きながらも、その古典を異なる角度から逸脱させたり反転させたりする点に真骨頂がある。立圃は『十帖源氏』という『源氏物語』の梗概本の中で、そのような俳諧精神を挿絵の中で活かしたのだと考えられる。少女巻【図10】・若菜上巻【図11】の二つの絵は、その意味で挿絵によって『源氏物語』の世界を天皇や院を頂点とする世界から、実際にそれら権門の生活を支えている無名の人々の働きを活写し、その存在を刻み込むものとして、象徴的な位置を占めるのである。[12]

（2）『鬢鏡』は、なぜ発句を配したのか

それでは『源氏鬢鏡』には、なぜ発句が付されることになったのであろうか。それは客観的には『源氏鬢鏡』が手本とした『源氏小鏡』に各巻ごとに連歌寄合の語が記されていたのを一歩進める意義を持っている。立圃の『十帖源氏』の挿絵が俳諧的な発想を取り入れているのだとすれば、『鬢鏡』の方は発句によって俳諧的な特色を出したのではなかろうか。発句を置くことによって、まずはごく短くそれぞれの巻を最小限の字数で紹介し、発句という最も短く新しい文学表現を短い梗概に取り合わせたのである。貴族文学の代表とも言うべき『源氏物語』とコラボさせること自体が伝統をひっくり返す新しい試みであった。

但し、それぞれの巻を俳諧精神による発句で説明するのは至難の業であり、すでに見たようにほとんどは和歌のレトリックを用いたり、巻名を入れただけの穏やかな表現にとどまっている。しかしながら澪標巻では明石君の不安な心情を詠む歌言葉「身をつくし」をこともあろうに「難波江の蘆鴨の汁」を食べる発句に転換したり、早蕨巻では亡き大君を偲ぶ哀傷歌的な歌を「早蕨や手ごとにさする山のこし」と詠んで哀傷とは正反対の戯れの句とした。さらに夕霧巻における「大将の」「しつけ」や藤裏葉巻における「おなさけ」などの表現も、物語世界を茶化したり相対化したりしている。

物語を俗化したり茶化したりすると、内容のものの紹介や説明からは逸脱して矛盾を生じてしまうのであるが、それは失敗なのではなく、そのような逸脱こそが俳諧の本質であり、面目躍如たるものだったのである。

そこに共通するのは人間の「生」に対する肯定的な感性である。「生」にはさまざまな局面があるが、とりわけ人間の身体の動きや食欲などの欲望をクローズアップして、悲しみや苦しみよりも人間の生々しい欲望やそれを示す動作を笑ったり茶化したり、あるいはまた正統なもの、伝統的なものをひっくり返したりすることによって人間の生活感あふれる「生」の多様なありかたを肯定的に受け容れたり発信したりする感覚である。ここに挙げた四つの巻の発句も、不安を食欲に変え死者を偲ぶ哀傷の気持ちを「腰・さする」という表現によって生身の人間の行為に反転させ、あるいはまた大将である夕霧がしつこくて「しつけ」に困るとして「大将」の盲目的でしつこい恋を茶化して矮小化し、さらには『源氏物語』第一部の掉尾を飾る藤裏葉巻の大団円を「おなさけ」というひどく俗っぽい表現でまとめるなど、『源氏物語』の梗概本でありながら、当の『源氏物語』から逸脱したり相対化したりするのである。そしてその「逸脱」こそが時代や身分を突き抜ける「風穴」となって『源氏物語』の享受に新しい風を送り込んでいく。

最後に、『十帖源氏』の著者・野々口立圃と『鬢鏡』の編者・小島宗賢・鈴村信房の発句を紹介して、本稿を閉じることにしたい。

篝火巻　　篝火も蛍もひかる源氏かな　　野々口立圃

（かがり火に立ちそふ恋のけぶりこそ世にはたえせぬほのほなりけり）

ここには特に俳諧的な切り口は認められないように思われる。立圃は『十帖源氏』の挿絵で、むしろ原文に描かれていない場面をふくらませる形で貴族に仕える貧しい身分の人々の活き活きとした仕草や労働する姿を描いたが、これに対して『源氏鬢鏡』は発句によって『源氏物語』の梗概書に数カ所ではあるものの俳諧的な発想を吹き込んだ。それらは『十帖源氏』・『源氏鬢鏡』の中で、ごくわずかではあるが、俳諧的なものの見方や感じ方を外ならぬ『源氏物語』の梗概において成し遂げた点で新しい時代の幕開けを告げるものとなった。

注

（1）『源氏小鏡』は南北朝時代の成立か。著者未詳で異本が極めて多い。『源氏大鏡』と並ぶ『源氏物語』の代表的梗概書。梗概は簡潔で和歌も主なものを引くだけであり、各巻に連歌寄合の語を収めるなどの点が『源氏大鏡』と異なる。良基の時代以後、『源氏物語』は連歌師たちにとって必須の教養となったが、それは『源氏物語』原典を精読した結果ではなく、このような梗概書によるところが大きかったと考えられる（以上、稲賀敬二『日本古典文学大辞典』「源氏小鏡」の項を私に要約）。なお、明暦三（一六五七）年には、『絵入小鏡』が出ている。

（2）『源氏鬢鏡』に発句が付されたのは、『源氏小鏡』において各巻毎に連歌寄合の語が記されていることの延長上にあると考えられる。

（3）山本春正『絵入源氏物語』は、承応三（一六五四）年（慶安三年跋）刊、『十帖源氏』も同年成立、『おさな源氏』は、その六年後で『源氏鬢鏡』と同年の成立。（『十帖源氏』・『おさな源氏』の成立については、吉田幸一『絵入本源氏物語考』上（日本書誌学大系53（1））青裳堂、一九八七年一〇月参照）、『湖月抄』は少し遅れて一六七三（一六七五）年成立。

（4）愛知県立大学蔵『源氏鬢鏡』は森川昭氏によって翻刻されており（絵は五四図中、七枚のみ紹介。俳人系図は掲載）、四系統の諸本のうちの「最初版」と思われるとされる（貞門俳諧集一、古典俳文学大系1、集英社、一九七〇年）。ここには森川氏による愛知県立大学蔵本の書誌も記されているが、翻刻は、同じく愛知県立大学蔵本が倉嶋利仁氏『批評集成・源氏物語第一巻』（ゆまに書房・一九九九年）によってもなされている。これら二種類の翻刻のうち前者は、挿絵は一部のみ収録され俳人系図は載せる。これに対して、後者は俳人系図は省略するが、絵はすべて収録する。但し、原本の位置ではない。最近、挿絵・俳人系図も含めた全画像が当該大学図書館の「貴重書コレクション」、あるいはOPACKにて公開されている。ちなみに、この愛知県立大学本は、「上」・「下」それぞれ三〇・三四頁で、「上」・「下」合わせても六四頁の小冊子である。なお、森川氏が挙げる四系統の諸本は、次の通りである。①源氏物語絵抄・東京大学付属図書館蔵、②金玉源氏絵宝枕・天理図書館綿屋文庫蔵、③鱗形屋本A、天理図書館綿屋文庫蔵、④鱗形屋本B、天理図書館綿屋文庫蔵。のち氏は⑤俳諧発句源氏鬢鏡（日本古典文学大事典・岩波書店）を追加。倉島はこれに⑥『発句絵入源氏道芝』（元禄七年跋、鱗形屋刊）を加え、①―③は同版、④―⑥は梗概・発句を各丁部、挿絵を下部に収める別版とする。なお伊井春樹氏によって万治三（一六六〇）年刊、国立国会図書館蔵・江戸・鱗形屋本の「略解題」とすべての影印が紹介されている（「源氏鬢鏡（略解題）」『源氏物語の探究』第六輯、風間書房、一九八一年）。「最初版」とされる愛知県立大学蔵本は、度々市兵衛刊で各巻見開き二頁、右頁に梗概と発句、左頁に挿絵が配されるが、伊井氏紹介の鱗形屋本は一巻一頁形式で上段に梗概、下段の三分の二ほどに絵を配する。

（5）清水婦久子「第五章絵入版本の挿絵」『源氏物語版本の研究』四五二頁（研究叢書292）和泉書院、二〇〇三年三月。岩坪論文については、注（6）参照。

（6）岩坪健「源氏絵史における『源氏鬢鏡』の位置付け―肉筆画との関係」『親和國文』第38号（神戸親和女子大学国語國文学会）二〇〇三年一二月。なお氏は、この論文の「終わりに」において、次のように述べている。「一六五〇年代に前半に刊行された『絵入源氏』も『十帖源氏』も、本文に合わせて挿絵が付けられたのに対して、最初の絵入り本『小鏡』である明暦三年（一六五七）版の絵は本文とは無関係で、土佐派など肉筆画の世界で定型化していた有名な図様を踏襲している。一方、万治三年（一六六〇）刊『鬢鏡』は、『小鏡』から抄出した本文（「『鬢鏡』の」筆者注）に合う図を『絵入源氏』と『小鏡』から選び、時には加筆・転用している。（中略）これらの図柄は正徳三年（一七一三）刊『女源氏教訓鑑』や文化九年（一八一二）刊『源氏物語絵尽大意抄』そして一八〇〇年前後に描かれた産泰神社の天井画に継承されている」。この外、絵に関する論考には、久下裕利『源氏物語絵巻を読む―物語絵の視界』笠間書院、一九九六年がある。

（7）東聖子「『源氏鬢鏡』小考―コラボレーションから俳諧の自立へ」『十文字国文』9／63―77，二〇〇三年三月
東論文は、発句の役割を次の三種類に分け、以下のようにそれぞれ特徴的な巻を一例ずつ挙げている。①典型化・象徴化→夕顔巻②古典化・雅と俗→鈴虫巻③言語遊戯化／俗化・雅と俗→早蕨巻

（8）注（7）に同じ。

（9）注（5）四四六頁参照。

（10）吉田幸一「『十帖源氏』考」『絵入本源氏物語考』上（日本書誌学大系53（1））青裳裾堂書店、一九八七年。）二三八頁。

（11）注（5）参照

（12）立圃は、このふたつの絵を『十帖源氏』よりもさらに簡略化された『おさな源氏』にも入れている。本稿掲載の『十帖源氏』の絵は、早稲田大学図書館蔵（「源氏外傳」。文庫30Ａ１２３・１の２）に拠り、【図10】【図11】に付した巻号及びコマ数も同書に基づく。なお、参考までに記すと、注（10）に挙げた吉田幸一氏著書に、『十帖源氏』全図が掲載されているが、そこでは【図10】は「第45図・乙女③四ノ二十六ウ」、【図11】は「第71図若菜上①六ノ十六オ」とされている。

＊付記　論の進行上、発句の後に作者名を記した箇所がある。『源氏物語』本文は、新編日本古典文学全集に拠った。

江戸中期の源氏物語注釈書・土肥経平『花鳥芳囀』について
―明治大学日本古代学研究所所蔵本の紹介とその位置づけから―

湯淺幸代

一　土肥経平『花鳥芳囀』

『花鳥芳囀《かちょうほうてん》』（明和八年（一七七一）／国書総目録には「源氏花鳥芳囀」と記載）は、岡山藩士・土肥経平（一七〇七―一七八二）によって書かれた『源氏物語』の注釈書である。この写本は、平成二十六年度（二〇一四）に明治大学日本古代学研究所で購入し、その解題と全文の翻刻を『古代学研究所紀要』二十三号（二〇一五）に掲載した。[1]その写本画像と翻刻については、研究所HPで公開予定であるが、本稿は、その継続調査の成果と言える。

湯浅常山との『湯土問答』でも知られる土肥経平は、江戸時代中期の有職故実家として、古典籍を蒐集し、その書写、注釈、著作を多く残している。本書は、これまで池田家文庫（岡山大学附属図書館）に所蔵されている自筆本のみが知られていた。一方、研究所所蔵本（以下、明治大学本と呼ぶ）は、以前、阿波国文庫が有していたと知られる写本（戦災で消失したと考えられている）、もしくはその他の写本と見られ、『花鳥芳囀』としては現存する二本目の写本となる。

内容については、先行する古注釈書の指摘に終始し、真淵や宣長など国学者の新注の影響がほとんど見られないと言われているが、本文を改めて検討し、その位置づけから再度考察を試みたい。

二　明治大学本『花鳥芳囀』と先行研究について

まず、最初に明治大学日本古代学研究所が所蔵する『花鳥芳囀』について、簡単に紹介する。[2] 明治大学本『花鳥芳囀』（一冊）は、縦二三・七センチ、横一六・五センチの四つ目綴じ、表紙は藍色、金雲・金砂子散らしで下に千鳥が描かれている。外題は題簽で表紙左端にあり、「華鳥芳囀　全」と記す。またその右側に「土肥経平　真筆」の貼紙がある。ただし池田家文庫が蔵する経平自筆本を複数実見したところ、別筆の可能性が高い。本文は、表紙、遊紙の後、五十四丁にわたって記される。内題は「花鳥芳囀」とあり、半丁十行書、一行十七〜十八字詰である。朱書などはなく蔵書印もない。また四十丁表・裏に、それぞれ一枚ずつ貼紙がある。[3] 奥書は五十五丁表に記され、[4] 本文と同筆である。保存状態によるのか、虫損がひどく、裏打ちを施して修補されている。池田家文庫本との本文異同については、ほとんど表記の違いに留まる。ただし明治大学本では「是を氷魚とはかりにては」（二〇丁オ・六行目）とあるところ、池田家文庫本では「是を氷魚によせていへることなりしかるを氷魚とはかりにては」とあり、この箇所については、明治大学本が書写の際の目移りによって本文を書き漏らしてしまった可能性が考えられる。しかし他は、ほぼ正確な書写を心掛けたとみられることから、明治大学本は、池田家文庫本を原本、もしくは系統の祖とする書写本と考えられる。

また、この書をなすにあたって用いた注釈としては、本文中に引用される『源氏釈』『奥入』『水原抄』『弘安源氏論義』『紫明抄』『河海抄』『仙源抄』『花鳥余情』『揚名介』『弄花抄』『細流抄』『明星抄』『岷江入楚』『源氏外伝』が考えられる。経平が挙げる各注釈書の記述は、その注記の全文であることが多く、それらを直接見た可能性をまず検討しなくてはならない。しかし『岷江入楚』も各注釈書のほぼ全文を挙げるので、『岷江』を見れば、書ける内容であるとも言える。桐壺巻の本文に対する注記では他書には見えない『岷江入楚』の記述を引用し、以上「岷江入楚に論ぜり」とするので、『岷江入楚』は手元にあったのではなかろうか。経平の蔵書は、経平の記した秘函目録におよそ千冊もの記載が見え、(5)その目録には『源氏奥入』『河海抄』『花鳥余情』『弄花抄聞書』『揚名介』『源氏外伝』の名がある。調査に入り上記のうち三書（『河海』『花鳥』『弄花』）を実見した蔵知矩氏によれば「古写本で装幀も古雅」であったという。(6)また蔵書の中に刊本はなく、全てが写本であったことは、経平自身によって記された目録の凡例「板本にて世に行はれしものはとらずといへども、板行以前に書写し、或は人の写し書しを貺とせしもの、或は家蔵の本を得て写せしもの、如是は板本にありといへども採てここに加ふ。自ら世本とは異ことあり」の記述からも、(7)その写本へのこだわりが見て取れる。ここに『岷江入楚』の記述は見えないが、池田家文庫には蔵書があり、最終的に経平の写本が納められた池田家文庫には、目録に記述のない経平自筆の『平家物語』もあることから、(8)持っていた可能性はあろう。また目録には『源氏物語』の写本はないが、池田家文庫には、青表紙本の写本がある。『花鳥芳囀』に『湖月抄』の名が見えないこと、また写本にこだわりを持つ経平の性格を考慮すると、やはり本文は写本で見ていたと考えたい。

先行研究については、まず『花鳥芳囀』の存在を世に示したものとして、土肥経平の蔵書を調査した蔵知矩「土肥経平に関する報告（上）」（『国語と国文学』十二巻三号、一九三五年）が挙げられる。蔵知氏は、経平の著作・遺稿（およそ三十種）のうち、「（一）国文学に関するもの」として『花鳥芳囀』を最初に示し、この書は、現在池田家文庫に存する自筆本の他、もう一本が阿波国文庫にあると記している（現存せず）。また池田家文庫が蔵する『花鳥芳囀』については、重松信弘『新攷源氏物語研究史』（風間書房、一九六一年）が江戸時代中期の『源氏物語』注釈書としてその内容に触れており、後に三村晃功「『源氏物語花鳥芳囀』について」（『岡山高校国語』第三号、一九六七年三月）がさらに詳しい内容の紹介を行っている。

重松氏は、契沖の『源註拾遺』（一六九六）ができた元禄年間から、本居宣長の『玉の小櫛』（一七九六）ができた寛政年間までの約百年を江戸時代中期とし、この間、安藤為章『紫家七論』（一七〇三）、賀茂真淵『源氏物語新釈』（一七五八）などの成立がある中、そのような新しい学問の系統とは別の、旧派的傾向の強い業績として、『花鳥芳囀』を挙げている。[9] さらに「この書に述べる所は、系統がなくて多岐に亘るが、主要な事項に概括すると、（一）準拠に関する説、（二）和歌に関する説、（三）秘事故実に関する説等となる」とし、各内容の主旨を簡潔に記した上で、「要するにさまざまの旧説を蒐集し、又自ら考究したものではあるが、旧習に泥むものである。ただこのやうな形式の一書に、諸説を集成したことは、他に例がなく、又多少努める所のあったことも認められる」と結ぶ。つまり全体として、旧説（古注）の蒐集、整理、が中心の書、とする見解を示している。

続いて三村氏は、重松氏による三つの内容分類に、（四）その他、を加えた上で、各内容を詳述し、批評を行っている。[10] まず『花鳥芳囀』は、序の部分に続き[11]「それがしのおとどのちかき世に抄をしたまひしもの」[12]として経平の曽祖父・熊澤蕃山の『源氏外伝』の言葉「作物語ときゝながらもいさゝかもさありとも思はれ侍らぬは、世にありしことをさまざまにとりなしてかけるゆへなるべし」を引き、「げにさること」と同意する。[13] またその論拠として、蛍巻の物語論の本文を挙げ、「此物語を作れる大意」とし、さらに帚木巻の雨夜品定めも大意の一部とした上で、「此物語、其ことごとに准拠をもふけて見る事昔よりのならひ」と記す。[14] このような「準拠に関する見解」について、三村氏は、「やはり『河海抄』以来の古注の『源氏物語』把握態度を継承するもので、それが有職故実に精通した経平であっただけに、その強調の仕方が多少オーバーであった点は否めない所であろう」と述べている。たとえば経平は、物語の旧跡（朝顔斎院の墓、光君配所の跡等）とされる場所について、次のように記述する。

古跡とよぶにつけて、作り物語にいかでふるき跡あるべきと人のいぶかるのみか、皆後世好事ものの作りなせることといひて、其古跡をのぞき廃るものあり。是此物語の大意をしらぬより事のたがひ出来るなり。中比までは、槿の斎院の墓といふもの西の京にありしといふ。今はそれも残らぬにや。其外にもすたれたる多かるべし。「此世の外のことならずかし」と式部が書し心をしらぬがゆへなり。されども今に猶その古跡の残りたるは

夕顔塚　洛中五条通にあり
蜻蛉石　浮舟宮　あづま屋　ともに宇治に有
玉葛墓　大和の初瀬に有
光君の配所の跡　摂州西須磨に有　今ませ垣といふ
若木の桜　同国須磨寺にあり
明石入道の浜の家の跡　同岡部の家の跡
明石入道の墓　ともに摂州明石にあり

今明石にて是辺をば岡越といふ浜の家といふ所より十七八丁ありと也。墓は光明寺といふ寺にあり。又源氏月見の屋敷といふ所も有。明石第一の風景なり。海上より淡路島につづきたるながめ殊に勝れたる所といへり。是等式部より猶さきにゆへよしある古物語の跡の残れる也。かならず尋てみるべき所なり。又備前国虫明浦は昔舟泊にて韓泊といひし其所に裳掛石扇浜といふ狭衣物語の古跡あり。後世海あせて泊りも廃れるより韓泊の

名をもよばす、又もかけ石扇浜といふ所も其古物語の傳はらざれば今はただ作り物語の古跡とのみいふ事同じ類なれば、ことのついでにここに書添侍りぬ。

(明治大学本『花鳥芳囀』四オ～五ウ、虫損で読めない箇所は池田家文庫本で補い、句読点、濁点、傍線等は私に付して一部表記を改めた。以下の引用も同じ)

右記のように、経平は物語の古跡を後世好事家が作ったとする説を否定し、その古跡を列挙する。またそれらの古跡について「かならず尋てみるべき所なり」と述べており、物語の虚構性をあくまで実感・体感に基づくものとして理解しようとする姿勢が窺える。物語の古跡を認めない人については、傍線部に「『(物語のことは) 此世の外のことならずかし』(蛍巻の本文引用)と、式部が書いた心を知らないためである」と述べており、経平の見方は、『河海抄』(賢木巻)にある「此物語のならひ古今准拠なき事をば不載也⑮」といった考え方と確かに通じているようである。しかも、この書の終りには、物語が拠ったとする「古物語」として『源氏物語』以後の作品も挙げられており⑯、まさに『河海抄』の方法として指摘される「物語の歴史化」のようにも見える⑰。しかし、この点については、そのような注釈書の方法とは別の可能性が考えられる。というのも、後に宣長が偽書と看破した『須磨記』(菅原道真著とされる)について、経平は「古きにも新きにも是をひき註する事なし。是中比世にかの記うづもれて見る人なき故なるべし⑱」と言い、これを物語の准拠とすることに疑いを持っておらず、個々の作品に対する知識の乏しさが垣間見えるからである。

一方、『花鳥芳囀』の和歌に関する見解についても、三村氏は、大体古注の中に見える和歌に関する部分を摘出、整理したもののようで、古注の意見を整理した意義はあっても、独自の見解がほとんど見えない欠点は明らかであり、旧注に固執していた経平の源氏観が窺われる、としている。さらに氏の指摘する「秘事有職故実に関する見解」にあたる「経平源氏難義十五ヶ条」というべきものについても、既に古注に指摘された陳腐な故実ばかりである（『弘安源氏論義』あたりに触れられたもののうち十五ヶ条に留まる）とし、経平の最も得意とする故実に対する研究態度がこの程度であるから、全体の価値の如何が知られる、と否定的な見解が続く。

また氏が「その他」とした部分では、『源氏物語』の異本や異同、『源氏物語』中の能書・三美人、物語において新たに創造された歌語について述べられるとし、結末部分では、近世国学の勃興より、『湖月抄』などの伝統的な古注態度を克服し、新たな方法論の確立を試みようとの息吹きがうずまく新注の波が岡山に届くには時間がかかったか、折しも蟄居を命ぜられ、宇治の郷に退去していたために疎かったか、と推測する。さらに、『源氏物語』を一つのまとまった文芸作品として享受するよりも、「一つの資料として扱う有職故実的研究態度」、あるいは「歌詠みのための百科辞典的な参考書と理会」とまとめる。

三村氏の見解に、論者も頷くところは多いが、この書はそもそも『源氏物語』の注釈書という位置づけでよいのかという疑問を抱く。序の部分に続く准拠論もあくまで「和歌」詠みの典拠とするに足る書として物語を位置づけるためにあり、『源氏物語』を徹底的に和歌詠みのための素材の書、として利用・解体する方向にあるのではないか。つまり、『花鳥芳囀』という書は、三村氏が最後に指摘するような「多分に評論的見解に踏み切ろうとする過渡期的段階」にはないと考える。しかし、逆にそのことが、この本の特性、及び『源氏物語』の性質を浮かび上がらせるようにも思う。次節では、この書の（二）「和歌」に関する説に注目し、検討してみたい。

三　『花鳥芳囀』の特異性 ―和歌への注目―

『源氏物語』の注釈書が、『源氏釈』や『奥入』のように、引歌の指摘を主として始まったことに鑑みれば、経平の歌への注目も、別段特異なものではない。この和歌に関する注釈については、三村氏の論文に詳細に紹介されるが、本稿では、とりあげる項目を絞って論じていきたい。

『花鳥芳囀』は、一部、物語の本文を引用し、注記を始めるが、その目印として、各注釈の頭に○印をつけ（六十五ある）、およそ内容の区分を行っている。そのうち和歌に関する内容のものが半数を越える。ただこの○印のつけ方には揺れがある。本文は、序文と先述した准拠についての記述の後、まず最初に「○源氏物語を紫式部かきて上東門院へ奉りし時～」と始まる写本（異本）についての内容があり、次いで「○その青表紙を定家卿より為家卿へ傳へたまひ為家又為氏卿へ傳へられけるにある時～」と始まる青表紙本の伝播をめぐる記述が続く。その後は、物語本文についての注記に入るが、まず「○桐壺の詞に」と始まり、「ゑにかける楊貴妃のかたちは～よそふべきかたぞなき」と長い本文引用がなされ、この部分を「今の世本の詞にあらず。河内本のなるべし」とした上で、その文中にある「未央柳」の語を俊成が見せ消ちにした件についての問答を記し、以上、「岷江入楚に論ぜり」と締めくくる。その後も「○須磨には～」「○又わかなの下巻にも～」[19]「○松風の巻に～」「○是も松風の巻に～」「○槿の巻に～」と一部本文を引用し、注記がなされる。

しかし、六つ目の○印からは「○建保二年の夏の比にや後鳥羽上皇みな御殿のつり殿にいでさせ給て～」（『増鏡』[20]）のように、必ずしも新たな物語の本文を発端とする注記だけではなくなる。基本的には内容が区切られる、もしくは新たな注釈に移る際に○印がつけられるものの、同注記中にある新たな書・歌集からの引用、難義十五ヶ条の列挙にも○印がつけられており、その点においては、従来、物語の本文に添って最後まで注釈が施される『源氏物語』注釈のあり方を逸脱している。ただし注釈で採りあげられる本文は、桐壺、須磨、（若菜下）、松風、朝顔、柏木、総角、東屋、蜻蛉、紅葉賀、と、各巻からほぼ一項目ずつであり、概ね物語の進行通りであるが、この後は、物語の中に特に勝れていると伝えられる歌、俊成が殊に勝れている巻であると述べた花宴、物語の中で「てにをは」が合わないとされる柏木歌、物語の中での三能書・三美人、といった内容が続く。[21]

また、最初の和歌についての注記は、須磨巻に見える本文「須磨にはいとど心づくしの秋風に、海は少し遠けれど、行平の中納言のせき吹こゆるといひけん浦波、よるよるはげにいとちかくきこえて又なくあはれなる物はかかる所の秋なりける」の引歌が、壬生忠見歌「秋風の関吹きこゆる旅ごとに声うちそふるすまの浦波」（新古今和歌集・雑歌中・一五九九）と在原行平歌「旅人は袂すずしく成にけり関吹きこゆるすまの浦風」（続古今和歌集・羈旅歌・八七六）のどちらであるか、というのが主たる内容である。この議論については、『湖月抄』にも記されており、『湖月抄』では、『河海抄』の一部（『源氏釈』『奥入』の記述なし）と『細流抄』（花鳥の一部を引く）の説を載せる。[22][23][24]

一方、経平の注釈は次の通りである。

○「須磨にはいとど心づくしの秋風に海はすこし遠けれど、行平の中納言のせき吹こゆるといひけん浦波よるよるはげにいとちかくきこえて又なくあはれなる物は、かかる所の秋なりける」と書るを、伊行が釈には、「旅人の袂すずしく」の歌を能宣の歌とす。定家卿も「行平中納言の歌尋べし。能宣朝臣の哥これに似たり」と申給へり。天暦の御時、屏風の哥に忠見「秋かぜの関ふきこゆるたびごとに声うちそふる須磨のうら波」続古今集に「津のくにすまといふ所に侍けるときよみ侍ける中納言行平　旅人の袂すずしく成にけり関吹こゆるすま[25]

の浦風」是を一条禅閤の言葉に「「関吹こゆる」といふ詞は忠見哥と行平哥とにあり。奥入及ひ伊行が能宣が歌といへるおぼつかなし。此物語の詞の「関ふきこゆるといひけん浦波」といへるは、忠見が歌の心甚相叶。「旅人の袂すずしく」とよめる行平の哥あるによりて、忠見が哥を思わたりて行平哥といへるにやと邪推をくはへ侍り。か様の事漢家本朝の書にいくらもある事也。記者の瑕瑾にあらざることなり」と云々。此言葉を称名院右府判したびて「忠見が「秋かぜの関吹こゆるたびごとに聲打そふる須磨のうら波」と詠じたるを、此浦波といふによりて、是を本として行平とあるをば誤たりとしるされ侍る事如何。行平は忠見よりは先輩なり。然れば此行平の哥より此忠見が哥も出来ぬるとみえたり。此段の心は「彼行平の中納言の関吹こゆるといひけん所のうら波」といふ心なり。前に「心づくしの秋風に」とかきて爰にて「浦波」と書る餘情たぐひなく見え侍り」とある右府の御説甚相叶たるといふべし。先輩後輩の論までもなく、其つづきの詞に「いと人ずくなにてうちやすみわたれるにひとりめをさまして枕をそばだててよもの嵐を聞給ふに波ただここもとに立くる心ちして涙落るともおぼえぬにまくらもうくばかりになりにける」と書る。げに光君かかるあたりに住給ひて、むかし行平中納言同じさすらひの身にて関吹こゆると読出給ふ哥を秋のね覚に思ひ出し打ずんじたぶまま涙に枕もうくばかりなりける。あはれは今思ひやりてだに更にみの毛もいよたち涙袂にかかり侍る。しかるに、天暦の御屏風の忠見の哥ここによくかなひたりとも行平卿の同じ配所ながらあはれにたえずして、実に詠じ出し給ふ歌のごとくいかでか身にしみて枕もうく斗なるべき。屏風の哥の料によ所ながらよめるとは更に同じ類にあらず。今も打ずんじたらんに、いかで感情ふかかるべきかたがた行平卿のせき吹越る須磨のうら風とよめるをとりて書たる事まがふへきにあらず。（明治大学本『花鳥芳囀』十ウ〜十三オ、括弧、人名等の囲み表記は私に付した）

『花鳥芳囀』は、まず行平歌とされる「旅人の袂すずしく〜」の歌を能宣の歌とする『源氏釈』（伊行が釈）と『奥入』（定家卿）の説に触れた後、それを不審とする『花鳥余情』（一条禅閤）と『明星抄』（称名院右府）の説を挙げる。『花鳥』と『明星』は、行平の歌が「浦波」ではなく「浦風」であっても、作者の「誤り」ではなく、行平歌を本歌とする忠見歌（「浦波」）が想起されながらも「行平」の歌として本文に収斂していく様を説明する。経平は「右府の御説甚相叶たるといふべし」と、『明星抄』の説を全面的に支持するが、一方で、このような「先輩後輩の論」に至るまでもなく、物語本文にある光源氏の様子を解釈すれば、やはり屏風歌の忠見歌ではなく実際に同じ配所で詠まれた行平歌がふさわしいとの私見を述べる。この私見については、三村氏の指摘する「評論的見解」と言えなくもないが、この実感される古歌引用こそ、経平が考える歌詠みのあり方としてふさわしかったから、というのがこの私見の実態ではないだろうか。つまり、物語の解釈というより、歌詠みのあり方に経平の興味は注がれているのである。

また、注釈の対象とされるのは、和歌以外の内容（三美人、難義等）であっても、藤原俊成・定家、一条兼良、三条西実隆・公枝といった和歌や有職故実を専門とする注釈者たちの言及や行動に注目するものが多い。たとえば最初の写本についての注釈も、彼らの名前が見えるためにとりあげられた可能性がある。少なくとも『河海抄』は、物語作者である紫式部についての記述や物語の成立・大意について詳細に「料簡」に記し、[26]『明星抄』『岷江入楚』もそれを踏襲するが、[27]『花鳥芳囀』はほとんど記していない。『花鳥～』の書名や序にあたる部分の内容からすれば、一条兼良の『花鳥余情』を範としているようだが、典拠については、『花鳥』が『河海抄』の誤りを指摘しつつ、語句の解釈・物語の鑑賞に重きを置くのとは、内容的にかなりの距離がある。ただ冒頭部分、物語を評価・賞揚する部分に『今鏡』『順徳院御記』『水鏡』を引き、それだけに留まらず曾祖父・熊澤蕃山の『源氏外伝』の言葉を用いて蛍巻の物語論に作者の大意があると述べるのは、曾祖父の見解を経平なりに解釈し、柱に据えようとしたからであろう。実際、この注釈の最後は、「○此物語に古物語をとりて書しこと多し」として古物語を列挙し、『須磨記』に触れた上で、思い出したかのように『河海抄』の紫式部須磨起筆説や道真・高明准拠説を挙げ(28)、冒頭部と呼応させているようである。

しかし蕃山のような儒者ではなく有職故実家であり、ひたすら和歌に心惹かれていた（この点については後述）当時の経平にとって、物語の准拠とは、尋ねてみるべき場所であり(29)、ひいてはそこで歌を詠む、あるいは歌の着想を得るための場所と考えていたのではなかったか。『須磨記』を偽書だと見破れなかったのも、「須磨のうらにて風雨の難に逢たまひしこと其時軟障引めぐらせし事などかの記にもかの巻にもあれども(30)」とあるように、やはり体感・実感の記録（准拠）こそ、物語描写の背景に必ずあるのだという考えが経平に深く根付いていたためであろう。経平が実作すべき和歌のため、あるいは自分の敬愛する先人たちが必須とするからこそ『源氏物語』を意識していたに過ぎなかったことは、次第に注釈が『源氏物語』の本文や和歌そのものよりも、注釈者たちの議論や、実際に『源氏物語』を元に作られた後世の歌を記載・集成する方向に流れていくところに明らかである。左記は、物語の三能書・三美人、について記した後の注記である。

○俊成卿も「源氏物語を見ざらん哥よみは無下の事なり」と申給へりといへり。定家卿も「紫式部は哥よみのほどよりも物かく筆上手也。此物語をみれば、心に面白き哥もよまるる」と申し給へりといひ傳へたり。しかあればこそ、定家卿の哥はおほくは此物語より出たりと見え侍り。されば「大方源氏など一見するは哥などによまん為也。よまんにとりては、本哥本説を用べきやうをしらずしてはいかがとおもふ給る」と一條禅閤の書せ給へり。誠に俊成卿定家卿より前は式部が世にちかく其人にかほをも會せ、又漸年を隔ながらも遠からぬ世には其詞其哥をとりて詠じ出んことをのづから用捨の心もありぬべし。然るにはや世も遠くなり行ままにかの両卿の比に及ては、此物語の哥も詞もとりてみな詠じ出したまふことになりしより禅閤もかくはしるしつけ給ひし。さらば此物語をとりて詠じ出すことは此時を初とすべき歟。しかあれば、其両卿又其余の先達の哥までも此物語の心其詞其哥をとりてよめるよし古人の註し置れし物を見るにまかせて書付侍る

○新古今集に　　俊成卿

あれわたる秋の庭こそ哀なれましてきえなん露の夕暮

これは須磨の巻に、「だいなどもかたへはちりばみてたたみ所どころひきかへしたり。見る程だにかかりましていかにあれゆかんとおぼす。」といふ詞をとりたるなりとぞ。

○同集に　　俊成卿

あらし吹みねの木の葉の日にそへてもろく成ゆくわが涙かな

是ははし姫の巻に

やまおろしにたえぬ木の葉の露よりもあやなくもろきわが涙かなといふ哥をとりたるといふ。又葵の巻に木の葉よりもろき御涙といふ詞をとりたりともいへり。

（明治大学本『花鳥芳囀』三四オ～三六オ）

俊成、定家により『源氏物語』が歌詠みの必読書とされることに触れた上で、傍線部のように「大方『源氏物語』を一見するのは歌等に詠むためである」と断言する一条兼良の言葉を引く経平は、その後、俊成が物語の詞をもとに歌作したと思しき例を挙げていく。このように、『花鳥芳囀』は、『源氏物語』の詞が実際にどのように歌にとり入れられ詠まれているか、ということに大変重きを置く。文中には「此物語の心其詞其哥をとりてよめるよし」とはあるものの、物語の内容・場面解釈、その「心」を必死に理解しようとしてきた先人たちの営みとは、『花鳥芳囀』は違う位相にあるようだ。

四　土肥経平の生涯と研究

このように有職故実家でありつつ、和歌に傾倒する土肥経平は、どのような人物だったのか。その生涯と研究のあり方について見ておきたい。[31] 土肥経平は、初の名を吉五郎、後に典膳と改め、若い時は「牛山」と号し、後に「富山々人」（『花鳥芳囀』奥書に記載）「宇治郷散人」等とも称している。家の号は、醒社、竹裡館、緑雲庵、等がある。土肥佐吉貞平の三男として岡山に生まれ、母は老臣池田内膳武憲の五女通子（後の名は稲子／母は熊澤蕃山の次女・載子）である。父・兄の没後、二十三歳で家督を継ぎ、禄四千二百石を受け、番頭となっている。

後に、明和元年（一七六四）、経平五十八歳の時、朝鮮使節の来朝を接伴する役を任されたが、その間、城番部下の勤務に不謹慎な行動があり、その取り計らいがよくないとして蟄居を命ぜられる。そのため家督を三男に譲り、宇治郷の別業・竹裡館に籠って、七十六歳で没するまで、余生を書物の蒐集と研究に費やした。『花鳥芳囀』は、その間に書かれたものであり、その成立は、奥書によれば、蟄居から七年を経た六十五歳の時である。

経平の著作は、現存しないものもあるが三十ほど確認でき、そのうち和歌や物語等、国文学に関するものは、およそ十七点ある。[32] 成立年のわかるものでは、蟄居を命ぜられる前に、『栄花物語目録系図』（延享元年冬／一七四四）、定家仮託の歌論書（愚秘抄・三五記）の真偽を考察した『鵜の本鷺の本弁疑』（宝暦三年五月／一七五三）、有馬に遊んだ時の紀行文『深山桜』（宝暦六年春／一七五六）、新古の歌合歌論書の内から制の詞を集め、いろは順に配列した『制詞類字抄』（宝暦十三年春／一七六三）、荻生徂徠が「なるべし」に論じたものをさらに検討した『窈窕』（宝暦十三年冬／一七六三）が著されている。また蟄居後の著作として、見聞に及んだ詩歌文章を集めた『凪のしがらみ』（安永二年十月／一七七三）、国文学関係を中心とする考証随筆『春湊浪話』（安永四年二月／一七七五）等がある。

また『制詞類字抄』の紙背には、清水谷実業、日野輝光等による歌の添削が見られるように、四十歳（延享三年／一七四六）近くから初めて姉小路実紀を歌の師とし、[33]歌への造詣を深めたからか（経平の娘が五条為俊と結婚、その縁か）、その後、特に宝暦年間は、和歌実作にまつわる著作が集中している。一方『花鳥芳囀』が成立する一年前には、『源氏外伝』（熊澤蕃山／経平母方曾祖父）が書写されている。先述した通り、冒頭部分にその影響が見えるものの、実際の注釈においては、定家や兼良、三条西家等、堂上の注釈に注目するのは、やはり和歌を中心・正統とする考え方に拠っていたからであろう。実際、『源氏奥入』の書写も宝永三年（一七〇六）冬十月と早い時期に行われている。

『花鳥芳囀』には、俊成や定家と並び「一条禅閤」（兼良）の名がたびたび見える。想像をたくましくすれば、蟄居後に経平が『源氏物語』の注釈を著したことについては、応仁の乱を経験した上で晩年に注釈書・『花鳥余情』の執筆に取り組んだ一条兼良や、二十年以上流浪した末に京に戻った九条稙通が『源氏物語』の講義を受け、『孟津抄』を成立させた行為に倣ったとも考えられる。[34]経平の「宇治郷住まい」が、おそらく喜撰法師の歌「わが庵は都のたつみしかぞすむ世をうぢ山と人はいふなり」（『古今集』雑下・九八三）の発想と無縁でないように、『花鳥芳囀』が五十四丁であるのも、源氏物語五十四帖に肖った可能性があろう。九条稙通は、講義終了後、紫式部の絵を前に源氏巻名和歌・影前三十首・百韻連歌を行うが、この時五十四歳であったのは、『源氏』の五十四帖に合わせたという指摘がある。[35]

ただ『花鳥芳囀』の内容としては、物語そのものよりも、それを元に議論する堂上への憧れ、和歌を実作することへの興味が強く、それが『花鳥芳囀』の個性となりえている。『源氏物語』の注釈書を著わした人々が、物語に様々な思いを投影してきたことは、先行研究で明らかにされているが[36]、このように『源氏物語』を徹底的に実学の書として利用・解体することができたのは、やはり経平自身が武士の出身であり、物語そのものとは別のところに興味があったからだろう。またそのような興味をもってしても、『源氏物語』は十分に価値ある書（歌詠みの勉強に役立つ書）として求められていたことになる。

五　『花鳥芳囀』と『源氏物語聞録』

最後に蛇足かもしれないが、本稿で論じた『花鳥芳囀』と同じ研究所で購入し、現在は明治大学図書館蔵である『源氏物語聞録』[37]（明和七年の奥書を持つ源氏物語の講義録）との内容を比較してみたい。両書は、岡山藩の藩士と徳島藩の藩医がそれぞれ著者、筆録者であり、奥書を信用すれば、ほぼ同時代の成立である。しかしながら、その内容は非常に対照的である。『源氏物語聞録』は、五冊九帖、「桐壺」から「葵」までを収め、儒者として藩に仕えていた那波魯堂の『源氏物語』についての講釈を藩医であった湯浅兼道が筆録した内容が中心となる。この講義録の中には、多くの独自注があり、京の文化や建築を知らない地方武士のために、身近なわかりやすい例が示され、言葉の正しい読み方、発音の仕方への言及等が見られる。また一部、儒教的・道徳的解釈が見られる一方、古注の中では『岷江入楚』（中院通勝著）が基準とされている。この理由については、かつて拙稿において、主君である蜂須賀家と中院家との密接な関係による可能性を指摘した[38]。『源氏物語聞録』には、物語の世界、あるいは貴族社会への強い憧憬があり、一方で実生活との懸隔も感じられたが、貴族たちを歌の師とでき、六度は京へ上ったとされる[39]経平の『花鳥芳囀』に、そのようなものは感じられない。しかし、それが一方で、旧説を出ない、保守的な解釈に終始しているとされる理由にもなろうか。ただし、『花鳥芳囀』には、物語以上に、堂上の注釈そのものへの興味が窺われ、それもある意味、武士階級特有の物の見方が示されていると言えるかもしれない。

江戸時代中期には、様々な学派が勃興し、『源氏物語』の注釈も、荻生徂徠による古文辞学派の影響を受けた真淵や宣長といった新注への流れがある中、彼ら地方武士たちが、依然旧注を規範とする理由には、著者の信条に則った意識的な選択があったと考えたい。また彼らの理解が物語の場面や一部の詞に限られていたとしても、先人達を通して見る『源氏物語』のことばの世界は、彼らにとってやはり「煌めく」ものだったに違いない。

注

（1）湯淺幸代・関恭平・小滝真弓「「明治大学日本古代学研究所」所蔵 土肥経平『花鳥芳囀』解題・翻刻」（『古代学研究所紀要』二三号、二〇一五年）

（2）書誌情報については、注1の解題に同じ。

（3）池田家文庫本は、明治大学本と同じ二枚の貼紙の他、別にもう一枚貼紙がある。

（4）五十五丁表に記された奥書は次の通りである。

明和八のとし秋のはしめ萩花園にむかへる文の窓をひらき葉に置露のしら玉のいときよきをうくる心の湊の朝かせにすみおしすりて富山々人土肥経平この一帖をここに書畢て筆を残すことしかり

（5）蔵知矩「土肥経平に関する報告（上）」（『国語と国文学』十二巻三号、一九三五年）「土肥経平に関する報告（下）」（『国語と国文学』十二巻五号、一九三五年）

（6）注5に同じ。

（7）注5蔵知矩「土肥経平に関する報告（下）」の記述による。ただし割注部分は省略した。

（8）『池田家文庫仮目録』（岡山大学附属図書館、一九五二年）また池田家文庫の蔵書については、『岡山と源氏物語──池田家文庫等貴重資料展解説と目録』（岡山大学附属図書館、一九八〇年）も参照した。
（9）重松信弘『新攷源氏物語研究史』（風間書房、一九六一年）以下、重松氏の見解はこの書による。
（10）三村晃功「『源氏物語花鳥芳囀』について」（『岡山高校国語』第三号、一九六七年三月）以下、三村氏の見解はこの論文による。
（11）序の部分は次の通りである。傍線部のように『今鏡』『順徳院御記』『水鏡』が引かれている。（虫損で読めない箇所は池田家文庫本で補った。以下も同じ）

むかし人のつくり給へる源氏の物語にさのみかたもなきことのなよひ艶なるをもしほ艸かきあつめたまへるによりてのちの世の煙とのみきこえたまふこそえんにえならぬつまなれそのことさまのなへてならぬめてたさのあまりにおもひつゝけ侍れはものかたりなといひてひとまきふたまきのふみにもあらす六十帖なとまてつくり給へる文のすこしもあたにかたほなることもなくて今もむかしもめてもてあそひ帝后よりはしめてえならすかきもちたまひて御たからものとしたまひなとするも世にたくひなくこそあれと嘉應の年のころにしるせしはさらにあたなるもの〻かたりしにもあらすかの式部かつほねにあやめとまうして侍りしかも〻とせのうへいそしにあまるまてなからへし老婗の昔かたりなりとてかきつ〻けたりしはうそかまことかいとめつらしき寿にもありけるその後此もの語のことを実に順徳院の御記に不可説未曾有のものなりとか〻せたまひ中山の内府の水か〻みにはさらに凡夫の所行にあらすと見えたりその餘かの抄物ともにあけ賞せしこと葉ともはかきもつくすへからす

（明治大学本『花鳥芳囀』一オ〜二オ）

（12）明治大学本『花鳥芳囀』二オ、濁点・読点は私に付し、表記も一部改めた。この部分、三村氏は『源氏外伝』の引用を指摘しておらず、経平本人の意見としている。
（13）注12に同じ。
（14）明治大学本『花鳥芳囀』二オ〜三オ、濁点・読点は私に付し、表記も一部改めた。

(15) 玉上琢彌編『紫明抄河海抄』角川書店

(16) 竹取の翁の物語　住吉の物語　伊勢物語 在五か物語とも うつほ物語　片野の少将の物語　唐守の物語　はこやの刀自の物語　上三位の物語　こまのゝ物語　かくや姫の物語　とを君の物語　此なかにも末にある七つの物語は世に傳はらさるにや婇也姫の物語は竹取の物語の事にや　其外古物語の名　宇治橋姫の物語　なみのしめゆふの物語　岩屋の物語　桂の中納言の物語　濱松の中納言の物語　堤の中納言の物語　今めきの中将の物語　なよ竹の中将の物語　長井の侍従の物語　伏見の翁の物語　心高東宮宣旨の物語　朝倉御の物語　かはね尋る宮の物語　松浦宮の物語　しらゝの物語　御津の濱松の物語　せりつの物語　あさうつの物語　さかのゝ物語　河にせかるゝ物語　玉藻に遊ふ物語　末葉の露の物語　夜寝覚の物語　秋の夜長の物語　草枕の物語　女郎花の物語　隠蓑の物語　わすれ衣の物語　左右袖湿物語　とりかへはやの物語　猶多けれと人の口にあるものはもらしぬ多くはすたれて今傳はらすたま〱残れるものゝあるをみれは其物語のうちなることゝもを以て此物語に書たる事多し又まかふへくもあらす古物語のことゝみゆる所もあれと今すたれたるは何とかすへき（明治大学本『花鳥芳囀』五一ウ～五三オ）

(17) 吉森佳奈子『河海抄の源氏物語』第一章（和泉書院、二〇〇三年）

(18) 明治大学本『花鳥芳囀』五三ウ～五四オ

(19) この若菜下巻の注記は、『岷江入楚』では、前項須磨巻の当該注の中で「花鳥に委細に注す」とする部分であるが、『花鳥芳囀』では、別項として『花鳥余情』の若菜下巻の注記を記す。ただ内容的には前項と一続きの関係にある。

(20) 『増鏡』「おどろのした」の記述。後鳥羽院が夏に訪れた水無瀬殿の釣殿において、『源氏物語』の一節を踏まえた風流なやりとりが行われる。

(21) 松風巻については二つ項目がとられている。

(22) 明治大学本『花鳥芳囀』十ウ

(23) 新編国歌大観による。以下、和歌の引用は同書。

(24) 講談社学術文庫『湖月抄』増注（上）
(25) 源氏物語古注釈叢刊『源氏釈』（時雨亭文庫／武蔵野書院）では、「旅人の」の「の」の右側に「は」が傍書される。また『花鳥余情』（松永本、桜楓社）の引用にある忠見歌も「旅人の」とある。
(26) 注15に同じ。
(27) 中野幸一編『明星抄』（武蔵野書院）、同編『岷江入楚』（武蔵野書院）
(28) 明治大学本『花鳥芳囀』五三ウ～五四ウ
(29) 松風巻の注記でも、明石の尼君の曾祖父・中務宮の領じていたとされる場所は兼明親王の大井川の畔の山庄・小倉宮に擬したとし、「かならす尋て見るへき所にそ」（明治大学本『花鳥芳囀』十八オ）と記している。
(30) 明治大学本『花鳥芳囀』五三ウ
(31) 以下、土肥経平の伝記については、山田貞芳「土肥経平の伝」（『史学雑誌』十一編十一号、一九〇〇年）、井上通恭「土肥経平略伝」（『南天荘襍筆』春陽堂、一九三〇年）を参照した。
(32) 注5に同じ。
(33) 注31井上通恭「土肥経平略伝」による。また経平は、宝暦六年（一七五六）五十歳の時に烏丸光胤の門に入り、安永元年（一七七二）六十六歳の時に日野資枝の教えを乞うたと記す。
(34) 湯浅幸代「一条兼良と『花鳥余情』――有職故実家の『源氏物語』――」（『人物で読む源氏物語』十四、勉誠出版、二〇〇六年五月）、同「『孟津抄』と『岷江入楚』――三条西家の源氏学継承と古注釈集成」（『人物で読む源氏物語』十八、勉誠出版、二〇〇六年十一月）
(35) 伊井春樹「『孟津抄』の成立」（『孟津抄』源氏物語古注集成、桜楓社）
(36) 注17吉森論文等。また松本大「典拠から逸脱する注釈――中世源氏学の一様相――」（『中古文学』九五、二〇一五年六月）は、中世の注釈書から『源氏物語』を元に学問が為されていた事を指摘する。
(37) 明治大学『古代学研究所紀要』一・四・五・七・八・九・十一・十六・十九号（二〇〇六～二〇一二年）に解

題・翻刻を掲載。また明治大学日本古代学研究所ＨＰで改訂版本文をＰＤＦでダウンロードすることが可能となっている。

（38）湯淺幸代「湯浅兼道筆『源氏物語聞録』について」（日向一雅編『源氏物語注釈史の世界』青簡舎、二〇一四年）

（39）注31井上通恭「土肥経平略伝」による。

〔付記〕本稿は平成二十六年度文部科学省私立大学戦略的研究基盤形成支援事業（「日本古代学研究の世界的拠点形成」事業番号S1411022）による研究成果の一部である。

宝塚歌劇『あさきゆめみしⅡ』と『源氏物語』
―文学と舞台と―

橋本ゆかり

はじめに

宝塚劇場[1]に一歩足を踏み入れるや、目にも眩しい深紅のカーペットと優雅な手すりの階段が出迎えてくれる。夢の世界は既に始まり、観客の胸は高鳴る。

宝塚歌劇の歴史は百年を過ぎ、初演舞台にいたる経緯は「創始者小林一三の裏話が定説となり、伝説化されているといってもよい[2]」。宝塚歌劇は大正三年四月一日より始まった[3]。たとえばその年には、夏目漱石の『こころ』が世に出ている。百年の間には変容もある[4]。宝塚歌劇の始まりと発展も、日本近代社会と文化の歴史の中に同じくある。

能や歌舞伎が、現在のところ原則として、男性のみで演じられるのに対して、近代日本に始まった宝塚歌劇は、女性たちのみで演じられる舞台であり――途中、男性が入団したわずか一時期もあったが――、和の楽器や旋律や舞とともに、西洋の楽器や音楽やダンスを取り入れていることもまた、前二者とは一線を画して興味深い[5]。

世界の他の舞台を見渡しても、独自と認められるスタイルを生み出した宝塚歌劇における、宝塚版『源氏物語』は、その創立から五年後の大正八年に初めて上演され、以後しばしば新たな脚本演出とともに早くに上演されてきた[6]。そして、平成には四種類の舞台があった。

市川新之助（＝十一代目市川海老蔵）の光源氏で『源氏物語』が五月に上演されたのは二〇〇〇年であったが[7]、その同じ年の七月に、宝塚ミュージカル・ロマン『源氏物語　あさきゆめみし』[8]は上演された。宝塚ミュージカル・ロマン『源氏物語　あさきゆめみしⅡ』[9]は二〇〇七年上演、脚本・演出の草野旦は、「来年二〇〇八年は源氏物語誕生一〇〇〇年紀にあたり今あらためて源氏物語が見直されようとしている時、上演の機会を得ましたことに意義を覚えます[10]」と述べる。続けて宝塚ミュージカル・ロマン『夢の浮橋』は、その『源氏物語』千年紀、二〇〇八年での上演である[11]。この時期は、学会から一般向けにいたるまで、世間ではさまざまなイベントが行われ、不思議な高揚感が生み出されていた。平成の宝塚版『源氏物語』は、『夢の浮橋』だけが第三部の宇治十帖を舞台とし、それ以外はそれぞれ正編の光源氏を主人公とする舞台である。

そして、平成で最新二〇一五年上演の『新源氏物語』[12]（一九八一年の昭和に初演された舞台で三度目の上演となるが、平成のスターたちにふさわしい演出がなされている）は、パンフレットに「宝塚歌劇新世紀となる一〇一周年の今夏、台湾公演をトップとして大成功に導き、ひとまわり成長を遂げた明日海りおがその魅力を存分にお届けします[13]」とある。

以上からは、いずれも社会的話題性に富む、そして宝塚歌劇史においても祝祭感溢れる時期に選ばれて上演されていることが分かる。

本稿では、その四舞台の中から宝塚『あさきゆめみしⅡ』の舞台の特色に注目し、千年前の文字テクスト『源氏物語』をどのように解釈し、舞台でどのように三次元化し現代観客に対して表象していくのか、その演出について考察したい。なお、宝塚『あさきゆめみし』『あさきゆめみしⅡ』は、大和和紀の漫画『あさきゆめみし』を原作として掲げるが、原文『源氏物語』を無視するものではなく、漫画を通して原文『源氏物語』の世界を表現する舞台である(14)。

（＊本稿では、以後、『源氏物語』は『源氏物語』あるいは原文『源氏物語』、それに対して大和和紀の漫画を漫画『あさきゆめみし』、宝塚ミュージカル・ロマンは宝塚『あさゆめみし』などと表記、宝塚歌劇が舞台化した『源氏物語』の数々は総合して宝塚版『源氏物語』と表記して論じていく。）

一　読むことと観ること

大学の私の授業で、試みに宝塚版『源氏物語』の舞台について、学生たちに尋ねてみると、正編の舞台に関しては、その人気は宝塚『あさきゆめみしⅡ』と宝塚『新源氏物語』に二分される。宝塚『あさきゆめみしⅡ』の光源氏を演じる春野寿美礼に対する圧倒的人気と洗練された舞台構成が、その人気の理由である(15)。

春野寿美礼演じる光源氏は、舞台中央、にわかに降下した階段の最上段から桜の花びらが舞散る中、歌いながら登場する。ただならぬ美しさと気品ある佇まい、伸びやかな歌声で、圧巻の「光源氏」オーラを放つ。宝塚歌劇の脚本はあて書きであるといわれ、役者の魅力が最大限に引き出されている。真夏の梅田芸術劇場、感動の舞台であった。

一方、『新源氏物語』は、学生たちを率いて東京宝塚劇場で観た。四舞台の中で最新、現役花組の舞台であるところから、トップスターの明日海りおはもとより、どの役者に対しても熱烈なご贔屓があり、教室での学生たちからの評価も俄然高くなる。

文字テクストを扱うことに慣れすぎていると忘れがちなのだが、生身の人が演じる舞台の面白さは、まずそこにある。宝塚『新源氏物語』、明日海りおの光源氏は、恋に身を焦がす「永遠の少年」のような雰囲気漂い(16)、「男役スター」の柚香光は、女君の六条御息所と男君の柏木の二役をみごとに演じ分けて魅力的である。柚香扮する柏木が暗転からいきなりのスポットを浴びて舞を舞いながら登場するに際しては、観客たちが思わず前のめりになり、劇場の気配が一瞬にしてざわめく。最近は男役スターが一つの舞台で「男」と「娘」を二役を同時に演じることが多くなり、宝塚歌劇の意義が現代に更新されていくことが感じられる。

しかし、だからといって役者のスター性によりかかるばかりでは、舞台の光源氏も『源氏物語』も成り立たない。文字テクストならば読者の想像の幅に委ねられるところを視覚化してしまうことには、鑑賞者に対する限定が伴う。さまざまな好みのある鑑賞者に対して、視覚化は諸刃の剣であり、そこに演出の妙が必要となってくる。

宝塚『あさきゆめみしⅡ』の演出に関しては、『源氏物語』が反復と差異化によって一つのテーマを追求していることを、みごとに分かり易く視覚化している。実に様式化され、洗練されており、その様式が観客への注釈を生みだしている。本稿では、その『あさきゆめみしⅡ』を論じていきたい。

二　舞台構成と語りの視点

さて、宝塚『あさきゆめみしⅡ』を論じるにあたって、まずその舞台構成を確認しておきたい。舞台は第一部、

第二部の二部構成である。主な内容は、桐壺帝と更衣の愛と光源氏の誕生、藤壺との密通と不義の子の誕生、朧月夜との密会露見による光源氏須磨流離、明石の君との出会いとその懐妊、光源氏帰京、紫の上登場、冷泉帝即位、ラストに藤壺の死と光源氏の嘆きがある。ほぼ、原文『源氏物語』の巻順に沿って舞台は展開する。第二部は主に「産むけれど育てられない母」明石の君と、「産めないけれど育てる母」紫の上の対比、女三の宮の光源氏への降嫁と密通、光源氏、紫の上のそれぞれの苦悩と死となる。そして、この舞台に特徴的なのは、「刻の霊」というオリジナルキャラクターが登場することである。

第一部は冒頭に刻の霊が登場し観客に語りかけ、これから始まる舞台＝物語世界を紹介し、語り手、舞台のナレーターの役割をまず担う。舞台にナレーターらしき人物が登場することは、現代演劇において別段新しいことではない。しかし、その刻の霊がどのようなキャラクターとして舞台に位置するのかと、その存在により語りの視点がどう左右されるかに、この舞台のオリジナルな面が見えてくる。(17)

刻の霊は、「風や心のように私を見ることはできない」「人間たちの生死の時間を決めるのが仕事」と観客に語りかけ、刻の霊の姿は物語世界の外側にいる観客のみに見えるのであり、舞台の中の物語世界の人々には見えないことを告げる。これにより、刻の霊は舞台と舞台の外側にいる観客を繋ぐ境界の役割を果たし、舞台の内と外の語りの入れ子型が形づくられる。言い換えれば、刻の霊の発する言葉は、他の登場人物たちとは時間軸が異なるのだ。物語世界の人物たちには見えないはずの刻の霊は随所で、物語世界の人物の傍らに寄り添い、その世界を見守っていることが、観客の目には映る。そして、いつしかそこからフェードアウトする。(18) それにより観客は語り手としての刻の霊を媒介せずに、直接物語世界に入っていくことが促され、舞台に繰り広げられるのは観客の観る時間と一体化した「今ここ」の時間となる。すなわち、入れ子型の語りの枠組みが溶解されることになるのだ。「刻の霊」

という目に見える「語り手」により、舞台の語りと時間構造の枠組みが視覚化・意識化されていく。

しかし、刻の霊の姿は、物語世界の登場人物の内、光源氏にだけ見える時が二回来る。第一部の終わり、藤壺の死に光源氏が涙する場面に現れ、その場面の続く第二部の冒頭に光源氏と初めて対話するのが一回目。さらに第二部終わり近くに、紫の上の死に光源氏が呆然として涙を落とす場面が二回目である。この二回、刻の霊は光源氏に直接語りかけ対話をする。原文『源氏物語』にも、漫画『あさきゆめみし』にもないこのキャラクターは、ナレーターのような役割とともに、藤壺の死と紫の上の死に際する二回に光源氏と直接対話することで、その二回を観客に対応させることを促す効果がある。同時に、登場人物には見えないはずの、生死を支配する刻の霊が光源氏に見えるようになることには、光源氏の生の時間が一歩一歩その終わりに近づいていることをも物語っていると解釈できる。

藤壺の死に際しては、「さあお前はこれからどうする」と、中身のない衣（＝「形代」の喩と理解できる）を光源氏に手渡し、「もう死にたい」という光源氏を叱責する。そして、第二部ラストの紫の上の死に際しては、光源氏に「あなたは紫の上を愛しましたか？」と尋ねる。光源氏は涙を落としながら呆然と立ち尽くして、「この愛こそ真実か、分からない、（中略）……あなたを失って愛を知る」と歌い始める。舞台は、光源氏の藤壺への恋から始まって、「形代」の紫の上が紫の上として愛されたか否かへと、テーマを収斂し、原文『源氏物語』であれば、読者が推し測って解釈するところを、この「刻の霊」が光源氏にそのテーマの答えを自らの声で言わせて一つの結論を導き、観客に聞かせる役割を担うのだ。舞台はそのまま光源氏の死と天上の二人を描いてラストを迎える。

ところで、宝塚『あさきゆめみしⅡ』の前に上演された宝塚『あさきゆめみし』にも、刻の霊は登場する。両舞台で使われている音楽はほぼ同じであるが、歌う人物や場面には入れ替えがある。最大の違いは、物語世界の時間構造である。宝塚『あさきゆめみし』は、光源氏の葬送場面から始まる。光源氏の死を悼む頭中将は、銀橋で一人悲しみを歌う。その銀橋の向こうにいた刻の霊が、「返してあげよう、時を。見せてあげよう、あさきゆめを」と言い放ち、光源氏の生きた時間を「今ここ」に再現して見せるものとして、物語世界＝舞台は始まるのだ[19]。すなわち、頭中将、さらにはその舞台の外側にいる観客とともに見聞く、光源氏鎮魂の舞台として見えてくるのだ。

一方、宝塚『あさきゆめみしⅡ』は、先述したように、刻の霊が舞台始まって最初に登場し、直接私たち観客に語りかけ、光源氏の誕生から死、そしてあの世での光源氏と紫の上の姿までをほぼ光源氏の生の時間軸に沿って見せる趣向となっている。刻の霊の支配する時間は、光源氏の生死の時間であるとともに、観客が観る舞台の時間でもある。能の舞台であれば、亡霊は僧に自分を語って（あるいは語ってもらって）鎮魂される。一方、僧ならぬ刻の霊が光源氏に寄り添い、最後に光源氏の後悔の気持ちを語らせる趣向には――最後に気づいた自分の思いを歌い上げさせ、観客がそれをともに見聞くことには――能とは形は違えど、心に痛みを負うものへの鎮魂の作法が見える。ラストは天上で光源氏と紫の上が輝く白い衣を纏って、睦み合う姿で閉じられる。原文『源氏物語』では、光源氏の孤独が描かれて終わる。

その舞台ラストは、観るものに一瞬晴れやかな明るい気持ちを与えはする。しかし、地上ではそれができなかったことを改めて確認させる、アイロニックな幸せの光景であり、切なさを喚起させる宝塚独自の演出である。

三　段差という空間構成による視覚表象

現代人が平安の恋物語を理解するには、現代とは相違ある身分社会や恋のルールを知る必要がある。この壁を突破せずには、物語の心に触れることはむつかしい。しかし、二度読みの叶わない舞台は、一瞬が勝負であり、のんびりした説明の間はない。宝塚『あさきゆめみしⅡ』では、舞台の段差が、その場面ごとに登場している人物の身分や立場の優位劣位を視覚化していく。[20]

光源氏が桐壺帝の后妃である藤壺と密通する、命がけの「タブーの恋」のシーンでは、藤壺は一段高くなった部屋の中にいるのに対して、光源氏はその部屋の階の下に立って場面が始まる。その光源氏が段差ある下から部屋の上へと昇り、立ち上がって逃れようとする藤壺に対して追う光源氏は今度は跪き、床に広がる藤壺の衣の裾にそっと触れるしぐさをする。あくまで光源氏が下、藤壺が上という空間構成の視覚上の演出により、二人の身分と場面での立場の上下が表象される。[21]その手続きを経て二人は密通へと進みゆく。藤壺は「私たちの罪は消えません」と嘆く。

それに対して、朱雀帝の后妃のように愛されながら帝の后妃ではなく女官・尚侍である朧月夜との密通シーンでは、光源氏は下から昇っていくようなことはしない。二人の恋はまさに「政治的グレーゾーン」、「罪」であるか否かは意味づける視点によって変わる。朧月夜の部屋に光源氏が登場するとき、そこに段差はなく、いきなり朧月夜のいる同じ部屋の地平から登場する。そして、寝ている朧月夜の衣を上から剥ぎ取り、立ち上がった朧月夜と光源氏は互いに手を伸ばしあいながら向かい合うしぐさを反復する。朧月夜は、「私はあなたに選ばれたのではないの。私があなたを選んで愛したのよ」「私たちは似たものどうし」と言い、対等の男女関係が強調される。

藤壺と朧月夜のそれぞれの立場の違い、彼女たちに対する光源氏の心内の違いが、台詞のみならず、段差と衣への触れ方の違いによって表象されていく。ストーリーすら知らない一般観客に対して、平安の恋の質の違いを、視覚で一瞬にして感じ取らせる効果がある。

ところで、光源氏の密通シーンで藤壺の着ていた衣の色は、表が紫で内側が桜色（ピンク）であった。それに対して、はじめて舞台に紫の上が登場するとき、紫の上は、藤壺がその時着ていた桜色を表にした衣裳をまとっている。藤壺の衣の色の表裏が記号化され、紫の上が記しづけられていくのだ。舞台上、藤壺と紫の上は桜乃彩音が一人二役で演じているが、その紫の上が藤壺の衣の内側にあった色の衣を纏っていることには、紫の上が藤壺の身代わり＝「形代」であることが表象され、視覚化されるのだ。さらに、紫の上と光源氏の二人のシーンでは、常に紫の上は光源氏に跪いて寄り添う姿勢が反復される。

それにより、光源氏にとって下から昇って手を伸ばして跪いて恋を成就した藤壺に対して、紫の上は常に光源氏に対して跪く相手であり、彼の庇護や支配の対象としても見えてくることになる。そして、皮肉にも光源氏が紫の上に対して跪くのは、紫の上が光源氏の腕の中で死んでいく最期の瞬間となる。紫の上を腕の中に抱きながら、「私を置いて一人にしないでくれ」と涙声を搾り出す光源氏の前に、刻の霊が現れる。刻の霊の「あなたは紫の上を愛しましたか?」という問いかけに、光源氏が「失って初めて気づく愛」と涙を落としながら歌う場面へと転換していく。「形代」のテーマがここに収斂される。

段差という空間構成や衣の色やしぐさで、反復と差異化を重ねていく演出は、藤壺と朧月夜、藤壺と紫の上を、それぞれ「対」にして見る事を観客に促す。対によって浮彫となる差異から、光源氏にとってのそれぞれの女君の位相を視覚化する。洗練されたみごとな舞台演出は、『源氏物語』についての解釈と現代人への注釈の方法の一つと、理解できる。

四　変更された台詞

さて、宝塚『あさきゆめみしⅡ』が『源氏物語』の台詞そのままではないことはその題名からして明らかであるが、『源氏物語』にはない台詞の挿入や変更の中で、現代人に物語を分かり易く翻訳・注釈しているとして注目される箇所がある。

一つは、光源氏が藤壺と密通を遂げる重要なシーンで、光源氏が階から藤壺の居る部屋へと昇ろうとする間際の場面である。

藤壺「源氏の君、なりません。ここにお入りになるなんて
「私はあなたの母君の代わりとして」

光源氏「①あなたは母などではない。」

藤壺「源氏の君」

光源氏「②私はもうあなたより背が高い、あなたより力が強い、そして私は愛している、あなたを」

藤壺「どうして、なんということを」（傍線記号は橋本が付す）(22)

この傍線部①の台詞は漫画『あさきゆめみし』が描いたオリジナルなものであり、原文『源氏物語』には全く書かれてはいない。その台詞を宝塚『あさきゆめみし』『あさきゆめみしⅡ』は採用している。先の場面に続けて、

光源氏「父、帝の后を恋ゆることは死にあたる罪。もしも人を恋ゆることが罪ならば、私は罪人になろう」

との台詞とともに、光源氏は藤壺の居る部屋の上へと昇って行く。

この場面の今ここの恋する瞬間の切なさの鍵は、「タブーの恋」とその「アイロニー」だ。しかし、平安時代の「タブーの恋」と「アイロニー」を瞬時に感じ取らせていくには、現代人への翻訳が必要になる。

光源氏は「元服」前には、桐壺帝の后妃たちの部屋には自由に出入りすることができた。几帳の奥へと入って、言葉を互いの声で交し、手を触れることもできた。しかし、「元服」はジェンダーにおいても、セクシャリティにおいても、すなわち「律令官人」としても「女を抱ける男君」としても、「大人の男」になったことを社会に宣言する儀式である。その「元服」の後には、「大人の男」としての社会の規範に従い、振る舞わなければならない。たとえ相手が母であっても、姉であっても、「大人の女性」に対しては几帳越しに話すことが基本となる。昨日の自分と今日の自分は、元服を隔てて社会の地図においては、違う自分になってしまうのである。この「身体的距離」の「社会的規範」は、現代日本にはないものである。

「大人の男」になったからこそ、自分の恋する相手には会いたい、その身に触れたい。しかし、「帝の后」への恋はタブーの恋。「大人の男」になったからこそ、手を触れるどころか、声を聞くどころか、手紙の返事さえ容易にはもらうこともままならない。手紙を受け取ってもらえることさえ、叶わないかもしれない。もう「童」ではない「大人の男」になったからこその、恋のアイロニーがそこにあるのだ。

「あなたよりもう力が強くて背が高い」という台詞は、「童」ではなく、女を抱けるセクシャルな「大人の男」に変化した身体的特徴を示し、現代的規範に照らしても分かり易い。もちろん、「男」が「女」より背がいつも高いわけでもなく、力が強いわけでもないし、そうあらねばならないことはない。しかし、「子供」だった光源氏から「大人」になった光源氏の「身体的成長」を、分かり易く伝える台詞である。禁じられながらも恋心を訴える光源氏の切なさ、哀れさを、瞬時に切り取っていく。「元服」の前と後での光源氏の恋のアイロニーが、現代鑑賞者に対して、翻訳・注釈されている。この台詞とともに、光源氏は先に述べたように、階の下から藤壺の部屋の上へと昇っていくのだ。

そして、このシーンに続けて二人は密通を遂げる。その時、

光源氏「夢のようだ、こうしてあなたを胸の中に抱きながら、まるでいつ醒めるか分からない、夢のようだ」

藤壺「夢となって消えるのなら、いっそ目覚めることなく、このまま夢の中へ入ってしまいたい」

と言い、

光源氏「夜よ明けるな」

藤壺「明けないで」

光源氏「夢よ醒めるな」

藤壺「醒めないで」

光源氏「二度と来ぬ愛、今宵」

二人「恋人の夜よ」

と歌い合う。原文では、二人の逢瀬の後、

見てもまたあふよまれなる夢の中にやがてまぎるるわが身ともがな

とむせかへりたまふさまも、さすがにいみじければ、

世がたりに人や伝へんたぐひなくうき身を醒めぬ夢になしても

思し乱れたるさまも、いとことわりにかたじけなし。（二―二三一～二）[23]

とある。光源氏が「このまま夢の中に入ってしまいたい」と歌うのに対して、藤壺は近視眼な恋の切なさから一歩

引いた広い視野の中に、世間の眼差しと噂を恐れる返しをしている。つまり宝塚版は、原文『源氏物語』で光源氏が一人で歌った歌を、光源氏と藤壺の二人で分け合って歌い合っていることになる。それにより、原文ではほとんど明瞭に語られることのない藤壺の光源氏への心内が観客に対して明確になり、愛し合っている印象を観客に与えていく。

第一部の終わりは、藤壺の死とそれを嘆く光源氏で幕を閉じる。藤壺の死の場面に際しても、光源氏は藤壺の横たわる部屋の階の下に坐して、臣下としての型どおりな挨拶しか許されない。それを「刻の霊」が二人に追い討ちをかけるように、「お前たちは最後のこのときでさえ、思いを口にすることは許されない」と、観客にしか聞こえないことになっているその声で語る。最後まで段差が光源氏と藤壺の社会的立場を視覚化して、愛し合いながらも許されなかった二人の悲しみを強調する。

五 「形代」だと気づいた紫の上と「陵王の舞」

ところで、紫の上が藤壺の「形代」として光源氏に見出され愛されていくことは、『源氏物語』研究で重要なテーマとして長く論じられてきた(24)。紫の上が光源氏にとって「形代」のままであるか、それを逸脱する女君になるかは読みどころの一つであるが、宝塚歌劇の観客は『源氏物語』をよく知る人ばかりではない。物語・舞台の読み方は自由であり、それをテーマとして気づかなかったり、見出して読むことをしない選択もある。しかし、宝塚『あさきゆめみしⅡ』の舞台は第二部において、その「形代」がテーマとして焦点化され、収斂されていく。舞台を観る観客みなにそのテーマを意識化させ、共有させていく工夫がなされているのだ。

朱雀院の皇女・女三の宮が光源氏に降嫁することが決まったとき、光源氏が紫の上にそれを告げる場面がある。舞台ではその時、紫の上は光源氏が立ち去った部屋に、一人残されて、

紫の上「あなた、私、どうして、気づいたりしてしまったのか。あなたは私を通して、何か誰かを捜しているのだと気づいたのは。あなたが愛していたのは、私自身ではなく私の向こうに居る誰か……ああそれなのに、私は声を上げて泣く場所もありません。」

と歌い嘆く。自分が誰かの身代わり＝「形代」であると気づいて葛藤するのだ。漫画『あさきゆめみし』で挿入されたオリジナルな台詞である。原文『源氏物語』には語られない、重要な変更であり、舞台ではその変更を踏襲する。藤壺を演じた桜乃彩音が一人二役を演じ、紫の上として舞台最初に登場するとき、刻の霊が、「藤壺の面影を持った姫」と観客に紹介している。先の紫の上の歌と台詞は、紫の上が光源氏にとって藤壺の身代わり＝「形代」としてあることを改めて提示し、強調していく。「形代」として愛され、自分自身は愛されているのかと嘆く紫の上の葛藤が、第二部のテーマとして焦点化される。原文『源氏物語』であれば、読者が自ら物語に問いかける疑問を、登場人物自身に言わせるのだ。しかも、第一部で光源氏が藤壺に迫って密通を遂げようとする時、

光源氏は「父上はあなたに私の母の面影を重ねておられる。」（略）

光源氏「あなたを、あなただけを。真実のあなただけを愛しているのは」

藤壺「一体誰なのですか」

と、藤壺が桐壺帝にとって桐壺更衣の「形代」であるけれど、自分は藤壺自身を愛していると光源氏は迫っていた。紫の上の台詞は、そのときの光源氏に対する藤壺の台詞の反復差異化なのだ。

なお、宝塚『あさきゆめみし』『あさきゆめみしⅡ』『夢の浮橋』四舞台すべてにおいて、「形代」とされる女君

が、光源氏（『夢の浮橋』では薫）が自分ではなく、自分を通して誰かを愛していると気づく台詞を言う。誰かの身代わりとして愛されることは幸せなのかという問いを、観客に明瞭に共有させる演出をとるのだ。『源氏物語』の中で展開される「形代」＝身代わりとして愛する／愛されるという形について疑問を提示し、明確にそれを批判する舞台と言える。

そして、自分そのものが愛されているのではないと気づいた紫の上が、葛藤を抱えてそのまま病に臥すことが舞台で示された後、「陵王の舞」が登場する。

陵王の舞は宝塚『あさきゆめみし』『あさきゆめみしⅡ』のクライマックスにそれぞれ登場するが、宝塚『あさきゆめみし』の方では、紫の上の乳母が陵王の舞の由来について登場人物たちに物語るオリジナルなシーンが入っている。陵王は、恐ろしい仮面の下に美しい顔を隠して戦いを鼓舞したが、「女は全ての怒りや涙を面に隠して、女の戦を戦わなければならないの、貞淑な妻と言う面に隠して」と、紫の上の乳母は語る。このオリジナル場面は『源氏物語』の御法巻に登場する陵王の舞について、それを観る女たちとの関係を示す新しい解釈を示して、源氏研究においても示唆されるところが大きい。宝塚『あさきゆめみしⅡ』の舞台ではその説明を省略しているが、その演出において促される解釈は同じである。

原文『源氏物語』御法巻においては、死を目前にした紫の上が、法華経千部供養を主催することが語られる。法華経を一人で千部書写することは現実的には不可能な数であるが、『源氏物語』では、紫の上がそれを成し遂げた上での供養として語られる。(25) 女三の宮降嫁以来、紫の上は光源氏にも、他の女君にも、そしてそばにいる女房達にも、自分の心を押し隠して平静を装い、人々の好奇や同情のまなざしを嫌い、人笑いにならないよう葛藤し続けた。思いを言葉として発することのできないその紫の上の壮絶な「書くことによる祈り」が、その膨大な法華経千部書写を仏に捧げる供養で視覚化しているといえる。[26]

その供養に際し、紫の上は、これまで六条院で共に過ごしてきた明石の君と花散里を招いている。原文では、その法会について、光源氏を驚かせたことが語られた後には、光源氏の姿は一切、具体的に描写されない。一方、紫の上と女たちのお別れの様子は、美しい春景色と共に詳細に描写される。六条院で共に過ごしてきた女たちとのお別れの場として、この法会が焦点化されて語られているのだ。法会のクライマックスには、陵王の舞が舞われたことが語られる。

この舞は、紫の上と明石の君との別れの歌の贈答、花散里との別れの歌の贈答に挟まれる形で物語られる。陵王の舞には、恐ろしい仮面の下に美しい顔を隠して戦いを鼓舞した陵王の伝説がある。紫の上、明石の君、花散里、それぞれは光源氏の造営した六条院に集められそこに過ごし、互いの心に抱える思いを言葉にすることを抑圧されながら、心を押し隠しながら、穏やかに、光源氏から与えられた性役割を生きてきた。その女たちがそれぞれに抱える葛藤と、お互いを尊重し鼓舞してきたありようを、この舞は表象する。[27] 互いを鼓舞してきた思いを、その陵王の舞に観て、さらにはまた鼓舞してお別れをするのだ。

一方、宝塚『あさきゆめみしⅡ』では、原文『源氏物語』で紫の上が明石の君に読みかけたお別れの歌「惜しからぬこの身ながらもかぎりとて薪尽きなんことの悲しさ」（四―四九七）を、明石の君が読み始め、その明石の君の声に死を間際にした紫の上の声がかぶさり、「明石の上さま、お別れでございます。私が催しますこの法会で舞う陵王の舞、全ての人にお捧げ申し上げます」と言うや、真っ暗な闇の中に、勇猛な陵王の舞が浮かび上がるのだ。『源氏物語』原文でも、漫画『あさきゆめみし』でも、紫の上はその舞を眺めて、自身が舞うわけではない。対して、宝塚『あさきゆめみしⅡ』・『あさきゆめみしⅡ』では、紫の上自身が力強く陵王を舞う演出がなされ、クライマックスを盛り上げる。

紫の上自身が渾身の力を籠めて勇壮に陵王を舞った後、力尽きて倒れたところに、ちょうど現れた光源氏が驚いて、その舞人に駆け寄る。すると舞人の仮面が取れて、その勇壮な戦いの舞を舞っていたのが紫の上だったことが明らかになる。紫の上は「舞いたかったのです、陵王を」とお腹の底からやっと搾り出す力強い声で訴え、「私元気になりますわ、もう一度、あなたのため」とか細い声で続けて言うも、そのまま光源氏の腕に包まれて死んで逝く。この舞台では、「産めないけれど育てる母」として生きた紫の上が、「産むけれど育てられない母」である明石の君へのお別れに、自身が舞って自分と観る人とを鼓舞する。二人は光源氏が与えた性役割を、心を押し隠して生きた。さらには、「私自身は愛されていたのか」と「形代」であったはずの紫の上の誰にも言えない心の戦いが、その舞に視覚表象される。いつも光源氏に跪き従順な笑顔を浮かべていた紫の上の、極めて勇猛な舞であるだけに、押し込め隠されてきた紫の上の心の戦いの烈しさを物語る。だからこそ、跪いて紫の上を抱きしめながら、「私を一人にしないでくれ」と涙を落とす光源氏の、後悔と孤独が、際立つ演出であった。

おわりに

ところで、原文『源氏物語』にはもとより、しぐさや自然、舞など視覚的に場面が立ち上がるような丁寧な描写がなされている。その中でも、「桜」が描かれる場面選択には、特別な意味が浮かんでいく。『源氏物語』で桜が描かれる場面で注目されるのが、①光源氏が若紫を北山で垣間見する場面（若紫巻）、②光源氏が舞った内裏での花の宴（花宴巻）、③藤壺の死をめぐる場面（薄雲巻）、④柏木が女三の宮を垣間見する場面（若菜巻上）、⑤柏木の死をめぐる場面（柏木巻）である。①④では、垣間見をきっかけに、光源氏は藤壺密通へ、柏木は女三の宮密通へと進み行く。そして、③⑤は、光源氏と密通をした藤壺の死と、光源氏の妻・女三の宮と密通した柏木の死の場面である。すなわち、桜は、禁忌の恋、密通とそれにまつわる人々の死を結び付けているのだ。(28)

そして、宝塚『あさきゆめみしⅡ』で注目されるのが、光源氏が藤壺の死を嘆き一人歌う場面と女三の宮密通を知り、不義の子が生まれて柏木が死んだ直後、光源氏が一人嘆き歌う場面での桜である。光源氏はこのとき、それぞれに藤壺と禁忌の恋をしたことの痛みと孤独を一人歌い舞うのだが、その二場面の背景には、同じ桜の大木の絵が使われている。対して、漫画『あさきゆめみし』では、その桜の大木は、藤壺の死の場面と紫の上の死の二場面に描かれている。

すなわち、宝塚版が桜で繋がりを持たせて対にして見せているのは禁忌の恋、密通なのだ。宝塚歌劇は、漫画『あさきゆめみし』を原作としつつも、原文『源氏物語』で描かれる桜のイメージを反映していると理解できる。さらに、二回目の場面では、歌のラストに、恋の遍歴の末に思い浮かぶのは、降りしきる桜の下でほほ笑む紫の上であると光源氏は歌い上げている。

光源氏の登場は桜の花びらが舞う中にであった。そして、しばしば桜は歌詞の中にも登場し、光源氏の人生に一筋の繋がりを持たせる。そうして、密通をした秘密を抱える光源氏の大きな物語の中に、あの密通したときに藤壺が着ていた衣の裏の色、桜色の衣装を纏った紫の上の物語が、繊細な桜のイメージのいくつもの反復によって印象付けられ繋げられ、一つの物語へと収斂されていく。

以上のように、宝塚『あさきゆめみしⅡ』は、段差という空間構成、衣装、桜などの視覚表象において、長編の物語構造の中で、何と何が対となり、反復差異化されて展開されているかを、鑑賞者に分かり易く見せる演出の工夫がなされている。「形代」という愛の形への批判も提示し、言葉も社会規範も異なる、遙か遠い平安時代の作品である『源氏物語』の解釈、注釈の一つの形としても評価される。

注

(1) 宝塚劇場は現在、神戸の宝塚大劇場と東京の東京宝塚劇場の二箇所にある。
(2) 伊井春樹『小林一三は宝塚少女歌劇にどのような夢を託したのか』ミネルヴァ書房、二〇一七・七)。
(3) その歴史は、伊井春樹『小林一三の知的冒険』(本阿弥書店、二〇一五・六)、語り手・植田紳爾、聞き手・川崎賢子『宝塚百年を越えて』(国書刊行会、二〇一四・三)、渡辺裕『宝塚歌劇の変容と日本近代』(新書館、一九九九・十一)、津金澤聰廣・近藤久美編『近代日本の音楽文化とタカラヅカ』(世界思想社、二〇〇六・五)などに詳しい。
(4) 注(3)の渡辺裕に同じ。
(5) とはいえ、近年の新作歌舞伎では、例えば、宝塚『あさきゆめみしⅡ』が上演された同じ二〇〇七年の七月大歌舞伎(歌舞伎座)、蜷川幸雄脚本・演出でシェークスピア劇を歌舞伎にした『NINAGAWA十二夜』は、歌舞伎音楽にチェンバロが加わる舞台だった。野田秀樹脚本・演出、中村勘九郎・七之助出演の『野田版　桜の森の満開の下』舞台、市川猿之助主演の脚本・演出横内謙介による人気漫画尾田栄一郎作『ワンピース』の舞台化シリーズなど、歌舞伎界にも西洋や現代文化に慣れ親しんだ観客に対する試行錯誤と挑戦が見える。
(6) 立石和弘「歌舞伎と宝塚歌劇の『源氏物語』」(『源氏文化の時空』森話社、二〇〇五・四)が、宝塚歌劇の『源氏物語』を論じて注目される。
(7) 訳瀬戸内寂聴、脚本大藪郁子、演出戌井市郎・寺崎裕則。なお二〇〇四年九月、十一代目市川海老蔵の御園座における襲名披露でも、『源氏物語』(藤壺の巻、葵。六条御息所の巻、朧月夜の巻、訳・脚本瀬戸内寂聴、演出戌井市郎・寺崎裕則）が上演された。目を伏せがちだった海老蔵光源氏が、藤壺が出家したことを知るその瞬間、初めてその恋する人を目を見開いて眼差す（せる）姿がアイロニーに満ちて、禁忌の恋の切なさを際立たせる舞台だった。

（8）原作大和和紀「あさきゆめみし」（講談社）、花組、脚本・演出草野旦、光源氏・愛華みれ、全国ツアー十二会場。

（9）原作大和和紀「あさきゆめみし」（講談社）、花組、刻の霊・真飛聖、脚本・演出草野旦、衣装・任田幾英、梅田芸術劇場。私は七月十六日十二時開演の部で観劇。

（10）公演パンフレット（阪急電鉄株式会社歌劇事業部、宝塚歌劇団、二〇〇七）「演出家に聞く」より。

（11）演出・脚本大野拓史、月組、匂宮・瀬名じゅん、薫・霧矢大夢、宝塚大劇場（二〇〇八年十一月七日～十二月十一日）、東京宝塚劇場（二〇〇九年一月三日～二月八日公演）。私は東京宝塚劇場にて、一月六日十八時半開演の部で観劇。

（12）田辺聖子作「新源氏物語」、脚本・柴田侑宏、演出・大野拓史、作詞・田辺聖子。私は東京宝塚劇場で、十二月十二日十五時半開演の部を観劇。

（13）公演パンフレット（阪急電鉄株式会社歌劇事業部、宝塚クリエイティブアーツ編）宝塚歌劇団理事長小川友次「ごあいさつ」より。

（14）注（10）パンフレットで演出家草野旦は、「大和和紀先生の〝あさきゆめみし〟がこの作品の原動力であることは申すまでもありません。浅学の私が源氏物語を手がけることが出来たのも私にも理解できるように書いて下さった〝あさきゆめみし〟があったればこそです」と述べる。

（15）宝塚『あさきゆめみし』は『源氏物語』を学び始めた学生には舞台の時間軸が難しいらしいが、私は高く評価したい。

（16）この舞台で明日海りおは、「平成二十七年度文化庁芸術祭賞　演劇部門　新人賞」を受賞。

（17）例えば、野田秀樹演出の舞台『ロープ』『ＭＩＷＡ』『パイパー』『足跡姫』などでは、舞台を「今ここ」の物語世界として生きている人物が、突然客席を向いて観客に語りかけたり、ナレーターの役割をしたりして、その物語世界から一瞬離脱して見せることがある。それにより舞台の時間軸が切り替えられ、「嘘／本当」の境界を揺さぶる効果をもたらす。

(18) 原文『源氏物語』には、『大鏡』のように身体を持った語り手は登場しない。語りについては、三谷邦明の提起した自由間接言説、藤井貞和の提起する人称の問題、高橋亨の「心的遠近法」などの議論があり、重要な特徴を持つ。

(19) 注(6)立石論文では、「つまりこの舞台には、人間の語り手と超越的な霊の視点とが設定されており、二つの立場から晩年を照らし出す」と述べる。本稿は、二つの立場の視点が舞台にはあるが、刻の霊の視点が舞台を統括する語りの視点としてあり、その刻の霊により再現された時空の中で、頭中将の光源氏を見つめるまなざし(視点)が意味を持っていくものと理解している。入れ子型の語りの枠組みの外側に刻の霊の統括的視点があり、その内側に、再現された世界での頭中将の光源氏へのまなざしがまず一つある。さらに、刻の霊が光源氏の過去を再現して見せた時点で、光源氏の死を悼んでいた頭中将は、われわれ観客とともに、その再現される世界を観ていることにもなり、ここに頭中将と観客とが共有する鎮魂の視点が置かれている。

(20) 原文『源氏物語』では、たとえば邸の内部と外部を仕切る境界線、段差となる「長押」が物語を生み出すメディアとして語られている(拙稿「『源氏物語』の「長押」としぐさ」『源氏物語の〈記憶〉』翰林書房、二〇〇八・四)。また、『源氏物語絵巻』という二次元においては、画面を構成する境界線に物語が宿ることについて、立石和弘「源氏物語絵巻の境界表象」(三田村雅子・河添房江編『源氏物語をいま読み解く①　描かれた源氏物語』翰林書房、二〇〇六・一〇)が分析し、「これは『源氏物語絵巻』の表象意識であると同時に、解釈共同体が立脚する読みの枠組みでもあろう」と述べる。

(21) 漫画『あさきゆめみし』の当該場面では、簾がその内と外とにいる藤壺と光源氏の、越えてはならぬ境界として効果的に描かれる。

(22) 台詞の引用は、ＤＶＤ『宝塚ミュージカル・ロマン　あさきゆめみしⅡ』（宝塚クリエイティブアーツ、二〇〇七・九）からおこし、文字は橋本があてた。
(23) 新編日本古典文学全集『源氏物語』より引用。（　）に巻、頁を記す。
(24) 現在も議論されているテーマである。原岡文子「若紫の巻をめぐって――藤壺の影――」（『源氏物語の人物と表現』翰林書房、二〇〇三・五）では、若紫と藤壺の面影と桜の関係を論じる。
(25) 塚原明弘「御法巻と二五三昧会」（『源氏物語言葉の連環』おうふう、二〇〇四）に、その書写量についての考察がある。拙稿「六条院体制の性役割批判――御法巻、法華経千部供養における『竹取物語』引用と陵王の舞から――」（『新時代への源氏学3　関係性の政治学Ⅱ』竹林舎、二〇一五・五）でも述べた。
(26) 注（25）拙稿に同じ。
(27) 注（25）拙稿に同じ。
(28) 原岡文子「光源氏の禁忌の恋、藤壺の影」（『源氏物語』に仕掛けられた謎――「若紫」からのメッセージ』角川学芸出版、二〇〇八・九）は、『源氏物語』における桜と禁忌の恋の結びつきについて述べる。本稿はさらに、その禁忌の恋をした当人、藤壺と柏木の死においても、桜が結び付けられ印象的に語られていることに注目する。
＊本稿は拙稿「子午線　煌きの宝塚版『源氏物語』――文学と舞台と――」（『日本文学』第六六号、二〇一七・十二）と内容が一部重なることをお断りする。

あとがき

　この度、『源氏物語　煌めくことばの世界Ⅱ』を皆様にお届けすることになりました。思えば四年前に『源氏物語　煌めくことばの世界』を上梓した時は、この続編を出すことは夢にも考えてはおりませんでした。ところが刊行直後から、こうした企画が次回あれば是非声をかけてほしいと言われる方、学会展望で取り上げてくださる方、さらには関根賞に推薦する方まで出てきて、編者としては予想外の好評に驚き入った次第です。

　また原岡先生を顕彰する本でありながら、記念の年に出せなかったという思いもずっと心に引っかかって過ごしておりました。原岡先生の古稀の年にこの続編を出せたらという思いがおのずと紡がれ、次第に大きくなってまいりました。一方でその祝意とともに、若い世代の研究者にバトンを渡すような気持ちで、新たな執筆の場を作りたいというも思いも強く湧いてきました。前回の執筆メンバーの中で、管理職などでご多忙の方々への声かけはご遠慮し、次の中古文学界を担う若い方々に新たに入っていただき、続編のラインアップが定まりました。

　それと言うのも、そもそも私どもも大先輩の女性研究者たちを見習い、見守られ、引き立てられて研究の軌跡を刻むことができたとしみじみ実感するからです。原岡先生とご一緒させていただいた関係だけでも、まず七夕会のメンバーのお名前を真っ先に挙げなくてはなりません。後藤祥子先生、大軒史子先生、山口仲美先生と年に一度、七夕のような研究会を持つようになって、四半世紀以上の歳月が流れました。なかでも前著が刊行された二〇一四年の九月の七夕会では、後藤先生が収載された三十四編の論文について、一つ一つ丁寧に講評してくださったことは忘れがたい思い出となっております。

またシカゴに住む畏友ノーマ・フィールドさんとは年に一度、来日された折に、三田村雅子先生と四人でお目にかかり、長らく交流を深めてきました。さらに中古文学会の編集委員会では、永井和子先生、平野由紀子先生がそれぞれ颯爽と編集長を務められ、編集委員としての範を示してくださいました。お二人にはその後も関根賞の運営委員会でお導きをいただいております。

こうした敬愛する女性研究者との繋がりの歴史に支えられ、いま研究者としてここにあることを自覚しつつ、同じ世代の方々と連帯を深め、また次の世代の方々に研究のバトンを渡すような機会をいま一度作りたいという思いが、続編ではさらに強くあったことを綴っておきたいと思います。

編者をのぞき三十五人の執筆者の方々にはご多忙の中、この論集の趣旨に賛同し、期待に違わず力作を、しかも早々とお寄せくださったことに深く感謝いたします。それと共に前回同様の素敵なカバー表紙のご配慮をはじめ、今回も協力を惜しまれなかった翰林書房の今井静江氏に、いわば同志として厚く御礼を申し上げたいと思います。

二〇一八年三月吉日

河添　房江

◉執筆者一覧

青島麻子　聖心女子大学専任講師

池田節子　駒沢女子大学教授

今井久代　東京女子大学教授

鵜飼祐江　東京女子大学特任研究員

太田敦子　湘南工科大学ライティングセンター特別講師

大津直子　國學院大學助教

勝亦志織　中京大学准教授

河添房江　東京学芸大学教授

川名淳子　愛知学院大学教授

木谷眞理子　成蹊大学教授

久富木原玲　愛知県立大学学長

倉持長子　昭和女子大学・聖心女子大学等非常勤講師

栗本賀世子　慶應義塾大学准教授

斉藤昭子　東京理科大学・桜美林大学非常勤講師

清水婦久子　帝塚山大学教授

スエナガエウニセ　東京工業大学非常勤講師・ポルトガル語翻訳

鈴木宏子　千葉大学教授

鈴木泰恵　東海大学特任教授

相馬知奈　元聖心女子大学非常勤講師
高木和子　東京大学大学院教授
高橋麻織　椙山女学園大学専任講師
中川正美　梅花女子大学名誉教授
長瀬由美　都留文科大学教授
西本香子　駒澤大学非常勤講師
橋本ゆかり　首都大学東京非常勤講師
畑恵里子　舞鶴工業高等専門学校准教授
林　悠子　東京大学助教
原岡文子　聖心女子大学名誉教授
平林優子　東京女子大学助手
堀江マサ子　ＮＨＫ文化センター（浜松）講師
松本美耶　聖心女子大学特別研究員
三村友希　跡見学園女子大学兼任講師
本橋裕美　愛知県立大学准教授
山本淳子　京都学園大学教授
湯淺幸代　明治大学准教授
吉井美弥子　和洋女子大学教授
吉野瑞恵　駿河台大学名誉教授・青山学院大学等非常勤講師

源氏物語　煌めくことばの世界 II

発行日	2018年4月24日　初版第一刷
編　者	原岡文子 河添房江
発行人	今井　肇
発行所	翰林書房
	〒151-0071 東京都渋谷区本町1-4-16
	電 話　(03)6276-0633
	FAX　(03)6276-0634
	http://www.kanrin.co.jp/
	Eメール●Kanrin@nifty.com
装　釘	須藤康子＋島津デザイン事務所
印刷・製本	メデューム

落丁・乱丁本はお取替えいたします

ISBN978-4-87737-428-0